普通高等教育"十一五"国家级规划教材

现代人力资源管理

（第二版）

张培德　主编

科学出版社

北　京

内 容 简 介

人是生产力中最活跃的因素,人力资源是第一资源。人力资源管理涉及心理学、管理学、法学、经济学,以及社会学、组织行为学、人才学、教育学、计算机科学等广泛的学科,已经成为 21 世纪一门新兴的、复合型的综合学科。

本书围绕人力资源管理中经常遇到的任人、育人、用人、护人等重要环节,对如何在招聘中克服信息的不对称、提高组织的竞争力、激励员工、加强团队的协作、薪酬设计和绩效管理、加强人际关系、处理冲突、解决劳资纠纷、保护人力资源等许多热点问题,进行了分析和研究。本书既重理论,又重实务;既重案例分析讨论,又重逻辑思维梳理;既重 HR 重要环节的研究,又重热点问题分析。本书内容新颖、超前、实用,不仅能让读者获得知识,而且能对其解决实际问题有所帮助。

本书可作为高等学校人力资源管理、工商管理等专业的本科教材,也可供企业实际部门工作者学习参考。

图书在版编目(CIP)数据

现代人力资源管理/张培德主编.—2 版.—北京:科学出版社,2010.6
普通高等教育"十一五"国家级规划教材
ISBN 978-7-03-027623-0

Ⅰ.①现… Ⅱ.②张… Ⅲ.①劳动力资源-资源管理-高等学校-教材
Ⅳ.①F241

中国版本图书馆 CIP 数据核字(2010)第 089429 号

责任编辑:林 建 王昌凤/责任校对:刘小梅
责任印制:张克忠/封面设计:耕者设计工作室

科 学 出 版 社 出版
北京东黄城根北街 16 号
邮政编码:100717
http://www.sciencep.com
丽 源 印 刷 厂 印刷
科学出版社发行 各地新华书店经销
*
2010 年 6 月第 二 版 开本:787×1092 1/16
2010 年 6 月第一次印刷 印张:21 1/2
印数:1—4 000 字数:508 000
定价:39.00 元
(如有印装质量问题,我社负责调换)

前 言

　　白驹过隙，光阴似箭，距本书第一版出版已经五年了！这五年中人力资源管理业内发生了翻天覆地的变化，上海师范大学人力资源管理专业和人力资源优立取研究所在各方同仁和朋友的支持、关心下也取得了惊人的进步！特别是在人力资源规划、人员招聘甄选、职业生涯规划与测评、绩效考核与管理、薪酬设计与实施、团队建设与人际沟通等方面，无论是论著还是课题均取得了一定的成绩。

　　本书基本完稿之时恰逢祖国六十华诞，同时也借助刚举行的第四届现代人力资源开发与 e 时代高峰论坛的东风，在此展示人力资源管理方面的点滴体会，希望能对各位读者有所启迪。

　　本书的再版既保持和拓展了第一版的六大特点，同时，又对各章的篇幅和内容提出了更高要求，在总体风格不变的情况下调整和修正了部分内容，结合形势增加了许多新内容，使之更加贴合实践，满足人力资源管理专业和工商管理等相近专业本科学生的实际学习需要。

　　本书修改的总原则是与时俱进、随时代脉搏跳动，因此第二章中增加了环境等制约HR 管理要素的新内容；第四章人员招聘中增加了招聘者素质技能要求、人员甄选和录用的内容；第五章人员测评中增加了胜任素质模型和面试等相关内容；第十二章人力资源保护中增加了《劳动合同法》对劳动关系的影响，以及《劳动争议调解仲裁法》的相关内容；对第十四章劳动关系和劳动争议在内容上进行了补充完善，逻辑结构更加清晰，更有利于读者理解。同时，根据实践又进一步增加和完善了第三章工作分析的内容，在第九章绩效评估中突出了对四大体系的分析，探索了考核系统这一人力资源管理领域的世界难题。

　　本书取名"现代人力资源管理"不是哗众取宠，而是为了区别于有些书籍在1999年第六版中还把"人事管理与人力资源管理"的概念放在一起的情况。尽管人力资源管理已经广为人知，但是不了解这两者区别的还是大有人在，为此，本书在第一章导论中进一步阐述和补充了两者的不同之处；同时，在第二版中进一步完善了第十三章 e 化人力资源管理的内容。另外，第二版基本上对其他各章内容都进行了适当的调整和修改，去掉了原来的第二章，增加了第十五章人力资源危机管理的内容，使其更富有时代气息。

全书编写分工如下：第一章、第九章由张培德编写，第二章、第七章由汪玉弟编写，第三章由张燕娣编写，第四章由吴文艳编写，第五章、第十三章由李旭旦编写，第六章由许丽娟编写，第八章由马国辉编写，第十章由相正求编写，第十一章由张清编写，第十二章由李秋香编写，第十四章由史庆新编写，第十五章由王晓成编写。全书由张培德、朱俊艳、朱昊等负责统稿。

本书在编写过程中，得到了经历 16 载风风雨雨的优立取人力资源管理技术学校和成立 5 年的优立取人力资源管理咨询公司，以及世界成功人士联谊会、世界总裁协会优立取研究院、美国夏威夷大学、中国人力资源管理学院、中国非营利组织研究会、上海市科学技术协会人力资源开发与管理研究会、上海师范大学人力资源优立取研究所等各方面的关心和支持，在此一并表示衷心的感谢！同时，衷心感谢本书中所引用的论著、文献、案例的作者以及有关企事业单位的各位领导，是你们的支持才使本书有了一点"亮光"。当然，在这里还要特别感谢我们的老朋友、老学长以及默默支持我们的业内前辈：复旦大学张文贤教授、中国人民大学彭剑锋教授、北京大学肖鸣政教授、清华大学张德教授，以及上海师范大学商红日教授、王通讯教授、吴江教授、沈荣华研究员、王振研究员等，感谢他们对我们的支持和关心。

由于形势在不断变化，社会需求也在不断变化，新内容在不断增加，再加上我们的水平有限，本书难免存在不足之处，恳请各位专家、学者和尊敬的读者给予批评指正。

张培德

2009 年 10 月 25 日

目 录

第一章

导　论

引导案例

老员工用不好，新员工不好用[①]

很多企业都会遇到相同的问题：老员工用不好，新员工不好用。老板很头痛，他们希望解决问题，因为他们知道，如果这些问题不能及时解决，长期发展下去对企业是很危险的。特别是一些中小企业，关键性员工一旦离开，企业就会面临灭顶之灾，所以老板不得不重视。

但老板往往又不知道从哪里入手。因为有的中小企业员工的发展速度超越了企业的发展速度，所以企业留不住他们。如果招聘新员工，又要重新培训。等到培训好了，员工能够独当一面了，却又都离开了。老板陷于困境之中：不培训员工不好，培训员工也不好。不培训员工，他们没有能力，做不好事情；培训员工，他们有能力了就跳槽。老板左右为难。

其实，培训只能解决能力问题，咨询才能解决机制问题。如何让培训变成生产力，企业必须有一套好的管理机制；如何让企业的老员工带动新员工发展，企业必须有一套好的激励机制。人们说，火车跑得快，全靠车头带。企业同样如此，企业跑得快，全靠老板带。如果企业老板的成长速度跟不上员工的成长速度，那么这个老板就会失去领导能力。员工的成长高度一旦超越了老板的成长高度，他们就会把老板架空，不服从老板的管理。如果企业老板赚的钱还没有员工业务提成多，那么员工就会另起炉灶。他们不但会带走企业的员工，损失企业的利润，而且还会抢走企业的客户。

因此，一个企业要想做好，就一定要平衡发展，既要考虑企业利益，也要顾及员工

[①]　石立平：《老员工用不好，新员工不好用》，世界经理人论坛，http://forum.ceconlinebbs.com，2009 年 9 月 7 日。

利益。如果企业利益多了，员工利益少了，员工不会干；如果企业利益少了，员工利益多了，企业无法做下去。部分中小企业出现老员工不好用、新员工用不好的问题，关键在于老板忽视了企业的整体发展。企业的人员合作都只是因利益而来的。有的老板甚至是在为员工打工，因为员工赚取的是纯利润，而老板还要分摊办公费用。所以对于优秀的销售员来说，老板赚的钱还没有他赚的多。其实，这时候的老板是在为员工打工，员工高兴就做，不高兴就走，老板反而被员工制约了。

实际上，企业文化就是老员工文化。如果一个企业对老员工难以管理，那么在新员工面前也会失去威信。老员工对新员工的影响远远超过企业对新员工的影响。所以，一家企业一定要把老员工用好、管理好；否则，老员工管理不好，新员工也无法管理。

如何才能管好这些老员工呢？作为一个企业老板，你必须清楚自己要什么，你是要个人发展还是要团队发展，要眼前利益还是要未来前景，一定要有所取舍。当然，管理的关键在于防患于未然，也就是多培训具有替代性的人才，绝不能出现某个人的离去直接影响企业生死存亡的现象，所以，企业一定要搭建平台、打造团队、订立制度、树立远景、吸引人才、提升自己的专业素质和人格魅力。如果一家企业只会用金钱留住员工，那就证明该企业做得很失败，因为好企业绝对不是仅靠钱财来留住优秀人才的，优秀人才更关注企业的前景和个人的发展。

有些老板经常让员工学习，却不知道最需要学习的是自己。结果员工学得越多，老板管理反而越困难。因为员工毕竟不是子女，子女不管走到哪里都是自己的儿女，他们不管有多大的成就都是父母的骄傲。然而企业不一样，也许有些员工昨天还在企业工作，今天离开了企业就会说企业的坏话，挖企业的客户，有的员工甚至早就"身在曹营心在汉"。对于这种员工企业绝对不能纵容，否则，这样的员工将越来越多。老板为了企业长期的发展，必须痛下决心，清除"肿瘤"。

当然，忠诚和利益都是相互的，在要求员工的同时，老板也一定要严格要求自己。如果一两个员工离去，也许是员工的错，但是大多数员工流失，则说明企业一定有问题。与其天天想着去改变员工，不如努力改变自己。如果企业留不住人才，那么再好的人才招进来，也会离你而去。

讨论题：

1. 为什么会产生老员工用不好、新员工不好用的问题？
2. 何谓人力资源？人力资源有何特点？
3. 现代人力资源管理有何意义？其内涵是什么？

21 世纪把我们带入"人本时代"，"以人为本"已成为当今社会的主流。现代人力资源管理（human resource management，HRM）就是要通过对提高绩效相关因素和人力资源管理制约要素的分析和研究，全方位地了解和掌握 e 时代的人力资源管理有关理论，并能在工作分析、人员招聘、测评、培训、经理人员开发、职业生涯规划、薪酬设计、绩效管理、沟通与冲突处理、人力资源保护、劳动关系等具体的管理实务中熟练地操作和运用，由此使我们的工作产生更好的绩效。

本章共分为四节，首先阐述了现代人力资源管理在当今社会的重要作用，然后分别揭示了现代人力资源管理和人力资源的内涵，同时对现代人力资源管理与传统人事管理的区别从七大方面作了比较全面的分析，最后结合各种人性假设提出了相应的管理理论。

■ 第一节 现代人力资源管理概述

一、人力资源管理的意义

（一）选择最好的专业

21世纪将把我们引向何方？什么专业最热门？这是每个人都在思考的问题。

横观九州大地，纵察改革开放至今的各类热门专业，旅游、宾馆、金融、房地产、物流、管理、人力资源……纷至沓来。

到底什么专业最好呢？俗话说，不同时代唱不同的歌。

在计划经济模式下，每个人都像螺丝钉一样，被安装到哪里，就做好哪里的工作，强调的是"行行出状元"，像种子一样被撒到哪里，就在哪里开花、结果。那个时代强调党的需要就是我们的需要，反映出来的是人格的统一、步调的一致，要求的是个人志趣应无条件服从国家的需要。只要党指向哪里，就奔向哪里！只需思想好，再加上业务水平高，毕业分配不需愁。

改革开放以来，随着我国从计划经济转向社会主义市场经济，特别是进入21世纪以来，市场竞争越来越激烈，面对市场需求，我们该如何选择专业呢？如当前市场先后出现过如下需求：MBA、MPA、IT、高级保姆、高级技师、物流、证券、金融、博彩业、房地产、策划业、人力资源管理、会展、现代管理。该如何选择呢？

回想计划经济时代，只要"掌握数理化，走遍天下都不怕"。这说明我们抓住了问题的实质，抓住了问题的要害。但是现在已进入21世纪，"掌握数理化，走遍天下都不怕"的"支点"已不能再发挥原来那样的重要作用。那么，现在的"要害"是什么呢？当今社会到底什么专业最好呢？

意大利经济学家帕累托通过对英国财富的调查，发现了著名的"80/20法则"，这就是阿基米德所说的，"给我一个支点，我能撬起地球"。实际上，只要抓住"支点"、抓住"要害"，我们就能顺利地选出最好的专业。

（二）学会抓要害

当前即使"数理化掌握得再好"，也不一定能找到好的工作；但是当今时代，我们只需掌握"四个会"，就可"走遍天下都不怕！"从这"四个会"中我们可以学会看问题的本质，学会抓问题的要害。这"四会"就是"会说话"、"会写字"、"会走路"、"会管理"。

（1）"会说话"。"会说话"就是要求会外语。中国已经走向世界，世界需要中国。因此，外语变得越来越重要，只有把外语掌握好，才能构建通向世界的桥梁。比如，印度在有些领域能"后来居上"，凭借什么"秘密武器"？其实就是"外语"。

（2）"会写字"。"会写字"就是要求会计算机。当今社会已进入 e 时代，计算机无处不在，无处不用。为了提高工作效率，我们不仅需要运用计算机进行管理，而且在这"信息化"的时代，更需要网上办公、网上购物、网上教学、网上交流。我们可以通过网络宣传我们的主张、理念、品牌……只要我们掌握好计算机，就可获得"事半功倍"的效果。

（3）"会走路"。"会走路"就是要求会开车。未来的世界，汽车会像当今的自行车那样普及。汽车不仅是一种财富的象征，更重要的是，它是一种最常用的交通工具。会开车，不仅可解决自己的交通问题，而且还能像 2000 年悉尼奥运会那样，提供驾驶服务。

（4）"会管理"。"会管理"包括了"社交"、"效率"的含义。管理不仅是指对自己生活的管理，更要善于对工作进行管理、对社会群体进行管理。现代管理不仅包括了传统的生产、商业、财务、会计、安全等方面的管理活动，而且更注重对人力资源的管理，更强调现代管理的计划、组织、指挥、协调、控制等五大方面职能的管理活动。

二、人力资源管理的内涵

进入 21 世纪，管理已经成为时代的主旋律，人力资源管理已经成为管理中的主题曲。

（一）管理的概念

21 世纪既为我们带来了新的机遇，同时也给我们带来了挑战。在现代社会，一般人对管理的价值已无怀疑，但是有关管理的概念却由于不同的人从不同的角度出发而有所不同。综合起来可归纳为两种有代表性的观点。

一种观点认为，管理是一门艺术，是巧妙地处理人与事的艺术，并且认为只有这样，才能以有效的方法取得期望的具体成果。其中最有代表性的学者就是巴纳德。他认为，管理应该是一种行为的知识，即运用实际技巧的艺术。这种艺术在医学、工程、音乐或管理等方面，都是人类所追求的最富有创造性的一种因素。我们知道，人力资源管理的对象就是"人"，而人的思想、观念、价值观、行为、态度等心理情绪各不相同，各人对各种事和物的形态种类及其各种变化，以及事和物的各种关联与无数的排列组合，难以运用固定不变的法则来应对，进行一种单一模式的管理。根据巴纳德的观点，管理者要调动人的积极性，就应该强调管理的艺术；要激发组织成员的工作热情，就应该在管理实践中运用高超的艺术。

另一种观点认为，管理是一套程序，是按照流程行事的方法。持有这种观点的学者将管理解释为一种工作程序、一种办事的方法。最具代表性的学者法约尔，就把管理职能划分为计划、组织、指挥、协调、控制等五个方面的程序。他认为，可以将所有的管理职能均视为工作的细化和简化，并通过充分利用人力、物力、财力等资源整合实现目标。其中，计划主要是指战略的制定、目标的确立、未来发展趋势的分析；组织就是指机构的设置，各职能机构作用和职责的确定、各种规章制度的确认；指挥就是强调领导在组织中的作用，规定上下级之间的权力和责任；协调是指将相对分散的行动与努力加以联系并使之相配合，促使其趋于一致，结合为一个整体；控制就是将实际情况与目标、计划、标准相比较，及时纠正偏差，控制员工的行为和活动符合目标要求，以实现目标。

无论是哪一种观点，从根本上说，管理就是促使人把事做好，把人力资源管理好。正如美国著名管理学家德鲁克所说："企业或事业唯一的真正资源是人。管理就是充分开发人力资源以做好工作。"

（二）人力资源管理的理解

HRM 成为管理中的主题曲。人力资源管理是管理学中一个崭新的和重要的领域。它作为一种对特殊的经济性和社会性资源进行的管理活动而存在。人力资源管理由法学、经济学、管理学、心理学四大学科支撑。之所以强调法学，是因为美国加里·德斯勒 1999 年编著的《人力资源管理（第六版）》中的第 1、第 2 章就直接从法律层面提到"公平就业机会与法律"。

随着形势的发展，人力资源管理专业还广泛涉及社会学、组织行为学、人才学、教育学、哲学、计算机科学等学科，已经成为一门新兴的复合型的综合学科。人力资源管理无论在管理学中还是在劳动经济学中都占有十分重要的地位，目前已成为一个非常有发展潜力的专业领域。

若从法律层面来理解，则人力资源管理就是减缓矛盾与冲突，处理雇主与雇员的问题，搞好劳动关系，重点在于保护人力资源；若从劳动经济层面来理解，则人力资源管理就是挖掘人力资源，重点在于产生最大的经济效益；若从管理学的层面来理解，则人力资源管理就是在人力资源规划、员工招聘、培训发展、员工激励、薪酬设计、绩效管理等全过程中体现出的管理艺术和职能；若从心理学层面来理解，则人力资源管理就是对人员进行测评、甄选录用、岗能配置的方法和手段。

（三）人力资源管理的界定

进入了 21 世纪经济全球化的时代，对于具体的组织人力资源管理来讲，它还包含了组织文化和战略等内涵。实际上，这些内涵特别凸显了人力资源管理与组织生存和发展的紧密关系。

回顾历史，我们知道，工业大革命以后，大量的农村人口涌入城市，这就产生了雇佣劳动，由此也使人力资源管理的理论和实践不断得到发展。从人力资源管理的实用性角度来看，当时，雇主要进行生产就必须招聘、甄选、录用雇员；同时为了激励雇员就必须进行薪酬设计和绩效考核；为了提高效率和市场竞争力，还必须对雇员进行岗位和技术培训；为了调动雇员积极性和满足管理的需要，还必须给雇员除物质刺激以外的激励，运用升迁、调动等手段。由此可知，人力资源管理从诞生的那一天起，就已经形成了由招聘、甄选、培训、激励、绩效乃至退休等组成的一系列管理过程。人力资源管理理论就是揭示如何调配、使用、开发人力资源的理论。

人力资源管理就是组织运用现代管理理论，在自己的文化理念、组织架构和组织战略的指导下进行的规划与配置、测试与开发、激励与使用、评价与沟通的一系列人力资源管理活动。当然，这种人力资源管理活动或者更高层面的对人才的开发和管理，均受到组织、文化、战略、环境四大因素的制约。

■ 第二节　现代人力资源管理与传统人事管理的区别

一、人事管理的发展

20 世纪 90 年代以前，传统的人事工作只是把精力放在员工的考勤、档案、合同管理等事务性工作上，人事部门的工作被定位为后勤服务。而 90 年代后，随着企业基础管理模式的深刻变革，在管理中，人作为一种资源，而且是一种重要的战略资源的思想得到了越来越多的认同。在这一管理思想的指导下，以人才测评、绩效评估和薪资激励制度为核心的人力资源管理模式得以确立，并逐渐显现了它的重要作用。

在发展的进程中，人力资源的作用被企业界一次次"放大"，并开始慢慢成为"主角"。现在，人力资源管理的作用已被企业界提升到企业战略的"高度"，人力资源管理部门逐渐由原来非主流的功能性部门，转而成为企业经营业务部门的战略伙伴。而人力资源管理者也逐渐从过去那种行政、总务、福利委员会角色转变为高层主管的咨询顾问、战略业务伙伴、管理职能专家和变革的倡导者等。他们的工作更多的是人力资源政策的制定、执行，帮助完成中高层主管的甄选，员工的教育、培训、生涯规划，为业务发展开发、圈定人才等，具有相当的前瞻性。

二、现代人力资源管理与传统人事管理的区别

人力资源管理者的职能也在发生彻底的转变，从过去的以职能为导向到现在的以战略为导向；从过去的行政管理者到现在的咨询者等，人力资源管理者的"脸谱"在前进中不断变换。而人力资源管理从业人员的身价也由于其重要性的上升而不断上涨，并最终使得人力资源管理职业成为 21 世纪初最热门的职业。

如果说传统的人事管理主要是"以事为中心"的管理，那么现代人力资源管理则是"以人为中心"的管理。现代人力资源管理强调对组织内员工的思想和行为的控制，更多地突出了对组织文化的认同，所以现代人力资源管理已经远远超出了传统人事管理的范畴。随着经济全球化时代的到来，这种新型的、具有主动性的以人为本的管理模式越来越受到重视。与此同时，现代人力资源管理部门已经成为各组织决策部门的重要伙伴，从而处于管理金字塔的最高决策层的位置。

分析现代人力资源管理部门与传统人事管理部门的区别，有助于了解和做好人力资源管理工作。

对于现代人力资源管理与传统人事管理的主要区别，我们可以从七大方面予以分析，如表 1-1 所示。

表 1-1　现代人力资源管理与传统人事管理的区别

比较点	传统人事管理	现代人力资源管理
管理观念	把员工作为成本、作为工具	把员工作为资源、作为组织发展之本
管理方式	以管理者为中心，封闭式科层制	服务型取向，开放式的管理
管理方法	静态的分割式的管理	动态的系统化的管理
管理重心	以事为中心，"顾客是上帝"	以人为中心，强调"员工第一"
管理模式	"被动反应型"的操作式管理	"主动开发型"的策略式管理
管理层次	处于组织机构中的执行层	处于组织机构中的决策层
管理内容	岗位培训、技能提高，管理单一	技术培训外加文化认同，内容丰富

（一）管理观念

在管理观念方面，我们可从价值观角度加以判断。

传统人事管理强调把员工作为成本，把人力投资（包括工资、奖金、福利、培训费等）都计入生产成本中，因此更多地考虑减少成本支出；而现代人力资源管理虽然也要考虑成本，但是它更重视收益。我们知道，现代人力资源管理也属于经济学门类，根据"边际生产率理论"，其核心就是强调"边际收益与边际成本"进行比较；同时，"边际生产率理论"突出了追求利润的最大化方面。

传统人事管理往往视员工为普通的生产性要素和实现组织经济目标的工具，而现代人力资源管理视员工为组织的人力资源，是组织发展之本。因此，对于现代企业组织来讲，现代人力资源管理就是要突出"以人为本"，强调开发人力资源，强调人力资源的创新价值和所获得的利润。

（二）管理方式

从管理方式来看，现代人力资源管理和传统人事管理也有本质的区别。

传统人事管理均为科层式的管理，是一种封闭式的管理。管理人员依照管理层次的不同职能各司其职，雇员只是围绕管理者的指令行事，一切以管理者为中心，很难发挥主观能动性；当层级组织发展到具有"扁平化"特点的横向组织的时候，管理者面对的是一个一个的互动的团队，雇员被授予了思考与行动的权力。而当发展到彼得·圣吉在《第五项修炼》中提出的学习型组织时，管理者就必须成为组织的大脑；同时，雇员也成为积极的学习者与行动者。

现代人力资源管理就是要突出服务型取向、开放式管理。

（三）管理方法

管理方法也称为管理技术。

传统人事管理是孤立的、静态的、分割式的管理；现代人力资源管理是全过程的、动态的、系统式的管理。

传统人事管理往往把原本互相联系的录用、培训、考核、调动、退休等环节人为地分割成几个阶段，孤立地进行管理，如录用和使用相脱节、培训与晋升相脱节等。从横向来看，传统人事部门把互相联系的"人"划归各单位、各部门，把"人"作为部门所有，这就造成员工无法进行流动，无法充分使用人才。而现代人力资源管理把招聘、录用、培训、考核、调动、退休等作为一个整体，有机地联系起来，进行全过程的管理；同时，它的视角超越了部门分割的局限，将全部人员作为一个整体进行统一管理。

传统人事管理可以说是静态的管理，它的一大特点就是要求稳定，一个人一旦被安置在某一个部门或岗位工作，常常就是一生固定于此；而现代人力资源管理必须是动态管理，才能面对市场的变化，吐故纳新、优胜劣汰，以求得人力资源投资的最佳效益。

（四）管理重心

管理重心又称为管理活动。

传统人事管理强调以事为中心，以顾客为"上帝"；而现代人力资源管理强调以人为中心，强调"员工第一"，用人所长，就是首先要考虑员工与工作的契合度，员工能做什么，有何兴趣、爱好，做何事有积极性。

如日本东芝公司社长土光敏夫就强调"热爱员工是经营者之本"。世界第三大旅游公司美国罗申布鲁斯旅游公司的经营"高招"就在于：别人尽力讨好顾客，它则把重心放在公司雇员身上，做到"员工第一"。一个公司，在市场观念上自然应该是"顾客第一"，但"攘外必先安内"，在经营管理上则必须做到"员工第一"。罗氏按照服务利润链所揭示的规律，从四个方面强化"员工第一"：①为员工提供发展、提高其能力的机会，如实施员工教育、培训计划，更系统、深入地对员工进行培训，以挖掘其潜力；重新进行工作设计，在工作中不断提高其各方面的能力。②为员工的工作尽可能创造良好的条件，以帮助他们高效地完成工作，如为销售人员配备电脑等。③赋予员工适当的权力。④倡导内部协作的企业文化。促进企业内部人际关系和谐的一个很重要的方面便是倡导团队精神和协作态度。

因此，企业组织要提高服务水平从而创造服务的差别优势，就必须善待员工，并改善企业的内部服务质量。只有视员工为"上帝"，员工才能善待企业的顾客，从而真正实现"顾客就是上帝"的宗旨。

（五）管理模式

传统人事管理多为"被动反应型"的操作式管理；现代人力资源管理则多为"主动开发型"的策略式管理。

传统人事管理主要是按照上级决策进行组织分配和处理，多为事中和事后，是被动反应型的"管家式"管理，表现为一种操作式的管理模式。而现代人力资源管理是实现社会人力资源开发战略的重要环节，因此，它呈现主动开发的特点，表现为一种策略式的管理模式。

（六）管理层次

管理层次是指在组织机构中所处的地位，故又称为管理地位。

传统人事部门是处于组织机构中的执行层，现代人力资源部门处于组织机构中的决策层，如图 1-1 所示。

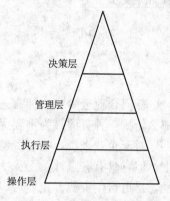

图 1-1　组织机构中的位置

（七）管理内容

管理内容又包含了培训。培训的目的就是把人力资源转化为人力资本。当今我们已处于一个经济全球化、信息大爆炸的高度工业化的时代，"终身学习"已不是一句口号。从培训的目的来看，传统人事管理强调岗位培训、技能培训；而现代人力资源管理不仅强调岗位培训、技能培训，而且特别重视组织在激烈的市场竞争中如何提高竞争力，特别强调组织文化的认同。正如有的研究者所估计的那样，"大家都开始认识到，这个世界的变化是如此之快，以至于如果 3~5 年再不充电，自己也像门外汉一样"。

两者在培训目的、内容和方法上的区别如表 1-2 所示。

表 1-2　传统人事管理与现代人力资源管理在培训方面的区别

项目	传统人事管理	现代人力资源管理
培训目的	为完成生产和工作任务，尽快适应新环境、新要求	凸显人的组织社会化，通过培训使其尽快成为组织人
培训内容	主要是技能培训，含有实务性的操作实践知识的学习	除了技能培训外，特别强调组织文化、理念、价值观、规范的培训、组织文化的认同
培训方法	单一的任务性的方法	系统的全过程的方法

现在组织文化方面的培训越来越多，例如，坐落于纽约市中心的大通曼哈顿银行就是一个培养和选拔职业商业银行员工的摇篮，它特别重视组织文化的培训、重视对教育费用的重金投入。大通曼哈顿银行设置专门的培训机构和专职人员，其人事管理部门下属的 1~5 个培训处都有足够的人员抓培训工作，大通曼哈顿银行的职员培训部门由 83 位有经验的培训管理人员组成。他们的主要任务是：其一，为领导提供员工教育的有关信息；其二，负责组织银行领导与员工之间的组织文化和各种信息交流；其三，根据银行领导或董事会的要求，组织员工撰写个人年度培训计划；其四，组织落实各种培训工作。

另外，大通曼哈顿银行把培训与晋级、提升、奖励紧密结合。银行还有这样一条规定："凡无正当理由且多次拒绝参加培训者，银行予以解雇。"以此来推动全体员工提高参加培训的积极性。

■第三节 人力资源的概念及其特点

一、人力资源的概念

（一）人是第一资源

任何企业至少应该拥有三种资源：一是物力资源；二是财力资源；三是人力资源。那么，哪一种资源最为重要呢？

对于企业来说，物力资源和财力资源是企业的有形资源，虽然是衡量企业的重要尺度，但它具有有限性。而人力资源正好与之相反，是一种无形资源，具有相对的无限性，是可再生资源。企业可以通过教育、培训和开发等活动提高人力资源的品质，增加人力资源的数量，用人力资源代替非人力资源，从而减轻企业发展过程中非人力资源稀缺的压力。

著名经济学家舒尔茨说得好："空间、能源和耕地并不能决定人类的前途。人类的前途将由人类的才智的进化来决定。"人力资源是一切资源中最主要的资源。在经济增长中，人力资本的作用大于物质资本的作用，所以，在一切资源中，人力资源是最为宝贵的。这是因为，劳动者是生产过程的主体，是首要的生产力，是构成生产力的诸因素中起主导作用的要素。生产的发展归根到底取决于人的作用的发挥。从企业的生产经营过程看，人力资源是物力资源和财力资源的黏合剂。企业效益的高低取决于人力资源对非人力资源黏合的强度和效用。企业只有提高人力资源的能力和素质，对人力资源进行合理有效的管理，调动劳动者的积极性，这种黏合的强度和效用才能提高，企业的效益才能提高，企业也才能长盛不衰。

人类发展的历史表明，人力资源的开发和利用越进步、越充分，其他一切资源的开发和利用也就越进步、越充分。如第二次世界大战中的战败国"资源小国"日本，在60年前国民经济还是一片萧条，在资源和资金都严重缺乏的情况下，能在短期内实现经济起飞，于20世纪80年代跃入"经济大国"的行列，竟然成为当时世界最大的债主国，其奥秘何在？奥秘就在于日本政府相当注重人力资源的开发和利用。当时日本官方的白皮书已经透露：日本经济高速增长的原因主要是相当一批战前积累了知识和技能的人才被保留了下来。这一人才的因素正是过去几十年教育成果的积累。由此可见，这里没有什么特别的奥秘，也没有什么秘密武器，而是人人明白的道理：他们把教育作为"立国之本"。

美国第一位钢铁大王——安德鲁·卡内基特别强调突出人是最重要的资源，他曾经说："你可以把我的厂房、机器、设备全部都拿走，但是只要留下人，我马上又可以有一个钢铁厂，甚至可以比现在更大更好。"

2002年4月中共中央组织部和人事部颁布的《2002～2005年人才队伍建设纲要》就特别强调人才强国、人才战略，强调重视对人才的开发和管理工作。

当然，在实际管理和开发中，我们既要注意物质生产和人口生产相匹配，使每个公民都能达到"温饱"，奔向"小康"，尽可能使人人都享受到"天伦之乐"，又要使我们的人口数量和生产装备相匹配、强调人人都有工作做、尽可能减少"失业"人数。这样的"双匹配"是衡量人口多少的不二法门。

（二）人力资源的含义

资源一般被认为是获取财富的源泉。资源不一定是财富的现实存在物，但任何被认为是财富的东西或物品，都是通过资源的转化而形成的。可以说，资源就是财富之母。人力资源的概念强调了人力其资源属性，从而提升了人力对人类所具有的根本意义。[①]由于人力资源涉及经济学、社会学、管理学、心理学、法学、组织行为学等多学科领域，所以，人们对人力资源这个概念的解释并不完全相同。根据调查，从不同的角度人们对其所下的定义就有129种之多，各家纷争，各抒己见。何谓人才？有人说"人人都是人才"；有人说"有用的就是人才"；有人说"有贡献的就是人才"；有人说"内有素质、外有贡献的就是人才"。此外，还有"合适的就是人才"、"能解决问题的就是人才"等说法。

实际上，以上的说法都会造成思想上的混乱和人才培养的缺损，都是错误的，那种认为人才一呱呱坠地就自然成为人才的看法都是不全面的，甚至是违反人才培养和成长规律的。

我们可从两个层面来理解人力资源：一个是宏观层面，另一个是微观层面，基本上可以把人力资源的含义归纳为两大类。

1. 宏观上的含义

如果撇开具体的组织，从整个国家或者全社会、全区域甚至全世界来讲，也就是从宏观的角度来分析，可以把人力资源简单定义为有能力并愿意为社会工作的经济活动人口。

但是，由于经济活动人口中所涉及的两个时限不尽一致，所以对人力资源概念的界定也会不尽一致，不同的国家、不同的社会、不同的时代都会有所不同。经济活动人口的时限集中在两点：一个是起点工作年龄，如16岁或18岁；另一个是退休年龄，如55岁或60岁甚至是65岁或70岁等。当然，从人力资源具有潜在的效应和可开发性的角度上讲，只要有工作能力或将会有工作能力的人都可以视为人力资源。

如果我们从宏观层面来理解，可根据人口学以金字塔划分，从金字塔的最底层到金字塔的塔尖将其划分为"人口资源、人力资源、劳动力资源和人才资源"四大资源。[②]

我们可以根据人口学和联合国"三段论"来进行宏观综括。

（1）根据人口学上的金字塔来分析。在图1-2中，A为人口资源，包括所有的残疾人、婴儿、植物人等，表示人口的数量概念；B为人力资源，在此主要表示具有技能和智能的人，在这里至少应该排除植物人和婴儿等；C则表示在法定年龄、具有技能和智能的人，这才是劳动力资源；金字塔的最高端就是图1-2中的D，表示人才资源，表示人口的质量，是决定国家兴旺发达的关键所在。对人才的定义每个国家不尽相同，西方

---

① 商红日：《人力资源管理》，上海人民出版社，2001年，第3页。
② 张培德：《现代人力资源管理》，中国文史出版社，2004年，第20页。

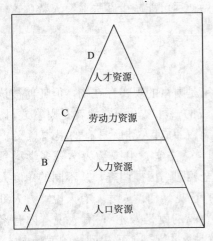

图1-2　从人口学上的金字塔来分析

国家一般定义为专业人才和经营人才，根据我国的特殊情况，根据《我国人才队伍建设纲要》中的提法，除了专业人才和经营人才以外，我国还特别强调党政干部也是人才。党管干部、党管人才是我国的特色。另外，随着我国专业人才水平和学历的提高，我国人才评判的标准已经从改革开放前的"中专以上学历"，提升为"大专学历"，最近则提出"本科以上学历"，充分体现了我国教育水平的提高。当然，我们也应该强调能力素质的提升。

（2）从联合国教科文组织的"三段论"来分析。如图1-3所示，根据联合国教科文组织的规定，按照年龄的时限提出了三种论点。首先，人力资源，强调的是从出生到死亡的所有的人，包括植物人、婴儿等，只要是人，就是人力资源。这种解释通常是广义的理解，所以称为"广义论"。其次，很多专家学者提出了人力资源应该是法定年龄16～60岁的人。这种解释通常是狭义的理解，所以称为"狭义论"。但是"狭义论"的提出很快被质疑，既然16岁的人是人力资源，那么15岁的要不要统计在内，因为明年他也就满16岁。然后14岁……以此类推。从人力资源规划来看，"后生可畏"，希望是属于年轻人的，所以专家又提出"中间论"的观点，也就是把16～60岁的显在劳动力和0～15岁的潜在劳动力都归为人力资源。

首先，我们认为人口资源是一个统计学范畴的数量概念。无论什么样的人，如植物人、婴儿、老人等都可归结为人口资源，其没有质量的概念。

| 出生 | 16岁 | 60岁 | 死亡 |

图1-3　从联合国教科文组织"三段论"来分析

其次是人力资源的概念，在这里，可定义为有智能、有技能、有劳动能力的人，人力资源能创造财富，是比物力资源、财力资源更为重要的资源；但不是所有的能创造财富的人力资源都可以轻易使用，否则会违反"使用童工"的劳动法律，因为人力资源没有年龄的限定。

再次就是劳动力资源的概念。劳动力资源是考虑到一定年龄范围内的人力资源，将法律规定的18～60岁（目前有的国家上限已延长到65岁，甚至68岁）范围内的具有智能、技能和劳动能力的人力资源定为劳动力资源。

最高层面的资源则称为人才资源。人才资源表示的是人口的质量，国家的兴旺与否、组织发展与否依赖于人才资源的多少。人才资源按照中国现有情况，原则上定义为三支队伍，即经营管理者队伍、专业队伍（包括具有一定学历、经过工作锻炼获得一定成绩的、具有一定专业知识和实践的人才）和党政干部队伍。

2. 微观上的含义

宏观上的人力资源定义撇开了具体的组织或企业，而实际上，在社会层面上是人才的人对具体组织来讲并不一定是本企业或组织的人力资源。那么针对具体的组织，什么是人力资源呢？我们从微观的角度来理解，就是必须与组织紧密相连的人力资源，具体来讲，也就是"具有制约组织生存与发展的技能和创造力"的人方可被认定为组织的人力资源。

从针对具体组织的微观层面理解，人力资源则可定义为"这个人服务于该组织并与组织休戚相关的具有一定技能和创造力的组织人"。这个定义至少包含了三层意思：与组织的生存和发展密切相关；这个人必须具有一定的能力；这个人必须是组织人。

在这个定义中强调了成为组织人力资源的两个必备条件，那就是"组织人"和这个组织人必须要具有"技能和创造力"。而这两个条件，直接反映了"投入程度"和"能力水平"的要素。

3. 现代 HR 新定义

随着管理水平的提高，社会对选人、用人、管人、留人、育人的要求越来越高，人们需要对人力资源有更深的了解，并对 21 世纪人力资源有更新的要求。经过许多管理学家的大量研究，2003 年，美国密歇根大学人力资源管理专家戴维·优立取（David Ulrich）教授率先赋予现代人力资源新含义。他汇聚了原来宏观和微观两个层面的内涵，以简练的八字公式定义了现代人力资源。尽管字数不多，但其强调了 21 世纪的现代人力资源必须具备两大条件。为突出他所提出的 HR 定义与以往人力资源定义的区别，我们在此特将其定为"现代人力资源"（简称现代 HR），表示公式如下：

现代 HR ＝ 投入程度×能力水平

以上戴维·优立取教授的现代 HR 公式实际上也是对 100 多种 HR 定义的归纳，并起到了画龙点睛和一锤定音之效。同时，这个公式不仅有利于组织的招聘、甄选、测评、培养、绩效考核、薪酬设计，而且为员工个人的成长与发展指明了方向。

分析其现代人力资源含义可知，作为现代 HR 必须具备两个条件。其中之一就是"投入程度"，也即为"组织人"，只有组织人才会有投入程度，这样的组织人必定对组织具有奉献精神，也具有一定的忠诚度，这样的组织人将如比尔·盖茨所要求的"勇于付出"，并能与组织同命运、共患难，与组织始终站在一起，也只有这样的人才会有极大的积极性，这就打破了我国多年来在招聘甄选中只强调"能力"，而忽视"品行"的问题。

对具体组织来讲，只有"组织人"，才会有积极性，才有主动的"投入"；而只有显示出"性感"特征的人力资源才可以说是成为组织人。那么，何谓"组织人"呢？

4. 成为"组织人"的一般阶段

我们根据戴维·优立取教授率先赋予人力资源的新含义，进行如下分析。

美国前总统肯尼迪曾在就职演说中说："不要说国家为你做什么，应当是你为国家做什么。"对于企业员工来讲，忠诚度很重要。作为"组织人"，就是强调员工的责任心、工作态度和奉献精神。

只有组织人，才会有戴维·优立取教授提到的"投入程度"。因此，所谓"组织人"不仅通过制度（如合同等）同组织确立了特定的关系，而且在心理和文化上也与组织融合在一起。事实证明，只有这样的组织人，才会有完全的投入，才会全力以赴把事情做好，才会急组织之所急、想组织之所想；而最高阶段则是完全能与组织"同命运、共患难"。要成为组织人，必须经历"四个阶段"。

第一为准备阶段。当一个人接受组织的招聘，并经过招聘过程而与组织签约后，他就进入了使自己成为组织人的准备阶段。在这个阶段，他一方面与组织签订了具有法律效力的经济合同，建立了权利和义务关系；另一方面，与组织也具有一定的心理契约，心理契约与经济合同最大的不同是：心理契约更强调个人与组织的关系而不是交换。实际上，这种心理契约在组织招聘人员或者调动人员的过程中就已经开始了，并且存在于组织管理活动的几乎所有方面和始终。因此，所谓心理契约，也就是在组织与其成员之间以及组织中内部成员之间存在的"互相期望"和"对义务的承诺与互惠"。

即使如此，在这一阶段，他还不是组织人，虽然"经济合同"确定了一种带有强制性的互相制约的手段，但是只要外面有"风吹草动"，他宁可赔偿损失，也会被"猎头公司"或出更高薪资的企业挖走。这一阶段的特点体现在"表象"上，感情或者关系并不牢固。

所以他在这一阶段还不是"组织人"，还在观望，还在了解。只要他目前的实际状况出现了与对组织最初的期望和承诺有太大差距的情况，一旦遇到有更好的单位来聘请的话，也许他就会立即收拾行装。所以，这一阶段的基础很不牢固，双方均未进入情感层次，需要进行一段时间的适应过程和磨合阶段。

第二为磨合阶段。第二阶段是组织和组织成员双方互相考验的关键时期。这一阶段作为组织成员要经受三方面的考验和磨合：

（1）是否胜任和适应组织赋予的角色，也就是能否完成组织交给的工作任务；

（2）能否兑现组织原来的"心理契约"和"经济契约"，也就是能否获得在组织内的社会性需求的满足；

（3）能否适应这个新的组织环境和适宜自己的氛围，特别是组织内的人际关系。

在这一阶段，他仍然不是组织人，虽然表面上已在组织内跨过了了解期，但他还是像"徐庶进曹营"，并未融入组织。

只有经历了"磨合"阶段的三大考验，他才会从内心认可组织文化，并愿意融入该组织。这一阶段的最大特点就是考验和磨合。

第三为"性感"阶段。只有经历过各种磨合和考验，他才会逐步成为一个"组织人"，才会显示"性感"特征。所谓"性感"也就是必须显示"两性两感"。

"两性"就是必须具有"调整性"和"参与性"的特点。"调整性"就是调整心态，就是要对自己不熟悉的、不适应的环境逐渐习惯起来，在新环境中不断调整自己的心态，只有对组织共有的价值观、规范和组织文化全盘接受，才可能把心态调整过来。而"参与性"就是要求新成员能积极参加组织活动，能积极为组织出谋划策，站在组织的角度考虑问题。具有积极学习组织文化和积极参与工作的主动性，也就是有了提升自己的角色的愿望，由此达到这种"参与性"，把自己置身于组织的互动之中，并不断受到互动结果的影响。

"两感"就是必须具有"自豪感"和"挫折感"的特点。所谓"自豪感"，体现为作为一个"组织人"能时时处处对组织所取得的每一点成绩"引以为豪"，时时处处为组织的形象添砖加瓦，维护组织的威信，为组织的进步有发自内心的"自豪"。而"挫折感"就是当组织没有取得成绩和进步时，就像自己受到挫折一样。

因此，这一阶段如果能显示出"两性两感"的特征，则说明他已经完全确立了对组织的忠诚和信任，愿意与组织同命运、共患难。这其实已经进入"组织人"的高级阶段。

第四为最高阶段。此阶段他已经完全把自己与组织融合在一起，成为组织坚定的支持者。这样的组织人不会轻易"跳槽"，不会随便对自己的组织表示轻蔑；相反，他会与组织融为一体，与组织同命运、共患难，会为组织的存亡赴汤蹈火，这就是组织社会化的最高阶段。2008年，党中央发起的共产党员"保先"教育，就是为了提高共产党员对党的事业、国家和人民的事业的忠诚度的教育，只有具有极大的忠诚，才会有极大的投入和激励，才会更好地提高党的执行能力。

二、人力资源的特点和流动的种类

（一）人力资源的特点

人力资源作为经济资源中的一个特殊种类，主要有四方面、八个基本特点。

1. 再生性和可增值性

人力资源具有再生性。人口再生产是人口不断更新、人类自身得以延续和发展的过程。人力资源的再生性不同于一般生物资源的再生性。除了遵循一般生物学规律之外，人力资源的再生产意味着人力资源具有再生性。当然人力资源的再生产还受到人类意识的支配和人类活动的影响。

人力资源的可增值性意味着在各种资源中，只有人力资源是在使用中或通过使用而不断增值的。例如，一个外科医生，就是通过不断地做手术而使他的技术增值的；一个车工则通过不断地切削金属而使他的技术得到提高。

2. 持续性和消耗性

人力资源开发是一个持续不断的过程，它一方面表现在使用与开发的同一性上，另一方面也表现在人的需求品位的提高及社会对优秀人才的需求上。因为人不仅具有主观能动性，而且是知识的载体，这是人力资源区别于其他资源的又一特征。人在改造世界时可通过自己的智力，使器官得到延长、放大，从而使自身能力不断扩大。同时，人的知识还可以传播、深入，正是一代又一代人吸取了先辈在生产生活中积累起来的知识，才使得今天的人力资源更具有价值和使用价值。当人们不满足于现状而力图为新的目标努力时，当社会对人才的需求增加时，都会促使人力资源实施再开发，只有人力资源持续不断地得到开发，才能提高个人和组织的竞争力。

但是，人力资源在闲置过程中，本身具有一定的消耗性。人是生产者，同时也是消费者，这种两重性要求我们既要重视对人口数量的控制，更要重视人力资源的开发和人才的培养。充分地利用和开发现有的人力资源，是降低人力资源成本、获取人力资源收益的基本途径。

3. 自控性和可塑性

人能对自己的技能和创造力进行自我控制。人不同于自然界的其他生物的根本标志之一是具有自控性，人能够积极主动、有目的、有意识地认识世界和改造世界。在改造世界的过程中，人能通过意识对所采取的行为、手段及结果进行分析、判断和预测；同时人在人际交往中可以掩盖"本我"。根据弗洛伊德的冰山中的"三我"研究，我们可以知道，成人在正常情况下可以理智地控制自己的外露行为，充分运用"超我"。这说明人具有"自控性"。

人的可塑性体现在人可以接受社会化的过程。人的素质与创造力在不同的条件下会表现出不同的水平。人具有社会意识，并在社会生产过程中处于主体地位，因而我们应该充分发挥人力资源主体的能动性，挖掘人力资源的潜能，充分调动员工的积极性。

4. 共享性和流动性

人力资源共享性是指人力资源主体可同时服务于多个部门和承担多种不同工作的特性。共享性的特点不仅展现了人力资源能"一专多能"、全面发展，当然这也是当今社会变化的一个特征；而且，人力资源的共享性特点还体现了人力资源能适应更多的环境，能"干一行、成一行"，能"像种子撒到哪里，哪里就能开花、结果"。

人力资源具有流动性的特点主要反映在人可以适应多方面的工作，可以在不同领域和部门进行调动。现代社会是一个开放的社会。俗话说"水往低处流、人往高处走"，人才的流动会更加激发员工的工作热情，更加有利于社会进步。流动性是人力资源的一个重要特点。

（二）流动的种类

流动性是人力资源的一个重要特点。流动根据不同的划分标准，可表述如下：

（1）按照流动方向划分。如果按照流动的方向划分，可分为水平流动和垂直流动。水平流动就是横向流动，就是不同岗位的变动，如原来做车工，现在调到维修部门做钳工。而垂直流动又称为纵向流动，就是职位的变动、升降，如原来是科长，现在升为处长。

（2）按照流动时空划分。如果按照流动的时空范围划分，可分为代内流动和代际流动。代内流动又可称为一生中的流动，体现在一个人一生中的职业岗位、地位的变化，反映了一个人的全部职业生涯。而代际流动又可称为异代流动，反映的是同一家庭两代人之间在社会地位方面的变化，从异代流动也可看出社会变迁的情况。

（3）按照分化速率划分。如果按照分化速率来划分，我们又可以将流动划分为结构性流动和非结构性流动。结构性流动是因社会结构的变化所引起的大规模的社会流动。如中国"大跃进"时期的大量农村人口流向城市，"文化大革命"时期的城市人口流向农村，以及改革开放后人才的大规模流动，都属于结构性流动。而非结构性流动又称为自由流动，是因个人原因所引起的社会流动，如夫妻两地分居，需要调动工作；如因为工作不顺心，需要跳槽等。

人才需要流动，但都有利弊两方面。无论是对组织还是个人，都有利有弊，不能一概而论。当然对整个国家、整个社会也有利有弊。那么，如何衡量流动的优劣呢？从宏观上来讲，必须有"度"，也就是必须控制在上限和下限范围内，如图 1-4 所示。

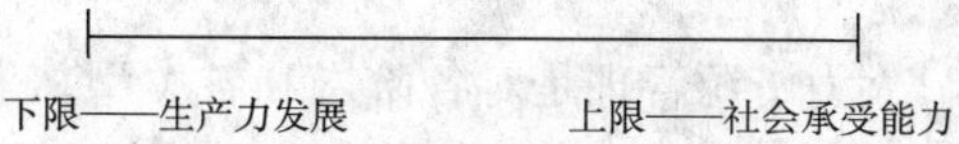

下限——生产力发展　　　　上限——社会承受能力

图 1-4　人才流动必须控制在两限之中

第四节　人性假设与相应的管理理论

一、各种人性假设

自英国古典经济学家亚当·斯密（1723～1790 年）、大卫·李嘉图（1772～1823 年）提出"经济人"假设以来，还先后出现了"社会人"、"自动人"和"复杂人"等假设。

1. "经济人"假设

"经济人"假设，即人受制于本性的驱使而在行为上追求利益的最大化。亚当·斯密和大卫·李嘉图在 18 世纪从人类本性出发提出"经济人"假设，建构了古典经济学理论，为管理理论的建立奠定了重要的基础。

2. "社会人"假设

20 世纪二三十年代美国哈佛大学梅奥教授等于 1924～1932 年为探研如何提高工人劳动效率，在美国芝加哥城郊西方电器公司的霍桑工厂做了大量的实验，结果发现许多人为了朋友有时往往愿意牺牲经济上的利益，"经济人"的假设没有在实验中出现。为此，梅奥在 1933 年的《工业文明中的人的问题》一书中提出了人际关系学说，强调"社会人"假设是这个学说的核心内容。

3. "自动人"假设

美国著名心理学家马斯洛通过大量研究，首先提出了"自动人"的假设。他认为"经济人"之所以追求利益的最大化，或者"社会人"强调人际关系重要，都是"本性"的驱动，因为人类的各种需求都有一个等级序列，根据研究成果，他提出了"层次需求理论"，并强调五级层次中，处于最高级的就是"自我实现"。人只有满足了低层次的需求，才会自动转到高一级层次的需求。

4. "复杂人"假设

实际上，人的行为表现是非常复杂的。人们会因人、因事、因时、因地而不断变化出多种多样的需要，各种需要互相结合，形成了动机和行为的多样性。

为此，薛恩等人在 20 世纪 70 年代初提出了"复杂人"的假设。这种假设认为，无论是"经济人"、"社会人"，还是"自动人"的假设，都有其合理的一面，但都不适用于一切人。这是因为，一方面，人与人之间存在着很大的个体差异；另一方面，同一个人在不同的年龄、事件、地点和环境下，也会有不同的表现。人的需要和潜力，随着年龄的增长、知识的丰富、地位的改变以及人际关系的变化会有不同，所以，"复杂人"又称为"权变人"。

二、相应的人性管理理论

人力资源管理是对各阶层和各类型从业人员实施的招工、录取、培训、使用、周转、升迁、调动乃至退休的全过程管理。人力资源管理理论是研究这个管理全过程规律和方法的系统理论，是人力资源理论的又一重要组成部分。它揭示如何调配、使用、开发人力资源，充分利用人力资源，由此推动社会经济发展。人力资源管理原理来自于近代管理理论，其中最有影响的莫过于 X 理论、Y 理论、超 Y 理论和 Z 理论。

（一）科学管理理论和 X 理论

针对亚当·斯密、大卫·李嘉图提出的"经济人"假设，泰勒创立了科学管理理论。该理论假定工人最关心的是如何提高自己的货币收入。为提高工作效率，泰勒提出的科学管理理论所采取的管理方法就是：只要满足工人的利益需求，管理者就能挖掘出工人的最大潜能，从而可提高效率。

美国工业心理学家麦格雷戈针对经济人的管理提出了用 X 理论进行管理。X 理论认为，人天生懒惰，缺乏雄心，不愿负责任。X 理论的基本观点与中国古代的哲学家荀子主张的"人之初，性本恶"一脉相承。荀子认为，"人之性恶，其善者伪也"，"今人之性，饥而欲饱，寒而欲暖，劳而欲休，此人之性情也"。X 理论在 18 世纪末到 19 世纪末的一个世纪中占统治地位。该理论最核心的观点就是要证明人是"经济人"，对工人的管理可以用强制和惩罚的方法。其基本观点是：①一般人生来不喜欢劳动，他们尽可能地逃避劳动。由此可以得出结论，必须对他们实行强制性劳动。②多数人缺乏进取心、责任心，不愿对人和事负责。因此，必须有人指挥他们，管理他们，他们也愿意接受指挥和管理。③一般人工作是为了物质和安全的需要，为了获得金钱，因而只有金钱才能使他们努力工作，故应采取物质刺激的方法。④人具有欺软怕硬、恃强凌弱的特点。因此，必须对劳动者实施惩罚，以迫使他们服从指挥。

在 X 理论指导下，管理者把人视为"经济人"和生产的工具，实行强制性劳动和惩罚性的管理，只以金钱物质利益作为衡量标准。

此理论的最大缺点是，扼杀了人力资源本身的创造性与自主性，忽视了个人自尊、自信、自治、自律以及个人自我发展方面的需求。

为此，麦格雷戈的 X 理论强调"胡萝卜加大棒"的管理方法，既以金钱物质利益为诱饵，又实行强制性劳动和惩罚性的管理，这样就能提高工作效率。

（二）组织行为理论

行为科学理论认为，人们除了在金钱、物质方面的需求以外，还有社会、精神、心理、人性方面的需求。20 世纪 50 年代，梅奥通过霍桑实验，强调人是属于社会的人，提出"社会人"假设，"社会人"又称"社交人"，在人际关系学说基础上产生了组织行为理论。行为科学是一个学科群体系，它研究在一定的物质和社会环境中人的行为的变化规律，其基础学科包括心理学、社会学、人类学，把人的行为、社会行为和人类本身发展变化的关系和规律有机融为一体，构成行为科学理论体系。行为科学用于组织管理则构成组织行为学。这种理论强调人是高级的社会动物，驱使人们工作的最大动力是社会、心理需要，而不是经济需要，人们追求的是保持良好的人际关系，与周围其他人的人际关系对人的工作积极性起很大作用。人的天性是友善的、勤劳的、上进的，具有自觉能动性，精神激励和良好的人际关系是调动积极性的决定因素。因此，对"社会人"的管理，如要提高工作效率，只需以人为中心，重视满足人的需要和人际关系的和谐，实行激励式的管理即可。

组织行为学认为：①对人的管理不仅要依靠一定的规章制度和一定的组织形式，而且要保持组织对其成员的吸引力；②要激励和保持组织成员的责任感、成就感、事业心、集体精神和高涨的士气。

因此，组织行为学着重研究个体的心理和行为、群体的心理和行为、领导的心理和行为等，并通过这些研究分析不同的管理方式所带来的管理效果。

（三）Y理论

Y理论的代表人物是马洛斯，该理论把人看成是"自我实现的人"。前文所述的"自动人"假设认为，人除了有社会需求外，还有一种想充分表现自身的能力、发挥自己潜力的欲望，通过刻意的追求和努力，把人生价值推向制高点。针对马斯洛提出的"自动人"假设，麦格雷戈又提出了Y理论的管理。这与中国古代的哲学家孟子所主张的"人之初，性本善"的"性善说"如出一辙。Y理论认为就如孟子所说的，人人都有善的萌芽，是建立在人是勤奋、有才能、有潜力基础上的，具体来就是：①人们愿意用力和用心工作，这如游戏和休息一样，是很自然的事情。因此，在管理上可以引导人们自觉工作。②外来的控制与惩罚并非使人工作的唯一方法，人具有自我指导、自我控制的愿望。因而管理上必须尊重个人意志。③在适当的情况下，一般人不仅接受责任，更寻求责任。具有"自我实现"的愿望，缺乏雄心、注重安全皆由环境而造成，并非人之天性。④应用高超丰富的想象力、智能和创造力解决企业本身存在的问题的能力，是广大员工应该具备的，应想方设法调动雇员的这种积极性。

因此，Y理论追求的是通过实现马斯洛需要层级的最高层次，尽量把工作安排得有意义，寻找什么工作对什么人最具有挑战性，最能满足人自我实现的需求，让他实现自我、发挥潜能，表现才能，感到满足，这样就能提高工作效率。

（四）超Y理论

超Y理论又称为权变理论。针对"复杂人"的假设或"权变人"的假设，薛恩等人提出的"复杂人"假设的主要观点是：①人的需要是多种多样的。人们是怀着许多不同的需要加入工作组织的，而且人的需要是随着人的发展和生活条件的变化而变化的。每个人的需要各不相同，需要的层次也因人而异。②人在同一时期内会有各种需要和动机。它们会相互作用并整合为一个整体，形成复杂的动机模式。③由于工作和生活条件的不断变化，人会不断产生新的需要和动机。④个体在不同单位或同一单位的不同部门工作中，会产生不同的需要。⑤由于人的需要不同，能力各异，对不同的管理方式会有不同的反应，因此，没有一套适合于任何时代和任何组织和个人的、普遍的、行之有效的管理方法。

　　为此，薛恩等人针对此类人的管理，提出了权变管理理论，或称为超 Y 理论，该管理理论强调由于人的需求与他所处的组织环境有关联，在不同的组织环境与时间、地点会有不同的需求；人是否愿意为组织目标作出贡献，取决于他自身的需求状况以及他与组织之间的相互关系；人可以依自己的需求、能力，而对不同的管理方式作出不同的反映，所以，没有一套适合于任何人、任何时代的万能管理方法，也不存在一套适合任何人和任何时期的普遍有效的管理模式。为此，薛恩等学者提出管理者应具有洞察人的个性差异的能力，并能随机应变地采取适当的管理方法，这样就能提高工作效率。

（五）Z 理论

　　Z 理论是由美籍日裔学者威廉·大内在 1981 年出版的《Z 理论》① 一书中提出来的，其研究的内容为人与企业、人与工作的关系。在 Z 理论的研究过程中，大内选择了日、美两国的一些典型企业进行研究。这些企业都在本国及对方国家中设有子公司或工厂，采取不同的管理方式。大内的研究表明，日本的经营管理方式一般较美国的效率更高，据此他提出美国的企业应该结合本国的特点，向日本企业管理方式学习，形成自己的管理方式。他把这种管理方式归结为 Z 理论型管理方式，并对这种方式进行了理论上的概括，称为"Z 理论"。

　　Z 理论认为，一切企业的成功都离不开信任、敏感与亲密，因此主张以坦白、开放、沟通作为基本原则来实行"民主管理"。大内把大部分美国机构由领导者个人决策、员工处于被动服从地位的企业称为 A 型组织。他的研究认为，A 型组织有七个特点：①短期雇用；②迅速的评价和升级，即绩效考核期短，员工得到回报快；③专业化的经历道路，造成员工过分局限于自己的专业，但对整个企业并不是了解很多；④明确的控制；⑤个人决策过程不利于诱发员工的聪明才智和创造精神；⑥个人负责，任何事情都有明确的负责人；⑦局部关系。而大内把日本企业称为 J 型组织，他认为 J 型组织具有与 A 型组织不同的另外七个特点：①实行长期或终身雇佣制度，使员工与企业同甘共苦；②对员工实行长期考核和逐步提升制度；③非专业化的经历道路，培养适合各种工作环境的多专多能人才；④管理过程既要运用统计报表、数字信息等清晰鲜明的控制手段，又注重对人的经验和潜能进行细致而积极的启发诱导；⑤采取集体研究的决策过程；⑥对一件工作集体负责；⑦人们树立牢固的正题观念，员工之间平等相待，每个人对事物均可作出判断，并能独立工作，以自我指挥代替等级指挥。

　　Z 理论是近代人力资源管理中有相当代表性的管理理论。其理论核心是"人是整体的统一"，基本论点是：①人能够相互信任。由此可以推出，公司的宗旨必须为全体职工所理解和接受，同时通过创立机构以贯彻宗旨。②人具有微妙性。该结论认为，人与

---

① 〔美〕威廉·大内：《Z 理论》，朱雁斌译，机械工业出版社，2007 年，第 105 页。

人之间既可能通过沟通达成理解，又可能因难以沟通而使局面陷入僵化。这表明人自身存在着许多矛盾，对这些矛盾如何处理，可以使管理者得到两种截然不同的管理结果。因此，必须发展人际关系，提倡人与人之间的理解和沟通，在组织上应形成一种缓慢而慎重的评价和提升制度。③人与人之间有亲和性，人可能会爱他人，并为他人和团体作出牺牲。因此，对人的评价必须从整体出发，提倡爱心和鼓励爱心，从而使组织结构尽可能稳定化。

随着人力资源管理理论的不断发展，以上各种理论的合理部分将为新的管理理论提供思想渊源。从人力资源管理理论的发展趋势来看，人的需要和内在动力，组织对其成员的吸引力，对个人责任感、成就感、事业心的激励，组织和整体性，协调性和稳定性等问题构成今后人力资源管理理论的主要内涵。

本 章 小 结

"21 世纪什么最贵？人才！"这句电影中的对白已经成为现今社会的流行语，而"人力资源是第一资源"的理念也已经被各企业乃至各国所普遍认同，并受到越来越多的关注和重视。清晰理解人力资源管理的概念是成功获取吸引人才的战略制高点的基石，充分掌握人力资源管理的方法是取得成功的手段。因此，我们只有不断学习、不断进步，才能充分运用好人力资源，才能使合适的人才在合适的岗位上发挥自己的最大才能，创造最好的绩效。

本章阐述了人力资源管理的概念和意义，并提供了人力资源管理的基本理论和假设。这些概念都是运用人力资源管理的基础，是核心和本质内容，也是 HR 管理教学的重点。因此，掌握好本章的内容，将使学习 HR 管理的六大模块变得相对简易和清晰，同时也对学习其他相关内容有着至关重要的作用。

➤ 本章思考题

1. 何谓人力资源？何谓人力资源管理？
2. 现代人力资源管理与传统的人事管理有何区别？
3. X 理论与 Y 理论有何区别？
4. 何谓组织人？如何才能成为组织人？
5. 何谓 Z 理论？A 型组织和 J 型组织各有何特点？

➤ 本章参考文献

1. 〔美〕加里·德斯勒：《人力资源管理》，第 6 版，中国人民大学出版社，1999 年
2. 商红日等：《人力资源管理》，上海人民出版社，2001 年
3. 张培德等：《管理效率的评判》，《企业研究》，2003 年第 12 期

第二章

组织、文化、战略、环境与 HR 管理

引导案例

商道即人道①

"小型企业靠能人老板、中型企业靠制度管理、大型企业靠文化。"万科的发展揭示了中国成功企业的必由之路。

◎ **组织发展战略**

万科集团，1984 年创立，依靠创业者王石的智慧，造就了企业常青树的发展历史。在 25 年的发展史中，万科经历了多次战略调整，形成了布局珠三角、长三角、环渤海三大城市经济圈为重点的 31 座大中型城市，从最开始一家名不见经传的贸易公司逐步成长为中国最大的房地产商，成为"中国房地产行业的领跑者"。

2005 年，为适应经营模式的转变，万科由"香港模式"的房地产开发模式转入"美国模式"运作（香港模式与美国模式的本质区别在于，香港模式注重自身资源的整合，美国模式注重行业资源的整合）。为适应兼并、重组等战略发展需要，万科对其组织结构进行了充分的调整，一方面对职能的战略规划进行调整，另一方面对集团总部与一线公司的权限比重进行调整。在职能战略分组方面，万科的组织结构主要调整为四条主线：产品线、运营线、管理线、监控线。

（1）产品线。以产品的客户需求、规划设计，一直到项目管理、营销的全过程流程的规范，从合同审批到项目决策，均按照流程执行。在流程中充分考虑总部与地区公司、公司各部门之间的对接；强调各职能部门、各层级和各专业线服务于流程，打破上下级之间、各部门之间的职能刚性束缚。这是万科面向市场、以客户为导向、"柔"化组织架构、强调以产品流程为核心建立工作网络的一种制度实践。

---

① 部分资料引自万科网站。

（2）运营线。以企业融资、兼并重组、运营管理、企业发展战略为目标，高效运转内部网系统。内部网是万科信息管理的重要沟通平台，总部和各地区公司均有独立的内部网。内部网最大的功能是构建了扁平化的信息反馈体系，大大提升了人力资源管理效能。

（3）管理线。包括人力资源、总经理行政办公室等。万科建立了 SAP 管理系统。该系统源自德国，其全称为"系统、应用与数据处理产品"，集成了人力资源、薪金管理、培训管理、绩效考核等众多模块，主要应用于人力资源管理系统，将正在处于运用阶段的人力资源、薪金管理、绩效考核等模块纳入系统，大幅度提高了审批效率。通过 SAP 系统，万科总部可对各地区的人力资源采取即时管理，可以确保所有的信息和指令能够在最短的时间内以最准确的方式传达给每一个指定员工，这有利于总部对人力资源系统的集权式管理。

（4）监控线。以公司的内部审计、风险防范以及党务工作为重点。董事会办公室负责股东关系、媒体关系和研究工作，并赋予了一线公司更大的操作空间。

◎ 企业文化

万科的宗旨为"建筑无限生活"，其核心价值观为"创造健康丰富的人生"。这在很大程度上反映出王石的思想境界："我知道我的目标只是登顶珠峰。"

万科倡导健康丰盛的人生，追求个性发展与团队意识的协调一致以及充满乐趣的工作、志趣相投的同事、健康的体魄、开放的心态和乐观向上的精神。王石认为万科最大的核心竞争力就是其企业文化和团队建设。王石选才的标准是一个人的精英意识、先锋精神和创新精神。万科的人才理念是一个相当完整的体系，其中包括：

（1）职业经理人。王石本来就是一个杰出的职业经理人，以管理为生，精于管理。万科于 1998 年提出"职业经理年"，经过十余年的发展，其职业经理培训和开发成为万科可持续发展的一项重要标杆：创建一支专业化、富有生命力和创造性的职业经理队伍，能够持续推动整个公司的经营能力和管理能力的提高。职业经理团队是万科人才理念的具体体现。万科的创业者和优秀的职业经理团队构建了万科跨地区管理的高效体系。

（2）举荐制度。即鼓励企业员工积极推荐优秀的人才加入团队。在企业的未来发展规划中，每年万科都要从各院校应届毕业生中招收一批新职员。这些"新鲜血液"为企业提供了源源不断的高素质人力资本。

（3）员工培训和职业生涯规划。具体措施有：①双向交流。强化业务，资源共享。双向交流制度促进了相互之间的交流和学习，从而加强了集团范围内的联系，实现资源共享，促进了企业职员业务能力的共同提升。②专门课程培训。每年都要不定期地对集团内所有的中层管理者开展不同形式的培训。内部培训由集团内部组织，聘请专家进行培训；外部培训则由专门的培训、教育机构举办的各种课程。③在职辅导。挖掘有潜质的人员进行重点培养，为万科发展战略的实施储备人才。④外出考察。身心愉悦，拓展视野，同时又体现为一种福利和激励。⑤晋升制度。一条是专业道路，一条是职务道路，职员依据自己的特长来进行选择，符合设定标准的人员优先获得晋升。

坚持专业化、规范化、诚信进取的经营之道，这是万科基本的价值理念。商道即人道，王石给予世人的印象即如是。

讨论题：

1. 万科为什么要进行组织结构的变革？
2. 如何认识万科的职业经理人制度？
3. 从万科的改革来看，你认为影响人力资源管理的因素有哪些？

人力资源是第一资源，现代人力资源管理是21世纪的主旋律，但是人力资源管理要受到各方面因素的制约，归纳起来主要有组织、文化、战略和环境四大方面。

第一节　组织制约 HR 管理

在人力资源管理的框架下，企业的人力资源管理应当选择一种最合适的组织结构与其战略规划互相匹配。企业组织是通过对企业经营活动、企业组织结构的设计及执行企业决策所需要的资源进行整合的一系列管理活动。各种人力资源管理措施都不能脱离组织的要求，必须建立在组织运作需要的基础上。因此，组织是人力资源管理的最基础的制约要素之一。

一、组织概述

（一）组织的含义

组织以多种方式存在于社会，并在经济社会的各个领域发挥着重要影响。管理心理学家巴纳德认为：组织是一个有意识地协调二人以上的活动或力量的合作体系；也有人认为"组织是一个开放系统，是依托环境而求生存的'输入-产出'的转换系统"，等等。从权责角色来看，组织既是一组工作关系的技术系统，又是一组人与人之间关系的社会系统，是两个系统的统一。具体而言，组织是一个社会实体，它具有明确的目标，具有协调能力，具有一整套正式结构，是一个开放的系统，是一个整合的系统。

（二）组织的分类

人们可以从不同的角度，根据不同的标准把组织划分为多种不同的类型。帕森斯（P. Parsons）根据组织社会功能的不同，将组织划分为生产组织、政治组织、整合组织和模型维持组织。布劳（P. M. Blau）按组织成员的受益程度不同，将组织划分为互利组织、商业组织、服务型组织和公益组织四种类型。埃桑尼（A. Etzioni）按组织成员的控制方式不同，将组织分为强制性组织、功利性组织和规范性组织三类。还可从组织功能的角度把组织分为经济组织、政治组织组织、文化教育组织、军事组织等。

此外，还有一种比较引人注目的分类方法，就是按照组织结构的严密程度及其成员关系的不同，可将组织划分为正式组织和非正式组织。正式组织与非正式组织的差异如表2-1所示。

表 2-1　正式组织与非正式组织的差异比较

比较项目	正式组织	非正式组织
形成	经正规程序有目的地建立	自发形成，未经正式筹划
组织目标	具体明确	情感上的、不明确的
主要关注	结构、职权、责任	人与人之间的关系
领导权力	由组织制度赋予，组织任命领导	由群体成员赋予，自然形成核心人物
行为指南	政策、规章制度	群体规范
组织结构	层级严密	比较松散
控制的源泉	奖励和惩罚机制	制裁
稳定性	相对稳定	不稳定

二、组织对 HR 管理的制约

不同的组织对于自己的人力资源管理部门及其活动有着不同的制约作用，这正是我们认识和研究人力资源管理所不能忽视的问题。

(一) 各类组织模式的分析

1. 网络型组织

网络型组织是指多家自主经营的法人实体之间组成的一种联盟关系，是那种依赖外部资源和对速度有严格要求的组织。网络型组织共同承担风险，共享科研成果。网络型组织并不具有明显的稳定性和实体性，对管理者有特别的要求，包括指导技能、合作技能和关系管理技能等。

其特点是：该组织只注重核心经营活动，因而组织结构有较大的松散性；该组织善于抓住市场机会，优化资源配置，因而具备极强的竞争能力。

2. 柔性组织

彼得·德鲁克曾预言："未来的企业组织将不再是一种金字塔式的等级制结构，而会逐步向柔性式结构演进。"柔性组织要求管理者具备技术知识、跨职能经验、国际经验、协作的领导能力和自我管理的技能。柔性组织具有敏捷、灵活、快速、高效的优点。

3. 学习型组织

美国学者彼得·圣吉提出"五项修炼"的概念，即"系统思考、共同愿景、团队学习、自我超越和改变心智模式"。彼得·圣吉认为，"学习型组织"就是大家通过不断共同学习，突破自己的能力上限，创造真心向往的结果，培养全新、前瞻而开阔的思维，全力实现共同的愿景。学习型组织必须具备以下特点：组织成员有共同的愿景；组成组织的各个团队均具有独创性；组织始终处于不断的学习过程之中，更强调群体的智力开发；领导者具有责任感和使命感。

(二) 正式组织对 HR 管理的制约

1. 组织规模制约着人力资源管理部门的规模和职能

由于新经济的迅速发展，组织规模的重要性正在逐渐下降，但对绝大多数传统行业的组织而言，其组织规模仍不失为影响人力资源管理的一个重要因素。研究表明，组织越大，其内部劳动力市场越完善，则对外部劳动力市场的依赖程度就越低。而组织越依赖内部劳动力市场，它在制定企业绩效考评、薪酬计划、人员培训、职业生涯规划等人力资源政策时就越要慎重。

2. 组织的生命周期影响着人力资源管理

随着一个组织的诞生、成长、成熟直至衰退，其演化呈现出明显的生命周期。当组织沿着生命周期的不同阶段演化时，其受到的风险制约因素和制约程度是不同的，要保证其健康成长，组织就必须进行管理变革，而人力资源管理活动将成为组织变革成败的关键。

(1) 创业阶段。当一个组织刚产生时，其重点是生产产品和在市场中求得生存。组织的创立者将其所有的精力都投入生产技术活动和营销中。"白天做老板，晚上睡地板，平时看黑板"说的就是这种状况。

(2) 成长阶段。这一阶段的组织规模不断扩大，人员需求迅速增加，内部分工开始细化，管理层次开始裂变，组织的主要目标是继续成长和增加内部稳定性。这一时期尤其是要慎选人才，同时，员工的教育培训工作也变得十分重要。

(3) 成熟阶段。这一时期的人力资源管理重点应该是充分调动组织全体员工的积极性和创造性，使员工的潜力得到最大限度的发挥。此时，组织的决策层应当采取的举措包括：一是要注意利用外部咨询机构，找出组织危机的症结所在；二是要促使管理层适时转变角色，充分发挥管理层的权威性和决断力，为领导与管理方式的变革创造条件；三是及时进行组织结构的重组，逐步实现授权与控制、稳定与灵活的有机统一；四是完善组织的各项规章制度并严格执行，特别是在人才引进、用人留人、员工培训和激励机制等方面要敢于突破陈规，进行创造性的工作；五是要注意重塑组织文化，有意识地营造和培养一种积极的、团结的、勇于创新并与组织要求相吻合的组织文化；六是要进行内部的人力资源整合，注重绩效评估，充分调动内部原有员工的积极性和创造性。

(4) 衰退阶段。组织衰退是指组织的资源在一定的时期内绝对地减少了。在衰退中的组织，裁员往往是向好的方向转变的第一步，因此，运用恰当的方法裁员、解决好薪酬福利方面的问题，是该时期人力资源管理必须要解决好的重要问题，矛盾相对处理得越平和，越有利于提高剩余员工的生产力和效率，也能保持组织较好的信誉。

3. 组织结构是对人力资源管理产生重要影响的因素之一

组织结构是实现公司战略目标的重要保证，是为实现目标对资源的一种系统性安排。企业组织结构设计的关键是能否体现组织管理的协同性、集中性和有效性。根据企业成长环境的不同阶段，需要适时调整企业结构，以灵活应对企业现实存在情况。知识经济的到来使传统的规模经济不再具有绝对优势，而一些规模小、技术含量却很高且能为顾客提供高附加值的产品和服务的小型企业则越来越显示出独有的优势。

（三）非正式组织对 HR 管理的影响

非正式组织对组织管理而言，犹如一柄双刃剑，既有有利的一面，也有负面影响。简而言之，非正式组织的积极作用表现在：能增加组织的有效性；可以减轻管理者的工作负担；有利于组织沟通，促进员工之间的合作；可以弥补正式领导的能力或经验不足；也能使员工产生满意感和稳定性；能帮助员工释放工作压力；促使管理者在决策和行动中更加谨慎等。其消极影响有：抵制变化或正确指令的执行和实施；可能带来人际冲突以及群体之间的冲突；降低员工的工作动机、工作满意度以及生产力；排斥或伤害某些员工；使正式职权失控；使成员产生角色冲突等。

第二节　文化制约 HR 管理

泰勒认为，文化，从其广泛的民族意义上来说，是知识、信仰、艺术、道德、法律、风俗及任何人作为社会成员而获得的所有能力和习惯的复合的总体。文化不仅是一种社会黏合剂，能为组织成员提供言行的标准，聚合整个组织，还是一种控制机制，能引导、塑造员工的态度和行为。

一、组织文化的定义

组织文化（organizational culture）是一个非常宽泛的概念，是指一个组织中的所有成员共同具有的价值观、信念、看法和行为准则的集成体系，它能够使组织独具特色，与其他组织相区别。文化对组织的人力资源管理起到很大的导向作用。如通用电器（GE），它的三个传统最重要，分别是业绩、诚信、变革。在 GE，所有人被分为三类：一类是有德有才的，留用或提升；二类是有德无才的，培训后再用；三类是无德有才的，弃而不用。GE 的"德"就是员工对公司始终如一的诚信。这是 GE 组织文化体现的组织的价值观。组织文化包含了大量复杂的因素，但研究成果显示，以下七个方面的特征综合起来构成了组织文化的本质：

第一，创新与冒险，指组织在员工进行创新和冒险方面的鼓励程度。

第二，注重细节，指组织对员工在工作缜密、善于分析和注意细节方面的要求期望程度。

第三，结果导向，指组织的管理层在多大程度上将注意力集中在结果而不是手段和过程。

第四，人际导向，指组织的管理层在多大程度上考虑到组织内部的决策结果对组织成员的影响。

第五，团队导向，指组织在活动时在多大程度上以团队而不是个人工作来组织活动。

第六，进取心，指组织成员具备的进取心，竞争意识的程度。

第七，稳定性，指与成长比较而言组织活动更重视维持现状的程度。

以上每一种特征都存在于一个由低到高的连续而统一的体系之中，正是这七个特征的不同表现程度反映了不同的组织文化，组织文化的合成图则由它们共同组成，组织成员价值观、思想、态度以及行为方式都将建立在这幅合成图的基础之上。

二、文化制约的种类

一个组织存在于特定的社会环境之下，文化则为这个组织设定了特定的外部环境，因此，作为组织外部环境要素的文化，必定对组织内的人力资源管理具有制约性。就制约的强度来划分，我们普遍将其划分为直接制约和间接制约两种类型。

文化对组织的人力资源管理的制约属于前者，是一种强势制约。文化不仅对整个组织的运作和管理有直接影响，而且对组织人力资源管理的过程及作业也有直接的影响。它要求组织的人力资源管理战略必须接受文化的影响。例如，在香港有许多中资企业，从企业性质来讲，它们属于社会主义公有制企业，但实行的却是资本主义的经营管理方式，企业与员工的关系是雇主与雇员的雇佣关系，企业制订的人力资源总体规划的指导思想是积极为经济效益发展服务。之所以会这样，是因为中资企业在香港，就受到香港国际化潮流的影响。由于环境因素不受一个组织或企业个体行为的影响或控制，组织或企业必须对人力资源管理作有效的安排，以适应当前的环境的变化和要求。

同时，组织从一定意义上讲是特定文化的外部环境的产物，它虽然会与外部环境发生某种冲突，但组织自始至终作为外部环境下的产物而受其影响。在 20 世纪 60 年代，美国国会通过一项关于"平等就业机会"（equal employment opportunity）的法律，这一法律的出台，使当时美国企业的用工发生了很大变化，因为在用工上，如存在种族、肤色、性别、宗教等方面的歧视，则视为非法。这一案例让我们看到，文化——外部环境的变化影响着组织内的人力资源管理的变化。

随着经济全球化的发展，在一个更加开放的全球市场中，跨国的企业并购日益演变成企业提高竞争力、实现全球发展战略的快捷方式。例如，2004 年联想并购 IBM 的 PC 业务之后，杨元庆的圆桌会议力求解决中美两国的民族文化冲突和并购双方企业层面的组织文化冲突（尽管联想先前从多方面进行商讨、准备），但最后的实践过程依然受到不同组织文化差异的重大影响，企业管理理念、员工整合等方面的障碍使得联想近几年的海外业务（尤其美国）发展困难重重。员工所属国家的文化会直接影响员工的工作态度、工作目标、员工间的合作关系和管理者的领导方式。联想的国际化历程显示文化给全球化人力资源管理带来的制约更加突出。不同文化背景下跨国并购双方很难在组织结构框架、管理层次、定编定岗、定员标准的设计上达成共识。TCL 的德国汤姆逊收购案的惨败也是很好的佐证。同样，惠普和康柏都是 500 强，强强联合做 IT，联合之后的 CEO 被免职，效益下滑，原本想象得很好，但实际操作的情况是：若以惠普为主，康柏不愿意；若以康柏为主，惠普又不愿意，双方貌似融合，实则整合艰难。美国的跨国公司在中国管理上成功的也不多，因为一般都存在文化差异，文化不相容，美国和中国有文化上的差异，在美国很好用的管理方法到中国来管中国人不一定行，这是各国普遍遇到的大问题。

曾有这样一个来自英国的故事：中国的教授到英国教授家里面去，感到孩子很可爱，他就摸着女孩的脑袋说"你真漂亮"，结果这个动作使主人非常愤怒，中国人感到很奇怪。原因是未经女孩允许摸了她的脑袋，这是非常危险的；赞美她漂亮，漂亮是天生的，不需要努力，这样的话容易造成误解，以为她这一辈子靠自己漂亮的容貌就可以成功，不需要自己努力，这样对孩子影响不好，应该向她道歉，这就是英国人的感受。但在中国，这种行为人们认为是很正常的。因此，习惯不同，价值观不同，管理员工时也就不同。

这看似一个很可笑的案例，却揭示了文化差异对跨国公司的全球化人力资源管理的制约性。

Geert Hofstede 认为，各民族文化对员工与工作相关的价值观和态度起着主要作用，他发现，管理者和员工的文化差异表现在各民族文化的四个维度上：一是个人主义和集体主义；二是权力差异；三是不确定性规避；四是生活的数量和质量。就这一问题，美国学者威廉·大内比较了美、日人力资源管理模式的差异，又从文化差异上进行成因分析。大内指出，美国是一个幅员辽阔的大国，资源丰富，历史短，未经历封建时代，建国之初就直接进入了资本主义社会，人口以移民为主，移民来自多种文化的民族，民族杂居，多是依靠自己力量独自维持自家生计和扩大自己势力范围，因而个人主义被奉为立国之本、天经地义之举。而日本则是一个地域狭小、资源有限的岛国，民族单一，而且由于其地理位置原因，天灾频繁，必须依靠集体互助才能生存。虽有悠长历史，但发展较迟，经历了将近千年的封建社会，后来虽然进行了明治维新等改革，但由于进行得不彻底，盘根错节的财阀、宗族关系仍然存在，集体导向的文化传统依然存在，因而，日本企业在长期中形成了以人为本和以员工为中心的企业文化，其核心是认识人性、尊重人性，强调"以人为本"；在一个组织中，围绕着人、关心人本身、人与人的关系、人与工作的关系、人与环境的关系、人与组织的关系等。

大内认为，美、日管理模式的特征和差异都可以在两国文化的比较分析中找到根源，从而推导出一个结论：各国不同的文化因素有力地影响跨国公司的人力资源管理策略。

三、组织文化对人力资源管理的制约

文化是组织的人力资源管理的外部环境，组织文化则是组织的人力资源管理的内部环境。组织文化（亚文化）本就是文化（主文化）的一部分，组织文化的影响力是文化的影响力通过组织这一媒介表现出来的，组织文化的制约是间接制约。

组织文化是由文化和具体组织活动直接影响形成的，是建立在人力资源管理工作中经过长期的潜移默化培养起来的。组织文化一旦形成，就很快会发挥组织文化在组织中的多重功能：

(1) 导向功能，组织文化把组织成员的价值取向引导至组织目标。

(2) 凝聚功能，组织文化表达了组织成员对组织的认同感。

(3) 形象功能，组织文化起着分界线的作用，即它使不同的组织明显区别。

(4) 规范功能，组织文化有助于增强社会系统的稳定性。

(5) 管理功能，组织文化作为一种观念形成和控制机制，指导并塑造员工的行为。

组织文化的这些功能将作用于组织活动管理中，组织文化与人力资源管理是互相推

动、互相制约的关系。

另外，组织文化形成以后，组织还必须不断地对组织文化进行强化和维系，而人力资源的管理过程就是塑造、强化和维系组织文化的过程，因此，组织文化的强化和维系要求人力资源管理采取相应的措施，从而间接对组织人力资源管理产生制约。具体体现在以下几个方面：

首先，对人才甄选的制约。组织招聘和甄选目标是明确的，识别并雇佣有知识、有技能、有能力做好组织工作的人。同时，组织会把所聘员工的价值观与组织文化的价值观是否一致作为甄选的重要要求，这种努力确保了员工与组织之间恰当的匹配，甄选过程通过筛选掉那些可能会有损于组织核心价值观的人，起到维系组织文化的作用。康柏计算机公司对求职者是否有能力适应该公司团队工作导向式的文化，要加以认真考察。正如公司一位高级管理人员所说："我们发现能干的人很多……首要的问题是，他们是否能够适应我们的工作方式。"这都说明组织文化对人才甄选存在制约。

其次，组织高层管理人员的举止行为对组织文化有重要的影响。组织高层管理人员会通过日常的谈话、组织的特殊庆典和仪式反复讲述组织的价值观念；组织高层管理人员的更迭可能会削弱企业组织文化力量，甚至改变组织文化。因此，美国著名学者埃德加·沙因在《企业文化与领导》中强调："不要认为文化会像组织中其他某些事物一样完全被管理者操纵，它对管理者的约束更胜于管理者对它的影响。"组织文化要求不同组织高层管理人员在更迭时，应持续倡导一定的组织文化。从下面的案例能更清晰地看到组织文化组织高层管理人员的制约。1961～1968年，施乐公司的首席执行官约瑟夫·威尔森（Joseph C. Wilson）是那种进取心很强、富有创新精神的企业家。他预见到公司会因其914型复印机而停滞不前，而这种复印机是美国历史上最成功的产品之一。在威尔森的领导下，施乐公司构建了一种创业的环境，并在其中形成了无拘无束的、充满了友情、富有创新精神、无所畏惧和勇于冒险的组织文化。威尔森的后继者是彼得·麦高乐（Peter McColough），一位有着正统管理风格的哈佛工商管理硕士。到1982年麦高乐下台时，施乐公司已变得正统而缺乏生气、规章制度繁多、监督管理人员层叠。在他之后的总裁是戴维·克恩斯（David T. Kearns）。他上任后，认为他所继承的组织文化已损害了公司的竞争能力。为了增强公司的竞争力，他大力精简机构，裁减了15 000个工作岗位，下放决策权，把组织文化的重心重新转移到一个简单的主题上：提高施乐公司产品和服务的质量。通过他与高层管理人员的努力，克恩斯把重视质量和效率的公司理念灌输给施乐公司的每一个员工。当1990年克恩斯退休时，公司仍然存在着不少问题。复印机行业的发展已进入成熟期，而施乐公司在开发计算机办公系统方面又处于劣势。公司现任首席执行官保罗·埃莱尔（Paul Allaire）已经开始力图重塑公司的文化。具体而言，他以全球性销售部门为中心，对公司进行重组，把产品开发部门和制造部门合并到了一起，用公司外部人员取代了一半的原公司高层管理人员。埃莱尔的目的是重新塑造施乐公司重视创新思维和积极参与竞争的组织文化。

再次，组织帮助新员工适应组织文化，这种适应过程，被称为社会化。社会化过程可以分为三个阶段：初始状态阶段、碰撞阶段和调整阶段。这三个阶段是连续的、不间断的过程。第一阶段是新员工进入组织之前的所有的正规学习活动，旨在让新员工了解和掌握组织理念、道德准则、管理风格；在第二阶段，新员工看到了组织的真面目，个人价值理念与组织价值理念差异；在第三阶段，更为漫长的变化发生了，组织和工作的规范已深入人心，新员工理解并接受这些规范，成功扮演自己的角色。这样我们也就看到组织社会化的过程就是组织文化学习和影响的过程，从中也体现出组织文化对人力资源管理的制约。

最后，从组织文化的变革中也能找到组织文化对人力资源管理的要求。组织文化是现代管理的灵魂，由相对稳定的特征组成，但并不是一成不变的。有许多因素会要求组织文化进行变革：当外部环境文化发生重大变化时；当组织文化阻碍了组织发展要求时；当组织发生的重大危机与组织文化有密切关系时；当组织成长壮大时……这些因素一旦要求组织文化变革，组织的人力资源管理就必须担当组织文化的变革或重建任务，并调整人力资源管理战略应对新组织文化的要求。

第三节　战略制约 HR 管理

"战略"一词是军事方面的术语，大约在 20 世纪 60 年代末被大规模用于现代企业管理。

一、战略的意义

20 世纪 90 年代以后，企业战略大部分是通过人力资源战略管理来推进实现的。人力资源战略直接与企业未来竞争力密切相关。在不断变化的国际竞争环境中，要使企业战略得以有效实施并充分保持其竞争优势，主要取决于企业人力资源战略的成功管理。在企业发展的不同生命周期阶段，人力资源战略的作用就是不断协调、整合人力资源，以保证拥有一个敏捷、精干、快速、灵活的企业，并使其顺利完成其最大愿景和目标。实施人力资源战略，其意义在于：

（1）实施人力资源战略，有助于根据整体企业战略确定一个企业目标的机遇与困难。

（2）实施人力资源战略，有助于根据整体企业战略开创一种将员工岗位匹配最优化和薪酬绩效激励最合理化的具体计划和活动的过程。

（3）实施的资源战略，有助于根据整体企业战略培育一种紧迫感和团队精神，打造企业核心竞争力，创建一种企业文化。

二、企业战略的含义和特征

（一）企业战略的含义

战略是指对事物全局性、深远性的谋划。企业战略是企业根据其外部环境和自身条件，对企业发展目标的实现途径和手段的总体性深远规划及其实施。企业战略包含两方面的意思：一方面是外部环境变化产生了问题；另一方面是有关内部组织与管理的问题。一个新的战略目的就是探寻外部环境和企业内部的最佳结合点。企业战略的全景图如图 2-1 所示。

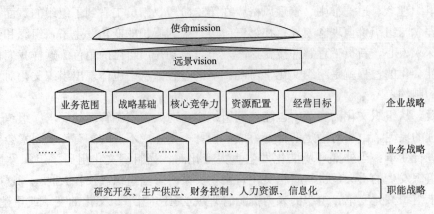

图 2-1　企业战略的全景图

(二) 企业战略的特征

企业战略具有全局性、深远性、竞争性等特征。

(1) 全局性。一是指企业战略是对企业发展所作的总体设计，包括总体规划和整体的策略和手段；二是企业战略问题的决策事关企业全局和未来的发展。

(2) 深远性。战略问题事关企业未来，无论是长远计划，还是近期目标，都要求管理者对未来企业的生存环境和自身状况有足够的分析预测。

(3) 竞争性。经济全球化加速了企业应对国际市场环境和国际企业的竞争和压力，企业战略必须随时研究外部环境的变化，对以往的企业战略作出必要的修正，或根据新的情况的变化来制定新的战略。

三、人力资源战略

(一) HRP 定义

20 世纪 90 年代以后，在世界 500 家企业中，人力资源战略（human resource planning，HRP）成为这些大企业探索必要的管理变革的指南针。在企业面临日益激烈的竞争环境而去赢得胜利的过程中，人力资源战略对企业来说已变得越来越重要。作为整个企业战略的一个重要部分，人力资源问题是实施企业战略的核心问题。人力资源战略就是确定一个企业如何进行人员管理以实现企业目标的过程。人力资源战略是为管理变化而制定的一种方向性的行动计划。它提供了一种通过人力资源管理获得和保持竞争优势的企业行动思路，即在不断变化的环境中将重点放在对人的管理上。

(二) HRP 特征

1. 方向的一致性

企业战略管理正在努力使其组织扁平化，减少管理层次，形成同一层次的管理组织之间相互平等，横向联系密切，管理权也由集中走向分散。人力资源战略的制定，得益于与这种大森林组织结构自上而下和自下而上的信息反馈所必需的战略框架。对企业竞争环境、宏观经济以及社会发展趋势的评价使得各级管理人员的职责范围更大。各层次之间要对提供有关可能的未来趋势、影响企业以及计划及目标形成的问题的信息进行全面具体的分析、预测和评价。一个管理层次的战略和行动计划为下一个管理层次的战略及行动计划提供了框架。这个目标链构成了使整个组织与总体目标一致所必要的各种战略之间的交汇点。人力资源战略要保证所有的活动都针对企业的需要，所有的人力资源活动应当共同构成一个系统并与人力资源战略保持一致，而这些战略又应当与企业战略保持一致。

2. 综合性

人力资源战略从经济意义上讲是职能战略。从早期的业主制（家庭作坊制、手工业制）、合伙制到近代公司制（无限公司、合股公司）直至现代意义上的公司（股份有限公司、有限责任公司），企业作为组织的结构、职能也在不断复杂化，随着生产技术和市场环境的日益剧变，在企业发展的不同阶段，人力资源战略也呈现出不同的功能和特征。

在人力资源表现出团队合作精神、激励、绩效、企业文化等方面，美国管理学家钱德勒在《战略与组织结构》中指出："除非组织结构跟随战略走，否则将毫无结果。这是我们研究公司经验得出的结论。"人力资源战略是一个综合概念，主要将涉及的战略架构、组织建设、员工能力开发、工作绩效、企业文化以及智能管理等整合起来，进而达到企业的终极目标。

3. 4C 效果

人力资源战略必须与企业战略协调整合，才能最大限度地发挥 4C 功效。

(1) 全心全意（concentrate）。雇员对企业工作的投入程度如何？极大的身心投入意味着员工和经理人员的较好沟通，提高他们之间的互相信任，所有的利益相关者能对彼此之间的需要作出反应。

(2) 能力（capability）。员工在工作中的能力如何？高能力意味着雇员在其技能方面的多样性，并能根据需要承担不同的工作和角色。

(3) 一致性（consistence）。管理人员与员工之间是否具有共同的目的和相互信任？所有利益相关者们都分享一个共同的目标和目的，他们能够通力协作来解决由外部环境的变化所引发的一切问题。

(4) 成本效用（cost-result）。在工资、福利、出勤率、缺勤率等方面，人力资源政策是否有效？效用高意味着与竞争对手相比，企业的人力资源成本（如工资、福利、怠工等）是较低的或与竞争对手持平。

人力资源战略与企业战略整体合一的过程，标志着人力资源管理探寻到了一个最佳结合点。一个企业要获得和保持其竞争优势，必然要实施企业战略。企业战略得以有效实施的程度主要取决于人力资源的战略管理。人力资源战略如果不和企业战略有效整合，那么，对企业的前景、使命、价值观、目标以及战略就会产生负面影响。因此，人力资源战略作为企业战略的组成部分，是帮助管理人员确定本企业的竞争力与成功最为重要的问题，它必须同各个战略紧密连成一体，互为联系。这就是人力资源战略的成功。

（三）HRP 的实施

所有企业问题都具有人力资源内涵，同样，所有有关的人力资源问题都是企业问题。将人力资源战略与企业战略维系在一起，问题与战略越来越清晰，越来越明确，这种维系就越紧密。

1. 目标管理

目标是指期望的成果，更可以是个人的、小组的或整个组织的努力结果。目标为所有的管理决策指明了方向，并且作为标准可用来衡量实际的绩效。目标管理通过一种专门设计的过程，使目标具有可操作性。这种过程一级接一级地将目标分解到组织的各个单位及其雇员。每个雇员根据自己承担的职责设立具体的定量化的目标，譬如，由企业变革引起的问题：为什么要改变、计划是什么、会有何影响、我们向何处去等。雇员问题的提出与期望是否得到满意的解释以及将来个人的目标的实现程度，在很大意义上将取决于领导管理层的沟通和激励的有效程度。对企业变革认识的必要性达成共识，有助于企业战略的顺利施行。战略的变化为组织中的人带来了新的机遇。新的战略方向的积极性一面将激活原由员工个人目标的期望，能够诱导个人设立更困难的目标，发挥其潜能，而且使雇员们了解他们的行动方式的效果，不断地将实现目标的进展情况反馈给个人以调查各自的行动，加上领导层的承诺和积极参与，反馈到的积极信息更能提高雇员们的期望。"科技以人为本"、"永远的可口可乐"、"IBM 就是全面的优秀服务"、迪斯尼的"销售欢乐"就是企业很好设立管理目标的佐证。将战略转化为目标，为管理企业中的组织人员以及人员绩效提供了依据。

2. 领导作用

领导者的作用是实施战略变革的关键。一个优秀的领导者能够使组织及其雇员尽快适应日益变化的竞争环境。20 世纪 80 年代，GE 的杰克·韦尔奇通过积极的全方位策略调整，使公司具备了更强大、更有效的领导决策能力以及适应市场环境的企业价值观，从而赢得了极大的成功。杰克·韦尔奇的过人之处就在于创造了一个全新的 GE 公司标准：将个人、组织的目标与 GE 的战略彻底融合。决定企业命运的不是领导者的才能，而是领导者的素质，应从以下几个方面来把握：

（1）专业知识转化的能力。第一，他在技术上对目前职位完全适合吗？第二，他是否研究过在其他领域中已经作出或正在作出优异成绩者的方法和计划？第三，他是否已有接受新鲜事物的习惯？

（2）对政府政策、法规、公司决策的理解能力。第一，他是否完全理解政府、政策、法规及公司决策？第二，他是否能预计到新政策、新法规的需要并提出建议？

（3）工作计划和组织计划的能力。第一，他在给下属分配工作时，是否在切实可行的基础上发挥了雇员的潜能？第二，他在计划和组织方面是否显示出首创精神？第三，他在工作中是否时常鼓励下属并让其参与同他工作有关计划和组织工作？第四，他在对困难的估计时是否充分并早有安排？

（4）人际关系方面的能力。第一，他是否总是体恤下属和同事？第二，他是否总是在情绪上和自身人格上鼓舞士气？第三，他是否在危难之时，依旧有坚定不移的信心？

（5）公共关系方面的功能。第一，他是否在思想上和行动上与同事们精诚合作？第二，他是否利用个人魅力促使人们忠于组织？第三，他是否经常提出建设性的意见处理公共关系问题？第四，他是否力图改进与下属的公共关系？

第四节 环境制约 HR 管理

进入 21 世纪以来，企业之间的竞争日益激烈，企业人力资源管理面临着越来越大的挑战。同时，人力资源管理要受到环境的制约。环境包含了内部环境和外部环境。

一、外部环境的分析

任何一个企业的发展过程都随着内部条件和外部环境的变化而采取自我完善的变化活动过程。人力资源管理就是一个子系统，它既受到企业外部因素和条件的影响，又受到企业内部因素和条件的影响。企业在制订战略方案之前，必须进行严密的战略环境分析，审视整个经济环境和行业环境。战略分析主要包括外部环境分析与内部环境分析两部分。通过外部环境分析，企业可以很好地明确自身面临的机会与威胁，从而决定企业能够选择做什么；通过内部环境分析，企业可以很好地认识自身的优势与劣势，从而决定企业能够做什么。

因此，人力资源战略环境分析的对象就是企业外部环境和企业内部环境。企业外部环境分析主要包括政治、经济、法律、社会文化和科技发展水平以及企业所在的产业竞争环境与企业的股东、顾客、供应商等。企业内部环境由存在于组织内部并影响组织运行的因素构成，主要包括企业的发展战略、组织结构、员工状况以及企业文化等。

（一）政治法律环境

政治法律环境主要指一个国家的政治体制、管理体制、方针政策、宏观管理手段及政策的连续性，法治手段及其规范性等。不同国家有不同的政治与法律环境。这些因素常常制约、影响企业的经营行为，尤其是影响企业较长期的投资行为。

政治环境给企业带来的影响是异常巨大和明显的，是决定、制约和影响企业生存发展极其重要的因素。政治环境对企业的影响的特点是：

其一，直接性，即国家政治环境直接影响着企业的经营状况。

其二，难以预测性。企业很难预测国家政治环境的变化趋势。

其三，不可逆转性。政治环境因素一旦影响到企业，就会使企业发生十分迅速和明显的变化，而这一变化是企业驾驭不了的。

（二）经济环境

一个国家的社会经济状况是影响人力资源的主要外部环境因素。所谓经济环境是指构成企业生存和发展的社会经济状况以及国家经济政策，主要是指宏观经济和区域经济发展水平、质量，经济结构与速度的总体态势，政府经济发展战略和规划，人民的收入与消费水平，消费信贷，税收政策，市场供求状况和社会基础设施等。经济环境因素对企业经营活动有直接的影响。这些因素主要作用于企业对人力资源管理活动的经济收入、人力资源规模、结构及人员的工资、福利、待遇方案等。

企业的经济环境主要由社会经济结构、经济发展水平、经济体制和经济政策四个要素构成。

1. 社会经济结构

社会经济结构又称国民经济结构，是指国民经济中不同的经济成分、不同的产业部门以及社会再生产各个方面在组成国民经济整体时相互的适应性、量的比例及排列关联的状况。社会经济结构主要包括五个方面的内容，即产业结构、分配结构、交换结构、消费结构、技术结构，其中最重要的是产业结构。

2. 经济发展水平

经济发展水平是指一个国家经济发展的规模、速度和所达到的水准。反映一个国家经济发展水平的常用指标有国民生产总值（GNP）、国内生产总值（GDP）、国民收入（NI）、人均国民收入（ANI）、经济发展速度、经济增长速度。

3. 经济体制

经济体制是指一个国家经济运行的具体方式，它集中体现为资源的配置方式。经济体制规定了国家与企业、企业与企业、企业与各经济部门的关系，并通过一定的管理手段和方法，调控或影响社会经济流动的范围、内容和方式等。

4. 经济政策

经济政策是指国家、政党制定的一定时期国家经济发展目标实现的战略与策略，它包括综合性的全国经济发展战略和产业政策、国民收入分配政策、价格政策、物资流通政策、金融货币政策、劳动工资政策、对外贸易政策等。

（三）劳动力市场

劳动力市场是企业获取理想的人力资源的一个重要途径。在知识经济时代，企业人力资源的质量往往是企业生存和发展的决定性因素，而关键性的人才对企业的推动作用更是至关重要的。企业在人力资源供求预测时，要对国家经济政策的变化、人口规模和结构的改变和经济增长速度等因素进行深入分析，因此，劳动力市场是企业人力资源管理必须考虑的一个外部环境因素。

（四）自然环境

企业在研究影响其人力资源管理活动的自然环境时，应该注意以下几个方面：自然环境日趋短缺、环境污染日益加剧、各国加强了对资源和环境的管理、环保组织活动的影响日益增大、绿色消费者人数日益增多。所有这些都会引起各国政府加强对自然资源管理的干预性，也直接或间接地给企业带来机会和威胁，这些都对企业的人力资源管理活动产生了极大的影响。

（五）科学技术环境

科学技术环境是指企业所处的社会环境中的科技要素及与该要素直接相关的各种社会现象的总和，包括全社会科学技术发展水平、科技力量、国家科技政策，新技术、新设备、新材料、新工艺的开发利用以及科技产品与科技人才供给状况，科技管理体制的创新和适应性等方面。

每一种新技术都是一种"创造性的毁灭力量"。因此，企业要密切关注技术环境的发展变化并确定其对企业发展产生的影响，以便及时采取相应的对策，才能使企业得到生存和发展。

（六）社会文化环境

文化是企业赖以生存和发展的基础。社会文化环境因素对人力资源管理具有重要的影响。社会文化环境包括一个国家或地区的社会性质、人们共享的价值观、人口状况、教育程度、风俗习惯、宗教信仰等各个方面。

从影响企业战略制订的角度来看，社会文化环境可分解为人口、文化两个方面。

（1）人口因素对企业战略的制订有重大影响。例如，人口总数直接影响着社会生产总规模；人口的地理分布影响着企业的厂址选择；人口的性别比例和年龄结构在一定程度上决定了社会需求结构，进而影响社会供给结构和企业生产；人口的教育文化水平直接影响着企业的人力资源状况；家庭户数及其结构的变化与耐用消费品的需求和变化趋势密切相关，因而也就影响到耐用消费品的生产规模等。对人口因素的分析可以使用以下一些变量：离婚率、出生和死亡率、人口的平均寿命、人口的年龄和地区分布、人口在民族和性别上的比例变化、人口和地区在教育水平和生活方式上的差异等。

（2）文化环境对企业的影响是间接的、潜在的和持久的，文化的基本要素包括哲学、宗教、语言与文字、文学艺术等，它们共同构筑成文化系统，对企业文化有重大的影响。

（七）竞争者

人力资源管理活动还要受到各类竞争者的影响。企业之间的竞争是人才的竞争，而现代企业对人才的竞争归根结底也是人力资源管理的竞争。从某种意义讲，谁拥有了优秀的人力资源，谁就能在激烈的市场竞争中赢得竞争的优势甚至竞争的成功。

企业在制定自己的人力资源政策和制度时，必须要了解和研究竞争对手的人力资源政策、制度和措施甚至包括竞争对手的战略变化。

（八）顾客因素

现代企业的诸多活动和策略的制定都是围绕着顾客（消费者）来进行的。要更好地为消费者服务，就必须充分地了解和认识消费者的需要、动机、购买行为以及影响因素等。因此，企业中的部门特别是与消费者有着直接接触的部门（如销售、售后服务等）

的员工，就有必要保证其员工的行为不引起消费者的反感。而企业生产产品的外观美观与否、产品的功能齐全与否、产品质量的高低以及售后服务的水准等都与企业员工的素质有关，甚至与企业在人力资源方面引进的策略有相当的关系。

综上所述，企业的外部环境是企业自身不可控制的因素。一个企业，只有清楚认识并正确判断其周围环境的发展变化，才能较好地适应它们，为企业求得生存和发展的机会。

二、内部环境的分析

（一）企业现有的人力资源状况

企业现有人力资源是指企业现有人员的数量和质量，它是一个企业制定人力资源战略的基础，也是一个企业未来发展的前提。企业战略目标的实现首先要立足于开发现有的人力资源。因此，企业的人力资源部门必须要对本企业现有的人力资源状况要有全面的了解和充分的认识，充分利用科学的分析方法，对本企业现有的人力资源的数量、质量、结构以及对企业现有人力资源的利用状况等进行认真的统计分析，这是企业人力资源战略环境分析的一项基本工作。

（二）企业发展战略

企业战略是企业经营管理的最高纲领和发展目标。每个组织的目标都应该和企业的总体战略目标保持一致，在实践中配合企业整体战略目标的实现。

舒勒认为，不同的组织战略决定不同的人力资源战略，战略通过对组织结构（职能型或直线型）和工作程序（规模生产或柔性生产）的作用来对人力资源战略产生影响。他在1994年提出人力资源战略形成的5P模型，即理念（philosophy）、政策（policy）、方案（programs）、实践（practices）、过程（processes），认为组织的外部环境（如经济、市场、政治、社会文化、人口）、内部环境（如组织文化、现金流、技术）因素都会决定组织战略需求并改变其形成战略的方式。因此，不同的外部环境会导致企业选择不同的企业发展战略，而企业不同的发展战略的选择，会导致不同的企业人力资源战略及其不同的管理侧重点。

（三）企业文化

人是组织中最重要的资源，企业一旦形成完整而有力的企业文化，企业的行为和企业成员的行为在很大程度上就会通过文化的暗示和渗透潜移默化地被企业文化所左右。国内外许多成功企业的经验告诉我们，它们无一例外地对人的因素、对文化观念的神奇力量有着深切的感受，因为人的精神力量可以释放出巨大的难以想象的能量。

（四）企业生命周期

生命周期理论认为，任何行业的发展都要经历创业、成长、成熟和衰退四个阶段。而识别某项业务在生命周期中所处阶段的主要标志有市场增长率、需求增长潜力、产品品种多少、竞争者多少、市场占有率状况、进入壁垒、技术变革和用户购买行为等。随着一个组织的诞生、成长、成熟直至衰退，其演化呈现出明显的生命周期。当组织沿着生命周期的不同阶段演化时，其受到的风险制约因素和制约程度是不同的，要保证其健康成长，组织就必须进行管理改革，而人力资源管理活动将成为组织变革成败的关键。

詹姆斯·W. 沃克在《人力资源战略》中的论述也印证了企业在发展的不同阶段有自己不同的管理需求，因而同样也有不同的人力资源问题：

第一阶段（初始）的特征是启动、创业精神、奠定管理基础。在人力资源管理方面，这种组织只需要建立档案保存、雇佣以及薪酬制度。

第二阶段（职能发育）的特征是技术专业化、职能领域的发育、扩大了产品线和市场、组织结构和管理流程更加正规。人力资源管理需要找到适当人员以保证发展，同时要对人员进行培训以使他们能承担紧急任务。

第三阶段（控制阶段）面对短缺的资源、新的收购以及多样化的产品线，需要更为理性、专业的管理。

第四阶段（功能整合）带来多样化经营、权力下放、产品小组或部门以及项目管理。重点是权力下放，协调和职能整合。这种企业需要有效的计划系统和方法以使其活动整合化。人力资源的重点是，协调与整合不断发展的培训、薪酬以及政策实施活动。

第五阶段（战略整合）由于灵活性、适应性以及跨职能整合进一步发展，要求团队合作。战略管理帮助团队行动并对影响本企业的变化非常敏感。

（五）工会

工会组织是人力资源内部环境分析诸多因素中不可忽视的一个要素。众所周知，工会是为了与公司进行交涉而使员工结合在一起的一个团体。在西方国家，工会的力量非常强大，许多劳资双方冲突都要通过工会才能得到解决。目前，在我国，工会在企业管理中的力量还没有那么强大，但也能在调节劳资关系上起到一定的作用。

三、环境分析的原则

在进行人力资源环境分析时，不同的组织管理者面对一个相同的环境，采用相同的方法和步骤也可能会得出相差比较大的结果。因此，我们在进行人力资源战略分析时要把握一系列原则：

（1）信息的客观性，即客观环境信息的真实性决定人力资源规划的成功可能。

（2）整体性和局部突出性，即仔细分析基础环境对人力资源管理实践影响力大小的因素。

（3）系统性，即人力资源环境分析中大量外部因素之间、内部因素之间、内外因素之间各方面的联系和相互作用。

（4）未来性，即企业未来的生存和发展可能影响企业人力资源状况的各方面情况。

本 章 小 结

经济的飞速发展促使企业的人力资源管理不断地寻求与其相匹配的新管理体系。从本质上讲，制约人力资源管理的要素主要是组织、文化、战略和环境。本章主要从组织规模、组织的生命周期、组织设计、组织模式等组织的具体情况阐述组织对于人力资源管理的影响力：一个组织的产生、发展以及成熟以至衰亡，均显现该企业管理者的素养和智慧；从文化的角度看，企业的人力资源管理更是无处不在，它渗透于企业活动的各个环节，自董事长、总经理至每一个普通员工的言行都左右着企业的成败。

与传统管理模式相比，现代组织更加具有分权性与参与性，更加依赖合作性的团体来开发新的产品并满足消费者需要。这些变化相应地对人力资源开发与管理提出了新的要求，如能建立更加良好的信息沟通渠道；能对员工的管理做到公平、透明；能对员工进行更为有效的激励；要求管理者从战略的高度重视人力资源的开发与管理，以适应组织变革的需要。在信息时代，每个组织必须挖掘产生竞争优势的人力资源，必须在选人、用人、发展人等方面作出自己的规划，必须帮助组织确定何时进行变革并且对变革的过程进行管理以不断提升组织的核心竞争力。对人力资源制约因素的分析是研究人力资源管理的基础和前提，也是提高人力资源管理效率的必要条件。

➤ 本章思考题

1. 如何认识正式组织和非正式组织？
2. 制约人力资源管理的有哪些因素？
3. 文化对企业的影响力究竟有多大？
4. 战略在企业发展中的重要性如何显现？
5. 从万科 25 年的发展历程中，你领悟到决策者什么样的智慧？谈谈你的感受。

➤ 本章参考文献

1. 〔美〕理查德·L. 达夫特：《组织理论与设计》，东北财经大学出版社，2002 年
2. 何娟：《人力资源管理》，天津大学出版社，2000 年
3. 杨蓉：《人力资源管理》，东北财经大学出版社，2002 年
4. 韦克难：《组织行为学》，四川人民出版社，2003 年
5. 张德、吴志明：《组织行为学》，东北财经大学出版社，2002 年
6. 商红日：《人力资源管理》，上海人民出版，2001 年
7. 林泽炎：《组织设计与人力资源战略管理》，广东经济出版社，2003 年
8. 〔美〕斯蒂芬·P. 罗宾斯：《组织行为学精要》，电子工业出版社，2002 年
9. 陈秀峰、朱成安：《新编企业人力资源管理》，工商出版社，2002 年
10. J. 戴维·亨格、托马斯·L. 惠伦：《战略管理精要》，电子工业出版社，2002 年
11. 从前：《哈佛人力资源管理全集》，西安地图出版社，2002 年
12. 〔美〕加里·德斯勒：《人力资源管理》，第 6 版，中国人民大学出版社，1999 年
13. 青井伦：《通勤大学 MBA 人力资源》，刘湘丽译，经济管理出版社，2003 年
14. 王璞、武凌：《企业文化咨询实务》，中信出版社，2003 年
15. 苏勇：《中国企业文化的系统研究》，复旦大学出版社，1996 年
16. 〔美〕Caryn A. Spain, Ron Wishnoff：《战略远见》，机械工业出版社，2003 年
17. 杨锡怀：《企业战略管理》，高等教育出版社，1998 年

第三章

工作分析

引导案例

该谁清扫地面？

　　一个机床操作技工不慎把大量的机油洒在机床周围的地面上。车间主任让操作技工把洒掉的机油清扫干净，操作技工拒绝执行，理由是工作说明书里并没有包括清扫的条文。

　　车间主任顾不上去查工作说明书上的原文，就找来一名辅助工来做清扫工作。但辅助工同样拒绝，他的理由是工作说明书里也没有包括这一类工作，他认为这类工作应由勤杂工来完成。车间主任威胁说要把他解雇，因为这种辅助工在社会上供大于求，辅助工勉强同意，但是干完之后心情很不愉快，于是向公司进行投诉。

　　车间主任事后审阅了三类人员的工作说明书：机床操作技工、辅助工和勤杂工。机床操作技工的工作说明书规定：操作技工有责任保持机床的清洁、使之处于可操作状态，但并未提及清扫地面。辅助工的工作说明书规定：辅助工有责任以各种方式协助操作技工，如领取原材料和工具、随叫随到、即时服务，但也没有明确写明有清扫工作。勤杂工的工作说明书中确实包含了各种形式的清扫，但是他的工作时间是正常工人下班后开始。

讨论题：

1. 有人说不管工作说明书有没有规定，领导叫干啥就干啥，对吗？为什么？
2. 如何防止类似意见分歧的再次发生？
3. 你认为该企业在管理上有何需要改进之处？

　　工作分析有广义和狭义之分。广义的工作分析是对整个国家与社会范围内各岗位工作的认识和分类过程。狭义的工作分析又称职位分析或岗位分析，是对某一具体组织内部各岗位工作的认识和分类的过程。

第一节　工作分析概述

一、工作分析的含义和内容

（一）工作分析的含义

工作分析，其实是一种活动和过程。它是分析者采用科学的手段与技术，直接收集、比较、综合有关工作的信息，就工作岗位的状况、基本职责、资格要求等作出规范性的描述和说明，为组织特定的发展战略、组织规划、人力资源管理以及其他管理行为提供基本依据的一种管理活动。这里，我们所要论述和探讨的是狭义的工作分析。

工作分析大致可以从组织、作业和岗位三个层面上展开。

（1）组织层面。从组织层面上进行工作分析，就是要从组织的宗旨、总体目标以及组织内外环境的分析出发，就组织的整体架构和组织的战略发展来分析组织的工作系统、工作机制和业务流程等。

（2）作业层面。作业层面的工作分析主要是针对组织的作业部门展开的，主要通过系统地收集反映工作特征的数据和其他信息，根据期望绩效标准，观察实际的作业流程，来确定总体的实际绩效和理想绩效之间的差距。

（3）岗位层面。岗位层面的工作是组织工作系统分解的最微观的单位，岗位层面的工作分析是组织层面工作分析的基础。岗位层面工作分析的内容，主要是在明确岗位工作的性质、过程、范畴、机理、关系等的基础上，厘定岗位的职责和职权，并分析实现岗位理想绩效所需要的知识、技能、资历、能力，以及岗位任职者在这些方面与期望状态的差异等。

（二）工作分析的基本内容

工作分析内容的确定，是工作分析中一个最基本、最重要的步骤，也是进行工作分析的前提和依据。具体而言，工作分析所要调查研究的信息内容可以归纳为"6W1H"。

（1）工作者（who）：谁来完成这项工作，是指对从事某项工作的人的要求。

（2）工作内容（what）：是指所从事的工作活动。

（3）工作时间（when）：指工作的时间安排。

（4）在哪里工作（where）：指工作活动的环境，包括工作的自然环境、安全环境和社会环境。

（5）如何工作（how）：是指任职者怎样从事工作活动以获得预期的结果。

（6）为什么工作（why）：即工作的意义或工作目的是什么，也就是这项工作在整个组织中的作用。

（7）为谁工作（for whom）：是指在工作中与哪些人发生关系，发生什么样的关系。

二、工作分析的相关术语

工作分析，其具体的行为形式有调查、研究、分解、比较、综合、分类、排序、评价、记录、说明与描述等，头绪繁杂，为了保证工作分析能够顺利、准确、高效地进行和展开，对与工作分析相关的术语进行清晰、明确的梳理和界定，就显得十分必要。

1. 工作要素

工作要素是指工作中不能继续再分解的最小动作单位，如工厂里负责采购的人员在物料用完时要进行采购，这项工作中就含有找供应商、洽谈、下订单、收货这四个工作要素。

2. 任务

任务是指工作活动中达到某一工作目的的要素组合。例如，要打印一封英文信，打字员必须能够系统地做到：①熟悉每个英文单词；②在电脑上拼出相应的单词；③辨认与纠正语法错误；④把电脑上打好的英文信打印到纸上等。换句话说，打印英文信这一任务是上述四个工作要素的集合。

3. 职责

职责是指某人担负的一项或多项相互联系的任务的集合。例如，人力资源管理人员的职责之一是进行工资调查。这一职责由下列任务组成：设计调查问卷、把问卷发给调查对象、收回调查问卷、分析调查结果、将结果表格化并加以解释、把调查结果反馈给调查对象等。

4. 职位

职位是指某一时期内某一主体所担负的一项或几项相互联系的职责的集合。例如，办公室主任同时担负单位的人力调配、文书管理、日常行政事务处理等职责。职位一般与职员一一对应，即一个职位对应一个人。

5. 职务

职务是指主要职责在重要性与数量上相当的一组职位的集合和统称。例如，某工厂设两个厂领导岗位，一个分管生产，另一个负责绩效。显然，就其工作内容来说，两个人的职责内容不尽相同。但就整个工厂的经营来说，职责相等，少了谁都不行，谁也不比谁重要。因此，这两个职位可以统称为"副厂长"（职务）。与职位不同，职务与职员并不是一一对应的，一个职务可能有几个人分担，即可能不止一个职位。

6. 职业

职业指不同时间、不同组织中，工作要求相似或职责平行（相近、相当）的职位集合，如会计、工程师等。虽然每个单位的会计与工程师的具体工作的内容和工作量不尽相同，但他们彼此所担负的职责及其对他们的任职要求却是相似的。

7. 职系

职系又叫职种，指职责繁简难易、轻重大小及所需资格条件并不相同，但工作性质相似的所有职位的集合。例如，人事行政、公共行政、财务行政、保险行政等属于不同的职系。每个职系中的所有职位性质充分相似，而工作繁简难易、责任轻重及其任职资格要求并不相同。每个职系便是一个职位升迁的系统。

8. 职组

职组又叫职群，指若干工作性质相近的所有职系的集合。前面提到的人事行政与公共行政可以并入普通行政职组，而税务行政与保险行政可以并入专业行政职组。

9. 职级

职级指同一职系中职责的繁简难易、轻重大小及任职条件十分相似的所有职位的集合。例如，中学一级数学教师与小学高级数学教师属于同一职级，中学一级语文教师与中学一级英语教师也属于同一职级。

10. 职等

职等指不同职系之间，职责的繁简难易、轻重大小及任职条件要求充分相似的所有职位的集合。例如，大学讲师与研究所的助理研究员，以及工厂的工程师均属于同一职等。职级的划分在于对同一性质的工作程度差异进行区分，形成职级系列；而职等的划分则在于对不同性质的工作之间程度差异进行比较或寻求比较的共同点。这是因为，不同职系系列之间的职级数不一定相等，而且甲职级序列中的最高职级与乙职级序列中的最高职级，其工作难度也可能不等，因此职等的概念有助于这一问题的解决。

三、工作分析在人力资源管理中的用途

工作分析是科学人力资源管理体系的基石和信息平台。工作分析的最终目的不是为了得到结果，而是为了将结果用于实践，以指导其他的人力资源管理活动。工作分析结果在人力资源管理各项功能中发挥着不可或缺的作用，是其他各项人力资源管理实践的基础准备。其用途如图 3-1 所示。

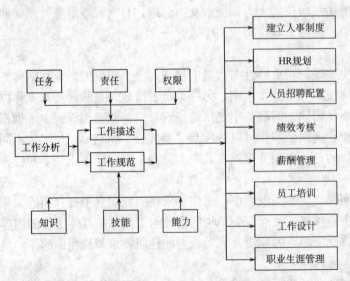

图 3-1　工作分析在人力资源管理中的应用

第二节 工作分析的流程

工作分析是组织中的一项常规性管理工作，应该始终处于运行状态。它的组织与实施可以由咨询机构、高等院校、科研机构、企业或政府部门来操作。然而，为了在工作分析中实现资源互补，提高质量和效率，可以选择由外聘专家进行设计指导，再由组织自身来实施操作。工作分析流程一般包括四个阶段，如图 3-2 所示。

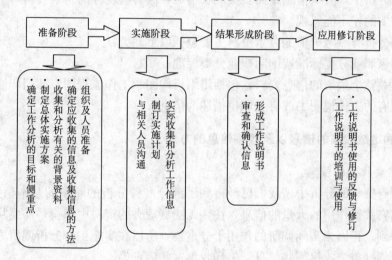

图 3-2 工作分析流程

一、工作分析的准备阶段

工作分析的准备阶段，是整个工作分析的基础性阶段，准备得越充分，以后的各项工作就越主动，越便于开展，所以必须抓实抓细。

（一）确定工作分析的目标和侧重点

进行工作分析，首先要明确目前所要进行的工作分析的目的，也就是进行工作分析主要想解决什么问题，获取的工作分析信息的用途是什么。

工作分析的目标直接决定了进行工作分析的侧重点，决定了在进行工作分析的过程中需要获取哪些信息，以及用什么方法获得这些信息。

（二）制订总体的实施方案

为了保证工作分析能够有计划、有条理地展开，需要在实施之前制订一个方案。工作分析的总体实施方案通常需要包含以下方面的内容：

（1）工作分析的目的和意义；

（2）工作分析所需收集的信息内容；

（3）工作分析所提供的结果；

（4）工作分析项目的组织形式与实施者；

（5）工作分析实施的过程或步骤；

（6）工作分析实施的时间和活动安排；

（7）工作分析所需的背景资料和配合工作。

（三）收集和分析有关的背景资料

在工作分析中，有些信息是需要实地收集的，而有些现存的背景资料对于工作分析也是非常重要的，不能忽视。

对工作分析有参考价值的背景资料主要包括以下几类：

（1）国家职业分类标准或国际职业分类标准；

（2）有关整个组织的信息资料，包括组织机构图、工作流程图、部门职能说明等；

（3）现有的工作说明书或有关职位描述的信息。

（四）确定欲收集的信息以及收集信息的方法

1．确定要收集的信息

从对现有资料的分析中，我们已经得到了部分准备分析的职位的基本信息，但是，对于工作具有关键作用的大量的信息，往往无法从现有的资料中获得，需要从实际的调查研究中得到。正因为实际调研的作用十分重要，所以在实施工作分析调研之前，我们应该事先计划好需要收集哪些信息、怎样收集这些信息等。

2．选择收集信息的方法

在选择收集工作信息的方法时，首先应该考虑的是，工作分析要达到的目的是什么，工作分析需要达到的目的不同，使用的方法也应有所不同。其次，要考虑所分析的职位的不同特点。再次，还应考虑实际条件的限制。有些方法虽然可以得到较多的信息，但可能由于花费的时间或财力较多而无法采用。

（五）组织及人员方面的准备

1．成立进行工作分析的专门组织

在工作分析的准备阶段，我们常常需要成立专门的工作分析小组。同时，也应该明确小组成员各自的职责，这样就可以保证分工明确，并能很好地协调，保证工作的效率和质量。

2．获取高层管理者的支持

为了保证工作分析的顺利进行，人力资源部必须尽力得到高层管理者对工作分析的理解和支持。一旦高层管理者重视了这项工作，公司上下各个层面的人员就有可能积极地投入到这项工作中去，从而从组织上保证工作分析的顺利进行和展开。

3．直线管理者的配合

直线管理者在工作分析中起着承上启下的作用，他们能否积极配合并动员和支持下属员工完成好工作分析相关的工作，将是工作分析成功与否的一个关键因素。

二、工作分析的实施阶段

经过充分的准备之后，就可以进入工作分析的具体实施阶段了。在实施阶段，主要需要做以下方面的工作。

（一）与有关人员进行沟通

在开始进行工作分析时，需要与工作分析涉及的人员进行沟通。这种沟通一般可以通过召集员工会议的形式进行，在会上可以由工作分析小组对有关人员进行宣讲和动员，或者通过其他适当的形式来达到沟通的目的。

（二）制定具体的实施操作计划

在具体实施工作分析时，还应制订更为详细的操作计划。这个操作计划应该列出具体的、精确的时间表，具体到在每一个时间段、每个人的具体职责和任务是什么。对于接受访谈或调研的人，也应事先拟订好时间表，以便其安排手头的工作或事务。

（三）实际收集与分析工作信息

这一阶段是整个工作分析过程中的核心。在这一阶段，主要是按照事先确定的方法、根据既定的操作程序或计划收集与工作有关的各种信息，并对信息进行描述、分类、整理、转换和组织，形成书面文字。

三、工作分析的结果形成阶段

（一）与有关人员共同审查和确认工作信息

通过各种方法收集来的关于工作的信息，必须同工作的任职者和任职者的上级主管进行核对、审查和确认，才能避免偏差。经过这样的过程，一方面，可以修正初步收集来的信息中的不准确之处，使工作信息更为准确和完善；另一方面，由于工作任职者和任职者的上级主管是工作分析结果的主要使用者，请他们来审查和确认这些信息有助于他们对工作分析结果的理解和认可，为今后的使用奠定基础。

（二）形成工作说明书

工作说明书是对工作目的、职责、任务、权限、任职者基本条件等信息的书面描述。这一阶段的工作可按以下流程来操作：

（1）根据工作分析的要求和经过分析处理的信息草拟"工作描述"与"工作规范"；

（2）将草拟的"工作描述"和"工作规范"与实际工作进行对比；

（3）根据对比的结果决定是否需要进行再次调查研究；

（4）修正"工作描述"与"工作规范"；

（5）如果需要，可重复（2）～（4）的工作，例如，对特别重要的职位，其"工作描述"与"工作规范"应多次修订；

（6）形成最终的"工作描述"与"工作规范"；

（7）将"工作描述"与"工作规范"应用于实际工作中，并注意收集应用后的反馈信息，不断完善"工作描述"与"工作规范"；

（8）对工作分析本身进行总结评估，注意将"工作描述"与"工作规范"归档保存，为今后的工作分析提供经验与信息基础。

四、工作分析的应用与修订阶段

完成工作分析说明书后，针对每一个工作活动进行工作检讨、改善或重新设计，最有效、常用的方法是定期对每项工作的组成进行如下查核（audit）：

可以删除吗？　　E（eliminate）

可以简化吗？　　S（simplify）

可以合并吗？　　C（combine）

可以改良吗？　　I（improvement）

可以创新吗？　　I（innovation）

通过以上的 ESCII 式的询问模式之后，你一定会发觉现有的工作概念、内容、方法或者已经不尽合理，应该改进，需要作部分更换，或者发现原有的一套已经完全过时，必须淘汰，以全新的方法代替，否则就不能提高工作质量和附加值。

这一阶段的主要工作有以下方面。

（一）工作说明书的使用培训

在进行工作说明书的使用培训时，一方面，要让使用者了解工作说明书的意义与内容，了解工作说明书中各个部分的含义；另一方面，要让使用者了解如何在工作中运用工作说明书。

（二）工作说明书使用后的反馈与调整

随着组织与环境的发展变化，一些原有的工作任务会消失，一些新的工作任务会产生，现有许多职位的性质、内涵和外延都会发生变化。因此，应经常对工作说明书的内容进行调整和修订。此外，工作说明书是否适应实际工作的需要，也需要在使用过程中得到反馈。

第三节　工作分析的方法

工作分析要素差异的多样性，决定了工作分析方法的丰富性与多样性。标准不同，工作分析方法的分类也不同。按其性质划分，有定量的方法和定性的方法；按照功用划分，有基本方法与非基本方法；按照分析内容划分，有结构性分析与非结构性分析方法；按照对象划分，有任务分析、人员分析与方法分析；按照基本方式划分，有观察法、写实法与调查法等。本节介绍一些常用的工作分析方法。

一、问卷法

常用的问卷法，即非定量问卷法，是工作分析中广泛运用的方法之一。它是通过让被调查职位的任职者、主管及其他相关人员填写调查问卷来获取所需工作信息，从而实现工作分析目的一种工作分析方法。问卷调查操作简单，成本较低，因此大多数组织都采用这种方法来收集工作相关信息。

（一）问卷法的操作流程

通用问卷法的操作流程包括五个环节，依次是问卷设计、问卷试测、样本选择、问卷发放及回收、问卷处理及运用，如图 3-3 所示。

图 3-3　问卷法操作流程

1. 问卷设计

问卷法的第一步就是根据工作分析的目的和用途，设计个性化的调查问卷。问卷设计主要考虑问卷包含的项目、填写难度、填写说明、填写者文字水平、阅读难度、问卷长度等内容。

问卷中问题的设计需要注意以下几个方面：

（1）在语言及提问方式上，要注意问题的语言要尽量简单，陈述尽可能简短，语义要明确，避免歧义，问题不能带有倾向性，不要用否定形式提问，不要直接询问敏感问题，注意采用不同形式提问，以提高回答者的兴趣。

（2）在问题的编排上，要注意把易于回答的问题放在前面，而难以回答的开放式问题放在后面；按逻辑次序排列问题，如按时间先后顺序，或从外部到内部、从上级到下级等顺序排列。

（3）问题答案的设计要注意答案的穷尽性和互补性。穷尽性是指答案应包括所有可能的情况；互补性是指答案间不能相互重叠或相互包含，而应相互补充。

（4）在能达到调查目的的前提下，问题数目越少越好，一般来说，应限制在一般的被调查者 30 分钟以内能顺利完成为宜。

2. 问卷试测

对于设计的问卷初稿在正式调查前应选取局部工作进行试测，针对试测过程中出现的问题及时加以修订和完善，避免正式调查时出现严重的结构性错误。

3. 样本选择

针对某一具体工作进行分析时，若目标工作任职者较少（3 人以下），则全体任职者均为调查对象；若任职者较多，则应选取适当调查样本，选取样本时要注意典型性和代表性。出于经济性和操作性的考虑，样本以 3～5 人为宜。

4. 问卷发放及回收

在对选取的工作分析样本进行必要的工作分析辅导培训后，工作分析人员通过组织内部通信渠道（文件、OA 系统等）发放工作分析调查问卷。

在问卷填写过程中，工作分析人员应及时跟踪相关人员填写状况，解答填写过程中出现的疑难问题，并通过中期研讨会的形式组织目标工作任职者交流填写心得，统一填写规范。

问卷填写完后，工作分析人员按照工作分析计划按时回收问卷。

5. 问卷处理及运用

对于回收的问卷，工作分析人员应进行分析整理，剔除不合格问卷或对其重新进行调查；然后将相同工作的调查问卷进行比较分析，提炼正确信息，编制工作说明书。

（二）问卷调查法的主要优缺点

1. 优点

（1）经济实用，能在较短时间内获取相关信息。

（2）员工容易作答，比较主动，有充分的思考时间。

（3）设计简洁、容易回答、清晰规范的调查问卷有利于事后对结果的处理和分析。

（4）可为员工提供一种提出意见和建议的渠道。

（5）可在工作之余填写，不致影响正常工作。

（6）适用于需要对许多员工进行调查的情况。

2. 缺点

（1）填表人必须受到培训，否则对问题的不同理解可能导致调查结果的偏差。

（2）不适合对文字理解能力和表达能力较差的人进行问卷调查。

（3）设计理想的调查问卷需要花费很多时间、人力和物力，技术要求也较高，通常需要专家才能胜任。

二、访谈法

访谈法，是工作分析最常用的方法之一。它是由工作分析人员与有关工作人员本人或主管人员等访谈对象直接交谈，以获得有关工作信息的工作分析方法。

访谈法的适用范围很广，它适用于各层各类工作，而且是对高层管理工作进行深度工作分析效果最好的方法。访谈的成果不仅表现在书面上，在整个访谈过程中，任职者对工作进行的系统思考、总结与提炼也具有十分重要的价值。

根据访谈对象的不同，可分为个别员工访谈法、群体访谈法和主管人员访谈法三种。个别员工访谈法主要适用于各个员工的工作有明显差别，工作分析时间又比较充裕的情况；群体访谈法适用于多个员工从事同样或相近工作的情况；主管人员访谈法是与一个或多个主管面谈，因为他们对工作非常了解，有助于减少工作分析的时间。人们通常将三种形式综合运用，以求得更准确的信息。

访谈内容主要包括：工作目标、工作内容、工作性质和范围、工作责任、绩效标准、工作背景、任职资格、工作中遇到的问题、任职者对薪酬与考核等制度的意见和建议等。

（一）访谈法的操作流程

完整的工作分析访谈法包括五个阶段，即准备阶段、开始阶段、主体阶段、结束阶段和整理阶段，如图 3-4 所示。

图 3-4　访谈法操作流程

1. 访谈准备阶段

在准备阶段，需要做如下工作：制定访谈计划、培训访谈人员、编制访谈提纲。

（1）制定访谈计划。制定访谈计划要明确以下内容：访谈目标、访谈对象、访谈方法、访谈的时间和地点；访谈所需的材料和设备。

（2）培训访谈人员。需要对访谈人员做如下培训：访谈原则和技巧；访谈计划；访谈目的和意义；组织和指导访谈人员收集目标职位的相关背景信息。

（3）编制访谈提纲。访谈者根据现有的资料，编制访谈提纲，以防止在访谈过程中出现严重的信息缺失，确保访谈过程的连贯性。访谈提纲中的问题分为通用性问题（开放性）和个性化问题（封闭式），通过通用性问题收集各方面信息，通过个性化问题收集与职位相关的职责和任务，作为启发被访谈者思路的依据。

2. 访谈开始阶段

此阶段的重点是帮助被访谈者保持信任的心态。

首先，访谈者可以通过以下途径营造轻松和舒适的访谈气氛：采取随意简单的方式让被访谈者进行自我介绍；尝试发现被访谈者喜好的话题，从这些话题出发开始访谈；在话题开始时，采取鼓掌和适度赞扬等方式表达对被访谈者的欢迎。

其次，向被访谈者介绍本次访谈的流程以及对被访谈者的要求，如果在访谈过程中需要使用录音和录像等手段，应向被访谈者事先说明。

再次，重点强调本次工作分析的目的、预期目标、所收集信息的用途，以及本次工作分析相关技术问题的处理方法（尤其是标杆岗位的抽取、被访谈者的抽取方式）。

最后，向被访谈者说明本次访谈已经征得其上级的同意，并且参与访谈的全部人员将保证访谈内容除了作为分析基础外，将对其上级和组织中的任何人完全保密。

3. 访谈主体阶段

访谈主体阶段的任务包括寻找访谈"切入点"、询问工作任务以及询问工作任务的细节。

（1）寻找访谈"切入点"。访谈的"切入点"通常可以是：询问被访谈者所在部门与组织中其他部门的关系，或者目标工作与部门外的联系，或者询问工作环境。随着访谈的逐步深入，所访谈内容应趋于具体和详细，主要询问任职者的各项工作任务"投入"、"行动"以及"产出"。

（2）询问工作任务。询问任职者工作任务时，可以向其提供事先准备的任务清单初稿，与被访谈者就任务清单中所列项目逐条地讨论和核对。在讨论与核对时，可以询问以下问题：我们对这项任务的表述是否准确清晰？我们对这项工作任务的描述，所用术语是否正确，是否还有其他更为专业的表述？任务清单是否包含你的全部工作内容？整个任务清单中是否有相互矛盾和逻辑混乱的地方？各项任务表述是否相互独立？哪些内容可以合并或者需要拆分？

如果访谈前没有准备任务清单，可以通过以下问题启发被访谈者：通常，你每天工作时要做的第一件事是什么？接下来你会做什么？你的工作主要由哪些板块构成？各板块分别包含哪些任务及职责？

（3）询问任务细节。可以运用流程分析的思想，从"投入"、"行动"以及"产出"三个角度询问工作任务的细节。

4. 访谈结束阶段

工作分析人员应该根据访谈计划把握访谈进程，若需要超过计划时间，应及时与被访谈者及其上司沟通，征得其同意。

在访谈结束阶段，访谈者应该就如下问题与被访谈者再次沟通：

（1）允许被访谈者提问；

（2）追问细节，并与被访谈者确认信息的真实性和完整性；

（3）重申工作分析的目的与访谈搜集信息的用途；

（4）如果以后需要继续访谈，应告知下次访谈的内容；

（5）感谢被访谈者的帮助与合作。

5. 访谈整理阶段

访谈结束后，及时整理访谈记录，为下一步信息分析提供清晰的、有条理的信息记录。

（二）访谈法的优缺点

1. 优点

（1）可以对工作者的工作态度与工作动机等较深层次的内容有比较详细的了解。

（2）有助于与员工进行沟通，能了解员工的各种需求以及满意度，缓解工作压力，还可以发现管理中存在的种种隐性问题。

（3）工作分析人员能对所提出的问题进行及时的解释和引导，避免因双方对书面语言理解的差异导致信息在传递过程中失真。

（4）工作分析人员能及时对所获得的信息与任职者进行沟通确认，极大地提高工作分析的效率。

2. 缺点

（1）比较费时，会占用访谈对象的正常工作时间。

（2）员工在面谈中有故意夸大其工作任务和重要性的可能，导致所收集信息发生偏差或失真。

（3）有效的访谈需要专门的技巧，工作分析人员需要受过专门训练。

三、工作日志法

工作日志法，也称工作日记法，就是让任职者在一段时间内以工作日记或工作笔记的形式将其日常工作中从事的每一项活动按照时间顺序记录下来，以此收集工作分析所需信息的工作分析方法。工作日志法主要适用于收集有关工作职责、工作内容、工作关系以及劳动强度等方面的原始工作信息，为其他工作分析方法提供信息支持，特别是在缺乏工作文献时，工作日志法的优势显得尤为突出。但它的使用范围较小，对于分析周期较短、工作状态稳定无太大起伏的工作，比较经济有效。

（一）工作日志法操作流程

采用工作日志法进行工作分析，其流程方便简捷，易于操作。一般说来，分为准备阶段、工作日志填写阶段和信息分析整理阶段，如图 3-5 所示。

图 3-5　工作日志法操作流程

1. 准备阶段

此阶段主要包括以下几项工作：

（1）由工作分析人员设计出详细的工作日志表。

（2）确定工作日志的填写对象。

（3）培训相关人员。在选定对象以后，应该对其进行相关培训，向他们说明工作分析的目的、操作流程，以及最终的影响等，消除其抵制心理。

（4）确定工作日志填写的时间范围。工作日志填写的时间跨度可为一周、10 天或一个月，记录时间的长短取决于职位特点和所需信息。对于能划分完整工作周期的职位，可选取其一个工作周期作为填写工作日志的总体时间跨度。

2. 工作日志填写阶段

将工作日志发放给任职者，让他们按照要求认真填写工作内容与工作过程信息，并通过中期讲解、阶段成果分析、工作分析交流会等方法进行过程监控，督促被调查对象保质保量地填写好工作日志。

3. 信息分析整理阶段

收回工作日志，由任职者的直接主管检查、修正记录，再由工作分析专家对信息进行分析与整理。通过工作日志法收集到的信息量是相当大的，在分析整理阶段，需要专业的工作分析师对这些信息进行统计、分类和提炼，以形成较为完整的工作框架。分析整理信息的内容如下：

（1）提炼工作活动。这是整理工作日志的首要任务。根据各项活动不同的完成方式，采用标准的动词形式，将其划分为大致的活动板块，如"起草文件"、"办理手续"、

"编制报表"等，然后按照各板块内部工作客体的不同对工作任务加以细化归类，形成对各项活动的大致描述。

（2）工作职责描述。在确定工作活动后，根据工作日志内容尤其是工作活动中的"动词"确定目标职位在工作活动中扮演的角色，结合工作对象、工作结果、重要性评价形成任职者在各项工作活动中的职责。

（3）工作任务性质描述。区分工作活动的常规性和临时性，对于临时性的工作活动应在工作描述中加以说明。

（4）工作联系。将相同的工作联系客体归类，按照联系频率和重要性加以区分，在职位说明书相应项目下填写。

（5）工作地点描述。对工作地点进行统计分类，按照出现频率进行排列，对于特殊工作地点应详细说明。

（6）工作时间描述。可采用相应的统计制图软件，作出目标职位时间——任务序列图表，确定工作时间的性质。

（二）工作日志法的优缺点

1. 优点

（1）获取信息的可靠性比较高，适用于确定有关工作职责、工作内容、劳动强度等方面的信息，所需费用也比较低。

（2）能在较长时间内记录和收集工作的相关信息，如果员工认真配合，能收集到较为全面的工作信息，不容易遗漏工作细节。

2. 缺点

（1）将注意力集中于活动过程，而忽视了结果。

（2）适用范围小，不适用于工作循环周期长、技术含量高的专业性工作。

（3）信息处理量大，归纳工作较烦琐。

（4）工作执行者在填写时，出于某种目的和原因可能会夸大或隐藏某些活动和行为，也会由于不认真而往往遗漏很多工作内容，甚至是"编造"工作活动。

（5）在一定程度上会影响和干扰员工的正常工作。

四、观察法

观察法是指分析人员直接到工作现场运用感觉器官或其他工具，观察员工的实际工作情况，用文字或图表形式记录下来，以收集工作信息的一种工作分析方法。观察法是一种传统的工作分析方法，实践中它多用于了解工作活动所需的外在行为表现、体力要求、工作条件、工作的危险性或所使用的工具及设备等方面的信息。此外，由于许多工作职位的职责不容易被观察到或没有完整的工作周期，单独使用观察法难以获得全面的信息，因此，观察法主要适用于对大量的、周期性和重复性较强且具有外显行为特征的工作进行分析。

（一）观察法的操作流程

观察法的操作流程一般包括五个阶段，具体如图 3-6 所示。

图 3-6 观察法的操作流程

1. 准备阶段

（1）收集现有文件资料（组织结构图、员工手册、旧的工作说明书等），对工作形成总体的概念（工作目标、工作任务、工作流程等）；

（2）准备一份工作分析观察提纲，作为观察的依据；

（3）若需辅助观察设备（摄像机、有关仪器等），也应提前准备好；

（4）对于事先所得的模糊但很重要的信息，应作好注释，以备正式观察时注意。

2. 观察阶段

这个阶段是整个工作流程中的一个重要环节，它直接影响工作信息收集的准确性与全面性。因此，在这个阶段，必须获得相关部门主管的协助和支持，主要应做好以下几方面的工作：

（1）确保所选择的观察对象具有代表性；

（2）选择不同的员工在不同的时间内进行观察；

（3）以标准格式记录所观察到的结果（重要的工作内容与形式等）。

3. 面谈阶段

由于观察法自身的局限性，一般情况下，为确保所收集的工作信息的准确性，都会在观察结束后，再作简要的面谈。首先在观察后要与员工进行面谈，请员工自己补充，然后再与该员工的直接主管面谈，以了解工作的整体情况。

4. 合并信息阶段

在观察和交谈的基础上，汇总工作信息。这个阶段的主要任务包括：

（1）结合所列提纲，明确任务，保证每一项都已得到回答或确认；

（2）合并从各个方面所得的信息，形成一个综合的工作描述。

需要注意的是，在此阶段，工作分析人员应注意根据情况变化随时补充材料。

5. 反馈核实阶段

这一阶段的主要任务有：

（1）工作分析人员认真检查整个工作描述，并在遗漏或含糊的地方作标记；

（2）核实阶段应以小组形式进行，把所得的工作描述分发给员工及其主管；

（3）员工及其主管核实并反馈；

（4）召集所有参与对象，共同核定工作描述相关信息，以使其完整、准确。

（二）优缺点

1. 优点

（1）采用该方法可以更为直接、全面地了解工作过程，还可以获得一些隐含的信息，所获得的信息比较客观、准确，能够为工作分析提供可靠的依据。

（2）适用于体力劳动者和事务性工作者的工作，如搬运工、操作员、文秘、银行的柜台操作人员等。

2. 缺点

（1）分析者的旁观可能给员工造成压力，影响其正常的工作程序和工作方法。

（2）不易观察到一些突发事件。

（3）不适用于工作周期长和主要是脑力劳动的工作岗位（如设计师、律师、管理者），也不适用于处理紧急情况的间歇性工作（如急救病房待命的护士）。

（4）不能得到有关任职者资格要求的信息。

五、资料分析法

资料分析法是一种经济而有效的信息收集方法。它是指通过查阅、参考、系统分析现存的与工作相关的文献资料来获取工作信息的一种工作分析方法。为了降低工作分析的成本，应当尽量利用现有的资料，但这种方法是对现有资料的分析提炼、总结加工，通过资料分析法无法弥补原有资料的空缺，也无法验证原有描述的真伪，因此，资料分析法一般用于收集工作的原始信息，编制任务清单初稿，通常，由资料分析法所得的信息都需通过其他方法进一步验证。

（一）资料分析法的操作流程

（1）确定工作分析对象。即要针对什么样的职位进行分析。

（2）选择可获得资料的渠道。可以来自组织，也可来自个人，如员工、部门主管、企业高层领导等。

（3）搜集组织内部和外部的可利用的原始资料。来自组织内部的资料有企业的组织结构图、岗位责任制文本文件、现有的工作说明书、业务流程图、员工手册、组织管理制度等。另外，我们还可通过作业统计，如对每个生产工人出勤、产量、质量、消耗情况的统计，对工人的工作内容、负荷有更深入的了解，它是建立工作标准的重要依据。来自组织外部的资料一般是对外部类似组织的相关工作分析结果或原始信息分析提炼所得，也可以是职业名称辞典之类的工具书。通过这些资料，对每个工作的任务、责任、权力、任职资格等有一个大致的了解。

（4）从所获资料中筛选出与所分析工作相关的信息，并对这些相关信息进行整理分析。进行文献资料的整理分析时，主要需收集并分析如下内容：①各项工作活动与任务；②各项工作活动与任务的细节，重点是各项活动、任务的主动词，对于动作出现的先后可用数字为序号加以区分；③资料分析中遇到的问题；④引用的其他需要查阅的文献资料；⑤知识、技能、能力要求；⑥特殊环境要求（如工作危险、警告等）；⑦工作中使用的设备；⑧绩效标准；⑨工作成果。

（5）描述这些信息，为下一步工作分析提供参考。

（二）资料分析法的优缺点

1. 优点

（1）分析成本低，工作效率较高。

（2）能够为进一步工作分析提供基础资料和基本信息。

2. 缺点

（1）一般收集到的信息不够全面，尤其是小型企业或管理落后的企业往往无法收集到有效、及时的信息。

（2）一般不能单独采用，而是与其他工作分析方法结合使用。

六、主题专家会议法

主题专家会议法是将指组织内部和外部的熟悉目标职位的人员召集起来，就目标职位的相关信息展开讨论，以收集信息的一种工作分析方法。主题专家（subject matter experts，SMEs）的成员可是组织内部成员，包括任职者、直接上级、曾任职者、内部客户、其他熟悉目标职位的人；也可是组织外部成员，包括咨询专家、外部客户和其他组织标杆职位任职者。

主题专家会议法是当前国内运用最广泛而有效的工作分析方法之一，它在工作分析中主要用于建立培训开发规划、评价工作描述、讨论任职者的绩效水平、分析工作任务，以及进行工作设计等。

（一）主题专家会议法的操作流程

主题专家会议法主要包括会议筹备和会议实施两个阶段。目的不同，主题专家会议实施的具体操作流程和内容安排就不同。因此，这里仅介绍会议筹备阶段。

1. 确定会议主持人

选择一名称职的会议主持人对于保证会议的顺利召开有着重要的意义。作为主题专家会议的主持，除了像一般的会议主持一样要有较强的表达能力、协调能力以及阅读并驾驭整个会议的能力外，还需有一些特殊的要求。

主题专家会议的主持人最好是公司中与目标职位相关的中层主管人员，当然人力资源部的工作分析专业人士还需对其进行专业指导和培训。在实践中，SMEs 主持人一般都应对目标职位有一定的了解，同时对会议将要使用的各种资料理解透彻，以便更好地推动会议的进程，达到预期效果。SMEs 会议中主持人的主要职责包括召集会议、调节进程、提出议题、决议、提供资料、调研复核和反馈。

当然，也有的主持人在会议中的参与程度较低，仅承担"后勤"工作，这时主持人就不必具备相关职位的知识。

2. 选择主题专家

为了保证在充分收集信息的前提下，提高会议效率，会议的规模一般控制在 5～8 人为宜。通常是根据会议的主要目的确定与会专家。如果进行会议的主要目的是职位设计，则参加会议的主题专家主要应为目标职位的上级、咨询专家、外部客户、其他组织标杆职位的任职者等；如果主要目的是确定任职资格，则与会专家主要是其上级、任职者、外部专家等。

3. 准备会议相关材料和设施

为了使会议更加具有针对性，提高会议效率，会议主持人应事先准备好相关书面材料或其他媒体材料，如需要确认的工作分析初稿、问卷、访谈提纲等。

4. 会议组织与安排

主要工作是进行会场安排布置以及做好与会议相关的后勤准备工作，提前通知与会者，并协助其准备好会议所需的相关文件资料。

（二）主题专家会议法的优缺点

1. 优点

（1）具备多方沟通协调的功能，有利于工作分析结果最大限度得到组织的认同以及后期的推广运用，可以运用于工作分析的各个环节。

（2）主题专家会议法操作简单，适合各类组织应用，尤其是对发展变化较快或工作职责还未定型的企业，其优势更为突出。

2. 缺点

（1）结构化程度低，缺乏客观性。

（2）受到与会专家的知识水平及其相关工作背景的制约。

七、关键事件法

关键事件法（critical incident technique，CIT）源自第二次世界大战时由军队开发出来的关键事件技术，这种技术在当时是识别各种军事环境下导致不同人力绩效的关键性因素的手段。

在工作分析中，关键事件是指导致工作成功或失败的关键行为特征或事件。关键事件法又称关键事件技术，是要求分析人员、管理人员、本岗位员工，将工作过程中导致工作成功或失败的关键行为特征或事件加以详细记录，在大量收集信息后，对岗位的特征和要求进行分析研究的方法。

关键事件法主要用于工作周期长、员工工作行为对组织任务的完成具有重要影响的工作。与其他工作分析方法相比，关键事件法的特殊性表现在它是基于特定的关键行为与任务信息来描述具体工作活动的一种方法，并不对工作构成一种完整的描述，无法描述工作职责、工作任务、工作背景和最低任职资格等情况。因此，在工作分析中，关键事件法常常需结合其他方法一起使用。

关键事件法是一种常用的行为定向法，能有效地提供任务行为的范例，适用于外显性的工作。除了用于工作分析外，它还常常被应用于培训需求评估和绩效评估中。

关键事件按其导致的结果不同，可分为正向关键事件和负向关键事件。正向关键事件是指对个人绩效或组织绩效产生积极影响的关键事件。负向关键事件是指对个人绩效或组织绩效产生消极或负面影响的关键事件。

（一）关键事件法的操作步骤

运用关键事件法的重点是识别关键事件并进行正确的描述。通过它，既能获得有关工作的静态信息，又可了解其动态特点。

在工作分析中，关键事件法的具体操作步骤如下：

（1）确定某项工作任务的总体目标。这一总体目标应当是这一领域的专家提出的一份简要陈述，陈述中所表达的目标应得到大多数人的认可。

（2）确定收集与此项工作活动有关的事件的计划。即要确定采用何种方式来收集有关的工作行为事件，并做好相应的准备工作。

（3）采集关键事件。事件的来源可以是管理者、在职员工，也可以是其他对所分析工作的事件比较熟悉或者有机会观察到具体情境的人，可以通过工作会议、观察法、访谈法、调查问卷法等方法采集关键事件。

（4）编辑关键事件。在收集好关键事件之后，必须对其进行编辑加工，为下一步应用关键事件作好准备。记录关键事件应包括以下几方面的内容：①导致事件发生的原因和背景；②员工特别有效或无效的行为；③关键行为的影响及后果；④员工自己能否支配或控制上述结果，即上述结果是否真的是由员工的行为引发的。除了纠正一些拼写和语法错误之外，首先，按照上述记录要求，检查每个事例内容是否完整、前后格式是否统一。其次，要考虑事例的长度，事例必须保持在合适的长度才能保证提供必需的信息，如果太长则易给阅读人带来困难，必须在这两者间找到平衡点。最后，要考虑他人的认同感，技术语言、职业行话、俗语应适当保留，其中的细微差别能使使用者感同身受。

（5）总结该工作职位的关键特征和具体的行为要求。

（二）关键事件法的优缺点

在实际应用关键事件法时，应充分了解关键事件法的特点，包括其优点和不足，遵循必要的应用原则，以有效发挥关键事件法的作用。

1. 优点

（1）由于直接描述任职者在工作中的具体活动，因此可以揭示工作的动态信息。

（2）有助于规范员工今后的工作行为及明确任务要求。

（3）有助于确定选拔和使用的标准及开发培训方案的主要内容。

（4）由于所收集的都是典型实例，包括正面与负面的，因此采用所收集的信息用于工作描述，对于防范工作事故、提高工作效率能起到更大的作用。

2. 缺点

（1）收集归纳关键事件并进行分析需投入大量时间，比较费时。

（2）缺乏完整性。由于所描述的都是具有代表性的工作行为，因此可能会遗漏一些不明显的工作行为或其他方面，难以较完整地把握整个工作情况。它不能对工作提供一种完整的描述，比如，无法多方面描述工作职责、工作任务、工作背景和最低任职资格等信息。

（3）受到记忆的制约。人们往往对最近发生的事件容易回忆，如果最近没有发生什么关键事件，则有可能遗忘和忽略在一段时间之前发生的关键事件。

（4）在收集信息、归类和判断什么是"关键事件"的过程中，难免带有主观性。

此外，关键事件法关注的是显著地对工作绩效有效或无效的事件，而对中等绩效的员工难以涉及，遗漏了平均的绩效水平。为了弥补这种缺陷，近年来提出了"扩展的关键事件法",即工作分析员要求任职者描述出能反映三种不同绩效水平（优秀、一般、不及格）的典型事例或情况概要。使用扩展的关键事件法能从任职者那里获得更多的工作信息。

第四节　工作分析的结果

工作分析通过对工作信息的收集、整理、分析与综合，形成的最终结果主要包括两种：工作说明书和工作分析报告。这里主要介绍工作说明书的内容，一份完整的工作说明书包括工作描述和工作规范两部分。工作描述主要是涉及工作执行者实际在做什么、如何做以及在什么条件下做的一种书面文件。而工作规范主要是说明工作任职者为了圆满完成工作所必须具备的知识、能力、技术等各项要求。二者有着紧密的内在联系，共同构成一个系统的整体。

一、工作描述

工作描述指用书面形式对组织中各类岗位（职位）的工作性质、工作任务、工作职责、工作关系与工作环境等工作特性方面的信息加以规范和描述的文件。它应该说明任职者应做什么、如何去做和在什么样的条件下履行其职责。

（一）工作描述的基本内容

不同的工作分析目的和不同的工作描述的使用者，对工作描述的内容有不同的要求。一般来说，工作描述的内容通常被分为两部分：一部分为核心内容，即任何一份工作描述都必须包含的部分，这些内容一旦缺失，就会导致人们无法对本工作与其他工作加以区分。这部分内容包括工作标识、工作概要、工作关系、工作职责。另一部分为可选择性内容。这些内容并非是任何一份工作描述所必需的，它可以由工作分析专家根据预先确定的工作分析的具体目标或工作类别，有选择地加以描述。这部分内容有：工作权限、职责的量化信息、工作环境与工作条件、工作负荷。

1. 工作标识

工作标识又称工作识别、工作认定，是识别某一工作的基本要素，即某一工作区别于其他工作的基本标志。主要包括以下信息：

（1）工作名称。它是一组在重要职责上相同的职位总称。好的工作名称往往能准确地反映工作内容，并能把一项工作与其他工作区别开来（如销售经理、招聘专员）。

（2）工作身份。又称工作地位，一般在工作名称之后。它包括：①所属的工作部门。②直接上级职位。

（3）工作等级。指在组织中存在工作等级分类情况下，此工作处于哪一等级。例如，一家公司将秘书分为一级秘书、二级秘书等。

（4）工作代码或编号。为便于职位管理，能快速查找所有的工作，通常会为每个工作职位标上工作代码。工作代码的设置没有固定模式，一般按工作评价与分析的结果对工作进行编码，组织可根据自己的实际情况设定应包含的信息。如在某企业中，有一个职位的代码为 HR-04-05，其中，HR 代表人力资源部，04 表示员级，05 表示人力资源部员工的顺序编号。

（5）薪点范围。薪点范围是工作评价所得的结果，反映了这一工作职位在组织内部的相对重要性，是确定这一职位基本工资的基础。

（6）所辖人数。

（7）定员人数，指该职位的人员编制。

（8）工作地点，指工作的地理位置。

了解这些资料的目的，是把这项工作与那些与之相似的工作区别开来。除了关于工作的基本信息之外，在这一部分还常常列出工作分析的时间、工作分析人员、有效期、批准人等内容。

2. 工作概要

工作概要又称工作目的，指用简练的语言概括工作的总体性质、中心任务和要达到的工作目标。工作概要一般以主动动词开头描述最主要、最关键的工作任务，而不必细述工作的每项具体任务和活动。其规范写法为"工作行为＋工作对象＋工作目的"或"工作依据＋工作行为＋工作对象＋工作目的"。比如，对于市场策划主管来说，其工作概要为"负责市场信息的收集、整理、分析，提交市场调查报告，为市场战略提供决策支持"。

3. 工作关系

工作关系描述包括两部分：一是该工作职位在组织中的位置；二是任职者与组织内外其他部门或人员之间所发生的联系。前者是工作描述必需的核心内容，后者可以根据组织需要选择是否采用。

（1）该工作职位在组织中的位置。它反映该职位在组织中上下左右的关系，通常用组织结构图来表示，也可以用文字形式表达。某组织人力资源总监在组织中所处位置如图 3-7 所示。

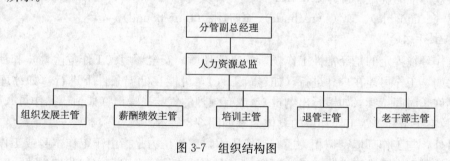

图 3-7　组织结构图

（2）任职者与组织内外其他部门或人之间所发生的联系，包括：该项工作受谁监督；此工作监督谁；此工作可晋升的职位、可转换的职位以及可迁移至此的职位；与哪些部门的职位发生联系等。还要列举出工作联系的频繁程度、接触的目的和重要性。在工作分析的实际操作中，主要关注的是工作联系的对象和内容。这些内容有的是在工作描述中以专栏列出，有的则是反映在对工作职责的具体描述中。

4. 工作职责

工作职责是指任职者所从事的工作在组织中承担的责任、所需要完成的工作内容及其要求。工作职责描述，是工作描述的主体，它是在前面工作标识与工作概要的基础上，进一步对职位的内容加以细化的部分。

对工作职责的界定要做到准确、清晰、系统，不能出现职责的交叉、重叠或遗漏。这就要求在形成工作描述前要对收集到的信息进行深入分析，使工任职责的界定建立在对业务流程和部门职能全面把握的基础上。

5. 工作权限

工作权限是用于界定工作人员在工作活动内容上的权限范围、层级与控制力度。在制定了一个职位的职责后，如果没有规定其权限范围，职责的完成程度就会不同。职责与权力应该要同时配置到相应的职位，使责权对等。

工作权限的划分，一方面要本着责权统一的原则进行，另一方面又不能完全通过工作职责分析来完成，而是必须依靠系统性的组织安排，在纵向上根据职能定位与管理人员的职业化水平，在横向上根据组织业务流程的分解，同时考虑到组织内部的信息沟通、资源共享、风险分散、责任分担等若干因素进行系统性地分权，形成分层分类的"分权手册"。

工作权限按其种类来分，可分为业务决定权限、财务管理权限、人事管理权限、经营管理权限。在不同内容的权限中，又可按授权的程度来分。如财务管理权中有提议权、审核权和审批权；在人事管理权中有提议权、拟定/办理权、初审权、审核权、审批权；经营管理权中有审批权、审核权、执行权、建议权、修改权、会审权等。

6. 绩效标准

绩效标准是在明确界定工作职责的基础上，对如何衡量每项职责完成情况的规定。这部分内容说明组织希望工作人员在执行每一项工作任务时所要达到的标准，对于以考核为目标的工作分析，绩效标准是工作描述中所必须包含的关键部分，绩效标准以能定量化为好。如每个工作日所生产的产品不低于 400 个，次品率不超过 2%。

绩效标准的确定需遵守 SMART 原则，即具体（specific）、可度量（measurable）、可实现（attainable）、现实（realistic）、有时限（time bound）。

7. 工作环境

工作环境界定的是经常性工作场所的自然环境、安全环境（工作危险性）和社会环境。比如，工作可能在户外进行（如建筑工人），可能在低温条件下进行（如冰库中）；工作也许长时间持续（如银行出纳员），或有强烈的气味、噪声（如钻压操作员）、压力（如急救室护士）等。工作环境的具体因素如图 3-8 所示。

另外，与工作环境密切相关还有工作压力，工作压力是指由于工作本身或工作环境的特点给任职者带来压力和不适的因素。在众多的工作压力因素中，我们主要关注工作时间的波动性、出差时间所占的比重、工作负荷的大小。在界定工作压力时，可以分等级描述，从而为工作评价直接提供信息。

(二) 工作描述的其他内容

为了增强员工工作的积极性，工作描述除了包括以上必备内容和常见的可选内容外，有时还列出该工作职位的工资结构、工资支付办法、福利待遇、晋升的机会、休假制度及进修的机会等内容，这些内容往往是直接影响员工工作态度和工作积极性的因素。

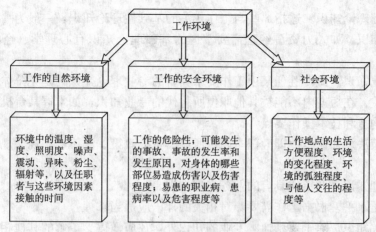

图 3-8　工作环境的具体因素

二、工作规范的基本内容

工作规范又称岗位规范或任职资格，是指任职者要胜任该项工作必须具备的资格与条件。一般来说，通过对工作描述的每一项工作任务、职责进行分析，对完成每一项工作任务、职责所需的资格和条件作出回答，并加以综合整理，即可得出工作规范的具体内容。主要包括以下几方面。

（一）身体素质要求

此即从事体力或脑力劳动所需的身体条件，包括身高、体型、耐力、力量大小以及身体健康状况等。

（二）教育程度要求

衡量教育程度一般有两种方法：一是用完成正规教育的学历与专业来加以界定，如某公司生产部安全管理员的教育程度要求为大专以上，机械制造或相关专业。用这种"学历＋专业"的方法来衡量教育程度比较简捷，易于理解和测度，因而应用范围很广，但它也存在较大的缺陷，因为具备同样学历的人，其实际的认知能力可能存在很大差异，而且往往容易将一些自学成才的人拒之门外。二是以任职者实际所达到的教育水平与职业培训来确定。应用最为广泛的是美国劳动部的"普通教育程度量表"（GED）。

（三）资格证书要求

这是指国家或行业规定的任职者必须持有的执业资格证书。

（四）知识要求

这是指任职者胜任某项工作应具有的知识结构和知识水平，一般可采用六级表示法进行评定，即精通、通晓、掌握、具有、懂得、了解。知识要求包括以下六个方面：

（1）基础理论知识。这指那些与工作相关的基础性理论知识，一般为一级学科或二级学科有关知识，如人力资源经理需要掌握的基础理论知识有心理学、经济学、管理学、法学等。

（2）专业知识。此即胜任某项工作要求具备的专业理论知识，是充分体现该职位独立于其他职位、在短期内不能被其他职位所替代的专业知识，如掌握某台机器的工作原理、性能、构造和技术操作要点。

（3）政策法规知识。此即胜任本职位所应具备的政策、法律、法规、规章或条例方面的知识。

（4）管理知识。此指应具有的业务管理知识。

（5）外语水平。根据工作需要，对相关的外语应适当掌握。

（6）相关知识。除了要精通本专业的知识外，还应懂得、了解的其他相关的知识。

（五）能力要求

这主要包括以下几项：

（1）理解判断能力。对有关方针、政策、目标任务的认识与领会程度，对本工作中出现的各种问题的分析与判断能力。

（2）学习能力。对某一项工作领域进行研究、开发与创新的能力。

（3）决策能力。从整体的角度，对关系重大的事情进行选择与决策的能力。

（4）组织协调能力。组织人员开展工作以及与有关部门互相协作的能力。

（5）交际能力。为开展工作在社会交往、人际关系方面应具备的能力。

（6）语言文字能力。包括口头和书面两方面，如在起草文件、编写工作计划、做业务记录以及宣传方面，应具有较好的口头和文字表达能力。

（7）解决问题能力。在具体执行工作任务、处理相关业务的过程中，需具备的解决问题的能力。

（六）工作技能要求

工作技能，是指对与工作相关的工具、技术和方法的运用。不同工作所要求的工作技能是不同的，主要包括通用技能和各工作职位的专业技术技能。通用技能一般包括计算机使用技能、外语运用技能和公文写作技能。

（七）经历要求

这主要涉及社会工作经验、专业工作经验及管理经验三方面。社会工作经验指参加工作后的所有工作经历。专业工作经验指从事相同职位、相似职位的工作经验。管理经验指从事管理职位的工作经验。工作不同对经历的要求也大不相同，有些技术性强的工作对工作年限、相关经验的要求比较高。而一些高级管理职位通常都要求具有一定的管理经验。

（八）个性特质

这主要指个人的性格、气质、兴趣、价值观和态度等。

（九）道德要求

任职者除了具备上述能力要求和个性特质外，还必须具有良好的职业道德，这是做好工作的重要前提和保证。通过对职业道德水平的分析，最起码应具备诚信、敬业、相互尊重等优秀品质。例如，医生要有医德，救死扶伤；教师要讲师德，教书育人；商人讲信誉，诚信第一。

总的来说，工作规范涉及以上几个方面的内容。实际工作中当然不能照搬照抄，应该结合实际情况进行选择。

工作规范的构建方法和技术有多种，没有一个标准的方法。目前工作规范的构建主要有以下三种：基于逻辑推导的工作规范构建、基于统计数据验证的工作规范构建、基于定量化工作分析方法的工作规范构建。

本 章 小 结

工作分析是人力资源管理中的一项核心工作，它是人力资源管理其他各项工作的基础和前提。本章第一节介绍了工作分析的含义、应用及其有关概念等基本内容；第二节介绍了工作分析的基本流程与操作；第三节介绍了问卷调查法、访谈法、工作日志法、观察法、资料分析法、主题专家会议法和关键事件法七种常用的工作分析方法的操作流程及其优缺点；第四节介绍了工作说明书的结构内容。通过本章的学习，能对工作分析技术有一个整体的了解与把握。

➤ 本章思考题

1. 什么叫工作分析？工作分析可以应用于人力资源管理的哪些领域？
2. 工作分析的基本流程是怎样的？
3. 问卷调查法、访谈法、关键事件法各有哪些优点和缺点？
4. 工作描述包括哪些具体内容？
5. 工作规范包括哪些具体内容？

➤ 本章参考文献

1. 彭剑锋、张望军、朱兴东等：《职位分析技术与方法》，中国人民大学出版社，2004 年
2. 郑晓明、吴志明：《工作分析实务手册》，机械工业出版社，2002 年
3. 萧鸣政等：《工作分析的方法与技术》，中国人民大学出版社，2002 年
4. 高艳：《工作分析与职位评价》，西安交通大学出版社，2006 年
5. 朱勇国：《工作分析与研究》，中国劳动社会保障出版社，2006 年
6. 顾琴轩：《职务分析技术与范例》，中国人民大学出版社，2006 年
7. 吕嵘、唐晓斌：《让狐狸挑起担子来——如何编写岗位说明书》，中国经济出版社，2004 年

第四章

人员招聘

引导案例

微软选用人才具有独到之处①

应该说，在搏击知识经济的浪潮中，全世界最大的成功者和得利者就是美国的微软公司。微软深信，人才的重要性超过一切。微软为什么在中国设立研究院？因为中国有一批非常优秀的人才。

人才在信息社会中的价值，远远超过在工业社会中的价值。在工业社会中，一个最好的工人的工作效率，或许能比一个一般的工人高出 20%～30%，但是在信息社会中，一个最好的软件研发人员，却能够比一个普通员工多做 500%～1000% 的工作，甚至有时候这种差距是无法用数字去衡量的。比如说，世界上最小的 Basic 语言就是比尔·盖茨一个人写出来的，而为微软带来丰厚利润的 Windows 也只是由一个研究小组做出来的。

的确，在知识经济时代，人类智慧的价值空前重要。关键不仅在于人才的作用将是决定性的，更在于他们的作用将是无法用其他方法所代替的，他们的价值是无限的。

比尔·盖茨经常对微软的员工说："对微软的最大挑战，是迅速发掘和雇佣最优秀的人才。我对你们最大的不满是你们找到的人才还太少。"基于此，1991 年，当比尔·盖茨决定创立美国微软研究院时，他请了多名说客专程到宾夕法尼亚州卡内基梅隆大学，邀请世界数一数二的操作系统专家雷斯特教授加盟微软，盖茨在六个月内三顾茅庐。终于，微软的诚意打动了雷斯特教授。雷斯特教授加盟后，继承了微软的人才理念：搞创新要从寻找最优秀的人开始。于是，他也同样以最高的诚意和无限的耐心，邀请了上百名 IT 界最有成就的专家加盟微软。一次雷斯特教授在动员旧金山的两名有造

---

① 廖泉文：《人力资源管理经典案例》，高等教育出版社，2005 年。题目有修改。

诣的专家时，他们坚持说："只要让我留在旧金山就行。"可这与微软以往的指导思想是不符的：微软在美国已经成立了一个研究院，而且认为在美国只有一个，否则会造成人才的分散。但经过斟酌后，微软最终还是答应了他们，又专门在旧金山成立了研究院。毕竟，人才对微软来说是最为重要的。

对人才的选用，微软具有独到之处。在微软，管理者的责任就是要为公司挖掘到比自己更优秀的人。只有这样，他们才觉得对公司尽到了责任。人们经常会犯一个错误，就是一部分主管常常不愿雇佣比自己更出色的人，因为他们觉得找比自己更优秀的人进来会不好管理，这其实是不对的。在微软看来，建立在主管事事过问基础上的"令行禁止"并不是最有效的管理状态；而有了最优秀的人，他会为自己的工作设立目标，并自觉把工作做好，主管则可以留出很多精力去把握公司大的走向。因此，在微软看来，雇佣最有才华的人比培训、管理那些平庸的人要重要得多。只要有了最好的人，就不需要太多的管理。

因为雇佣在微软如此重要，自然在如何发掘最优秀的人才上，微软也精心制定了一些雇佣的原则和方法。

第一，微软要雇佣那些最有能力却不一定最有名气的人。无论是台前的著名教授，还是幕后的研究英雄，微软都会花很多时间去理解他们的工作，并游说他们加入微软。就微软研究院而言，虽然从事的是基础研究，但实际上是基础的应用研究。因此，最有用的人除了要有最强的能力外，他还要能够以自己的技术成果被所有普通人所使用为自己最大满足，也就是要有造福人类的成就感，而绝不是独自坐在屋子里漫无边际地乱想。

第二，微软要雇佣那些最有潜力的年轻人。中国信息技术起步较晚，因此现阶段的世界级成果和带头人比起美国要少得多，但中国年轻人的聪明才智一点也不比美国人差。比尔·盖茨最近几年每次到中国，最愉快的时候，就是在清华、复旦等大学和学生在一起就一些尖锐的问题进行交流甚至辩论的时候。他是在从中国回到美国的飞机上立即决定在中国成立研究院的。所以，与其说微软是来找专家，不如说微软是来找潜力的，这潜力包括聪明才智、创造力、学习能力、对工作的热爱和投入等。这类"潜力"比专业经验、在校成绩和推荐信更重要。

人才，是微软成功的关键。对于现代任何一个组织，寻找和招聘到优秀的人才，同样也是组织得以立足和发展的根本。

讨论题：

1. 微软的人才观对我国企业的人才招聘与管理有何借鉴作用？
2. 当前我国企业在招聘管理中主要还存在什么问题？
3. 提高招聘有效性应从哪些主要环节入手？

在意识到人力资源为第一资源的今天，企业是否有一支数量充足的高素质员工队伍已经成为决定企业生存和发展的关键因素。招聘管理是组织人力资源管理的重要部分，属于人力资源输入环节。通过招聘和甄选，组织借以吸收真正适合自己的人员，用以满足和保证组织各项工作的需要。

■第一节　人员招聘概述

一、人员招聘的含义

人员招聘，是组织基于生存和发展的需要，根据组织人力资源规划和工作分析的数量与质量要求，采用一定的方法吸纳或寻找具备任职资格和条件的求职者，并采取科学有效的选拔方法，筛选出符合本组织所需的合格人才并予以聘用的过程的管理活动。

基于组织战略管理前提下的招聘管理，首先必须做好组织人力资源规划和工作分析两项基础性的工作。因为人力资源规划是对组织需求和供应的分析与预测的过程，它决定了预计要招聘的职位、部门、数量、时限、类型等因素。工作分析是针对组织中各职位的职责、任职要求进行的分析，它为招聘提供了主要的录用依据，也为应聘者提供了详细的职位信息。

招聘管理主要由招募、选拔、录用和评估几个过程组成。招募是组织为了吸引更多更好的候选人来应聘而进行的若干活动；选拔则是组织从"人—事"两个方面出发，从招聘得来的人员信息中，挑选出最合适的人来担任某一职位；而录用主要涉及员工的手续办理和合同签订以及试用、正式录用；评估则是对招聘活动的效益与录用人员质量的评估。

招聘活动可以说古已有之，我国古代历史上求贤若渴的故事不胜枚举。战国时秦孝公招贤于天下、卫鞅入秦，孝公识才重用，强秦以威诸侯。"萧何月下追韩信"、刘备"三顾茅庐"、"孟尝君门客三千"等故事，已经成为一些帝王将相为更好地治理国家而寻求高端人才的经典例子。招聘管理作为一种科学管理活动，可追溯到泰罗的科学管理时代，它伴随资本主义大机器生产时代对人力资源的大量需求而产生，并随着招聘管理活动的科学化和丰富化而得到不断发展。

人力资源管理是对人这种活的资源的管理。一个组织的员工总会随着组织环境和组织结构的变化发生变化，为确保组织的生存与发展，员工招聘对组织来说意义重大。"成功的招聘是一种战略，这可能也是一项最重要的战略。"[1]

二、人员招聘的意义

企业间的商业竞争，更大意义上已是一场人才的竞争。招聘管理运作的成效直接影响着企业的各项管理活动。因此，在人力资源管理中，对于员工的招聘与甄选应给予高度重视，它的意义表现在以下方面。

（一）确保录用人员的质量，提高组织工作绩效和提升核心竞争能力

当组织根据人力资源规划和工作分析的数量与质量需要，从外部吸收人力资源，为组织补充新鲜力量，即补充新员工后，一方面可以弥补组织内人力资源供给不足；另一

---

[1] 〔美〕罗伯特·H.沃特曼：《寻找与留住优秀人才》，欧阳晖译，中国人民大学出版社，2003年，第55页。

方面，经过选择的高素质的新员工，通过培训可能成为优秀员工，提高整个部门的工作绩效，并进而提升企业的核心竞争力。

（二）给组织带来活力

这主要表现为对高层管理者和技术人员的成功招聘，可以为组织注入新的管理思想、新的工作模式，可能给组织带来技术上的重大革新，为组织增添新的活力。

（三）保留人力资源，降低流动率

成功的员工招聘，可以使组织更多地了解员工到本组织工作的动机和目标，组织可以从诸多候选人中甄选出个人发展目标与组织目标趋于一致，并愿与组织共同发展的员工，这样，组织可以更多地保留人力资源，减少因员工离职而带来的损失，降低人员流动率，增强企业内部凝聚力。

（四）提高组织知名度

成功的招聘也能够使组织的知名度得到提高，使外界能更多地了解本组织。例如，深圳华为公司通过经常性的招聘活动，不但吸收了大量的优秀人才，同时也提高了自身的知名度。企业通过人才招聘活动，在招收到所需人才的同时，也能通过招聘工作的运作和招聘人员的素质向外界展示企业的良好形象。

对于一个新成立的企业，人员的招聘甄选是企业成败的关键，如果不能招募到符合企业发展目标需要的员工，企业在物质、资金、时间上的投入就会因为缺少合适的人去利用这些资源而变成浪费；如果不能满足企业最初的人员配置，就无法进入正常的运营。对于已经处于运作阶段的企业，由于企业目标任务的变化、人员变化以及外部经营环境的变化，招聘管理工作仍很关键，企业在其运作过程中需要持续地获得符合企业需要的人才，况且人才的竞争已是十分激烈，成功的招聘管理工作可以使企业获得更大的竞争优势。

组织用才的目的在于能够为本身带来利益，而唯有通过严谨而且正确的招聘与甄选过程，才能找到真正适合自己的人才。而所谓的有效招聘就是指组织或招聘者"在适宜的时间范围内采取适宜的方式实现人、职位、组织三者的最佳匹配，以达到因事任人、人尽其才、才尽其用的互赢共生目标"[1]。

三、招聘管理的原则

对员工的招聘活动，是一项经济活动，也是一项社会性、政策性很强的活动，在任何组织中，不管是招聘高级管理人员，还是普通员工，无论招聘的人员数量多还是数量少，是由组织内部的人力资源部门来完成招聘工作还是外包给专业机构，为了最大限度地保证招聘工作的有效性，必须遵循下列基本原则。

---

[1]　杨杰：《有效的招聘》，中国纺织出版社，2003年，第84页。

(一) 双向选择、公开公平竞争的原则

双向原则,是指组织可以按照自己的愿望自主地选择自己所需要的员工,而劳动者也完全可以按照自己条件与要求自由地选择组织。双向选择原则是劳动力市场资源配置的基本原则。这一原则,一方面可以使组织不断地完善自身形象,增强自身的吸引力;另一方面,能使劳动者为了获取理想的职业,在招聘中取胜,从而努力提高自身的素质与技能。公平公开竞争原则,强调组织在招聘过程中,应把招聘的单位、岗位、数量、资格条件等情况面向一定范围进行公开告知,对所有的应聘者平等对待,达到择优选聘、优胜劣汰的目的;同时,也给予社会各种人才一个公平竞争的机会,充分挖掘全社会的人力资源。

(二) 遵守国家法律法规的原则

任何组织在招聘过程中都要遵守国家关于平等就业的相关法律、法规和劳动政策,包括《劳动法》、《劳动合同法》等法规。实行公平竞争、平等就业,反对种族歧视、性别歧视、年龄歧视、信仰歧视,甚至还有容貌歧视和身高歧视,保护未成年人及妇女的权益,关注农民工等弱势群体、少数民族和残疾人群体的就业现状。

(三) 能岗匹配原则

有效的招聘活动应符合"职得其才,才适其用",即做到能力和岗位的匹配,所谓让最适合的人在最恰当的时间位于最合适的位置,注意避免低才高就或高才低就的现象。招聘过程中坚持根据岗位任职要求,确定关键胜任力素质模型,以此作为衡量人才匹配度的尺度,保证招聘工作的有效性。

(四) 效率优先原则

这一原则指尽可能以最低的招聘费用,录用到高素质、适合组织需要的人员。效率优先原则表现在,在招聘工作中,根据不同的招聘要求,灵活地选用不同的招聘形式,在保证所聘员工素质要求的情况下,尽可能降低招聘成本。一般而言,招聘成本包括:一是招聘直接成本,如招聘过程中的广告费、招聘人员的工资和差旅费、考核费、办公费及聘请专家等费用;二是重置成本,即因招聘不慎,重新再招聘时所花费的费用;三是机会成本,即因人员离职及新员工尚未完全胜任工作造成的费用。

四、招聘者素质技能要求

人们常感叹,"千里马常有,而伯乐不常有",善于识别和培养人才的人往往比人才本身更难得。在现代企业中,人力资源管理的作用越来越具有战略性,人力资源管理实践对招聘者的要求也越来越高。

我们在选派招聘者的过程中,首先要遵循高于应聘职位的原则,同时,要求应聘者有良好的素质修养与相关的技术能力。

（一）良好的个人品质

对于应聘者来说，招聘者的形象、行为代表着该组织及该组织的文化，从他们的身上能够反映出组织的风范，所以，企业对招聘者的个人品质应该有很高的要求。

首先，要热情、诚恳。招聘者热情、诚恳的态度，让应聘者如沐春风，感受到该组织拥有的良好的亲和力，以及可信赖性，在无形中对应聘者形成带动和示范作用。这里需要说明的是，为避免应聘者产生不合实际的心理期望，招聘者在招聘期间的任何允诺都须慎重，一定要诚实地提供真实的信息。在发达国家，在招聘中越来越推崇通过所谓的 RJP，即真实职位预视，使应聘者形成一种更加接近真实情况的预期。其次，要公正、认真。招聘者在招聘过程中，须本着公正公平的原则，一切从组织利益出发，避免任人唯亲、结帮拉伙情况的发生。同时，招聘者要有强烈的责任心，能够尽心尽责、踏踏实实做好招聘工作中的每一环节，才能保证招聘工作的有效性。

（二）相关的技能

招聘工作可谓千头万绪，复杂而又关键，需要招聘者具备一定的能力和相关的技术。

从能力上说，招聘者必须具备以下一些能力：

（1）表达能力，包括口头表达和书面表达。招聘者需要与诸如人才市场、人才中介公司、广告媒体、校园、社区等各种各样的人员接触，会面对各种场合，他们需要通过谈话、报告、信件等形式来清楚地表达自己，表明企业对应聘者的要求，因此，表达能力十分必要。

（2）观察能力。招聘者被要求在很短的时间内认识和了解应聘者的性格、才能等方面，需要培养和具有很强的观察能力，才能做到这一点。

（3）协调和沟通能力。无论是实行内部招聘和外部招聘，都需要同组织外部和组织内部发生关系，因此，招聘者也就要具备良好的协调和沟通的能力。

（4）自我认知能力。心理学研究认为，人们总是习惯以自我为标准去评价他人，但对于招聘者而言，就要超越一般的自我，对自我有一个健全、完整的认识，才能公正、公平地评判应聘者。

（5）不断完善自我的能力。招聘者为能适应现代企业的变化和发展，要不断地完善自我，学习各方面的知识来充实自己。心理学、社会学、法学、管理学、组织行为学等学科内容，都应该为招聘者所懂得，具备广博的知识和不断更新知识的能力，并有效地运用到招聘实践中。

从技术上说，招聘者必须掌握以下一些技术：

（1）人员测评技术。通过掌握人员测评的方法和手段，提高对应聘者的评判能力，从而提高招聘能力和技巧。测评技术包括创造力测验、能力倾向测验、笔迹测验、人格测验、兴趣测验、评价中心等测试方式。

（2）面谈技术。这里的面谈不仅仅指面试。它包括同应聘者进行的所有谈话。招聘者只有掌握策略性的谈话技巧，才能突破应聘者的心理防线，使之放松心情，展现真实的自我，从而为获取应聘者真实信息奠定基础。面谈技术的关键是如何找到与交谈者之间的心灵共鸣点或曰思想交汇点。

（3）观察技术。观察是招聘者评价应聘者常用的方式。有经验的招聘者往往善于通过观察应聘者的不同的体态语言、习惯动作等，帮助他进一步了解应聘者的情况。

（4）招聘环境设计技术。良好的招聘环境既能让应聘者充分发挥自己的才华，亦可使招聘者提高工作效率，即双方都能在这样的环境里，心情愉快、注意力集中、思维敏捷、发挥正常。所以招聘者应能有意识地提高自己的环境设计能力，招聘前要考虑环境布置简洁整洁、光线柔和、温度适中、空间布置美观等因素。

（5）招聘测试题的设计技术。不同的招聘目的需要相适合的测试形式，才能加强人员招聘的有效性。测试形式的演进，从初始多凭现场感觉到经过专业人员按特定要求进行科学设计，测评效果有了很大的改变。为准确判断与选择应聘者，要求招聘者具有较强的测试题选择与设计技术。

（三）招聘者的误区

在当今十分激烈的国际市场竞争环境下，能否招聘到有用之才，对企业来说往往是生死攸关的事情。调查显示，30%~50%的主管级别的任命都以解雇或辞职告终，人员招聘的复杂性由此可见一斑。同时，成功企业令人瞩目的业绩，也让人体会到了成功的招聘对企业的重大意义，为此，人们不遗余力地不断探求更好的招聘理念与招聘方法。下面所列"招聘者误区"或称"招聘者陷阱"，就是在探求过程中总结出来的。招聘者在招聘活动中容易犯的几种错误：

（1）类比效应。在这里也可以称为反复性行为。很多企业在面对空缺职位从而去寻找合适人选时，常常关注和寻找与前任者拥有相似个性和有效能力的人，进行一种简单的类比，而不是根据这个职位的工作要求去衡量与挑选。

（2）苛刻的招聘要求。尽心尽责的招聘者为了完成招聘任务，会以冗长详细而重点不明的职位说明书指导自己的招聘工作，这些职位说明书中对工作的方方面面，事无巨细均作了毫无遗漏的规定，但这些职位说明书却往往包含着矛盾。比如，要求候选人既是一个强制型的领导又是一个团队合作者，既是一个精力充沛的实干家又是一个深思熟虑的分析家。这样的苛刻规定，显然大大缩小了甄选范围。于是，那些拥有成功所需要的必需能力的最佳候选者，因未达到某些条款而被拒之门外……

（3）简单根据表面价值或履历。很多应聘者都对简历的制作非常用心，然而，这些精美的简历中所提供的信息都值得完全信赖吗？事实上，许多求职者并未考虑与公司的长期契合，他们所想的可能只是逃避一个恶劣的环境，或获得更多的薪酬等等，履历的撰写强调的是突出个人的成功经验，而那些不利于个人求职的东西则会被有意识地剔除掉。应聘者们总是想把最好的一面展示出来，但大多数的招聘企业都忽视了候选人的其他方面。

（4）片面相信背景调查。要慎重看待背景调查，尤其是申请者所提供的证明信（人）所提供的信息，因为前任或现任老板和同事通常都不会吝啬他们的赞美之词，他们只报告申请者好的一面而不会报告不足的一面，他们更关心的是他们与申请者之间的关系，而不是帮助一个素未谋面的人作出正确的雇佣决定。有趣的是，尽管主管人员不知道那人是否可信，他们通常仍会相信证明信（人）所说的一切。

（5）寻找"似我者"之偏见。判断失误在招聘过程中会不断发生。例如，刻板印象——轻易将某些特征与某些种族、性别或民族联系在一起；晕轮效应——爱屋及乌等。但最常发生的偏见是对那些像自己的人给予过高的评价。一位北京大学的毕业生或许会更多地倾向于有同样教育背景的申请者，而不幸的是，有时工作恰巧需要那些拥有不同视角或不同技能的人来完成，才会取得更好的效果。

（6）过度授权。这就是我们强调的招聘者职位应高于应聘者的原则。但实际上，很多企业管理人员因为业务繁忙，往往将关键的对空缺工作/岗位的说明书的编制，授权给其下属或人力资源部，如果被授权者能很好地完成任务，一般就不会产生不良后果。实际情况是，这样的结果很少。

（7）非结构化的面试。研究表明，在各种面试评估方法中，结构化面试是最可信的。结构化，也就是意味着招聘人员需使用一些精心设计的问题来考评候选人的能力——相关的知识、技能和通用能力。但在现实中，大多数的面试是轻松、随意的，谈一些相互的熟人或者体育比赛等，即使言归正传，考官也只问一些应聘者猜都猜得出的问题，面试变成了闲聊。这种非结构化面试有许多缺点，其中最致命的是，那些企业真正需要的候选人因为不善于闲聊而被拒之门外。

（8）忽视情商。大多数企业一般只关注应聘者"硬件"数据：教育背景、智商和工作经历等，而忽视"软件"数据：情商。而根据《运用情商工作》一书的作者丹尼尔·戈尔曼（Daniel Goleman）的研究，情商对于杰出绩效水平的贡献是智力和专业技能贡献的两倍。戈尔曼还发现，在高级领导人中，90％的成功取决于情商的水平。然而，或许是忽视，或许是测定难度大，情商的特性，如自我意识、自我调节、动机、同情心、社会技能，很难在个体身上准确辨别，且不同职位所需的情商类型都不相同。另外，大部分应聘者在招聘过程中会有意识地在人前表现得冷静、沉着以及友好、合作和好心肠。对情商的评估如此复杂，所以大多数的公司在招聘过程中，没能给予足够的重视。

（9）缺乏客观准确的评价标准。这会导致多种情况的发生。比如，以绝对的方式评价人的现象就是这样发生的。评判一个人的业绩应该考虑所处情境的因素，建立客观准确的评价标准，而不可简单地作判断。更要避免招聘管理中出现被称为"流沙"的现象，比如，在招聘中，有些人一旦身居要职就要推举其朋友出任某职位，拉帮结伙，其他人则碍于情面而放弃应有的招聘和评判标准，这种现象危害极大。

▓ 第二节　　招聘的程序

招聘程序是指从出现职位空缺到候选人正式进入组织工作的整个流程。一个组织欲谋求持续发展，必须对所需人才的招聘活动制定一定的程序步骤及选用适当的方法，才能收到"事得其人"、"人尽其才"的效果，而不能凭感觉来招聘人员。

一、招聘的四个阶段

人员招聘大致分为招聘、选拔、录用、评估四个阶段。

这四个阶段如图 4-1 所示。

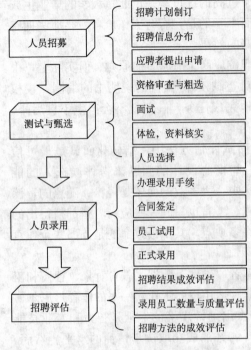

图 4-1　人员招聘流程图

资料来源：吴文艳：《组织招聘管理》，东北财经大学出版社，2008 年，第 70 页。

人员招募是招聘工作的第一阶段，是组织为了吸引更多更好的候选人来应聘而进行的若干活动，它主要包括招聘计划的制定、招聘信息的发布、应聘者信息的收集和分析等；测试与选拔则是组织从"人—事"、"人—组织"两个方面出发，从招聘得来的人员信息中，挑选出最合适的人来担当某一职位，它包括资格审查、初选、面试、体检、人员甄选等环节；而录用主要涉及员工的手续办理和合同签订以及试用、正式录用；评估则是对招聘活动的效益与录用人员质量的评估。

需要说明的是，在这四个环节前，人员招聘有两个前提和一个必要。一是人力资源规划，即从人力资源规划中得到的人力资源净需求预测，这份预测决定了预计要招聘的职位与部门、数量、时限、类型等因素。它包括本机构的人力计划和各部门人员需求的申请。二是工作描述与工作说明书，它们为录用提供了主要的参考依据，同时，也为应聘执行和录用标准提供了关于该工作的详细信息。这两个前提是招聘计划的主要依据。一个必要即为相关胜任素质模型的构建。

二、招聘的主要程序

1. 职位空缺的确定

即招聘需求的提出。招聘工作一般是从招聘需求的提出开始的。招聘需求通常由用人部门提出的。组织会根据一定时期的业务发展情况确定职位空缺数据。产生职位空缺的原因是多方面的，既有组织拓展，如业务领域的扩大、业务量的增加等，也有新技术、新发明或自动化工艺流程的采用以及组织自身的"新陈代谢"，如员工退休、晋升、降级等。只是职位空缺是否需要填补还是视组织的人员预算，招聘的需求通常在人员预算的控制之下。但是实际工作的需要和业务的变化，会导致人员预算的变化，这时，就需要用人部门和人力资源部门根据具体情况对预算作出调整。

2. 招聘团队的组建

招聘失败将产生高额的替换成本，为保证招聘工作的有效性，招聘人员的胜任度是必须特别关注的。需要说明的是，在招聘过程中，传统的人事管理与现代人力资源管理的工作职责是不同的。在过去，员工招聘的决策与实施完全由人事部门负责，用人部门的职责仅仅是负责接受及安排人事部门所招聘的人员，完全处于被动的地位。而现代组织中，起决定作用的是用人部门，它直接参与整个招聘过程，并在其中拥有计划、初选与面试、录用、人员安置与绩效评估等决策权，完全处于主动地位。人力资源部门只在招聘过程中起组织与服务的功能。关于招聘过程中用人部门与人力资源部门的工作职责分工如表 4-1 所示。

表 4-1　招聘过程中用人部门与人力资源部门的工作职责分工

用人部门	人力资源部门
招聘计划的制定	招聘信息发布
招聘岗位的工作说明书及录用标准的提出	应聘者申请登记，资格审查
应聘者初选，确定参加面试的人员名单	通知参加面试的人员
负责面试、考试工作	面试、考试工作的组织
录用人员名单、人员工作安排及试用期间待遇的确定	个人资料的核实、人员体检
正式录用决策	试用合同的签订
员工培训决策	试用人员报到及生活方面安置
录用员工的绩效评估与招聘评估	正式合同的签订
人力资源规划修订	员工培训服务
	录用员工的绩效评估与招聘评估
	人力资源规划修订

资料来源：余凯成等：《人力资源管理》，大连理工大学出版社，2001 年，第 113 页。

3. 工作/岗位分析和胜任素质的确定

组织内有不同的部门、不同的职级、不同的工种及不同的工作环境等，即使相同的工作岗位，也会因客观条件的变化，产生不同的工作范围、表现水平及产出标准。因此，为使招聘工作体现"能岗匹配"、"人职匹配"，进行工作/岗位分析是重要的一道程序。传统意义上的工作/岗位分析主要是确定空缺职位所包含的一系列特定任务、职责和责任，它能使员工了解在这个工作岗位上，期待他们去做的究竟是什么。而现代意义上的工作/岗位分析则有两大主要目的：一是确定工作/岗位所需要的主要才能或胜任特征，为拟定人员招聘条件提供依据；二是为整个筛选工作科学、有序地进行提供依据。在进行工作/岗位分析时，还应注意尽量忘记目前承担这份工作的人的特点，而真正从工作的客观实际出发。在工作/岗位分析和组织价值导向的分析基础上，有必要建立岗位胜任素质模型，确定关键胜任力，为以后的人员遴选确立标准。

4. 招聘渠道的确定和招聘信息的发布

招募，是招聘的一个重要环节，也是招聘活动中的第一个环节，其主要目的在于吸引社会上更多的人来应聘，使得组织有更大的人员选择余地，有可能做到精挑细选，避免出现因应聘人数过少而出现降低录用标准或随意、盲目挑选的现象。同时也可使应聘者更好地了解组织，减少因盲目加入组织而又不得不离职的可能性。有效的招募工作可提高招聘质量，减少组织和个人的损失。招募工作主要包括招聘计划的制定、招聘信息的发布、应聘者提出申请等。

招聘计划是用人部门根据部门的发展要求，根据人力资源规划的人力净需求、工作说明的具体要求，对招聘的岗位、人员数量、时间限制等因素做出详细的计划。招聘计划应由用人部门制定，然后又由人力资源部门对它进行复核，特别是要对人员需求量、费用等项目进行严格复查，签署意见后交上级主管领导审批。编制招聘计划的过程，有调研分析、预测和决策三个步骤。

就具体程序而言，招募工作开始于正式签发"人员需求报告单"或"人员需求表"。人员需求报告单是一种具体体现人员规划所确定的人员需求及空缺岗位的工作性质、任务、任职者资格和指导人员招聘工作的文件，它可由组织的有关业务部门与人力资源管理部门共同签发，也可由组织的高层领导签发，由人力资源管理部门具体执行。人员需求报告单的基本格式如表 4-2 所示。

表 4-2　人员需求报告单

工作编号		职位名称		要求上岗日期	
补充人员的原因（如人员流动导致职位空缺、新设岗位等）					
对任职者的最低资格要求					
主要工作职责和任务					
签发日期		签发部门或签发人签章			

资料来源：何娟：《人力资源管理》，天津大学出版社，2002 年，第 92 页。

在招聘计划获得批准之后，需要选择合适方法来获得职位候选人。根据职位的不同、职位空缺的数量、需要补充空缺时间限制等因素综合考虑，选择最有效且成本合理的招聘渠道。招聘渠道通常分为内部招聘和外部招聘两种。内部招聘是在组织内部公开招聘，由内部人员推荐人选、由员工晋升或职位轮换补充空缺等方法；外部招聘主要包括在报纸、招聘网站发布招聘广告，参加招聘会，委托中介或猎头机构，校园招聘等方式。

5. 得到应聘者的反馈信息

招聘信息发布出去之后，有关应聘者即向招聘单位提出应聘申请，通过一般信函或电子信函方式，或者填写应聘申请表形式向招聘单位提出申请。此时，应聘者应该提供以下一些个人资料：

（1）应聘申请表（函），且必须说明所应聘的职位；

（2）个人简历，说明学历、工作经验、技能、成果、个人品格等信息；

（3）各种学历、技能、成果的（包括获得的奖励）证明（复印件）；

（4）身份证（复印件）。

个人资料和应聘申请表要求详尽真实，人力资源部门将在招聘工作的后续环节予以核实。

6. 人员甄选与评价

甄选阶段是对招募阶段获取的应聘者进行甄别和甄选的过程。这一阶段结合准备阶段对招聘岗位要求的分析，建立各种岗位的不同的甄选评价体系，确定对于不同岗位的不同要求所采用的甄选方式的组合，诸如常用的笔试、心理测验、面试、评价中心技术等方法，确定甄选的实施计划，完成甄选试题的开发、试测，培训考官，明确测评流程和测评标准，进行各类测评的现场组织，通知应聘者参加甄选，最后通过初步选拔、面试、深度甄选的具体实施，对每个应聘者的个性特征、能力倾向、知识经验的综合素质作出评估。

甄选阶段的工作目标是科学分析应聘者的综合素质，运用性价比最高的测评技术，有效地识别和评估应聘者，为最后的录用决策提供丰富的信息。

7. 人员的录用

录用阶段是对甄选阶段对应聘者测评的结果进行分析，进行录用的过程。经过测试与甄选的过程，组织确定了录用人员名单，并对决定录用的求职者发出正式通知，对不予录用的求职者也要致函表示歉意。这一阶段依据录用的制度和规则，对应聘者作出最后的录用决定，并结合岗位和应聘者的情况确定薪酬，同时对录用者进行背景调查和体检，确定其背景资料的真实性和身体条件符合岗位要求，并签订劳动合同，安排录用者履行一系列的入职手续，进行入职适应性培训，使其熟悉企业文化、政策规定、工作程序并具备一定的业务水平，再经过一定时间的试用期考察，听取各方面的意见反馈，结合其试用期考核的要求，符合的应聘者最终实现正式录用。

人员录用过程主要包括办理录用手续、合同的签订、员工的试用、正式录用。

组织招聘员工，首先应向当地劳动人事行政主管部门办理录用手续，证明录用员工具有合法性，受到国家有关部门的承认，并且使招聘工作接受劳动人事部门的业务监督。根据《中华人民共和国劳动法》，建立劳动关系应当订立劳动合同。我国劳动用工制度改革的目标是实行全员劳动合同制，员工进入组织前，要与组织签订劳动合同。首先签订的应是试用合同。员工试用合同是员工与组织双方的约束与保障，是对甄选和聘用成果的法律保证。员工进入组织后，组织要为其安排合适的职位。一般来说，员工的职位均是按照招聘的要求和应聘者的应聘意愿来安排的。人员安排即人员试用的开始。试用是对员工的能力与潜力、个人品质与心理素质的进一步考核。

员工的正式录用是指试用期满，且试用合格的员工正式成为该组织的成员的过程。员工能否被正式录用关键在于试用部门对其的考核结果如何，组织对试用员工应持公平、择优的原则录用。正式录用过程中用人部门与人力资源部门应完成以下主要工作：员工试用期的考核鉴订、根据考核情况进行正式录用决策、与员工签订正式的雇佣合同、给员工提供相应的待遇、指定员工进一步发展计划、为员工提供必要的帮助与咨询等。

8. 招聘评估

招聘评估阶段对招聘活动进行的评估和审核的阶段，是招聘流程中一个必不可少的总结回顾的环节。招聘评估有利于今后为组织节省开支；有利于找出各招聘环节上薄弱之处，改进招聘工作；有利于招聘方法的改进，同时又给员工培训、绩效评估提供了必要的信息，进一步提高招聘工作的质量。这一阶段主要是运用各种方法评价招聘活动是否在合适的预算范围内、在合适的时间要求下、招聘到了合适于组织招聘职位的人员，通过一些相关的指标来衡量本次招聘工作的有效性。招聘评估包括：招聘结果的成效评估，如成本与效益评估；录用员工数量与质量的评估，以及招聘方法的成效评估，如信度与效度评估。

第三节 招聘途径和甄选方法

一、招聘的途径

招聘岗位的不同、人力需求数量与人员要求的不同、新员工到位时间和招聘费用的限制，决定了招聘对象的来源与范围，决定了招聘信息发布的方式、时间和范围，因而也决定了招聘的形式与方法的不同。在招募工作开始之前，要根据需补充人员的业务类型、职位复杂度、招募方法本身的适用性等情况，对招募方法与渠道作出正确的策略选择。可以说，到目前为止，还没有哪一种招募方法或渠道是尽善尽美的，我们只能根据组织不同的需求，去选择那些最合适的方法和渠道。组织人员招聘的渠道有两种：内部招聘和外部招聘。

(一) 内部招聘及其方法

内部招聘是指组织采用职位公告、岗位竞聘或部门推荐等方式在组织内部招聘新员工。当组织出现职位空缺时，在组织内部通过各种方式向全体职员公开职位空缺的信息，并招募具备条件的合适人选来填补空缺。内部招聘作为从总体上对招聘方式和渠道进行划分的类型之一，目前在企业界和其他各类型的机构中都得到普遍运用，一些调查结果显示，高达 90% 的管理职位都是由从企业内部提拔起来的人员来担任的。

内部招聘的实施方法主要有内部晋升或岗位轮换、内部竞聘、内部员工推荐、临时人员转正等方法。

1. 内部晋升或岗位轮换

内部晋升或岗位轮换是建立在系统有序基础上的内部职位空缺补充办法。运用此种方法，首先需要建立一套完善的职位体系，明确不同职位的关键职责、胜任素质、职位级别等在晋升和岗位轮换中的运作依据；其次需要建立员工的职业生涯管理体系，对员工的绩效状况、工作能力进行评估和建立相应的档案，根据组织中员工的发展愿望和发展可能性进行岗位的晋升和有序轮换，使有潜力的员工得到相应的发展。就内部晋升而言，美国柏克德公司的做法值得研究。该公司是美国乃至全球规模最大的从事基本建设工程的一家大公司，员工 3 万多人。公司设有多级培训机构，并在总部设立一个很大规模的"管理人员培训中心"。公司的晋升方式是这样的：首先，公司从 2 万名管理人员和工程师中选择 5000 人作为基层领导（工长、车间主任）的申请者，然后鼓励他们自学管理知识，并分批组织其参加 40 小时的培训，再从中选拔需要的基层领导人员；其次，从基层领导中选拔 1100 人参加"管理工作基础"的培训和考核，从中挑选出 600 人分别再给予专业训练，使他们承担专业经理的职务（如销售经理、供应经理等）；最后，再从这些专业经理中选拔 300 人进行训练，以补充市场经理的空缺岗位（包括各公司的总经理、副总经理等）。就内部岗位轮换而言，日本丰田公司有一套较完整的体系：为提高一线工人的全面操作能力，公司对于一线工人采用工作轮换制，用以培养和训练多功能作业员；对于各级管理人员，公司采取 5 年调换一次工作的方式进行重点培养，每年 1 月 1

日进行组织变更，调换的幅度在 5% 左右，调换的工作一般以本单位相关部门为目标。通过这样的岗位轮换，有利于使之成为一名全面的管理人才、业务多面手。

2. 内部竞聘

通过内部公告的形式在内部组织公开招聘，符合条件的员工可以根据自己意愿自由竞争应聘上岗。组织内部职位公告如表 4-3 所示。

表 4-3 职位公告示例

职位公告

公告日期：			
截止日期：			

在（人力资源）部门中有一全日制职位（人力资源部经理助理）可供申请。此职位对/不对外部申请者开放。

薪资支付水平：	最低	中间点	最高
	3000 元	4000 元	5000 元

岗位职责说明：

1. 一旦接到人力资源申请表，向每一位合适的基层主管起草一份通知书，说明现在的工作空缺。通知书应包括工作的名称、工作编号、报酬级别、工作范围、履行的基本职责和需要的资格（从工作说明/规范中获取资料）。

2. 确保这份通知书张贴在公司的所有布告栏里。

3. 确保每一位胜任该职位的员工能清楚地了解空缺的工作。

4. 与总公司人力资源××部门联系。

任职资格说明：

1. 在现在/过去岗位上表现出良好的工作绩效，其中包括：
   - 有能力完整、准确地完成任务；
   - 能够及时完成工作并能够坚持到底；
   - 有同其他人合作共事的良好能力；
   - 能进行有效的沟通；
   - 可信、良好的出勤率；
   - 较强的组织能力；
   - 解决问题的态度与方法；
   - 积极的工作态度：热心、自信、开放、乐于助人和献身精神。

2. 可优先考虑的技能状况：
   - 具有人力资源管理教育背景或曾接受人力资源管理课程培训；
   - 具有招聘经验或协助招聘经验。

员工申请程序：

1. 电话申请可拨打：×××××，每天下午 5：30 之前，节假日除外。

2. 确保同一天将已经填好的内部工作申请表连同最新履历表一同寄至人力资源部。

3. 对于所有申请人将首先根据上面的资格要求进行初步审查。

4. 选拔工作由人力资源部经理×××负责。

5. 机会对每个人来说都是均等的。

资料来源：贾荣等：《至尊企业至尊人力资源》（第一分册），世界知识出版社，2002 年，第 45、46 页。

内部竞聘中需要接受选拔评价程序，只有经过选拔评价符合任职资格的人员才能予以录用，以保证内部招聘的质量。另外，参加内部竞聘的员工须征得原主管的同意，且一旦应聘成功，应给予一定的时间进行工作交接。对内部竞聘的员工的条件也有一定的界定，如应在现有的职位上工作满一定时限、绩效评定的结果应该满足一定的标准等。总之，应完善内部竞聘的制度管理。我国目前不少国有企事业单位在改革人事管理制度中，尝试实施中层干部以及一般管理岗位人员的定期竞聘上岗制度。竞聘上岗是内部获取人才的主要方法，也是当前形势下的一种创新型做法。

3. 内部员工举荐

即当组织出现职位空缺时，鼓励内部员工利用自己的人际关系为组织推荐优秀的人才。在员工举荐的过程中，为保证推荐的有效性，组织有必要注意以下三个因素：员工的道德水平、工作信息的准确性以及中间人的亲密程度。组织鼓励或要求熟人推荐自己熟悉的人应聘空缺职位前，必须先建立一套明确的举荐制度。有很多公司愿意采用员工举荐的方式聘用新人，如 Intel 公司通过给予员工高额奖金及奖品来鼓励员工为公司寻找合适的员工，并且还在操作流程上下了不少工夫，使员工愿意积极参与到此项活动中去，首先它将推荐办法在公司网上公布，员工可以上网查看所有相关细节，其次，公司将职位空缺信息及所需条件也列在网上，员工可以直接转寄给熟人或朋友，同时员工可以在网上填写介绍表，被推荐者也可以直接通过网络传递履历，整个过程清楚方便。当然，公司在收到介绍资料后也会尽快处理、答复。另外，采用员工举荐方式的典型案例是思科公司，该公司大约 10% 的应聘者是通过员工相互介绍而来的。

4. 临时人员转正

不少组织在核心员工或正式员工之外，为完成一些临时性的工作任务或因编制所限或因组织结构整合需要等原因，会雇佣一些临时性员工或派遣员工。当人力资源派遣成为一种发展趋势、派遣员工或临时性员工队伍逐渐扩大的时候，组织应当特别重视这部分人力资源的价值。因此，当正式岗位出现空缺，而临时性员工的能力和资格又符合所需岗位的任职资格要求时，可以通过将临时人员转正的方式，既可填补空缺，满足组织用人需求，又能激励临时员工的工作积极性。当然，临时人员的雇佣和转正都要注意在各项手续的办理中符合我国人事管理的各项法规政策。

（二）外部招聘及其方法

在组织中，内部招聘是经常发生的，它有不少优点，但是它明显的缺点是人员选择面狭小，往往不能满足组织发展的需要，尤其是大组织处于创业初期或快速发展时期的时候，或是需要特殊人才（如高级技术人员、高级管理）时，仅仅依靠挖掘内部人才资源显然是不够的，必须借助于组织外的劳动力市场，采用外部招聘的方式来获得所需的人员。另外，从外部招聘的人员有可能会给企业带来新的思想或者新的经营方式。一般说来，在下列几种情况下，组织必须从外部招聘新雇员：填补最基层的职位空缺；获取某项现有工作人员不具备的技术；获取与现有工作人员具有不同知识背景的新工作人员，以为组织提供新观点。外部招聘的来源与方法主要有以下方面。

1. 广告启事

发布招聘广告是外部招聘最为普遍的招聘方法。它通过各种传播媒介向社会传播招聘信息，刊登招聘广告的媒体形式取决于对劳动力需求的层次及迫切性大小。这一方式的长处在于：信息传播范围广，能吸引较多的应聘者，备选率高。同时，精心选择制作的招聘广告，一方面可以更好地引起应聘者的注意力，使应聘者对组织情况有了第一认识，减少盲目应聘；另一方面，招聘广告因此也成了一种很好的公关宣传。广告招聘的不足在于招聘来源的不确定性以及广告费用高的问题。正确的招聘广告一般写成招聘启事的样式，它应包括这样一些内容：组织的基本情况；政府劳动部门的审批情况；招聘的职位、数量与基本条件；招聘的范围；薪资与待遇；报名的时间、地点、方式及所需的资料；其他有关注意事项。广告用语应力求在吸引更多人关注的同时，做到内容准确、详细、条件清楚。这里值得一提的是，近年来随着计算机通信技术的发展和劳动力市场发展的需要而产生的通过信息网络进行招聘、求职的方式，因为这种方式速度快、传播范围广、费用低、供需双方选择余地大，又不受时间、地域的限制，所以已经为越来越多的组织和个人所运用，招聘单位、求职者、中介机构等都通过高速信息网络（如Internet、Cnedu 等）来达到自己的目的。据统计，1998 年 1 月，《财富》500 强企业中有 17％积极在互联网上招聘，仅仅一年后，这个数字上升到 45％，目前，这个数字已达 88％。

2. 校园甄选

学校是人才资源的重要基地，每年学校有几百万的学生，走出校门进入社会，校园招聘当然是组织获得潜在管理人员以及专业员工和技术员工的一条重要途径。一些有眼光的大企业为了不断从学校获得所需人才，在学校设立奖学金，与学校进行长期的横向的联系，有的还为学校提供实习场所和暑期雇佣机会，以达到试用观察的目的，同时学生也因此而积累了一定的工作经验。对学校毕业生招聘的最常用办法就是一年一度的人才供需见面会，集中时间、集中场地，供需直接见面，双向选择。除此之外，也可以由组织派专人携带组织简介的书面或影片资料前往学校，将组织现况、福利待遇、未来展望以及种种优厚的就业条件向应届毕业生介绍，以激发其参与的兴趣。有的组织则通过定向培养、委托培养等方式直接从学校获得所需人才。例如，被誉为外企"黄埔军校"的 P&G 公司在华招聘时就将其目标锁定在重点大学的优秀应届毕业大学生上。

3. 职业介绍机构

根据人才流动的需求而产生的各种职业介绍机构或曰媒体，如人才交流中心、人才市场、职业介绍所、劳动力就业服务中心、猎头公司等中介机构。这些机构既为组织服务，也为求职者服务。借助于这些机构，组织与求职者均可以获得大量的有关信息，同时也可传播各自的信息，满足各自的需求。这些机构通过定期或不定期地举办各种人才交流会，吸引供需双方直接见面洽谈，增进彼此的了解，增加招聘与就业的概率。其中，猎头公司是专门为招聘高薪的中级或高级人才服务的。据国家人事局统计，我国各类人才每年约有 800 万人次进入人才市场，约 120 万人通过市场实现就业。

4. 其他来源

这包括：熟人、名人、同业推荐；关系企业调用；职业团体求才；同业流动；特色招聘（如电话热线、接待日等）等。

二、人员甄选方法

(一) 甄选的含义和内容

人员甄选是招聘活动在人才招募之后的一个环节，指的是综合利用心理学、管理学和人才学等学科的理论、方法和技术，根据特定岗位的要求，对应聘者的综合素质进行系统的、客观的测量和评价，从而选择适合的应聘者的过程。其中包含了两个核心过程："测量"与"评价"。"测量"是"评价"的基础，是依据事先设计好的规则对应聘者所具有的素质通过一些具体的方法给出一个可比较的结果；"评价"是"测量"的延续，是对"测量"结果进行深入的主观分析、评价并给出定性和定量的结论供录用参考。

(二) 人员甄选方法

在对应聘者甄选过程中，甄选指标体系是整个甄选的依据，但如何选择合适的甄选方法，是最终确保质量的关键。甄选方法，即测评方法，是取得应聘者有关个人素质信息的方法，用以对应聘者进行客观的、公平的、合理的素质测评。目前常用的甄选方法有简历或申请表分析、知识测验、心理测验、笔试、面试、评价中心和360度评定等。由于各种甄选方法特点各异，均有各自的优缺点，因此，要提高甄选质量，一般会选择其中几种方法进行组合施测。了解不同方法的特点并结合指标的不同选择甄选方法组合，可以有效获取应聘者的相关素质信息。

1. 简历和申请表分析

经过招募阶段，会获取大量的应聘简历。初步甄选是要淘汰掉那些不符合基本条件的简历，让合适的应聘者进入下一个阶段。如果有必要，还可以进行电话甄选，致电给应聘者，核实他们的资料，了解他们的真实意图，对不符合组织要求的即可甄选掉。通常，初步甄选会过滤掉一半以上的不合适的应聘者。

2. 心理测验

心理测验是对行为样本进行测量的系统程序。这一程序在测量内容、实施过程、计分及解释等方面都具有系统性，从而使测量条件和测量结果具有统一性和客观性。通俗地说，心理测验就是通过观察人的少数具有代表性的行为，对于贯穿在人的行为活动中的心理特征，依据确定的原则进行推论和数量化分析的一种科学手段。

3. 面试

面试是使用的最为普遍的一种甄选方法，几乎所有人员的甄选过程中都会使用面试，而且还常常在一个招聘甄选程序中不止一次地使用。面试是通过考官和应聘者双方面对面的观察、交流等双向沟通的方式，了解应聘者的素质状况、能力特征以及动机的一种甄选技术。面试的优点是灵活，获得的信息丰富、完整和深入，但同时也具有主观性强、成本高、效率低等缺点。

4. 评价中心技术

评价中心是近几十年来西方组织中流行的一种甄选和评估管理人员尤其是中高层管

理人员的一种人员素质测评技术，其核心内容是多种情境性甄选方法。在这些情境性甄选方法中，可以充分地对应聘者行为进行观察。但评价中心技术的费用较高，在时间及人员上的花费也较大；而且，参加评价中心的考官也需要经过专门的训练。因此，这种方法一般在甄选中高级的管理人员或较重要的职位人员时才使用。

第四节　招聘评估

招聘评估是招聘过程中一个必不可少的环节，一个总结回顾的环节，一个完整的招聘过程就应该有这样一个评估阶段。招聘评估包括招聘结果的成效评估、录用员工数量与质量的评估，以及招聘方法的成效评估。

一、招聘评估的作用

（1）有利于今后为组织节省开支。通过成本与效益核算能够使招聘人员清楚地知道费用的支出情况，区分出哪些是应支出的项目，哪些是不应支出的项目，有利于降低今后招聘工作中的各项费用。

（2）录用员工数量的评估是对招聘工作有效性检验的一个重要方面。通过数量评估，分析在数量上满足或不满足需求的原因，有利于找出各招聘环节上薄弱之处，改进招聘工作；同时，通过录用人员数量与招聘计划数量的比较，为人力资源规划的进一步修订提供了依据。

（3）录用员工质量的评估是对员工的工作绩效、行为、实际能力、工作潜力的评估，它是对招聘的工作成果与方法的有效性检验的另一个重要方面。质量评估既有利于招聘方法的改进，又为员工培训、绩效评估提供了必要的信息。

（4）信度评估与效度评估则是对招聘过程中所使用的方法的正确性与有效性进行的检验，这无疑会提高招聘工作的质量。

二、招聘结果的成效评估

1. 成本效益评估

成本效益评估主要是对招聘成本、成本效用、招聘收益-成本比等进行评价，即对招聘中的费用进行调查、核算，并对照预算进行评价的过程。招聘成本效益评估是鉴定招聘效率的一个重要指标。如果成本低，录用人员质量高，就意味着招聘效率高；反之，则意味着招聘效率低。另外，成本低，录用人数多，就意味着成本低；反之，则意味着招聘成本高。评估办法可用公式表示为

$$招聘单价 = 总经费(元) / 录用人数(人)$$

在组织进行小型招聘时，成本评估可以较为简单；如果是一次大型的招聘活动，就必须做好成本效益评估工作，需要更细致地评估各项成本内容：

（1）招聘总成本。这是人力资源的获取成本，它由两部分组成。一部分是直接成本，包括招聘费用、选拔费用、录用员工的家庭安置费用、其他费用（如招聘人员差旅费、应聘人员招待费等）；另一部分是间接费用，包括内部提升费用、工作流动费用等。

(2) 招聘单位成本。这是招聘总成本与录用人数比。

(3) 成本效用评估。这是对招聘成本所产生的效果进行的分析。它主要包括招聘总成本效用分析、招聘成本效用分析、人员选拔效用分析、人员录用成本效用分析等。计算公式为

$$总成本效用 = 录用人数 / 招聘总成本$$

$$招聘成本效用 = 应聘人数 / 招聘期间的费用$$

$$选拔成本效用 = 被选中人数 / 选拔期间的费用$$

$$人员录用效用 = 正式录用的人数 / 录用期间的费用$$

(4) 招聘收益-成本比，是一项经济评价指标，同时也是对招聘工作的有效性进行考核的一项指标。招聘收益-成本比越高，则说明招聘工作越有效。

$$招聘收益-成本比 = 所有新员工为组织创造的总价值 / 招聘总成本$$

2. 录用人员评估

录用人员评估是根据招聘计划对录用人员的质量和数量进行评价的过程。

在大型招聘活动中，录用人员评估尤其显得重要。如果录用人员不合格，那么招聘过程中所花的时间、精力、金钱都浪费了，只有全部招聘到合格的人员，才是全面完成了招聘任务。

录用人员评估分录用人员数量评估和录用人员质量评估两方面。

录用人员数量评估主要从录用比、招聘完成比和应聘比三方面进行：

$$录用比 = 录用人数 / 应聘人数 \times 100\%$$

$$招聘完成比 = 录用人数 / 计划招聘人数 \times 100\%$$

$$应聘比 = 应聘人数 / 计划招聘人数 \times 100\%$$

录用比越小，则说明录用者的素质可能越高；当招聘完成比大于 100% 时，则说明在数量上全面完成招聘任务；应聘比则说明招聘的效果，该比例越大，则招聘信息发布的效果越好。

录用人员的质量评估，除了运用录用比和应聘比这两个数据来反映录用人员的质量外，实际上是对录用人员在人员选拔过程中对其能力、潜力、素质等进行的各种测试与考核的延续，其方法与之相似，这里不再阐述。

3. 招聘方法的成效评估

科学地分析研究招聘方法的有效性，可进一步提高招聘工作的质量。招聘方法的成效评估分为招聘的信度评估和招聘的效度评估两方面。

1) 招聘的信度评估

信度指的是可靠性程度，指通过某项测试所得的结果的稳定性和一致性。通常信度可分为稳定系数、等值系数、内在一致性系数。

稳定系数，是指用同一种测试方法对一组应聘者在两个不同时间进行测试的结果的一致性，一致性可用两次结果之间相关系数来测定。此法不适用于受熟练程度影响较大的测试，因为被测试者在第一次测试中可能记住某些测试题目的答案，从而提高了第二次测试的成绩。

等值系数，是指对同一应聘者使用两种对等的、内容相当的个性测试量表时，两次测试结果应当大致相同。等值系数可用两次结果之间的相关程度（即相关系数）来表示。

内在一致性系数，是指把同一（组）应聘者进行的同一测试分为若干部分加以考察，各部分所得结果之间的一致性。这可用各部分结果之间的相关系数来判别。

2）招聘的效度评估

效度指的是有效性。指用人单位对应聘者真正测试到了品质、特点与其想要测试的品质、特点的符合程度。一个测试必须能测出它想要测定的功能才算有效。效度可分为三种：预测效度、内容效度、同测效度。

预测效度，是说明测试用来预测将来行为的有效性。在人员甄选过程中，预测效度是考虑甄选方法是否有效的一个常用的至宝。我们可以把应聘者在甄选中得到的分数与他们被录取后的绩效分数相比，两者的相关性越大，则说明所选的测试方法、甄选方法越有效，以后可以根据这种方法来评估、预测应聘者的潜力。若相关性很小或不相关，说明这种方法在预测人员潜力上效果不大。

内容效度，即某测试的各个部分对于测量某种特性或作出某种估计的效用的多少。考虑内容效度时，主要考虑所用的方法是否与想测试的特性有关，如招聘打字员，测试其打字速度和准确性、手眼协调性和手指灵活度的操作测试的内容，效度是较高的。内容效度不用预测结果与工作绩效考核得分的相关系数来表示，而是凭招聘人或测试人员的经验来判断。内容效度多用于知识测试与实际操作测试，而不适用于对能力和潜力的测试。

同测效度，是指对现在员工实施某种测试，然后将测试结果与员工的实际工作绩效考核得分进行比较，如果两者的相关系数很大，则说明此测试效度很高。这种测试效度的特点是省时，可以尽快检验某测试方法的效度，但如果将其应用到人员甄选测试时，却难免会受到其他因素的干扰而无法准确地预测应聘者未来的工作潜力。比如，这种效度是根据现有员工的测试得出的，而现在员工所具备的经验、对组织的了解等，则是应聘者所缺乏的，因此，应聘者有可能因缺乏经验而在测试中得不到高分，从而错误地被认为是没有潜力或能力的。其实，他们若经过一定的培训或锻炼之后，是有可能成为称职的员工的。

本 章 小 结

人员的招聘和甄选，是有效人力资源管理的前提和主要职能，是人力资源管理中非常重要的一个环节。通过本章的学习，我们可以了解人员招聘过程主要是由招聘、选择、录用、评估等一系列活动构成的。本章阐述了实现有效招聘，首先要从组织战略角度出发，掌握招聘工作的原则和基本原理，同时需要我们掌握流程中每一阶段的工作内容，包括招聘的计划、招聘的途径和甄选的方法，以及招聘录用等环节等，对每一阶段的招聘活动实施科学的管理方法。另外，根据大量的招聘经验总结出的"招聘失误"分析，以及对招聘者的素质技能要求等，在本章里得到了体现。通过本章的学习，能较为扼要而系统地了解招聘管理的基本内容。

➤ 本章思考题

1. 什么是有效招聘?
2. 招聘的基本程序是什么?
3. 招聘的基本途径有哪些? 请比较内部招聘与外部招聘的优劣所在。
4. 招聘者在招聘中需注意不要陷入哪些误区?
5. 如何实施招聘评估?

➤ 本章参考文献

1. 〔美〕劳伦斯·S. 克雷曼:《人力资源管理——获取竞争优势的工具》,中国人民大学出版社,1999年
2. 〔美〕加里·德斯勒:《人力资源管理》,第6版,中国人民大学出版社,1999年
3. 赵曙明:《人力资源管理研究》,中国人民大学出版社,2001年
4. 〔美〕罗伯特·H. 沃特曼等:《寻找与留住优秀人才》,中国人民大学出版社,2003年
5. 杨杰:《有效的招聘》,中国纺织出版社,2003年
6. 曹荣、孙宗虎:《员工招聘面试甄选与录用管理》,世界知识出版社,2002年
7. 廖泉文:《招聘与录用》,中国人民大学出版社,2003年
8. 廖泉文:《人力资源协调系统》,山东人民出版社,2000年
9. 余凯成等:《人力资源管理》,大连理工大学出版社,1999年
10. 谌新民:《员工招聘成本收益分析》,广东经济出版社,2005年
11. 吴文艳:《组织招聘管理》,东北财经大学出版社,2008年
12. 李旭旦、吴文艳:《员工招聘与甄选》,华东理工大学出版社,2009年
13. 彭剑锋:《人力资源管理概论》,复旦大学出版社,2003年
14. 〔英〕内维尔·贝恩、比尔·梅佩:《人的优势——通过更好的遴选与业绩改善经营成果》,经济管理出版社,2001年

第五章

人员测评

海天公司区域经理的评估

　　海天保健品公司是一家集现代生物和医药制品研制、生产、营销于一体的高科技企业，在国内保健品行业具有很高的知名度。随着业务的发展，公司希望在未来的时间里抓住机遇，加快实现超常规发展，在产品系列化、产业多元化、经营规模化、市场国际化的基础上，使公司的品牌真正成为国内、国际知名的一流品牌。一流的品牌必须要有一流的人才来支持。根据公司制定的下一年度的发展计划，需要在地区新建销售网点，需要招募 8 名区域经理。通过一系列前期的招募工作，进行了简历甄选，最后有 20 名应聘者脱颖而出，为了保证对这 20 名应聘者的有效甄别，海天公司人力资源部经理郑晓琳决定采用评价中心技术对其进行评估。

　　郑晓琳通过朋友获得了另外一家公司的地区经理的岗位胜任能力模型，并以此作为海天公司区域经理的评价内容，具体包括：①知识素质，包括市场营销、法律、财务等；②心理素质，包括情商、工作风格、个性特征等；③职业素养，包括诚信度、成就动机、激情等；④核心能力，包括决策能力、市场分析能力、系统思考能力、创新能力等。

　　一方面，组建了由总经理、人力资源管理经理和 3 名老资格的经理组成的考官小组；另一方面，确定通过以下方法来评估应聘者的胜任能力，具体包括无领导小组讨论、文件筐、管理游戏、结构化面试四种方法。

　　但是在整个评估实施过程中，出现了很多问题，诸如由于应聘者众多，耗费了考官大量的时间，时常出现考官无法到齐的情况。此外，考官对应聘者的评价不一致，对应聘者的综合评价争议较多。最终好不容易选拔出 8 位区域经理，并安排到了相应的岗位上。

半年过去了，在评估 8 位区域经理的绩效时发现落差很大，有 3 人根本无法胜任该职位，需要重新招聘。

讨论题：

1. 郑晓琳在区域经理招聘的甄选中选择评价中心技术对吗？为什么？

2. 招聘半年后会出现了不符合预期的结果，原因是什么？

3. 你如果是 HR 经理，你认为测评方案应该作哪些修订？

人员测评是根据一定目的，综合运用定量和定性的多种方法，对人员的素质特征等各方面进行客观、准确评价的过程，是建立在心理学、管理学、测量学、统计学、行为科学和计算机技术等多学科基础上的，通过对社会各行各业所需人员的知识水平、能力结构、道德品格、个性特征、职业取向、发展潜力、工作绩效等进行综合测量和评价，为人员的招聘、录用、考核、配置、培训等提供服务，也为选拔人才、使用人才、发挥人才作用提供直接依据。

第一节　人员测评概述

一、人员测评的重要性

当今世界，已进入充分重视人的自身作用和价值的时代。开发人力资源，充分发挥人的智慧、才能和创造力，都离不开对人员的科学测评，可以说，人员测评是我国科学技术高速发展与经济腾飞的必然产物，是我国社会文明进步的一个重要标志。无论是立足于当前，还是着眼于未来，开展人员测评，对促进我国人力资源的发展，加速社会、科技和经济的进步，都将具有极其深远和重大的意义。

（一）从企业的角度而言

1. 有利于招聘与选拔

在传统的招聘过程中，组织往往根据求职者的学历、文凭、工作经验等表面信息来推断其各方面的情况，如大学生毕业招聘会，用人单位一般以学生在校成绩及各方面表现作为是否录用的依据，但是学生的成绩和实际动手能力之间毕竟还有一段距离，高分低能的例子比比皆是。传统方式的面试也受制于考官的水平、能力和道德素质等因素的影响，存在很大的主观随意性，难以做到公平、科学和客观。通过人员测评，可以对求职者的心理状况、能力和个性等进行深入了解，大大提高招聘的成功率。匹茨堡大学职业研究院的威廉·C. 帕海姆教授，在调查了测评中心的研究项目后指出，经过测评中心测试选拔的管理人员比仅仅凭主管判断而提拔的管理人员，其成功率要高 2～3 倍。

2. 有利于管理与开发

人力资源是一种具有主观能动性的重要资源。如何做到事适其人、人尽其才、才尽其用，人岗匹配，最大限度地发挥人力资源的作用，是人力资源管理长期以来亟待解决的一个重要问题。在知识经济时代，人力资源管理的重要性已经逐渐为企业的经营管理者所认同。就中国的管理实践来看，通过加强人力资源管理，一些国有企业顺利走出低谷，开始进军国际市场。例如，青岛海尔集团和春兰集团，都是从名不见经传的小厂发展成为中国企业的龙头老大的，其成功的主要经验正是重视人力资源管理，重视人才建设。

因此，通过先进的人员测评技术，科学地对求职者的知识、能力及倾向、工作技能、发展潜力、个性特征等方面进行测评鉴别，使各级各类人才准确定位，真正实现"人尽其才，才尽其用"，促进整体性人力资源的最优化发展。

人才开发也是人力资源管理的重要职能，不仅包括人才的智力开发，也包括他们的思想文化素质、道德水平以及潜在能力等方面的开发。但传统的人力资源管理由于无法实现人岗的最佳匹配和人员的合理配置，也就无法实现对员工的有效使用。有的企业没有为人才创设一个有利于其成长的环境，而有的企业则根本不知道如何进行人才开发，只把培训作为人才开发的唯一手段。如此非但不利于人才的开发，也不利于企业人才环境的建设。

3. 有利于培训与晋升

企业需要培训员工的情况有两种：一是刚刚招聘进来的人不一定能够马上胜任目前的工作，需要进行上岗前的培训；二是由于企业自身的发展，原有的人力资源已不再适合当前企业发展的要求了，就需要利用人员测评来考察现有人力资源状况，针对人力资源现状与企业目标要求之间的差距进行培训。这样，一方面个人能力得到了开发，另一方面，企业人力资源得到充分利用，企业的利润得到进一步提高。因此，人员测评可以确保企业的人力资源可持续发展，时刻保证企业有完备的人力资源。

员工晋升在人力资源管理中，也是一个十分重要的问题，它不仅是对员工个人能力和工作业绩的一种肯定，也关系到企业未来的发展。通过人员测评决定员工的晋升，可以最大限度地避免人才闲置与浪费，有助于企业创造一个良好的工作氛围和竞争机制，避免员工之间的猜忌，形成有利于企业发展的企业文化。

4. 有利于薪酬的合理设计

在人力资源管理中，薪酬管理可以说是最为人们关心，也常常是最受重视的部分。但在传统的人力资源管理中，员工的薪酬依然沿袭计划经济体制下"工资制度"的老做法，单纯依据员工的工作年限、资历、文凭、职称等，却不考虑员工的素质、工作能力、绩效考核等具体因素，因此，传统意义上的薪酬充其量只具有补偿功能（劳动力消耗补偿职能）。而在现代企业之中，薪酬的职能已经不再是这种单一的补偿职能，还具有激励职能、调节职能和效益职能。在薪酬设计中，人员测评技术发挥着重要作用。首先，薪酬设计的重要基础，如岗位分析和绩效考评等，与人员测评有着重要联系，没有人员测评的参与，岗位分析与绩效考评的准确性和科学性就会降低。其次，通过人员测评，可以深入了解员工的素质、能力、特长以及发展潜能，为合理设计薪酬提供客观的、科学的数据。在人力资源管理中，同岗同酬虽然很重要，但对于个别能力突出或者具有培养潜力的人才，薪酬设计应不拘一格。除此之外，人员测评还可以了解到员工对于薪酬行式的选择倾向，有了以上这些信息，人力资源主管就可以有的放矢地进行薪酬设计，充分发挥薪酬的激励职能。

（二）从个人的角度而言

通过各类人员测评，个体能更好地认识自身的素质、特长、个性特点和潜在能力，看到自己的所长所短，以便取长补短，不断提高自己的素质和水平。同时，测评有利于我们确立正确的人生观、价值观和生活方向，激发奋发向上的愿望和动机，从而更加努力地学习和工作，挖掘自身潜力，改进自身的不足，选择适合自己的工作岗位，避免择业的盲目性，使个人职业生涯发展更加完美。因此，可以这样说，人员测评为全面客观地认识自我提供科学迅捷的认识途径。

二、人员测评的特点

人员测评是一种特殊而又复杂的社会认知活动，包括测评者主体和被测评对象客体，他们都是具有复杂心理活动的人，这就决定了人员测评不同于其他形式的测评活动。归纳起来，主要有以下几方面特点。

1. 人员测评是抽样测评，而不是全面测评

从理论上讲，人员测评实施时，如果测评内容越广泛，收集的相关信息越充分、越全面，测评结果就越有效、越客观。但是在实际操作中，由于会受到种种条件的限制，只能抽取测评对象具有代表性的特征进行测量，从而来判断和推测被测者其他方面的特征。因此，从这个意义上来讲，人员测评只能是抽样测评。

2. 人员测评是相对测评，而不是绝对测评

从测评的实施主观愿望来讲，任何测评都力求尽量客观公正地反映被测者的真实情况。但是，由于测评工具还没有完全客观标准化，施测人员在具体实施的过程中，常常会凭借自己的个人经验进行，在具体方案的设计、测评目的的理解以及对结果的解释等，都难免存在着个体差异，因此导致测评的结果只能相对准确。

3. 人员测评是间接测评，而不是直接测评

一般来说，我们所要测评的对象通常是一些被测试者的心理状态和心理特征，而这些特征常常是内隐的，不能直接测量，只能通过观察被测者在具体活动中的外显行为，以此作为根据来寻找一组测题或问卷对人的行为进行测量、推测和数量化分析。这个过程使用的就是由外部行为推及内部特征的间接测评手段。由此可见，人员测评是间接的测评。

4. 人员测评是动态测评，而不是静态测评

传统的人员测评，主要采用静态的评价指标，如性格测试的结果评定、绩效考评中对工作行为和工作结果的评定，其得到的背景资料和信息结果相对来讲都是静态的。随着计算机技术、系统论、信息论等科学技术手段被广泛运用到现代测评系统中，人员测评的动态模拟成为可能，如评价中心法的应用等。因此，随着人员测评手段的多元化，人员测评也从单一的静态测评走向多元的动态测评，采用更为科学和有效的动静结合的测评手段。

第二节　测评类型与流程

一、人员测评的类型

人员测评的类型，按不同的标准有不同的划分，以测评的目的与用途为标准，可分为选拔性测评、诊断性测评、配置性测评、鉴定性测评、开发性测评和绩效考评。

1. 选拔性测评

选拔性测评的目的是从众多的求职者中选拔出优秀人员或者是最适合的人员，是人力资源管理活动中经常使用的一种测评方法。一般情况下，那些待遇优厚、层次较高的职位，常常有众多求职者，如何公平而科学地在众多竞争者中筛选出最适合的人员，这时就需要使用选拔性测评。

2. 诊断性测评

诊断性测评的主要目的是了解员工现状和确定其进一步的发展方向。在企业管理中，常常需要了解员工的现状或查找一些问题的原因，这就需要实施诊断性测评。

3. 配置性测评

此类测评的主要目的是合理配置人力资源，要使人力资源发挥最佳状态，其前提是人事相配，人适其事，事得其人，人尽其才，才尽其用。实践表明，每种工作职位都对其任职者有一些特定的要求，当任职者现有的特点符合职位要求时，个体的人力资源就能主动发挥作用，创造出高水平的绩效。否则，个体的人力资源就处于被动状态，发挥不出应有的效力。

4. 鉴定性测评

此类测评又称为考核性测评，是用以鉴定与验证某些员工是否具备特定的技能、素质或具备程度大小的测评。鉴定性测评经常穿插在选拔性测评与配置性测评之中。

5. 开发性测评

开发性测评，又称勘探性测评，是从人员的可塑性和潜在性出发，以开发员工潜能为目的的测评，主要是为人力资源开发提供科学性与可行性依据。

二、人员测评的基本流程

一个人员测评的项目运作实施流程中的一些细节因为测评目的不同而有所差异，但通常而言，一些基本流程具有相对一致的实施步骤，如图5-1所示。

（一）筹备阶段

1. 明确测评目的

测评目的是人员测评的起点，决定了测评的应用方向，所有的测评的过程中多涉及的标准、方法等都是为目的服务的。确定测评目的前要进行充分的测评需求分析，测评目的的确定决定了最终测评的成败。

2. 组建考官团队

考官团队的组成人员既要熟悉岗位的工作内容，又能有很好的评价能力。通常，考

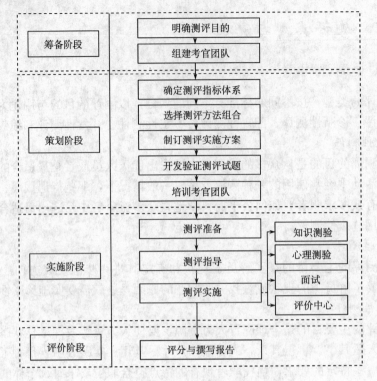

图 5-1　人员测评的一般流程

官团队由组织的高层领导、人力资源管理部门、用人部门人员共同组成，有时还包括外部的人力资源专家或测评专家。

(二) 策划阶段

1. 确定测评指标体系

测评指标体系，是人员测评的依据，通常包括知识背景、能力、素质等方面。如果组织已经有完备的工作说明书或岗位胜任力模型，那么，这些材料对确定测评指标体系都是很好的参考依据。测评指标设计的方法一般有工作分析法、专家会议法、胜任素质分析法等。

2. 选择测评方法组合

对于不同的评估指标，应该选择适当的测评方法，如对于管理能力的测试可以采用评价中心的方法。同时，选择使用什么样的测评方法还要看测评项目的预算和实施条件等因素。

3. 制订测评实施方案

测评实施方案是一份详细的测评计划，一般要遵循"成本最低、时间最短、用人最少、效果最好"的原则。这里的效果最好并不是说最后测评的一定是最全面完整的，而是指采集的信息能够有效实现测评目标即可。实施方案一般包括以下内容：测评的目的、测评的对象、测评的指标体系、测评的方式方法、测评的项目团队、测评的实施步骤、测评的日程安排以及测评的注意事项。

4. 开发验证测评试题

这是策划阶段的核心工作，无论是知识测试、面试、情景测评，都需要针对不同的岗位要求进行专门的开发，基于所选择的测评方法，开发针对性的测评试题，才能满足具体的测评需求，试题开发完成后还需要进行必要的试测验证，确保其信效度。

5. 培训考官团队

在考官团队中，由于其知识和素质有一定的差异性，同时每次测评的指标与具体方案各不相同，选用的测评方法也不一样，且都具有不同的实施技巧。所以，必须对考官进行培训，使他们了解并掌握各种方法和相关的知识，尽量避免个人因素对测评的干扰。

（三）实施阶段

实施阶段是对被测对象进行测评，并获得个体相关信息的过程，是整个测评的核心。

1. 测评准备

在测评前要作好测评的各类相关准备，包括测评场地的布置、测评资料的制作、人员职责的明晰、工具设备的调试、辅助物品的摆放等，以保障测评过程的顺利实施。

2. 测评指导

由考官向被测对象宣读指导语，说明测评的内容、流程和注意事项。消除他们的戒备心理，使他们认真地参与到测评中，有利于他们正常发挥和考官客观评价。

3. 测评实施

这是测评具体进行的过程，在此过程中，按照测评最初设计的方案有步骤地进行。这个过程一般指所选用的测评方法的实施，如笔试（知识测验）、心理测验、面试、评价中心等，在过程中要注意对误差的控制。经过这个阶段，能够获得大量的个人综合信息，这些信息是最后评价的参考依据。

（四）评估阶段

评估阶段的工作是统计实施阶段所获得的信息资料，并通过定性与定量的分析形成测评报告，并提出测评结论。报告信息包括两种，数字性的和文字描述性的，数字是定量的信息，文字描述是定性的信息。

人员测评报告没有固定的格式，一般而言主要包括以下内容：

（1）被测对象的基本情况描述。如个人基本信息，测评过程中的总体表现。

（2）测评指标得分与相关测评活动评价描述。回顾整个测评过程中所使用的测评工具，对被测对象在这些测评指标上的得分，以及在这些测评过程中的行为表现的描述。

（3）优缺点总结。说明被测对象的优势和不足。

（4）发展建议。根据岗位特点提出发展建议。

第三节　胜任素质模型构建

一、胜任素质及其发展

胜任素质（competency）是个体所具备的、能够以之达成或预测优秀工作绩效的内在基本特征和特点，包括动机、特质、自我概念、态度、价值观、具体知识、技能、认知方式和行为模式等要素。简单来说，胜任素质就是决定个体在既定职位上能够达成优秀工作成果的那些独特的内在特点①。胜任素质为人员测评提供了方向。

胜任素质理论源于 20 世纪 70 年代初。当时，美国国务院感到根据智力因素选拔外交官的效果不理想，因为许多智力很高的人在实际工作中的表现却令人失望。于是，美国国务院邀请哈佛大学的心理学教授戴维·麦克利兰（David McClilland）来帮助设计一种能有效预测实际工作业绩的人员选拔方法。在做此项目的过程中，麦克利兰博士抛弃对人才条件的预设前提，通过对工作绩效优秀与工作绩效一般的外交官的具体行为特征进行比较分析，识别能够真正区分工作绩效的个人条件。1973 年，在这一研究的基础上，麦克利兰在《美国心理学家》杂志刊发了一篇题为 *Testing for Competence Rather Than for "Intelligence"*（测量胜任力而非智力）的论文，在该文中，麦克利兰自创了一个英文单词——"competency"。麦克利兰也被称为"素质理论之父"。

胜任素质体系的创立是一个不断探索与构建的过程，包括关于"胜任素质"的界定，除了麦克利兰在《测量胜任力而非智力》中所定义的"能区分在特定的工作岗位上和组织环境中绩效水平的个人特征"这样的说明以外，也包括其他一些研究者的努力，美国学者理查德·博亚特兹（Richard Boyatzis）是第一个经过深入研究，写成素质模型开发相关书籍的人。博亚特兹在其《有效管理者：高绩效素质模型》中，通过将工作要求、组织环境、个人素质三个与绩效有关的因素联系起来，扩展了素质模型设计的观点，也因此使素质被广泛理解为导致该绩效的一种潜在特质。美国学者莱尔·M. 斯潘塞（Lyle M. Spencer）和塞尼·M. 斯潘塞（Signe M. Spencer）在所著的《工作素质：高绩效模型》一书中指出，素质是在工作或情境中，产生高效率或高绩效所必需的人的潜在特征，同时只有当这种特征能够在现实中带来可衡量的成果时，才能称为素质。基于此，提出了素质的冰山模型，如图 5-2 所示。

胜任素质包括五个方面的内容：知识与技能、社会角色、自我认知、品质、动机。

（1）知识，指个人在某一特定领域拥有的事实型与经验型信息。技能指结构化地运用知识完成某项具体工作的能力，即对某一特定领域所需技术与知识的掌握情况。

（2）社会角色，指一个人基于态度、价值观的行为方式和风格。

（3）自我认知（自我形象），是一个人对自己的看法，即内在自己认同的本我。

---

① 何志工、李辉：《基于胜任素质的招聘与甄选》，中国劳动社会保障出版社，2006 年，第 2 页。

技能知识

角色定位、价值观

自我认知

品质

动机

图 5-2 素质的冰山模型

（4）品质（特质），指个性、身体特征对环境与各种信息所表现出来的持续而稳定的行为特征。

（5）动机，指在一个特定领域的自然而持续的想法和偏好（如成就、亲和、影响力），它们将驱动、引导和决定一个人的外在行动。

其中，品质与动机可以预测个人在长期无人监督下的工作状态。

在冰山模型中，在"水平面上"的知识与技能相对容易观察与评价，而在"水平面下"的其他特征是看不到的，必须通过具体的行动才能推测出来。

二、胜任素质模型

胜任素质模型（competency model）就是为了完成某项工作，达成某一绩效目标，要求任职者具备的一系列不同素质要素的组合，就是对高绩效工作产出所需要的胜任素质的规范化的文字性描述和说明。

斯潘塞（Lyle M. Spencer）等人通过对近 300 个素质模型的研究，总结出了一个包括 6 大类 20 项胜任素质的胜任素质辞典，就是一种针对管理和专业岗位的通用性胜任素质模型，6 个素质族及其包含的具体素质如下：

（1）管理族，包括团队合作、培养人才、命令/果断性、团队领导能力；

（2）认知族，包括演绎思维、归纳思维、专业知识与技能；

（3）自我概念族，包括自信、自我控制、弹性、组织承诺；

（4）影响力族，包括影响力、关系建立、组织认知；

（5）目标与行动族，包括成就导向、主动性、关注品质与次序、信息收集；

（6）帮助与服务族，包括人际理解力、客户服务。

通用性胜任素质模型如图 5-3 所示。

基于此研究，研究提出了一系列岗位的胜任素质模型，如表 5-1 所示。

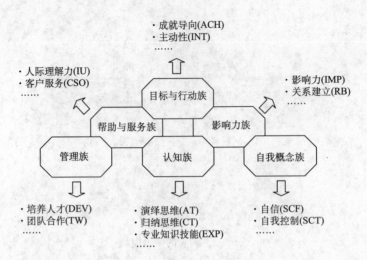

图 5-3　通用性胜任素质模型

表 5-1　管理者的 10 项胜任素质

序号	重要性	胜任素质
1	6	影响力
2	6	成就动机
3	4	培养他人
4	4	监控能力（果断性）
5	4	组织认知
6	3	团队领导
7	2	主动性
8	2	信息收集
9	2	概念思维（分析和归纳）
10	2	建立关系

三、胜任素质模型构建

胜任素质模型的构建方法主要有行为事件访谈法、专家小组法、评价中心法和问卷调查法四种。

1. 行为事件访谈法

行为事件访谈法（behavioral event interview，BEI）是目前在构建素质模型过程中使用的最为普遍的一种。它主要以目标岗位的任职者为访谈对象，通过对访谈对象的深入访谈，收集访谈对象对任职期间所做的成功和不成功的事件描述，挖掘出影响目标岗位绩效的非常细节的行为，之后对收集到的具体事件和行为进行汇总、分析、编码，然后在不同的被访谈群体（绩效优秀群体和绩效普通群体）之间进行对比，就可以找出目标岗位的核心素质。行为事件访谈法对访谈者的要求非常高，只有经过专业培训的访谈者才能在访谈过程中通过不断的有效追问，获得目标岗位相关的具体事件。行为事件访谈法的特点有：准确度高；便于用关键行为事件访谈对任职者进行评价和考核；人、财、物投入较大；对访谈者要求非常高；所需的样本量较大，不易获取。

2. 专家小组法

专家小组法（expert panel）主要是召集对目标岗位有充分了解和深刻认识的专家，收集他们对目标岗位核心素质的看法和意见。这里的专家可以是组织内部有多年目标岗位工作经验的资深员工、直接管理者或退休人员等，也可以是组织外部对其有深入研究和充分了解的研究型专家。专家小组法的特点有：操作方便，节省人力、财力和物力；便于专家对候选人直接进行素质评定和考核；不够全面；准确度不够高。

3. 评价中心法

评价中心法（assessment center）用于构建素质模型主要是针对岗位去实施的评价，主要选取目标岗位的前任和现任任职者为实施评价中心，收集与目标岗位相关的行为表现。对于建立起比较完备的评价中心体系的企业来说，用评价中心方法去构建素质模型的另外一个好处就是能够利用评价中心的方法去选拔和评价人才，观察目标岗位的人选是否具备所需要的素质要求。在岗位素质模型的确定和人选的确定上具有良好的衔接性。评价中心法的特点有：在模拟情境中可直接观察到行为表现；准确度较高；便于用评价中心对任职者进行评价和考核；人、财、物投入较大；运用评价中心技术的专业要求较高。

4. 问卷调查法

问卷调查（survey）是一种能够快速收集素质模型资料的方法。目前比较常用的问卷调查方式是用360度反馈的方法去收集目标岗位的胜任素质要素及行为表现，这种方法对于实施过程来说比较省时省力，但在前期的问卷编制和设计上需要付出很多的精力和投入，问卷设计的好坏直接影响到素质模型构建的成果和应用。另外，为了收集更多的具体事件，在实际应用中，也通常与简化的行为事件访谈或评价中心组合实施。问卷调查法的特点有：实施省时省力；便于用360度反馈对任职者进行评价和考核；问卷编制和设计复杂，对人员专业性要求高。

四、胜任素质模型构建的步骤

胜任素质模型的建立一般采用工作胜任力评估法（JCAM）。这是一种严密的、实证性的分析方法，早在麦克利兰等人负责美国新闻总署项目时就已经开始采用了。利用这种方法建立胜任素质模型的基本步骤可以简述如下：

第一步，对既定职位进行全面分析，确定高绩效员工的绩效标准。

第二步，对高绩效员工进行分析和比较，建立起初步的胜任素质模型。

第三步，对初步建立的素质模型进行验证，使之具有足够的效度。

这一基本步骤表现在麦克利兰的经典操作流程中，如图5-4所示。

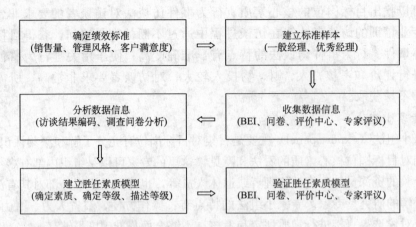

图 5-4　JCAM 素质模型开发流程

资料来源：ZHRI：《人力资源经理素质模型》，机械工业出版社，2005 年，第 24 页。

第四节　人员测试的方法

人员测试是一种科学的技术，是已经得到公认、值得信赖的评价方法。人员测评概括起来有三大类，即笔试方法、面试方法和评价中心，而每种方法又有许多类型。下面主要介绍后两种。

一、面试方法

面试是人员测评中最为传统也最为常用的一种方法。它是精心设计的，通过在特定场景下考官和被测对象的双向互动，来考察和评估其基本素质、发展潜力、实际技能以及与岗位匹配性的一种测评方法。有效的面试可以使被测对象充分展示其个人综合素质。

（一）面试的类型

面试可以采取多种方式进行，从不同的角度可以将面试分为不同的类型。

1. 按面试的结构化程度划分

（1）结构化面试。所谓结构化面试，是指面试前先就面试所设计的内容、试题、评分标准、评分方法、分数使用等一系列问题进行系统的结构化设计，考官按照同样的程序、对同一批被测对象提同样的问题，从而对被测对象进行评价的面试方法。与半结构化、非结构化的面试相比，结构化面试的效度是最高的。结构化面试的特点有：

一是程序结构化。对面试的全过程进行事先设计，确定招聘岗位的具体要求；对要考察被测对象的评价内容、面试题目进行设计，包括对各阶段考察的方式、应该提出的具体问题、时间安排等准备妥当；对面试的开始阶段、核心阶段、收尾阶段、结束阶段，要达到什么结果、采用什么方式、如何分工、如何要求、要注意哪些事项等进行详细筹划。一般而言，面试的时间为 30 分钟至 1 小时不等。

二是考官结构化。根据评价的内容，事先确定相应的考官。一般而言，有关被测对象过去的工作经历、背景资料等应由人力资源部负责；对于考察其综合能力、专业素质的面试通常则可由人力资源部和用人部门共同负责。具体人员分工和面试提问细节都应提前准备确定。

三是标准结构化。评价内容是基于工作分析或胜任力确定的，并有统一的《个人评分表》甚至《均衡得分表》，表中明确体现了评价内容及其清晰的定义、观察要点和思路、评分等级与分值、指标权重等。

(2) 半结构化面试。对于面试的部分程序或内容作出规定或准备，并且考官可以根据被测对象的回答进一步挖掘信息（进行深入追问），这种面试称为半结构化面试。与结构化面试相比，半结构化面试的题目可以根据被测对象的不同而随意变化，故其效度不如结构化面试高。但这种方法可以充分发挥考官的主观能动性，结合被测对象的不同深入挖掘其各方面的情况，具有一定的深度。

(3) 非结构化面试。对考察程序、内容、具体问题和评价标准均未给出明确的规定和限制，主要依据主考官在面试现场实际发挥的面试方法称为非结构化面试。相比结构化、半结构化面试，非结构化面试的随意性非常强，不利于对问题和信息进行有效收集，面试的主观性强，面试效度也比较差。

2. 按面试的目的划分

(1) 压力面试。压力面试是将被面试者置于一种人为的紧张气氛中。主考官"穷追不舍"地提出一些诸如挑衅、非议、质疑、刁难甚至是不礼貌的问题，以考察被测试者的应变能力、灵活性、判断能力、压力承受能力、情绪的稳定性等。通常在压力面试下，考官的问题密度大，不给被面试者以思考时间，有时甚至会逼得被面试者疲于应付。一般而言，除非岗位需要比较强的情绪稳定性和应变能力，大多数岗位都不适合采用压力面试。

(2) 非压力面试。非压力面试即面试考官在和谐的面试氛围中对被面试者进行的面试，大多数岗位需要在无压力的状态下进行面试，这有助于考察被面试者的真实能力和素质。

3. 按面试的内容划分

(1) 情景式面试。情景式面试指通过向被测对象提供一种情景，通过观察其在这一情景下的行为表现，发现其内容的特质，预测其未来的工作行为。

(2) 行为式面试。行为式面试指采用专门设计的面试题目来了解被测对象过去在特定的情况下、特定任务下所体现出的行为，从而了解其处事的特点和具备的素质。

(二) 面试的过程

1. 面试准备阶段

(1) 确定面试方式。面试方法的选择是基于不同的测评需求确定，从结构化程度、组织形式、目的、经济、效率等因素出发，确定具体的面试方式，如普通职位招聘面试一般采用非压力面试；而管理职位或关键职位要进行多轮面试，某些诸如市场总监等职位要选用压力面试方式。

（2）组建面试考官团队。面试一般需要多名考官参与，其中一名为主考官。面试考官团队可以根据不同的面试方法来确定，从完整的面试考官团队构成而言可由 5～7 人组成，包括组织高层领导、人力资源经理、直线经理、外部专家等，在确保基本考官团队的基础上可在不同面试阶段有不同组合。

（3）设计面试提纲与试题。面试的主要目的是根据应聘岗位的要求对被测对象进行评价，以确定哪些人选可以胜任。面试评价指标的确定通常基于工作分析或胜任力模型分析，考察招聘职位所需要的 KSAO，即知识、技能、能力和其他特点。面试提纲一般包括了评价指标和面试试题。

（4）拟定面试的评价表。面试的评价表有若干的评价指标所组成，设计时还应注意到评价等级的确定，一般可采用五级或七级，如表 5-2 所示。

（5）安排面试场所。面试场所的选取需要有单独的场所，如会议室等，并在面试期间在门上标明请勿打扰，以免受到干扰。面试场所的大小选取应根据面试的方式而确定，如个人面试可以选取较小的空间，而小组面试则要求有较大的空间。同时面试场所的基本要求是安静、舒适，拥有良好的采光和封闭的环境，以此保证面试过程在宽松的环境中进行。

（6）准备面试资料与道具。具体面试的资料和道具准备包括以下内容：①被测对象的简历或申请表；②心理测验的报告；③其他诸如笔试等的结果资料；④面试题本、面试记录表和评价表；⑤面试结果汇总表；⑥其他面试所需道具。

（7）培训面试考官。面试考官培训是为了改变传统面试中凭经验和直觉评价的问题，提高面试的准确性。面试培训一般包括理论知识和实践技巧两大部分。理论方面的培训主要是使面试官掌握与面试有关的人力资源资讯，诸如面试的概念、优劣、类型等。实践技巧的培训则主要是通过模拟的方式练习面试过程中经常用到的各种技巧，诸如改善提问技巧、面试的组织，提供支持、建立和谐的相互关系，倾听技巧，记录技巧，掌握采集相关资料的技巧、评分技巧等。

（8）制定面试的实施计划和进行面试通知。面试的其他准备工作完成后，需要制定面试的实施计划，包括时间、地点、考官名单、被测对象名单等，在确定具体面试计划时，首先要与考官确认面试时间，确保考官的参与；确认面试地点可用，避免到时临时调换等现象，从而给被测对象留下不良印象。

同时，对于通过初步甄选进入面试阶段的被测对象，在确定好面试时间后需要进行面试通知，通知的方式包括电话通知、信件通知、E-mail 通知、短信通知等方式。在通知中要明确以下内容：一是告知具体的面试时间、地点、联系人、联系电话、交通方式；二是告知被测对象需要准备的具体事项等。

2. 面试实施阶段

面试实施阶段是面试的核心阶段，指的是具体面试的实现过程。事实上，从被测对象进入招聘组织后，还未进入面试室之前，就已经可以对其进行一些观察了，通过在候考过程中的一些行为表现也可以对被测对象有所了解。

表5-2 面试评价表——行为描述式

被测对象姓名： 应聘职位：

评价指标	观察要点	权重	评级等级					评分
			优秀	良好	中等	较差	很差	
举止仪表	衣着打扮得体；言行举止随和，有一般的礼节；无多余的动作	5	5	4	3	2	1	
言语理解和表达	理解他人意思，口齿清楚、流畅，内容有条理、富逻辑性；使他人能理解并具有一定说服力，用词准确、恰当、有分寸	15	5	4	3	2	1	
综合分析能力	对事物能从宏观总体考察；对事物能从微观方面考虑其各个组成成分；能注意整体和部分之间的关系和各个部分间的有机协调组合	15	5	4	3	2	1	
动机匹配度	兴趣与岗位情况匹配；成就动机（认知需要、自我提高、自我实现、服务他人的需要等）与岗位情况匹配，认同组织文化	10	5	4	3	2	1	
人际协调能力	人际合作主动；理解组织中的权属关系（包括权限、服从纪律等意识）；人际间的有效沟通（传递信息）；处理人际关系原则性与灵活性相结合	15	5	4	3	2	1	
计划、组织、协调能力	依据部门目标预见未来的要求、机会和不利因素并作出计划；看清冲突各方关系；根据现实需要和长远效果作适当选择，及时作决策、调配、安置	15	5	4	3	2	1	
应变能力	在压力状况下思维反应敏捷；情绪稳定；考虑问题周到	10	5	4	3	2	1	
情绪稳定性	在较强刺激情境中表情和言语自然；面对有意挑战甚至侮辱的场合，能保持冷静，为长远或更高目标，抑制当前欲望	5	5	4	3	2	1	
专业知识和技能	针对不同职务考察专业知识，考察一般性技能，计算机水平、英语水平	10	5	4	3	2	1	
个人考察要点	离开原来公司的原因，个人目标如何；本公司职位的吸引力何在；具体谈谈对销售、市场方面工作的想法，有何业绩，是否适应常出差	记录						
总分								
考官评语					考官签字： 年 月 日			

资料来源：王垒等：《实用人事测量》，经济科学出版社，1999年。有修改。

从招聘组织方来讲，也要做好接待工作，与大楼保安、门卫和前台服务人员协调好，方便被测对象顺利到达候考室；运用事先准备的签到表进行签到，并安排好候考，包括提供一些诸如公司介绍等阅读材料和茶水；在规定的时间将被测对象引入面试室，并由考官确认身份后正式开始面试。

正式面试包括以下五个阶段：

（1）关系建立阶段。首先，考官通过简洁的欢迎词和一些与工作无关的开场白，为被测对象创造轻松、友好的氛围，主要是使被测对象放松心情，逐步进入到面试状态。这一阶段的问题可以涉及比较熟悉的事情，诸如交通、天气等主题，如路上过来多长时间？我们这里容易找到吗？其次，考官通过面试指导语的介绍，使被测对象了解面试的基本意图、规则、时间和流程安排，做到心中有数。

（2）导入阶段。考官可围绕简历或申请表提出一些被测对象比较熟悉的问题，以缓解其紧张情绪。这些问题包括个人的学习或工作经历介绍等，问题较为宽泛，自由度大。这一阶段的问题，如请简单介绍一下你的学习经历、请介绍一下你现在工作的具体职责。

（3）正题阶段。考官根据面试题目以及相关要求和被测对象的双向交流，获取被测对象与应聘岗位核心胜任力的匹配信息。通过一系列基于关键能力的行为性问题以及相应的追问，一方面使被测对象充分自我展示，另一方面可以获取被测对象的关键信息。考官在此过程中充分运用提问、倾听、引导、观察、记录的技巧，全面获取被测对象的知识、能力、个性特征等资料，以供最后评价之用。这一阶段的问题，如当你的领导误解你，当场对你进行批评时，你怎么办？追问：能不能举个例子讲一下当时的情况是怎样的？追问：后来你是怎么处理的？

（4）深入阶段。在完成常规问题提问之后，可以提出一些有深度的、敏感的或尖锐的问题，包括对初步甄选中的疑点、本次面试过程中的不足进行深入探究，以期获得被测对象更为全面的信息。这一阶段的问题，如刚才讨论的实例中你提到人力资源规划，具体你会怎么做？

（5）面试结束阶段。在考官问题问完之后，面试结束之前，给予被测对象一个补充和修正面试过程中回答内容与向考官提问题的机会。然后在友好的气氛中结束面试，并说明告知面试反馈结果的周期，等待通知，并对被测对象表示感谢。这一阶段的问题，如你有没有什么要补充的？你有没有什么问题要了解？

3. 面试评价阶段

面试评价是指面试过程中根据被测对象的面试表现进行评析的评价过程。面试结束后，考官应回顾面试记录，根据面试记录中的信息在面试评价表中对被测对象进行评价。

面试评价不宜在面试实施过程中进行，避免对被测对象的观察不够全面，评价一般在面试结束后马上完成，以免时间间隔太久遗忘信息导致错误的评价。从操作过程而言，考官先各自打分，之后可以进行考官内部评议，最后将分数提交给工作人员进行汇总，通过面试计划拟订的权重，核算出被测对象的面试得分。有时还可由主考官组织最后的评议，对相关被测对象的表现进行讨论和分析，结合招聘岗位要求匹配性得出最终的结论。

4. 面试试题的类型

面试中的试题题型构成主要有开放性问题、封闭性问题、背景性问题、智能性问题、意愿性问题、情景性问题、探索性问题、行为性问题八种。每一种题型都要求能够体现测试基本能力要素的功能。

1) 开放性问题

开放性问题指的是问题没有标准答案，具有开放性，使应聘者在回答中提供较多的信息的面试试题。这种问题不让应聘者提供简单的"是"或"否"的答案，而是要求被面试者根据自己的理解来回答。

问题样例：你为什么要应聘我们公司？你的业余时间通常是如何度过的？

2) 封闭性问题

封闭性问题是指要求面试对象用非常简短的语言，甚至是"是"或"否"来回答的问题。尽管封闭性问题无法给面试主持提供较多的信息，但这种问题仍然是必要的。例如，它可以使面试主持很好地控制面试的场面和进程，可以帮助面试主持澄清或验证某些信息，可以用最简洁的方式得到最有效的信息，可以作为各种形式的问题之间的过渡等。

问题样例：你喜欢你的最后一份工作吗？你经常在众人面前做演讲吗？

3) 背景性问题

背景性问题，又称为导入性问题，一般用于面试的开始阶段。作为导入题目，一是营造良好的沟通气氛，缓解面试应聘者的紧张情绪；二是帮助考官对应聘者有基本的认识和大致的了解，为双方之间的进一步交流和沟通收集有价值的话题。背景性问题主要指应聘者个人基本情况方面的信息，包括简历、个人经验等。

问题样例：请你谈谈你对参加本次招聘面试进行了哪些准备。

4) 智能性问题

智能性试题主要考察应聘者的综合分析能力、逻辑思维能力、言语表达能力等。智能性问题不是单纯的智力问题，而是一些值得思考的值得争论的各种现实问题或社会问题。通常，这类题目关注的不是应聘者的观点是否正确，而是看其是否能够抓住问题的症结，能否以充足的论据、合理的分析、清晰的逻辑来阐述观点，说服他人。

问题样例："钱不是万能的，但没钱是万万不能的"，对这句话你是怎么看的？

5) 意愿性问题

意愿性问题主要用于考查应聘者的价值取向、求职动机、与职位要求的匹配性以及生活态度等个性倾向性。对于此类问题，有时是直接询问应聘者的动机和个人志趣，有时是通过投射和迫选两项技术来实现。投射是通过询问其他看似无关的问题来对应聘者进行侧面考察，而迫选是通过两项或多项具有等值性的问题，迫使应聘者从中选择其一。这样做的好处是避免应聘者按照社会期望的价值取向来回答，对应聘者的评价更真实。

问题样例：我们这个职位在本地和北京公司都有设置，你愿意去哪个地方？为什么？

6）情景性问题

情景性问题，也称为假设性问题。描述一个针对相关能力的、与工作有关的假定情景，要求应聘者回答在这个给定的情景中他们会怎么做，也被称为假设性问题。此类问题由于可以设计编制不同的情境，根据需要解决问题的不同，可以根据需要测试应聘者的各种领导能力，如组织协调能力、决策能力、计划能力等。

问题样例：当你乘火车去参加一个重要的会议时，走出站台后突然发现公文包被遗忘在火车上，这时火车已经开走了。公文包里有你准备1小时后发言的一篇讲稿。这时你怎么办？

7）探索性问题

探索性问题通常在面试主持希望进一步挖掘某些信息时使用，一般是在其他类型的问题后面继续追问。因为一个面试对象很难在一个回答中就让面试主持得到他想要的全部信息，而且在面试对象的回答中还能继续引发出一些面试主持感兴趣的话题，所以就要求面试主持对面试对象进行追问，这些追问的问题往往就是探索性问题。探索性问题通常是围绕"谁"、"什么"、"什么时候"、"怎样"、"为什么"等展开的，从而获得有关这些内容的信息。

问题样例：请详细说说在以往的工作中，由你组织的比较成功和不太成功的活动各一次，并说说体会。

8）行为性问题

行为性问题是通过让应聘者确认在某种情境、任务或背景中他们实际做了什么，从而获得应聘者过去行为中与一种或数种能力要素相关的信息。

行为性面试的几个要点有：通过过去的行为预测未来的行为；识别关键性的工作要求；探测行为样本。对行为样本进行描述要把握四个关键的要素，即情境（situation，描述面试对象经历过的特定工作情境或任务）、目标（target，描述面试对象在那种情境当中所要达到的目标）、行动（action，描述面试对象为达到特定的目标所做出的行动）和结果（result，描述行动的结果，包括积极的和消极的结果、生产性的和非生产性的结果）。这四个要素的英文缩写就是"STAR"。具备了这四个要素的事件就是一个完整的行为样本，它可以有效地考察面试对象对拟任岗位的胜任力。而包含情感和观念的描述、理论性的和未来导向的描述以及不清晰的描述，都是不正确的行为样本描述。

问题样例：请讲述你在过去的工作中遇到的一件事情，当时要求你处理非常紧急的项目，而且时间的限制也是不合情理的。讲讲当时的整个情况。

追问的问题：

（1）请谈谈当时的最大问题是什么？

（2）你在当时是什么样的角色？你的具体任务是什么？

（3）你采取了哪些措施？为什么会想到这些方法？

（4）最终的效果如何？

基于关键胜任能力的行为性面试使得面试考官能够根据事实作出有效评价。这种面试是结构化的、与工作相关的、侧重考察具体的、可衡量胜任能力的。基于关键胜任能力的面试并不意味着在面试时全部采用基于关键胜任能力的问题，即行为性的问题，在面试中也应适当采用其他类型的问题，但是，行为性问题所占的比重大约为70%。

二、评价中心

（一）评价中心概述

评价中心是近几十年来西方组织在进行人员招聘中广泛运用的一种甄选技术，它不是一个机构或场所，而是起源于德国心理学家1929年建立的一套用于挑选军官的多项评价程序，之后经过不断的完善，并开始应用于商业领域，其中美国电话电报公司（AT&T）的管理发展研究堪称评价中心的里程碑，该技术为组织带来了巨大的经济效益，施乐公司（Xerox）曾采用评价中心测评500名销售经理，共花费34万美元，而实际增加的经济收益为490万美元。

1. 评价中心的含义

第28届评价中心国际会议对评价中心（assessment center，AC）给出的定义是：评价中心是由对多次行为的标准化评估构成的，由许多受过训练的观察者运用技术手段，对评价人主要从专门设计的模拟情景中表露出的行为作出判断。这些判断被提交到评委参加的会议上或经过统计方法加以分析整合。在评分讨论过程中，每位评委要全面地解释被考核人行为的原因，提交评分结果，讨论的结果是按照设计好的以测定被考核人的维度/竞争能力或其他变量给被考核人绩效总评，应当运用统计的方法以符合专业认可的标准。

评价中心是一种程序，而不是一种具体的方法，是以情景模拟技术为主体的多维度的综合性甄选技术，是一项对各类管理人员特别是中高层管理人员能力组织进行综合评估的技术，是现代人员测评方法综合发展的最高体现。评价中心的理论是基于人的行为和工作绩效是在一定的环境中产生和形成的，因而对人的行为、能力和绩效等素质特征的观察与评价，必须基于一定的环境。

评价中心有广义和狭义之分，广义的评价中心包括心理测验、面试、情境模拟等综合测评技术；狭义的评价中心，主要指以情景模拟技术为核心的一系列测评技术，诸如讨论技术、公文技术、游戏技术等。

2. 评价中心的特色

评价中心技术的优点体现在：

（1）高可靠性。由于通过多种技术、多次测评，并运用定性和定量结合的评价方法，减少了评价过程的误差，降低了测评结果失真的可能性，评价结果能够通过交叉效度验证，大大提高了结果的可靠性，具有很高的信度。

（2）高预测性。由于评价中心测评具有高仿真性特点，是针对招聘岗位的实际要求设计的，因此这种仿真环境的行为表现对预期未来真实工作的绩效有着很好的预测，如表5-3所示。

表 5-3 各种评价方法与工作绩效的相关系数

评价中心	0.65
行为性面试	0.48~0.61
工作实习测验	0.54
能力测验	0.53
现代个性测验	0.39
自撰材料	0.38
推荐信	0.23
传统的非结构化面试	0.05~0.19

资料来源: M. Smith, Calculating the sterling value of selection, Guidance and Assessment Review, 1988, 4 (1): 6~8.

（3）高公正性。评价中心为被测对象提供了一个平等竞争的舞台，考官是一组具有不同的背景和经历的各类专家与管理人员，可以在其评价被测对象能力时做到有效互补，避免单个考官个人因素造成评价结果的偏差，提高评价的公正性。

不足之处表现在：

（1）组织过程复杂。评价中心运用了多种技术实施测评，完整的评价中心包括知识测验、心理测验、面试和情景模拟测试；过程中有单独测试和群体测试。同时，测试的维度广泛。因此，整个过程是一个完整的项目管理过程，只有进行有效的组织才能降低测评的误差，提高甄选的有效性。

（2）实施周期长。评价中心所涉及的测评方法众多，在招聘中，一般评价中心在实施测评之前要用大量的时间进行准备，通常需要一个月的时间；测评实施时间因应聘人数、所测维度的多寡而不同，需要 1~3 天不等，有时甚至要 1 周；测评实施结束后，考官要花大量的时间进行评定，最终给出被测对象所有项目的个人评价和招聘综合报告，这也需要 3 天到 1 周时间。因此，整个测试的周期较长。

（3）测评费用高。评价中心的核心技术是情景模拟技术，每项情景模拟技术需要针对岗位进行个性化定制，题目开发难度高，工作量大。同时，有些测评需要专门的场地、设备和道具支持，此外，有些还要测评专家完成对被测对象详细的评价报告，因此，花费的开发和实施成本较高。在美国，完整的评价中心评估一名被测者的费用从 50 美元到 2000 美元不等，有的甚至高达 8000 美元，目前国内一般的单人费用也在几千元，有些甚至高达数万元。

（4）评价主观性强。评价中心主要通过考官的行为观察来进行评价，而考官由于来自于不同的群体，其知识结构、能力特点、价值观等均有所不同，因此各自都有倾向性，如果缺乏有效的培训，容易对行为的判断缺乏统一的标准，从而产生评价的主观性，因此对考官的要求较高。

3. 评价中心的适用范围

评价中心的实施复杂、费用高等特点，决定了评价中心比较适用于选拔中高层的管理人员和关键职位人员，而不太适合在招聘普通员工中全面运用，但有些方法可以结合招聘岗位的特点作为面试等甄选手段的辅助验证手段，如简易的无领导小组讨论等。而在组织内部的竞聘上岗中，评价中心也日益发挥着其积极的作用。

一般而言，评价中心所考察的内容包括：

（1）管理技能，包括计划能力、组织能力、协调能力、决策能力、预测能力、授权能力、团队管理能力等。

（2）人际技能，包括口头表达能力、人际沟通能力、人际敏感性、团队合作能力、冲突解决能力等。

（3）领导能力，包括领导风格、影响力、个人权威等。

（4）认知能力，包括综合分析能力、思维灵活性、逻辑推理能力等。

（5）工作与职业动机，包括成就动机、职业兴趣、职业价值观等。

（6）个性特征，包括自信心、情绪稳定性、责任心、独立性等。

（二）评价中心的各种测试方法

1. 无领导小组讨论

无领导小组讨论（leaderless group discussion，LGD）是评价中心技术中使用频率较高的一种方法，是指将多名被测对象集中起来组成一个小组，要求他们就某一问题或主题在不指定角色的情况下展开自由讨论，并在一定的时间内得出一致性结论的一种测评方式。这是一种松散群体讨论方法，通过快速诱发被测对象的特定行为，对其行为进行定性描述、定量分析以及群体中的比较来评估其素质特征的过程。

无领导小组讨论的人数一般为 6～8 人，整个讨论时间一般为 60 分钟，在整个讨论中不指定哪一位被测对象是领导或主持人，而是让所有被测对象自行安排、自行组织、自行讨论，围绕考官给出的讨论材料，如文件、资料、会议记录等，最终对指定的题目形成一致的意见，并最终进行口头或书面汇报。考官在整个讨论过程中不参与任何的管理，只是观察并记录讨论中被测对象的表现，并给其各个测评指标打分，最终对被测对象的能力和素质作出判断。

无领导小组讨论最突出的特点就是具有生动的人际互动性，被测对象需要在与他人的沟通和互动中表现自己，其考察的维度包括：

（1）人际相关的能力，如组织协调能力、领导能力、团队合作能力、谈判说服能力、影响力和人际沟通能力等。

（2）思维与问题解决能力，如理解能力、分析能力、创新能力和决策能力等。

（3）个性特质与行为风格，如自信心、进取心、责任感、灵活性和情绪稳定性等。

因此，无领导小组讨论比较适用于那些经常与人打交道的岗位人员的测评，如中高层管理人员、人力资源从业人员和销售人员等，而诸如财务人员、研发人员和技术人员则不十分适用该方法。

同时，由于无领导小组讨论一次可以有多人参加，每个人的平均时间一般要明显低于面试的时间，因此可以作为面试的一种补充形式，在面试前用于淘汰一些明显不适合的人员，提高面试的效率。目前，在校园招聘的一些与人际处理和管理有关的职位甄选时，可以运用简易模式的无领导小组讨论进行辅助，即在指标方面可以略少于完整的无领导小组讨论，并以打分为主，而不需要撰写完整详细的报告。

2. 文件筐测验

文件筐测验（in-basket test），又叫公文筐测验，是评价中心最常用一种测评技术，也是最有效的一种测评方法。81％的评价中心采用文件筐测验，使用频率高居各种情景模拟测验之首。它是通过被测对象担任特定的角色（一般是应聘的职位）对该岗位实际工作中所涉及的资料和各类文件进行分析与处理，作出决策的工作活动的一种测验。

文件筐测验要求被测对象在规定时间内（一般为2～3小时），针对组织中的实际业务、管理环境，结合一系列（一般15～25份）需要处理的信函、备忘录、报表、投诉信件、电话记录、命令、请示、汇报、通知通告以及其他任何形式文件材料进行处理，内容涉及人事、财务、市场、客户关系、法律法规，并在仅有日历、指导语、背景介绍（组织结构图、部门情况简介）、纸笔且在没有别人协助的情况下，回复函电、拟写指示、作出决策、安排会议等，并简单表述作出处理意见的理由。

考官根据被测对象处理文件的顺序、质量、时间、理由等，来对其计划、授权、预测、决策和沟通等能力进行评价。

由于公文筐测验可以将管理情境中可能遇到的各种典型问题抽取出来，以书面的形式让被测对象来处理，所以它可以考察被测对象多方面的管理能力。概括起来，公文筐测验可以考察的内容有：

（1）与人有关的能力，包括组织能力、协调能力、人际沟通能力、团队管理能力、授权能力等。

（2）与事有关的能力，包括信息采集能力、分析判断能力、预测能力、统筹计划能力、执行能力、决策能力、时间管理能力等。

文件筐测验具有成本高、时间长的特点，较为适合组织中评估中高层管理人员和关键职位人员。传统的个人能力笔试测验常常与实际工作内容相距甚远。相反，文件筐测验的所有题目都来自于管理实战，通过考察被测对象在处理具体业务中的表现评估其关键能力，其有效性非常高。

3. 管理游戏

管理游戏是一种以完成指定任务为基础的情境模拟测评方法，要求将被测对象组成一个小组，共同完成一项事先设计好的具体的管理事务或企业经营活动，在这类活动中，分别给被测对象赋予不同的角色（职务），分配一定的任务，让他们通过合作完成任务，考官通过被测对象在完成任务过程中所表现出来的行为来测评被测对象的素质。

管理游戏的特点是由多名被测对象同时参加，具有很强的真实感、互动性强、灵活性强。

管理游戏的主题一般有四种：适合知识型企业决策开发的商业模拟主题；获取市场竞争份额的模拟竞争演练；系统运用决策工具的经营模拟主题；基础财务运作管理的主题。涉的管理范围较为广泛，如市场营销管理、财务管理、人力资源管理、生产管理等。

管理游戏将被测对象置于客观现实的情境中，其特点是便于考察被测对象的团队合作精神、领导能力、决策能力、应变能力、社会关系特征、语言表达能力等素质。一般适用于管理人员或销售、财务等关键职位。

4. 角色扮演

角色扮演是一种主要用以测评人际关系处理能力的情境模拟测评方法。在这种活动中，考官设置了一系列尖锐的人际矛盾与人际冲突，要求被测对象扮演某一管理角色并进入角色情境去处理各种问题和矛盾。考官通过对被测对象在不同角色情境中表现出来的行为进行观察和记录。有时考官事先委托别人装扮成顾客、客户等来到被测对象现场，给他制造一些麻烦。比较典型的角色扮演方式有模拟访谈等。

角色扮演在使用中主要考察被测对象的性格、气质、兴趣爱好等心理素质，以及被测对象的语言表达与沟通能力、谈判与说服能力、冲突解决能力、应变能力、判断能力、创造能力、决策能力等，比较适用于对管理人员、销售人员和服务人员等需要较强人际敏感性和沟通要求岗位的人员选拔。

5. 案例分析

案例分析是考官提供给被测对象一些组织中相关岗位在管理中遇到的各种现实问题，要求他们通过准备一系列的建议，形成一份书面报告提交相关的部门或进行口头汇报的一种测评方法。案例分析在评价中心项目的实施中使用频率有73%，一般而言，如能和其他测评方法结合使用，能有更好的效果。

案例分析的主题一般有两种：一种是与工作情境无关的主题，侧重考察被测对象的综合素质，但相对而言，不能有效告知被测对象岗位信息；另一种是与工作情境高度相关的主题，侧重考察与岗位要求有直接关系的素质，针对性强，并能有效告知被测对象应聘岗位的背景与相关信息。

案例分析既可以考察一般性技能，也能考察特殊技能，主要考察的能力包括综合分析能力、逻辑思维能力、独创性、决策能力以及与岗位相关的专业知识和技能等。此外，如果通过书面报告形式的，也可以对其书面内容及形式进行评价。

6. 模拟访谈

模拟访谈是角色扮演中最常用的方法之一，是考官给被测对象设计的一个需要通过沟通方式来解决问题的情境，被测对象在面谈过程中通过与考官或其助手所扮演的谈话人一对一地沟通来解决特定的任务。这个谈话人可以扮演被测对象的上司、同事、下属、客户等与工作相关的角色，甚至可以是采访记者，通过向被测对象提出问题、反驳被测对象的观点、拒绝被测对象的要求，来引发被测对象的相关行为反应，考官则通过观察其模拟访谈过程的语言和行为来记录，最终作出评价。

模拟访谈主要考察被测对象的说服能力、语言表达能力、冲突处理能力、人际敏感性、思维灵活性与敏捷性、仪表仪态和风度气质等。

7. 搜寻事实

搜寻事实首先给予被测对象一个关于其所要解决的问题的少量信息，然后被测对象可以用创造性的、具有洞察力的方式向一个能够提供信息的人咨询额外的一些情况。如果他提出的问题比较模糊，他所得到的答案也比较宽泛；如果他提出的问题比较具体且其切中要害，那他就会得到有利于解决问题的有价值的信息，在不断的提问和回答之后，要求被测对象给出解决问题的具体措施和建议。

这种测评对信息源的要求较高，需要考官或信息提供者能有充足的信息，以便及时提供对应的信息给被测对象；同时，有些测评要求被测对象熟悉该类工作及相关的信息，才能有效地进行提问和最终提出解决方案。

通过搜寻事实的测评方法，可以考察被测对象的获取信息的能力、分析问题能力、逻辑推理能力、决策能力、抗压能力、反应判断能力及社会知觉能力等。

本 章 小 结

人员测评通过科学的手段和方法，对人员进行有效的甄别，为人力资源管理的进一步深入提供了基础性的职能。本章主要介绍了人员测评对整个人力资源管理的价值，分析了人员测评应用分类和测评实务的流程，并介绍了胜任素质、胜任素质模型的构建方法和实施步骤，此外，还重点介绍了人员测评中的两个重要的测评方法——面试和评价中心，展开分析了面试的过程和试题的相关知识，评价中心则介绍了无领导小组讨论、文件筐测验、管理游戏、角色扮演等情景模拟的方法及其适用的情况。

➤ 本章思考题

1. 人才测评的类型有哪些？

2. 如何进行胜任素质模型构建？

3. 简述信度与效度各自的含义。

4. 如何有效组织面试？

5. 比较无领导小组讨论与文件筐测验。

➤ 本章参考文献

1. 李旭旦、吴文艳：《员工招聘与甄选》，华东理工大学出版社，2009 年

2. 孙宗虎等：《人员测评实务手册》，人民邮电出版社，2007 年

3. 陈洪浪等：《如何鉴别管理真才》，机械工业出版社，2007 年

4. 冯立平：《人才测评方法与应用》，立信会计出版社，2006 年

5. 罗双平：《从岗位胜任到绩效卓越》，机械工业出版社，2006 年

6. 何志工、李辉：《基于胜任素质的招聘与甄选》，中国劳动社会保障出版社，2006 年

7. ZHRI：《人力资源经理素质模型》，机械工业出版社，2005 年

8. 彭剑锋、荆小娟：《员工素质模型设计》，中国人民大学出版社，2003 年

第六章

员工培训与开发

培训体系是否应与其竞争战略的转型需要一致？[①]

A 公司是一家制造专业机床的国有企业，30 多年来一直以生产一些技术含量不高的小吨位、标准型机床为主。用户主要是那些规模较小、专业性不强的中小企业。他们对机床的精度和自动化程度要求不高，对价格却非常敏感。这类机床在技术先进性和产品性能上差异不大，价格竞争成为行业竞争的主要形式。

3 年前，新的经营团队接手 A 公司的管理，通过对行业发展趋势的判断和企业内部竞争优势的分析，决定进行竞争战略的转型，决定将产品结构逐步调整为"以精密、快速和大型的非标产品为主"，将原来的低成本战略转型为"以技术先进性和质量可靠性为支撑的差异化竞争战略"。

为了支持竞争战略的转型，A 公司人力资源部制定了相应的人力资源职能战略，构建了培训体系。将员工分为专业技术、市场营销、管理后勤和生产操作四类，提出"用 3 年时间培育出适应企业新竞争战略的四支全新人才队伍"，确立了"塑造全新观念、传授专业知识、培育实用技术"的培训内容框架，在内部师资培育上，提出"技术，人人能讲一门专业课，管理，人人能讲一门管理课"。

在转变员工观念的培训中，公司董事长多次亲临讲台，为员工分析公司面临的外部竞争环境，讲解竞争战略转变的意义和目的，展望实施新战略后的前景，使员工观念发生变化，主动配合公司的相关调整。

公司还花费了近 10 万元对公司的 600 多名员工分批进行全员拓展训练，使员工在体验式培训中认识到自己在组织创新和企业发展中的作用。

---

① 周智颖：《战略转型期企业新型培训体系的创建》，《中国人力资源开发》，2009 年第 225 期。题目为编者另加。

在专业知识传授方面，根据不同员工制定了"基础课＋专业课"的培训菜单。

公司还与专业水平较高的大学和科研院所建立技术合作，常年聘请大学教授和研究员到企业讲课，并邀请他们参与市场投标和技术攻关，在实践中指导、培养设计和技术。

对生产一线的操作工人，主要利用老员工"师帮徒"的方式进行培训。在管理后勤类和营销的培训中，主要利用内部讲师，规定"分管副总和部门经理必须成为所辖专业领域的合格培训师"。

在员工实用技能培育方面，鼓励员工在实践中运用新理论和新知识，并制度化。对设计技术的产品和技术创新，以鼓励激励为主，对取得的技术成果大张旗鼓地奖励，对创新中出现的失败和损失由企业全部承担。岗位技能的培训采用新老员工"AB角色换位"的见习方式。

从A公司决定推动竞争战略转型至今，配合战略转型的人力资源培训体系已经运行了3年，在公司人力资源改造上取得了显著效果：

（1）公司在近2年连续开发出5个系列30多种型号的新产品；

（2）制造技术和工艺改造效果明显，零部件加工的一次交验合格率从87％上升到96％。产品总装后的一次交验合格率从92％上升到96％。

（3）公司的合同订单金额每年以40％的速度增长。

（4）3年中售出的产品结构从"低技术含量，小吨位、标准型机床"占70％到"精密、快速、大型的非标产品"占70％。

讨论题：

1. 你认为A公司的培训体系与其竞争战略的转型需要是否一致？为什么？

2. 案例中涉及的培训方式有哪些？它们的适用领域或条件是什么？

3. A公司的人力资源培训体系获得了极大的成功，你认为关键原因是什么？

组织的员工培训既是人事管理的传统职能，又是现代人力资源管理的新兴功能。这种功能日益得到重视有其时代的依据，是知识经济和市场竞争的必然趋势。现代组织的员工培训更多地被称为人力资源的培训和开发，这表明现代的员工培训与传统的员工培训相比，不仅形式更丰富、技术更先进，而且，培训的主体更多元、培训的客体更广泛、培训的内容更普遍和深刻、培训的目标更高远。

员工培训的理论框架或实践结构从横向看，可以根据培训对象分为新员工导向培训、技术培训、管理的培训等，也可以根据培训的内容分为知识、技能、态度、思维方式、观念等的培训。本章主要从纵向过程具体介绍培训需求分析、培训项目开发以及培训有效性评估等主要阶段，研究这些阶段的主要工作和实施方法，并试图在传统的理论框架内纳入实践发展和理论思考的最新成果。

第一节　员工培训概述

一、员工培训在组织人力资源管理中的作用

员工培训和开发是组织人力资源管理的重要功能之一，在现代的战略性的人力资源

管理中其地位和作用得到进一步的提升。但当前我国的企业在员工培训和开发工作方面存在比较普遍的问题，严重影响了组织竞争力的提升，重视和完善组织的培训工作显得更为紧迫。

（一）员工培训与开发的概念

员工培训与开发是指组织为了使员工获得或提高与当前或未来工作有关的知识、技能、态度和行为，所做的系统的、有计划的活动的总和。

组织，包括企业组织的员工培训和开发有别于学校教育，后者在学术性、理论性和知识的系统性方面具有优势，而前者更着重组织绩效发展的需要，具有明显的岗位和职业的针对性。员工培训和开发属于成人教育、终身教育或职业教育的范畴。成人教育的形式、内容、方式和目标出现了多样化的趋势，很难下一个统一的、明确无误的定义。对于成人教育或员工培训，我们主要把握其基本特征：针对成人；与就业或职业能力直接相关。

培训和开发常被作为一个整体的概念使用，或者互相替代着使用，但两者还是有一些细微区别的。一般来说，培训的功能侧重向员工传授完成当前的工作和任务所需要的知识与技能，而开发活动则指向更长远的目标，为员工将来能胜任工作或长期保持为组织作贡献的能力和素质而做的努力。

组织的培训和开发活动，根据培训的对象分，主要有三大类型：一是新员工导向培训，主要是帮助组织的新成员了解组织，更好、更快地融入组织。其培训的基本内容是组织的传统、价值观、组织的结构体系和运作机制以及组织的制度和政策等。二是管理技能开发，旨在帮助各层级的管理者学习管理知识和掌握管理技能，从而提高管理工作的效能。其基本培训内容包括如何进行计划、组织、控制、协调等，如激励手段的选择和运用、信息和信息传递系统的有效使用等，现代管理培训的内容更丰富，涉及管理者的角色定位、创造开拓精神的培育和人际沟通、团队合作技能的提升等。三是员工的业务培训，主要是为帮助各类员工适应新工作、新技术或新的管理环境提供专业知识和技能的培训，提升员工的业务水平，如对营销进行新的销售渠道和销售形式的培训、对财务会计使用新的财务软件进行培训等。根据培训的内容又可分为价值观、企业文化、经营理念的培训，规章制度、办事程序的培训，知识、理论的培训，操作技能的培训等。从培训形式的角度可以分为在职培训和脱产培训等。

（二）员工培训开发是战略性人力资源管理的重要组成部分

现代人力资源管理都将人力资源的开发作为中心任务。一方面，组织获得合格人才的途径通常是招聘和培训，两者具有替换关系。对外招聘人才有一些问题，如很难真正了解、水土不服、招聘成本高、打击内部、有些特殊岗位不适应外聘等。所以，许多企业倾向于用培训来替代招聘。其好处是，激励内部员工、更了解企业，学以致用、关键岗位更安全、成本低、培养员工对组织的忠诚等。另一方面，也是更重要的方面，在于组织核心竞争力的形成和提升，在于组织比竞争对手更快地学习的能力。这种能力是学习型组织所特有的，它体现在组织的方方面面，直接体现在组织的培训部门履行和提升自己职能的能力方面。

研究已经证明，人力资源培训和开发对于改善生产力、提高产品质量和服务以及获得组织竞争优势的重要意义。对员工的技术、知识、才能进行培训和开发，可以使既定的人力资本增值。通过对管理管理知识、技能的培训，能有效地激发下属的工作热情，帮助员工将个人目标和组织目标结合起来；通过企业文化方面的培训，可以培养员工对组织的忠诚度和献身精神。这种提高员工努力程度的投资比一般的提高其技术、知识的培训对于组织的发展来说，具有更重要的意义。可以说，战略性的人力资源管理的主要任务就是通过开发员工的核心专长和技能，以及培养员工的组织承诺感和组织的认同感，帮助企业获得核心竞争能力和竞争优势。

1999年年底，世界银行《21世纪中国教育战略目标》归纳了21世纪的基本特征：科技的迅速变化、经济开放与竞争以及以知识为基础的产业。在这样的时代背景下，可以肯定地说，员工培训和开发在人力资源管理以及组织发展中的地位将不断提升，是发展的必然趋势。

（三）我国企业员工培训的问题

我国企业在员工培训和开发方面，无论是重视的程度和投入的力度，还是执行的科学性和产出的有效性，都与国外企业有很大距离，这些极大地影响了我国企业人力资源的质量，削减了组织的竞争实力。

2006年企业培训和发展年会的信息显示，近半数企业培训计划缩水。大部分企业虽然制定了书面的、正式的员工培训计划，但计划往往是废纸一张，因为企业根本不能按计划执行或根本不执行。一些培训机构的负责人坦言，企业不能按计划完成培训，资金是一个主要的问题。近半数企业每年在员工培训投入上不足员工工资总额的1％。

企业对培训内容的选择随意性很大，65％的企业需求和培训脱节，26％的企业做培训需求分析但很少按需求进行培训，39％的企业很少进行培训需求分析。可见，企业的培训存在很大程度的盲目性。

调查表明，一半以上的企业在培训后不进行培训效果评估。培训效果如何？对员工有无帮助？讲师授课风格是否符合员工口味？企业培训负责人不得而知。

目前，沪上企业越来越重视企业培训的力度和科学性，位列世界500强的企业在培养人才上所花的费用已达到企业利润的10％。海尔首席执行官张瑞敏说，对员工的关怀不是表现在小恩小惠上，而是让他们有竞争力。员工有竞争力，企业才能获得利润，进而把利润回馈给员工。

二、现代组织员工培训与开发的特征与发展趋势

把握现代培训的特征和发展方向对于我们做好当前的培训工作具有积极的意义。

（一）现代培训和开发的特征

现代培训和开发与传统的培训相比具有自身的特征，主要表现在以下方面。

1. 注重将培训目标与组织的长远发展和战略思路相联系

现代培训的内容已经突破了既定岗位技能和具体工作知识的狭隘范围，更多地服务于组织的中长期发展目标。它基于对组织环境和发展战略的透彻了解，它既要掌握和盘活组织人力资源存量，又要预测相关人力资源发展的趋势并作好相应的准备。现代培训和开发活动是根据人力资源规划（HRP）的整体部署，辅之以绩效管理、薪酬激励等的一个旨在综合提升公司人力资源竞争力的体系。

2. 更注重员工自我发展，结合员工的职业生涯规划

现代培训更关注提高人的胜任能力。这种能力不仅是本企业、本岗位的工作需要，同时也是为员工跳槽或职位提升增添资本。现代培训不仅仅是组织追求有效性的手段，培训内容不再停留在专业技术技能、管理技能、文化融合、规章制度的熟知等方面，培训也是员工实现自我发展的有效途径，培训的内容延伸到员工基本素质的提升方面，许多企业为员工提升学历层次的费用买单便是证明。员工可以主动提出培训的要求，参与培训内容的确定和培训目标的界定。从培训需求分析到培训计划的制订、执行，再到培训效果的评估和培训成果的转化，在整个培训活动的过程中，员工始终是主动参与的一方或中心。培训不再是自上而下的行政命令，不再是员工的额外负担，它是员工追求自身职业发展的需要。

3. 培训的内容从特定的岗位技能、知识拓展到更广泛的领域

如 IBM 公司，除了对员工进行传统的工作方式、流程、服务、产品特性、技术规范和销售技巧等培训外，还提供了旨在提高员工综合素质的培训课程，如团队沟通、表达技巧、处理人际关系的能力、适应性训练、耐挫折训练、心理健康训练等，提高员工交流、互助和学习适应等现代人的基本与最重要的素质。组织之所以愿意提供一般知识技能的培训，一个重要的原因是环境的快速变化，使具体的知识和技能很容易被淘汰，而自主学习、团队合作等一般素质的提升可以帮助员工适应工作要求的变化，同时也更能培养员工的忠诚度。

4. 培训的对象延伸到组织的外部

如恩科公司的恩科大学、新加坡佳通轮胎集团的佳通学院、摩托罗拉大学、联想管理学院都将其培训服务延伸到关联客户和上下游企业。恩科大学为恩科公司的经销商、系统集成商和大用户免费提供了解网络新趋势、新动向和应用技术的培训，为潜在客户举办各种讲座。浪潮和微软在资本上和业务上进行合作，微软计划每年为中国培训数千名 IT 人才，其中的重点是为浪潮这样的本土合作伙伴培训人才。

（二）现代培训和开发的发展趋势

从动态的角度看，组织培训将出现以下发展趋势。

1. 培训成为全方位的持续的系统

现代培训是全方位的，首先表现在培训从一般意义上的员工培训发展为整个组织的学习。被广泛采用的知识管理就是组织学习的一个证明。通过日常的知识管理，使员工的经验、技能、知识及时为组织所有员工分享，使学习成为日常的事务，如收集成功的做法汇编成册，上网提供咨询，使个人的经验成为组织共同的资源。说现代培训是全方

位的，还因为其内容、层次、方法、形式是多元和丰富的，并还在不断的拓展中。

现代培训是持续的，因为包括基本理念、基本态度、基本知识和基本技能等人的职业胜任能力，与一般的岗位规范或具体技能相比，这些更多是通过持续学习的环境获得的。持续培训的另一个原因是组织快速变化的环境，它要求培训必须经常进行。原有的政策还没有完全适应，新的政策又出台了；知识、技术淘汰的速度加剧，在这样的情况下，企业只有经常地、及时地培训，才能应对变化多端的政策、技术等环境。

2. 公司大学的进一步发展

从培训专员到培训部门，再到培训大学，说明培训在人力资源管理中的地位不断提升。许多公司建立了自己的培训学院，专门负责公司的培训工作，甚至还向社会或相关组织提供培训服务。

一份报告指出，至 2000 年，全球已有 1600 余家企业有自己的大学。摩托罗拉大学、西门子管理学院、意大利 ENI 集团培训中心、施乐公司大学等是企业办学的代表。我国企业自办公司大学也不再是什么新鲜事，宝钢的教委、联想的管理学院和海尔大学等都是家喻户晓的。

3. 培训外包的不断成熟

随着人力资源管理业务的外包和部分外包，企业培训的业务外包和部分外包的趋势也日益明显。越来越多的组织选择培训的外包或部分外包，主要基于以下原因。其一，因为组织的培训部门有一个编制和财务状况的约束，而当代培训的种类越来越多，要求越来越高，组织内部的培训机构无法满足日益变化和发展的培训需求，必须在不同程度上借助于外力的帮助。其二，现代培训的许多内容具有一般的性质，岗位的针对性不强，也不涉及商业秘密，更适合专业的培训公司操作。事实上，经过一定时期的发展，专业的人力资源管理公司或专业的培训公司实力已经大大加强，在通用知识和一般项目的培训方面，专业的培训机构能够提供更快更好的、成本也更低的产品和服务。已经入驻我国的世界著名的培训公司有美国管理协会亚太培训中心等，国内的培训公司也日益成熟，如优仕、中联咨询等。其三，一般培训的外包可以使企业将有限的培训精力和资源集中到那些直接支撑企业获得竞争优势的、与组织核心竞争力直接相关的培训对象和培训项目上。

4. 培训手段的高新技术化

多媒体教学、网络培训、学习软件的开发解决了工作和学习的矛盾，使培训中能够更好地发挥学员的主动性、教学以学员为中心展开等得以实现；节约了交通、场地、食宿等费用，大大降低了培训成本，为普及培训解决了经济物质的困难。尽管高技术培训的有效性研究还在进行中，但其优势已经显现。

三、培训开发的角色和素质要求

我们已经知晓，现代培训管理或培训经理的职责不再是简单地按红头文件或领导意志发发通知、做做考勤、写写小结等事务性、被动性的工作。现代培训管理必须把准组织发展战略、行业人力资源发展动向，及时了解培训需求，以全面的知识和综合的能力设计各种培训课程，以娴熟的培训技巧和有效的激励手段推出课程，使培训真正成为人力资源战略的重要组成部分。

（一）培训开发的角色

培训开发部门及其需要完成的角色错综复杂，许多学者对其角色进行分类和归纳。这里介绍美国的培训和开发协会整理的人力资源培训和开发专员的五大关键角色及其相应的能力要求，如表 6-1 所示。

表 6-1　培训开发的角色、任务和能力

角色名称	角色任务	相应能力
分析/评估角色	研究、需求分析、评估	了解行业知识、计算机应用能力、数据分析能力、研究问题能力等
开发角色	项目设计、培训教材开发、评价等	了解成人教育的特点；具有信息反馈、协作、应用电子系统和设定目标的能力等
战略角色	管理、市场营销、变革顾问、职业咨询	精通职业生涯设计与发展理论；培训与开发理论；管理能力；计算机应用能力等
指导教师、辅助者角色	教学、演示、答疑、咨询等	了解成人教育原则；讲授指导的能力；交流反馈的能力；应用电子设备和组织团队的能力等
行政管理者角色	日常事务处理、安排等	计算机应用能力；选择和确定所需设备的能力；进行成本-收益分析的能力；项目管理、档案管理的能力等

（二）培训开发的素质要求

为了确保培训开发部门扮演好自身的部门和职业角色，需要从业人员具备相应的职业胜任能力。有学者构建了培训和开发的能力模型，认为其由三部分组成：一般胜任力、背景知识和技能、专业核心知识和技能及相关胜任力，如表 6-2 所示。

表 6-2　培训和开发的能力模型

一般胜任力	团队合作、沟通协调、企业意识、整合能力等
背景知识和技能	心理学、教育学、人力资源管理、员工培训与开发、公司文化、组织战略、人力资源法规和政策、有关组织所在行业的知识、有关组织产品和服务的知识
专业核心知识和技能及相关胜任力	工作分析、员工能力分析、问卷设计、教授基本课程（如新员工培训）、辅导咨询、评估反馈、培训资源的获取和评估、项目管理、协调能力等

（三）培训开发的培训

培训开发人员不可能天生具有培训工作所要求的能力和素质，为了使他们胜任工作，培训培训者项目 TTT（train the trainer）被开发并广泛使用。这里的培训主要指人力资源培训与开发的专业，包括教学和管理，也包括需求分析、课程开发和效果评估等，也可以是邀请组织内其他部门人员来讲学。这里的培训者甚至还可以是外聘的培训师。为了使外聘培训师的讲学，从内容到方式更符合组织的要求，事先与其磨合或对其进行培训是有意义的。

培训培训者项目的任务是多方面的，对不同类型的培训开发专业，其培训内容应该有所侧重。一般来说，对培训和开发专业的培训涉及以下几个层面：

(1) 有关培训和开发基本理论的培训；

(2) 有关培训和开发技术与方法的培训；

(3) 有关人力资源管理基本理论和方法的培训；

(4) 有关公司战略、组织文化、核心价值观的培训；

(5) 有关组织产品或服务的基本情况的培训；

(6) 有关组织所处行业性质和状况的培训。

第二节　培训需求分析

培训需求分析是培训活动的起点，是影响培训活动效益高低的重要因素。组织宝贵的培训资源是否能首先满足那些重要的、紧迫的培训需求，依赖于培训需求分析工作的质量。

一、培训需求分析的含义和意义

培训需求分析的内涵丰富，对做好人力资源管理和培训工作具有直接或间接的多方面的意义。

(一) 培训需求分析的含义

培训需求分析是组织的人力资源培训和开发或部门在组织高层领导、直线经理、各级管理、其他职能部门和各类员工的配合与共同努力下，通过收集和分析研究有关信息，确定现有绩效水平与应有绩效水平的差距，寻找产生差距的原因，并进一步从这些原因中找到那些可以通过培训来解决的员工态度、能力、知识和技能方面的问题，为进一步开展培训活动提供依据。可见，完整的培训需求分析概念至少应该包括四方面的因素：分析的主体、分析的过程和手段、分析的目的以及分析的任务。

具体来说，通过培训需求分析的活动或过程，要弄清这样一些问题：

首先，确认组织绩效问题，即确认组织及其成员的实际绩效水平与应有的绩效水平之间的差距。通过绩效评估等，我们可以了解实际绩效水平；通过工作研究和横向比较等可以确认应有的绩效水平。两者之差即绩效差距，也是组织的绩效问题。

其次，寻找产生绩效问题的员工态度、能力、知识、技能等能够通过培训改进的原因。这就要求了解理想的绩效水平所要求的态度、能力、知识、技能水平和员工实际的水平之间的距离。如果没有距离或距离很小，说明培训无法解决绩效问题，需寻求其他的途径。

最后，培训需求分析还应告诉组织：如果有可能通过培训来提升员工的态度、能力、知识、绩效，从而解决组织的绩效问题，那么，这个培训会发生哪些成本，是多少；一定时期内，这个培训能为组织带来哪些收益，是多少；是受益大于成本，还是成本大于收益。培训需求分析必须要对拟实施的培训的成本价值比进行分析。如果成本大于收益，或比值不高，那么，这种培训需求在经济上就是没有价值的，企业作为营利性的组织就应该考虑其他的途径来解决组织的绩效问题。

（二）培训需求分析的意义

根据培训需求分析的内涵，我们很容易把握其在整个培训开发工作中的重要地位。在时间上，它是培训开发工作的开端；在空间上，它具有基础的位置。有了开端，其后的环节得以逐渐展开；有了基础，才有上升的可能。好的开端、扎实的基础，是培训开发工作顺利有效进行的基本前提。而错误或低质量的培训需求分析则从一开始就注定了整个培训和开发工作的无效或低效。准确地把握培训需求，不仅帮助组织将宝贵的培训资源用于最重要、最紧迫的培训项目和培训对象，同时也为设定培训目标、开发培训课程和评估培训效果等各个环节的工作提供了依据。另外，培训需求分析对于培训和开发工作乃至人力资源的管理工作还有一些间接的意义：

（1）获得组织成员对培训工作的支持；

（2）建立和充实相关的信息资料库，使信息更新，资料更准确；

（3）帮助员工实现职业发展规划；

（4）为培训活动争取更多的资源。

二、培训需求分析的层次和模型

培训需求分析可以从不同层面展开，各层面之间有其内在的客观的结构，这就形成了需求分析的模型。

（一）培训需求分析的层次

培训需求分析是一项复杂的系统工程，其子系统及其要素如何划分、归类，不同的视角可以有不同的结论。比较普遍的一个做法是将培训需求分析化解到三个层面进行，即组织层面、工作层面和员工层面。

组织层面的培训需求分析属于战略层面的分析，是以组织整体作为对象的分析。组织层面培训需求分析的任务是确定为了保证组织的有效运作和实现发展战略，组织还缺乏哪些功能；能否通过培训来提供或提升这些功能，组织可能提供的培训资源的数量和质量如何，也就是发现组织中的哪些部门和工作存在问题，问题产生的原因是什么，并确定培训是否是解决此类问题的有效手段。组织层面培训需求分析的任务具体包括组织目标的检验、组织特征的分析、组织资源的评估和组织环境影响力的研究等。

工作层面的培训需求分析的对象是某项工作或任务。它是通过查阅工作说明书、调查等方法，确定要高效完成某项工作和任务，员工所必需的态度、能力、知识、技能的类型、水平和结构；然后以此为标准，找出在任或拟任员工实际状况与此要求的差距。工作层面的培训需求分析涉及工作复杂程度的研究、工作饱和程度的了解和工作内容与形式变化程度的把握等。

员工层面培训需求分析的客体是可能的，或拟纳入培训对象的员工个体。分析涉及员工的专业或专长、年龄、个性，分析的重点是员工的态度、能力、知识、技能等可能通过培训来改善的方面。

三个层面培训需求分析的区别或分工，可以列为表 6-3。

表 6-3 培训需求分析的层次

分析的层面（对象）	分析的任务
组织	影响组织生存和发展的短板是什么，能否通过培训加以弥补 组织现有的和潜在的培训资源与条件如何
工作	有效胜任工作的态度、能力、知识和技能等要求是什么
员工	哪些员工需要接受哪些方面的培训

（二）培训需求分析的模型

三个层面的培训需求分析尽管各有侧重，但又是整个培训需求分析的有机组成部分，其内在联系可以通过培训需求分析的模型来体现如图 6-1 所示。

图 6-1 培训需求分析的模型

三个层面的需求分析有一个先后顺序和逐步展开的过程。一般来说，首先进行的应该是组织层面的培训需求分析。这有助于培训需求分析在整体上符合组织战略的要求，有利于正确锁定工作分析和分析的大致方向与范围。考虑到培训需求分析本身要发生相当的成本，不可能也没有必要对所有的工作和员工进行培训需求分析。具体对哪些工作和员工进行分析，显然要依赖组织层面分析的结果。组织层面的培训需求分析具有筛选的作用，有些组织绩效问题被排除了，因为它们不是培训可以解决的；有些绩效问题则被保留下来作进一步的分析。其次展开的是工作层面的分析。涉及组织生存和发展的关键业务或重要问题如果有可能通过培训来改进或解决，就要对相关工作和任务作进一步的分析，以确认有效完成这些工作需要哪些条件，缺少哪些条件。哪些缺少的条件可以通过培训来提供，哪些是培训也无能为力的。所以，工作层面的需求分析进一步缩小了培训需求的可能范围。最后是员工层面的培训需求分析。从表面上看，有了工作层面的培训需求分析，我们已经知道岗位和工作所要求的态度、能力、知识和技能与员工实际的情况之间的差距，培训只要能弥补或缩小这一差距就可以了。但实际的情况往往是，存在比培训更好的弥补和缩小差距的方法，如调动。员工层面的培训需求分析可以保证接受某项岗位技能培训的员工确实适合该岗位工作。反之，也许会出现这样的情况：对一个个性、兴趣、年龄都不适合某个岗位的员工进行大量的岗位适应性和胜任力的培训。

三、培训需求分析的基本思路

思路是宏观的，帮助我们把握需求分析的基本方向不出偏差；方法是微观的，为实现思路提供技术手段。两者都是作好培训需求分析的必要条件。培训需求分析的基本思路有如下几点可供借鉴。

1. 缺口分析法

缺口分析是培训需求分析中较简单的一种思路，就是将胜任工作所要求的某一知识或技能等水平标准与员工的实际状况进行比照，发现差距，然后进一步确认培训是否能够有效地帮助缩小差距。员工的缺口可谓多种多样，小到文员电脑输入的速度缓慢和正确率的低下，大到公司老总对本行业国际贸易惯例的无知。有些缺口比较容易发现和衡量，如计算机水平的高低；有些则较难发现和衡量，如思维习惯、传统观念方面的问题。

下面是一个比较简单明了的缺口分析的例子。

根据职务说明书等资料，知道该职位的计算机技能应该达到以下程度：

（1）在清楚的指令和程序下运用计算机（如收发电子邮件、基本数据输入、列示数据信息等）。

（2）能进行基本和标准的输出（如文字、图形、电子数据表、基本的或递归的 DSS 报告等）。

（3）能制作复杂的输出（如高级的电子数据宏、数据库报告、HTML 编码、唯一的非递归的 DSS 报告等），在工作经验和已有知识的基础上定义输入分析程序的功能及使用手册。

（4）能用 COBOL，Assembler，Java，UNIX 或其他语言编程。有软、硬件的知识和实际工作经验，能为 PC/台式电脑/微电脑系统提供软、硬件支持。

根据问卷调查、访谈法、观察法等，发现在职员工只具有前两项技能，而缺乏后两项技能。显然，后两项技能就是员工技能的缺口所在。如果没有更合适的员工来从事这项工作的话，那么就要对现职员工进行后两项技能的培训。

2. 任务技能分析法

如果说缺口分析法主要用于衡量员工某一方面知识、技能的不足，任务技能分析法就涉及员工多项知识、技能的缺口衡量。当组织引进新技术、安装新系统、增设新职位时，通常，存在培训需求，运用任务技能分析法可以方便地确定具体的培训需求。任务、技能分析法的基本程序是：

（1）确认一项职务或工艺；

（2）把职务或工艺分解成若干主要任务；

（3）把每一任务再细分为一系列子任务；

（4）确定所有的任务和子任务，在工作表中用正确的术语将其列出；

（5）明确完成每项任务和子任务所需要的技能；

（6）确定拟任员工缺少或不足的技能，即具体的培训需求。

有关任务和技能分析样如表 6-4 所示。

表 6-4　任务和技能分析样例

岗位（职位）	任务	设备（资源）	技能
文员	编辑文案	个人电脑	打字速度
	转接电话	文字处理应用软件	电脑系统操作
	保管文具	电话	了解商业信函写作
	接待来访	传真机	电话接听技巧
	收发传真	复印机	传真机使用
	复印文件	餐厅、饭店名册	复印机使用
	订餐		

3. 胜任力模型分析法

胜任力是一个在现代人力资源管理中比较流行的、使用得比较广泛的一个概念。它通常是指员工胜任某一工作或任务所需要的个体特征，包括态度、能力、知识和技能等。胜任力是个体潜在的深层次特征，因而能保持相当长的一段时间，具有稳定性。胜任力状况在相当程度上决定了个体在不同环境和条件下的思考方式与行为特征。胜任力能够帮助我们预测个体的行为和绩效状况，帮助我们区分优秀的员工与平庸的员工。

胜任力模型是指能够保证员工在组织中特定的岗位上实现高绩效的一系列素质或素质组合。这些素质是可分级的、可测定的，有些是可以通过培训形成或者改善的。胜任力模型提供的理想员工的能力结构和知识技能框架，在组织的招聘选拔、培训开发、绩效考评和薪酬设计等现代人力资源管理中得到了广泛的应用。

在培训需求分析中引入胜任力模型，具有十分重要的意义。首先，与一般的培训需求分析方法相比，胜任力模型所涉及的员工素质和素质组合是可分级的、可测评的，从而使整个培训需求分析的过程具有量化、标准化的特征，使分析的结果更具体、更精确。其次，胜任力模型通常是根据组织发展战略制定的，随其变化而调整的。组织的经营目标决定其所需的关键能力和核心价值观，这些关键能力和核心价值观进一步指导具体工作岗位的胜任力模型建立。胜任力模型帮助员工理解组织发展对自己态度、能力、知识、技能等方面的要求，对于员工明确学习方向、增强学习的自觉性、开展主动自主的学习具有推动作用。

细心的读者也许已经发现，以上三种关于培训需求分析的基本思路本质上没有太大的区别，它们的不同仅仅在程度和难度上。缺口分析法比较简单，通常用于衡量员工某一方面知识和技能的欠缺程度。任务技能分析法次之。由于一项工作通常包括多项任务，故其衡量的是员工多方面的知识和技能的欠缺程度。基于胜任力模型的培训需求分析法最复杂、最困难，但也是更规范、更科学、更全面、更有深度的。

另外，培训需求分析的思路需要方法的支撑，没有切实可行的方法，思路便无法实现。无论是了解员工的知识和技能还是确定胜任力模型，都离不开访谈法、问卷调查法、观察法、关键事件法、绩效分析法、头脑风暴法、书面资料研究法等，因此需要特别加以注意。

第三节　培训项目的实施

培训需求的满足及其程度取决于培训项目开发和选择的质量，与培训项目实施的状况紧密相关。本节主要介绍培训项目开发中的几个重要的工作和实施中的一些关键环节。

一、培训目标和培训计划

项目开发或选择的结果表现为培训计划，培训目标是培训计划的核心，也是项目开发的重要内容。

（一）培训目标的确定

培训项目设计的一个首先和主要的任务就是确定培训目标，即根据培训需求明确学员在完成培训后能够有哪些收获，包括态度有哪些改变、增长了哪些新知识或掌握了哪些新技能。培训目标是确定培训内容和评估培训效果的直接依据。没有培训目标，或培训目标不明确，培训内容、形式、教师的选择等就具有盲目性或随意性，整个培训项目设计和实施的质量也就失去了基本的保证。

培训目的和培训目标两个概念在实践中经常混用。培训目标不等于培训目的，两者在层次上是有区别的。目的是一个综合的概括的表述，目标则要求具体、精确；目的在文字表达上通常使用"为了什么、什么"，目标则使用"达到什么、什么"。

培训目标的基本要求是明确、具体，便于考核。Provident 公司"有效的电话技术"培训项目的目标描述较好地体现了这一要求。培训目标举例如表 6-5 所示。

表 6-5　培训目标举例

当你完成本课程回到工作岗位后你应该：
（1）快捷应答电话，如果可能，不迟于第二声铃声；
（2）保留一份经常拨打的电话号码名录；
（3）在开始谈话时先表明身份；
（4）随时将电话通讯录和笔放在电话机旁；
（5）接别人电话时要有问必答，热心助人。称呼来电者的姓名，使谈话有人情味；
（6）留下书面信息时，要写上日期、时间、来电者的正确姓名、来电者的电话号码、留言内容、你的姓名；
（7）在转电话之前，先向来电者说明你想做什么，对所有来电一视同仁；
（8）使用礼貌用语，如"我能否"、"请"、"谢谢"。

（二）培训计划的制定

培训计划根据时间的长短可以分为长期的 3 年或 5 年计划、中期的年度计划和短期的项目计划。这里主要讨论培训的项目计划，它是围绕培训的目标对培训时间、地点、培训者、培训对象、培训方式和培训内容进行预先的系统设计，是一份按照一定的逻辑顺序排列的记录。

培训计划对于培训的管理和控制的具体作用如下：

（1）它保证不会遗漏主要的任务。

（2）它清楚地说明了谁负责、谁有责任、谁有职权。

（3）它预先确定了任务与任务、工作与工作、责任人与责任人之间的关系，一旦今后任务、工作之间发生冲突，就有了协调的依据。

（4）它是评价各项培训工作的尺度，是实现培训控制的工具。

理想的培训计划应该涉及以下内容，即要对以下问题进行全面的考虑和安排：

（1）学习的目标和成果方面，本课程将要实现什么目标？采用什么标准来衡量目标是否实现和实现的程度？

（2）目标学员方面，主要的受训对象是哪个群体？这个群体应具备哪些特征？学员的资格条件是什么？（学习工作的经历和成果等）

（3）培训教师方面，培训教师必须具有的资格或条件是什么？（如培训的经历或成果）

（4）时间分配方面，课程由哪些单元和活动组成？各单元和活动包括哪些内容？各需占用多少时间？前后顺序如何？

（5）活动安排方面，安排几次活动？哪些活动？活动中教师和学员各自担当什么角色？

（6）辅助材料方面，在课程实施中需要准备哪些辅助材料和设备？

（7）环境布置方面，培训教室如何布置？座位如何摆放？

（8）前期准备方面，学员在课前需要做哪些事情？教师应作好哪些准备？

（9）效果评估方面，学习效果用什么方式进行评估（测验、角色扮演等）？

（10）培训成果应用方面，采取哪些措施来保证培训的成果在今后的工作中有机会、有条件应用？

培训计划活动的结果是培训计划书。计划书的一个重要内容是对时间、场所、师资等培训资源的分配，如用表 6-6 来显示这种分配效果较好。

表 6-6   培训计划主要部分样例

课程内容	教师角色	学员角色	时间安排
KPI 指标设计的流程和方法介绍	宣讲	聆听	9：00～10：30
休息			10：30～10：45
研讨：如何确定 CSFs	辅导	练习	10：45～11：45
点评	讲解	聆听、修改	11：45～12：00
午餐、休息			12：00～13：00
绩效考核和管理及其结果的运用	宣讲	聆听	13：00～14：00
研讨：两者的区别，结果如何运用	辅导	分组讨论	14：00～14：30
休息			14：30～14：45
管理在绩效管理中的职责	宣讲	聆听	14：45～15：30
研讨：如何成为一名合格的绩效管理者	辅导、点评	讨论	15：30～16：00
结束	回答问题	提问	

二、培训课程的开发和选择

实现培训目标需要课程来支撑。课程可以由企业自己开发，也可以从外购买，更可以两者结合。

(一) 培训课程的开发

企业自己开发培训课程具有重要的意义。一方面，社会上流行的或知名企业开发的教材不能真正解决本企业的问题；另一方面，企业自身的经验教训对于组织的发展来说应该更有价值。通过课程开发的形式挖掘、整理企业员工在长期实践中积累的经验、体会和技能，有助于集体智慧的成形、固化和传播。

企业开发培训课程，建立自己的培训课程库的基本流程，如图 6-2 所示。

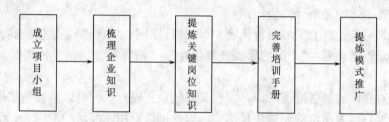

图 6-2 企业培训课程库的建立流程

资料来源：周桂花、高强：《如何建立企业的培训课程库》，《人力资源开发
与管理》（人大复印资料），2007 年第 9 期，第 69 页。

但企业在建立培训课程库时需要注意一些问题。首先，要注重对外部知识的借鉴和吸收。企业要有计划地引进和购买社会上优秀的教材和资料，并在知识提炼、讨论的过程中借鉴吸收。可以组织有关对教材进行改写和丰富化，使其更加适合企业的需要。其次，要重视培训课程的日常性完善工作。培训课程库建设是一个长期项目，需要不断地丰富和完善。新的知识、新的技能、新的经验、新的模式不断地在形成、变化，培训部门和项目小组要经常性地进行总结、整理、成形和推广的工作。另外，要营造分享文化的氛围，使员工愿意提供个人的知识、技能和经验与他人分享，形成良性的竞争环境。最后，要设立相应的企业制度来保障培训课程库的建设，如把员工的信息分享作为考核的一项指标，把下级的成长情况列入上级的考核指标。

(二) 培训课程的选择

选择培训课程有多种途径。原则上说，培训课程应该支撑培训项目的具体目标。如果某一项目的培训目标制定得相当具体、明确且内在结构符合逻辑，那么，只要将这些目标组合或分解一下就可以转化成培训课程。大的、宏观的培训目标也许需要几门课程来支撑；一门课程也许能满足几个或较多个小的、具体的培训目标。只要我们对课程和培训目标有一定的了解，选择适当和匹配的培训课程不会有太大的困难。在实践中，常常出现这种情况，课程的名称与课程的内容不一致；一门课程有几种名称；几种区别较大的课程有一个共同的名称。这些情况常常导致课程与培训目标的错位。为了避免或缓解这种情况，我们的培训项目开发和设计就要注意了解各种培训课程的具体内容，并经常收集课程实施后的反馈信息，不断地调整课程设计，使其不断接近培训目标的要求。

查阅工作岗位的任职要求是选择培训课程的一个简单易行的方法。

某高科技企业准备推出以新上岗的销售代表为目标学员的专业技能培训，如何确定培训的课程和内容呢？

首先是查阅该岗位工作说明书中任职资格的内容。任职资格规定，任职者必须具备以下一些知识：

（1）熟悉所销售产品的特性，具备一定的电源专业知识；

（2）熟悉用户采购程序；

（3）掌握产品销售实务和基本技巧；

（4）具备一定的经济合同法知识。

由于培训对象是新上岗的销售代表，可以假设以上知识都需要培训提高。这样，就可以基本设定以下课程："产品的形成及其特性"、"销售实务与销售技巧"、"经济合同法入门"等。

如果是对在岗的销售进行培训，课程又如何设置呢？我们可以将在岗培训看成是岗前培训的继续，因为岗位的要求还是这些。因此可以沿用岗前培训的课程，但在程度上可以加深，另外可以选择那些有变化的或问题比较大的方面进行培训。

三、培训教师的甄选和培训

培训教师是决定培训质量的关键因素。好的培训教师可以弥补培训项目和课程本身的一些缺陷；相反，不合格的培训教师将使一些项目和课程的效果大打折扣。

（一）培训教师的甄选

俗话说，能者为师。首先，作为培训教师，必须是其培训课程或内容方面的专家、能人，否则就会误人子弟。其次，培训教师必须善于将自己的所知所能告诉学生，能帮助学生更好、更省力地理解、掌握和运用知识。也就是说，培训教师能够准确、清晰地表达自己的思想，能抓住重点，循序渐进，能将复杂问题简单化、内在本质现象化、抽象问题具体化。最后，培训教师必须具备基本的职业道德，对学生负责、对主办单位负责，一旦承担了培训任务，就要积极投入，有始有终地将工作做好。

根据培训教师的基本素质、技能要求，我们在选聘培训教师时要注意几点：一是注意培训教师的专业、工作经历和岗位是否与培训内容对口。完全不对口的情况虽然很少发生，但部分错位的情况则很容易产生。现代科学技术分工日益深化，职业工作的分化程度也是前所未有的，不仅横向的领域越分越细，纵向的层次也越分越多。同样学习行政管理，可以抽象地讨论政治与行政的关系，也可以具体地训练秘书如何起草文档。所以，搜寻一位其专长完全适应培训需求的教师并不是一件简单的事。第二，教师必须具有教学能力。教师资格证可以帮助我们初步鉴定一个人的职业能力，但以前的培训经历和表现更可以说明问题。有些组织花了很多的精力和钱财请来了著名的专家，但学员反映并不好，这并非专家本身是"水货"，而是专家不等于教师，专家缺乏教学能力是很正常的。但如果我们请来的是著名的培训教师，那一般就不会出现表达沟通方面的问题。培训教师的职业道德水平比较容易把关，只要了解其以前的职业表现就可以了。

（二）培训教师的培训

培训教师的来源主要有两个：一是来自企业组织内部；二是来自企业组织外部。内部讲师和外部讲师有不同的短板，所以培训的重点也应不同。

来自于组织内部的讲师，对组织的背景十分了解，业务也没有问题，但毕竟不是专门的教师，缺乏课程设计、授课方式、组织教学等技能，因此，对其培训应集中在教学素质和技能方面，还可以鼓励这些内部讲师自学或业余外出进修一些教育学、心理学、沟通技巧等课程。人力资源部门也可以安排有经验的培训师对内部讲师进行培训，或组织他们参加一些经过精心选择的授课技巧较好教师开设的公开课。为了提高内部讲师的授课能力，人力资源部门可以组织内部讲师定期不定期地进行教学教研活动，如模拟授课或交流教学体会等。比较有效而方便的一种方法是，让企业重点培养的内部讲师作为外聘的资深培训师的助手，助手可以为外聘讲师准备企业内部的案例、素材，同时，认真学习外聘讲师的授课技能，以期在短期内较明显地提高自己的授课水平。

如果内部讲师无法满足培训的需求，就要聘用外部讲师。外聘讲师的优势在于，选择余地大，可根据需要选择不同档次的培训师；可带来全新的视角、理念、信息和风格；提高培训的档次；提高学员的兴趣；提高培训的效果。但对组织及其培训项目的性质不甚了解，教学的针对性不强是外聘教师的一个较难克服的普遍问题。

在现实的培训活动中，常常出现这种情况：听了外聘讲师的讲课，觉得很有兴趣，但事后仔细想想，却发觉没解决什么问题，或基本没有达到预期的结果。因为在规定的讲授题目下，外聘讲师的选择余地很大，外聘讲师总是自觉不自觉地将讲课的重点放在自己的特长或自己的兴趣上，而这与培训的目标往往不十分一致。为了弥补外部讲师对组织的情况不了解导致的培训针对性差的问题，对外聘讲师的培训应集中在介绍组织状况方面，包括公司战略、组织文化、核心价值观、组织的产品和服务、面临的主要问题和挑战，尤其是本培训项目推出的目的和目标，一定要通过反复的沟通使其有一个全面、准确、深刻的理解。

为外聘讲师配备助手是一个较好的解决问题的方法。通过助手，可以向外部讲师提供企业的背景资料；助手主动收集学员的意见并反馈给外聘讲师；助手还可以就外聘讲师的授课内容和方式提出自己的建议。

■ 第四节　培训效果的评估

培训效果评估是一个具体培训项目周期的终点，具有承上启下的作用。它判断培训项目的价值和质量，指导今后的培训投资和活动。

一、培训效果评估的含义与意义

培训效果评估的内涵丰富，对培训的投资方、组织方以及培训师和学员都具有特定的意义。

(一) 培训效果评估的含义

培训效果（training effectiveness）是培训活动给培训的对象、学员主管、培训组织部门和培训的投资方带来的正面效应。对于学员来说，通过培训，掌握了新的知识或提高了工作的技能；对于学员主管来说，通过培训，其下属的工作行为改善，绩效提高，使用起来更方便；对于培训的组织部门来说，每一期培训活动都是一次经验积累的过程，可以提高部门地位，带来部门利益；对于培训的投资方——组织来说，培训提高了产品或服务的数量和质量、提高了顾客的满意度或者留住了更多的骨干人才，也就是说，投资有了回报。

培训和培训效果之间没有必然的联系。有些培训没有效果甚至还有负面效应，或者说，有些培训在某些方面没有效果或有负面效应。例如，员工接受了新知识、新技能的培训后，由于工作中没有机会用，久而久之就荒废了；又如，培训机会的不公平，导致某些骨干员工情绪抵触，甚至跳槽。当然，绝大多数的培训都是有效果的，或者说正面效益大于负面影响。只要效用大于成本，培训依然是有效果的。更普遍的情况是，一个培训项目在这方面效果显著，在那方面则表现平平；有些培训项目投资回报率较高，有些则较低。为了了解一个具体培训项目有没有效果、有哪些效果、效果的程度如何，就需要进行培训效果的评估。

培训效果评估概念的内涵十分丰富，它至少包括谁来评估、评估什么、如何评估、为什么评估四个要素。根据对这四个要素的简要回答可以形成一个一般的培训效果评估的概念：针对一个具体的培训项目，培训的投资方或组织方等，通过系统地收集和分析资料，对培训效果的价值及其价值的程度、对培训质量的好坏高低等作出判断，其目的在于指导今后的培训决策和培训活动。

(二) 培训效果评估的意义

培训效果评估对于投资方、组织方、学员、学员主管和讲师的意义不完全相同。

（1）效果评估对培训投资方的意义：①了解投资收益率，指导今后的培训投资决策；②激励培训的组织者，控制培训的过程和效果。

（2）效果评估对培训组织方的意义：①显示培训工作的意义；②获得如何改进某个培训项目的信息；③激励和控制培训对象、培训教师的方式。

二、培训评估的层次

传统的培训评估主要根据柯克波特里克（Kirkpatrick）的四层次框架体系（four-level framework）来进行，如表6-7所示。

表 6-7　柯克波特里克框架体系

层次	标准	内容	要点
一	反应	受训者的直接感受	学员是否喜欢这个项目；进度、难度是否适中；讲授过程是否清楚、生动；是否愿意介绍朋友参加这个项目
二	学习	知识、技能的掌握程度	对新知识和新技能是一般地了解、能谈论还是系统全面地掌握，会用于实际问题的解决
三	行为	工作行为的改进程度	是否学会和习惯了新的工作行为；不良工作行为是否消除或减少
四	结果	工作业绩的提高程度	生产效率提高了多少；成本下降了多少；次品率下降了多少

（一）反应

反应层次的评估最容易进行，在培训工作结束、学员返回工作岗位之前就可以进行并完成。这一层次的评估可以是了解学员对培训项目的总的感觉和评价，也可以对一个个具体的维度打分。前者如询问学员，你觉得这个项目有意义吗，你觉得这个讲师的水平如何等。这种评估容易以偏概全，主观性强，因此需要较具体的评估给予补充。后者如设计问卷调查或召开座谈会，对项目的针对性、理论的深度和难度、学员参与教学的程度、讲课的清晰和生动、教师和管理的工作态度等给予具体打分，并进行横向和纵向的比较与分析。为了保证评估工作的客观性、全面性和公正性，无论是设计问卷还是确定座谈会的提纲，都要注意封闭式和开放式题目或问题的结合，使评估工作既围绕着评估计划进行，又使对方具有自主发挥的余地，发现预料之外的问题。

（二）学习

学习层次的评估主要是了解学员"知"和"会"的程度，和反应层次一样，它通常在培训项目结束、学员回到工作岗位之前进行并完成。至于学员能否将"知"和"会"转化为工作行为和工作绩效，还取决于其他的一些条件，这是第三、第四层次的评估所要解决的问题。

学习层次的评估方法有考试、演示、讲演、讨论和角色扮演等多种方式。不同的培训项目和培训科目适用不同的评估方法。

学习层次的评估需要在培训开始前就告知学员和教师，使他们早有准备，并促使其努力学习和教学，以提高培训的质量。

一般来说，这一层次的评估通常会产生一个确切的成绩，但千万不能过分看重这个成绩。一是因为测试学本身是在完善的过程之中；二是由于考卷的设计等本身也会有这样或那样的问题，更是因为"知"和"会"的程度与工作行为和工作绩效没有必然的联系。

（三）行为

经过培训后，学员的工作行为是否和多大程度接近了培训的目标，这是一种更实在的评估，因为它和工作绩效的改善、组织目标的实现关系更紧密。高层领导和学员的直接主管更看重这一层次的培训效果。能够对这一层次的培训效果作出一个客观的、有说服力的评价，可以直接影响高层领导对培训工作的态度，决定了组织是加大对某个项目的培训力度还是放弃或减少对某个项目的投资。

行为层次的评估通常要在培训活动结束一段时间后才能进行。评估需要全方位的进行，可以直接观察学员的工作行为，可以倾听学员主管的评价，也可以让学员的客户、同事对学员的工作行为的改变提出自己的看法。由于评价主体比较广泛，这一层次的评价工作相当费力，需要方方面面的配合，不确定性较大，评价的结果有时很难统一，甚至相互矛盾。

在对学员的行为进行评估时，需要注意以下一些问题：

（1）员工行为的改变是多种原因综合作用的结果，注意剔除非培训因素的影响。

（2）注意选择合适的评价时间，即在培训结束后多久来进行评估。间隔时间太短，培训内容转化为工作行为的过程还未完成；间隔时间过长，影响的因素太多，使评估的难度增大。

（3）充分利用咨询公司的力量。这个层次的评估比较复杂和专业，组织的人力资源部门要懂得借力，没有必要事事自给自足。

（四）结果

将组织的高层领导或学员主管最关心的工作指标作为培训评估的维度，这就是终极意义上的结果层面上的评估。这样的评估更直截了当，更能说明问题，更影响组织高层领导对于培训的态度和行为。

企业组织的领导通常关注的可度量的工作指标包括产品质量、数量、工作安全、销售额、成本、利润、投资回报率。如果有数据和事实说明培训与事故率的下降、销售额的提高等有必然的联系，那么就可以确切地得出培训的投资收益率。因为事故率的下降避免的企业的经济损失是可以计算出来的，销售额的扩大所带来的经济收益也是可以计算出来的，而培训的成本通常也是实实在在的，可以统计的。

要注意的是，结果层面的评估需要培训结束后经历一个相对完整的周期后才能进行。随意选择评估的时段会使评估结果毫无意义。同时，工作结果的改善也通常是多种因素共同作用的结果，要区分出哪些成果是培训带来的，不是一件容易的事情。

结果层次的评估人们刚刚开始尝试，这方面的技术和经验还相当缺乏。另外，结果层次的评估有自己的适用范围，如质量管理和安全管理的培训项目。而有些培训项目则不适用或无法用结果层次的评估方法。小心地选择合适的培训项目进行结果层面的评估，是维护评估工作信誉的可行而有效的方法。

三、培训效果的经济价值分析

培训效果的经济价值分析属于结果评估，是结果评估的最高形式。它考察培训给组织带来的用经济形式表示的收益程度。

投资回报分析（return on investment，ROI）的优点是，它以一个数字的形式综合了所有重要的和可能的部分，并且，ROI数据可以和公司其他的内外投资相比较，因为简单，它得到了广泛的采用。

作 ROI 分析的前提是确定培训成本和收益。

（一）成本分析

培训成本的估计可以采用奎因（Quinn）等人提出的资源需要模型（resource requirement model）来衡量。该模型从培训在不同阶段所要求的资源来确定培训所花费的成本，如某一多媒体远程教育的培训项目的成本分析，如表 6-8 所示。

表 6-8 某一多媒体远程教育的培训项目的成本分析

阶段	费用	场地设施费用	设备材料费用
培训前（设计）	培训需求分析 开发课程 计划项目 技术支持 更多的准备时间	办公室 电话 传真	计算机/扫描仪/网络 培训教案 胶片等 印刷、复制
培训中（实施）	讲师费用 学员工资成本 差旅费 离开工作的时间 多媒体远程教学	可视电话会议室 培训设备 电子设备	网络传输 投影 录像机 计算机/网络 培训讲义
培训后（评估反馈）	设计问卷 追踪访谈 数据收集和分析 评估报告	办公室 电话 计算机/网络	测验 问卷 计算机/网络

（二）收益分析

收益分析的通常做法是：

（1）通过以往研究和培训记录，确定培训的收益。

（2）在公司范围内进行小样本的试验，来确定某一培训可能带来的收益。

（3）通过观察培训后绩效特别突出的员工，来分析培训的收益（往往与生产力的提高、事故的减少、离职率的降低有关）。

培训效果收益的货币核算方法主要有两种：一是以绩效的改进、节约的成本、避免的损失作为收益；二是直接衡量业绩提高带来的经济收益。

营利性产出的增加，如产量指标中的生产、制造、销售等数量的增加，可直接利用经营记录来确定增加的经济收益；质量指标的改进，如废品率降低，改进的价值相当于提高相应数量的合格产出，服务时间的缩短意味着服务量的增加。

非营利性产出的增加，如在同等时间内、不增加成本的条件，多受理了一份申请，工作量增加的结果相当于节省了处理一份申请所需的成本，可作为工作效率提高的收益；质量指标的改进如返修率降低，改进的价值相当于维修或更换产品的成本；事故数量的减少，可利用企业记录，计算一次事故的平均成本，以此为基础核算改进价值；时间节约的价值，可用节约的时间乘以学员的平均工资和福利计算；员工流失率的降低意味着避免了员工流失成本的损失，流失成本包括新员工招聘、上岗培训、培训期间损失的生产力、工作质量损失和管理处理员工流失花费的时间等方面的成本。

（三）计算投资回报

计算投资回报的公式如下：

$$培训的投资回报率 ROI = 收益 / 培训的成本 \times 100\%$$

下面以举例的方式加以说明。

20 世纪 80 年代，某公司发现员工的离职率居高不下，通过调查分析，发现主要原因是忽略了新员工进来时的培训。为此，公司制定了新的导向培训计划，并希望通过这个项目，将项目实施后前 3 年的职工主动离职率减少 17%。2 年后，公司发现新员工中的主动离职率降低了 69%。公司估算投资回报率如表 6-9 所示。

表 6-9　公司估算投资回报率

收益分析	成本分析	投资回报率
3 年内主动离职率降低了 17%：852 万美元	培训成本：第 1 年为 171 万美元	第 1 年 ROI＝（852＋489）/171＝784%
掌握技能时间从 6 个月减少到 5 个月：489 万美元	第 2 年为 95 万美元	第 2 年 ROI＝（852＋489）/95＝1412%

于是，降低的主动离职率的收益通过估算招募新员工的成本来计算：收益＝过去三年中的平均离职人数×17%×招募新员工的成本。

掌握技能时间缩短的收益通过工资的折扣来计算：收益＝65%平均月工资×每年的新招工人数。

本 章 小 结

员工培训与开发是组织为了使员工获得或提高与当前或未来工作有关的知识、技能、态度和行为，所做的系统的、有计划的活动的总和。员工培训开发是战略性人力资源管理的重要组成部分。现代培训和开发的特征包括：注重将培训目标与组织的长远发展和战略思路相联系；更注重员工自我发展，结合员工的职业生涯规划；培训的内容从特定的岗位技能、知识拓展到更广泛的领域；培训的对象延伸到了组织的外部。全方位的持续的培训系统、公司大学进一步发展、培训外包不断成熟和培训手段的高新技术化是员工培训的发展趋势。培训开发为了扮演好自己的职业角色，需要提高职业素质并接受相关的培训。

培训需求分析是组织的人力资源培训和开发在组织高层领导及其他部门的配合下，通过收集和分析有关信息，确定现有绩效水平与应有绩效水平的差距，寻找产生差距的原因，并进一步从这些原因中找到那些可以通过培训来解决的员工态度、能力、知识和技能方面的问题，为进一步开展培训活动提供依据。需求分析是培训开发工作的开端和基础，可以从组织、工作、员工等不同层面进行。培训需求分析的基本思路包括缺口分析法、任务技能分析法和胜任力模型分析法。实现思路需要方法的支持。了解发生培训需求的通常情景和培训需求分析中的常见误区有助于作好需求分析。

培训项目设计的一个首先任务是确定培训目标，其基本要求是明确、具体，便于考核。培训的项目计划是围绕培训的目标对培训时间、地点、培训者、培训对象、培训方式和培训内容进行预先的系统设计。企业自己开发培训课程具有重要的意义。选择培训课程有一些方式和原则可以遵循。培训教师是决定培训质量的关键因素，在专业知识、讲授技能和职业道德方面必须有基本要求。内部讲师和外部讲师的短板不同，所以培训的重点也应不同。

培训效果评估内涵丰富，对培训的投资方、组织方以及培训师和学员都具有特定的意义。培训效果评估可以依次从反应、学习、行为、结果层面进行。培训效果的经济价值分析是结果评估的最高形式，其中培训成本的估计可以采用奎因的资源需要模型，常见的培训效果收益的货币核算方法也应掌握。

➤ 本章思考题

1. 现代员工培训的特征是什么？发展趋势如何？
2. 实践中，培训需求分析的常见误区有哪些？
3. 请写出企业开发培训课程，建立自己的培训课程库的基本流程。
4. 内部讲师和外部讲师各自的特征是什么？对其培训如何区别对待？
5. 培训评估可以从哪些层面展开？

➤ 本章参考文献

1. 〔美〕加里·德斯勒：《人力资源管理》，第 6 版，中国人民大学出版社，2001 年
2. 〔美〕戴维·沃尔里奇：《人力资源教程》，新华出版社，2000 年
3. 孙海法：《现代企业人力资源管理》，中山大学出版社，2002 年
4. 石金涛：《培训与开发》，中国人民大学出版社，2003 年
5. 徐芳：《培训与开发 理论及技术》，复旦大学出版社，2005 年
6. 〔澳〕Perry Zeus，Suzanne Skiffington：《人力资源训练完全指南》，王莉等译，电子工业出版社，2002 年

第七章

经理人员开发

引导案例

"为世界装上轮子"的人①

1863年，亨利·福特生于美国迪尔伯恩市附近的一个农场。

1896～1899年，没有受过高等教育的亨利·福特先后在底特律创办底特律汽车公司和福特汽车公司。由于管理问题，二次创业均告失败。

1903年，福特汽车公司成立。公司卖出第一部汽车——A型车。亨利·福特再度创业时，聘请了库兹恩斯担任公司总经理，实行了财产所有权与经营控制权的分离。这是现代公司制的一次质的飞跃。库兹恩斯熟谙汽车工业，又精通管理。他走马上任之后，实施了一系列切实有效的改革措施：第一，严把质量关，质量是企业的生命；第二，着手市场调研，研究消费者的需求；第三，精心运作广告策略，每次只将新款车的部分式样展示给消费者，激起了市场一层又一层的好奇心，达到一鸣惊人的效果；第四，建立经销商制度，加强双方信息交流，及时沟通共同打造汽车市场；第五，为提高工作效率，建成了世界上第一条汽车装配流水线。作为高级经理人员，库兹恩斯的改革取得了极大成功。

1908年，福特公司推出世界上第一辆属于普通百姓的T型车。

1913年，T型车的价格由最初的每辆780美元降至290美元，极限降至每辆260美元，这为在美国逐步普及汽车立下了汗马功劳。

1914年1月5日，福特公司宣布向工人支付8小时5美元的工资（当时为9小时2.34美元的工资），这一措施将意味着福特公司全年利润的50%分配给了工人，大大缓解了福特公司员工劳动强度，以及员工内心深处的积怨，并激起了工人极大的工作热

---

① 《"为世界装上轮子"的人》，《文汇报》，2003年6月18日。

情，更赢得了其他公司的优秀员工加入到福特行列。亨利·福特的这一创举，使美国工人的生活发生了革命性的变革，一个工人要不了几年，就可以凭借其出色的工作购买到福特汽车。亨利·福特的目光已经瞄准了未来的市场。

1915 年，第一百万辆福特车下线。与此同时，这位聪明的发明家，也是一位古怪而吝啬的商人，在成就了美国第一汽车大王之后，同年辞退了库兹恩斯，重新实行他的家长制的管理，放弃了二权分离的"经理制"模式，不再容忍局外人插足其家族事业。

从 1919 年至 1943 年，亨利·福特的儿子埃德塞尔·福特担任公司总裁，继续沿袭其父的管理经验，并于 1921 年在老福特的授意下，辞退了 30 余名经理人员。埃德塞尔·福特最大的贡献是使福特汽车的款式、色彩发生了革命性的变化。"永远是黑色的"福特车有了自己的彩色车型了。福特新款彩色车重新吸引了无数消费者，并使公司在艰难的经营中突现亮色，经营现状大为改观。

1922 年，福特公司收购了林肯汽车公司。

1927 年，亨利·福特、埃德塞尔·福特亲自将 1500 万辆 T 型车开下装配线，正式结束 T 型车的生产。T 型车共计生产 15 458 781 辆。

1941 年，福特公司为美军方生产第一部多用途汽车（GP 车，即吉普车）。

1943 年，正当福特公司濒临倒闭时，埃德塞尔·福特突然去世，年仅 49 岁。亨利·福特重新执掌大权。大多数美国人都知道，造成福特公司走向崩溃边缘的就是亨利·福特自己。亨利·福特独揽公司的一切，取消了经理制。公司的高级人员不过是虚设的组织形式，或不如说是他的"私人秘书"。这样，一些富有经验的管理人员纷纷离职，到第二次世界大战结束时，福特汽车公司处在奄奄一息的死亡边缘。福特汽车公司的命运到底如何呢？

1945 年，亨利·福特二世，即埃德塞尔·福特 4 个孩子中的老大——小亨利·福特接任总裁职务。临危受命，受过高等教育的亨利·福特二世对于自己和自己的公司的处境是很清楚的，他的最明智的决定就是打破福特公司原有的家族统治的传统，开始从外界聘请一些能干的人才出任公司的经理，而且，在实际工作中向他们提供各种有关资料。他父亲和祖父管理公司的时候，有关的资料只保留给自己或本家族人。现在，由于重金聘任通用汽车公司的副总裁欧内斯·布里奇，由他负责公司的全面业务，有充分的权力作出各种必要的决定，公司开始走上复兴之路。布里奇具有高超的管理能力，他使整个公司的组织机构发生了根本的变化。集权制改为分权制。全公司分成 15 个自治的部门，每一个部门的经理全权负责本部门的工作，并可能根据本部门的需要和具体情况作出各种决定。由于布里奇的影响力，通用汽车公司的克鲁索以及其他公司的十几位才华出众的年轻人，包括后来出任美国国防部部长的麦克纳马拉等高级管理人才聚集在小亨利周围。经过十多年努力，福特公司发展成为美国最大的汽车公司之一。

1947 年，被尊称为"为世界装上轮子"的人——亨利·福特在迪尔佰恩美景街宅中去世，享年 83 岁。小亨利在家族事业巅峰之际，也许是家族性格的遗传因素，他又重走了祖父的老路，依然辞退了布里奇等高级管理人才，使福特公司又陷入困境。小亨利执掌大权前后整整 35 年，他的贡献就是有胆略和有能力全面采纳通用汽车公司的经营管理经验，使一家濒于失败的大公司重新恢复了往日的生机。1987年小亨利去世，终年70年。

1999年，46岁的比尔·福特出任福特公司的第四代掌门人，聘请杰克·纳塞尔任总裁兼首席执行官。

2001年，比尔·福特自任总裁、总经理。与中国长安汽车有限公司合作，开发中国环保车市场。与此同时30万福特公司的在岗与退休职工的收入和福利有了改善。福特公司成功的秘诀只有一个：尽力了解人们的内心需求，用最好的材料，由最好的经理人和员工，为大众制造人人买得起的车。

2003年6月16日，在一个世纪之后，全球汽车第二大巨头美国福特公司迎来了一百周年的纪念日。当时有分析家认为，三大汽车公司（福特、通用、克莱斯勒）在未来10年中将有一家被淘汰。可谁也没有想到仅仅到了2008年9月，这场世界金融危机就这么快来临了，三大汽车公司除福特坚持活下来外，其余均告破产保护，或成立新公司，或改换门庭。

福特是唯一没有拿政府救济款的汽车制造企业。事后福特董事会主席比尔·福特说，"保持独立对企业有很多好处。福特在许多人心中是能够自己解决问题的企业，我们必须保持这样的形象。"福特品牌的市场号召力，以及拥有过硬的、全球最为领先的汽车制造技术是福特的百年之道。由此可见，福特家族的未来汽车事业虽征程漫漫，但危机之后必定是光辉灿烂的明天。

讨论题：

1. 福特公司的经营理念是什么？
2. 福特公司的成败说明了什么？
3. 经历了2008年世界金融危机后的福特公司，对美国及世界汽车工业有何重大启示？

■ 第一节　经理人员概述

1954年，彼得·德鲁克在《管理的实践》一书中预言：管理人员是工业化社会中独特的和领导性的群体，本世纪以来，几乎还没有任何一种新的基本力量、新的领导阶层能够像管理人员一样迅速成长。这一阶层一旦崛起，很快会成为工业化社会中的中坚力量。半个世纪以后，可以说21世纪最具吸引力的职业就是职业经理人。

职业经理人一开始是西方企业管理的产物，发展到今天的经济全球化阶段，社会要求和各国经济发展必定需要大量拥有高新知识的高科技人才和综合型的管理人才，这是21世纪社会发展的必然结果。高级经理人才的开发是一种特殊而又最可靠的战略资源。从企业产生的时刻起，企业的竞争就与经理人员的素质密切相关。经理人员组成了企业结构的神经系统，他们成为组织能否达到目标的决定性因素。因此，经理人员的开发对于现代企业发展影响重大。

一、经理人员概念

21世纪的竞争归根到底是人才的竞争。究竟是什么样的人影响企业的发展战略，或者说是企业应该大力招聘、培养与留住的人才？从国外企业管理实践中找到的答案就是经理人，特别是职业经理人（CEO）。

18世纪70年代，由于技术和市场规模的日益扩大，当经济活动的规模足以使管理的协调比市场的协调具有更高的效率、更有利可图时，执行这一经济功能的经理人员在美国的市场经济中开始担任指挥重任，支薪经理由此诞生。最早的经理人员管理的是铁路公司和电报公司。

职业经理人是以专业管理能力，协助企业拥有者进行经营管理职责的人，其对于现代企业的运作能力，必须使委托他的股东们能够获得高度的信赖与应有的回报。

按照管理人员在组织中的职位，经理人员可划分为决策层经理人员、中间层经理人员和操作层经理人员。决策层经理人员包括最高层的董事长、总裁、总经理以及其他高级管理人才。他们根据企业外部、内部环境的要求，制定企业总体发展战略。中间层经理人员一般由工厂经理、部门经理等组成，他们主要起到承上启下的作用，贯彻决策层的战略意图，并积极提供各种可行性方案供决策层考虑。操作层经理人员包括工段长、车间主管和其他职能部门的基层主管人员，负责日常管理事务。他们是企业管理的基础力量，是第一线的组织者。

二、经理人员的发展轨迹

自首批经理人面世至今，职业经理人的成长、发展已有160余年的历史，其队伍建设、组织构架等也经历了变化和完善，大致可分为三个阶段。

（一）初创期

自1841年世界上第一批职业经理人诞生到1925年美国管理协会成立，是经理人队伍初创和早期发展阶段。随着企业资产的所有权和经营权逐步分离，为追求企业利润的最大化和持续化，企业经营一般都采取公司制运作模式，聘用专业性经理人来经营管理，经理人的地位和作用不断显现，其价值身份和经营效应逐步得到社会认可。

（二）发展成长期

经20世纪30年代的经济大萧条和第二次世界大战的双重打击，世界经济一度陷入低谷，但没有多久，战后国际秩序重建，很快推动世界经济出现了一波新的高潮。尤其是20世纪60年代和70年代，现代企业制度的法律框架和机制安排逐步明确，职业经理人的制度化建设加快，越来越多的经理人立志以经营管理为终身职业。以哈佛大学管理学院为代表的管理学院在众多著名大学也相继建立。

（三）调整完善期

20世纪80年代以来，跨国公司越来越成为经济增长的主导力量，加之信息技术、计算机网络的推广与普及，都对职业经理人的素质、能力提出了更高的要求。与此同时，职业经理人卷入"金融腐败"、"财务危机"所导致的企业破产的案件也日益增多，这引起了政府、业界的反省，纷纷采取实际的行动和措施，加大、加快了职业经理人制度建设。其中包括一些全球性"联盟"以制定"国际标准"的形式来规范职业经理人的资格认证和行为规范，这为发展中的中国正在积极开展的职业经理人队伍建设，提供了有益的借鉴。

三、经理人员的职能

卡内基的墓志铭上有这样一句话："这里躺着一个人，他懂得如何让比他聪明的人更开心。"职业经理人就是要做正确的事，其职能的重要性非同一般。

（一）社会学派的职能观

作为社会系统学派的代表人物，切斯特·巴纳德在1938年所著的《经理人员的职能》一书中指出："经理人员的职能同组织的活力和持续所必需的所有工作有关，至少在组织必须通过正式的协调运营时是这样。经理人员的职能是维持一个协作努力的体系。经理人员的职能是非个人的。"经理人员是组织（或协作系统）的一部分。他提出效力与效率两个概念。效力是指系统能够成功地实现组织目标，效率是指系统成员个人目标的满足程度。个人目标满足的程度直接影响到个人效率和组织效率。他认为今后经理人员的职能主要包括：第一，维持组织的信息联系（岗位匹配）；第二，从组织成员处建立协作关系并获得必要的服务；第三，设立组织的目标并有效实施。巴纳德以为，只有将组织的目标与组织成员的个人需要结合起来，才能完成企业的愿景。

（二）经验学派的职能观

德鲁克在组织结构中谈到，作为经理人员，必须执行两项职能：

第一项职能是经理人员必须建立一支有活力的团队，合理使用资源（人员、设备、原料等），协调股东、客户、社会、员工冲突，创造出一个大于其各组成部分总和的真正的富有成效的整体；

第二项职能是经理人员必须权衡长远利益与短期利益，将这两项利益协调起来，对整个企业的发展目标，制定切实可行的策略。

（三）21世纪的经理人员职能观

（1）制定目标。一个经理人首先要制定目标。组织的长远目标是什么？什么战略能够最好地实现这些目标？组织的短期目标是什么？组织和个人实现的目标的困难程度有多大？他把这些目标告诉那些同目标的实现有关的人员，以便目标得以有效地实现。

（2）组织工作。从一定意义上说，经理人所从事的就是组织工作。他分析所需的各项活动、决策和关系，包括工作的内部关系和外部关系的合作联系、工作职责的重要性程度、员工发展状况以及对任职员工的素质要求等。这要求经理人员有正直的品格。

（3）建立信息交流平台。由于信息交流只有通过人的中介才能实现，因此，建立和维系系统平台的问题，应把经理人员和管理职业这两个方面集合起来。经理人员不仅仅依存于整个组织，而且还依存于管理职位是否能够获得各种服务，通过员工提升、降级和解雇来提高效率的控制技术。增加信息交流的手段而减少正式决策的必要性，以减少不利影响，最终促进目标的快速实现。

（4）激励与沟通。作为经理人，他一定要明晰员工的需求并要不断培训员工，为他们提供有挑战性和趣味性的工作。行为激励包括：①生活上的行为激励，有福同享，有苦同尝，有难同当；②工作上的行为激励。领导做出榜样是最有效的工作方法；③态度上的行为激励。积极的态度有利于事态向正值发展。物质激励，如提供高薪丰厚的退休金、股份分配等，关键是满足人的升值潜力和期望值。更为重要的是，身为经理人，一定要相信员工并公平地对待他们。

除激励以外，一个经理人还要做好沟通工作。他要把担任各项任务的人组织成为一个团队，如通过日常的工作实践，通过员工关系，通过有关报酬、安置和提升的"认识决定"，通过同其下级间经常的相互信息交流和沟通。

四、经理人员的几种角色

职业经理人的基本素质包括专业知识，对政策法规、法律、商业运作、产品开发、科技、管理理念等知识的储备；敬业精神，能否乐观向上，奉公守法，保守机密，并能与他人合作，积极培养下属；熟练技能，具备思维能力、组织能力、绩效管理能力等。

经理理论产生于 20 世纪 90 年代。代表人物为加拿大的亨利·明茨伯格。经理的角色即指经理人员的职责或职位的定位。作为企业的经理人员，他面临有竞争者、供应商、客户群、替代品等诸多力量构成的复杂环境以及企业内外环境的互相作用，这使得经理人员的角色产生不必要的混乱和冲突。因此，要做好经理人员分内的工作，必须扮演好管理者角色。经理人员有十大角色，共分为三大类。

（一）人际关系角色

（1）名誉领袖。出席公司的各种性质的会议仪式、公司活动以树立本公司在社会大众面前的整体形象，并得到部属员工的认同。

（2）领导人。企业的决策者必须有战略眼光，根据内、外部环境的变化，决断企业发展中带有全局性的根本性问题。决策活动最能体现领导者的特征。在决策活动中，经理人员通过"谋"和"断"两大职能来决定组织中的重大问题，必须给部属们以灯塔的亮光，指明前进的方向。

（3）联络人。包括公司直线指挥系统与公司的关系企业之间的关系，且扩展到各个产业协会，各市府部门间的接触。要建立足够流畅的信息交流平台以免失去联系。

（二）情报角色

（1）侦探。走出办公室，尽可能了解周围发生的事情的细节，解剖问题，仔细观察、分析，然后还原，以开诚布公的态度应对各类事物。这种研究对调查工作中存在问题的原因特别重要，同时从这些资料的细节中更可看出目标及方法是否正确，要对事物有相当的灵敏度才可胜任。

（2）传播者。经理人员对于周围事物的变化比他们的部属了解更多，要让他们知道"什么人知道什么事和什么时间"。经理人员的时间必须集中在如何保持组织内高度工作效率上。特别是在能力不足的部门，经理人员尤其要调动一切积极因素以使工作符合自己的目标，同时又符合企业的战略目标。从企业的实践结果看，经理人员必须知晓部属对于情报需要的迫切性和核对自己的命令以被人歪曲。当然，经理人员要为部门创造良好的工作环境，尽可能提供升职机会以及其他具有发展潜力的条件。

（3）发言者。如同新闻发言人一般，该角色必须将经理人员所负责的工作群体的情报正式对外（上司、社会、共总、社会媒体）正确发布，这是一项实质性的工作。经理人员必须高瞻远瞩，具备战略家、演说家、评论家的睿智，不断阐述企业创新理念，引导员工和社会大众形成正确的价值观，加强凝聚力，并更广泛地传播自己的企业文化，正如案例中福特董事会主席比尔·福特在金融危机来临时所表现的"我们必须保持这样的形象"那样。

（三）决策角色

（1）企业家。企业（enterprise）、企业家（entrepreneur）、新经济形态（e-business）的有效结合，是 21 世纪企业的主导模式。一个企业的运转不是一个人说话，而是要建立一套机制、流程，即制度，让企业能够自我运转。作为一个企业家，最重要的工作是发现人才，选拔人才，培养一个优秀的管理团队，为企业建立一个高效的组织。因此，经理人员必须随着外部环境的变化而对组织加以灵活调整。经理人员在组织中的位置越高，所承载的使命也就越艰巨。他必须全方位应对突如其来的变化，率领整个组织信心百倍，破浪前行。

（2）危机管理者。通用汽车的史隆曾经说过："意见相左甚至冲突是必要的，也是非常受欢迎的事。如果没有意见纷争与冲突，组织就无法相互了解；没有理解，只会作出错误的决定。"这种推动和改进工作或有利于团队成员进取的冲突，对团队建设和提高团队效率有积极的作用，它增加团队成员的才干和能力，并对组织的问题提供诊断资讯。当然，在组织结构中所谓的"红脸"和"白脸"，必须快速而有效地解决扰乱者，但在教育技巧上应把握分寸。

（3）资源分配者。该职责包括"谁应得到什么以及得到多少"的决策问题。现代的经理人员致力于系统制度的建立，并借此与企业组织内各部门保持密切的联系。经理人员作为考核工作绩效及配合进度的依据，可决定哪些资料是他所需要的，并订立一种有关成本、质量及生产的标准以此了解人员、设备、补给和输出或生产的最新情况。这就要求经理人员必须备有足够的资源、明确的分配标准，以先后次序予以分配。

（4）谈判者。随着现代组织结构的扁平化程度不断发展，权力下授，各阶层管理人员越来越需要谈判的技巧。

五、经理人团队

一个人能够创建一个公司，但一个人不可能推动整个组织事业的发展。

一个组织的发展前途，从终极意义上讲是取决于经理集团的发展趋势。纵观西方工商业的历史发展，我们不难看到，要选择一个或少数几个好经理并不难，但要组织一个高效率、高标准的经理团队却不容易，尤其是培养出长期的、稳定的、强有力的经理团体更是困难。由案例中百年福特的沉沉浮浮可见一斑，福特汽车公司从一个势力雄厚的大企业渐渐沦为一个举步维艰的企业，又从濒临衰败的状态逐渐扭转残局并爬出沼泽获得生机。从 20 世纪初到 20 世纪 40 年代，亨利·福特开创的福特汽车公司有时是一家实行家长制的作风的"私人公司"，由老福特一人独断专行；有时有强悍的经理团队主持大局，开拓市场。在第二次世界大战以后，如果不是亨利·福特二世从竞争对手通用汽车公司那里学得一套经理制管理的话，也许我们也看不到福特公司的百年盛典。福特公司从忽视经理团队作用、取消经理制的家长制式统治方法改变为重视组织作用，放心让经理团队去经营管理的过程，正好应验了现代企业制度的发展方向：经理阶层的职业化过程。

彼得·杜拉克认为，知识生产力已经成为生产力、竞争力和经济成就的关键。知识已经成为首要产业，这种产业为经济提供必要的和重要的生产资源。作为组织结构中最活跃的经理团队，更应该清醒地意识到，必须有比竞争对手学得更快的能力。

第二节 经理人员的修炼

回顾唐骏 10 多年来的职业生涯发展，一个成功的职业经理人形象跃然纸上。时间定格在 1994 年 10 月 17 日的西雅图。那天，唐骏来到微软总部参加面试。从早上 9 点到下午 5 点，每一个小时面试一个人，一共 8 个人。最终他们互相选择了对方。由此，唐骏开始了人生职场的第一跨。2001 年，由于工作成绩显著，唐骏再一次获得微软公司的最高荣誉——比尔·盖茨总裁杰出贡献奖，唐骏是第一位也是唯一一位两次获得这一最高荣誉的人。2002 年 3 月，他就任微软（中国）总裁。从一个微软的普通程序员做起，仅用 8 年时间唐骏渐渐成长为微软中国区总裁。不久之后的 2004 年，唐骏出任盛大总裁。仅 3 个月有余，盛大在纳斯达克成功上市。"学习盛大、了解盛大、融入盛大"是唐骏迅速与盛大团队融合的法宝。

2008 年 4 月 5 日，市场发布唐骏以 10 亿元身价忽然投向新华都。新华都一夜之间风光无限。唐骏的目标是在一到两年内，把新华都打造成中国最具影响力的民营企业之一。唐骏在接受媒体时坦言自己很喜欢职业经理人职业。纵观唐骏的三次亮丽转身，引来市场的颇多感慨。一是微软的比尔·盖茨在唐骏离职后特别写信表示感谢，并授予其"微软（中国）终身荣誉总裁"；二是盛大总裁陈天桥特意在唐骏加盟新华都后发来祝贺信。耐人寻味的是，传统意义上的跳槽不是你错就是他错，或者双方怒目相视，或行同路人，而唐骏却是例外。"我觉得一个成功的职业经理人首先要给企业带来价值，这个企业无论是上市公司还是非上市公司，你能给这个企业带来什么样的价值，这一点是最重要的。因为价值是体现职业经理人最重要的一个环节。同时，你的职业精神或者是职业道德是否被你的员工，被你的企业所认同也非常重要。"唐骏的独门秘诀就是这样直白。

一、经理人员的习惯

从世界范围的企业实践以及我国改革开放短短 30 余年的发展轨迹看，一个社会的经济快速、平稳、健康发展，与当时的社会诸多因素密切相关。以企业的经理人员身份来说，这群特殊的管理者在市场环境平稳的状况下，他们的职业操守以及个人习惯可能影响整个企业的发展方向，更有可能影响到国家的相关的产业政策和人力资源政策。因此，对经理人员的习惯必须加以审慎规定，以其自律和行业规范令其自觉维护。在一般意义上，我们以为经理人员的习惯可从以下几个方面加以考察：

（1）终生学习的态度。所谓活到老，学到老。持续的学习能力是一个很好的考量。唐骏的成功与其早年的艰辛学习、创业经验息息相关。

（2）善于利用时间。时间是世间唯一不可挽回的东西，效率就是最好的例证。只有充分利用好时间，才有可能完成既定的战略规划。

（3）保持健康的体魄。身体的本钱是难以复制的，旺盛的精力是必须的，如同生命在于运动一般。同时对事物的正确判断也需要一个强健的体魄。

（4）及时掌握信息反馈。互联网的高速发展，每时每刻都会发生许多意想不到的事情，危机管理意识最为重要。在2008年9月的全球金融危机来临前，可以说马云的神经是异乎敏感的，他在2008年的5月就提出"过冬"的观点，并积极应对可能出现的危机，事实也证明了他的正确性。

（5）时时自我反省，知己知彼。少犯错误，在不断自我总结中净化个人的能力，达到个人、企业、社会的共赢。

如果从传统组织与21世纪经理人团队组织之间的一些主要差异来考察，我们发现成功者与失败者之间的差别，就在于成功者每每习惯踏踏实实地做事。如表7-1所示。

表 7-1　传统组织与经理人团队的主要差异

传统组织	经理人团队
管理者拟订计划与决策	管理者与团队成员共同拟订计划与决策
项目内容单一	项目工作需要较广泛的技能与综合知识系统
对非管理者的训练着重在短期利益方面，技术要求紧迫	要求所有员工注重人际沟通、服务导向和技术方面的培训，分析思考，不断地学习
冒险精神受到压抑与惩罚	鼓励并支持接受经过评估的风险
员工喜欢单干，缺乏合作精神，组织根据个人表现给予奖励	员工共同努力，合作进取组织根据团队综合贡献给予奖励
遇到问题，员工等待管理者决定的"最佳作业方法"	不畏困难，勇于尝试，人人探索作业方法

二、经理人员的修炼

（一）经理人员的工作

美国总统哈瑞·杜鲁门在椭圆办公室门口挂了一块牌子——"责任止于此处"。每位经理人员应该思考这句座右铭。在企业中，任何事都起于管理，止于管理。为了有效地工作，经理人员必须责任分明：

（1）在工作态度上，具有敬业精神，主动精神，刻苦勤奋，具备忠于职守敢于负责的品质；

（2）在工作行为方面，以身作则，实事求是，踏实稳健。

经理人员的工作是解决问题并达到理想的结局，它是对企业或他人产生增值的一种管理活动，即把事情做正确。如果会而不议、议而不决、决而不行、行而不果，那么这样的企业必定是有问题的。

彼得·杜拉克在"经理人的九项成功秘诀"中写道："如果经理人要成功，他们必须使会议卓有成效，他们必须确认会议是在工作而不是闲聊。"

（二）制定计划和决策

经理人员的管理工作就是制定计划。在制定长期战略规划、年度营销计划、人员招聘计划、新产品上市计划、质量改善计划、年度预算等方面，要考虑"5W1H"：

why——为什么要制定这个措施？

what——达到什么目标？

where——在何处执行？

who——由谁负责完成？

when——什么时间完成？

how——如何执行？

经理人员的价值很大程度上体现在计划的制定过程中。在制定、实现目标的过程中，经理人员要明确计划的前瞻性、决策性、目标导向性，对其方法与步骤、资源利用以及可能出现的问题与成功关键因素作周密分析。

经理人员的职责便是制定决策与领导执行决策，制定正确的决策是综合能力的体现。英特尔的总裁葛洛夫曾说："我们并不特别聪明，只不过在激烈的竞争中，比对手作出更多正确的决策。"经理人员的决策技能包括：前提假设；推论能力；信息收集、整理、归纳能力；抗压能力等。经理人员的决策风格如表7-2所示。

表 7-2　经理人员的决策风格

维度	有意识	无意识
知识	公牛	老鹰
观察	猎犬	蜜蜂

（1）公牛：运用思考；动作快，事必躬亲；攻击力强，控制欲强；无须讨论，直接指派。

（2）老鹰：靠直觉；看机会，不看问题；行动力强，虎头蛇尾；喜欢讨论，激发热情。

（3）猎犬：喜欢思考；分析；冷静；踩刹车。

（4）蜜蜂：凭直觉；讨论，可否决；以和为贵；谨慎保守。

（三）团队建设

在团队的形成和发展过程中，界定问题、搜集资料、分析问题、找出问题根源以及找出解决方案是至关重要的。想要形成凝聚力强的团队，就必须变换方法来处理因成员差异所造成的冲突。

团队建设的形成过程大致分为以下方面。

（1）形成期：①领导力，强调控制、不宜充分授权，有清晰的目标；②关系，信息共享、信任互助、尊重个人；③方法，标准清晰，纪律严谨。

（2）凝聚期：①领导力，工作富有弹性，行事富有责任；②关系，加强沟通、理解，消除异议；③方法，鼓励创新、宽容失败。

（3）成熟期：①领导力，保持活力、勇担风险、量才用人；②关系，紧密协作、共创绩效；③方法，及时奖励、超越过去。

对传统型领导而言，容忍冲突，这容易忽视员工各种细微矛盾；在参与型领导看来，解决冲突，这可以引领大家彼此讨论，排解纷争，并以建设性的方式解决冲突；在团队型领导看来，要建立共同愿景，这可以调和成员之间的各种差异，制定共同规范，引导团队向正面发展。团队领导的特征是团队成员之间的价值观彼此认同，团队成员具有共同的爱好并进行有效的决策。如表 7-3 所示。

表 7-3   有效团队与无效团队的比较

有效团队	无效团队
设定共同愿景	只设企业目标
沟通充分	有效解决冲突的方法有限
战略决策正确	战略决策模糊、迟疑
强化领导品质	决策者个人影响力不足
鼓励创新	过于强调稳定，风险意识较少
激励与绩效并重	考核政策不显著

（四）领导能力

领导能力是经理人员能力素质的缩影，计算公式为：领导能力＝尊重×信任。它能影响一个群体实现目标的能力。

（1）提升领导能力应当努力的方面有分辨下属的特性与状况，情绪的认知、控制与调节，选择适当的领导风格，注意倾听、激励、塑造共识，坚定信念与意志力等。

（2）相关领导理论。主要有赫茨伯格的双因素理论、麦克利兰的成就动机理论、弗鲁姆的期望理论等。

（五）绩效考核

经理人员的绩效管理能力很大意义上影响员工的表现。

（1）经理人绩效考核的向度包括：①专业知识及技能，了解企业运作，擅长运用财务统计技术；②积极影响他人，激励策略；③做决策，问题解决，咨询与授权；④自我管理，行事公正，凝聚力，成就动机；⑤关系建立，真诚、团队信任；⑥信息共享，监控、沟通、协调。

（2）考核中应注意的问题有：①考核是为了更有效地工作，而不是追查过去。②一切以事实为根据，注意原始资料的积累。③在考核时尽可能避免主观判断，包括有利和不利的方面。④以旁观者视角进行评判，不以个人的感情为主，将心比心，遵循公正统一的标准。

（六）个人管理

作为经理人员，最重要的是实现"自我超越"。首先，有效运用时间，是个人管理的首要目标。彼得·杜拉克曾说过"除非把时间管理好，否则没有办法管好其他的事情"，可见经理人员的时间管理对于企业的重要意义。许多知名管理者回答有关"你目前最缺什么"时，几乎不约而同地说"缺时间"。其次，情商管理也是经理人员必须修炼的主要课程。积极向上、乐观处世、自我激励、意志坚定等因素均能提高经理人员不断突破自我的能力。经理人员综合竞争力要素构成如表 7-4 所示。

表 7-4　经理人员综合竞争力要素构成

要素	指标
内在能力	执行力、创新、目标管理、战略、沟通
外在能力	公共关系、危机管理
商数	情商、智商、逆商、胆商
绩效	股东满意度、员工满意度

第三节　经理人员开发规划

杰克·韦尔奇——世界第一 CEO，是对全球企业家影响最为深刻的商界领袖之一。从 1981 年到 2001 年，他领导下的 GE 资产从 150 亿美元增加到 5000 亿美元，发展成为一家具有小公司的活力又有大公司的优势，基业长青的世界级巨型跨国企业。他所具有的卓越领导力和永不言败的变革创新精神，对中国企业家具有标杆性的意义。他曾大声疾呼："一位领导者最重要的事，就是要完全地寻找、珍视和培养每个人的尊严和声音。这是最终极的关键因素。因为如果你要求员工参与、自我强化、提供构想时，给予他们尊严和奖励；如果你创造一种接纳一切建议的气氛时，那么一切就都没有问题了。"

"第一份工作一定要选一家好公司，不是选一份好职业，不是选一份好薪水，为什么？因为一个好公司奠定了你职业的规范和基础，职业生涯中基础非常重要。"唐骏如是说。

一、经理人员素质

经理人员的全部素质可以视为一座冰山，在人们视野中的部分往往只有 1/8，而看不到的则占 7/8。浮在水面上的是他所拥有的资质、知识、行为和技能，这是经理人员的显性素质（如各种学历证书、职业证书及相关实践经验）。而潜于水面之下的隐性素质，包括职业道德、职业意识和职业态度。显性素质和隐性素质的总和就构成了一个员工所具备的全部职业化素质。

经济全球化加速了经理人职业化程度推进。经理人员素质的优劣决定了企业的未来发展高度，也决定了经理人自身的未来发展。

(一) 传统的素质要求

1. 创新精神

创新精神是经理人员成功的砝码。观念创新是经理人员创新的关键。美国心理学家乔·杰利总结出创造性思维的五点经验：第一，在完全没有预料的情况下，提出研究对象；第二，试图在两个不相关的客体之间，创建某种关联；第三，尝试提出问题，转换问题，联合问题；第四，回避一段时间，重新考虑该问题；第五，保持记录、思考的良好习惯。现代企业迫切需要经理人员具有创造性的思维，来增强企业生产力。因此，经理人员要做到观念创新，就要不断学习，力求将组织创建成学习型企业，在技术创新和管理创新上领先于竞争者，改变固有的心智模式。

2. 敬业精神

敬业精神是经理人员最基本的价值观。宋代思想家朱熹将"敬业"诠释为"专心至志，以事其业也"，即敬重自己从事的事业，专心致力于事业。良好的职业操守是经理人员的道德准则。敬业原动力来自于崇高的愿景，即我们要创造什么，通过经理角色与社会价值去体现自身的观念，其是一种可贵的人生态度。

3. 正直品质

美国管理学家曾做过一项针对 1500 位管理人员的调查，在这列出的 225 种品质之中，研究人员调查发现，是否值得信赖、有人格，即正直，是这 225 种品质中的灵魂，团队组织中最重要的条件是正直。

4. 有决策才能

依据事实而非主观想象进行决策，对时代发展有预测性的洞察力。

5. 行事果断，敢担风险

具备百折不挠的毅力以及勇于实践与创造新局面的雄心和恒心。

6. 协作沟通才能

愿与他人一起工作，赢得别人的合作和尊敬。

(二) 21 世纪的经理人员形象

(1) 具有全球意识的战略家。强强联合、多边贸易伙伴、跨国际合作将成为大趋势。21 世纪的经理人员必须懂得如何在国际环境中拓展业务，必须适应快速的、大规模的市场变化，并以全新的指导方针领导企业。

(2) 创新技术的使者。以因特网为窗口纵览全局，引领技术潮流，优化产业结构。

(3) 敏锐的政治活动家。在多边合作的国际化环境中，政治力量在经济舞台上发挥了越来越重要的作用。领导人要善于处理大型企业经济利益与地区性经济利益之间的一切关系。

(4) 领导者与激励者。经理人员必须有双倍的胆略和超人的能力，在学习型组织中发挥黏合剂的作用。

二、职业生涯路径

经理人员具备优良的人力资本。人力资本是通过对人投资而形成的存在于人体中并能带来未来收益的，以知识、技能及健康因素等体现的价值。经理人员的水准高低决定了企业的竞争力。

一个组织着眼于雇员的职业生涯建设，这是组织的一种战略行为。在市场经济条件下，雇员才能的充分发展是企业发展和经济社会的基础，只有充分发挥雇员的主观能动性，通过做好雇员的职业生涯开发与管理路径，把企业的人力资源最大限度地转变成人力资本，企业才能最终实现其未来的愿景。所以，一个高效的组织必须确保组织发展所必备的人才库，并使企业组织内的雇员有机会获得长足的成长与发展。另外，它还能提高组织吸引外部环境的人才和保留本组织内的核心人力资本。

（一）经理人市场有效运行的前提条件

经理人市场的有效运行需要一定的前提条件，这些条件主要有：

（1）人力资本所有者拥有完整的所有权。这个前提的基本要求是人力资本载体必须是法律上的自由人，是独立的、平等的民事主体。人力资本所有者只有具有完整的人力资本所有权，才能够对自身拥有的人力资本进行有价值的、合理的使用，才可以实现人力资本的自由流动。

（2）必须有发达的市场中介组织。市场中介组织的重要作用，就是搜集、分析、整理各种信息，以沟通人力资本供求双方，为双方提供服务。中介组织越发达，人力资本市场的运行效率就越高，交易成本就越低。

（3）必须有完善的市场运行规则和有效的监管体系。人力资本市场和其他市场一样，都会由于信息不对称等原因导致交易一方遭受不应有的损失。而且，经济行为人往往会在收入和利润最大化目标的驱使下，利用信息的不对称作出有损于对方的决策。市场交易过程是一个依据不同的信息进行博弈的过程，这个过程中的损人者会不断进入市场并提高其损人的技巧，最后导致整个人力资本市场交易的紊乱，甚至瘫痪。因此，人力资本市场的有效运行必须有一套完整的运行规则，以保证交易市场的正常有效运转。

（4）必须有健全的社会保障体系。人力资本以市场方式进行配置，无疑有以行政方式进行配置所无法达到的效率，但也把诸如失业等潜在威胁留给了人力资本所有者。再者，人力资本流动是与其载体——人的流动相一致的，从而住房、医疗、养老等社会保障问题也就成了公共关注的热点。因此，只有健全的社会保障体系才有可能减少和降低因人才流动等带来的问题和风险。缓解用人单位和人力资本所有者双方的压力，从而促进人力资本的正常流动及人力资本市场的良性运行。

（二）经理人员的职业生涯

1. 探寻前期

员工在还没有走上工作岗位前（15~24岁）会对自身的职业有所预期。这一时期，个人将认真地探索各种可能的职业选择。他们试图将自己的职业选择与他们对职业的了解以及通过学校教育、休闲活动和工作等途径所获得的个人兴趣和能力匹配起来。在周围环境、家长、老师、朋友和媒体等的影响下，他们逐渐缩小了自己的职业选择范围。探寻期会在 20 多岁，直到从学校走入工作岗位时终结。作为新雇员，对于自身的工作要有一个清醒的认识，不可期望太高。

2. 创建初期

这一阶段时间在 24～30 岁。雇员有了第一次的工作经历，并感受到来自真正环境的压力和动力，同时在与同事、上级的交往过程学会了如何工作、如何交际以及对现实工作中成功与挫败的种种体验。在这一时期，雇员还有可能会思考，工作和职业在自己的全部生活中到底占有多大的重要性。此阶段多表现为心理适应期。新雇员需要得到培训和指导，以确保有效开展工作所需的能力。

3. 职业中期

对面临的职业危机的绩效产生焦虑，或绩效上升，或绩效下降。由于组织环境的变化，雇员迫切需要自身作相应的准备，学习能力如何成为促进发展或阻碍发展的重要问题。此阶段是挫折和成功交替的艰难时期。通常情况下，在这一阶段的经理人员不得不面对一个艰难的抉择，即判定自己到底需要什么、什么目标是可以达到的以及为了达到这一目标自己需要作出多大的牺牲。经理人员应作好充分的准备，一面探索工作途径，一面帮助新雇员克服不稳定因素。

4. 职业后期

对于冲破第三关的经理人员来讲，其前途坦荡，充满诱人的美景，与他人共享组织目标实现带来的丰硕成果，知识和能力是其前行的轮子，他们极有可能仍将潜行上升或转换到另一组织中发挥才能。然而，另一部分人在此阶段已经认识到这样一个事实，即他们的影响力和学习能力促使其安心于现有工作。经理人员应当开发利用资源，提升目标，避免因工作调整带来的动荡。

5. 衰退期

在职业发展的最后阶段，对每个经理人员而言均是苦涩的。离职、退休是共同的归宿。在前期成功者身上表现为突然丧失舞台，失落感将在相当一段时间伴随左右。对绩效水平下降者来说，却不失为一个愉快期，大可摆脱工作的苦海而休闲于尘世中。

（三）经理人员职业生涯的成功条件

职业生涯成功能使经理人员产生自我价值的飞跃，从而促进个人潜能的超常发挥。当然职业生涯成功与否，与其个人、家庭、企业、社会评判的标准都存在一定的差异。

（1）谨慎选择第一次职位。假如工作伊始在一个重要权力部门工作，这样经理人员极有可能在其未来的职业发展中迅速提升。

（2）绩效显著。工作绩效好是职业生涯成功的一个有力保障。

（3）正直品质。正直是领导者必需的品质，因为它是一种力量。一个组织的管理人员完全靠人格的力量，而不是靠权力的威慑。

（4）明了权力关系。在组织结构中，经理人员一定要明确谁真正控制局面？它们会使你显得对组织更有价值，因而晋升越快。

（5）拜导师。拜组织中权力中心的某个人为导师，经理人员可经常学到工作的技能，并得到尽快提升的可能。

目前有五种不同的职业生涯成功方向：

第一，进取型。每天都应该想着去提高效率，为客户增加价值，打造出更好的企业竞争力，使其达到组织的最高地位。

第二，安全型。追求标准的工作方式，受人尊敬和成为行业的"人物"。

第三，自由型。善于在工作过程中得到最大的控制而不是被控制，情商超高。

第四，攀登型。不乏冒险精神，积极把握市场机会，不轻言退却、失败。

第五，平衡型。聪敏的智慧使其畅游于工作、家庭和友人之间，尽情享受事业、生活的丰收。

第四节 经理人员开发方法

马云认为，小企业家成功靠精明，中企业家成功靠管理，大企业家成功靠做人。只有适合企业需要的人才是真正的人才。在经济转型过程中，企业家应扮演舵手的角色，为整个企业发展把握好航向，并且鼓舞士气，带动全体员工为新的目标而团结奋斗。面对 21 世纪的创新机会，中国的经理人员必须具备三大领导力技能：首先是战略性思维。经理人员要知道企业要往哪个方向发展，并制定好企业规划和如何达到目标。其次是执行力。中国的企业家不缺乏做梦的能力，而是缺乏战略落实的能力。企业要获得持续成功，就不能仅仅依靠企业家的个人魅力和奋斗，更要依靠管理系统来执行战略目标。最后是影响力，要拧成一股力，坚定方向，有不达目标绝不放弃的意志。

联想的发展能够带给我们一些启示。自 1986 年开始，柳传志带领一批人开始创业。经过 20 多年的发展，我们看到了联想的企业管理者坚实的脚步、不畏困难的实战精神，以及应对不断变化的国内外环境的那种气魄。尽管一路征尘艰辛，但是联想的管理者还是正视现状，一步一步完成真正意义上的企业管理，实现从人治到制度治理的飞跃，并为中国的国营企业、民营企业树立了标杆——如何走国际化道路，如何培养职业化的成功经理人。

2001 年，杨元庆从柳传志手中接过 CEO 的权杖。

2005 年，联想收购 IBM-PC 业务。当时联想的资产不过 30 亿美元，而它要收购的对象则是一个资产过百亿的世界 PC 巨头。如果收购成功，联想就可以立刻实现成为全球运营的公司，拥有国际化的品牌、国际化的高管和国际化的客户。当然，在并购之前，联想已经设定了三年预期，包括营业额、利润率、现金流、股东回报。

2009 年伊始，一场席卷全球的金融危机几乎袭击了所有企业。2009 年 1 月 8 日，联想宣布了国际化以来最大的一次重组。2009 年第一季度，联想在全球削减 2500 个岗位，约占员工总数的 11%。联想集团还在 2009 年期间将高管薪酬福利降低 30%～50%，这包括年度薪资调整、长期激励以及各种绩效奖金。

2009 年 2 月 5 日，联想发布了 2008/2009 财年全年业绩，全年净亏 2.26 亿美元，这是联想成立 25 年来最大的一次亏损，也是近 10 年来联想的首次全年亏损。

当此紧要时刻，柳传志重新复出担任集团董事局主席，杨元庆接替阿梅里奥担任CEO。这场危机加速了国际化联想的下一个进程——中国人领导全球公司。"联想并购的目标是第一步稳住大局，做好业务，将来希望CEO是中国人，这是我们并购以后的一个愿望。要不然就变成了一个纯粹的财务回报了。"杨元庆重新执掌联想，已经实现了从一个只会管理中国市场的企业到全球运营的跨国公司的跨越。"心态的变化就是每天在具体的业务运营上全力以赴了。在战略清楚的前提下，我们很坚决地去执行、去落实，整个公司都能听到和感受到变革的脚步声。"杨元庆说。

截至 2009 年 6 月 30 日的第一季度财报，其销售额为 35 亿美元，经营扭亏为盈，其净利润为亏损 160 万美元。如今，联想还在国际化的征途中。"我们心里面还是希望做一个伟大的国际公司。'伟大'两个字怎么讲呢？实际上是希望除了财务回报以外还要有社会贡献。我们还是希望能够为中国做贡献，为国际化探条路。"柳传志说："做成功了以后国际化的中国企业更多，使得中国的国家商业品牌有所提升，这就是一个贡献。"

联想的发展印证了世界经济的发展速度要求管理者时刻站在风暴的前沿和中心位置。面对变化，联想采取积极应对措施，将市场分成成熟市场和新兴市场，并把握好企业的四大系统：一是标准化的运营系统，确保国内市场调查、产品开发、生产、采购、销售等流程以质量为驱动，稳住成熟市场；二是管理系统，侧重于关键价值驱动因素和实时服务问题解决方案，在职能内部和跨职能间清楚地统一角色与责任，以提升销售业绩；三是 IT 系统，根据任务复杂度和员工技能水平，智能并自动地分配工作等；四是战略理念和能力系统，将重点放在持续改善和对成果负责上，使整个组织重点关注关键价值流，提高战略能力。

企业的经理人员并非生而有之。经理人员开发应当从以下几个方面考虑。

一、内部培训

内部培训是经理人开发的重要形式，它的功能结构和范围是由组织发展面临的形势决定的。正是在这种变化趋势的作用下，经理人开发已从传统的培训与发展主体转向包括生涯开发和组织开发问题在内的职能。经理人开发能够有效提升企业的组织资本。所谓组织资本是指组织对具有不同人力资本水平的经理人能力与关系的整合而形成的组织凝聚力、协作力和信任力，它集中表现为企业文化力量。经理人开发能够扩大企业人力资本的规模，为企业的战略发展储备战略性人员，形成企业人才高地优势，构成人力资源核心竞争力。经理人开发能够适应工作变革和组织变革，与企业的长期计划和发展战略相整合，不仅在于保证资源利用的效益和效率，而且在于保证企业的持续发展。

（1）角色转换。当一个组织职位正常运作的时候，从组织人才库中选取优秀雇员，模拟其将任职的经理岗位，经过适应期的训练达到经理岗位所必需的才能，一旦组织内的岗位突缺，这些优秀雇员就能出现在突缺的岗位上从事其管理职能，如营销经理应当在应变、表达、人际关系、协调、控制等方面高人一等。从业务操作转向管理层次，需要雇员在各方面都有所进展。

（2）学习交流。雇员的培训除了技能、知识、态度、心理素质等方面外，最终的目标是让雇员通过学习相互交流，在一个组织中完成人才的终身培训计划。TCL 董事长李东生盛赞长虹的雇员培训，"有这样的眼光，这样的魄力——反证出为什么长虹在这几年中跑得比别人快"。挖掘雇员潜力、尊重雇员、将个人发展与企业发展融为一体是一个组织成功发展的关键。打破常规，逆反思维，这是马云的工作作风。他非常强调眼光："眼光有多远、胸怀有多大，你就能做多大的事……关键是眼光看多远，眼光看一个城市，你能做一个城市，眼光看到全国，你就做全国，眼光看到海外，你可以去海外。"作为经理人员来讲，眼光就是一种"先知力"。在企业的发展过程中，经理人员需要不断反思。

（3）危机激励。今天做到的，明天未必优秀，必须让所有雇员面对社会需求的新变化，提出全新的解决方法。当企业所面临的环境或对手的力量危及自身的生存时，就可以用不死即生的方法来激励职工，这就是危机激励法。具体方法是：其一，必须将目前的危机发生的状况告诉企业雇员；其二，必须有不战即亡的表示，其三，激发职工的情绪，同时也便于大家能齐心协力，爆发出平时没有的力量；其四，寻找危机突破口，将力量集中于此。哈佛大学的威廉·詹姆斯研究也表明：在没有激励措施时，下属一般仅能发挥工作能力的 $20\%\sim30\%$，而受到激励后，工作能力可以提升到 $80\%\sim90\%$，发挥的作用相当于激励前的 $3\sim4$ 倍。

内部培训能使升迁的标准从绩效变为能力，工作任务由简单的任务变为多维的工作，对组织的忠诚度和信心度极大地增强，其相应的价值链会产生极大的效果，更有利于组织目标的实现。不足之处在于新鲜的思想和技能有时会稍晚些来。

二、外部招聘

外部招聘有时比内部人才招聘更快、更有利，因为新思想、新的技能在组织外面的表现更有优势。但外部招聘雇员来得快，去得也快，浮动太大不利于组织发展，且影响组织内部雇员的职业发展。外部招聘应注意：

（1）可通过广告猎头公司、高等院校或职员推荐征召活动吸引人才。

（2）在设计人力资源招聘表时，特别注重学业专长、学习能力方面的问题。

（3）进入筛选阶段时，以情景模拟、无领导小组测试等方法评判求职者整体的技能和智慧。

三、工作匹配

在适当的时间，将适合的雇员安排在适当的工作岗位上以实现人力资源最佳的绩效匹配。杜拉克确定了雇员和工作匹配的五个流程：

（1）全面考虑工作性质及其安排要求；

（2）在组织人才库中考虑尽可能多的合格雇员；

（3）考虑组织内部人才的优点和不足，工作岗位有何擅长；

（4）与合格雇员积极交流，谋求个人与组织的协同发展；

（5）确定雇员所申请的工作要求。

这种战略性人才资源的岗位匹配可以通过招聘、培训（选拔、晋升和调动等）方法实现。工作匹配是否有成效会极大影响一个组织的事业发展。

本 章 小 结

本章首先简明阐述了经理人员的分类、工作性质以及一个经理人员所具备的素质和技能，通过经理人员十大角色扮演说明经理人员对一个组织的发展以及目标的实现具有重大影响。21 世纪经理人员形象正是全球人才市场关注的焦点。现代企业发展的历史证明，没有经理人员的经营管理，任何企业的生存发展都将难以持久。一个经理集团的形成及其有效管理最大的目标就是实现企业、个人的战略目标。什么样的经理人员形象最终导致什么样的企业发展后果。一个好的经理人员必须是：一个好的策划人；一个好的组织能手；一个好的协调者；一个好的管理者；一个好的分析者；一个好的激励者；一个好的设计者；一个好的沟通者；一个好的决策者。其次，一个企业的发展归根结底取决于经理集团的发展方向。经理集团犹如人的大脑和心脏一般，统率着整个组织的灵魂健康成长。一个学习型团队对于现代企业发展尤为关键。最后，对怎样开发经理人员以及经理人员开发方法作了一番论述。经理人员集团开发是我国市场经济改革的必然。经理人员素质技能和经理人员形象造就了企业家精神。这种精神就是：崇高敬业；激励追求；不畏艰险；强调个人的能力、指挥和决心；强调对企业的使命感和对社会的责任感。造就中国的经理阶层，构建中国现代化企业的人才工程，是中国 21 世纪必须要完成的工作使命。21 世纪的竞争，就是一场人才争夺战。我们期盼着中国的经理时代早日到来。

➤本章思考题

1. 你如何看待经理人员的各种角色？
2. 成为一个学习型团队需要具备哪些条件？
3. 简述经理人市场有效运行的前提条件。
4. 经理人员如何开发？
5. 经理人员与企业家之间有何关系？你是如何评判的？

➤本章参考文献

1. 王春林：《职业经理人》，陕西师范大学出版社，2001 年
2. 杨东龙：《战略·竞争·管理变革》，中国经济出版社，2003 年
3. 〔美〕詹姆斯·W. 沃克：《人力资源战略》，中国人民大学出版社，2001 年
4. 理清：《塑造职业化人才》，新华出版社，2003 年

第八章

职业生涯规划

引导案例

小王的选择和困惑①

小王是个来自农村的孩子，当时家乡种地需要的暖棚材料价格昂贵，父母觉得制造暖棚定能赚大钱，于是便产生了让小王报考与材料相关的专业的想法。一向缺乏主见的小王遵从了父母的意愿，稀里糊涂地考入了某大学高分子材料系。

其实，从小时候在少科站第一次接触开始，计算机便成了小王的最大兴趣。于是他在读本科期间，两门均修，获得了材料和计算机双学士学位。由于成绩突出，学校给了他材料系硕博连读的机会。看着别人羡慕的眼光，他把兴趣抛在了一边，专心致志地钻研起与材料相关的学问来了。但后来由于导师的推荐，小王又改变了专业方向，辗转六年才获得了博士学位。期间，因为兴趣的驱动，小王还考了微软的计算机认证，并兼职从事网站维护。但后来由于专业课程的加重，小王又不得不放弃了对计算机知识和技术的进一步学习和掌握。

毕业后，注重研究型的科研机构小王不愿去，而想去的单位却往往需要应用型人才。小王也想过靠计算机本科的文凭求职，做自己喜欢的工作。但他在读博期间，几乎没有好好学过计算机的相关知识，早已生疏，相比计算机专业人才，完全没有竞争优势。况且，多年下苦功修得的原来相关的专业知识要基本放弃，也未免十分可惜。结果，小王虽有名校博士的荣誉和学位，但一时却找不到一份理想的工作。

讨论题：

1. 小王困惑的原因是什么？
2. 对小王的选择，你有怎样的建议？
3. 联系自己的实际情况，思考怎样作好职业生涯规划。

---

① 转引自徐笑君：《职业生涯规划与管理》，四川人民出版社，2008年。

人的一生十分短暂，而一生中有所作为、有所成就的时间则更短。作为一个社会人，在其一生中，职业又有着核心和关键的价值与意义。所以，如何谋求职业，以及如何在职业岗位上获得乐观、理想的发展和提升，对每个个体而言，都是应该慎重对待、认真考虑的一个重大而又实际的问题。随着我国开放程度的提高和国际交流的频繁，个人有了越来越多的职业选择机会和越来越大的发展空间，但同时也将面临更大、更复杂的职业风险。所以，在这样的大背景、大环境之下，人们需要去重新摸索和确立职业道路，寻找和发现更好、更理想的发展机会，担当和扮演更为合适、更为理想的社会及人生角色。科学、合理的职业生涯规划可以帮助我们面对和解决这些问题。

人才优势是企业制胜的法宝。一个组织，为了长期保持人才优势，就必须开发和利用好人力资源；而要开发和利用好人力资源，就应该把每一位员工看做人才，关注和支持每一位员工的成长和发展，影响和帮助员工落实和实践各自的职业生涯。在很长的一段时间内，职业生涯规划往往被看做仅仅是单位重要人员和核心人员的事情，着眼点仅仅放在少数几个人身上。而今天，作为组织的职业生涯管理，就应该根据组织的宗旨和发展愿景，有计划、有步骤地制定和实施面向所有员工的职业生涯规划，从而促进和保证员工及组织的共同成长和发展。

本章主要是从职业生涯的基本理念、个人职业生涯规划和组织职业生涯管理三个方面介绍和论述了与职业生涯相关的一些基本理论和方法。

■ 第一节　职业生涯概述

一、职业生涯的含义

(一) 职业生涯的概念

"生涯"一词英文为 career，有人生经历、生活道路和职业、专业、事业的含义。可以说，career 一词有广义、狭义两方面的含义。人的一生，有"衣、食、住、行"这些生活基本要素；有工作和休闲娱乐的不同方式；有爱情、婚姻、家庭的经历。这些都发生在人生之中，可以看做是广义的"生涯"。但其核心内容，还是职业问题，也就是狭义的"生涯"。

人的一生，有少年、成年、老年几个阶段，成年阶段无疑是最重要的时期，这一时期之所以重要，正是因为这是人们从事职业生活的时期，是人生全部生活的主体。因此，人的生涯可以说就是职业生涯。

狭义的职业生涯，就是指一个人终生职业经历的模式。职业经历包括职位、工作经验和任务，受到员工价值、需要和情感的影响。

职业是个人终其一生所扮演的整个过程，由时间、范围和深度等构成，时间指的是人的一生不同阶段，如职业初期、职业中期、职业后期等；范围指的是一生扮演不同角色的数量；深度指的是一种角色投入的程度。

当然，所谓"广义"和"狭义"，都是相对而言的，两者之间很难截然分开。

（二）职业生涯的特性

从总体上看，人的职业生涯具有以下特性：

（1）独特性。每个人都有自己的职业条件，有自己的职业理想，有自己的职业选择，有为实现自己的职业理想所作的种种不同的努力，从而有着与别人相区别的、独特的生涯历程。

（2）发展性。每一个人的职业生涯，都是一种发展、演进的动态过程。而且就整体而言，职业生涯的发展有较强的关联性、递进性和逻辑性。

（3）阶段性。每个人的职业生涯发展过程，都有不同的阶段，可以分为不同的时期。人在不同的生涯阶段有着不同的目标和任务，职业生涯各个阶段之间具有递进性。

（4）终身性。每个人的职业生涯作为一种动态发展的历程，根据个人在不同阶段的企求而不断蜕变与成长，直至终身。"老骥伏枥，志在千里"，正反映了人生晚期在职业生涯的某种心态和特点。

（5）整合性。由于个人所从事的工作或职业，往往会决定他的生活状态，而且职业与生活两者之间又很难区别，因此，生涯应具有整合性，涵盖人生整体发展的各个层面，而非仅仅局限于工作或职位。

（6）互动性。人的生涯是个人与他人、个人与环境、个人与社会互动的结果。人的"自我"观念，人的主观能动性，个人所掌握的社会资源、职业信息、职业决策、职业技术等，对其生涯均有重要的影响。

二、职业生涯目标

（一）影响职业生涯目标的因素

影响人们职业生涯目标的设计与生涯选择的因素有很多，从总体上看，可以分为社会因素和个人因素两类。

1. 影响职业目标的社会因素

社会是人们进行各种活动、发挥才干的舞台，也是影响人们生涯成长与成功的重要条件和因素。决定人们生涯设计的最基本因素——社会条件可以分为三个方面。

1）政治、经济、科技发展形势

社会大环境是影响人才成长的根本因素。一个国家政治上安定、经济上发展、科技上不断进步，就能对人才产生极大的需求，并能为人才的成长提供多方面的条件。而社会动乱、经济衰退、科技停滞，人才就难以产生。

2）用人单位对于员工的培养

经济的发展和科技的进步，使得各地区、各部门和各用人单位对人力资源的素质要求越来越高。

一般来说，具有良好前景和发展前途的企业，会考虑组织的发展和技术的更新，从而为员工提供业务学习与深造的机会；具有前瞻性和人力资本不断增值意识的企业家，会鼓励员工从事专业学习、提高技能、积累经验、更新知识，不断有所发展。会从组织的角度规划和实施职业生涯管理，支持员工的个人生涯设计及相应的活动。

3）其他社会条件

社会条件有着丰富的内容。除去上述"政治、经济、科技发展形势"和"用人单位的培养"外，还包括自身的亲戚朋友交际网、在职业发展过程中所能获得的帮助、提高素质所需的学习机会和图书资料、成才的社会舆论、与职业生涯发展方面有关的制度与政策（如岗位培训制度，自学高考制度，培训、考核与待遇相结合制度）等。

上述社会因素的诸多方面，不是个人所能决定的。社会大环境对于同一时期的人来说，都是相同的。个人所在单位与职业生涯有关的条件，例如，单位的发展前景和人才规划如何等，对于同一单位的不同人来说，也是相同的。所以，对于每个个体而言，如何认识自己，发掘自身的潜力，吸收职业生涯的"过来人"，尤其是成功者的经验，寻求他们的帮助，才是一种聪明的做法，也是一种积极、理性的设计职业生涯的体现。

2. 影响职业目标的个人因素

生涯设计的个人因素，包括以下几个方面。

1）能力因素

在能力因素与职业生涯目标设计的关系方面，应把握三点：

其一，从客观实际出发。能力是一个人能否从事某种职业、能否在生涯旅程中顺利成长和获得成功的条件。能力具有客观性，在设计职业目标和选择生涯道路时，要以"人职匹配"为基本原则。

其二，寻找优势能力，发挥自身优势。有的人具有超常的能力，但这并不是说这个人在智力和能力的每个方面都超乎常人，都有杰出的表现，而是指在某一个或几个方面与众不同、水平突出：或观察能力强，既精细而又能把握总体；或记忆能力强，能积累和运用大量信息；或思维能力强，善于分析综合，抓住问题实质；或想象能力强，善于联想而获得创造性成果；或操作能力强，能较好地解决生产、工作中的实际问题；或交际能力强，能联络多方、团结他人、维系组织；等等。

其三，能力因素对于职业生涯固然重要，但是非能力因素也有巨大的影响，它对于能力因素有着激励、补偿或者约束、限制的作用。因此，在设计职业生涯目标时，要坚持"有能力论，又不唯能力论"，以取得自身能力因素与非能力因素的最佳综合效应。

2）非能力因素

在个人生涯的道路上，能力因素和非能力因素相辅相成，缺一不可。一个人除了具备和培养一定的能力条件外，还应具备和培养良好的非能力因素即良好的个性心理品质，才能顺利发展，取得生涯的成功。

心理学、教育学、管理学等方面的研究都表明，良好的个性心理品质，不仅对人的成长和成功具有不可忽视的重要作用，而且比能力因素，特别是单纯智力因素的影响要大得多。成就大的人往往具有良好的个性心理素质，如自信、乐观、谨慎、不屈不挠、执著顽强等；成就小的人的个性心理素质则明显劣于前者。这向人们揭示出一个道理：一个人要想成才，除了应该具备较高的能力水平外，还必须具备良好的个性心理素质，否则很难取得成功，因此，进一步来说，在职业生涯目标的设计上，同时要深入认识自身的非能力因素，运用好非能力因素。

（二）职业生涯目标的设定

生涯发展目标设定的合理与否，从某种意义而言，关系着个体一生的走向、际遇和成败。但是，一个人的发展道路究竟怎么走？目标如何设定？不论是尚未就业的年轻人，还是已经有了一定职业经历的人，未必都十分清楚。所以，为了能够合理地选择个人生涯成长的目标，我们应该首先考虑以下因素。

1. 目标的存在状态

人的目标有着不同的状态。美国管理学专家薛恩把人的职业生涯的含义分为"外生涯"和"内生涯"。由此，职业生涯目标也可以分为外生涯目标和内生涯目标两个层次。

外生涯目标一般是具体的，包括职位、工作内容、工作环境、收入、工作地点等，它侧重于职业过程的外在标记。

内生涯目标则侧重于员工职业生涯过程中的内心感受，包括形成观念、掌握新知识、提高心理素质和工作能力、获得工作成果、处理与他人的关系等。

内生涯目标，与人的源动力和职业生涯系留点有着一定的联系和类似，也可以说是个人的愿景目标。美国成功学家拿破仑·希尔指出，事业生涯的愿景目标包括明确的假想、详细的目标计划、令人振奋的愿景、切合实际和坚定的原则五个基本要素。

2. 目标成功的时间因素

尽快成才，尽快成功，尽早地达到生涯的目标，是人们共同的意愿。但问题的关键是，在许多情况下，许多事情都不能一蹴而就，需要一定的时间长度和跨度。所以在选择目标时，必须认真考虑时间因素。具体来说，在设定职业生涯目标时，要把近期目标与长远目标结合起来。

1）长期发展目标

要基于自身的能力、发展潜力和社会总体发展趋势，树雄心、立大志，勾画出未来的个人职业前景，勾画出自己的职业生涯高峰。职业生涯的长期目标具有"未来预期"、"宏观综合"、"人生理想"、"发展方向"、"引导短期"和"自身可变"等性质。长期目标一般为10年、20年、30年，是通过短期和近期目标所追求的最终"目标"。

2）短期操作目标

职业生涯的短期目标是一种实现性的目标，具有实际价值的目标，是以长期的人生大目标为发展方向的行动性、操作性目标。达到短期目标的活动，就是人们的职业活动实践。这种活动实践，不仅意味着人要付出一定的努力、付出各种成本，而且意味着对人的职业道路的"试错法"式的检验以及随之的矫正。

在选择短期职业目标的时候，要注意以下几点：

其一，要把短期目标作为达到长期目标的初始步骤，通过一个一个地攻克近期目标，逐步逼近和最终达到长期目标。

其二，要讲求目标的有效性，注意目标要易于达到。

其三，目标应符合社会需要。个人经过努力取得的成果，若能满足社会需要，社会也就能承认个人的成果，即认可人的职业生涯的局部成功。

3. 目标难度的层次因素

目标有短期、长期之分，也有高、低、难、易之分。设定职业生涯目标，最忌好高骛远、试图一步登天。人才是多层次的，人的能力发展是有差异的，人的职业生涯成长是由低向高步步递进的。选择职业生涯成长的目标时，应当区分阶段、合乎层次、从易到难、循序渐进。很难想象，一个大学毕业生在二三年内就一鸣惊人，成为世界著名的专家。起点较低、基础较弱、市场竞争条件较差的人，更不宜把目标定得太高。较高层次、实现起来比较困难的目标，则应在具有相当基础的条件下再予以考虑，进行选择。

在确定职业生涯目标时，只有综合考虑上述多种因素，才能选中最符合实际的即对社会有用的、成功可能性较大的正确目标。这样，不仅使自己的目标和社会需要紧密结合，而且使自己的长处得到发挥，不断取得成果，最终取得生涯的成功。

(三) 职业生涯目标再选择

1. 职业体验与反思

1) 人生的未知数

人们在初次职业选择中思前忖后，对不同的职业难以取舍是必然的，因为他们没有人生实践，因此存在几个"未知数"：

其一，对职业自我的认知相当主观、没有把握。

其二，对外部职业世界如何接纳自己心中无数。

其三，对某一项择业决策的机会成本与收益心中无数，即不知道选择了这一职业，会丢掉哪些职业、丢掉哪些随之而来的职业收益，自己的选择是不是最优化选择，等等。

其四，个人对未来的期望是不确定的，甚至是盲目的。

2) 职业适应后的"解"

人们在就业三五年以后，一般都完成了职业适应期，有了一定的职业实践经验和感悟。在职业实践中，人们体验了职业世界对自己的接纳情况，了解了个人所从事职业的收益和机会成本，对自己未来的认识和期望也逐渐清晰。但是，要注意，上述有关人生职业的这些"未知数"，在人们有了一定的职业实践即职业体验后，都只是有了一部分"解"。要取得"完全解"，即真正合理的答案，还需要有更长期的职业阅历，有更多的对社会、对自身的了解。因此，人们在基本完成职业适应以后，面对不少新的职业机会的时候，仍然难免犹豫徘徊。

2. 长期职业体验后的认知

人生之路是不断向前走的，人对自己和职业的认知也是不断发展、演进的。人们通过一二十年的职业生涯实践，在有了相当丰富的职业阅历，对自己的能力、价值观有了充分的自省、反思之后，基于外界环境与自身情况，会对自己从事的职业产生一种心理认同。这种在心理上的认同，使得人们真正愿意从事某一种职业以至终身从事该种职业，例如，张三愿意当经理，李四乐于做演员，王五喜欢干警察，赵六安于当司机，等等。

应当指出，人们认同某种职业，并且愿意终身从事某种职业，很重要的一点，是因为自己所从事的职业能够满足自身的心理需求。它根源于一个人的价值观，而不是为了一种职业的表面称谓。这种"职业认同基于心理需求和价值观"可以通过三个方面反映出来。

其一，同一种职业对于不同的人有着不同的意义，也就是说不同的人从事同一种职业是基于不同的价值观、有着不同的目的的。美国职业社会学家泰勒指出，同样是当警察，有的人是看重警察作为"政府公务员"的职业稳定性；有的人是为了打击犯罪、维护社会正义；有的人觉得当警察威风；有的人则乐于干探索性、冒险性的工作；也有的是为了"吃黑"、以获得额外的收入。

其二，一个人在原有工作和前途很好的情况下转换职业、重新选择，是基于新的职业更加符合自身的心理需求，对于自己有更大的价值、与自己从业的根本目标更为趋近。

其三，人们会在不同单位的同种职业方面进行流动，这显然是基于不同单位同种职业对于人的价值和效用的不同体现与反映。

总之，人们对于职业人生价值的理性认知，是人们在具有比较长期的职业体验以后，能够比较好地认识自己、比较清楚地了解职业世界与自身的关系、比较现实与合理地估算从事某种职业的成本-收益，从而在职业生涯中期以至后期，得出对于个人职业生涯来说比较正确的认识和符合理性的塑造方式。

3. 职业的再选择

成为社会劳动者多年、有了充分的职业经验以后的人，往往要进一步制定职业生涯计划。美国管理学家巴达维对于职业再设计与再选择的内容，总结出"职业行动计划模型"。这一模型包括下述七个步骤：

第一步，明确自己的终身计划与职业意识。

第二步，进行职业再选择的分析与决策。

第三步，进行自我评价和对成功风险的分析。

第四步，为新的抉择作准备，了解成功的途径。

第五步，为实现新职业而努力，提高能力素质。

第六步，确定职业发展的行动战略，这是最关键的步骤。人在这一步，要采取审慎而坚决的行动，谋得预定的职业，并探究和掌握在该职业生存的秘诀，遵从该职业的规范，争取获得成功。

第七步，跟踪和再评价，重新审视和思索职业计划，抑或重新制定终身计划。

当人们重新制定终身计划时，实际上就回到了第一步。这样，这七个步骤就由一个链条连接成为一个闭合的环。必要时，人们还要作职业生涯的再设计。人的职业生涯，就是在这一循环中不断发展、不断提高的。

三、职业锚

（一）职业锚的基本含义

美国管理学家爱德加·薛恩的职业生涯系留点理论，是职业生涯发展理论中一个十分重要的内容。它反映出人们在有了相当丰富的工作阅历以后，真正乐于从事某种职业，反映了一个人进入成年期的潜在需要和动机，并把它作为自己终身的职业归宿的思想原因。在经过长期的职业实践后，人们对个人的"需要与动机"、"才能"、"价值观"各方面有了真正的认识，即寻找到了职业方面的"自我"与适合自我的职业，这就形成人们终身所认定的在再一次职业选择（包括真实的和假定的选择）之中最不肯舍弃的东西，即"职业生涯系留点"。或者说，某种因素把一个人"系"在了某一种职业上。薛恩指出，根据定义，这种系留点在有工作之前是不存在的，它是"自我意向的习得部分，与自省动机、价值观和才干相联系"。

在我国近年有关职业生涯的论著中，人们一般把这一理论称为"职业锚理论"，即人们因为某种思想原因选中了一种职业，就此"抛锚"、安身。也有的学者把它翻译为"职业着眼点"。

职业锚是自我意向的一个习得部分。个人进入早期工作情境后，由习得的实际工作经验所决定，与在经验中自省的动机、需要、价值观、才干相符合，达到自我满足和补偿的一种长期稳定的职业定位。

职业锚发生于早期职业阶段，新雇员已经工作若干年，获得工作经验后，方能够选定自己稳定的长期贡献区。个人在面临各种各样的实际工作生活情境之前，不可能真切地了解自己的能力、动机和价值观，它们之间将如何相互作用，以及在多大程度上适应可行的职业选择。因此，新雇员的工作经验产生、演变和发展了职业锚。换言之，职业锚在某种程度上由雇员实际工作经验所决定，而不只是取决于个人潜在的才干和动机。

在实际工作中，新雇员重新审视自我动机、需要、价值观及能力，逐步明确个人需要与价值观，明确自己的擅长所在及其发展的重点，并且针对符合个人需要和价值观的工作，以及适合个人特质的工作，自觉地改善、增强和发展自身才干，达到自我满足和补偿。经过这种整合，新雇员寻找到自己长期稳定的职业定位。

职业锚，是个人稳定的职业贡献区和成长区，但是，这不意味着个人将停止职业变化和发展。雇员以职业锚为其稳定源，可以获得该职业工作的进一步发展。此外，职业锚本身也可能会变化，雇员在职业生涯的中、后期可能会根据变化了的情况，重新选定自己的职业锚。

（二）五种职业锚

薛恩把麻省理工学院管理学院毕业生的系留点划分为五种。

1) 技术性能力

这种人的整个职业生涯核心，是追求自己擅长的技术才能和职能方面的工作能力的发挥。其价值观是愿意从事以某种特殊技能为核心的挑战性工作。这类毕业生最后从事的是技术性职业、职能部门领导等。

2) 管理能力

这部分人的整个职业生涯核心，是追求某一单位中的高职位。他们沿着该单位的权力阶梯逐步攀升，直到一个全面执掌权力的高位。这种管理能力体现为分析问题、与人们的周旋应付和在不确定情况下作出难度大的决策等。他们所追求的目标始终是更高一层的管理权力。这种管理能力系留点，主要表现为企业型职业人格、挑战性工作、处理复杂问题的能力发挥和高地位性尊重需要的结合。

3）创造力

这类人的整个职业生涯核心，是围绕着某种创造性努力而体现的。这种努力的结果是他们创造了新产品、新的服务业务，或者搞出什么发明，或者开拓建立了自己的某项事业。不论成功和失败，创造本身会给这类人带来乐趣和享受。

4）安全与稳定

这类人的数量恐怕最多，突出的表现是：职业和生存、生活状态紧密关联，常常从生存和生活的实际情况出发，谋求一种安全和稳定；岗位意识相对较强，工作踏实稳定，对组织有较强的认同和依赖感；对自己的期许不高，开创性思维不够，应变能力较差。

5）自主性

这种人的整个职业生涯核心是寻求"自由"，即自主地工作，从而能够自己安排时间，能够按照自己的意愿安排工作方式和生活方式。这类人最可能离开常规性的公司、企业，但是其活动与工商企业活动及管理工作仍然保持着一定的联系。其从事职业主要有教书、搞咨询、写作、经营一家店铺等。

■第二节　个人职业选择

一、职业选择的基本分析

（一）职业选择是人生的一种决策

职业选择，是个人对于自己就业方向和工作岗位类别的比较、挑选和确定，是一种人生的决策。职业选择是人们职业生活的正式开始，是人生道路的关键环节，也是人成为社会活动的主体、实现其人生价值的开始。选择一个职业，走上新的岗位，也是人生命运的转折点。

（二）职业选择是个人能力意向和社会岗位的统一

"人"是复杂的，不同的人有不同的择业目标，社会上的职业岗位同样会对将要被雇佣的求职者进行选择。所以，选择是双向的。

个人与用人单位既作为选择对方的主体，个人的条件与用人单位的空缺岗位又作为对方选择的客体。在这种双向的相互选择过程中，个人的能力、意愿与社会的岗位相吻合，达到三者的理想统一，是职业选择要义所在。

（三）职业选择是一种现实化的过程

职业选择，包括个人的主动选择与被动选择，实际上是一种个人意向的现实化过程。进一步分析，这种现实化又包含两方面的内容。

一方面是个人向客观现实妥协的过程。当个人的选择意向与实际情况不尽相符、存在矛盾的时候（须知，这种不符是大量的，甚至对所有人来说都是存在的），人的职业选择就是一种打破幻想、承认实际、降低要求的过程，也就是向客观现实妥协的过程。

另一方面是个人对"我与职业"关系的调适过程。向现实妥协，对于存在着浪漫情调和幻想色彩的青年来说，可能是不情愿的、不甘心的，甚至是痛苦的，但又是非常必要的。这是因为，这使人通过自我反思后，能够真正解决"我与职业"关系，从而科学、实际并且合理地完成职业选择的"调适"过程。

具体来说，职业的选择作为适应社会进步和人类自身发展、完善的活动，具有下述作用：

（1）有利于劳动要素与物质要素的良性结合。个人选择职业，可以自主地实现与物质要素的结合，符合"人"这种能动性主体生产要素的要求，这有利于个人较好地就业，有利于生产要素的双向优化配置。

（2）有利于取得较大的经济效益。合理的职业选择，可以使人们走上适当的岗位，较快地实现职业适应。人们在合适的岗位上乐于工作，劳动积极性高，这也有利于提高劳动效率和减少由于不适应岗位所造成的各种浪费，从而取得较高的经济效益。

（3）有利于达到多方面的社会效益。在实行充分的职业选择条件下，人们可以各尽其能、各司其职、各得其所。加强职业选择，有利于机会均等，减少多方面的社会问题，达到动态的社会稳定，也有利于形成一种"人往高处走"的风气，从而形成向上流动的社会局面。

（4）有利于促进人的发展。职业选择，有利于培养人的积极生活态度，培养人的自立、自主精神；有利于个人根据社会需求信号和自身条件努力学习，提高文化水平和专业、职业能力水平；有利于鼓励人的进取精神，鼓励人们通过自己的学习和劳动取得成就。总之，自由选择可以从多方面促进人的发展。

二、职业选择的基本要素

（一）职业能力

众所周知，要从事一项职业，必须具备该职业所需要的能力。"能力"是一个人择业的"筹码"。

从心理学的角度讲，能力是指完成一定活动的本领，它包括完成活动的具体方式，以及顺利完成活动所必需的心理特征。职业，作为一种重要而又复杂的社会活动，需要从业者具有一定的本领，具备必要的生理-心理条件，这就是职业能力。

从职业同一性的角度进行分析，我们可以发现，职业劳动能力由体力、智力、知识、技能四个要素构成。

（二）职业意向

人具有能动性。在职业问题上，人们一般都具有一定的意愿与志向。所谓职业意向是指个人对于社会职业的评价和选择偏好。一个人可以对社会上各种各样的职业作出评判，哪个最好、哪个差些、哪个自己最适宜、哪个自己不愿从事、哪个自己难以胜任，等等。这些都体现了他的职业意向，使得人自动趋向于从事某种职业。

在人们的思想观念中，众多的职业可以按照一定的"好"、"差"标准顺序进行排列，从而成为一个职业系列。决定其好、差的标准，主要有职业的社会地位、劳动报酬的高低、个人兴趣与才能的发挥、职业劳动强度与环境、职业的社会意义及贡献等因素，也就是说，人们通常是按照上述因素对职业进行评价、进行选择的。有了意向，才有选择。把握人的职业意向，是促进人的职业选择合理化的途径。

人的职业意向，一般要经过萌芽期、空想期、现实期，在面临就业时才比较清晰地确定下来。

（三）职业岗位

上述职业能力与职业意向是一个人进行职业选择的重要条件。岗位是人们进行职业选择的对象和前提，在社会总劳动体系中，各种职能的劳动体现为各种不同的职业岗位，它们构成人们选择的对象。一个人能选择某种职业并在该岗位就业，必须要以这种职业有空缺、需要招收人员为前提。这就是说，个人的职业选择以一定的职业岗位为前提，个人在进行职业选择的同时也被企业、事业、机关单位选择。

职业岗位虽然是人们选择的对象，但在个人选择职业的同时，社会职业也在选择着适合的个人。个人的就业，即个人的职业实现，正是在这两种选择共同作用下形成的。社会职业岗位的状况，从下述几个方面影响甚至决定着人们的选择：

（1）社会上存在着某种职业岗位，人们才可能选择。

（2）社会现实空闲岗位能否作为一个人的选择对象，还要受择业者能力、意向、就业体制、职业信息传播等主客观条件的制约和影响。

（3）不同的职业岗位具有不同的劳动特点，它们要对求业人员的能力及其他条件进行选择。

三、职业选择的基本原则

（一）客观原则

从客观实际出发，是职业选择的首要原则。具体来说，客观原则包括以下三个方面。

1. 个人素质条件状况

要把个人的职业意愿和自身素质相联系，给予充分的考虑，估计一下自己能否胜任某项职业的要求，评价个人职业意愿的可行性。

2. 社会需求的可能性

对现实社会职业岗位需求的可能性，也要作出客观的估计，一般应考虑以下几个方面：

第一，我国经济结构正在大调整，虽然一些新兴产业在发展，但需要的人员数量有限。

第二，我国的体制改革在促进经济效益增加的同时，也使大批富余人员下岗分流。

第三，我国人口众多，近年进入就业年龄的新成长劳动力每年增加几百万人，但因金融风暴等影响，社会职业岗位数量需求下降，就业压力巨大。

总之，要选择职业，必须考虑当前社会上实际存在的职业岗位，考虑其需要，而不能只考虑自己的主观意愿。

3. 基于现实的选择

当一个人原来的就业意愿暂时不能得到满足时，要根据社会需要作出新的选择：

其一，根据社会需要作出新的选择，走另一条职业道路。

其二，选择一种与自己的"理想职业"接近的职业，继续接受教育培训，积累就业条件。

其三，先到社会上容易就业的职业岗位上去工作，再根据自己在这一职业的工作情况，决定是否进行职业流动。

(二) 主动原则

对于要就业的人来说，其不应消极地待业，而应积极准备就业条件，主动寻求就业门路，能力强者可独立地创业。积极的生活态度，对于人的生涯发展和取得成就都大有益处。

1. 积极准备就业条件

积极地准备就业条件，首先应该参加就业培训，争取在就业前掌握一定的职业技能，为自己的顺利就业创造良好的条件。只有具备了一定的专业技术知识和良好的职业素质，才有可能在就业竞争中获得成功，获得自己所喜爱的职业。

"积极准备"包括以下方面：

其一，留心搜集各种职业知识和用人信息，以备未来的职业选择。

其二，到职业介绍机构进行咨询，了解就业情况，寻找合适的就业机会。

其三，参加各种职业技能培训，为就业创造专业、职业素质条件。

其四，准备好求职信，作好应聘、面试的心理与形象等方面的准备。

2. 主动就业

它包括以下方面：

其一，主动与可能招聘人员的单位进行联系，进行"毛遂自荐"。

其二，主动求得父母兄长、同学老师、同事朋友的各种帮助，善于在市场经济中找到自己的位置，多方面开拓。

其三，主动开拓就业岗位，自谋职业，自主创业，成就自己的事业。

(三) 比较原则

1. 个人和岗位的比较

职业选择是岗位和个人双方互相的选择，因此，在职业选择中，必须把人和岗位结合起来相互比较，才能保证个人作出最优的职业选择。

2. 几个职业间的比较

在职业选择初期，人们的职业兴趣往往比较广泛，而不是局限于某个职业；同时，社会提供的职业岗位也不会局限在一两种职业上。这就使得谋业者面临如何从几个可以从事的职业中选取适合自己的职业的问题。

通过上述两个方面的比较，就能较好地从诸多职业中选择出一个最适合于自己、各方面条件都相对优越、自己又能得到的职业。需要注意的是，在对不同职业的比较中，要有职业生涯规划意识，即要有自己的人生大目标，把职业作为实现自己最大价值的手段。

（四）主次原则

人们选择职业，一般都有多种标准和条件。其中，有现实的内容，也有幻想的因素；有合理的意愿，也有过分的要求。在具体选择职业时，不可能各种标准和条件都得到满足。因此，必须分析哪些是主要条件、哪些是次要条件，哪些是现实的、哪些是幻想的，哪些合理、哪些过分。

在职业选择决策的过程中，要抓住主要的、现实的、合理的条件，抛弃次要的、幻想的、要求过分的因素。如果在选择职业中死抱着一些次要的、不切实际的条件不放，非要做到面面俱到不可，那只能丧失很多就业机会而难以实现就业，甚至错过真正的好职业。

四、职业选择决策过程

（一）职业选择决策的性质

一个人的职业选择恰当与否，关系到其职业意愿、兴趣能否得到满足，关系到其才能能否得到发挥，关系到其在岗位上的工作状况，也关系到其一生的生活道路。职业能力、职业意向和职业岗位三要素能够相互协调、相互结合，职业选择才能较好地完成。但是，三者的协调一致往往是比较困难的。

在现实的职业选择中，人们虽然面对诸多的职业，但往往难以得到自己理想中的最好的职业。有时即使遇到"好职业"的岗位空缺，但面对着高等级职业，自己却不具备必要的能力，或者在求职竞争中败给他人，这也使得自己的职业选择不能实现。

因此，人们的职业选择往往是一个人降低自己的职业意向水平、适应社会客观职业岗位状况的过程。社会学把这一现实化过程称为个人职业理想与社会职业现实之间的"调和"或"调适"过程。

（二）职业选择决策的步骤

美国学者蒂德曼提出了"职业决策阶段"的学说。蒂德曼认为，职业选择作为一种过程，是一种"鉴别"和"综合"的决策过程。这种决策过程，是人在一生中重复进行的一系列步骤，每当人们遇到一定问题，或者具有一种需要、完成一种体验时，这种决策过程就会被激发起来。其具体分为两个阶段。

1. 期望与预后阶段

这一阶段包括四个步骤：

第一步，探索。此即考虑与自己的经验和能力有关的生涯发展目标。

第二步，成形。在上述基础上准备进行具体的定向。这时要考虑个人确定职业生涯新方向的价值、目的和能够获得什么报偿。

第三步，选择。在生涯目标成形后作出决策，找到和确定自己所期望的具体职业。

第四步，澄清。进一步分析和考虑上述选择，解除可能发生的疑问。

2. 完成和调整阶段

这一阶段包括三个步骤：

第一步，就职。将职业选择付诸实行，得到一个新职位。人们在这个时候开始对自己的职业生涯目标和走上的岗位寻求认可。

第二步，重新形成。人在开始从事工作后，对于所从事的职业及其环境有了现实意义上的了解和把握，这时就出现职业的自我感。个人与团体互动，相互影响。这也是职业生涯选择目标在现实化意义上的再次形成，或者现实化的调整。

第三步，综合。个人在达到了解自我后，在职业岗位上也被他人看做是成功的，达到了平衡。这就是职业选择决策的完全实现。

第三节 个人职业适应与发展

一、职业适应

(一) 职业岗位的适应

人走上工作岗位，从事某一项职业劳动后，经过一定的试用期，对自己所任职的岗位逐步熟悉起来，最后达到适应和胜任的状态。

职业适应的要求，以所在工作岗位的职务说明书（职位说明书）为依据，以达到职务说明书所规定的各项内容的要求为目标。这包括本职业岗位的工作技能、本职业所需的业务知识、一定的专业背景知识以至理论水平（原已掌握的理论知识要实践化，缺乏的也应给予针对性的补充）、了解组织的各项管理制度等诸多方面。职业适应最突出的体现是工作技能的熟练。工作技能因职业岗位的不同而有着很大的差异。

上述职业适应的要求，要通过自身的学习、模仿和入职教育、实习安排、工作实践、"师傅"指导、岗位培训、技能训练等途径来达到。

(二) 组织文化的适应

文化问题，作为涉及经济社会发展道路和模式的重要领域，为许多学科所关注，组织文化也成为当代管理学高度重视的问题。

一个人走上职业岗位，就加入了一个组织，要受到组织的约束和指挥，得到组织的引导和塑造。每一个组织都有自己的文化，这种文化的核心是组织的价值观，其表现是组织做事的风格、模式，这大量表现在组织中的人际关系上。

人在一个组织中从业，就要被组织"社会化"，即被组织认同、被组织中的成员们认同。要想达到个人的行为、需求、个性心理特征与组织文化相适应，自己的行为和思想就要进行一定的改变，从而才能达到组织的要求和期望、达到组织成员对个人的接纳。具体来说，个人要在社会过程中，学会与人相处、学会如何工作、学会如何进步等一系列的内容。

（三）职业心理的建立

对于青年人来说，第一次进入工作岗位，不仅意味着他（她）能够挣得工资、自食其力，还意味着他（她）真正成为在社会中生存的独立的人。这是人生阶段中彻底完成"心理断乳"的过程，标志着人的社会角色和心理的巨大转变。人就要从这个职业岗位起步，并将之作为职业生涯发展的一个起点。

即使是有了一定的职业生涯履历的青年人和成年人，在转换工作、走上另外的工作岗位时，不论是转换职业种类，还是转换职业等级，还是职业相同仅仅改变工作单位或是地区的迁移，都有面对新情境进行心理转换和适应的问题。

（四）发展道路的寻求

在已经完成了对新的职业岗位的适应和组织文化的适应，在心理上也完成了转换以后，个人就成为组织中被同化、被接纳、与组织建立了心理契约的一个正式成员。

一个人成为正式成员后，在组织中经过一定时间的工作积累，逐步成为这个组织的资深人物和这种职业的行家里手。在这样的情况下，他们需要进一步地求得自身的发展。其心态正是："路漫漫其修远兮，吾将上下而求索。"

对于每一个人来说，其发展道路一般都有纵和横两个方向。随着时间的推移，人在职业工作高度和职业水平高度两个方面都可能有所变化。在自身有了较多的积累、组织又有一定的机会的情况下，个人的生涯还可能出现跳跃，晋升到高一层次的职位上。

二、克服职业挫折

（一）正确认识职业挫折

1. 职业挫折的含义

挫折问题，是心理学研究的重要课题。所谓挫折，是指人们在从事活动方面，由于遇到了障碍而导致需求不能满足、行动不能开展、目标不能实现的失落性情绪状态。近年来，随着心理学和管理学的发展，挫折问题受到人们更大的重视。从挫折产生原因的角度，可以分为需求挫折、行动挫折和目标挫折。需求挫折是由于人的心理需求不能满足所引起的挫折；行动挫折是人想要采取的行动不能进行所引起的挫折；目标挫折是个体虽然已经采取了行动，但仍然达不到既定目标时所引起的挫折。

职业挫折，则是人们从事职业活动和个人职业生涯发展方面的需求不能满足、行动受到阻碍、目标未能达到等综合性的失落状态。例如，一个人要谋求某个职位却屡屡不能得到；想要晋升部门经理却一直不能如愿；想要发挥才能却没有条件、无人识才；经过大量努力，做了大量工作，却由于主、客观的原因不能实现目标而陷于失败等。

2. 职业挫折的意义

职业挫折是人生生涯中相当常见的一种社会现象。挫折本身当然不是好事，但生涯成功、人生辉煌的"好事多磨"恰恰"磨"在这些挫折上。我们分析职业挫折，是要使人们理性地认识挫折、正确地应对挫折，减少挫折发生的频率，降低挫折这种"磨难"对人的伤害程度。实际上，挫折也会磨炼人、造就人、缔造职业生涯的辉煌。须知，"文王拘而演周易，仲尼厄而作春秋，屈原放逐乃赋离骚，左丘失明厥有国语，孙子膑脚兵法修列，不韦迁蜀世传吕览……诗三百篇，大抵圣贤发愤之所为作也"。

3. 产生职业挫折的原因

产生职业挫折的原因包括以下几种：

（1）因人职不匹配导致职业挫折。如果职业岗位对人的素质要求与从业者个人的能力和人格不相匹配，工作不能干好，自然会使人产生职业的挫折感。一个人处在工作难度很大、自己无法完成任务、与别人相形见绌的情况下时，当然更会产生"自己无能"的挫折感。

（2）因才能不能发挥导致职业挫折。当一个组织在对人的工作安排上大材小用，浪费了人才，个人觉得不能发挥专长时，会产生"被埋没"的挫折感。特别是领导者用人不公正，有人通过"关系"而得到好职位，个人的能力不能够得到发挥时，这种基于价值判断的挫折感不仅会大大加强，而且会进一步造成挫折者个人与组织的离心离德。

（3）因组织本身的问题导致职业挫折。在组织结构的设置及其运行中，不可避免会存在一定的问题，其中有的问题会影响人的工作、影响人的职业、影响人的生涯。在一个组织中，可能存在下述问题：上级领导的作风不民主，监督和控制过分严厉；在组织中个人没有发表意见的机会，使员工失去主人翁的感觉；组织运行机制不健全和领导者不公正，导致劳动报酬不合理，提薪、晋级、升职不公平，员工的辛劳和贡献得不到承认；员工被当做"劳动力"，在工作中无法获得信任和尊重，发挥自身的才能与潜能方面的需要不能得满足；等等。这些组织方面的问题都会使成员产生挫折感。

（4）因人际关系不佳导致职业挫折。组织是由人构成的，在组织之中会存在一定的人际关系问题，诸如，上下级之间缺乏有效沟通；上级对下级不信任、不尊重；组织成员间关系紧张，互相猜疑、嫉妒，人与人之间不能做到心理相容；等等。这些都会使组织成员在日常交往中所需要的，诸如友爱、互助、合作等这些基本情感和需求得不到满足，从而使人产生职业生活的挫折感。

（5）因其他因素导致职业挫折。工作的非人性化（如工作过于单调）、单位的工作时间安排不当、工作量过大、职业的社会评价不佳等，都可能造成人的工作不顺利和工作成果得不到承认，进而导致职业挫折感的形成。

（二）职业挫折的克服

1. 采取针对性措施

造成挫折的原因有多种多样，因此，对具体问题一定要作具体分析，寻找原因，找到适合自己的解决办法。以下列举一些主要原因和对策。

（1）个人的水平问题。在一个感觉到从事某项工作时力不从心甚至有很大困难，而其他人却在相同的条件下能轻松地完成时，就很有可能说明自己存在着专业水平、技能水平低于职业岗位要求的能力素质问题。有这种问题的人为数不少，甚至有些高文凭者也存在。这时，就不得不重新"充电"，接受培训，以使自己扭转颓势，不致被岗位所淘汰和落在整个社会技术进步大趋势的后面。在学习内容的选择方面，可根据实际需要和客观条件，参加一些培训班。如果这样做困难较大、难以兼顾，也可以考虑放弃现在的岗位，脱产学习，集中精力完成学业，再图发展。显然，后者所付出的时间成本会很大。

（2）不熟悉工作的问题。与上述情况有所区别的是，一个人的基本素质较好，能够胜任职业岗位，只是在实际工作中不能很好地应用理论知识，尚需一个"磨合期"。这种挫折显然是比较小的挫折，是人的职业生涯很正常的挫折。这里把它作为挫折加以分析，以便人们重视这一问题，恰当地解决这一问题。

（3）组织环境不好的问题。如果一个人不适应组织的文化，与同事不能和谐相处甚至难以相容，或者有能力但在单位中被压制，特别是一个单位存在着严重的不公平、领导对自己有成见从而对自己的发展存在障碍时，就需要考虑"树挪死、人挪活"的问题，在适当的时候考虑去一个更能发挥自己特长或者自己更加喜欢的工作环境。

（4）职业选择失误的问题。如果一个人在职业生涯一开始时就选择失误，在工作实践中已经发现这个职业根本不可能做好，就应该马上了断，重新选择职业，以找到适合自己的岗位，让自己轻松、愉快地工作。

当然，如果一个人的生涯道路已经走了比较长时，事情就不那么容易了。这时是在从事着一种"非零决策"，即已有一定基础和负担，而不是完全自由的决策。这时需要更为冷静和客观。在对职业生涯再次选择的时候，应当根据个人的条件、组织与自己的相容性和社会能够给予自己的机会等，进行"维持"和"离开"两种方向的成本-收益分析比较，作出决策。如果选择"离开"，则要有慎重和严密的考虑，应当在进行类似"可行性研究"的分析以后再作决策。

以上只是罗列了几种，职业挫折的原因还有很多。面对具体问题时，要从主观和客观两个方面，对各种因素和原因都进行认真的考虑、判断和分析，以找到最有效的解决办法。

2. 舒解挫折情绪

遭遇挫折在所难免。一个人既然在生涯中已经遇到挫折，那再想避免是不可能的，因而只有正确对待。达观、乐观是对待挫折的心理准则，改善外部环境，舒解情绪是减缓受挫折心理的重要途径。

舒解挫折情绪的方法有：暂时脱离受挫折的情境，避免"触景生情"，减弱受挫折后的不快心情；为受挫折者提供良好的人际环境，提供关怀，使其感到温暖，使其尽快从郁闷、痛苦的情绪中解脱出来；避免对受挫者采取冷淡、疏远和训斥态度；变换活动内容、转移心理关注方向，忘却挫折之事等。舒解情绪，有时受挫折者自己就可以实现，有时则要有亲人、朋友、同事、领导等帮助，才能够达到。

3. 适当进行宣泄

宣泄，是通过某种渠道，采取一定的方法，使自己把受挫折后所压抑情感宣泄出来，以减轻受挫折的心理压力，逐步回到正常的精神状态。例如，向亲人和知心朋友倾诉自己的不快和愤懑；在空旷之处大喊几声；给导致自己产生挫折的人写一封信（不必发出）来发泄自己的不满等。这虽然不是解决挫折问题的根本办法，但也不失为一种缓解痛苦情绪的有效方法。

4. 提高挫折商

提高挫折商是应付挫折的根本措施，是职业生涯成功的重要条件。思想成熟、有修养的人往往具有很高的挫折商，他们无论在遇到什么样的挫折时，都能保持乐观向上的情绪。通过陶冶情操、宽阔胸怀、加强修养、培养意志等方式，可以提高挫折商水平。据有关专家研究，挫折商的水平主要是在人的早年活动受到挫折时在权威人物（父母、老师等）反复评价的作用下形成的，如果权威人物以体谅或鼓励为主，挫折商就高；如果权威人物一再斥责或打击，挫折商就低。当然，在人们成年以后，挫折商仍然可能通过教育训练等途径加以改善。

人的职业生涯际遇和挫折商水平之间，也有着一定的互动关系。要努力通过各种办法提高挫折商，这样在生涯遭遇挫折时就比较坚强，这又进一步强化了人的高挫折商，从而改善自己的职业生涯。

三、职业流动

（一）职业流动的本质

职业流动，是从事一定的职业劳动的人改变工作岗位、改换职业的行为。"人往高处走，水往低处流"，追求自身的发展，寻求自己的价值，是人之常情。

人们进行职业流动有多种原因：有的是因为大材小用，不能施展才能；有的是因为自己才疏学浅，不能胜任工作；也有的是二者兼有——虽在本岗位上能力差，但同时具有从事别的职业的优异才能；有的则是与周围的人发生矛盾，尤其是与雇主或直接领导发生矛盾等。实际上，许多职业流动现象只是岗位与个人条件不匹配，并不是个人能力差的问题。我国著名的数学家，解决了世界数学难题"哥德巴赫猜想"的中国科学院研究员陈景润，在大学毕业以后曾在中学教书，却教不好简简单单的中学数学课。陈景润的母校——厦门大学的校长王亚南闻此消息，把他接回学校，并送到中国科学院专门从事数学理论研究，最后终于取得了世界瞩目的重大科研成果。

一个人的职业处境不好的原因有很多，应该综合地加以分析和考虑。例如，经常是因为其特有的才能、专长、潜力在这个岗位上未能发挥，而且也不可能发挥，必须靠"调换职业"才能解决。离开处境不佳、对自己而言没有前途的职业，到新的更加广阔的职业市场中去重新定位、开拓，以致找到适合自己的新天地。改变职业环境，寻找到合适的职业，常常能使一个不成器的人成器成才，使"窝"在某处的潜在人才成为出色的人才。

因此，职业的流动就是要在人们有了职业的人生实践以后，寻求更好的、更合适的职业岗位的活动。"人往高处走"的本质是"人往'适处'走"，即再一次进行人职优化匹配的努力。

（二）职业流动的决策

要调换职业，必须要对新的职业目标有所选择，并对新的职业岗位有深入的了解、对新旧职业进行比较，从而慎重而果断地作出决策。有了正确的理想与合适的目标，才会有合适的流动决策。

人的职业流动决策过程可以分为以下步骤。

1. 明确流动目标

职业流动决策的首要问题是确定"我要选择新职业，所追求的是什么"。这就是职业流动的目标。一个人在职业流动时要去某个工作单位，他看重的是这个自己愿意考虑的单位，能给自己提供哪些优于原单位的条件，如工资薪酬、职位职称、发展机会、发挥才能、福利待遇等。这些就是人们进行职业流动的倾向性目标。一个人的职业目标状况如何，从根本上取决于他（她）的职业价值观。

2. 选取合适的单位

职业流动者按照自己的条件，衡量可供自己考虑的工作单位，看其是否符合自己的要求。与此同时，这些单位也要选择流动者，看流动者的条件是否符合本单位的要求，如专业、年龄、性别、工作阅历、专长等。这个"选取单位"阶段，与一般职业选择中的相互双向选择过程是相同的，不同的是，流动者在这一阶段可能要花费较多的时间、精力和心思，才能顺利完成这种人职优化匹配的过程。

3. 新单位的现实性分析

当职业流动的意向单位已经找到后，要详细了解和分析这个单位有无发展前途、组织文化如何、自己的专长能否发挥、与原单位之间有无竞业禁止等方面的情况，还要了解进入这个单位的手续（如编制、户口）等方面有无问题。

4. 流出的可能性分析

个人准备流动，其所在单位是否同意其辞职、调离，采取什么方式和交换条件进行挽留，是否存在流动障碍等，这也是一个人能否顺利实现职业流动的现实因素。有时，虽然接收单位落实了，但所在单位存在的问题也会成为人们职业生涯转换的"拦路虎"。

5. 流出与维持比较

当一个人准备流动，并且具备新单位能接收、本单位能调出的条件时，还要对"流动到新单位"和"在原单位维持"两种情况进行比较，比较各自的利弊如何，从而判断流动以后对个人职业生涯的发展究竟有什么益处、多大益处，最后作出流动与否的判断和决策。

在对"流动出去"和"维持现状"两种情况进行比较、作出决策时，还应当注意，这种选择一定要符合自己的职业价值观，并且要再一次进行"流动"和"维持"两条路的未来前景乃至终身生涯的预测比较，还要对流入新单位的现实性进行验证。

6. 正式流动

经过慎重分析，在"流动"明显好于"维持"的情况下，就正式向原单位提出申请，然后办理一应手续。只有在审慎、理性的规划之下，实现流动后才有可能走上"柳暗花明又一村"的生涯新路。

第四节　组织职业生涯发展

一、组织职业生涯发展的思路

(一) 组织职业生涯的提出

人，历来是组织的构成要素，是组织管理的主要对象。从管理发展的历史看，人从科学管理时代附属于机械、类似于机械的对象，变为行为科学阶段具有情感性的管理对象，其后变为社会经济系统中的一种复杂因素，进而又变为组织财富的源泉，甚至是造就组织本身的资源。

人力资源、人才资源的概念于是应运而生，新的用人理念迅速普及。诸多组织都认识到：要在充满风浪和风险的现实社会中发展、壮大自己，要在竞争中立于不败之地，就要充分开发和利用好人力资源，管理好人力资源这一最宝贵的财富。

同时，在组织模式多元化、劳动形式多样化的条件下，组织之中的雇佣关系、分配关系和产权关系正在发生着根本的变革，组织的人力资源管理理念也相应地进行着不断的、深刻的变化。从根本上看，当今的组织理念已经完全把人放在中心位置、把人作为立足点，许多组织已经把人的职业生涯规划与管理作为管理工作必不可少的内容。

(二) 组织职业生涯管理视角

组织职业生涯管理的视角有三个方向，即政策管理、发展管理和信息管理。

(1) 政策管理。组织对职业生涯的政策管理，包括有比较系统的人力资源开发政策，即把人力资源规划、为重要员工建立档案、进行员工培训、用科学方法选择员工等，一并作为人力资源开发政策。

(2) 发展管理。组织对职业生涯的发展管理，是针对员工对组织实施的职业生涯管理效果的管理，如员工是否积极地发挥自己的才能、组织是否愿意对员工的发展投资、组织是否按晋升标准提升职员、员工是否作职业生涯规划等。

(3) 信息管理。组织对职业生涯的信息管理，是指组织职业生涯管理方面信息收集和传播系统的建立和运作，如职位空缺、岗位培训、职务提升、推荐招聘等。

组织对于职业生涯管理有效性的评价，包括工作绩效、职业态度、职业生涯认同、职业变化的适应性四个方面的指标。职业生涯管理政策与四种职业生涯管理有效性标准均有显著的相关性；发展管理与职业生涯管理有效性中的绩效、态度、认同均有显著的相关性，但与适应性的相关性不显著；职业生涯管理中的信息与职业态度、职业生涯认同有显著的相关性，与绩效和适应性的相关性不显著。在进行回归分析后排除了年龄、任职年限、性别、个人职业生涯管理等因素的影响后，发现组织职业生涯管理对"绩效"和"职业适应性"的影响不显著，而对"职业态度"、"职业认同"有显著影响。

二、组织职业生涯发展的项目

（一）职业生涯发展等级规划的项目

从用人单位的角度看，凡招聘一个人进入组织，他（她）就成为自身的成员，被置于组织的某一个工作岗位上。进入该组织结构的这个人，也就扮演了组织成员的角色，并加入了组织的分工体系。在科层制即等级制组织中，工作的分工意味着一个人在组织的职位阶梯中的不同位置。

社会学告诉我们，人的社会地位的流动分为垂直流动和水平流动。对于一个人来说，其垂直流动包括职业阶层的晋升和下降（这相对少见），其水平流动则是同等地位的职业的变换。例如，从技术工人变为营业员、从工程师转行当大学讲师、从外科的科室主任调任医院某处的处长这些职业流动就是一个人职业生涯所走的路。

就一个人而言，他在组织的职位阶梯中一步一步"向上爬"的努力，是在组织之中存在的诸多人力资源乃至可能从社会获得的同类资源环境中进行的。组织则在立足于组织发展大目标的前提下，把成员个人的职业生涯发展融入组织大目标，通过实现个人职业目标的活动来保证组织目标的实现，达到更加优异的组织目标。

（二）职业生涯发展道路规划

1. 技术或管理的第一发展道路

一般来说，对于任何员工，只要其成长道路顺利，在有了职业能力和阅历积累以后，就可能面临"走技术道路"与"走管理道路"等的选择。这不仅是员工个人的选择，也是组织对员工进行职业生涯规划的最基本的道路选择。

从组织的角度看，员工的单阶梯道路，即某个员工进入某一条路以后就与另外的道路割裂和隔离。

（1）技术道路。对白领阶层的员工而言，走技术专家的道路通常是多数人的选择。这条道路要求人们比较多地考虑自身的因素，特别是自身的创新意识和创新能力，同时要考虑企业产品结构调整的方向、技术发展走向以及企业关于技术管理的政策、硬件设施条件。对于员工们而言，走这条道路的优点是可以较少考虑竞争对手的因素，通常情况下，组织对高级技术专家岗位限制较少，甚至是多多益善。

（2）管理道路。走管理者的道路，对于组织中的人来说，则有着岗位数量的限制和内部、外部的竞争以及企业组织变革因素的局限，因此，其岗位机会的数量相对较少。组织则根据自身的发展目标与战略，规划组织的职位结构，这为走管理道路的员工提供了机会和可能。

（3）职业发展两条道路的选择。在任何组织中，"技术专家"和"管理者"两条不同的职业生涯发展道路，对于员工所从事的职业岗位来说，都有着工作任务性质的差别。根据工作性质的不同合理地选拔人员，根据个人的素质、潜能帮助其寻找合适的工作目标并进行培训，是组织对员工进行职业生涯设计的重要任务。

在现代组织管理中，人们还可以看到一种比较普遍的职业生涯变动现象，即从技术人员"转行"成为管理人员。

2. 双重职业道路

在许多组织中，实行"当专家"与"当领导"两种道路并存发展的做法。这也被称为"双重职业道路"（dual career path）。

"双重职业道路"意味着，技术道路和管理道路是相对应的而不是割裂的，它实际上是承认技术人员的重要性，并给技术员工在技术部门内的职业生涯发展提供了比较大的空间。微软、贝尔·阿尔卡特、波音等著名的公司都实行这一办法。在我国，海尔、联想等公司也认识到这种模式的重要性并加以实行。

双重职业道路的出现有着现代科学技术进步背景，即技术人员、专家的作用越来越受到重视。具体来说，技术道路的等级和管理道路的等级，因各个组织的不同情况而异。

（三）职业生涯发展阶段规划

1. 早期的职业生涯规划

（1）完成组织化的任务。人在职业生涯早期的任务是实现自身的社会化过程，从尚未涉世的青少年发展成为初步熟悉职业并且能够处于该工作环境的员工，这是一个社会化的过程，这种社会化过程即组织化的过程。

（2）促进相互接纳。对新员工初期职业生涯的帮助，应有的结果是使组织与新员工之间达到相互接纳。为此，组织应当对新员工采取以下措施：正面的实绩评价；让新员工分享组织的"机密"；推动有才干的并接受组织价值观者流向组织内核；进一步的提升；增加薪资；分配新工作等。

（3）建立心理契约。建立双方的心理契约，也是新员工进入组织以后职业生涯的重要问题。所谓心理契约，也称心理合同，是指员工个人与用人单位双方彼此权利与义务的一种主观期望和承诺。虽然这种心理契约不是正式的、有形的、非文本式的，但它是比一般的工作合同更加重要的契约，因为这对双方来说都是自觉的。这种隐含合同可以使员工在组织的发展前景与个人的生活和职业生涯之间寻求平衡。

（4）克服现实震动。主要是那些初次走上社会、马上面对与原来书本上及学校里所获得的理念和知识有很大差异的社会现实的青年人，如他们的个人才能可能没有得到发挥；对新工作、新岗位不能马上适应，或者认为没有挑战性和令人乏味；组织的现实状况与理想中的不尽吻合等，会产生"现实震动"或"现实冲击"的感受。组织在这时就应当对他们进行正确引导，帮助他们预防和克服现实震动。

2. 中期的职业生涯规划

人的职业生涯中期是一个漫长的时期。在这一时期，组织对于员工有着多方面的职业生涯规划与管理任务。

（1）纳入生涯规划渠道。组织要根据员工个人的能力和人格特征，并考虑其发展潜力和个人意愿，依据组织的需要和可能给予培训、培养机会。组织还要对员工区分特点，进行技术、管理、技能、服务等不同生涯方向的设计，将员工的个人发展纳入组织的不同阶梯轨道。

（2）进行生涯管理活动。组织在对员工职业生涯规划以后，要通过安排合适的工作、提供晋升机会、安排培训等途径，对其职业生涯规划进行落实和管理。这种管活动的开展，要依靠组织的职业生涯管理制度或体系。

（3）培养自我规划和发展的能力。应当指出，组织除了对员工进行职业生涯的规划与管理外，还要培养员工的自我评价、自我规划和自我发展能力，要在组织与双方共同参与职业生涯规划与发展的情况下，使员工的职业生涯发展能力大大提高。

（4）帮助解决工作和生涯发展中的问题。现代管理理念认为，员工不仅是组织取得经济效益的源泉，而且是组织的主人。因此，组织要全心全意地帮助员工，为员工解决各种工作、生涯发展以至家庭生活方面的问题。例如，帮助员工处理"工作家庭关系"，以利于其职业生涯的顺利发展。

（5）克服中年危机。对于许多员工来说，其晋升机会有限，尤其是在40多岁以后，他们对职业生涯的考虑会很多，不少人产生了"中年危机"。这时，组织要对其进行帮助，使其顺利渡过中年危机。一般来说，组织可以为中年员工安排横向流动的工作（这对他们具有一定的挑战性和新鲜感），还应当发挥其指导青年员工的作用，并为其提供研讨会、继续教育等知识更新的机会。

（四）后期的职业生涯规划

老年员工的职业生涯行将结束，但是，老年员工仍然是组织的一分子，是有用的人力资源。对他们，一方面，要在工作安排上注意发挥他们的余热，为组织提供智慧、担当"顾问"、培训下属；另一方面，还要帮助他们解决好各种困难，对他们进行退休后的生活规划教育，使其顺利完成人生的又一次转折。

三、组织职业生涯的实施

（一）职业生涯规划原则

1. 利益整合原则

利益整合，即不同方面、不同主体的利益的有机结合。在职业生涯规划方面，利益整合是指员工利益与组织利益的整合。显然，这种整合不是牺牲员工的利益，而是处理好员工个人发展和组织发展的关系、寻找个人发展与组织发展的结合点。

2. 公平、公开原则

公平、公开是现代社会生活的精神，其目的是要达到公正。公平、公开原则体现在机会均等原则上，在职业生涯规划方面是指企业在提供有关职业发展的各种信息、提供教育培训机会、提供任职机会时，都应当公开其条件标准，保持高度的透明度。这是组织成员平等和人格受到尊重的体现，是维护管理人员整体积极性的保证。

3. 协作进行原则

协作进行原则，即职业生涯规划的各项活动，都要由组织与员工双方共同制定、共同实施、共同参与完成。

4. 动态目标原则

一般来说，组织是变动的，组织的职位是动态的，因此组织对于员工的职业生涯规划也应当是动态的。在"未来职位"的供给方面，组织除了要用自身的良好成长加以保证外，还要注重员工在成长中所能开拓和创造的岗位。此外，在职业生涯规划的动态目标设置中，还要考虑部分员工的流出和从外部招聘人才的问题。

5. 时间梯度原则

由于人生具有发展阶段和职业生涯周期发展的任务，职业生涯规划与管理的内容就必须分解为若干个阶段，并划分到不同的时间段内完成。时间梯度原则是由不同的时间阶段构成的，每一时间阶段都有"起点"和"终点"，即"开始执行"和"完成目标"两个时间坐标。没有明确的时间规定，会使职业生涯规划陷于空谈和失败。

6. 发展创新原则

职业生涯规划中发展创新原则，是指在人的职业生涯发展及组织的职业生涯管理中，提倡发现和解决新的问题或用新的方法处理常规问题。发挥员工的"创造性"这一点，在确定职业生涯目标时应得到体现。职业生涯规划和管理工作，并不是制定一套规章程序，让员工循规蹈矩、按部就班地完成，而是要让员工发挥自己的能力和潜能，达到自我实现、创造组织效益的目的。

7. 全程推动原则

全程推动原则，是指在实施职业生涯规划的各个环节上，对员工进行全过程的观察、设计、实施和调整，以保证职业生涯规划与管理活动的持续性，使其效果得到保证。

8. 全面评价原则

在组织的人力资源绩效管理工作中，多方位的"360度考核"可以对一个员工进行真正全面的了解和把握。与此相同，为了做到对员工的职业生涯发展状况和组织的职业生涯规划与管理工作状况有正确的了解，要由组织、员工、上级管理者、家庭成员以及社会有关方面对职业生涯进行全面的评价。

(二) 组织职业生涯的实施

一个组织要成功地实施职业生涯管理，必须克服来自多方面的阻力，并采取合理的步骤，否则难以达到理想的效果。实施职业生涯规划的阻力有的来自个人，有的来自组织。个人方面，有些人热情不高，不愿意参加该活动；有些人则相信个人成功是运气，个人无法把握，职业规划没有用等。组织方面，首先是成本高，而且实施该项目人事系统负担重，还可能使员工产生不现实的期待。另外，直接参与职业生涯规律活动的管理者认为这不属于自己的责任，不愿承担职业规划任务。如果这种活动不能立即产生效果，高层领导会不支持，而职业生涯管理的全面实施要5年以上才会有明显的效果。

通常，要使职业生涯管理活动取得成功，应注意以下事项：

(1) 先进行小规模研究，然后推广。

(2) 考虑和配套与之并行的人力资源管理的其他环节，如绩效评估，人力资源规划、培训和发展等。

（3）在政策、物质条件、经费支持等方面得到高层领导的支持。

（4）鼓励直线经理参与职业发展活动。

（5）确定项目有效性指标，评估和交流结果。

（6）提高员工自愿参与职业发展项目的人数。

（7）既重视个人干预，也重视组织干预。

（8）要有耐心，给解决问题以足够的时间。

1. 通过试点取得经验

职业生涯管理并非适合所有的组织。特别是组织规模比较小、岗位数量比较少，而且对新的知识经验需求量小的单位，开展职业生涯管理成本比较高。不同的行业，同一行业的不同企业，由于实际情况不同，所采取的职业生涯管理的措施也不完全一样。有的组织希望通过职业生涯管理，开发核心员工如管理人员、技术人员、销售人员的职业发展潜力，并试图留住员工的心；有的组织根据自己的实际，只能在企业中针对管理人员开展职业生涯管理；成熟的企业，由于管理规范程度很高，有能力也有实力开展职业生涯管理。另外，由于企业对职业生涯管理的认识不同，实施职业生涯管理的目的、途径和方法多少也会有所不同。

要在一个组织中进行有效的职业生涯管理，在一般管理人员还不是十分认同的情况下，最好先在一个部门开始尝试，看在进行职业生涯管理时会遇到什么问题，这些问题与已有的人力资源管理政策有哪些不一致的地方，如何解决这些问题比较合理等。此外，还可以考察进行职业生涯管理是否受员工喜欢，是否能提高员工的工作绩效、提高员工的竞争力、提高员工的向心力和凝聚力。有了这样一些尝试性的工作，总结了经验和教训，就知道在扩大规模后可能遇到什么问题，并能提供合理的解决办法，在推广时会更为稳妥、合理、有所针对。

2. 新老管理结合

推行一项新的工作，最重要的问题之一是与过去的活动相衔接，并尽可能使新老事物一致，避免冲突，这样在推行新事物时阻力会小一些。否则，总有一些人的利益受到伤害，导致员工的不公正感，使反对者增多，从而阻碍职业生涯管理的成功实施。

职业生涯管理需要有明确的岗位分析结果，需要有规范的绩效考核方案及结果，需要将绩效考核与员工培训、员工晋升、员工薪酬紧密结合起来。这样，各个岗位的员工在看到自己的考核结果时，就知道自己的工作状况，知道自己是否适合继续在现在的岗位发展；如果觉得不适合继续在现在的岗位发展，员工就会考虑如何找到适合自己的岗位，如何发现获得新岗位的机会，要获得新的岗位还需要做些什么工作，可以全盘规划；如果希望沿着现在的岗位向高级岗位发展，还需要具备什么条件，自己晋升到高一级岗位还有多大差距，这些差距如何弥补，也可以进行计划。没有科学的绩效考核方案，没有准确的绩效考核结果，职业生涯管理就会迷失方向。如果企业不将绩效考核与晋升和培训挂钩，职业生涯管理就会脱离科学的轨道，不是靠能力、业绩来设计发展方向，而是凭关系、人情来获得发展，就会对企业的文化产生负面影响。

由于职业生涯管理是建立在过去的绩效管理基础上的，整个过程相当于对过去工作的完善，二者水乳交融，没有引起大的动荡，实施起来阻力小，进展顺利。

3. 鼓励员工积极参与

员工参与是保证职业生涯取得成效的根本。尽管组织开展职业生涯管理更多是从组织发展的角度考虑，但真正落实还是在员工的身上。员工进步了，竞争力强了，组织自然也就有了竞争力。员工参与某一种活动，往往希望对自己的工作、生活产生积极的影响，而不是只投入、没有产出，或投入大、产出少。只要组织将自己的活动与员工的利益从政策上关联起来，员工就会积极地响应，如创造一种任人唯贤的制度，保持一定的过程透明度，凡是达标者，组织就立即落实待遇，员工就会往这个方向努力。

此外，员工本身的学习方式、发展状况不同也会产生不同的发展需要。根据员工的需求差异，制定个别化的职业生涯发展措施也是员工积极参与的重要因素，如员工进行职业自我认识，可以有几种选择：有的人选择自学，就给这类员工提供一本工作手册，辅之以录音带、电子光盘和自我评估卡；有的人选择辅导学习，就应该配备相应的教材，准备职业生涯研讨会的场地、教师；有的人希望聆听成功人士的职业生涯道路故事来增进自我认识，组织可举办员工职业生涯开发论坛，邀请高级管理人员和成功的员工共同讲述成功的故事。

为了让更多的员工了解职业生涯管理活动的作用，还可以印刷一些类似简报的资料，在指导、提倡、鼓励的同时，让员工交流、介绍自己的感受和收获，以吸引更多的员工参与。当员工把职业生涯管理当成一种需求时，可以促使组织进一步地完善相应的工作，使职业生涯管理更加科学、系统和全面。

4. 定期效果评估

职业生涯管理有效性有四个标准。

（1）达到个人或组织目标。个人目标包括：①高度的自我决定；②高度的自我意识；③获得必要的组织职业信息；④加强个人成长和发展；⑤改善目标设置能力。组织目标包括：①改善管理者与员工的交流；②改善个人与组织的职业匹配；③加强组织形象；④确定管理人才库。

（2）考察项目所完成的活动。这包括：①员工使用职业工具，如参与职业讨论会、参加培训课程；②进行职业讨论；③员工实施职业计划；④组织采取职业行动（提升、跨职能部门流动）；⑤组织确定骨干人才。

（3）绩效指数变化。这包括：①离职率降低；②旷工率降低；③员工士气改善；④员工绩效评价改善；⑤填补空缺的时间缩短；⑥增加内部提升。

（4）态度或知觉到的心理变化。这包括：①职业工具和实践评价，如参加者对职业讨论会的反映、管理者对工作布告系统的评价；②职业系统可觉察到的益处；③员工表达的职业感受（对职业调查的态度）；④员工职业规划技能的评价；⑤组织职业信息的充足性。

当然，职业生涯管理的评估也不完全是一个固定的模式，需要根据特定组织所实施的具体的职业生涯管理方案来确定指标。如果是针对管理人员所进行的职业生涯管理，在评估时主要考虑以下几个方面：

第一，下属对管理水平的评估。如在开展职业生涯管理之前，对管理人员进行 PM 领导行为测查。在职业生涯管理实施一定时间后，再利用 PM 量表进行重测，比较两者的差异。

第二，整个企业的生产、经营、销售状况的变化情况。在实施职业生涯管理后，理论上，管理者应该对工作更加认真负责，工作会更有成效，而生产、经营、销售就是体现这种认真负责精神的一个客观指标体系。这些内容可以通过生产、销售等方面的管理数据库获得。

第三，员工的感受。经过职业生涯管理，管理者的动力、管理者的管理能力应该有所提高，而这些成绩应该是员工能感受到的。员工的满意度、组织承诺、组织公民行为、组织公平等应该有所改善，而离职意愿则应该有所减弱。

事实上，在评价职业生涯管理有效性时，不可能考察所有涉及有效性的方面，而且组织也不必将所有的职业生涯管理方面均在组织中实施。

本 章 小 结

"职业生涯规划"是近年来国内新兴的时髦词汇，但我们不能仅仅将它当成"口号式"的推广和宣传。"职业生涯规划"是一个极具科学性和实践性的课题，如何按照符合自己实际的情况来制定规划，如何切实有效地贯彻这一规划，如何处理突发的、规划外的小概率事件，都需要一整套科学的方法来进行管理。

因此，本章着重论述了不同实体间的职业生涯规划的不同内容，包括个人、组织以及大学生这个特殊群体的职业生涯规划，并结合金融风暴下的就业压力，给大学生提供一个可靠而可行的职业生涯规划方案。通过对本章的学习，可以充分掌握职业生涯规划的方法，以此在不同的年龄阶段和不同的社会、组织环境下帮助自己在职业生涯中有所发展。

➤本章思考题

1. 职业生涯有哪些特性？
2. 何谓"职业锚"？
3. 职业选择的基本要素和原则有哪些？
4. 组织职业生涯发展应具有什么样的思路？

➤本章参考文献

1. 姚裕群：《职业生涯规划与发展》，首都经济贸易大学出版社，2003 年
2. 龙立荣、李晔：《职业生涯管理》，中国纺织出版社，2003 年
3. 谌新民、唐东男：《职业生涯规划》，广东经济出版社，2003 年
4. 徐娅玮：《职业生涯管理》，海天出版社，2002 年
5. 陈敏：《成功走向社会》，立信会计出版社，2004 年
6. 徐笑君：《职业生涯规划与管理》，四川人民出版社 ，2008 年

第九章

绩效评估

引导案例

晏宏才能评高级职称吗？①

"假期我去做了检查，昨天拿到结果，肺癌晚期。这是我给大家上的最后一课。"去年"十一"长假后的第一堂课，晏宏才向学生这样宣布，口气平静，然后照常开讲。他平时从不拖堂，那天却好像没有听到下课铃声，继续往下讲，似乎想把他所有的知识一下子全部告诉他的学生，最后不得不放下手中的粉笔时，眼里透出深深的无奈和哀伤。

一周后他又出现在讲台上。"由于新老师没到，我继续把第一章讲完再告一段落。"那一课许多学生是含泪听完的。"如果说教学是一门艺术，那么你们就是我未能完成的艺术品。真对不起！"临下课时，他这样向学生致歉，同学们则报以经久不息的掌声。

晏宏才，上海交通大学的一位普通教师，2005年3月12日死于肺癌。他去世三天内，上海交大校园BBS上，发表了学生千余篇悼念文章，学生还自发筹资为他出版纪念文集。

这位老师的死引发了争议，他终年57岁，教学水平和师风师德广受赞扬，但由于没有论文，去世时还仅仅是个讲师。

熟知他的人都说，他最让人感佩的一点就是淡泊名利的洒脱，对职称从未挂怀。也有人认为，无论如何，他都是一个"悲剧人物"，他的言行在浮躁之风盛行的校园里显得如此"不合时宜"。

在上海交通大学电子信息与电子工程学院，晏宏才的教学水平有口皆碑。他的电路

---

① Soway：《上海交大一位讲师的"最后一课"》，新浪网，2005年6月15日。有修改。

课，在学生网上评教活动中，以罕见的满分居全校之首。很多学生称他为"我碰到过的最好的老师"。他去世后，多位老师坦陈："我教课比起晏老师还差很远。"

他上课已达到了这种境界：一杯茶、一支粉笔随身，从不带课本和教学参考书，知识早已烂熟于胸，例题信手拈来，讲课条理清晰、自成体系。加上一手俊秀的板书，洪亮的嗓音，他的电路课被誉为"魔电"，几乎场场爆满，座无虚席。

学生在校园BBS的悼文中说："他的课充满了激情，从头到尾都扣人心弦，简直像一部精彩的电影。""书本上那些枯燥的字句，到了他嘴里就像活了一样，那些原本晦涩难懂的公式、定理，经过他的讲解，就变得非常简单明白。"

这样一位深受学生喜爱的教师为什么至死连个副教授也评不上？主要原因是他没有论文。根据高校现行考核体制，教师评职称主要看科研论文的数量，而晏宏才几乎没有发表过一篇"像样"的学术文章。

上海交大一位负责人这样解释：在中学，这样一位老师可以被评为特级教师；但是大学要求教学、科研并重，教师既要传播知识，又要创新知识，两者不能偏废。以此衡量，晏宏才就不够全面了。

讨论题：

1. 你认为晏宏才应该晋升高级职称吗？
2. 究竟如何才是一位真正的好老师？
3. 如何正确评价职称？该用哪些指标去衡量？

绩效考核经常被称为世界性的难题，究其原因是缺乏对此系统的分类研究和体系分析。本章通过对绩效考核问题的介绍及分析，视绩效考核为系统工程，并将绩效考核系统分解为考评主体、考评对象、考评工具和考评指标四大体系，对解决问题作了大胆的探索。

■ 第一节 绩效评估概述

绩效评估是绩效管理过程中最能体现管理效果的一个重要环节。绩效管理是人力资源管理的核心之一，成功实施绩效管理，不但能帮助组织提高管理效率，帮助管理者提升管理水平，提升人力资源管理者的价值，实现人力资源管理者的角色转换，而且能提升人力资源管理部门的地位，使其从管理的金字塔的执行地位向金字塔的顶峰——决策地位转化。可以说，绩效管理是人力资源管理者的二次创业，是人力资源管理者发起的一场战斗和管理革命；同时，良好的绩效管理有利于组织的目标和个人的目标的联系和整合，能获得更高的组织效率。实际上，绩效管理也是组织和个人对所要达到的目标建立共同理解的过程，也是管理和开发人的过程，这不仅有利于实现组织和个人的短期目标和长期目标，而且有利于组织整体绩效的不断进步。

一、绩效考核的问题

有这样一个例子：大钱是某企业生产部门的主管，今天他终于费尽心思地完成了对下属人员的绩效考评并准备把考评表格交给人力资源部。绩效考评表格标明了工作的数量和质量以及合作态度等情况，表中的每一个特征都分为五等：优秀、良好、一般、及格和不及格。

在"完成本职工作"一栏，除了小王和小李，大部分职工还顺利完成了大钱交给的额外工作。考虑到小王和小李是新员工，他们两人的额外工作量又偏多，大钱给所有员工的工作量都打了"优秀"。

在"合作态度"一栏。大钱记得小张曾经对自己作出的一个决定表示过不同意见，故大钱在"合作态度"一栏上，给小张记为"一般"，因为意见分歧只是工作方式方面的问题，所以大钱没有在表格的评价栏上记录。另外，小朱家庭比较困难，大钱就有意识地提高了对他的评价，他想通过这种方式让小朱多拿绩效工资，把帮助落到实处。

在"工作质量"一栏，因小方的工作质量不好，也就是刚到及格，但为了避免难堪，大钱把对他的评价提到"一般"。

这样，员工的评价基本分布于"优秀"、"良好"、"一般"；就没有"及格"和"不及格"了。大钱觉得这样做可以使员工不至于因发现绩效考评低而产生不满；同时，上级考评时，自己的下级工作做得好，对自己的绩效考评成绩也差不了。

以上情况暴露出如下一些问题。

(一) 日常绩效考核中经常发生的问题[①]

(1) 指标的设立过于简单。本例中主要对工作质量、数量和合作态度进行考核，这种方式过于简单。因为影响员工绩效的因素是多方面的，既包括员工个人的技能和态度，也包括如劳动场所的布局、设备与原料的供应以及任务的性质等客观因素。所以，除了对工作质量和产量进行评估外，还应对原材料消耗率、能耗、出勤及团队合作等方面进行综合考虑，逐一评估，尽管各维度的权重可能不同。

(2) 评估指标没有量化。在本例中，评估指标主要分为优秀、良好、一般、及格和不及格，但对"优秀"的标准是什么，"良好"的标准是什么，"优秀"和"良好"的差距应控制在怎样的范围内，应该用什么样的百分比进行表示没有具体化，如对超额完成10%～20%定为"优秀"，而大钱对完成本职工作任务的都给了"优秀"，显然缺乏科学性和公正性。这样通常会导致超额完成任务的员工积极性受到打击，很可能会降低工作的努力程度。

(3) 考评主体单一。这里只由大钱对下属进行评价，很容易造成主观性，实际上也确实如此。比如，小朱家庭比较困难，大钱就提高了对他的评价，他想通过这种方式让小朱多拿绩效工资；小李的工作质量不好，但为了避免难堪，大钱把他的评价提到"一般"。实行单一由直接领导人考评的前提是考评人对下属从事的工作有全面的了解，而且能从下属的高绩效中获益，同时也会由于下属的低劣绩效而受损，因此能对下属作出精确的评价。但如果不满足这些条件，同时考评者又对某些下属有偏见，则很容易造成评价不客观，一旦感情用事，就失去了评估的公平性。

---

① 张培德、张正西：《现代理才方略与HR》，华东理工大学出版社，2008年，第206页。

（4）缺乏对评估结果的适当的比例控制。如规定原则上评估结果为"优秀"的比例不超过 15％，"不及格"和"及格"的比例在 10％以内，"良好"的比例为 75％。对评估结果进行适当的比例控制的最大好处就是尽量避免由考评者心理因素掺入所造成的偏差，因为许多考评者为了与员工搞好关系，经常会对所有员工都评为"优秀"或"良好"以上，这便失去了绩效评估的意义。本例中，大钱就是这样做的，如将对小李的评价由"及格"提到"一般"，从而使所有评价分布于"优秀"、"良好"、"一般"。所以，没有对评估结果进行适当的比例控制，造成大钱的评估出现了重大缺陷。

（5）考评中缺乏沟通的环节。绩效评估不是单向的信息通报或者形式化的结果传递，它是主管与下属成员之间相互沟通、协调的企业组织双向行为，是建立企业员工之间合作伙伴关系的桥梁之一。企业开展绩效评估的战略目标之一就是使企业内部的管理沟通制度化和程序化。绩效评估中的沟通主要是评估者与被评估者直接沟通，分析被评估者的绩效及结论，由评估者向被评估者给出评估结果，并与被评估者讨论绩效评估，建立职工绩效评估档案系统。在本例中，大钱在评估时没有与下属沟通，就决定把考核结果直接交给人力资源部；而且在绩效评估之前也没有与员工沟通，如果在评估之前能发现小方的工作质量不好，与小方及时沟通，共同分析质量不好的原因，就可能减少损失。

（6）对考评者缺乏监督机制。在现代企业制度中，由于企业管理者与企业经营者和所有者的利益可能存在不一致，这便出现了信息经济学中的道德风险问题，即经济代理人（如管理人员）在追求自身效用最大化的同时，损害委托人（如企业所有者）或其他代理人利益的行为。在绩效评估中，绩效评估者与被评估者双方都拥有隐蔽行动和隐蔽信息的动机。对绩效评估者来说，他一方面是下属员工的评估者，另一方面是更高级别领导的被评估者。如果没有制度约束，其最佳策略是对下属进行评估时拥有不应有的特权。正是由于企业领导同样受到一定的约束，有效的绩效管理和绩效评估才有了一个良好的组织环境。

（二）绩效管理中问题产生的原因分析

人事部吴江教授曾经指出：绩效考核是一个世界性的难题。为什么难呢？立场不同、时期不同、观点不同，评价不一样。有人认为孙悟空是一个好员工，如有一本书叫做《孙悟空是个好员工》（中信出版社，2008 年），但每个人看法不一样，但有人会说孙悟空不是一个好员工，因为在西天取经之前他连一个弼马温都做不好。因此，在不同的时期，站在不同的立场上，持有不同的观点，评价是不一样的。

（1）评价的标准不同，结论就会不一样。如在攻打伊拉克问题上，美国出兵时美国民众有 90％以上都支持打，都认为应该打、打得好，因为萨达姆实施暴政，但随着美国士兵在伊拉克伤亡人数不断增多，支持率又有变化。可见，评价标准不同，会有不同的结果。

（2）不同的目标有不同的权重。组织的绩效考核要服务于不同的目标，如针对招聘、晋升、奖惩的不同目的，就有不同的标准，权重也不同。招聘时，必须考虑应聘者的能力因子占 50％，经验因子占 50％；针对晋升与提拔干部，就要求德、能占 70％；如为奖惩或加工资，则要激励员工，此时勤占 20％，绩占 70％。因此，对不同的目标，权重是不一样的。

（3）不同的阶段有不同的要求。企业处于不同的阶段，要求有不同的人才，就像战争时代需要勇猛的"黑旋风李逵",和平时期需要"科学家式的人才"一样。

（4）不同的价值观,不同的评价。价值观不一样,每个人的评价也不一样。如有一个老师问学生:"你将来的理想是什么?"学生若回答:"当小丑!"立刻会引起两种截然不同的反应。中国老师会说:"胸无大志,孺子不可教也!"而美国老师则会说:"好啊,愿你把微笑带给全世界!"

（5）不同的裁判,会产生不同的结果。谁是赢者?谁是上帝?谁让中国团体花剑比赛落败雅典奥运会?这里面就是裁判的问题。裁判相当于考评者,也很重要,这就是我们平常说的:说你行你就行,不行也行;说你不行你就不行,行也不行;结果就是"不服不行"!

二、绩效评估的含义

在人力资源管理中,根据目的和用途的不同,一般可将人员评估分为用于合理配置人力资源为目的的配置性评估、用于诊断和分析有问题人员素质根源的矫正性评估、用于招聘人员区分等级的选拔性评估、用于人员技能提高培训为目的的开发性评估,以及用于对人员绩效作出鉴定的考核性评估等五大类型评估。在这里重点讨论考核性评估,也称为绩效评估。

绩效评估又称人事评估、绩效考核、员工考核等,它是指对员工的工作行为和结果进行系统评价,是一种正式的员工评估制度。一般来说,绩效评估通常采用结果趋向性评估,对员工实际结果进行行业绩鉴定,就是评估员工的实际工作绩效。通过绩效评估,可以知晓员工的实际能力和不足,知晓与组织的期望和目标的差距,以更有利于员工改进工作和提高工作效率。

在人力资源管理中,绩效管理与绩效评估的主要区别如表 9-1 所示。

表 9-1　绩效管理与绩效评估的主要区别

绩效管理	绩效评估
含有计划、组织、指挥、协调和控制的一个完整的管理过程	管理过程中的重要阶段和鉴定环节
绩效管理侧重于信息的传播和效率、绩效的提高	绩效评估侧重于评估和鉴定
从时间上来看,绩效管理必须经历管理活动的全部过程	绩效评估只出现在特定的时期
绩效管理从管理计划的制定开始就进行了事先的沟通与承诺	绩效评估往往是事后的绩效考评

三、绩效评估的用途

绩效评估有许多用处,具体而言,绩效评估主要有以下七方面的用途。

1. 晋升依据

员工的职务调整包括员工的晋升、降职、调岗,甚至辞退。绩效评估的结果会客观地对员工是否适合该岗位作出明确的评判。基于这种评判而进行的职务调整,往往会让员工本人和其他员工接受和认同。

2. 增加沟通

绩效管理是上级与员工之间就工作职责和提高工作绩效问题持续进行的沟通过程。

绩效管理工作不仅是对目标（事情）的管理工作，更重要的是对人的管理与开发工作，它对组织、领导和员工个人都具有很重要的意义。

评估沟通是绩效评估的一个重要环节，它是指管理者（考评者）和员工（被考评者）面对面地对评估结果进行讨论，并指出其优点、缺点和需改进的地方。评估沟通为管理者和员工之间创造了一个正式的沟通机会。利用这个沟通机会，管理者可以及时了解员工的实际工作状况及深层次的原因，员工也可以了解管理者的管理思路和计划。评估沟通促进了管理者与员工的相互了解和信任，提高了管理的穿透力和工作效率。

3. 知晓期望

每位员工都希望自己在工作中有所发展，组织的职业生涯规划就是为了满足员工的自我发展的需要。但是，仅仅有目标，而没有进行引导，也往往会让员工不知所措。绩效评估就是这样一个导航器，它可以让员工清楚自己需要改进的地方，指明了员工前进的方向，为员工的自我发展铺平了道路。

4. 报酬依据

绩效评估会为每位员工得出一个评估结论，这个评估结论不论是描述性的，还是量化的，可以为员工的薪酬调整、奖金发放提供重要的依据。这个评估结论对员工本人是公开的，并且要获得员工的认同。所以，以它作为依据是非常有说服力的。

5. 知晓差距

评估可以让员工清楚组织的期望，知晓与组织要求的差距。虽然管理者和员工可能会经常见面，并且可能经常谈论一些工作上的计划和任务，但是，员工还是很难清楚地明白组织对自己的评价和期望。绩效评估是一种正规的、周期性的对员工进行评价的系统，由于评价结果是向员工公开的，员工就有机会清楚组织对他的评价和期望。这样可以防止员工不正确地估计自己在组织中的位置和作用，从而减少一些不必要的抱怨。

对于普通员工而言，能够获得参与目标设定的机会，获得对技能及行为的反馈，不断改进和学习，还能够讨论及计划个人发展及职业生涯，增加认同感和成就感等。

6. 发掘潜力

绩效评估可以发掘员工的潜力，使他们向更有挑战性或更能发挥潜能的工作岗位流动，这可能会产生意想不到的工作成效。

7. 提供 HRP 依据

通过绩效评估，组织管理者和人力资源部门可以及时准确地获得员工的工作信息，为人力资源规划提供了很好的依据。通过这些信息的整理和分析，可以对组织的招聘制度、选择方式、激励政策及培训制度等一系列管理政策的效果进行评估，及时发现政策中的不足和问题，从而为改进组织政策提供了有效的依据。

对于组织而言，通过绩效管理，能够发现组织中存在的问题以不断改进，在提高绩效的同时，增加人力资源价值；能够作出正确的雇用决策，使正确的人做正确的事；能够奖励及留住表现最好的员工等。

而对于管理人员来说，绩效管理这个工具能够提供对自己管理方式的持续反馈，帮助提高管理技能；能确保员工对部门和组织计划及目标的投入，最终改进部门和组织的绩效表现等。

第二节　绩效评估的过程

一、绩效评估内容

对于绩效评估内容，一般来说，它取决于评估的目的，没有目的的评估是没有价值的。

为了使绩效评估更具有可靠性和可操作性，在对岗位的工作内容进行分析的基础上，依据组织的管理特点和实际情况，评估内容有如下划分：

第一，重要任务，是指在评估期内员工的关键工作成绩，具有目标管理评估的性质。在评估中，往往列举 2～5 项最关键的"重要任务"即可。例如，对于策划人员可以是评估期的策划任务，对于销售人员可以是评估期的销售绩效。

第二，日常工作，一般以工作说明书的岗位职责内容为准，由直接上级领导进行评估。如果岗位职责内容过杂，可以仅选工作说明书中的工作概述和工作职责的重要项目评估。它具有评估工作过程的性质。

第三，工作态度，是指对组织的忠诚度和组织文化的认同、是否对工作认真负责、待人接物的礼貌程度等。对于不同岗位的评估有不同的侧重，例如，"工作热情周到"是评估行政员工的一个重要指标，而"工作细致不出差错"更适用于财务员工。

第四，工作能力，应该包括对创新能力、协作精神、工作技能、工作潜能等对工作能够产生影响的个人能力的具体项目的评估。

二、绩效评估的过程及其分析

绩效评估的过程可分为取得高层管理者的支持、设定绩效目标和制定完善的实施计划、确定评估标准和方法、广泛地宣传和持续不断地沟通、培训考评者员和直线领导、实施绩效评估、收集数据信息、分析绩效评估、绩效的诊断和提高、绩效评估结果反馈和再运用 10 个阶段。如图 9-1 所示。

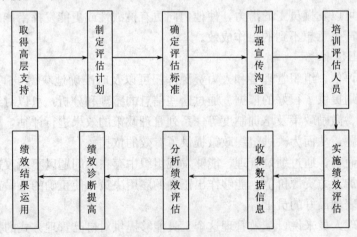

图 9-1　绩效评估的过程

以下对绩效评估过程进行具体分析。

1. 取得高层支持

要进行绩效评估，首先应主动与高层管理者探讨绩效管理的理论、方法、意义和作用，取得高层管理者的支持和帮助。这样就能在高层管理者的支持和主持下，一起进行实践推动。当然，每一个环节都要向高层管理者汇报，并通过高层管理者的意志将之传达下去，使绩效管理的每个环节都落到实处，收到效果。因此，取得高层管理者的认同和支持显得特别重要。

2. 制定评估计划

为了保证绩效评估顺利进行，必须事先制定完善的实施计划，这就需要在明确评估目标的前提下，有目的地选择评估的对象、内容、时间等。

3. 确定评估标准

绩效评估必须要确定标准，以作为分析和考察员工的尺度。绩效评估的标准一般可分为客观标准和主观标准。当然，在选用绩效评估的方法时必须注意，对于不同的对象，必须选用不同的方法。

4. 加强沟通宣传

这一阶段需同时进行两方面的工作：一要宣传；二要沟通。

绩效评估的实施离不开广泛的宣传和贯彻。具体可通过组织的内刊、宣传栏、局域网等媒介手段对绩效评估的标准、方法、意义和作用等进行宣传，制造声势。

沟通是一切管理工作必不可少的重要手段，也是绩效评估实施的重要手段，应强调持续不断沟通的关键性作用。沟通时需遵循以下原则：

（1）开放性原则。所谓开发性原则就是要真诚、坦率，以"心"交流。一切的沟通都是以真诚、坦率为前提的，都是为了预防问题和解决问题。以"心"交流、坦率地沟通才能尽可能地从对方那里获得信息，进而帮助对方解决问题，提供帮助，不断提高领导的沟通技能和沟通效率。

（2）及时性原则。所谓及时性原则就是在进行计划实施之前和之中及时沟通，尽可能在问题出现时或矛盾发生之前就通过沟通将之消灭于无形或及时解决掉，所以，及时性是沟通的又一个重要的原则。

（3）针对性原则。所谓针对性原则就是要强调沟通应该具有针对性。具体事情具体对待，不能泛泛而谈。泛泛地沟通既无效果，也无效率。所以，管理者必须珍惜沟通的机会，关注具体问题的探讨和解决。

（4）连续性原则。所谓连续性原则就是强调沟通应该经常地、定期地进行。要与领导和员工约定好沟通的时间及时间的间隔，保持沟通的经常性和连续性。

（5）建设性原则。沟通的结果应该是具有建设性的，给员工未来绩效的改善和提高提供建设性的建议，帮助员工提高绩效水平。

5. 培训评估人员

培训评估人员和领导人员是绩效评估的一个重要步骤。好的评估方法和手段必须要由高素质的管理者来组织实施，因此，对评估者和直线领导人员的培训是必不可少的。要让管理者深刻掌握绩效评估的理念，改变旧有的管理观念，掌握绩效评估的流程、方法和技巧，使每个管理者都喜欢绩效评估，都支持和掌握绩效评估。

6. 实施绩效评估

绩效评估的实施必须要有政策保证，因此，在上述工作的基础上，出台必要的政策措施非常必要。在政策中，可以规定高层管理者、HR领导、直线领导和员工各自的绩效责任，规定绩效评估的方法和流程，规定绩效评估结果的运用等，组织可以依据自己的实际情况具体对待。

绩效评估一般在年底举行。员工绩效目标完成得如何，组织绩效工作的效果如何，只需通过绩效评估就可一目了然。

当然，绩效评估也是一个总结、提高的过程，总结过去的结果，分析问题的原因，制定相应的对策，便于组织绩效管理的提高和发展。

7. 收集数据信息

绩效目标最终要通过绩效评估进行衡量，绩效评估必须要依据员工经历的期限和过程，根据员工的业绩来进行的。因此，有关员工绩效的信息资料的收集就显得特别重要。

在这个阶段，评估者要注意观察员工的行为表现，收集数据、信息，记录员工的绩效表现，形成必要的文档记录，同时要注意保留与员工沟通的结果记录；必要的时候，请员工签字认可，避免在年终评估时出现意见分歧。

做文档的一个最大好处是使绩效评估时不出现意外，使评估的结果有据可查，更加公平、公正。

8. 分析绩效评估

分析绩效评估这一阶段的任务是根据评估的目的、标准和方法，对所收集的数据进行分析、处理、综合。其具体过程如下：

（1）划分等级。把每一个评估项目，如出勤、责任心、工作业绩等，按一定的标准划分为不同等级。

（2）对单一评估项目的量化。为了把不同性质的项目综合在一起，就必须对每个评估项目进行量化，对不同等级赋予不同数值，用以反映实际特征。

（3）对同一项目不同评估结果的综合。在有多人参与的情况下，同一项目的评估结果会不相同。为综合这些意见，可采用算术平均法或加权平均法进行综合。

（4）对不同项目的评估结果的综合。有时为达到某一评估目标要考察多个评估项目，只有把这些不同的评估项目综合在一起，才能得到较全面的客观结论。

9. 绩效诊断提高

没有完美的绩效管理体系，任何的绩效管理都需要不断改善和提高。因此，在绩效评估结束后，要全面审视组织绩效管理的政策、方法、手段及其他的细节并进行诊断，不断改进和提高组织的绩效管理水平。

10. 绩效结果运用

得出绩效评估的结果不是目的，它并不意味着绩效评估工作的结束。在绩效评估过程中获得的大量有用信息必须反馈和运用到组织各项管理活动中。具体要求如下：

（1）利用向员工反馈评估结果，帮助员工找到问题、明确方向，这对员工改进工作、提高绩效会有促进作用。

（2）为人事决策如任用、晋级、加薪、奖励等提供依据。

（3）检查组织管理各项政策，如员工配置、员工培训等方面是否有失误及还存在哪些问题。

三、绩效评估的一般原则

1. 客观公正原则

评估应客观、公正，才能激励员工，才能使考核的结果发挥应有的作用。

所谓客观即实事求是，做到评价客观、自我评价客观。公正即不偏不倚，它要求考评者无论对领导还是部下，都要公平评价，按照规定的评估标准，一视同仁地进行评估。

2. 科学简便原则

科学、简便即要求评估从标准确定到评估结果的运用，整个过程设计要符合客观规律，正确运用现代化科技手段，准确地评价各级各类员工的行为表现。同时，评估的具体操作要简便，以尽可能少的投入获得尽可能好的评估效果。

3. 注重实绩原则

注重实绩的原则就是指员工通过主观努力，为社会作出并得到社会承认的劳动成果和完成工作的数量、质量和效益。它是员工知识、能力、态度等综合素质的反映。在评估过程中，坚持注重实绩原则即要求在对员工作评估结论和决定升降奖励时，以其工作实绩为根本依据。

4. 区分能级原则

区分能级的原则就是在绩效评估中对不同类型和不同能级的员工应有不同的评估标准。目的是为了区别参加考评者的才能高低和贡献大小，以便发现人才、选拔人才和合理地使用各类人才。坚持多途径、多能级的评估原则能实现对不同能力的员工授予不同的职称和职权，对不同贡献的员工给予不同的待遇和奖励，做到"职以能授、勋以功授"。

5. 连贯性的原则

连贯性的原则就是要求掌握历时性原则。对于员工的考察不能仅看一时一事，应全面地、历史地来看。要做到全面和准确，则要坚持将评估的阶段性和连续性相结合。

第三节　考核的四大体系分析

一、比较各类考评方法，树立"系统工程"概念

在实践中，许多管理者有这样的体会："做的事情越多，犯的错误就越多。"有一位人力资源专家为此曾经说过这样一句话："在传统的计划经济模式下，如果你想当干部，就什么事情都别做，等待着别人犯错误。"为什么会出现这样的问题呢？归根结底，还是评价的问题。

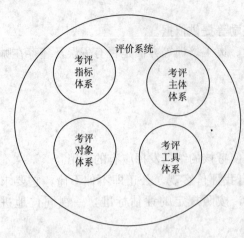

图 9-2   评价系统包含的四大体系

通过比较以上国外典型的各类考评方法、考评指标和考评工具，并结合中国的考评情况，为更好地解决绩效考核这一"世界性的难题"，经过大量的调研分析，可以把绩效评价视为一个"系统工程"，更有利于剖析绩效考核系统。评价系统包括考评指标体系、考评工具体系、考评主体体系和考评对象体系，如图 9-2 所示。

图 9-2 所进行的系统分类，很容易区分绩效考核的归因问题。"各行其道、各归体系"，把各种各样的要素、各种各样的情况归到各自的体系之中，解决了考核中的困惑问题。对四大评价体系具体说明如下：

（1）考核指标体系。用什么标准去衡量管理者、用哪些指标去考核干部，这是标杆的问题。不同的时代有不同的指标体系。当然，遵循 SMART 原则，必须在一级指标下设立观测点，同时为便于观测还需要进一步量化，使之可度量。在设立三级指标时，必须注意定性和定量相结合。因此，对于分级指标的设置要求是："一级指标少而精，要与战略目标相结合；二级指标好观测，切实理解一级指标；三级指标能操作，定性定量相结合；评价标准分等级，自然而然能打分。"

（2）考核工具体系。考核工具与导向直接相关联。若以结果为导向，则可采用成果评价法，它包含了目标管理法、定性和定量的指数评价法等几种工具；若以行为过程为导向，则可运用行为评价法，它包含了关键事件法、行为差别测评法、行为观察量表、固定行为评价量表等工具；若以品质特征等为导向，则可运用员工比较法，它包含了强制分配法、一一对应法、直接排序法等各类工具。因此，挑选不同的评价工具会直接影响考核的结果。

（3）考评对象体系，也称为被考评者体系，考评谁，对象要明确，不同岗位、不同职位、不同性质的考评对象，对被考评者的指标体系和各指标的权重也是不同的。调查发现，由于传统的"德、能、勤、绩、廉"指标体系不加区别地应用于任何人、任何层面、任何职位，结果反而使其"效度"和"信度"降低。特别要注意的是，即使是同一指标，权重也是不同的。例如，对于高层领导的"德"的权重肯定要比一线领导的权重高得多。

（4）考评主体体系，也称为考核者体系，由谁来评价。"裁判"是"上帝"，计划经济时代往往由上级领导说了算，但随着改革开放的深入，对评价的要求也就越来越高。究竟由谁来考评？可以采用领导考评、自我考评、下级考评、同事互评、客户评论。笔者经过大量的调研发现最准确的应该是同事考评，而最全面的应该是 360 度考评，尤其是对中高级管理者的考核和提拔。对一般干部的考评也可采取"交叉考评"，由跨部门的人员进行考评。

由此，按照考评体系的分类，分析问题和进行绩效考核就容易多了。

二、运用"冰山理论",建立全面导向评价模型

绩效到底由谁决定？评价者的观点不同、价值观不同、方法不同以及个人素质的不同，都会造成评价结果的不同。同样的事情，不同的考评者会得出不同的结果，最终造成"说你不行，你就是不行，行也不行"。个体由于具有不同的价值观，会有不同的评价标准。中国社会如何评价"干部"？这必然与时代、文化背景和评价者的价值观有关。

导向的问题直接影响到对管理者评价的准确度的问题。前面所阐述的任何一种考评工具都是不完美的，因为单向的评价导向本身存在缺陷。要克服这些问题，可行的办法就是运用"冰山理论"，进行全面的评价导向，建立基于科学发展观的全面导向评价模型。心理学家弗洛伊德与布罗伊尔在1895年发表的《歇斯底里研究》中认为，人的人格有意识的层面只是这个冰山的尖角，其实，人的心理行为当中的绝大部分是冰山下面那个巨大的三角形底部，是看不见的，但正是这看不见的部分决定着人类的行为，包括战争、法西斯、人与人之间的恶劣争斗等。

因此，导向直接影响我们的评价标准。考核管理者必须要全面、客观、公正、公平；而运用"冰山理论"则能做到全面评价管理者，它既能考核业绩结果，又能考核行为过程，还能考核潜在能力和可持续发展，而关于"潜在发展"在中央人才工作会议上已经引起相当的重视。

引进"冰山理论"，这是对于管理者的绩效评价中贯彻落实科学发展观最好的方法。实际上，"科学发展观"就是强调"全面、协调、可持续"，并重点突出以人为本，因此，对管理者的考核就必须基于科学发展观的全面导向评价。而运用"冰山理论"所建立的全面导向评价模型，既重视考核管理者的结果，又重视考核管理者的行为过程，更重视考核管理者的潜在能力和可持续发展力。运用"冰山理论"建立的全面导向的管理者评价模型如图9-3所示。

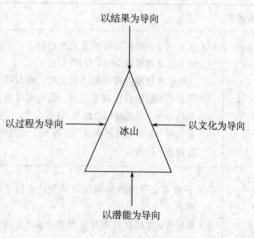

图9-3 全面导向评价模型

分析图9-3，该模型不仅从结果导向强调对显露的社会效益和经济效益提出考核要求，而且以过程为导向，按照工作分析对管理者的依法执政和行为过程进行考核；另外以文化为导向，依据组织文化对管理者进行"组织人"的评定；同时，还以潜能为导向，对管理者进行了品质特征和可持续发展评价。

综合以上，如果以结果为导向，我们可以从社会效益和经济效益角度去考察；如果以过程为导向则可对海平面浮沉的行为过程进行评价；如果以文化为导向，则可依据组织文化进行"组织人"评价；如果以潜能为导向，则可对品质和能力进行评价。这样，

就可建立包含经济效益、社会效益、行政过程、潜力发展、组织文化五个维度或一级指标在内的综合指标体系。

有了以上的一级指标，就可依据 SMART 原则要求将定性和定量相结合，设置可观测、可度量、可操作的分级评价指标体系，如依据 SMART 原则，设置三级指标体系。

三、考核系统中的四大体系的分析

(一) 考评主体体系的分析

1. 考评者的选择

考评主体体系就是考评者体系，就是涉及考评者的选择。考评者的选择可以分为四大类，即同质考评者、花样考评者、群体考评组和 360 度全方位考评者。

(1) 同质考评者就是由相类似的个人或群体组成的考评者，比如，自我考评，围绕员工本人在组织中就有上级领导考评、下级员工考评、同事考评，而组织外部有客户考评。不管选择哪一类考评者总是有其利也有其弊，分析其利弊有利于我们对不同的考核目标进行评估。对不同考评者的优缺点的比较如表 9-2 所示。

表 9-2 不同考评者的优缺点比较

考评者	优点	缺点
上级评估	(1) 上级领导一般都比较熟悉自己的员工，平时也有机会观察员工的工作情况 (2) 上级领导能够比较好地将员工的工作与部门或整个组织的目标联系起来，他们可以将评估与加薪、奖惩等结合起来 (3) 有机会与员工更好地沟通，了解员工的想法，发现员工的潜力	(1) 由于领导掌握着切实的奖惩权，评估时员工往往感受到威胁，心理负担较重 (2) 领导的评估若采用单向沟通会沦为说教、引起反感 (3) 领导可能缺乏评估的训练和技能 (4) 领导可能有个人偏见、个人之间的冲突和友情关系将可能损害评估结果的准确性
下级评估	(1) 下级与领导间的接触比较频繁，比较了解情况 (2) 能够帮助上级发挥领导管理的才能，有助于领导的个人发展 (3) 能够达到权力制衡的目的。下级评估使领导在工作中受到有效监控，以避免独裁武断的倾向	(1) 下级在评估中往往不敢实事求是地表达意见。为了避免领导报复，他们往往会夸大领导的优点，隐匿对领导的不满 (2) 领导可能不真正重视员工的意见，即使承诺改正也不一定付诸行动 (3) 员工对领导的工作，不可能有全盘的了解，因此在评估时往往侧重于个别方面，易产生片面看法
同事评估	(1) 同事平时接触最多，彼此拥有更多的与工作有关的信息 (2) 一般情况下，同事能够观察到上级领导无法观察到的某些方面	(1) 同事之间往往会由于许多感情因素和共事等各种原因而不愿意评价对方 (2) 可能由于竞争和利益的驱动，评价结果也会有偏差

续表

考评者	优点	缺点
自我评估	(1) 在诸多评估方式中是最轻松的，对考评者和员工都不具有威胁性，不会感到压力很大 (2) 能减少员工在评估过程中的抵触情绪，降低员工对评估程序的戒心及反抗 (3) 自我评估能够增强员工的参与意识，常能有效刺激员工与领导相互讨论工作绩效 (4) 自我评估的结果较具建设性，工作绩效较可能改善	(1) 自我评估的缺点是容易自我宽容，隐匿缺点 (2) 自我评估倾向于把自己的绩效高估，也即容易夸大自身的优点，导致膨胀性的评分，常与领导或同事评估的结果不同 (3) 当考核结果用于行政管理时，自我考核会受到系统化的误差
客户评估	(1) 由于客户与员工的利益相对较弱，所以他们反映的信息更客观 (2) 客户可以直接为组织提供重要的反馈信息	(1) 客户与内部员工共谋，会使评估失去公正性 (2) 比较费时费力。由于客户不是组织内部人员，所以要说服客户帮助进行评估有困难

(2) 花样考评者是指两个以上同质考评者的组合。如自我考评者与上级考评者的组合，既可调动个人积极性，又可快速进行评价，不过此时一定要注意权重的分配。往往上级考评者拥有决定权，占权重的 70%～80%，而个人只占 10%～20%，对于完成简单任务，用这种考核方法简单，快速。又比如，同事、个人和上级三方的考评组合，由于引进同事的考评，就使考评看上去"公平"多了。但此时的权重就会发生变化，一般来讲，上级占 60%～65%，同事占 20%～30%，个人占 10%～15%。

(3) 群体考评组一般都是由单位内部有关方面组合起来的，比如由工会、人事部门、群众代表、部门领导等组合起来，形成考核小组。特殊情况也可聘请外单位的专家参与。

(4) 360 度全方位考评者则是由被考评人的上级、同级、下级和（或）内部客户、外部客户甚至本人担任考评者，从四面八方对被评者进行全方位的评价，考评的内容也涉及员工的任务绩效、管理绩效、周边绩效、态度和能力等方面，考评结束，再通过反馈程序，将考评结果反馈给本人，达到改变行为、提高绩效等目的。传统的考评仅仅是员工的上级考评，只有一个方向的评价。与传统的考评方法相比，360 度绩效评价反馈方法从多个角度来反映员工的工作，使结果更加客观、全面和可靠，特别是对反馈过程的重视，使考评起到"镜子"的作用，并提供了相互交流和学习的机会。

当然，这种考评方法也对企业人力资源管理工作者的能力提出了更高的要求：一是收集和整理的信息数量将大大增加；二是管理人员尤其是人力资源管理人员的反馈能力直接关系到绩效评价反馈系统的效能；三是绩效评价的内容和形式设计要复杂得多。

2. 考评者的主体误差及其解决办法

考评者的主体误差主要是由考评者的个人主观原因造成的。

1) 光环效应误差及其解决办法

光环效应就是管理心理学中称谓的"晕轮效应"，它会使考评者将问题扩大化。比如，当一个人有一个显著的优点时，人们会误以为他在其他方面也有同样的优点；相反，当一个人有一个显著的缺点时，人们会误以为他在其他方面也有同样的缺点，这就是光环效应，也称为"以偏概全"。

克服这种误差的方法如下：①考评者应自觉和充分意识到这种误差；②将同一项考核内容同时考核，而不要以人为单元进行考核；③加强对考评者的培训，也有助于避免产生此误差。

2）趋中误差及其解决办法

趋中误差主要是指考评者倾向于将员工的考核结果放置在中间的位置。这种情况往往由两种原因造成：一是考评者是好好先生，不愿意得罪员工；二是考评者不很了解被考评者。结果，不管实际表现如何，都评为中等。

克服这种误差的方法如下：①在考核前，对考核员工进行必要的绩效考核培训，消除考核者的后顾之忧，让他们按照要求大胆进行考核；②避免让员工不熟悉的考评者进行考核，可以有效防止趋中误差。

3）近因误差及其解决办法

近因误差主要是指由于人们对最近发生的事情记忆深刻，而对以前发生的事情印象浅显，所以容易产生近因误差。人们总是对最近发生的事情和行为记忆犹新，而对远期行为逐渐淡忘，在经过一个较长的时间后进行绩效考核时，员工的考核结果就更多地受到近因表现的影响。

克服这种误差的方法如下：①考核者经常进行观察并作记录，如每月进行一次当月考核记录或者关键事件记录；②正式考评时，可参照过去的记录进行回忆和历时性的全面评定。

4）个人偏见误差及其解决办法

考评者在对员工的绩效进行考核时，会不自觉、下意识地将员工与自己进行比较，以自己作为衡量员工的标准；另外，考评者喜欢或不喜欢（熟悉或不熟悉）员工，都会对员工的考核结果产生影响。考评者往往会给自己喜欢（或熟悉）的人较高的评价，而对自己不喜欢（或不熟悉）的人给予较低的评价。

克服这种误差的方法如下：①采取小组讨论评定；②采取员工互评的方法。

5）压力误差及其解决办法

压力误差就是考评者有形或无形地受到外部的责难或感到对此项考评工作的责任重大，此时会产生误差。如当考评者了解到本次考核的结果会与员工的薪酬或职务变更等有直接的关系，或害怕被责难时，就可能会作出较高的评价。

克服这种误差的方法如下：①注意对考评结果的用途进行保密；②考评者尽可能远离被考核者；③对考核者进行保密和保护，不让被考核者知晓。

6）追求完美误差及其解决办法

追求完美误差也可称为考评者过严偏误。考评者往往对考核标准掌握过严，强化完美，无法容忍员工的缺点；或许主观上对员工有偏见，这样他也许会放大员工的缺点，从而对员工进行较低的评价；另外，也可能是因为考评者不了解外在环境对员工绩效表现的限制等情况造成这种误差。

克服这种误差的方法如下：①要求考评者本人的素质要高；②要向考评者讲明考核的原则和操作方法；③增加员工自评；④增加员工的互评。

7) 考评者的慈悲误差及其解决办法

考评者的慈悲误差就是有的考评者不管员工的具体工作表现如何，基本上给每一位员工的得分都非常高，使得绩效考核结果产生"天花板"效应，这就是慈悲误差。产生这种误差的原因，一方面与考评者本人的素质和能力水平有关，这些考评者往往是"好好先生"、一团和气者或者"和事佬"；另一方面，如果企业没有对绩效考核设定分配比例限制，有些考评者往往会为了避免冲突，而给大部分的下级高于实际表现的考核评价。考评者主观上放松"原则"或"标准"，结果就会产生"过宽"评价，难以真正识别出员工在绩效、行为和能力等方面的差异。

克服这种误差的方法如下：①挑选或培训素质较高的考评者；②增加业务学习、提高专业化水平。

（二）考评对象体系的分析

考评对象体系指对被考评者的考核，由于对象不同，考核的指标、权重、方法也会不同。

1. 岗位不同、考核不同

对于员工和领导岗位的考核要求是不同的，即使是领导岗位，不同的层次要求也不一样。对于高层领导主要是"造势"，中层领导主要是"做事"，一线领导就必须"做实"，不同层次考核的要求和权重也不一样。如果用决策力、视和力、执行力等衡量，则对高层领导主要是考决策力，中层领导为视和力，一线领导为执行力。权重分布如表9-3所示。

表9.3 不同领导层考核的权重分布

领导层	决策力	视和力	执行力
高层领导	80%	15%	5%
中层领导	5%	80%	15%
一线领导	0	15%	85%

2. 考评对象的误差及其解决办法

1) 不配合误差及其解决办法

员工即被考评者的不配合会造成客体误差。在考评中，如果员工对绩效考核的目的存在误解，或者根本就不重视考核制度，从而采取不合作的态度，如拒绝提供有关的考评资料或故意造"假"，把水"搅浑"，以使考核工作无法顺利进行，就会产生误差。

克服这种误差的方法如下：①需要及时加强同员工的沟通，向他们说明考评的目的和方法；②加强双向沟通，听取员工的反馈意见，以获得他们的支持和积极配合。

2) 结果无反馈误差及其解决办法

考核结果无反馈误差的表现形式一般分为两种：一种是考评者主观上和客观上不愿将考核结果及其对考核结果的解释反馈给员工，使考核行为成为一种"暗箱操作"，员工无从知道考评者对自己哪些方面感到满意和肯定，哪些方面需要改进。出现这种情况往往是考评者担心反馈会引起员工的不满，在将来的工作中采取不合作或敌对的工作态度，也有可能是绩效考核结果本身无令人信服的事实依托，仅凭长官意志得出结论，如进行反馈势必引起巨大争议；第二种是指考评者无意识或无能力将考核结果反馈给员工，这种情况的出现往往是由于考评者本人未能真正了解人力资源绩效考核的意义与目的，加上缺乏良好的沟通能力和民主的企业文化，使得考评者没有驾驭反馈绩效考核结果的能力和勇气。

克服这种误差的方法如下：①要进行考核反馈，让员工及时了解自己的情况；②进行考核反馈可知道企业对自己的期望。

3）心理误差及其解决办法

心理误差就是一般员工对于考评总会有一种担心，认为考评是用来监督和约束个人的行为自由，这样就很容易产生心理误差。如企业在实施绩效考核中，通过各种资料和相关信息的收集、分析、判断和评价等流程，会产生各种中间考核资源和最终考核信息资源，这些信息资源本可以充分运用到人事决策、员工的职业发展、培训、薪酬管理以及人事研究等多项工作中去，但目前很多企业对绩效考核信息资源的利用出现了两种极端：一种是根本不用，白白造成绩效信息资源的巨大浪费，结果挫伤了员工的积极性；另一种则是管理员工滥用考核资源，凭借考核结果对员工实施严厉惩罚，以绩效考核信息威慑员工，而不是利用考核信息资源来激励、引导、帮助和鼓励员工改进绩效、端正态度、提高能力。

克服这种误差的方法如下：①说明绩效考核的意义、作用，目的是为了提高绩效；②合理使用考核资源，把获得的考核信息资源来激励、引导、帮助和鼓励员工改进绩效、提高能力。

（三）考核工具体系的分析

1. 考核工具体系的误差及其纠正

1）考评工具设计不现实及其解决办法

不同的企业、不同的部门，其性质、规模、目标等条件都有所不同，因此考核的标准和工具也应有所不同。一些企业直接照搬其他企业的考核标准和考核方法，没有自己独特的适合自己单位的考核"标杆"，或者长期沿用原有的已经过时的"标准"和工具，从而造成考核结果无实际意义，也起不到激励作用。

克服误差的方法如下：①在工作分析和企业文化、战略、目标的基础上，建立适合自身特点的考核标准和方法；②可以借鉴别的企业的长处，对于适合自己的，可参考选用。

2）选择考评方法不当及其解决办法

绩效考核方法的选择不当也会产生误差。前面叙述了很多绩效考核的方法，这些方法各有利弊，要根据考评的目的选用相应的方法，否则就会有较大误差。如前所述，有的方法适用于将绩效考核结果用于员工奖金的分配，但可能难以指导员工改正识别能力上的欠缺，而有的评价方法和技术可能非常适合利用绩效考核结果来指导企业制定培训计划，但却不适合于平衡各方利益相关者。

克服这种误差的方法如下：①有意识地明确对考评目的要求；②准确地选择和组合考核技术和方法。

2. 考核的常用工具和方法

考核的工具可以分成三类，即员工比较法、工作成果评价法和工作行为评价法等。每一套工具都有不同的方法。

1）员工比较法

员工比较法主要是指对考评对象作出相互比较，从而决定其工作业绩的相对水平。这种方法的最大特点是可以避免"天花板效应"，防止上级不愿意给员工较低的得分。

员工比较法主要包括以下几种方法。

第一种是等级顺序评估法。

等级顺序评估法也称为直接排序法，它是绩效评估中常用的一种方法，是根据员工的工作行为对其进行主观评价的方法，即排出全体被评估员工的绩效优劣顺序，排列方向由最优排至最劣，或由最劣排至最优均可，这样就可以提供对一个员工工作的相对优劣的评价结果。

等级顺序评估法的一般特征是，在对全体员工进行相互比较的基础上对员工进行排序，根据工作分析，将被评估岗位的工作内容划分为相互独立的几个模块，在每个模块中用明确的语言描述完成该模块工作需要达到的工作标准。同时，将标准分为几个等级选项，如"优、良、合格、不合格"等，考评者根据员工的实际工作表现，对每个模块的完成情况进行评估。总成绩便为该员工的评估成绩。

等级顺序评估法的优点在于简便易行，完全避免趋中或严格/宽松的误差，缺点在于标准单一，不同部门或岗位之间难以比较（表9-4）。

表 9-4　等级顺序评估法

等级	描述	员工姓名
1	最好	
2	较好	
3	尚可	
4	较差	
5	最差	

表 9-5　交叉排序评估法

等级	描述	员工姓名
1	最好	
2	较好	
3	尚可	
...	...	
...	...	
−3	差	
−2	较差	
−1	最差	

第二种是交叉排序评估法（表9-5）。

交叉排序评估法是直接排序法的一种变形。它以最优和最劣两个极端作为标准等次，通过"选优"和"淘劣"的比较方法，交替对员工某一绩效特征进行选择性排序。具体的就是首先在所需要评估的员工中挑选出最好的员工，然后选择出最差的员工，将他们分别列为"优端"第一名和"劣端"第一名；接着再找出次优者和次劣者，将他们分别列为"优端"第二名和"劣端"第二名；依次类推，如表9-5所示，按此程序，直到全部排完为止。

交叉排序评估法是对相同职务员工进行评估的一种方法。在评估之前，首先要确定评估的模块，但是不确定要达到的工作标准。将相同职务的所有员工在同一评估模块中进行比较，根据他们的工作状况进行交替排列顺序。最后，将每位员工几个模块的排序数字相加，就是该员工的评估结果。

交叉排序评估法的优点就是速度快，比直接排序法更简单。缺点是每次比较的员工不宜过多，比较范围较小，一般为 5～10 人。

第三种是基准对照评估法。

当有较多的员工需要进行等级评价时，可以采用基准对照评估法。基准对照评估法又称对偶比较法，或两两比较法，或一一对比法。基准对照评估法是考评者根据某一标准将每一员工与其他所有员工进行逐一配对作比较，并评定其为两人之中绩效"较好"或"较差"者。若比较后为"较好者"，则记为"＋"号；若比较后为"较差者"，则记为"－"号。任何两位员工都要进行一次比较。所有的员工相互比较完毕后，将每个人的成绩进行相加，"＋"号数量越多，绩效评估的成绩越好；反之，"－"号数量越多，绩效评估的成绩就越差。表 9-6 和表 9-7 为基准对照评估法及基准对照评估结果。

表 9-6 基准对照评估法

	王一	李三	潘四	丁五	杜六
王一		＋	＋	－	－
李三	－				
潘四	－				
丁五	＋	＋	＋		＋
杜六	＋	＋	＋	－	

表 9-7 基准对照评估结果

	王一	李三	潘四	丁五	杜六
王一		＋	＋	－	－
李三					
潘四					
丁五	＋	＋	＋		＋
杜六	＋	＋	＋	－	
对比结果	好	最好	较好	最差	尚可

基准对照评估法因是一种系统比较程序，所以它的优点就是科学合理，对员工的评价较为细致，结果更为准确。缺点就是此法通常只评估总体状况，不分解维度，也不测评具体行为，其结果也是仅有相对等级顺序。

第四种是强制比例评估法。

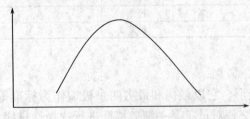

图 9-4 正态分布硬性评估法对
员工可作出强制规定

强制比例评估法又称为概率分布法或正态分布硬性评估法。概率分布法就是将限定范围内的员工按照某一概率分布划分到有限数量的几种类型上的一种方法。例如，我们假定组织中的限定员工的表现大致服从正态分布，如图 9-4 所示。

根据正态分布原理，优秀的员工和不合格员工的比例应该基本相同，大部分员工应该属于工作表现一般的员工，因此，可以作出强制规定，即员工按正态分布，确认

"优良"占总数的 20%，"稍差"和"不合格"也占总数的 20%，按正态分布中间人数则为 60%。

强制比例评估法是一种常用的员工间比较的方法，这种方法要求考评者将所有的员工放置在一个正态分布的量表中。这种方法可以避免考评者的分布错误。最大的优点就是可以有效地避免由于考评者的个人因素而产生的评估误差，把员工划分到不同类型中。这种方法有效地减少了趋中误差、过严格或过宽松误差。

当然，它的缺点也是显而易见的，这种正态分布假设可能不符合实际，各部门中不同类型员工的概率不可能一致。强迫分布法的主要缺点是不利于创造团队合作的气氛。另外，强制比例评估法适合相同职务员工较多的情况。

2）工作成果评价法

工作成果评价法这一套工具主要有两种方法。

第一种是目标管理法。

目标管理法又称为目标评估法，是根据员工完成工作目标的情况来进行评估的一种绩效评估方式。它所依据的是目标管理过程，主要是通过领导与员工共同参与制定目标而实现组织的目标。这些目标是详细的、可测量的、受时间控制的，而且结合在一个行动计划中。员工的绩效水平根据届时这一目标的实现程度来评定。

在开始工作之前，考评者和员工应该对需要完成的工作内容、时间期限、评估的标准达成一致。在时间期限结束时，考评者根据员工的工作状况及原先制定的评估标准来进行评估。目标评估法适合于组织中试行目标管理的项目。

目标管理法的关键是目标制定，即分别为组织、组织内的各个部门、各个部门的员工以及每一位员工制定具体的工作目标。此时的目标制定要符合所谓的 SMART 原则：第一，S（special results）即规定一个具备的目标；第二，M（measurable）即目标可以用数量、质量和影响等标准来衡量；第三，A（accepted）即设定的目标应该是管理者和员工双方接受的。这意味着目标水平不能过高，应该让员工能够接受；同时，目标水平也不能过低，应该让管理员工也能够接受；第四，R（relevant）即设定的目标应该是与工作单位的需要和员工前程的发展相关的；第五，T（time）即目标中包含一个合理的时间约束，预计届时可以出现相应的结果。目标管理法的核心在于将组织的目标首先分解为部门的目标，再分解为员工的目标。

员工对于完成目标的方式和进度有很大的自主性。这一方法有助于改进工作效率，而且还能够使组织的管理当局根据迅速变化的竞争环境对员工进行及时的引导。但是，目标管理法也不是没有缺点，缺乏管理支持、对管理者如何使用目标管理培训不够、目标简单、确立了不实际的目标等都会成为导致目标管理失败的原因。因此，在运用目标管理的方法时，我们应该尽力避免这些不足。

第二种是指数评估法。

指数评估法又称为工作标准法或劳动定额法。指数评估法与目标管理法的不同之处是绩效考评方式的区别。指数评估法实际上是通过综合前面所述的主客观标准，把员工的工作与组织制定的工作标准（劳动定额）相对照（如生产率、出勤率、跳槽率等），进一步从定性和定量的角度来评估绩效。

指数评估定性法主要包括产品质量状况、顾客满意度、原材料使用情况和销售情况等。指数评估定量法主要包括每小时产出数量、新增用户订单数和销售总量等。

指数评估法的优点在于参照标准明确，评估结果易于做出，缺点在于标准制定，特别是针对管理层的工作标准制定难度较大，缺乏可量化衡量的指标。此外，工作标准法只考虑工作结果，对那些影响工作结果的因素不加反映，如领导决策失误、生产线其他环节出错等。目前，此方法一般与其他方法一起使用。

3）工作行为评价法

工作行为评价法这一套工具主要有关键事件法、行为观察量表法、行为差别测评法和固定行为评价量表四种方法。

第一，关键事件法。

关键事件法又称为特殊事迹。关键事件法是通过对员工在关键事件中的行为评估绩效的方法。评分者记下员工在工作上特别好或特别差的事迹，记录的重点是在个人的行为，而不是在个人的特质上。在关键事件法中，管理者需要将员工在评估期间内所有的关键事件都真实记录下来。此法需给每一个待评估的员工设立一本"评估日记"或者叫"绩效记录"，由作考察并知情的人随时记载。

其优点在于针对性强，结论不易受主观因素的影响。如果考评者能够长期观察员工的工作行为，对员工的工作情况十分了解，同时也很公正和坦率，那么此方法是很有效的，而且对于制定不良绩效的规划也是十分方便的。

缺点在于基层工作量大。另外，要求管理者在记录中不能带有主观意愿，在实际操作中往往难以做到。而且就它本身来说，它无法在员工之间、团队之间和部门之间进行工作情况的比较，因此不适用于进行人事决策。

第二，行为观察量表法。

行为对照表是常用的绩效评估技术之一。量表构建要先通过员工获得关键事件和行为，再将行为分为几个维度，并评定关键行为代表什么等级的工作表现，然后将关键行为列成一张表。上级阅读这些行为并评价员工在多大频率上有这些行为，方法是用5级评分制，从1到5依次表示员工表现该种行为的百分比从小到大。评估完每个员工的具体行为后，对每个维度的所有行为的得分求和，得到该维度的总分。将每一个维度的得分求和得到该员工的整体得分。

应用这种评估方法时，考评者要给员工提供一份描述员工规范的工作行为的表格，考评者将员工的工作行为与表中的描述进行对照，找出准确描述员工行为的陈述，由这一方法得出的评估结果比较真实可靠。

第三，行为差别测评法。

行为差别测评法先通过一个类似于关键事件法的工作分析程序获得大量的描述句，描述从有效到无效的整个行为系列。然后，通过整理，根据相似性对项目进行分组，每一组项目具有一个概括性的描述，并将这些描述句作为"绩效标本"。之后，将这些"绩效标本"安排到问卷中，并发放给抽样产生的20位在职者和其领导，对问卷涉及的有效和无效行为的信息进行分析，最后据此制作测评表。

第四，固定行为评价量表。

考评者记录员工的行为，然后和典范行为相比较，再给出员工行为的量化的评估。这样可以使评价更为简单和准确。但建立量表会比较费时，因为需要确定工作的维度和每一维度下的典范行为及其在量表上对应的分数。具体步骤如下：①创建工作维度；②寻找样本事件；③排列事件；④给事件评分；⑤选择事件；⑥创建量表。

评分方法有两种：①上级给员工的每一个行为评分，最后计算每一维度的平均得分；②上级回顾员工的所有表现，得出一个总体的印象，将该印象与量表总的标准行为相比较，得出该维度的分数。固定行为评价量表的优点有：评价的标准非常明确；量表给员工提供了好的和坏的行为样本，可以帮助员工改进表现；有较高的评分者一致性。

（四）考评指标体系

1. 考评指标的确定

设立指标体系至关重要，一般来讲，指标可以分为两类：一类是硬指标法，也即可以以数量来评估的，如计算工人完成的工作量或日常工作出勤率；即使工作质量和工作安全，也可分别通过计算工作的错误率来评价工作的质量和不按照安全工作制度工作的员工可能会损坏机器设备或者受到身体上的伤害来计算。另一类是软指标法，即凭感觉，按工作性质来评估，甚至根本无法用数量来评价。

2. 以战略为导向的指标设计

绩效考核不坚持战略导向，就很难保证绩效考核能有效支持企业战略。绩效考核的导向性是通过绩效指标来实现的，绩效考核能否实现导向战略，实际上就是通过战略导向的绩效指标的设计来实现。

目前最流行的最典型的是平衡记分卡。

为能够全面反映企业各个部门，包括营销部门的工作对企业绩效的整体影响，精确反映营销活动的绩效，反映各个部门之间的相互影响，使企业主管对企业的运营状况一目了然，西方很多学者及实务界兴起了对平衡财务与非财务指标的综合绩效考核方法的研究，其中较有代表性的是由卡普兰和诺顿共同开发的名为"平衡记分卡"的绩效考核方法，英文为 balanced score card （BSC）。

平衡记分卡法从四个角度关注企业绩效：顾客角度、内部流程角度、学习与发展和财务角度。这种新的绩效测评体系使企业管理人员和投资者可以快速而全面地考察企业。财评指标，能揭示已采取的行动所产生的结果；而用顾客满意、内部流程、学习与发展绩效测评指标可补充财务测评指标，而这三方面的非财务指标活动又推动着未来的财务绩效。因此，平衡记分卡的方法把可以依据企业的战略和使命转化成具体的目标和测评指标，并能建立起一套更为全面的绩效考核体系。

平衡记分卡把战略置于中心地位。它根据企业的总体战略目标，将之分解为不同的目标，并为之设立具体的绩效考核指标，还通过将员工报酬与测评指标联系起来的办法促使员工采取一切必要的行动去实现这些目标。这就使得企业把长期战略目标和短期行动有机地联系起来，同时它还有助于使企业各个单位的战略与整个管理体系相吻合。因此，可以这样说，平衡记分卡不仅仅是一种测评体系，它还是一种有利于企业取得突破性竞争业绩的战略管理工具，并且它可以进一步作为企业新的战略管理体系的基石。

虽然平衡记分卡从财务、客户、内部流程及创新与学习这四个相对独立的角度系统地对企业的经营绩效进行考核，但从这四个角度出发设计的各项考核指标彼此间并不是毫无关系的，而是在逻辑上紧密相承的。

■第四节　提高考核效果与绩效改进计划

一、提高绩效评估效果

（一）良好绩效评估系统的特性

绩效考评在人力资源管理中是核心环节之一，处于很重要的地位。因此，组织应很好地重视建立良好的绩效评估系统。必须特别注意的是，一个完善的良好的绩效评估系统有助于激励员工、提高绩效，使组织清楚自己的员工，也使员工明了组织对自己的期望，更有助于完善"工作分析"和实现组织目标。

那么，作为一个良好的绩效评估系统应具备哪些特性呢？从人力资源管理的角度来讲，它应具备如下特性：

第一，针对性。针对工作、对事不对人、针对岗位要求进行工作分析。评估的标准必须是和工作相关的。与工作无关的因素不应列入评估的范围。

第二，标杆性。作为工作的指南、基准，可以作为标尺，有一定的原则和基准。评估的标准是具体化的。评估的标准应该是具体的，而不是一些模糊不清的概念。评估的标准不受和工作表现无关的因素的影响。评估的成绩不会受市场竞争的激烈程度、旺季淡季等不受员工控制的因素的影响。评估的结果应有区分度，评估的标准可以将工作表现不同的员工区分开来，而不会使所有的员工有相近的成绩，除非员工的工作表现确实相近。评估的标准是可信的，这主要是指不同的人来进行评估不会影响员工评估的成绩。

第三，扫描性。可以进行对照，适合于一定范围内的绩效评估比较。评估可以根据评估目的的不同而有所不同。如果是为了确定员工的薪金，则评估的结果应是员工工作表现的整体描述和评分；如果是为了确定培训的内容，则评估的结果应是员工在每一个工作维度上的表现和评分。

第四，操作性。评估的标准是可测量的。评估需要可测量的标准，否则无法检查员工工作的情况。同时，评估制度是实际可行的。可行是指评估所消耗的人力、财力、物力在组织所能承担的范围之内，而且该评估方案是考评者和员工都接受的。评估有明确的时间进度表。评估是一个动态的过程，需要制定每一时间段的阶段目标，以便随时检查目标的完成状况。

　　第五，调整性。评估标准是可以达到的。应将员工的目标设定得比其能力水平稍高一些，这样既有一定的挑战性，又不会因为任务过难而挫伤员工的自信心。评估制度也是公开和开放的。评估过程和评价方法应是公开的，以取得全体员工对该评估系统的认同。

（二）建立三环式控制系统

　　针对绩效评估中出现的各类问题，组织必须采取相应的措施，建立完好的绩效评估，绝不能仅是头疼医头、脚疼医脚式的对策堆砌，而应是一个以预防（预先控制）、处理（现场控制）和协调（反馈控制）三大措施密切配合、互相结合、三位一体式的有机解决方案。具体就是需建立三环式控制系统。

　　三环式的控制系统包括三个基本的措施：预防性措施、对策性措施以及协调性措施。这些措施通过相互支持和补充，为整个人力资源绩效评估的过程和行为提供科学的保证，使得人力资源绩效评估成为组织价值创造的实践之一。

　　1. 预先控制环节

　　建立三环式控制系统的第一环，也就是最核心的基础控制部分就是预先控制，它也是提高绩效评估系统的第一步，又称为预防性措施。在实施绩效考评前，首先要有考评的目标、标准和今后考评中的方法。这就是"绩效标杆"的建立。这是关键的所在。没有令人信服的"标杆"，最终不仅"劳命伤财"，而且反而意见成堆，影响团结，引起反感，甚至敌意。

　　预防性措施一般包括：首先设计科学、客观、准确、可行的绩效评估系统；其次要进行培训，建立沟通机制；最后还必须充分利用人力资源管理信息系统。

　　2. 现场控制环节

　　现场控制环节是建立三环式控制系统的实质性环节，也是标杆扫描和比较的关键所在。

　　由于在实施绩效评估系统时，存在着诸如信息不对称、个人能力和理性有限等客观的干扰因素，加上绩效评估主客体双方的人为因素的干扰。所以，要针对在具体设计和实施绩效评估系统中出现的问题，进行评估过程中的现场控制，及时采取一些对策性措施。在现场评估过程中，就需要选择适当的评估工具。

　　首先要特别强调选择评估工具的三要素：

　　其一，实用性要素。对于评估工具，如果考评者不能观察到被考者的行为，那这样的评估工具就是不具有实用性的。如果需要考评者花费太多的时间和精力去进行考评，这样的工具也是不实际的。

　　其二，成本要素。绩效评估系统的成本包括开发成本、执行成本和实用成本。尽管有些评估工具的开发和实施会使组织的成本降低，但它们会包含隐蔽成本，如果只注重成本降低，而不注重评价结果的公正性，那会引起员工的士气下降以及其他的一系列问题。

　　其三，工作性质要素。被考评者的工作性质与选择的评估工具的恰当性有很大的关系。其考评者熟知该工作所需要的行为并有机会观察这一行为时，则使用以行为方法为基础的方法为好；如果可以看到工作成果，则可采用结果取向法。一般来说，操作性生产性员工通常以结果为导向予以评定；行政人员往往按其行为取向予以评定。

此外，现场控制均有三点具体要求：一是绩效评估系统进行实验；二是典型流程与事件示范；三是全员参与绩效管理等。

当然，在以上三点要求中，全体员工是否具有主动参与意识是绩效管理能否成功的一个关键。

3. 反馈控制环节

反馈控制环节是一个系统正常稳定运行、良性循环的重要环节，如果没有完备的控制系统和手段，即使目前运行良好的系统也会随着内外环境的变化出现系统崩溃失效的局面，难以保证系统可持续的良性运作。所谓反馈控制环节，其核心就是绩效评估面谈，是绩效评估系统中的一项根本性、结构化的措施，这一步所采取的措施通常又称为信息反馈性措施或协调性措施。

第一，及时反馈。

实际上，每个人都希望绩效的及时反馈，希望知道考评后，自己的行为和结果与组织领导的期望和要求的差距。如何把考评的信息及时反馈给被考评者，既是一种激励手段，也是一种艺术方式。

绩效评估完成后，通过和员工进行会谈可以提供给员工反馈，让员工发现自己的优点和不足，以便在今后的工作中表现得更好。

另外，反馈信息实际也是目标的再现过程。绩效评估的评估工作完成之后，对每一个员工来说，都将有一个与其达成目标的程度相适应的评估成绩，这个成绩并不只是放入个人的业务档案中，而必须直接反馈给员工，要让员工明了组织对其工作绩效的评价，同时与员工共同制订改善工作绩效的新目标和时间表。

所以，组织部门应该正确把握机会，加强与员工的沟通，提升组织的形象，树立组织的威信，增强组织的凝聚力。

第二，沟通要诀。

如何传递考评信息，特别是对绩效考评不理想的员工，如何反馈信息，这直接影响到今后工作的开展。要使评估结果不失真地反馈给员工，同时又能与员工共同制订改善工作绩效的新目标和时间表，成功的面谈与沟通是必不可少的。因此，必须在组织内部建立起一种组织文化，要求领导与自己的员工高度磨合，用心灵去相互沟通，这是绩效评估中的一个重要内容。概括起来，成功面谈沟通的要诀有如下九点：

（1）准备充分。面谈之前要有充分的准备，要合理安排面谈场所，避免面谈被干扰。

（2）态度诚恳。态度一定要诚恳，一定要避免说教，谈话中尽量避免过于啰嗦。

（3）表扬为主。谈话中要以表扬为主，适当称赞对方的长处，而不要一味责备对方。要注意，批评通常只能激起对方对你的怨恨，认为你不辨是非，而不会对工作表现有任何帮助；对对方施加大的压力，只能得到更大的反抗。

（4）一分为二。面谈中要注意辩证地分析问题，评估面谈一定要让员工明白自己什么地方做得好、什么地方做得差。

（5）说明依据。准确说明各项评估分数的依据，讨论时用客观的工作表现标准，并提供具体的事例，如旷工率、迟到率、质量记录、检查报告等。

（6）倾听对方。要创造一种建设性的会谈氛围，鼓励员工发表自己的意见，多问开放性的问题，认真倾听对方的意见，聆听是沟通最有效的方法，尽量不要打断下级的发言。

（7）基于目标。明白地告诉对方评估面谈的目的是为了解决问题，对照目标来讨论取得的成绩与评估结果；围绕组织目标，具体指出组织的期望值，让下级了解评估的目的在于未来的发展上，并且应在面谈结束时得出一个改进工作的行动方案，真诚地、客观地向员工提出建设性的改进方法。

（8）对事不对人。尽量不要拿他人作比较，不要将员工的表现和其他员工相比，也不要把评估与员工的薪资混为一谈；针对考核的情况，切记不要翻旧账。

（9）欢娱结束。要注意，在面谈中双方意见可能相左，所以切记对于评估结果，不需要对方与自己的意见相一致。无论如何，要尽量争取在积极的气氛中结束面谈。

二、制定绩效改进计划

在设计绩效改进计划时必须注意考虑以下几方面。

1. 绩效改进的四个要点

第一，想改变自己的愿望，即员工个人想超越自我的意愿。

第二，具备的知识和技术，即员工必须知道要做什么，并知道该如何去做。

第三，有改进绩效的环境，即员工必须在一种鼓励他改进绩效的环境里工作。而造就这种工作环境，最重要的因素就是领导。员工可能因畏惧失败而不敢尝试改变，这时，需要由领导去协助他们，帮他们建立信心。

第四，有物质或精神奖励，即如果员工知道行为改变后会获得物质的或精神的奖励，那么就较易去改变行为。

另外，评估、面谈之后，领导和员工应根据员工面谈后的信息合力制定绩效改进计划，这也是绩效评估全过程的一个基本任务。

2. 改进绩效评估的建议

第一，应该将焦点放在行为而非个人特质上。特别要注意，有些被领导赏识的特质如忠诚、主动，并不能反映员工的工作绩效。

第二，应该建立起日常记载员工行为的档案，这样可以使绩效评估的结果更为准确。

第三，使用多个考评者，考评者人数越多，评估结果越可能正确。可能的话，也可采用360度评估或交叉评估。

第四，要尽可能让员工知道评估的全部程序，这样有利于沟通。

3. 通常程序中包含的三个特点

其一，让员工充分了解组织对他们的期望。

其二，公开宣示各种会影响评估结果的证据、证明，并让有关人士有抗辩或补充说明的渠道。

其三，根据已经宣示且具体的证据、证明，来评定员工的绩效。

4. 拟订一套新的完善的绩效改善计划的要求

其一，计划要有可操作性。拟订的计划内容必须与待改进的绩效相关。

其二，计划要有时间性。计划的拟订必须有截止日期，而且应该有分阶段执行的时间进度表。

其三，计划要获得认同。领导和员工都应该接受这个计划并致力实行，他们都应该保证计划的实现，而不是仅做表面文章。

本 章 小 结

由于柔性管理的手段、没有实物产出的部门和职位的绩效等都很难量化，绩效评估是绩效管理中最困难的一环。然而，绩效评估是组织评价其成员能力及贡献的最主要手段，因此又极其重要。本章从绩效评估的目的、用途、内容、过程等多个方面对绩效评估进行了系统性的介绍，并着重强调了绩效考核中存在的常见问题，剖析了绩效考核这一"世界性"难题的关键，重点提出了视绩效考核为系统工程，并且运用"冰山理论"，建立全面导向评价模型，依据 SMART 原则，设置三级指标体系，进行考核系统中的四大体系的分析，把该考核系统分解为考评主体、考评对象、考评工具、考评指标四大体系，很好地解决了这一难题。本书的绩效考核，不仅针对企业，而且借鉴公务员和事业单位的党政干部绩效考核方式，进行了比较参照。本章最后一节阐述了提高考核效果与绩效改进计划。

➢ 本章思考题

1. 为什么要进行绩效评估？评估有什么用途？

2. 一般的绩效评估过程有哪些阶段？请具体说明。

3. 考核系统中可以形成哪四大体系？各有哪些内容？

4. 同质考评者、花样考评者、360 度全方位考评者各有什么特点？

➢ 本章参考文献

1. 〔美〕加里·德斯勒：《人力资源管理》，第 6 版，中国人民大学出版社，1999 年

2. 〔美〕雷孟德·A. 若伊等：《人力资源管理：赢得竞争优势》，第 3 版，中国人民大学出版社 2001 年

3. 〔美〕罗纳德·克林格勒等：《公共部门人力资源管理》，第 4 版，中国人民大学出版社，2001 年

4. 陈芳：《绩效管理》，海天出版社，2002 年

5. 武欣：《绩效管理实务手册》，机械工业出版社，2001 年

6. 林泽炎：《绩效考核操作实务》，广东经济出版社，2003 年

7. 商红日：《人力资源管理》，上海人民出版社，2001 年

第十章

薪酬福利管理

振华人寿保险公司的烦恼

振华人寿保险公司是一家国内有名的保险公司，在全国有十几家分公司，每年的保费收入达几十亿元。下属员工有几千人，除了一些内勤人员外，主要员工以外勤业务人员为主。由于公司强调业务导向、业绩挂帅，公司许多决策都以业绩作为最主要的考虑因素。公司为外勤业务人员设计一套下不保底、上不封顶的薪酬制度，也就是说没有业绩没有报酬，有业绩才有报酬，报酬额度无上限，除了上缴国家规定的税收外，公司将按比例全额支付。奖励计算方式以当月业绩的具体保单险种分类计算，意外险以保费的20%左右计算；寿险以保费的30%～35%计算；其他特殊险种按公司规定的计算。公司进行这样的设计，一来可节省公司大笔的固定人事费用，二来为的是鼓励外勤业务人员能冲高业绩获得高报酬。公司除了薪酬设计外，还经常举办各类业务竞赛，如国内外免费旅游竞赛、万元圆桌会议竞赛、荣誉会达标竞赛等，来奖励那些销售成绩优异的业务员。这一薪酬激励制度在全国各分公司推行后，在很长一段时间里的确改变了原来销售不佳的窘境，也为公司带来了可观的业绩。

但是在实施一段时间后，公司的领导开始发现许多弊端：其一，公司奖金计算方式以当月新保单保费按比例累加计算，这使得一些业务员在想尽办法让客户买完保险后，对于后续客户处理与售后服务就变得不那么积极，许多客户常打电话过来抱怨说没有得到相应的服务，如此长期下去，恐有损公司品牌和经营形象。其二，业务员之间的竞争开始激化，甚至有些业务员为了抢客户，彼此产生不和和矛盾，不利于组织的发展和健全。其三，业绩不佳的员工，也会迫于压力而不能更好地去工作，造成不安全感，甚至还会影响各业务部门办公室的工作气氛。其四，那些业绩好的业务员，好像只对如何提升个人业绩感兴趣，对公司的许多规章制度经常熟视无睹，只重视个人奋斗而不注意团队建设，对公司一些新政策的响应力不高，致使公司许多政策在很长时间里都很难真正的推行。

讨论题：

1. 振华人寿保险公司的薪酬激励制度有哪些可取之处？又有哪些不足？
2. 假如你是振华人寿保险公司的领导，该如何面对公司现在所遇到的四个问题？
3. 请你结合实际情况为振华人寿保险公司设计一份新的薪酬方案。

长期以来，人们一直认为薪酬管理就是工资，就是奖金，就是那种看得见、摸得着的事物或货币，进而忽视了许多人文精神的内容。在当今这个主要基于脑力劳动的知识经济时代，薪酬已不再是纯粹的经济学问题，而更多的是人的心理问题，如工作氛围、尊重感、成就感，特别是工作满足感，它在人力资源开发、发展和提升中起着尤为重要的作用。

第一节　薪酬与工作满足感

薪酬与工作满足感虽然是薪酬管理的两个方面，但它们是相辅相成的。虽然有些人不是为金钱而工作，但他们要生活就必须要用金钱来支付许多生活必需品和享受品；相反，一味追求金钱的工作态度也是不可取的，人还应有更多精神的追求。所以，我们应该把薪酬与工作满足感有机地结合起来认识，才能充分发挥它们的效用。

一、薪酬

（一）薪酬的含义

什么是薪酬？薪酬是指雇员在其工作岗位上为雇佣者付出劳动或劳务并实现了一定的价值后所获得的各种货币收入和各种福利酬劳之总和。从单纯的字面意义而言，薪酬是一种补偿，作为劳动力付出后的一种回报，但在不同国家不同文化的熏陶下又有着不同的解释，在不同历史发展时期也有着不同的理解，站在不同角度也有着不同的解释，因不一样的表现形式有着不一样的理解。

1. 不同国家不同文化的熏陶下的理解

在中国，薪酬的本意是指维持生命生存下去的必需品，像煮饭用的水、烧菜用的柴等；而在日本，薪酬很久以来与等级制度有着密切的联系，它经常被认为是一种上级给予下级的施舍和恩惠。由于中国与日本在文化理念上有着一定的相似性，两国对薪酬的解释也有一定的相同之处，基本上都是从被得到者的角度去分析，注重的是生活的必需。而在欧洲，薪酬更多地被理解为一种价值、一种生命和能力的价值，能力越强价值也越高，所以薪酬也经常被看做是决定一个人社会地位高低的重要因素之一。

2. 不同历史发展时期的理解

"薪酬"一词所对应的英文单词是"compensation"。但是在历史发展过程中，"薪酬"大致经历了从"wage"到"salary"，再到"compensation"的过程。

"工资"（wage）概念主要是在 1920 年以前被社会广泛使用的。顾名思义，"工资"就是根据工作量而给付的报酬，往往是针对那些没有学历、没有文凭的简单劳动者付出劳动所得到的报酬。在那时，很多领域技术含量低，操作比较简单，用工资来支付从事体力劳动的蓝领工人应该是比较能够为大家所接受和理解的。

1920 年以后，出现了"salary"的概念，即薪水。"salary"指脑力劳动者的收入，从汉字的构成来理解，"薪水"一词是以木和水为基础的，暗指它的作用就是要为人们提供生活必需品，和中国的理解有一些相似之外。它往往是指支付给那些有一定技术职称的白领阶层的报酬，他们的报酬并不是根据每天工作几小时就给几小时的报酬或者根据工作件数多少来支付报酬，而是企业在每一阶段单位时间（如一个月或一周）后，一次性支付给员工一个相对固定的报酬数额（如月薪或周薪）。

从 1980 年开始，"compensation"的概念开始为大多数人所接受。从字面理解，compensation 的意思是平衡、补偿、保障的意思。它的意思比工资和薪水更完善、更全面，不仅支付了为企业付出劳动的那些员工得到的既定报酬，而且更为合理、更为人性化地为员工设计了一种更具有激励性的福利制度来保障他们的未来，福利制度的产生进一步地完善了报酬体系，真正实现了薪酬所能体现的较高境界，也比较符合人力资源管理的真正理念。

3. 从不同角度对薪酬的理解

从社会、企业和个人三个不同角度来看，其理解也是不同的。对于社会来讲，薪酬是全体成员的可支配收入，薪酬水平将决定社会整体的消费水平，薪酬有利于调节整个社会的稳定，推动社会的和谐发展。

对于企业来讲，薪酬意味着成本。企业家们所关心的问题是如何以最低的成本来实现企业最大的收益，而薪酬是企业家支付给员工的人工成本。这些投入在员工身上的成本是否发挥了最大的效用，是企业衡量薪酬体系设计好坏的主要指标。

对于员工个人来讲，薪酬是他们出卖自己的劳动力后所得到的报酬，是交换的结果。在员工眼里，无论多少报酬，无论采取什么支付形式，无论支付的内容是什么，薪酬都是劳动者在出卖了劳动力后得到的补偿。

4. 从不同的形式理解薪酬

根据表现形式的不同，薪酬被划分为货币的和非货币的两种。货币薪酬又称为核心薪酬，是企业以货币形式支付的报酬，如基本工资、奖金、各种补贴、津贴等。非货币薪酬是企业以实物、服务或安全保障等形式支付给员工的报酬形式，大多数表现为员工福利，包括保障计划，提供家庭福利、改善健康状况，并为失业、伤残或严重疾病等灾难性原因引起的收入损失作出补偿，提供带薪休假和服务等。随着社会的发展，全球经济一体化的逐渐深入，全世界对于薪酬的理解虽然仍各有异同，但薪酬作为付出和得到的平衡点、价值和价格的集中体现已被世人所认同。

因此，我们无论站在什么角度，从何种方向看，薪酬就是指雇员在其工作岗位上为雇佣者付出劳动或劳务并实现了一定的价值后所获得的各种货币收入和各种福利酬劳之总和，其中雇员是劳动的出卖者，雇佣者是劳动的购买者，而薪酬正是此劳动的价格体现。所以，薪酬的本质就是一种公平的买卖或交换关系。

（二）薪酬的分类

就薪酬的本质而言，它只是劳动力的一种公平的买卖或交换关系。但在广义上，薪酬其实是一种相当模糊而又复杂的社会经济现象，对薪酬的分类也是莫衷一是。相对而言比较一致的主要分法有以下几种。

1. 根据员工得到的是否是直接的货币，分为货币性薪酬和非货币性薪酬

货币性薪酬包括工资、奖金、各种津贴和补贴、分红等。非货币性薪酬包括组织为员工所提供的各种保险福利、定期或不定期的实物发放，还有组织为员工们举行的文娱活动等。

2. 根据薪酬的基本发生机制来分，薪酬又可以分为外在薪酬和内在薪酬

外在薪酬一般是指组织就员工的劳动付出而支付给员工的各种形式的报酬，它又可以分为货币性薪酬、福利性薪酬和非财务性薪酬，前两项的具体内容和上述分类中所述是基本一致的，而非财务性薪酬则包含了另一层面的内容，如给予比较引人注目的头衔、终生雇佣的承诺、良好的工作环境和人际关系、配备专业的秘书等。内在薪酬是指由于员工努力工作而得到表扬和晋升后所产生的工作荣誉感和成就感等，主要方式有参与决策的权利、自主安排工作的时间、发挥自己能力的机会、有兴趣的工作内涵等。

3. 根据薪酬支付量的界定来分，薪酬可分为计时薪酬和计件薪酬

计时薪酬是指根据员工的计时薪酬标准和工作时间来计算并支付给员工总报酬。常见的有三种计时薪酬，分别为月工资制、日工资制和小时工资制。国外常用的为小时工资制，我国基本选用月工资制。计件薪酬是指根据员工生产的合格产品的数量，按照原先规定的计件单价来计算并支付给员工的总报酬。常见的有直接无限计件工资制、直接有限计件工资制、累进计件工资制、超额计件工资制、按质分等计件工资制、间接计件工资制等。

4. 较为全面的一种薪酬构成

较为全面的一种薪酬的构成可以由基本薪酬（现在时态）、绩效薪酬（过去时态）、激励薪酬（将来时态）、间接薪酬（过去和现在进行时态）四部分组成。

（1）基本薪酬，又称标准薪酬、基础薪酬或基本工资。它是指一个组织主要根据员工所承担或完成的工作本身或者是员工所具备的完成工作的技能、能力和资历而向员工支付的稳定性报酬。在大多数情况下，企业根据员工所承担的工作本身的重要性、难度或者对组织的价值确定员工的基本薪酬，即采取所谓的职位薪资制。另外，企业还会根据员工所拥有的完成工作的技能或者能力的高低来作为确定基本薪酬的基础，即所谓的技能薪资制或者能力薪资制。基本薪酬是企业员工劳动收入的主体部分，是员工基本的生活保障和稳定的收入来源，同时也是确定其他劳动报酬和福利待遇的基础。基本薪酬（工资）是一个集合概念，它包含基础工资、工龄（年功）工资、职位工资、技能或能力工资等，并多以小时工资、月薪、年薪等形式（计时形式）出现，基本薪酬具有常规性、稳定性、基准性和综合性等特点。

（2）绩效薪酬，是指企业对员工过去行为和已取得成就或者达到某种既定绩效的认可，往往是根据员工在企业内工作时的行为表现进行绩效考评后，得到绩效考评结果而

支付给员工的薪酬。它作为基本薪酬以外对员工绩效行为的一种肯定，往往随着雇员绩效的变化而变化，如果把今年的绩效薪酬作为明年基本薪酬的增加，则对企业的总体劳动成本会形成相当大的压力；但如果体现在一次性奖金的发放，则对员工的激励性会有一定的影响。

（3）激励薪酬，是企业根据员工是否达到或超过某种事先建立的标准、个人或团队目标或者公司收入标准而浮动的报酬，是在基本工资的基础上支付的可变的、具有激励性的报酬。激励薪酬以支付薪酬的方式影响员工的未来行为，因为激励薪酬在员工达到业绩之前已经被确认，员工对于在超额完成任务后所能得到的奖金数额非常清楚，这就很明显地体现出激励薪酬的重大激励作用。

（4）间接薪酬，是指一种补充性报酬，一般指福利与服务，它往往不以货币形式直接支付给员工，而是以服务或实物的形式支付给员工，如带薪休假、成本价的住房、子女教育津贴等。员工福利与服务之所以被称为间接薪酬，福利与服务大都不是以员工向企业提供的绩效、能力和工作时间来计算的薪酬组成部分，大多数都属于低差异的全员性福利。福利项目除了国家强制性的社会保险等项目外，还有各种各样企业自主举办的福利项目，如短期培训、廉价住房、单位提供的子女入托服务、免费午餐、免费交通、心理或法律咨询等。

（三）薪酬结构

薪酬结构是指组织员工薪酬的各种构成项目和它们在薪酬中各自所占的比例。不同组织员工的薪酬构成不同，比例也不同，即使同一组织中从事不同性质工作的员工薪酬各项目构成及其比例也不同，而且同一组织不同薪酬等级的员工的薪酬项目和比例也有所不同，要视情况而定。不过总体而言，一般的薪酬结构都包含两部分：一部分是固定薪酬部分，如基本工资、岗位工资、技能或能力工资、工龄工资等；另一部分就是浮动薪酬部分，如效益工资、业绩工资、奖金等。[①] 由于各组织建立薪酬结构的出发点不同，薪酬结构类型可分为以下几种。

1. 以能力为导向的薪酬结构

以能力为导向的薪酬结构如表 10-1 所示。以能力为导向的薪酬结构是指员工的薪酬主要根据员工所具备的工作能力与潜力来确定，能力越强工资越高，如职能工资、能力资格工资和技术等级工资等都属于这一薪酬结构。

表 10-1　以能力为导向的薪酬结构

工资项目	工资比例/%
工龄	10
技能	80
职务	5
绩效	5

这种薪酬结构有利于激励员工积极向上，提高自身能力，挖掘个体潜能，实现自我的超越。但是其适应性较差，大多数的组织并不需要具备高复杂、高熟练的技术能力的员工，并且对于组织而言，其人力资源成本也会相应提高，最为突出的是以能力为导向

---

① 劳动和社会保障部、中国就业培训技术指导中心组织编写：《组织人力资源管理人员国家职业资格培训教程》，中国劳动社会保障部出版社，2004 年，第 195 页。

的薪酬结构只注重了表面上的技能差异，而忽略了工作绩效及实际能力的有效发挥，助长了组织高分低能的形式主义。

2. 以工作为导向的薪酬结构

以工作为导向的薪酬结构如表10-2所示。以工作为导向的薪酬结构是指员工的薪酬主要根据其所担任的职务的重要性、职务的高低来决定，职位越高，工资越高。岗位工资制、职务工资制等都属于这种薪酬结构。

这种薪酬结构，有利于激发员工积极进取之心，努力晋升获得更高的职位，对于新创组织有着很大的创新力和凝聚力，但是也会因在同一职位有不同能力和贡献的员工之间造成不该有的矛盾，阻碍了组织的发展，扼杀了员工自身的责任心。

表 10-2　以工作为导向的薪酬结构

工资项目	工资比例/%
工龄	10
技能	6
职务	82
绩效	2

表 10-3　以绩效为导向的薪酬结构

工资项目	工资比例/%
工龄	10
技能	5
职务	4
绩效	81

3. 以绩效为导向的薪酬结构

以绩效为导向的薪酬结构如表10-3所示。

以绩效为导向的薪酬结构是指员工的薪酬主要根据其近期的劳动绩效来决定，绩效量越大，工资越高，与其所处的职务和技能等级没有必要的联系。计件工资制、销售提成工资、效益工资等都属于这种薪酬结构。

其优点是激励性强，有利于推动员工的内在积极性，告诉员工一个简单的道理：只要肯努力，一切都是可以改变的。它对于塑造把握自己、把握每一个机会的新创组织的员工来说是一个极好的激励机制。但它也存在一定的缺点，如使员工只重视眼前利益，缺少长远规划；只重视个人发展，缺少团队协作，缺乏进一步深入学习和发展的动力。

4. 组合薪酬结构

表 10-4　组合薪酬结构

工资项目	工资比例/%
工龄	15
技能	30
职务	25
绩效	30

组合薪酬结构如表10-4所示。

组合薪酬结构是指员工的薪酬分解成几个部分，如工龄、技能、职位、绩效等，员工在各个方面的付出都会得到相应的薪酬。岗位技能工资、岗位绩效工资等都属于这种薪酬结构。

这种薪酬结构从各个方面考虑了员工对组织的付出，起到扬长避短、积极整合的作用，适用于各种不同组织。但它有时也扼杀了一部分员工的积极性，甚至助长了"多干、少干甚至不干一个样的大锅饭"主义，值得各类组织注意。

5. 新型薪酬结构

随着社会的发展，薪酬结构也越来越复杂，许多组织为了更好地经营发展，把短期激励和长期激励的薪酬结构有效地结合在一起，如在以往的薪酬结构中加进了年薪制、股票期权制、股票增值制等一些新兴的薪酬项目，并且对不同层次的员工进行不同的归类、划分，形成了新型的结构项目和结构比例，如表 10-5、表 10-6、表 10-7 所示。

表 10-5 基层管理人员新型薪酬结构

工资项目	工资比例/%
基本薪金	60
奖金	20
福利	20

表 10-6 销售人员新型薪酬结构

工资项目	工资比例/%
基本薪金	20
提成	60
福利	20

表 10-7 技术人员新型薪酬结构

工资项目	工资比例/%
基本薪金	20
知识价值 岗位工资	60
福利	20

二、工作满足感

人类从诞生开始，工作的目的就是为了生存，换句话说是为了更好地生活。但随着社会的发展，科技水平的不断提高，对于如何活着、怎样才算是更好地活着的理解越来越大相径庭，进而对于工作意义的解释更是各种各样、五花八门。甚至有人断言，工作满足感只是也只能来自于金钱，这不能不认为它是对人类认识的狭隘和偏颇。现代科学，尤其是心理学的发展足以证明，人类之所以有别于动物，那是因为人类还有精神。美国人本主义心理学家马斯洛把人的需要划成五个层次，其中，除了生理需要和安全需要具有物质性外，归属需要、尊重需要和自我实现都更体现了人类的内在追求和情感本质。

由此我们不难看出，人类工作的目的，不仅仅是为了获得相应的物质酬劳，还有更深刻的意义——工作满足感。所谓的工作满足感，是指一个人对工作本身和工作环境及工作后所得到的评价所产生的一种愉悦的情绪、情感体验。

（一）来自工作本身的满足感

1. 工作目标的确定

工作目标是一个人在还没付诸行动时内心的一种需求和方向，如果一个人没有生活目标，那么他的生活便失去了光彩；如果没有工作目标，便不可能获得生活必需品（食物、衣物等）和生活享乐品（旅游、娱乐等），更加不可能产生相应的情感满足。因此，只要有了一定的工作目标，人的情绪就会产生一种愉快体验，就会兴奋、满足。

2. 工作目标的追求过程

很多科学家在追求科学目标的过程中常常遭遇失败，但失败有时也是一种工作满足感，因为他们相信，失败是成功之母，失败一次意味着离成功更近一步。这样对工作目标孜孜以求的过程，其实也是工作满足感不断体验的过程。

3. 工作目标的完成

工作目标的确定、工作目标的追求过程都能让人体验到一种满足，但就其程度而言，工作目标的完成最能使人达到一种前所未有的兴奋和美妙境界。有许多人在工作目标完成时要开庆功会，开香槟酒，就在香槟酒四处飞溅的时候，他们的情绪也得到充分的释放和升华。

（二）来自工作环境的满足感

1. 管理水平

管理者的管理水平，尤其是一线主管的管理水平越低，越容易引起员工的反感。譬如，管理者与员工缺少沟通，经常主观臆断，很少帮助员工解决实际困难，这就会直接影响员工的工作满足感，甚至会引发旷工、罢工等一些过激行为。如果管理者能体恤员工，能让员工有机会参与与其工作有关的事情，这会大大提高员工的工作满意度。

2. 工作群体

工作群体是指员工们在一起工作的人员组合，包括正式群体和非正式群体。和谐的、合作的、理解的、友好的工作群体是使员工产生工作满足感的一个重要因素，因为工作群体对员工起着薪酬和管理者所不能起到的作用，其对群体成员起着关心、爱护、理解、支持、安慰等作用。可见，如何建立良好的工作群体是每一个组织都应该重视的。

3. 工作场所

工作场所是指员工工作的具体环境，如厂房、机器设备等。良好的工作场所，能使员工即使碰到比较棘手的工作也会在无形中感到容易、减轻压力；相反，如果环境极差，如噪声大、光线暗等，即使是再简单的工作，员工也会觉得很难工作，心情沮丧，甚至还会出错，降低效率，更无法产生工作满足感。

（三）来自工作评价的满足感

1. 领导的肯定

对于员工来说这一点非常重要，当他们努力工作达到目标时，除了自己的心里感到满足外，也很关注如何可以让自己的领导满意，继而得到领导的尊重和肯定，这意味着自己的能力和价值得到了体现，意味着为自己以后的工作打开一条方便之路，也有利于进一步发挥自己的潜力。

2. 同事的认同

一个人生活在这个世界上，做事固然重要，但做人更为重要。当员工因自己的工作成绩而被同事认可、赞赏时，那种被尊重、被需要的满足感就会充斥于心，这种因工作评价而得到的满足感直接影响到他对工作的看法，今后他会以一种更主动积极的心态投入各项工作。

■第二节　薪酬管理

一、薪酬管理概述

（一）薪酬管理的含义

所谓薪酬管理，其实就是对组织支付给员工的那部分报酬进行计划、实施、调整、管理的过程，具体而言，也就是对那些支付给员工的货币性报酬和非货币性报酬确定相应的支付标准，确定发放的形式、时间和对象，确定适当的结构以及如何因时、因地、因人作相应的调整的动态过程。薪酬管理不仅要符合国家的法律法规，而且必须与组织的整体战略相一致，更要求考虑到员工的切身利益和心理需求。因而，它既是一门科学，又是一门艺术。

现代薪酬管理就是要把支付给员工的薪酬看做是一种投资，是组织用来激励员工做出更多组织所期望的有利于组织发展的行为，同时减少组织所不希望看到的行为，并以此让员工为组织创造出更大的劳动价值。

（二）薪酬管理与招聘、培训、绩效管理的关系

薪酬管理是人力资源管理中极为重要的一环，它不但需要人力资源管理中其他管理职能的支撑，同时也对它们起着一定的影响作用。

1. 薪酬管理与招聘配置

招聘配置是指组织吸引应聘对象并从中选拔、录用、安排组织需要并适当的人才的过程。组织要获得优秀的人才，在应聘对象还未能更多了解组织文化及其战略等因素的情况下，组织能吸引人的最简单最直接的因素就是薪酬水平。一般情况下，只有最有市场竞争力的薪酬才更能引起应聘者的认真考虑，才会在招聘市场上有更多的发挥余地。试想，一个薪酬水平偏低又不具有品牌效应的组织，怎么可能招募到组织最需要的人才呢？

2. 薪酬管理与培训开发

培训就是指给新老员工授受完成本职工作所需的基本知识和技能的过程，开发是指对新老员工进行知识面和能力层的提高，以此着力挖掘出他们自身所蕴藏的能量的过程。培训开发对员工的职业生涯发展极其重要，同时更能增加他们的收入。一般而言，经过培训开发后的员工势必会提高生产效率，为组织创造更多的利润，而组织为鼓励员工，必然会增加薪酬，这样就形成了一个对员工、对组织都有益的良性循环。如果组织能制定出相对应于培训开发制度的薪酬管理体制，并作为组织长期发展的目标，那么，薪酬管理对员工培训开发的意义将更加深远。

3. 薪酬管理与绩效管理

绩效管理是对组织中员工在特定时间内的工作绩效进行考核、控制和改进的过程，是薪酬管理的重要依据，很多组织把绩效与薪酬紧密地结合在一起，每一次绩效考核的结果都为下一次薪酬调整提供了客观而有效的标准。只要绩效考核是科学的、可靠的，并为员工所能理解并接受的，那么，薪酬与绩效的有效结合必然会为组织创造出一个积极向上的工作环境，也更有利于发展实现自己的组织战略。

二、薪酬管理的内容

薪酬管理的适当与否直接关系到组织未来的发展，一般来说，薪酬管理主要包括薪酬计划、薪酬管理制度、人工成本核算及薪酬总额管理和日常薪酬管理工作等。

(一) 薪酬计划

薪酬是组织成本的重要组成部分，随着经济的发展，人工成本在组织成本中占的比重也越来越大，但是人工成本的支出不能无限制地上升；否则，不但会影响组织的市场竞争力，还有可能危及组织的生存，因而制定合理的薪酬计划显得极为重要。

1. 制定薪酬计划的前提

制定薪酬计划，首先必须收集大量的相关资料；其次，对这些信息资料进行全面完整地分析、评定；最后结合组织现状进行合理的选择、判断，从而得到最适合自身组织发展的薪酬计划资料。一般情况下，所要搜寻的资料主要包括三大类：一是国家、地区和市场方面的，如国家当前与薪酬有关的法律、法规等资料，近期该地区的物价变动资料，以及最近市场的劳动力供求状况和相对应职位的薪酬水准等；二是组织自身方面的，如组织人力资源规划资料、组织整体的薪酬资料，以及组织近年来的财务状况资料；三是员工方面的，如员工当前的薪酬水平、薪酬级别，以及上次调薪的时间、额度等。

2. 制定薪酬计划的方法

制定薪酬计划的方法有两种：一种是从下而上法；另一种是从上而下法。

从下而上法就是指根据各部门的人力资源规划和各部门每位员工在下一年度中薪酬的预算，计算出每个部门所需要的薪酬数额，汇总组织所有部门的预算总额，编制出组织整体薪酬计划的方法。从下而上法具有简单、灵活、易操作的优点，且能体现较多的人性化管理，比较容易被员工理解，容易塑造积极向上的工作气氛，但是这种方法不能很好地控制组织的整体人工成本。

从上而下法是指组织的高层领导根据组织的财务状况和人力资源规划等决定组织的整体薪酬总额，再将此数额分配到各个部门，各部门按照内部的实际情况，将数额分配到每位员工的方法。从上而下法具有能控制组织总体人工成本、能灵活掌握组织资金流量、适度调整资金周转等优点，但由于确定总额时主观性太强，往往不够准确，也不利于调动员工的积极性。

(二) 薪酬管理制度

薪酬管理制度是组织根据劳动的复杂、精确、繁重程度、劳动责任的大小、能力要求的高低和劳动条件的好坏等因素，将各类岗位划分为若干等级，再按等级确定薪酬标准的一种制度。没有一种薪酬管理制度能够适用于所有组织，事实上，不同性质的组织，其薪酬管理制度也有不同的内容构成，侧重点也有所不同。一般情况下，可以从以下几个角度认识薪酬管理制度。

1. 薪酬管理制度的设计

薪酬管理制度的设计，一般须考虑以下几个方面。

1) 薪酬水平与薪酬结构设计

组织的薪酬水平一般由三个层次组成。第一层次，能够吸引并保留适当员工所必须支付的薪酬水平；第二层次，组织有能力支付的薪酬水平；第三层次，实现组织战略目标所要求的薪酬水平。

薪酬结构的类型很多，我们从性质上将其分为三类。其一是高弹性类，该类薪酬结构的特点是：员工的薪酬在不同时期起伏较大，绩效工资与奖金占的比重较大，以绩效为导向的薪酬结构属于这种类型。其二是高稳定类，该类薪酬结构的特点是：员工的薪酬与实际绩效关系不太大，而是主要取决于年功及组织整体经营状况，员工的薪酬相对稳定，给人一种安全感，采用这类薪酬结构的组织，员工薪酬中基本工资所占的比重相当大，而奖金的发放则根据公司整体经营状况，以岗位为导向的薪酬结构属于这种类型。其三是折中类，既有高弹性成分，以激励员工提高绩效，又有高稳定成分，以促使员工注意长远目标，如以岗位绩效为导向的薪酬结构及组合薪酬结构，采用该类型薪酬结构的组织较多。组织可以根据薪酬策略选择合适的薪酬结构。

2）薪酬等级设计

不同的组织有不同的岗位，因此薪酬等级也不同，但一般有两种类型：

一是分层式薪酬等级类型。特点是组织包括的薪酬等级比较多，呈金字塔形排列，员工薪酬水平是随着个人岗位级别向上发展而提高的。

二是宽泛式薪酬等级类型。特点是组织包括的薪酬等级少，呈平行排列，员工薪酬水平既可以是因为个人岗位级别向上发展而提高的，也可以是因为横向工作调整而提高的。

2. 薪酬管理制度的调整

员工的薪酬并不是固定不变的，而是不断调整的。这种调整主要包括以下六方面：

（1）工资调整，即对那些原来没有工资等级的员工进行工资等级的确定。

（2）物价性调整，即为了补偿因物价上涨而给员工造成的经济损失而实施的一种工资调整方法。

（3）工龄性调整，组织的薪酬构成中包含了年功工资，那么这样的组织普遍采取的提薪方式就是工龄性调整，即把员工的资历和经验当作一种能力和效率予以奖励的工资调整方法。

（4）奖励性调整，一般用在当一些员工作出了突出的成绩或重大的贡献后，为了使他们保持这种良好的工作状态，并激励其他员工积极努力、向他们学习而采取的薪酬调整方式。

（5）效益性调整，即当组织效益提高时，对全体员工给予等比例奖励的薪酬调整方法，类似于不成文的利润分享制度。

（6）考核性调整，即根据员工的绩效考核结果，每达到一定的合格次数即可提升一个薪酬档次的调整工资的方法。

（三）人工成本核算

1. 人工成本的含义

人工成本是组织在生产经营活动中，因使用劳动力而发生的所有费用。它包括从业人员劳动报酬总额、社会保险费用、福利费用、教育费用、劳动保护费用、住房费用和其他人工成本等，即人工成本＝组织从业人员劳动报酬总额＋社会保险费用＋福利费用＋教育费用＋劳动保护费用＋住房费用＋其他人工成本。

人工成本并不仅仅是组织成本费用中用于人工的部分，还包括组织税后的利润中用于员工分配的部分。

（1）从业人员劳动报酬总额，即核算组织支付给所有有酬从业人员的劳动报酬总额，包括在岗员工工资总额和其他从业人员的劳动报酬。

（2）社会保险费用，主要包括组织按国家规定参加基本养老保险、基本医疗保险、失业保险、工伤保险和生育保险等强制性基本保险费用支出以及组织依法设立的各项补充保险（包括商业保险）费用支出。

（3）福利费用，包括在组织福利费用中列支并用于组织从业人员医药费、医护人员工资、医护经费、员工因工负伤赴外地就医的路费、员工生活困难补助、在员工集体福利设施内工作的人员的工资以及其他国家规定的福利性支出。

（4）教育费用，指专用于从业人员学习先进技术和提高文化水平方面的支出。

（5）劳动保护费用，主要包括组织购买或负担的劳动保护设备以及其他只能在工作现场使用的特殊用品的购置、维修等项费用。

（6）住房费用，指组织为改善本组织从业人员居住条件而支付的费用。

（7）其他人工成本，主要有员工招聘解聘费用、工会经费、子弟学校和技工学校经费、外籍雇员报酬及其他外聘雇员和专家的人工费用、专职和兼职董事及咨询顾问人员报酬和相关费用、离岗人员基本生活费等以及其他支出。

2. 人工成本核算的意义

人工成本是组织花费在雇员身上的所有费用，人工成本的增加意味着利润的减少，所以人工成本核算是组织关注的焦点。

通过人工成本核算，组织可以知道自己使用劳动力所付出的代价，可以了解产品成本和人工成本的主要支出方向，可以及时、有效地监督和控制生产经营过程中的费用支出，改善费用支出结构，节约成本，降低产品价格，提高市场竞争力。

通过人工成本核算可以使组织根据自己的情况，寻找合适的人工成本的投入产出点，达到既以最小的投入换取最大的经济效益，又能调动员工的积极性的目的。

三、薪酬管理的影响因素

薪酬管理主要受到三大因素的影响：外部环境因素、组织内在因素和员工自身因素。

（一）外部环境因素

外部环境因素是指与工作本身的特性以及意义并没有直接关系，但对薪酬确实有着很大影响力的社会、文化和经济等各方面因素，具体表现为政府的政策、法律和法规，文化和风俗习惯，劳动力市场状况，生活水平等。

1. 政府的政策、法律和法规

很多国家和地区对薪酬设定的下限和种族、性别问题都用立法形式加以规定，如美国的《公平薪酬法案》（*The Equal Pay Act*）和《公民权利法案》（*Civil Right Act*）都要求同工同酬，只要工作的责任大小、技术能力、环境等都相同，无论是男是女，是亚洲人还是欧洲人，信仰何种宗教，组织都必须付之以相同的报酬。《中华人民共和国劳动法》第48条设立了关于"国家实行最低工资保障制度"的规定，任何单位支付劳动者的工资不得低于当地最低工资标准，并为最低工资率的测算制定了严格的方法。①

2. 文化和风俗习惯

文化和风俗习惯对每一国家或地区而言都是一种被大家所认同的精神产品，有时甚至会进入人们的集体潜意识之中，并且会影响到他们的行为方式。在中国，很长时间里使用统一的薪酬结构，工人实行8级工资制、技术人员实行16级工资制、行政人员实行26级工作制，并且几十年不变，但人们并没有因此而感到困惑和不公平，这就是文化的影响力。14世纪欧洲教会维持等级结构的合理工资制和日本传统的年功制的盛行也都是基于文化和风俗习惯而形成的。

3. 劳动力市场状况

劳动力市场上劳动力的供求失衡和竞争对手之间的人才竞争都会影响到薪酬的设定。如劳动力市场上某种人才市场过剩，组织之间就会缺少竞争，这部分人的薪酬就会降低；相反，劳动力市场上某种人才紧缺，社会增加组织竞争压力，为了获得这些紧缺人才，组织就必须增加薪酬额度。

4. 生活水平

生活水平是人们收入状况、消费指数以及生活质量的具体表现。某一地区生活水平提高了，那么人们对生活的期望也就会相应提高，要提高生活质量、扩大消费指数，就必须增加收入，这样就会给该地区的组织造成薪酬压力，影响组织的薪酬设定。

（二）组织内在因素

组织内在因素是指组织本身的经营战略，如经营性质和内容以及组织文化、岗位设计、财务能力、组织规模、组织人力资源政策等许多因素。它们分别对薪酬有着很大的影响，主要包括以下几方面。

1. 组织经营战略

组织经营战略是指组织或组织为了自身的生存和发展，从实际出发，明确制定的组织中、长期发展计划和确定的具体工作方针及行动方式。组织经营战略对薪酬制度的制定起着决定性的作用，例如，组织以创新作为主要经营战略，那么就要求该组织必须把激励工资作为薪酬的要点，以此鼓励员工在生产中大胆创新、缩短工期、减少成本，而不再过多地去评价和衡量各种技能和职位；又如，以顾客为核心的组织经营战略则强调取悦顾客，密切与顾客的关系，尽量超过顾客的期望值，并直接以顾客的满意度给员工付酬。

2. 组织文化

组织文化是指组织中长期形成的共同信念、作风、价值观和行为准则等。尤以组织

① 刘军胜：《薪酬管理实务手册》，机械工业出版社，2003年，第429页。

精神为内核，包括三个层次：组织物质文化层（厂房设备、产品外观等）、组织制度文化层（领导体制、管理制度等）、组织精神文化层（行为价值观、员工素质等）。它反映组织整体的行为倾向和偏好，如有些组织经常会随着形势的变化而制定一些正式或非正式的薪酬政策，以证明它在劳动力市场中的竞争性地位；而也有些组织则严守刻板，一旦制定薪酬政策就很难改变，管理者和员工也能相安无事。这就是不同组织文化对薪酬的影响。

3. 组织经营性质和内容

组织经营的性质和项目的不同，也会影响组织的薪酬策略。在高科技组织中，知识分子和技术员占主体，相对而言人数较少，又都是从事高科技含量的脑力劳动，因而，人力资源成本在总成本中占的比例不大。而在劳动密集型的组织中，人数庞大，又从事简单的体力劳动，人力资源成本在总成本中占有很大的比重，这样两类不同的组织，它们的薪酬策略也必然不同。

4. 组织的财务状况

组织的财务状况不仅影响到薪酬策略的确定，还直接关系到招聘、能力、劳资关系等许多人力资源管理问题。例如，经营比较成功、财务状况良好的组织会倾向于支付高于劳动力市场水平的薪酬。相反，经营失败、支付能力较差的组织就会选择支付低于劳动力市场水平的薪酬，慢慢就会失去市场竞争力。

（三）员工自身因素

员工自身因素是指与员工个体的生理素质、心理素质、所受的教育程度以及自身的经验等一系列相关的情况，而这些情况又恰恰会影响薪酬的设定。

1. 教育程度影响薪酬

一般而言，员工所受教育程度越高，则应得到的薪酬越高。这是因为，薪酬不仅会补偿原学习过程中所花费的各种生理、心理能量，而且还是影响员工进一步学习、提高技能、促进产量提高的动力。加拿大统计局的研究报告显示，具有较高教育程度、较高读写能力的通常获得较优厚薪酬的工作，读写程度对收入的影响极大，大约等于教育回报的1/3，甚至还发现员工每多接受一年教育，平均年薪增长8.3%。[①]

2. 薪酬与经验

一般来说，经验多、工作时间长可获得较高的薪酬。很多组织把员工的薪酬和经验放在一致的位子上，即经验与薪酬相等。例如，高级管理人才需要有12年以上的相关工作经验，管理人才需要8年以上相关经验，而一般技术员工则需要5年左右时间，同时他们的薪金也与此相对应，由高转低。

3. 年龄、外貌有时也会影响薪酬

在全世界范围内，25~35岁的年轻人的收入高于其他各年龄层，是高薪密集区，他们大多拥有较高的学历，较先进的科学技术，又从事比较新型的行业；另外，英国科学家发现，外形英俊的男子比缺乏吸引力的男子更能找到更好的工作和赚得更多报酬。

---

① 摘自中国人力资源网。

伦敦吉尔德霍尔大学研究人员 Killings 表示，长相一般的秘书比起漂亮的秘书，收入要少 15％；研究还发现，被认为是缺乏吸引力的男子较英俊的同事少赚 15％；姿色较差的女子较美丽的同事少赚 11％；肥胖对男性的薪酬没有影响，但女性却因肥胖受损失，所得报酬较减肥的同事少 5％。[①]

第三节　新经济时代的薪酬设计

自 20 世纪末以来，逐渐兴起的新经济时代对组织人力资源管理，尤其是薪酬管理提出了更高的要求，人力资源已成为组织要取得竞争优势的首要因素。从而人才竞争的态势也更趋激烈，最直接的表现方式就是薪酬的动荡不已，很多组织为了争取人才、留住人才而不惜支付大大高于市场价格的薪酬，导致组织人力资本投入过大，人力资源价格攀升，这不仅影响了组织的正常经营，甚至还影响到劳动力市场的供求平衡。因此，建立一整套科学的、行之有效的薪酬设计体系，无论对于管理者还是一般员工，都是完全必要的。

一、薪酬设计的原则

根据人力资源管理理论，我们应遵循以下一些原则。

（一）公平性原则

公平性原则是指组织员工对分配给他们的薪酬是否公正、公平的认识和判断，可以分为两个层次：

（1）外部公平性，指同一行业或同一地区，尤其是带有竞争性质的组织之间相比，组织为员工所提供的薪酬是否具有竞争力，是否与员工为组织作出的贡献相符，是否具有公平性。只有公平而具有竞争力的薪酬才能找到人才、留住人才、用好人才。

（2）内部公平性，指同一组织中，在相同岗位或不同岗位上的员工所获的薪酬是否与自己所作的贡献相一致，如果一致便是公平的。

（二）竞争性原则

无论何种性质的组织，要在社会上占有优势地位，薪酬必须要有吸引力，才有可能战胜其他组织，得到自己所需的人才。但是，组织人才价格的范围必须根据本组织的财力、物力，尤其是人力资源成本预算，以及所需人才的稀缺性和可获性等因素来共同确定，必须做到在市场上既具有强烈的竞争力，又不让组织无谓地扩大人力资源成本的投入。所以，我们有时还可以考虑其他方面，如以组织良好的社会形象来帮助加强薪酬对人才的吸引力和竞争力。

（三）激励性原则

由于年龄、经验、学历等许多因素的不同，同一组织中同一岗位上的两个员工的能

---

① 摘自英国《每日邮报》（2002 年）。

力也有可能不同，所作出的贡献也不一样，要做到内部公平，就必须适当拉开薪酬距离，多劳者多得，少劳者少得，以充分调动每位员工的积极性。

（四）合法性原则

薪酬设计一定要遵守国家的法律法规，尤其是国家一些强制性的规定，譬如，国家有关每小时最低工资数的规定、最低工资的规定、有关职工节假日加班的薪酬发放问题等，如我国法律《妇女权益保障法》中就有涉及反性别歧视的具体条款等。

（五）经济性原则

提高组织员工的薪酬，虽然确实能提高组织的竞争性和激励性，但是也同时会增加组织负担，导致人力成本的增加。尤其对于那些人力成本已很高的组织，那会牵一发而动全身，甚至会直接威胁到组织的生存，如劳动密集型组织，其人力成本已高达 70%左右，加大人力成本势必事倍功半。因此，吸引人才以提高组织生产效率、增加组织竞争力是必要的，但经济地、有效地把有限的资金用在刀刃上也是很重要的。

（六）保密性原则

保密性原则在现代组织里越来越受到重视，这是由于人才市场的竞争日趋激烈，人才流失问题日趋严重，人才流失为组织增加了许多额外的麻烦，如提高了人力资源成本，干扰了生产经营的正常秩序，还会影响到许多员工的工作情绪，甚至更为严重的是，作为组织机密之一的薪酬设计也会随着人才的流失而被泄露，直接影响到组织的市场竞争力。

二、薪酬设计的基本程序

（一）制定组织薪酬策略

组织对薪酬策略的定位，不仅受到组织本身的影响，也受到了外界环境中的各种因素的影响，因此，组织审时度势作出一个比较完善的战略性决策是非常重要的。古人云，运筹帷幄之中，决胜千里之外，反映的是策略的重要性。组织必须能合理、合情、合法地制定出一个恰当的薪酬策略，如表 10-8 所示。

表 10-8　薪酬策略的要素

要素	具体内容
薪酬分配的原则	市场竞争力、内部公正性
薪酬水平的市场定位	高于、等于、低于
薪酬的主要决定因素	职务/能力/绩效
薪酬构成	固定与上浮、短期与长期薪酬

薪酬策略主要由这些部分组成：对组织员工本性的了解，对员工自身总体价值的认识，对高级管理者和主要经营者其价值的估计，员工基本工资制度外加各种奖励、福利

的设计依据和分配比例，以及与国家法律法规相对应的基本薪酬分配政策和策略等。

（二）工作分析

工作分析是指收集与某一特定工作有关的各种相关信息的过程。工作分析对于薪酬设计也起着重要的作用：首先，它有助于建立内部平等的工作结构，容易得到员工的认同，为薪酬设计提供了一个良好的情感基础；其次，有利于明确不同工作内容之间的异同，为因工作不同而造成的薪酬差异提供了有利的依据；最后，为薪酬设计体系的改进和尽可能完善保留了一个继续搜集有用信息的有效渠道。

人力资源部门根据组织人力资源管理制度，配合组织发展计划作好岗位的设置，并对每项岗位进行科学的工作分析，产生清楚的岗位结构图和详细的工作说明书，如表10-9所示。

表 10-9　工作说明书

要素	具体内容
岗位名称	包括工作、工种、职务、职称等项目
岗位任务	任务的性质、内容、形式、影响的对象等
岗位关系	岗与岗协作、监督、指挥等
岗位职责	岗位责任的大小、岗位的重要程度等
岗位环境	地区环境、组织环境
任职资格	员工的知识、技能、经验、心理素质等

（三）工作评价

这是保证薪酬内部公平性的关键步骤，所以必须要精确。进行工作评价一般有四种方法：排序定级法、岗位归类法、要素比较法、点因素分析法。

1. 排序定级法

排序定级法是以各项工作在组织所取得的成就中的相对价值为基础，根据工作说明书对各个职位和各项工作的相对价值从高到低进行排序，得到一张明确的工作成绩序列表，并以此为依据，设定组织的薪酬等级。

排序定级法是最简单、最快捷、最便宜也是最容易被员工理解的方法，但因为没有确切的职位定级标准，使其有时会不够准确，带有一定的主观因素，主要适合于职位不多的小型组织。

2. 岗位归类法

岗位归类法是指先将组织所有职位进行划分，划分成若干个类型，每一类职务再分成若干个等级，在每等级职位中再选取一个关键性的职务，配上经工作分析后得到的工作说明，形成各类型、各等级都有一个可供参考的标准，然后将组织中有待评价的职位与已定标准的关键职位进行比较，得到相应的级别，以此再确定待评价职位的薪酬等级。

岗位归类法适用于拥有大量工厂或机构的组织，随着组织的不断扩大，工作种类的不断增多，这一方法越显实用客观。但由于此法往往是采用单因素分析来确定标准的，所以很难进行精确的评价，还存在着一定的主观性。

3. 要素比较法

要素比较法是指根据组织关键或标志性岗位的薪酬标准及确定这一标准的薪酬要素，将组织各类型的岗位与之相比较，来直接确定薪酬水平的方法。

一般而言，首先选择普遍存在、工作内容稳定的标志性岗位，对这一岗位进行分析，确定影响此岗位薪酬的要素。然后，确定这一标志性岗位在各薪酬要素上应得的报酬。最后，把组织其他岗位在每一个薪酬要素上与标志性岗位进行比较，得到它在各薪酬要素上得到的报酬并加总，就可以直接得到各岗位的薪酬了。

要素比较法是比较精确，也是较完善的一种职务评价法，由职务说明直接求得薪酬金额，比较可靠，但实施起来复杂、难度大，成本也比较高。

4. 点因素分析法

点因素分析法的关键是先确定几个薪酬要素（如智力、知识经验、解决问题能力等），然后对每个要素分等，并赋予每个要素不同的点值。一旦确定组织中某岗位的所包含要素和所对应的等级，只要把此岗位的各要素对应的点值加总，就可以得到该岗位的总点值，再以此来确认该岗位的薪酬等级。

点因素分析法和其他工作评价法一样，还存在着一定的主观性，主要表现在因素的选择、因素权重的确定以及工作点值的确定上；另外，其设计比较复杂，成本也相对较高，但能够更好地量化，并且还可以经常调整，比较适用于岗位设置不稳定，岗位不相同，对精确度要求较高的组织。

通过这些方法得出每一职务或每一岗位在组织中的相对价值，并计以具体的金额，虽然这些相对价值的金额并不一定是该工作岗位上员工的真正薪酬，但至少确立了一个参考值，为薪酬设计的顺利进行铺平了道路。

（四）薪酬结构设计

经过全面的工作评价这一程序，不管采用哪种方法，我们都可以得到每一工作对组织相对价值的对应金额，并根据这些金额对每一工作进行分等分级，把组织内所有工作的相对价值进行排序，工作难度越高，创造价值越多的，它的相对价值也越高，对应的薪资也越高。但这一薪资还不是员工所获得的实际薪资值，必须找到这一组织机构中的各项职位的相对价值及其对应的实际薪资之间的关系，这样才能建立起合理的、既对内公平又对外公平的薪资结构体系。一般而言，这种关系的外在表现就是"工资结构线"，如图 10-1 和图 10-2 所示。

如图 10-1 所示，A 和 B 这两条工资结构线是直线，意味着工作评价分数和薪酬是一种线性关系，总体而言，工作评价分数越高，薪酬也越高。但 A 与 B 又有区别：A 线斜率大、变化快，反映采用这种工资结构线的组织目的是拉大员工之间的薪酬差距，具有较大激励作用；B 线平缓、变化小，反映出这类组织不喜欢扩大薪酬差别，注意大多数员工的利益。由于组织本身的内外情况不一样，有时候工作评价分数和薪酬的对应关系是非线性的。

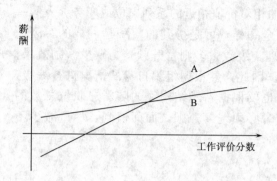

图 10-1　工资结构线 1

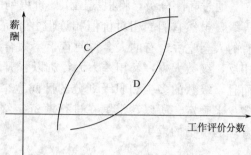

图 10-2　工资结构线 2

如图 10-2 所示的曲线 C，反映了工作岗位等级低的薪酬增长速度快于岗位等级高的，也可以反映出岗级较高的员工可能要靠其他方式来激励。而 D 线正好相反，岗级较低的员工薪酬增长速度较慢，而岗级较高的员工薪酬增长较快，这也反映出市场供应情况，即一般员工供应量大，薪酬相对较低；高级员工供应量小，组织为了留住人才势必付给较高的薪酬，增长率也高。

"工资结构线"为我们分析和控制组织的工资结构提供了更为清晰的、直观的工具。由此可见，利用工资结构线进行薪酬设计，有利于保证薪酬的内外公平性，而且又具有合理有效的激励作用。

（五）薪酬调查

组织要吸引和留住人才，既要考虑组织薪酬制度的内在公平性，也要保证组织薪酬制度的外在公平性，并确保其拥有竞争优势。因此，进行相应的薪酬调查，了解本地区、本行业的，尤其是竞争对手的薪酬状况是非常必要的，以使组织及时调整相应工作的薪酬水平和组织的薪酬结构，适应时代的发展。薪酬调查的具体步骤如表 10-10 所示。

表 10-10　薪酬调查步骤

第一步	第二步	第三步	第四步
调查目的	调查内容	调查方式	调查分析
调整薪酬水平	组织	组织之间互相调查	数据排列
调整薪酬差距	岗位	委托调查	频率分析
调整晋升政策	数据	调查公开信息	回归分析
调整具体岗位薪酬水平	时间段	问卷调查	制图

（六）薪资分级

组织可以根据工作评价后建立的薪资结构线，将许多类型的工作岗位、职务薪资进行组合归并成若干个工资等级，形成一个薪资等级系列，这就是薪酬分级。

通过薪酬分级，将根据工作评价得到的相对价值相近的系列岗位或职务编入同一等级，虽然它们的相对价值相近但并不完全一样，可是得到的薪酬是一样的，因而有的人会吃亏、有的人会得便宜，不太合理。级数太多则晋升频繁，缺少激励效果；相反，级数太少，又相差太大，难以晋升。因此，要根据组织自身的情况进行编级，而且，级数的多少和职级划分的区间宽窄也要根据薪酬结构线的陡斜、职位总数的多少来确定。所以，组织在进行薪资定级时必须统筹兼顾，面面俱到，尽量减少不合理的事情的发生。

（七）薪酬方案的实施、控制和调整

方案制订后，关键还在于具体实施，并在实施中尽快发现问题、处理问题，进行动态化的控制，再根据组织经营环境的变化和组织经营战略调整，对薪酬方案进行适当的调整，以利其发挥薪酬的真正功能。如奖励性调整，即根据员工的工作表现进行绩效鼓励性调整；效益调整，当组织效益提高、利润增长时给整个组织的全体员工提高薪酬；生活指数调整，组织用来补偿员工因生活指数提高、物价指数上升而导致的实际收入无形减少的损失。

薪酬设计不仅是一个从理论到理论的问题，更是一个在实践中不断提高、不断丰富完善的动态化操作过程。国外有很多先进的经验可以借鉴，国内也有许多探索性的内容可以学习，我们只有继续努力，才有可能寻找到一条真正合适中国国情的薪酬设计之路。

■ 第四节   福利管理

一、福利概述

（一）福利的含义

一般而言，福利只是一种补充性报酬，它往往不以货币形式直接支付给员工，而是以服务或实物的形式支付给员工，如带薪休假、成本价的住房、子女教育津贴等。

福利的形式有多种，主要包括全员性福利、特殊福利、困难补助。它们在形式上的不同，是源自内容的差异。其中，全员性福利针对所有的员工，如子女的教育津贴，而特殊福利只针对某一些群体，如只给部门经理级以上员工报销全额差旅费等。困难补助是针对有特殊困难的员工，如给身患绝症的员工发一些慰问金。

（二）福利对组织的影响

一方面，福利的成本通常是由组织全部或部分承担的，当福利项目的名目繁多时，福利的规划和管理会比基本薪酬和可变薪酬的管理来得复杂，因而可能会耗费组织大量的时间和金钱；而另一方面，福利对员工的激励作用显然不如基本薪酬和可变薪酬更直接，但是组织还是要不遗余力地搞好员工福利，这主要是因为福利对组织有着诸多影响。

1. 政府法律法规的规定

许多国家对于劳动者在就业过程中以及退出劳动力市场之后所应当享受的福利都有强制性的规定，其中最多体现在有关社会保障的法律法规方面。员工的基本福利状况不仅对社会的福利水平有着很大的影响，而且对一个国家的社会稳定程度起着很大的作用。一般而言，法律所规定的组织必须提供的员工福利项目主要包括养老保险、失业保险、工伤保险、生育保险、医疗保险、法定节假日休息等，而且许多国家的法律还对组织所提供的福利的最低水平进行一定的限制。这样一来，福利对组织的影响必然是实际而深远的。

2. 劳动力市场竞争的压力

除了法律规定的一些福利项目外，组织在实际运作中还经常被强制性地要求必须设立一些福利项目，这是因为，在一个竞争性的劳动力市场上，随着越来越多的其他组织提供某些形式的福利，那么其余的组织也就被迫提供这种福利，以取得劳动力市场上的竞争地位。

3. 有目的地吸引和保留员工

福利是一种很好的吸引和保留员工的工具，有吸引力的员工福利能够帮助组织找到高素质的员工，也能保证已经招募的高素质员工继续留在组织中并努力工作。另外，当组织希望吸引和保留某些优秀员工但在某些方面不能提高这些人的薪酬水平时，福利就能成为一种非常有利的报酬方式，如为优秀员工及其家庭成员提供各种保险等。

4. 有助于营造和谐的组织文化，培养员工的忠诚度

福利会让员工感觉到组织和员工的关系不仅仅是一种单纯的雇佣关系，而且存在着一种类似家庭关系的感情成分，这有利于提高员工的工作满意度，促进员工的生产效率提高和离职率的下降。

5. 有利于组织享受国家的优惠税收政策

员工福利所受到的税收待遇往往要比货币薪酬所受到的税收待遇优惠得多。一般来说，增加员工的货币报酬会导致组织必须缴纳的社会保险费用的上升，而用来为员工实施福利计划则成本可以享受免税待遇。所以相对而言，组织把一定的收入以福利的形式而不是以货币薪酬的形式提供给员工，更具有成本方面的优势。

（三）福利对员工的影响

一般而言，员工的薪酬可以由基本薪酬、绩效薪酬、激励薪酬和间接薪酬组成，对于组织来说，货币多一些还是福利多一些并不重要，但是对员工来说，在货币报酬和福利报酬之间他们可能会更喜欢后者。

1. 税收的优惠

对员工来说，以福利形式所获得的报酬往往是无须缴税的，有时甚至不是现在的，而是等到退休以后，到那时，员工的收入要比工作的时候低，那么税收水平也会相对较低，如此他们就又享受了一定的税收优惠。

2. 规模经济效应

员工福利中的许多福利是员工生活和工作的必需品，即使组织不为员工提供，员工

也要自己花钱购买，而大规模的集体购买显然比个人购买更具有价格方面的优势。

3. 公平和尊重的体现

员工在组织中工作不仅具有金钱方面的需要，而且有一种强烈的心理方面的需要，货币报酬往往体现的是员工的能力和业绩，而福利更能体现出员工在组织中所得到的公平感和尊重感等心理需求，这样一来，福利似乎更有利于激励员工努力工作、自我实现。

二、福利项目

员工的福利项目多种多样，而对组织、对员工的积极作用也是间接而隐约的、巨大而深远的，所以，对于福利项目的设计也应该是慎重的。

(一) 福利项目设计的原则

第一，严格控制福利开支，提高福利服务效率，减少浪费。

第二，根据员工的需要和组织特点提供多样化的福利项目。

第三，由于福利有平均主义的倾向，所以可以选择一些福利项目，将它们与员工的业绩紧密联系，以提高福利分配的激励作用。

第四，组织选择的福利项目应对员工的行为有一定的影响，如在职培训等，这样更有利于员工加大自身人力资本的投资。

(二) 福利项目的分类

福利项目是一个非常庞大的体系，一般可分为社会保险福利和用人单位集体福利两大类。

1. 社会保险福利

社会保险福利是为了保障员工的合法权益，由政府统一管理的福利措施，它在整个薪酬体系中所占的位置越来越重要，主要包括养老保险、医疗保险、失业保险、工伤保险和生育保险。

1) 养老保险

养老保险是国家和社会根据一定的法律和法规，为解决劳动者在达到国家规定的解除劳动义务的劳动年龄界限，或因年老丧失劳动能力退出劳动岗位后的基本生活而建立的一种社会保险制度。它一般具有以下几个特点：由国家立法强制实行，组织单位和个人都必须参加，符合养老条件的人，可向社会保险部门领取养老金；养老保险费用来源，一般由国家、单位和个人三方或单位和个人双方共同负担，并实现广泛的社会互济；养老保险具有社会性，影响很大，享受人多且时间较长，费用支出庞大。

2) 医疗保险

医疗保险是当人们生病或受到伤害后，由国家或社会给予的一种物质帮助，即提供医疗服务或经济补偿的一种社会保障制度。医疗保险制度通常由国家立法，强制实施，建立基金制度，费用由用人单位和个人共同缴纳，医疗保险费由医疗保险机构支付，以解决劳动者因患病或受伤害带来的医疗风险。

3）失业保险

失业保险是指国家通过立法强制实行的，由社会集中建立基金，对因失业而暂时中断生活来源的劳动者提供物质帮助的制度。它是社会保障体系的重要组成部分，是社会保险的主要项目之一。失业保险所需资金来源于四个部分：失业保险费，包括单位缴纳和个人缴纳两部分，这是基金的主要来源；财政补贴，这是政府负担的一部分；基金利息，这是基金存入银行和购买国债的收益部分；其他资金，主要是指对不按期缴纳失业保险费的单位征收的滞纳金等。

4）工伤保险

工伤保险是国家为了保障劳动者在工作中遭受事故伤害和患职业病后获得医疗救治、经济补偿和职业康复的权利，分散工伤风险，促进工伤预防的一种社会保障手段。工伤保险要与事故预防、职业病防治相结合。工伤保险实行社会统筹，设立工伤保险基金，对工伤职工提供经济补偿和实行社会化管理服务。工伤保险费由组织按照职工工资总额的一定比例缴纳，职工个人不缴纳工伤保险费。工伤保险费根据各行业的伤亡事故风险和职业危害程度的类别实行差别费率。

5）生育保险

生育保险是国家通过立法，对怀孕、分娩女职工给予与生活保障和物质帮助的一项社会政策。其宗旨在于通过向职业妇女提供生育津贴、医疗服务和产假，帮助她们恢复劳动能力，重返工作岗位。

2. 用人单位集体福利

用人单位集体福利是指用人单位为了吸引人才或稳定员工而自行为员工采取的福利措施。根据福利本身是否涉及金钱或实物以及服务等，用人单位集体福利又可以简单地将之区分为经济性福利和非经济性福利，它们各自又包含丰富的内容。

经济性福利主要包括：

（1）住房性福利，以成本价向员工出售住房、房租补贴等。

（2）交通性福利，为员工提供电、汽车或地铁票卡，用班车接送员工上下班等。

（3）饮食性福利，免费供应午餐、慰问性的水果等。

（4）教育培训性福利，员工的脱产进修、短期培训等。

（5）医疗保健性福利，免费为员工进行例行体检，或者打预防针等。

（6）有薪节假，节日、假日以及事假、探亲假、带薪休假等。

（7）文化旅游性福利，为员工过生日而办的活动，集体的旅游，体育设施的购置等。

（8）金融性福利，为员工购买住房提供的低息贷款等。

（9）其他生活性福利，直接提供的工作服等。

（10）津贴和补贴。

（11）组织补充保险与商业保险。

非经济性福利主要包括：

（1）咨询性服务，如免费提供法律咨询和员工心理健康咨询等。

（2）保护性服务，平等就业权利保护（反性别、年龄歧视等）、隐私权保护等。

（3）工作环境保护，如实行弹性工作时间、缩短工作时间、员工参与民主化管理等。

三、福利管理

福利管理是指对福利项目的设计、实施、调整的过程。福利管理为许多组织员工提供了生活上的方便，减轻了员工在生活琐事和家务劳动方面的负担，帮助员工解决了员工自己难以解决的许多困难，丰富了员工文化生活，在满足广大员工的物质生活需要和精神生活需要方面，都发挥了积极的作用，其结果必然是增强了组织的凝聚力和竞争力。

（一）福利管理所应遵循的主要原则

（1）合理性原则。所有的福利都意味着组织的投入或支出，因此，福利设施和服务项目应在规定的范围内，力求以最小费用达到最大效果。对于效果不明显的福利应当予以撤销。

（2）必要性原则。国家和地方规定的福利条例，组织必须坚决严格执行。此外，组织提供福利应当最大限度地与员工要求保持一致。

（3）计划性原则。凡事要计划先行。福利制度的实施应当建立在福利计划的基础上，如福利总额的预算报告。

（4）协调性原则。组织在推行福利制度时，必须考虑到与社会保险、社会救济、社会优抚的匹配和协调。已经得到满意的福利要求没有必要再次提供，确保将资金用在刀刃上。

（二）福利管理的主要内容

福利管理的主要内容包括以下几个方面：确定福利总额，明确实施福利的目标，确定福利的支付形式和对象，评价福利措施的实施效果。

（1）确定福利总额。根据国家相应的法律法规，结合组织自身的财力状况和组织员工的需求，合理地计算出本组织的福利总额。包括福利资金的来源、数额、到账的时间等。

（2）明确实施福利的目标。每一项福利项目的实施都需要组织财力的付出和支持，因而在福利项目的实施之前必须清楚地知道该项福利所想要达到的目标和要求。努力把每一份投入都用在最需要的地方。

（3）确定福利的支付形式和对象。对福利支付的时间、地点、内容以及支付给谁，组织在实施福利项目前都应该非常明确。

（4）评价福利措施的实施效果。这是福利管理的最后一环，也是非常重要的一环，福利措施实施效果的好与坏直接反映出是否遵循了福利管理的主要原则，是否把组织的资金用在刀刃上，是否能激励员工更努力地为国家为组织作出更多的贡献。一般可采用问卷调查的方式获得第一手的资料，再加以整理、分析得出评价结果。如果所得评价结果符合前期的目标，那么可继续实施；如果所得评价不符合预期的目标，那么从第一、第二步开始调整，直到符合要求为止。

四、福利方案设计

（一）弹性福利方案

弹性福利方案又称"自助餐式"、"菜单式"、"一揽子"或"自选式"福利方案，就是允许员工在一定时间和金额范围内从企业所提供的福利项目中按照自己的意愿进行选择与组合的福利方案，即企业根据多数员工的特点和具体需求列出一些福利项目，并规定一定的福利数额，再让员工根据个人需要从中自由选择或组合，各取所需，而且每隔一段时间，还可以给员工一次重新选择的机会，以满足员工不断变化的需要。

当然，弹性福利方案只是针对企业自主福利中的一些项目，而且，该计划可以是每个人都享受同一个标准，但通常是将福利总额分等执行，即根据员工的工资、工作年限、职位高低、业绩大小等因素来设定每一个员工所拥有的福利项目与限额，同时，福利清单所列出的福利项目都会附一个金额，员工只能在自己的限额内选择自己喜好的福利项目，其基本思想是使福利方案具有个性化和可选性。

（二）企业年金福利方案

企业年金是企业及其职工在依法参加国家基本养老保险的基础上，在国家相关法律法规的框架内，根据本企业特点自愿建立的补充养老保险计划，是员工福利制度的重要组成部分。企业年金计划的建立早于社会养老保险，是多层次养老保险体系的重要组成部分。

企业年金的性质如下。首先，企业年金可视为养老保险体系的第二支柱。随着人口预期寿命的延长及总体生育率的降低，老龄化程度加剧。为了应对老龄化过程中的养老资源短缺问题，发达国家和发展中国家正在（或已经）建立由世界银行提出的"三支柱"养老保险制度体系。企业年金弥补了社会基本养老保险保障水平的不足。其次，它是企业薪酬福利结构的重要组成部分，是企业吸引和留住人才、增强企业凝聚力、提高企业竞争力的重要手段。最后，它是改善和强化劳资关系、激励劳动者提高生产效率的重要手段。

（三）住房保障方案

在高福利、低工资的计划经济时代，住房是我国国有企业的一项最为重要的员工福利项目，国有企业的福利分房使其较之其他企业更具有优势，企业分房也是大多数员工获得住房的主要来源。虽然经过了由福利分房到住房商品化的住房保障制度改革，但长期历史传统的沉积、中国房地产市场的不成熟以及住房保障体系的不完善等种种因素，使得住房计划目前仍是企业吸引和留住员工的重要福利项目之一。同时，由于机关与企、事业单位的功能与社会角色不同，其住房保障计划也略有差异。

在住房商品化与市场化改革的过程中，由于当前住房价格偏高、职工承受能力弱，住房计划仍然是企业目前需要考虑的重要福利之一。企业通常提供住房公积金计划与补充性住房计划。

（1）住房公积金方案。住房公积金方案是依据国家的政策法令建立起来的、由国家承办、单位与个人共同缴费的强制性住房储蓄计划。住房公积金方案在税收、存贷款利率上享受政策优惠：单位缴纳的住房公积金可在成本中列支，个人缴纳部分免交个人所得税；住房公积金存款能享受较高的利率；建立住房公积金的职工，在购买、建造、翻建、大修自住住房时，可申请住房公积金贷款，贷款利率通常低于市场贷款利率。

（2）补充性住房方案。补充性住房计划是指企业在国家法定的住房公积金计划外，根据自身的经营状况和实力，自愿建立的用于解决员工住房困难或改善职工住房条件计划的总称，通常包括补充性住房公积金、现金住房补贴、低息或无息贷款、利息补助计划、低价格的集体购房计划及由单位提供的公寓或宿舍计划。①补充性住房公积金，是指企业向员工住房公积金账户所缴存的超过员工个人公积金缴存额的部分。②现金住房补贴，是指企业直接以现金形式发放给员工的用于住房消费的福利工资。③低息或无息贷款、利息补助方案，是指企业通过其建立的员工福利基金或专门的住房基金，为购房职工提供低息或无息借款，或帮助员工偿还住房贷款等计划。④单位提供的公寓或宿舍方案，通常为刚参加工作的职工或单身职工提供，入住的职工或者不缴纳房租，或者缴纳比市场水平低的房租，住房位置通常便于职工上下班。⑤低价格的集体购房方案，是指单位直接与房地产开发商谈判，以相对较低的价格帮助职工购房或单位承担部分购房款。

（四）补充医疗保险方案和健康保险方案

补充医疗保险方案是企业为员工建立的、用于提供医疗服务和补偿医疗费用开支的福利计划。

健康保险方案是指企业为员工建立保障其身体健康的福利计划。

本 章 小 结

薪酬是指雇员在其工作岗位上为雇佣者付出劳动或劳务并实现了一定的价值后所获得的各种货币收入和各种福利酬劳之总和。薪酬管理，其实就是对组织支付给员工的那部分报酬进行计划、实施、调整、管理的过程，具体而言也就是对那些支付给员工的货币性报酬和非货币性报酬确定相应的支付标准，确定发放的形式、时间和对象，确定适当的结构以及如何因时、因地、因人作相应的调整的动态过程。薪酬管理主要包括薪酬计划、薪酬管理制度、人工成本核算及薪酬总额管理和日常薪酬管理工作等。影响薪酬管理的因素主要有外部环境因素、组织内部因素、员工自身因素。

薪酬设计遵循的原则有战略性原则、经济性原则、激励性原则、公平性原则、竞争性原则、团队原则等。薪酬设计包括七个基本流程：薪酬策略的制定、职位分析、进行职务评价、薪酬调查、薪酬定位、薪酬结构设计、薪酬评估与控制。

福利只是一种补充性报酬，是企业基于雇佣关系，以企业自身的支付能力为依托，并在一定程度上受国家的强制性法律法规所制约，向员工提供的、用以改善其本人和家庭生活质量的各种以非货币性薪酬和延期支付形式为主的补充性报酬与服务。它往往不以货币形式直接支付给员工，而是以服务或实物的形式支付给员工。

➢ 本章思考题

1. 以工作为导向的薪酬结构有哪些优点和缺点？

2. 薪酬设计的原则和步骤是什么？

3. 面对 21 世纪的全球化经济时代，人们该如何选择工作？怎样工作才显得更有意义？

4. 中国国有企业该如何选择恰当的薪酬体系？

➢ 本章参考文献

1. 何娟：《人力资源管理》，天津大学出版社，2000 年

2. 刘军胜：《薪酬管理实务手册》，机械工业出版社，2003 年

3. 李严锋、麦凯：《薪酬管理》，东北财经大学出版社，2002 年

4. 孙海法：《现代企业人力资源管理》，中心大学出版社，2002 年

5. 〔英〕索普、〔英〕霍曼：《企业薪酬体系设计与实施》，姜红玲等译，电子工业出版社，2003 年

6. 〔美〕乔治·T. 米尔科维奇、〔美〕杰里·M. 纽曼：《薪酬管理》，董克用等译，中国人民大学出版社，2002 年

7. Lawrence B. Glickman：A Living Wage, Ifhaca, NY：Cornell University Press, 1997

8. 相正求、花军刚：《薪酬设计与实施》，华东理工大学出版社，2008 年

第十一章

沟通与冲突处理

消除冲突的代价[①]

罗斯·帕罗特（H. Ross Perot）性格开朗、直率，20世纪60年代白手起家创立了电子数据系统（Electronic Data system，EDS）公司，很快成为亿万富翁。1984年他把EDS公司作价25亿美元卖给通用汽车公司（GM），从而成为GM最大的股东和董事。

GM之所以购并EDS，是想改善内部运作的协调性。EDS的人才与经验足以统合GM庞大的资讯系统，以协调GM在自动化生产方面执世界之牛耳。GM总裁罗杰·施密斯同时希望借重帕罗特的管理才干，使GM笨重的层级组织能与日本公司作一番较量。

不幸的是，两者的结合并不愉快。帕罗斯在GM看到任何问题时，总是一吐为快。更令他失望的是，GM面对竞争反应速度极慢。他曾感慨地说："EDS一发现毒蛇，立刻会予以捕杀。而在GM，发现毒蛇后，你必须先请一位毒蛇专家来担任顾问，接着成立一个毒蛇委员会，然后再以数年的时间去讨论对策。在GM，一辆新车从绘图设计到展示，足足要花四年的光阴。老天爷！美国打赢第二次世界大战也没有那么多时间！再说，在GM，工作的压力不在于获得工作效果，而在于臣服层级体系的官僚制度。你能够爬上高位，不是因为功绩斐然，而是因为你不曾犯错！"

帕罗特的评价并非无中生有。GM是个极为僵化的层级组织，传统包袱沉重，这使它无法及时适应汽车市场的变化。例如，1976～1986年，其市场占有率从47％跌落到36％。GM不愿意改变它在20年代起就树立的作风，何况这种作风的确使它在70年代早期风光过一阵。

[①] 转引自王垒：《组织管理心理学》，北京大学出版社，1995年，第200、201页。

施密斯希望帕罗特在 GM 内部能起改革的带头作用，而事实上帕罗特也努力去做了。帕罗特大肆地批评许多 GM 长年维系的管理事务，颇使一些老 GM 人不满。帕罗特曾到工厂同员工讨论各种新建议，甚至以匿名的方式到 GM 的汽车经销商去查访服务质量。到 1986 年夏天，施密斯显然听到太多 GM 员工的抱怨。为了使帕罗特闭嘴并离开董事会，施密斯同意以两倍于市场的价格收购帕罗特手中的股份，总计约 7.5 亿美元。为了消除冲突，GM 认为值得付出这样的代价，而不管这种冲突究竟是有益还是有害。

讨论题：

1. 为什么帕罗特在 GM 内部进行改革会遭到员工的抱怨？如果你是帕罗特，如何与员工进行沟通？

2. 在案例中，施密斯是如何解决冲突的？你认为这种方法如何？

3. 在日常工作中处理冲突方法有哪些？举例说明。

随着人类迈入 21 世纪，世界经济、技术正以令人惊讶的速度迅猛发展。新经济又使世界发生着翻天覆地的变化。组织中人与人之间的联系、交往和沟通在日益频繁的同时，人际关系也变得错综复杂。良好的人际关系的建立，既有助于增强组织及组织中成员的凝聚力和向心力，又有助于人际沟通。

第一节 人际关系概述

一、人际关系的含义及特征

(一) 人际关系的含义

人际关系作为一门独立的学科，其研究的对象是人际关系现象所具有的特殊的矛盾性。所谓人际关系，是指在一定的社会条件下，人与人之间在人际活动和交往过程中所形成的心理情感上的关系，换言之，就是两人或多人在人际关系认知、人际情感和交往行为中所体现出的彼此之间谋求满足需要的心理状态。

这里，我们可以对这一定义作如下说明。

首先，人际关系是一种较特殊的社会关系，是社会关系的具体体现。社会关系是一个相当广泛的范畴，它是人们在共同的社会生活实践过程中形成的一切相互关系的总和。其内容相当丰富，通常划分为三个层面：生产关系、意识形态关系和人际关系。显而易见，人际关系作为社会关系的具体体现，不等同于生产关系和意识形态关系。

其次，人际关系作为一种心理关系，反映了人与人之间谋求满足需要的心理状态。因此，如果双方在人际交往过程中都获得各自需要的心理上的满足，那么，相互之间就会产生并保持一种亲近的心理距离或心理关系，态度也较为友善、积极；反之，如果交往双方不能满足各自需求，那么，双方的关系就会疏远甚至发生冲突，态度也较为敌对、消极。

再次，人际关系由认知、情感、交往行为三方面组成，彼此之间互有联系。其中认知部分主要是与认知活动相关的心理过程；情感部分是指人们思想感情上的关系，主要表现在交往双方满足需要的程度；而交往行为则是人的个性所有外显行为的总和。

在人力资源管理和开发中表现出的人际关系，是指在社会生活、生产劳动中存在着的人与人之间的心理关系。这些关系都是现代社会中人际活动和人际交往相互作用的反映，体现出他们谋求满足某种需要的心理状态。

（二）人际关系的特征

任何事物都具有自身的特征。人际关系的特征可概括为以下几个方面。

1. 情感性

人际关系最重要、最突出的特征就是情感性。情感可分为结合性情感和分离性情感两类。前者主要是指人与人之间心理距离较接近，在此层面上的人际关系更多表现为积极、肯定、喜欢、接纳、友谊、亲近等态度，如组织中每位成员能互敬互爱，关心体贴，就会形成积极和谐的人际关系。而生活在这种十分和睦的组织中，每位成员都会感受到组织这一大家庭的温暖且心情愉快，从而激发他们热爱本职工作，调动他们的工作积极性，并将组织视为人生的一种归属。后者主要是指人与人心理距离拉大或发生矛盾和冲突。在此层面上的人际关系更多表现为消极、否定、厌恶、排斥、憎恨、敌对等态度，如组织中成员关系紧张、恶化，使成员在心情上产生不愉快的心理，使人感到压抑、郁闷，人心涣散，互相猜忌，削弱组织的战斗力和凝聚力，降低工作效率，甚至影响到人的身心健康。

2. 主观性

人际关系的主观性和情感性有着密切的联系，也是人际关系相当突出的特征。人际关系的主观性以关系主体的心理需求为前提，以双方能否获得满足的主观感受为衡量标准。所以，人际关系的形成、发展、终止，在某种程度上取决于关系主体的心理状况。"如果双方或一方，没有结成关系的需要，也就无所谓形成双方的某种心理关系。并且，虽然双方都有结成关系的需求，但双方或一方对这种关系的主观感受不同，从而形成不同的心理关系。如果双方都能强烈地感受到心理的满足，那就会形成亲密的、和谐的人际关系；如果双方或一方感受不到心理的满足，那就会出现疏远的人际关系，甚至是冲突的、对抗的人际关系。"[①]

3. 多面性

由于人际关系是由人与人之间的相互交往而形成的关系，是交往双方的反映，每个人都有其各自的个性、心理和行为模式。即使是同一个人从出生到死亡在完成人际角色的表演周期阶段，经历、命运等不同，会产生不同的个性特征，由此而产生不同的心理特点及行为模式。所以，不同的人际角色有不同的人际关系，从而形成多方面的人际关系。

4. 变动性

人际关系不是一成不变的，而是不断变化的，它具有变动性。美国学者朱迪·C.

---

① 李庆善：《青年情绪调节论》，农村读物出版社，1987 年，第 164 页。

皮尔逊指出，人际关系的变化"同人类发展的过程是相似的。一个人从出生起，要经过少年、青年、成年等阶段，直到最后死亡。在此期间，无论是人还是人际关系都不会停滞不前的。相反，人在变，他们之前的关系也在变，他们的环境也在变"①。总之，人的变化、时间的推移、环境的变迁、具体条件的变化，都会使人际关系产生变动性。

二、人际关系的类型

在现代社会中，由于人们的交往呈复杂性，因而形成的人际关系同样是复杂的。正确区分人际关系的类型有着重要的现实意义，因为一种人际关系总是代表一种期望的人际心理。按照不同的分类标准，我们可以将人际关系划分成许多不同的类型。

1. 按血缘关系来分

血缘关系是指在血缘上存在相关联系的关系，是以血亲为联系纽带的交往，包括家庭关系、亲属关系、婚姻关系等。血缘关系是恩格斯所说的两种生产的必然结果②，同时也是其他缘由的社会关系存在的前提。

2. 按业缘关系来分

业缘关系是以工作和行业为纽带而结成的人际关系，或以从事的事业为基础而存在的关系，包括上下级关系、同事关系、同学关系、战友关系、主顾关系等。

3. 按地缘关系来分

地缘关系是以人们生活的地理空间为纽带而结成的人际关系，包括邻里关系、老乡关系、社区关系、城乡关系等。

4. 按泛缘关系来分

所谓泛缘关系是指以特定的时空为条件偶尔相遇而结成的人际关系，如酒逢知己千杯少的相知相遇而结成金兰之好、八拜之交的亲密朋友关系，有双方相知但关系一般的普通朋友关系，也有双方虽相互认识但不知对方姓名的路人关系等。

三、协调和处理人际关系的原则

所谓人际关系的原则，就是人们根据人际关系发展规律的人际行为准则，也就是人们在其行为中必须遵循一定的约定俗成的法则或标准。以下着重介绍几种处理人际关系的原则。

（一）从善原则

这是建立人际关系时首先要考虑的一个主要原则。这里所说的"善"，是指对国家、社会、组织、自己及他人有益的人或关系。古人早已论述过："择其善者而从之，其不善者而改之。"道理就在于此。坚持从善原则，就要注意自己和交往对象的相互需要是否有益于社会和公众。如果是有益的，就采取积极的态度；反之，就要摒弃。"孟母三迁"的古训正是这种从善原则的体现。

---

① 朱迪·C. 皮尔逊：《如何交际》，陈金武译，湖南人民出版社，1987年，第47页。
② 《马克思恩格斯全集》，第1卷，人民出版社，1995年，第33页。

（二）平等原则

平等是人与人之间建立情感的基础。在人际活动和交往中，平等待人是取得最佳交际效果的诀窍，也是建立和保持良好的人际关系的前提。

在现实生活中，每个人都有结交朋友和受人尊敬的需求，也都希望得到他人的平等相待，才有可能形成和谐平等的人际关系。但平等是相对的，不是绝对的。平等也是有条件的，是要受到自然条件和社会条件影响和制约的。在人际关系中，自然条件是指人的生理条件，如身体健全的人和身体残缺的人的交往就不能强求做他们同样的事。社会条件主要包括政治、经济、文化和社会等方方面面。在现有条件下，每个人不可能达到相等的经济收入，得到同样的文化教育，取得相同的社会地位。尽管有这样那样的不同，但是在政治、法律、经济和人格等方面，我们还是要遵从平等原则。

（三）互利原则

互利原则主要是指关系主体双方在人际交往中考虑双方的共同利益和价值，满足双方的共同需要，使彼此之间都能从交往中得到实惠和好处。在现实社会里，绝大多数人的交往是互惠互利的。可以毫不夸张地说，没有实际需要上的相互得益，就不可能有成功的交际。

（四）宽容原则

宽容原则是指心胸宽广、宽宏大量、忍耐性强。孔子曰："宽则得众。"宽容忍让是为人处世的较高境界，这种人容易得到他人的敬重。要坚持宽容原则，就要宽以待人，要将心比心，要理解他人，多站在对方的角度看待和考虑问题，这是宽容原则的极好体现。

（五）诚信原则

诚信原则，就是注重信用、遵守诺言、强调信誉。这是非常重要的人与人之间的交往原则。古今中外无不把诚信作为重要的美德。儒家有"仁、义、礼、智、信"，有"言而有信"。

尽管时间的车轮已进入 21 世纪，诚实守信仍然是全世界共同遵守的一条极其重要的交往原则。人类活动离不开交往，而交往离不开信用。随着我国社会主义市场经济体制的不断完善，信用也越来越被看重。缺乏诚信的人或组织，必将被社会抛弃。

在人际交往中，要真正坚持诚信原则，这就要求关系主体双方都做到言必行，行必果，充分给对方信任感，尤其不能轻易许诺。不轻易许诺是守信的重要保证，也是取信于人的方法。否则，轻易许诺而不能实现，必将失信于人。

（六）尊重原则

尊重原则同样也是处理人际关系的一条重要原则。在现实生活中，每个人都有自尊心，都有满足物质生活的需要，但更要有得到尊重的期望。关系主体双方的互相尊重会表现出一种自然的亲和力及认同感。那么，怎样才能更好地体现尊重原则呢？首先，应注意不能伤害他人的自尊心，才能赢取他人的尊重，从而树立自己的良好形象；其次，尊重他人，让他人感到自身很重要，并且给他人充分表现自我的机会；最后，给他人以热情，也就是给他人以支持和帮助，并在很大程度上增强对方的自我肯定。只有这样，他人在备感尊重之时也会将心比心。正如《诗经大雅·抑》所说："投我以桃，报之以李。"

四、协调人际关系的意义

现代社会的人际关系是极其复杂和多样的。如何正确处理好人际关系以适应日益进步和发展的现代社会生活，无疑是摆在我们面前的一个研究课题。《中共中央关于社会主义精神文明建设指导方针的决议》十分明确地指出，要在"家庭内部和邻里之间"，"建立和发展平等、团结、友爱、互助的社会主义新型关系"。这充分说明正确处理和协调人际关系无论是对组织还是个人都有着极其重要的意义。

（一）对组织的意义

1. 协调组织关系有利于融洽组织的内部关系

现代社会是"信息社会"。"信息社会"的最突出特征是信息的社会性流动和扩散。特别是处于转型期，各种利益关系错综复杂，稍有不慎，就有可能引发或激化各种社会及组织内部的矛盾冲突。因此，协调和正确处理人际关系是一项极其重要的工作。只有使组织内部成员的需求得到应有的基本满足，才能使该组织保持稳定和发展，才能形成和谐、融洽的氛围，使组织内部的成员充分体验到置身于组织之中犹如置身于自己的家庭之中。日本的一些企业，就是推行儒家的"和为贵"精神，并把它拓展为现在的和谐相处、团结合作的企业观念，所谓"管理亲如一家"，企业上下左右共同维系着和谐亲密的家庭式气氛，把企业造就成彼此不分离的命运共同体。

2. 协调人际关系有利于增强组织的凝聚力和向心力

现代社会组织结构庞大，成员人数较多，组织要想顺利发展，取得成功，关键在于能否统一组织与个人的目标，协调大家的步调，消除内耗，形成团结和谐的人际关系。组织可以通过各种方式，想方设法解决员工的各种困难，提高员工的福利待遇，理顺各种关系，使员工切实感受到组织的温暖，体会到组织内的人情味，从而强化员工对企业的感情，使每一位员工都从内心真正把自己归属于组织，感到自己与组织息息相关，并为自己是组织的一员而自豪，最终使组织的凝聚力和向心力与日俱增。

3. 协调人际关系有利于激发员工的工作积极性

生产关系是一种社会关系的基础。人的工作是一种社会劳动，它的效率既与许多人的分工协调相关联，也与人的工作热情相关联，这些都与人际关系好坏有着千丝万缕的联系。所以，社会组织应有针对性地满足员工的需求，协调和处理好组织内部的人际关系，创造和谐的工作环境，来激发员工的工作热情和积极性，使员工的潜在能力充分发挥出来。一个组织的兴衰成败，在很大程度上取决于全体员工是否具有积极进取的精神面貌。因此，激发员工的工作热情和积极性是做好组织内部人际关系活动的主要目标。

（二）对个人的意义

1. 协调人际关系是个人的一种基本需要

人际需要理论是现代西方人际关系理论中有较大影响的流派。它是由"心理学第三势力"——人本主义心理学思潮的主要代表人物马斯洛提出的。马斯洛认为，人的动机原动力是人的基本需要，这些需要属于人的本性。他把人的需要按其强度不同而排列成一个等级层次，归纳为五类。这五类基本需要按低级到高级的顺序依次为生理需要、安全需要、社交需要、尊重需要、自我实现的需要。显然，人的生存需要离不开人际关系的协调。现实生活中的每个人都希望处在一种和谐、融洽的人际关系中，彼此能相互信任、尊重、理解、合作、支持。如果失去人际关系或人际关系处理不恰当，个人就难以满足生理、安全的需要以及在社交、情感心理等方面的需要。

2. 良好人际关系的建立是获取机会、增加实力的重要砝码

美国学者戴尔·卡内基说过，现代人的成功 15％ 依靠专业技术，85％ 依靠人际交往。对于现代社会的创业者来说，创造条件、把握机会是走向成功的必经之路。马太效应显示，机会导致成功，成功带来更多机会；反之，没有机会难以成功，不成功更没有机会。除此之外，拥有良好人际关系同样相当重要，就会得到他人提供的各种机会，而且也会赢得社会各方面的鼎力相助，做任何事情，都会使各种阻力降低到最小。同时，建立良好人际关系也有助于增强个人的实力。由于现代社会具有高度的社会分工，多边合作不断加强，这迫切需要人们学会沟通、协调、合作。在这个过程中，可以充分地向智者学习，向强者取经。充分利用"外脑"来丰富、充实自己的"脑袋"，不断使用"外力"来增强自身的"实力"。正如古语所云："他山之石，可以攻玉。"

第二节　沟通模型与各种沟通类型

一、沟通概述

（一）沟通的含义及模式

所谓沟通就是指可接受的信息在两个或两个以上的人群中传道和交流的过程。[1] 在管理理论中，沟通是管理工作的基础，是人力资源中一个极其重要的环节。管理者可以通过沟通把上级的规定、指令传达下去，员工的绩效也可以沟通反馈到管理层。一名成功的管理人员就是一位沟通能手，在组织内进行有效地沟通，而有效沟通有利于减少或避免组织中发生不必要的冲突。

沟通的目的是为了实现人们彼此之间的交流，它是通过信息发送者需要交流的信息（如思想、意见、知识等）转换成各种信息符号，并利用一定的信息渠道传送给信息接受者，再由信息接受者解读信息符号并了解其中的含义。在传播学中，沟通的模式有很多种，以下几种是较常见的沟通模式。

---

[1] 周三多：《管理学原理与方法》，复旦大学出版社，1997年，第330页。

1. 拉斯韦尔沟通模式

（1）模式简介。1948 年，美国人拉斯韦尔在其《社会传播的结构与功能》一文中最早提出沟通模式——"5W"模式，这是一种直线性沟通模式，如图 11-1 所示。

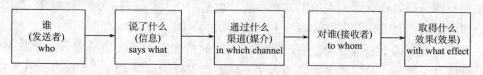

图 11-1　拉斯韦尔沟通模式

（2）优缺点。其优点是强调公共关系传播的目的和方向性，缺点是抗干扰弱，无反馈。其克服方法有香农-韦佛沟通模式和施拉姆沟通模式。

2. 香农-韦佛沟通模式

（1）模式简介。美国信息学者香农和韦佛于 1949 年提出了自己的模式，因而得名，如图 11-2 所示。

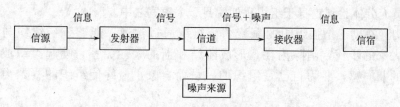

图 11-2　香农-韦佛沟通模式

（2）优缺点。香农模式导入了噪声概念，来表明信息传播不是在真空中进行的，发出的信息和接受者收到的信息差不多是相同的。其优点是抗干扰性强，缺点是只有单向传播，无反馈。克服方法是施拉姆模式。

3. 施拉姆沟通模式

（1）模式简介。1954 年，施拉姆提出了沟通活动的循环模式，如图 11-3 所示。施拉姆认为，参与交流沟通的任何一方都是信息发送者和信息接受者，依次在不同阶段扮演着解码者、译码者、编码者的角色，形成一种环形的相互影响的和不断反馈的过程。该模式注重的是交流的过程而不是交流的效果。

（2）特点是具有反馈的双向的循环式运行过程，相当于沟通。

（二）沟通的作用

沟通渗透于人类社会生活的各个领域，并发挥着至关重要的作用。尤其是在现代信息社会中，沟通无论是对员工个人提升自身素质还是对组织的生存和发展都具有重要的意义。因此，沟通的

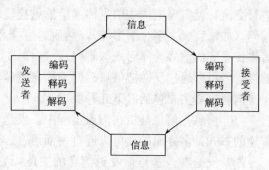

图 11-3　施拉姆沟通模式

主要作用体现在以下方面。

1. 沟通对个人的作用

（1）沟通有助于个人成功。在现实生活中，一个人的专业水平和其沟通水平是相辅相成的。沟通是处理人际关系的工具和桥梁，也是一个人综合素质的外化表现。事实证明，有效的沟通是人们在工作和事业上取得成功的关键。

（2）沟通有助于心理健康。心理学家从不同的角度进行了大量研究，结果都表明，心理健康水平越高，个性越健康，与人交往也就越积极主动，人际关系也越融洽，其工作绩效相应增大。

（3）沟通有助于自我完善。心理学家马斯洛发现，"自我实现者"一般都可以很好地接纳别人，同别人的关系比较密切，他们与他人有更稳固的友谊，对他人有更崇高的爱。

2. 沟通对组织的作用

（1）沟通有助于融洽组织的内部关系。沟通有助于了解组织内部成员的需求，并且使需求得到应有的基本满足，以保持组织的稳定和发展，形成和谐、融洽的氛围，使组织内部成员充分体验到置身于组织犹如置身于大家庭之中。

（2）沟通有助于增强组织的凝聚力。组织通过沟通，能够统一组织与个人的目标，协调大家的步伐，消除内耗，形成团结和谐的人际关系，唤起组织成员内心对企业真正的归属感，并为自己是组织的一员而自豪，最终使组织的凝聚力和向心力与日俱增。

（3）沟通有利于调动员工的工作积极性。组织有针对性地满足员工的需要，做好各项沟通和协调工作，创造和谐舒适的工作环境，来激发员工的工作热情和积极性，使员工的潜在能力充分发挥出来。

（4）沟通有利于社会进步。沟通渗透于人类生活的各个领域，并且发挥着至关重要的作用。我们把它用于披露信息、协调关系、分享快乐和共同发展等。沟通可以使人们信息共享、视野开阔、反应敏捷和思维多样化。通过沟通，我们发现他人的需要，也表露我们自己的需要。

（三）沟通的过程及其要素

信息一般是储存于发送者头脑里的一些思想、观念、知识等。在日常生活和工作中进行交流，就需要把这些信息传递给信息接受者，首先必须把信息转换成信号形式——编码（如语言、文字、图形等），然后通过合适的渠道传递给信息接受者，由信息接受者将接受到的信号转译回来（解码）。这样，就完成了信息沟通过程。与此同时，信息的接受者可以通过反馈把信息返回给信息发送者，使沟通循环进行下去。

沟通过程主要包括以下几种要素：

（1）信息。信息是指在沟通过程中，发送者向信息接受者发出的音信和消息。信息传递的方式是多方面的，可以通过书面语言、口头语言，也有通过肢体语言来表达的。

（2）发送者。这是指发送信息的主体，它可以是个人、群体、组织、国家。信息来源于发送者，所以要顺利地完成沟通过程，发送者就要将想法、观念、思想等编制为信号，并且选择恰当的代码、语言以及沟通渠道、使用媒介，使接受者更容易地解码。

（3）接受者。这是指获得信息的主体，同样可以是个人、群体、组织、国家。接受者必须将发送者的信息转化为自己所能理解的想法和认识，这就是解码过程。接受者的理解必然会受到自身主观因素的经验、知识、素养以及心理状态的影响。

（4）渠道。渠道是指信息得以传递的载体，是连接发送者和接受者之间的桥梁，是信息传递借助的媒介。在组织管理中，信息有许多渠道，如电话电传、信件往来（包括收发电子邮件）、专题会议、面谈等。

（5）反馈。这是指信息接受者接到信息后，对信息进行解码，将其反应通过各种渠道回转给信息发送者。此时，接受者又变成信息的发送者，而原信息发送者成为接受者。因此，反馈使信息沟通成为一个往返的过程沟通也就成为一种动态的双向的交流。

（6）噪声。这是指信息在传递的过程中所受到的干扰和影响。有的噪声是外界信号的窜入，有的产生于沟通过程本身。在沟通过程中，噪声总是存在的、不可避免的。因此，如何降低噪声、提高沟通质量，成为沟通过程中的一个问题。

（四）沟通的类型

根据不同的分类标准，可以把沟通分为各种类型。以下介绍几种主要的沟通类型。

1. 正式沟通和非正式沟通

按照沟通的组织系统，可以把沟通分为正式沟通和非正式沟通。所谓正式沟通是指以正式组织机构为渠道的信息交流和传递，如文件传达、各种会议等。正式沟通规范性较强，沟通双方较严肃认真，所以传递的信息较为客观准确。非正式沟通是指正式沟通渠道之外的以非正式组织或个人为渠道的信息交流或情感沟通，如员工之间私下议论等。非正式沟通往往更多地流露出员工的真实想法，反映员工的真实情况，而且传播速度较快。在人力资源管理中，应十分重视非正式沟通，利用非正式沟通所获得的信息资源，来促进正式沟通的顺利进行。

2. 直接沟通和间接沟通

根据是否要借助于一定的媒介进行沟通，可以把沟通分为直接沟通和间接沟通。所谓直接沟通是指两个或者两个以上面对面进行交流，无须借助任何媒介。这种沟通具有迅速而又清楚的特点，信息交流充分，感情色彩较强烈。间接沟通是需要经过中间环节而进行，它通常借助于中间人、书面语言、大众传媒、技术设备等。虽然间接沟通的影响力不及直接沟通，但是它的影响范围较大，尤其在组织沟通方面起着重要作用。随着社会的生产方式和人们的生活方法的变化，这种沟通方式正日益增多。

3. 单向沟通和双向沟通

从沟通信息有无反馈的角度看，可将沟通划分为单向沟通和双向沟通。所谓单向沟通是指信息发送者和接受者地位不变，一方只发送信息，另一方只接受信息，没有反馈信息，如报告、演讲等。这种沟通速度较快，但难以把握沟通的实际效果，有时还容易让接受者产生抗拒心理。双向沟通是指发送信息者和接受者之间的地位不断变化，沟通双方既是发送者，又是接受者，如讨论、谈判、协商等形式。这种沟通是双方充分交换意见，增进了解，沟通准确性高，有利于建立相互的亲切感和信任感，有利于建立融洽的人际关系。

4. 纵向沟通和横向沟通

根据组织结构和流通方向的特点，可将沟通分为纵向沟通和横向沟通。

纵向沟通是指组织中的信息上下传递的过程。它又可以分为上行沟通和下行沟通。上行是指组织中的信息自下而上逐级传递的过程。其典型形式是上级领导听取下级工作汇报、总结、存在的问题、员工的情况等反馈信息。这种沟通的优点既能使管理者了解下情，又能使下属员工获得畅所欲言的渠道，对组织产生满意度和认同感。对于人力资源管理的开发和管理有着重要的作用。下行沟通是指组织中的信息，由较高层次自上而下逐级传递的过程。下行沟通是上级向下级传达精神、下达命令、分配任务等信息。下行沟通的优点是，一方面，能使下属员工十分明确组织中的规章制度、工作目标和要求；另一方面，也能协调组织中各层次的关系，减少矛盾。但应注意的是："在人力资源的管理中，应努力避免该种沟通类型可能造成的一种结果，即由权力而产生挫伤士气的压力气氛。"[①]

横向沟通又称平行沟通，它是指发生在组织内同一等级的成员之间的沟通。这种沟通往往在同一等级的群体和个体之间加强合作增进理解等方面具有重要作用。平行沟通谋求的是双方之间的相互协商，这样能使信息传递畅通，减少组织中各部门的矛盾和冲突。

5. 语言沟通与非语言沟通

根据沟通所使用的符号系统，可将沟通分为语言沟通和非语言沟通。语言沟通是借助于语言符号实现的，它是以自然语言为沟通手段的信息交流，又可分为口头沟通和书面沟通。口头沟通是指以说话的方式进行信息传递，如交谈、讲座、讨论会等。说者和听者不断交换信息发送者和接受者的位置，彼此自由交换意见。这种沟通迅速灵活，适应性、应变性强且简便易行，但要受到时空条件、沟通双方的语言能力、生理心理因素的限制。书面沟通是指以文字为工具的信息传递，如通告、通知、文件、书面报告等。书面沟通比口头沟通较正式规范，其优点是不受时空限制，便于保存，信息具有准确性。

非语言沟通是借助于非语言符号如体态、表情等实现信息交流。非语言沟通一般作为语言沟通的辅助手段。

我们认为，在人力资源管理中，作为组织的管理者应十分重视口头沟通这种类型，它不仅可以传递信息，更重要的是传递了一种感情、表达了一种态度。如果与非语言沟通一起使用，效果更佳。这些都是书面语言所欠缺的。

二、沟通网络

根据上文沟通模式以及沟通类型可知，沟通双方在传递信息过程中，无论采取何种

---

① 商红日：《人力资源管理》，上海人民出版社，2001年，第336页。

方式,都必须经过一定的沟通渠道。沟通渠道不是单一的,而是由各种渠道组合起来的,这样就形成了沟通网络。沟通网络可分为正式沟通网络和非正式沟通两种。

(一)正式沟通网络

美国心理学家莱维特(H. L. Leavitt)最早开展了研究正式沟通网络的实验,在实验的基础上提出了五种正式沟通网络,即链式、轮式、Y式、圆周式、全通道式,如图11-4所示。

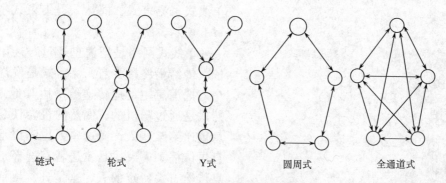

|链式|轮式|Y式|圆周式|全通道式|

图 11-4　各种沟通网络示意图

图 11-4 中,圆圈代表信息的传递者,箭头表示信息传递的方向。实验研究的结果表明,五种模式各有其优缺点。

(1)链式沟通。这是一种单一渠道的垂直沟通,反映了组织中职权的严格从属关系。运用链式沟通,信息传播和解决的速度快、效率高,但是沟通面较窄、内容分散,不易形成良好和谐的人际关系,也难以培养组织的凝聚力,适合解决简单问题。

(2)轮式沟通。在这种沟通模式中,中间的圆圈代表组织的管理者,四周的圆圈代表被管理者。它是一位管理者与多名被管理者之间的沟通,是被管理者之间不直接沟通。这种沟通模式的特点是集中化程度高,有确定的领导核心,信息传递快速、准确,解决问题效率高。其缺点是除核心领导全面了解情况外,其他成员消息闭塞,因而士气不高。

(3)Y式沟通。这是一种链式和轮式结合的沟通模式,其特点是沟通速度快,但是由于信息要通过层层筛选,极易导致信息失真,并且容易拉大组织中上下级之间的距离,成员的满意度低。

(4)圆周式沟通。在这种模式中,沟通圈内的人两两之间进行沟通,每位成员地位平等,参与决策的机会均等,成员士气高,能够有效地解决较为复杂的问题。其不足之处在于沟通和解决问题的速度慢,没有确定的核心领导,缺乏沟通中心,不利于信息的集中。

(5)全通道式沟通。在这种沟通方式下,所有人之间都可以进行信息交换,无人处于沟通网络的中心位置,所有成员都是平等的。因而,组织民主气氛较浓,合作精神强,人际关系相当融洽,适合于解决复杂问题。其缺点是沟通速度慢,也不利于集中控制。

（二）非正式沟通网络

组织中信息的传播，不仅通过正式渠道进行沟通，有些信息则是通过非正式渠道的方式进行传播的，如"小道消息"的传播。美国心理学家戴维斯（K. Davis）曾在一家皮革公司研究小道消息的传播方式，于1953年出版《管理传达和小道消息》一书，研究发现非正式沟通网络主要有四种，即单线式、流言式、偶然式、集束式，如图11-5所示。

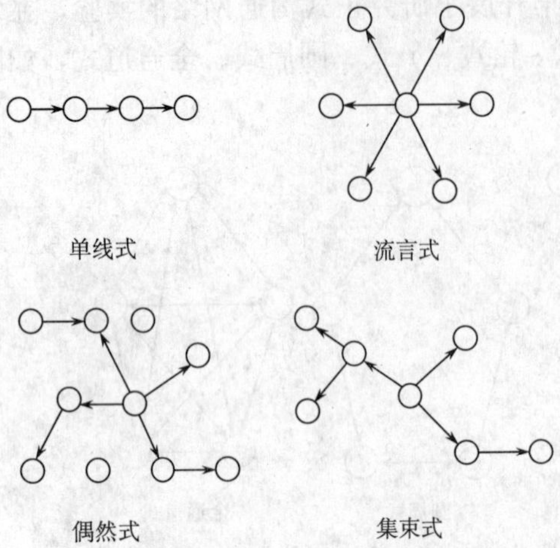

单线式网络是把消息通过一连串的人依次传给最终接受者。流言式是发送者一个人把消息主动地传递给身边其他人。偶然式是通过随机的、偶然的机会任意将消息传递给某些人，而这些人也随机地将消息再传播。集束式是发送者有选择地把消息传给有关特定的人，这是日常生活中最为常见的传播"小道消息"的形式。

图 11-5　非正式沟通网络

非正式沟通网络往往以非正式组织为基础，是这一组织成员感情沟通的渠道。所以，在人力资源管理中，作为组织的管理者应该非常重视非正式沟通在组织内所起的作用，多与组织成员交流思想、交换意见，听取他们的建议，增进彼此之间的感情，充分调动他们的积极性和创造性，从而增强组织的凝聚力。

三、沟通障碍

沟通是信息在人与人之间连续的、动态的、交流的过程。

在沟通过程中，存在许多要素，所有这些要素都在不停地变化着，而每一个要素的变化都会对沟通产生影响。这些影响信息的传递或接受的种种因素就是沟通障碍，沟通障碍的出现使沟通过程复杂化。下面分析产生沟通障碍的原因。

（一）人的因素

人的因素所造成的沟通障碍主要来自信息的发送者和接受者，具体表现在以下几个方面：

（1）语言障碍。语言是交流思想、互通信息的重要工具，但语言不是思想、信息本身，而是用来表达思想、传递信息的符号系统。沟通双方使用语言在语种、语言、语义上存在差异就会产生沟通障碍。即使是没有差异，如果沟通双方使用不当如表达不清、含义模糊等，自然而然就会造成沟通障碍。特别是个人在语言修养上的差异，也会使沟通双方对相同的信息的理解产生歧义。在人力资源管理中，管理者应充分注意到不同行业的专业用语，有些组织如合资企业存在着不同语言文化背景的障碍。否则，很有可能会产生沟通障碍。

（2）个体性格特征的差异。组织内部每个成员的知识、经验、观点、态度、思想感情、价值取向，理解水平等方面的差异，有时不能使沟通双方对相同信息产生相同的理解。因此，个体的性格特征的差异会导致沟通障碍。一般来说，性格相近的人沟通起来很顺畅，配合默契，人际关系融洽；性格不相投的人之间沟通困难，感觉别扭，人际关系较微妙。所以，在人力资源管理中，管理者应分析了解和掌握成员的性格特征，从而有效地减少或避免因沟通障碍而产生的冲突问题，有利于建立和谐的人际关系，加强组织的凝聚力。

导致沟通不能有效顺利进行的人的因素还包括：生理因素，如聋哑、口吃或疲劳等；情绪因素，如沟通双方或任何一方情绪起伏和波动；目标因素，如信息内容的不确定等。

（二）组织障碍

因组织原因而造成沟通障碍主要有两个方面：其一是组织结构不合理，如规模过于庞大，结构就复杂；环节过多，就会影响信息沟通网络的畅通，从而影响信息沟通的有效进行。其二是组织缺乏凝聚力。凝聚力缺乏的组织对信息的接受程序会产生影响。组织成员对本组织的信息漠不关心，麻木不仁，各怀心事，就不能坦诚地相互沟通，从而不能围绕组织目标群策群力，勤奋工作。

（三）信息和渠道障碍

这主要是由信息自身和信息传输过程中的渠道出现问题而形成的障碍。首先，从信息角度来看，信息越多，信息超载，信息接受者无法处理过于集中的信息量，超出其处理的限度，影响沟通的效果。其次，从信息质量来看，信息质量不高，缺乏新意的信息、重复烦琐的信息，同样会影响沟通的效果。最后，从信息的传输过程看，沟通需要借助一定的环境或技术手段，如有噪声、光线不足、环境杂乱、仪器设备发生故障以及时间的因素等都可能导致沟通障碍。

■ 第三节　组织内冲突及类型

一、组织内冲突概述

（一）冲突的定义

无论是东方组织还是西方组织，组织内的冲突都是经常发生的，而且已成为一种相当普遍的现象。根据佘廉1991年进行的一项调查[①]，63.7％被调查的干部认为企业冲突现象是客观存在的，并且是难以消除的。美国的组织学家托马斯等的研究表明，每位管理者大约有20％以上的时间是用于解决组织中的冲突问题。既然冲突问题在社会组织中客观存在，作为管理者就不应该采取回避态度，而应该对冲突问题进行必要的深入

---

① 佘廉、张倩：《企业管理滑坡探源》，人民交通出版社，1996年，第125页。

研究和探讨。

现代组织是一个开放的社会系统，它与整个社会环境是相互作用、相互影响的。组织是由若干群体或个人为完成或实现一定的组织目标和个人目标而建立起来的集体。处于组织内的人们由于各种原因在相互交往中因认识、利益、欲望、要求等方面的不相容或互相排斥，就会产生争论、争斗、对抗和冲突，小到个人思维冲突，大到国家与国家之间的战争冲突。有些冲突与现代人力资源管理的要求相悖，降低组织的工作绩效，使人才流失。

对于冲突的定义，我们比较倾向于特德斯奇等人的观点，即"两个或两个以上的相互作用的主体，彼此之间在某种程度上存在不相容的行为或目标"[①]。但是，对这一定义，需要补充说明三点：其一是句中的"主体"包括个人与个人、个人与组织以及组织与组织；其二是当面临两个互不相容的目标时，会影响到心理上的冲突；其三是目标的不相容性是冲突的本质。

（二）冲突的成因

冲突的成因是复杂多样的。了解冲突形成的因素，组织和个人皆可以更好地预防冲突，避免冲突和解决冲突。美国行为科学家杜布林运用系统的观点来观察冲突问题，提出了冲突的系统模式，如图 11-6 所示。

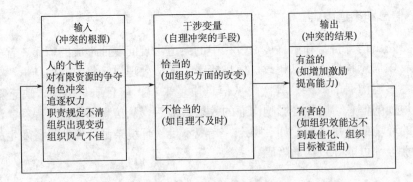

图 11-6　冲突的系统模式

杜布林在冲突的系统模式中明确指出，冲突根源的产生有八个方面的因素：人的个性；对有限资源的争夺；角色冲突；追逐权力；职责规定不清；组织出现变动；组织风气不佳以及由此造成价值观和利益不相容等。

以下具体分析形成冲突的几种因素。

第一，个人自身因素。每个人都有自己的性格特征和价值取向。性格特征是影响组织管理绩效的重要因素之一，大量的研究和实践表明，具有良好的性格特征（如谅解、支持、友谊、团结、诚实等）能使组织内的人际关系和谐、协调，能增强组织的凝聚力。相反，不良的性格特征（如刻薄、冷淡、嫉妒、专制、暴躁、狂放等）能使组织的

---

① 陈佳贵：《冲突管理》，广东经济出版社，2000 年，第 5 页。

人际关系紧张、冷漠、士气低落，组织的凝聚力差，甚至导致冲突产生。在管理中，价值观的问题越来越受到关注，一些知名组织特别重视价值观对员工行为的协调作用。人们已经发现价值观与人的行为之间有着非常密切的联系。有的人视金钱如粪土，有的人见钱眼开；有的人宁死不吃嗟来之食，有的人为五斗米折腰等。人的价值观不仅影响人的认知、态度，也影响人采取某种行为的动机。这些都是在价值观上的差异，它同样会导致冲突。

第二，组织中部门之间关系因素。从理论上讲，组织内部各职能部门之间应高度配合，才能保证组织整体目标和利益的实现。但是，在具体运作中，各个职能部门由于目标和利益不同，工作任务和程序不同，考虑问题的思路和角度不同，使得各部门之间产生偏见与误解，出现矛盾和冲突也就在所难免，如营销部门为满足目标市场的需要，提高市场占有率，它就要求生产部门提供多品种、少批量的产品；而生产部门为扩大生产、降低成本，则希望大批量、少品种。营销部门希望设计部门为适合市场潮流不断翻新产品风格；而设计部门则坚持自身的设计风格而不愿轻易改变。

第三，组织因素。组织变革的因素也是引起冲突的主要原因之一。现代社会的组织总是处于不断变动的过程之中，如规模变化、人员流动、技术设备更新等。为了使组织更有竞争力和效率，适应千变万化、错综复杂的形势，组织有必要进行变革。这种变革必然会涉及组织结构的责任、权利、职务、人员以及职能部门。旧的组织结构已被解体，新的组织结构尚未组建，特别是变革会影响到组织中每位成员的利益，就会遇到种种障碍与阻力，这种冲突在组织变革中最为常见。

第四，角色冲突。角色冲突通常是指个体"被要求扮演两种或两种以上的不一致、矛盾的或绝对相互排斥的角色时会发生"[①]。换言之，由于个体所扮演的角色不同，而扮演的角色（两种或两种以上）有各自的任务和职责，从而产生不同的需求和利益，冲突由此引发。例如，组织中某一职能部门的经理，主要面临来自上级领导和下属的两种不同的要求。上级领导要明确职能部门经理的工作任务要求，而职能部门经理同样向下属下达任务，促使下属按时完成任务指标。当上下左右种种不相容压力作用于职能部门经理身上时，就会出现角色冲突。

（三）冲突的影响

其实冲突并不是破坏组织完成既定目标的恶瘤，它本身有积极影响和消极影响二重性。按照交互作用理论，冲突可以接受，甚至应鼓励冲突的产生。但这并不意味着所有的冲突都是有益的，有些冲突可以增进组织绩效和支持组织完成目标，是积极有效的，是良性的建设性的冲突。这不仅可以接受，而且值得鼓励。但是，也有一些冲突则降低组织绩效，破坏组织的整体性，是消极有害的，是恶性冲突。对这类冲突，显然要严防死守，想方设法避免和杜绝，并且要科学有效地加以调适并解决。

1. 冲突的积极影响

积极冲突也称良性或建设性冲突，美国社会学家列易斯·科塞最先意识到了冲突的

---

① 陈佳贵：《冲突管理》，广东经济出版社，2000 年，第 33 页。

积极影响。冲突的积极影响主要有以下几点。

（1）增强组织的凝聚力。冲突可以冲淡组织内部成员之间的分歧，消除误会，使组织成员取得一致的意见，彼此之间互相理解，加强组织内部的团结，增加组织的凝聚力。

（2）增强组织的稳定性。冲突对社会组织具有稳定的功能。科塞认为："冲突可能有助于消除某种关系中的分离因素并重新统一。在冲突能够消除敌对者之间紧张关系的范围内，冲突具有安定的功能，并成为关系的整合因素。"①

（3）加强新规范的建立。冲突可以使原有规范、制度的不足呈现出来，从而使组织进行调整和改革，加强管理，扬长避短，使组织在经过冲突之后提升到一个新的高度。科塞在《社会冲突的功能》一书中这样表述：作为规范改进和形成的激发器，冲突使与已经变化了的社会条件相对应的社会关系的调整成为可能②。这种调整既有利于组织目标的实现，又有利于个人利益的实现。

（4）为组织注入"润滑剂"。冲突可以使组织及组织成员有更多机会进行交流，在不同思维、不同观点的争论中，加深认识，能形成统一的思维，采取统一的行动，不仅完成自身的目标，并有可能帮助其他成员完成任务。冲突成为组织高速运转的"润滑剂"。

2. 冲突的消极影响

消极冲突也称恶性或破坏性冲突。冲突的消极影响主要有以下几方面：

（1）增加组织成员心理压力。从心理学角度分析，组织成员处于矛盾和冲突之中，会使人在情绪和心理上增加许多压力，因此而感到紧张焦虑、恐慌不安，出现精神受损的不良后果，导致个人行为的不稳定以及组织成员之间信任度和凝聚力的急剧下降。

（2）造成组织各种资源浪费。"冲突的另一个严重后果是，冲突双方将时间和努力用于在冲突中取胜而不是实现组织的目标。"③可见，不管是想赢得冲突，还是避免冲突，都会造成组织的人、财、物等各种资源的浪费，给组织的效益带来不必要的损失。

（3）损害冲突双方的利益。组织及组织内剧烈的冲突同样会造成冲突双方的分歧进一步扩大，对对方产生严重的偏见，关系陡然恶化。冲突双方为增加自己的实力赢得最终胜利，往往以牺牲一方的利益为代价。这种做法不仅损害冲突双方利益，而且会导致组织整体实力的下降。这种消极影响，在现实生活中有很多活生生的实例。

（4）严重偏离组织目标。冲突很容易转移组织及组织成员的视线和注意力，使其容易被眼前的冲突所吸引，而把组织的主要目标和根本任务抛于脑后，由此而作出错误的决策，或至少是缺乏深思熟虑的决策，不利于组织目标的实现，从而导致组织整体绩效的下降。

---

① 〔美〕L. 科塞：《社会冲突功能》，孙立平等译，华夏出版社，1989年，第67页。

② 〔美〕L. 科塞：《社会冲突功能》，孙立平等译，华夏出版社，1989年，第114页。

③ 陈佳贵：《冲突管理》，广东经济出版社，2000年，第33、109页。

二、冲突类型

(一) 个人内心的冲突

个人内心的冲突源于目标的冲突。目标的数量有两个或两个以上且互不相容。因此,个人内心冲突就有多选一的选择。由于个人内心同时存在对立的想法和感情,在这种状况下作出选择,个人往往会表现得犹豫不决。按照美国心理学家勒温的理论,目标冲突可划分为以下四种基本类型:

(1) 双趋式冲突。它又称趋向-趋向型冲突,是指个人要从两个或两个以上的目标且每个目标既相互排斥又有积极后果之中必须选择其一而放弃另一目标所产生的冲突。这种冲突的要点是因为众多目标都有同等重要的吸引力,所以造成个人在选择时常常左右为难,如同"鱼和熊掌不可兼得"但又必须作出选择,只不过是"舍鱼而取熊掌"抑或"舍熊掌而取鱼"的问题。在通常情况下,个人往往选择对自己更有利的一个目标。

(2) 双避式冲突。它又称回避-回避型冲突,与双趋式冲突相似,是指个人要从两个或两个以上具有消极后果的目标中进行抉择时所产生的冲突。尽管从主观上讲,个人希望避免这种情形,但又无法摆脱这种情形,从而陷入了进退两难的境况,产生个人内心的冲突。例如,公司领导要求财务人员做假账时,财务人员就面临着要么为公司做假账而欺骗广大股民,要么不为公司做假账而面临被解雇的危险的两难境况,这两者选择都不是财务人员所期望的。针对双避式冲突的解决方法是"两害相权取其轻"。

(3) 趋避式冲突。它又称趋向-回避型冲突,这种类型的冲突在组织中或日常生活中最为常见。它是指个人在某种目标既具有积极后果又具有消极后果时作出选择,其中的积极后果吸引着个人,而消极后果个人又想回避,从而形成的个人内心冲突。

(4) 双重趋避式冲突。它又称双重趋向-回避型冲突,是指个人要从两个同时有利有弊的目标中作出选择而产生的十分激烈的内心冲突。这种冲突是由选择和放弃混合而成的一种模式。对这种模式,个人的选择难度较高,犹如站在十字路口。当然,面对这种情况,个人会选择一种自认为能取得价值最大化的目标。

(二) 人际冲突

除了个人内心产生冲突外,组织中更为重要的是人际冲突。人际冲突是指两个或两个以上的个人在实现各自目标过程中引起的矛盾冲突。造成人际冲突的因素主要有以下五个方面:信息原因、认识原因、价值观原因、本位原因和心理原因。[①]

著名的"囚徒困境"实验描述的就是一种很典型的人际冲突情形。这个著名的实验研究由卢斯和莱法于1957年完成。大致情境如下:一名警察抓住两名疑犯(甲、乙),但无足够证据指控疑犯有罪。在法官面前接受审讯时,甲、乙两名疑犯不管承认犯罪与

---

① 商红日:《人力资源管理》,上海人民出版社,2001年,第353、354页。

否都会给他们带来几种不同的结果：如果两人都承认则同受到 2 年刑罚；如果两人都不承认，则均受到半年的监禁；如果两人中一方认罪，则被视为证词而无罪释放，另一方则会判 15 年最高刑罚。为了不让他们互相沟通，两人被分别关在两间牢房内。下面就是甲、乙两名疑犯的选择矩阵，如图 11-7 所示[①]。

囚徒甲的选择		囚徒乙的选择	
承认	保持沉默	承认	保持沉默
(2，2)	(15，0)	(2，2)	(0，15)
(0，15)	(0.5,0.5)	(15，0)	(0.5,0.5)

图 11-7　囚徒的选择矩阵

"囚徒困境"实验反映了人际冲突的特征：其一，一方的结果依赖于另一方怎样做，即双方之间具有相互依赖关系；其二，强调个人行动结果与合作行动结果的差别；其三，冲突的解决需要双方相互信任，但往往事与愿违。[②]

（三）组织冲突

所谓组织冲突，主要是指组织内各部门之间由于观念认识、目标利益、资源竞争、权力争斗以及职责不清等原因，各方过分地强调自身的利益而忽略了对方和整体的利益而导致各种各样的冲突。组织中各部门之间的冲突大致有如下几种形式：

（1）纵向冲突。此方式又称垂直冲突，简单地说就是组织内上级部门与下级部门之间的冲突。通常情况下，这种冲突因上级部门对下级部门管辖、控制过严而产生；或者下级部门因上级部门管理监督过严而引起抵触情绪甚至反抗而产生。当组织内缺乏必要的沟通和交流，信息传递不畅而造成认识的差异和目标的不一致时也会产生纵向冲突。

（2）横向冲突。此方式又称水平冲突或功能冲突。它是指组织同等级别的职能部门之间的冲突。各职能部门因资源、目标、利益以及时间等因素，片面地强调本部门的利益而与其他部门之间发生冲突。

（3）直线-参谋冲突。它是指直线管理人员与参谋人员之间的冲突，参谋人员无权对直线人员发号施令，而直线人员往往忽视参谋人员的建议。这种不对称的相互信赖关系是导致双方冲突的根源。

（4）正式-非正式冲突。它是指正式组织与非正式组织之间的冲突。虽然非正式组织是正式组织的补充，但是非正式组织的成员也有共同的价值取向、共同的兴趣爱好、共同的行为规范等，这些都有可能与正式组织的规则、要求、目标相抵触，有的甚至妨碍正式组织目标的实现，自然就会形成矛盾冲突。

---

① 陈佳贵：《冲突管理》，广东经济出版社，2000 年，第 24 页。
② 〔美〕理查德·L. 达夫特：《组织理论与设计精要》，李维安等译，机械工业出版社，1999 年，第 241 页。

■ 第四节 组织内冲突的处理方法

在现代社会，组织内冲突问题的存在是一种普遍的现象。要对冲突进行处理，就必须弄清楚冲突的原因所在，才能对症下药。针对不同的原因所引发的冲突，可以采取相应的处理方法，从而最大限度地发挥冲突的积极作用而使消极影响最小化。

一、冲突的传统处理方法

冲突的传统处理方法是建立在传统冲突观之上的，较常见的解决方法有如下几种：

其一，协商谈判法。此方法又称妥协，是处理冲突常用的方法。它是指组织内两个团体为了利益关系发生冲突时，由双方派出代表，相互协商来解决冲突或缓解矛盾的方法。协商需要冲突双方本着顾全大局的原则，互相作出让步。

其二，仲裁调解法。它是指当两个或两个以上团体发生冲突时，报请第三者或者上级部门乃至仲裁机构出面来调解裁定。仲裁者本身应有较高的威望，本着公正的态度并以相应法规为仲裁依据，才能消化矛盾，解决冲突，使冲突双方都愿意接纳仲裁者的裁定结果，不留冲突的隐患。

其三，权威解决法。这是一种强制性解决冲突问题的方式。它是指冲突双方经协商谈判、仲裁调解均无效时，由双方的共同上级部门强制性解决冲突。此种方法采取的强制措施只能表面上解决冲突，并不能真正清除引起冲突的种种因素，这难以从根本上解决问题，只是把问题压制下去或者掩藏起来。因此，不到万不得已火烧眉毛之时不要轻易使用这种方法。

其四，回避解决法。这是一种暂缓解决冲突的方法。它是指冲突的一方或双方以回避的方式来消除冲突。此种解决法由于采取回避问题的手段，不解决问题的实质，因此，有可能留下更大的冲突隐患。

其五，拖延解决法。这也是一种暂缓解决冲突的方法。它是指冲突的双方对冲突各持己见而不能及时解决，只能靠拖延时间，以期时间、环境或条件的变化能够化解冲突。

二、托马斯的冲突处理模式

传统的处理冲突的方法，由于其自身的弱点及局限性，不能全面有效地解决冲突。基于此，美国行为科学家托马斯（K. Thomas）提出了解决冲突的一个著名的两维模式，如图11-8所示。

在图11-8中，横坐标中，"合作"表示满足他人的利益或关心他人的程度；纵坐标中，"武断"表示满足自己的利益或关心自己的程度。在托马斯的两维模式里，矛盾冲突的双方就如何解决处理冲突的问题，就出现了五种不同的处理冲突的策略，即回避、

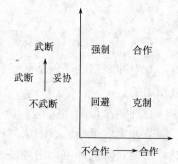

图 11-8 托马斯冲突处理的两维模式

强制、克制、合作、妥协。

（1）回避。这是一种既不合作又不武断的策略。缺乏合作精神的人大多采取这种方式来处理冲突，表明自己如同局外人或保持中立的态度。使用这种方法虽然能避免问题扩大化，但是，会遭到其他人的非议或微词。

（2）强制。这是指高度武断且不合作的策略。在发生冲突时有充足的自信心或占据绝对优势的人往往采取这种策略。通俗地讲，就是为了自己的利益而牺牲他人的利益。由于强制策略通常可以使人们不顾一切只求实现或达到自己的目标，所以，这是一种不受欢迎的策略。

（3）克制。这是一种不武断而具有高度合作精神的策略。在冲突中缺少自信但有合作精神的人通常采取此种策略。冲突的一方可以满足他人的愿望而牺牲自己的利益。克制策略在获得他人的欢迎和称赞的同时，也表现出了软弱和屈服。

（4）合作。这是一种既高度合作又高度武断的策略。在冲突中具有高度合作精神和自信心的人往往采取此种策略，一方面充分考虑他人的利益，另一方面又充分考虑自身的利益。这是冲突中一种"双赢"的冲突处理模式。

（5）妥协。这是一种合作精神和武断程度处于中间状态的策略。它是有一定的合作精神和自信的人采取的策略，需要通过谈判和协商使双方各自让步来解决冲突，既不完全满足他人的利益也不完全不顾自身的利益，有利于保持冲突双方的良好关系。所以，妥协策略是较常用也是获得他人欢迎的一种处理冲突的策略。

伯克（R. J. Barke）在1970年曾对上述五种处理冲突的策略的有效程度进行调查研究，总结了五种解决冲突办法的有效性，详见表11-1所示。

表 11-1　解决冲突的各种策略的有效性

策略	有效果/%	没有效果/%
回避	0.0	9.4
克制	0.0	1.9
妥协	11.3	5.7
强制	24.5	79.2
合作	58.5	0.0
其他	5.7	3.8

三、布朗的冲突处理策略

发生冲突到底好还是不好？经过调查研究，只要保持一定的"度"，冲突还是起积极作用的。

心理学家布朗（L. D. Brown）在1979年所著的《群体冲突的处理》一书中，提出了调节冲突的策略。布朗认为，应使组织内的冲突保持在一个适当的水平，当冲突过多时，要设法降低冲突，当冲突过少时，要设法增加冲突，并从态度、行为和组织结构三方面提出调节冲突的策略，详见表11-2所示。

表 11-2　群体冲突的处理策略表

着眼点	要解决的问题	冲突过多时采取的策略	冲突过少时采取的策略
群体态度	明确群体之间的异同点 增进群体之间关系的了解 改变感情和认知	强调群体之间的相互信赖 明确冲突升级的动态与造成的损失 培养认同感、增进感情、消除成见	强调群体之间的利害关系 明确巴结、排他的危害 增强群体界限意识
群体行为	改变群体内部行为 培训群体代表的工作能力 监视群体之间的行为	促进群体内部分歧的表面化 提高与他人合作共事的能力 第三方面调解	增强群体内部的团结和一致 提高坚定性、原则性和判断是非的能力 第三方面参加协商
组织结构	借助上级或更大群体的干预 建立调节体制 建立新的接轨机制 重新明确群体的职责范围和目标	按照正常等级处理 建立规章、明确关系、限制冲突 设置统一领导与管理各群体的人员 重新设计组织结构、突出工作任务	上级施加压力，要求改善关系 削减窒息冲突的规章 设置专事听取意见的人员 明确群体的职责、目标，加深差别

本 章 小 结

　　人际关系是指在一定的社会条件下，人与人之间在人际活动和交往过程中所形成的心理情感上的关系。人际关系的特征可以概括为情感性、主观性、多面性、变动性等几个方面。

　　沟通是指可接受的信息在两个或两个以上的人群中传播与交流的过程。沟通由发送者、接收者、信息、传递渠道、信息反馈和噪声等因素构成。沟通的主要作用体现在个人、群体、组织和社会四大方面。

　　在沟通过程中，存在许多因素，所有这些要素都在不停地变化着，而每一个要素的变化都会对组织产生影响。这些影响信息的传递和接收的因素就是沟通障碍。沟通障碍的出现将使沟通过程复杂化。

　　冲突是组织内经常出现的一种普遍现象。它是由两个或两个以上的相互主体，彼此之间在某种程度上存在不相容的行为或目标。冲突的类型有个人内心的冲突、角色冲突、人际冲突、组织内部门之间的冲突。要对冲突进行处理，就必须弄清楚冲突的原因，才能对症下药。针对不同的原因所引发的冲突，可以采取相应的处理方法。冲突处理的方法有两类：一是传统处理冲突的方法；二是现代处理冲突的二维模式。

➢本章思考题

　　1. 协调和处理人际关系的原则是什么？如何理解？

　　2. 沟通的类型有哪些？各有什么特点？

　　3. 引发冲突的因素有哪些？

　　4. 如何理解"目标冲突"的四种基本类型？

➢本章参考文献

1. 〔美〕兰妮·阿里顿多：《管理学》，杨大鹏译，企业管理出版社，2001 年

2. 〔美〕托马斯·S. 贝特曼：《人力资源管理》，王雪莉等译，北京大学出版社，2001 年

3. 陈佳贵：《冲突管理》，广东经济出版社，2000 年

4. 李春南：《人际关系协调与冲突处理》，广东经济出版社，2001 年

5. 商红日：《人力资源管理》，上海人民出版社，2001 年

6. 王垒：《组织管理心理学》，北京大学出版社，1995 年

7. 贾启艾：《人际沟通》，东南大学出版社，2000 年

8. 孙时进、颜世富：《管理心理学》，立信会计出版社，2000 年

9. 李剑：《新经济时代人力资源管理》，企业管理出版社，2001 年

10. 周向军：《人际关系学》，云南人民出版社，2002 年

11. 刘玉锦、王艳秋、李玉花等：《人际关系与沟通》，人民卫生出版社，2002 年

12. 奚洁人等：《简明人际关系学》，华东师范大学出版社，1991 年

第十二章

人力资源保护

引导案例

企业注重岗前培训，提高农民工安全意识①

2009 年 1～10 月，全国共发生建筑施工事故 872 起，死亡 1027 人，比去年同比下降 18.88％和 17.51％。根据对农民工安全生产事故的统计分析，违反操作规程或劳动秩序以及生产场所环境不良成为造成事故的主因，占总数的 70％。提高农民工安全意识、对员工进行安全培训是实现企业与员工双赢的手段之一。但是如何针对不同的培训对象而制定出一个具体、多样化的培训方式，使参训农民工真正从心里提高对安全的认识，却是摆在企业安全部门面前的一个难题。2003 年，北京城建集团一公司在承建北京紫竹院人济山庄项目时，一名农民工在巡查中发现吊挂花篮的螺栓松动，便对全部四个架子进行了检查，又发现了 10 多个松动的螺栓。他将这些螺栓及时加固，从而避免了一起重大事故的发生。后来，这名普通的农民工获得了集团公司 2000 元的奖励。对安全意识强、及时发现和消除隐患的农民工给予奖励是促使其提高安全素质的一种途径，北京城建集团一公司安全部的王小辉部长说："针对农民工这样一个特别的接受教育人群，就是勤教育，增加教育密度，加大奖罚力度。公司每年要拿出 10 万元左右对安全卫士进行奖励，大大提高了农民工在安全生产工作中的积极性。"记者在北京城建集团一公司采访时发现，在对农民工的培训过程中，除了采用在现场挂图、给农民工发放宣传资料外，每年在百日安全生产无事故活动期间开展知识竞赛、猜谜等民工自我教育活动，获胜或答对的农民工可以得到洗衣粉或肥皂，这些活动都调动了农民工参与安全生产活动的积极性。

讨论题：

1. 当前我国企业劳动保护的情况如何？

---

① 王菲：《农民工 拿什么保护你》，《中华合作时报·安全时讯》，2004 年第 45 期，A1/要闻。

2. 你认为农民工的劳动保护存在哪些问题？

3. 企业应如何保护农民工权益？

人力资源保护是人力资源开发的重要外部环境，安全生产是国民经济运行的基本保障，是充分开发、利用人力资源的一项重要措施。随着社会经济条件的变化，工业生产条件的提高，组织开始依靠技术进步进行系统安全管理。同时，劳动者的素质不断提高，权利意识逐渐觉醒，自我保护的意识大大增强，社会公众对劳动者的各种权利的关注日益增强。

第一节 人力资源保护概述

现代组织普遍重视对劳动者的劳动保护，增加此方面的投资，以劳动者权益保护为宗旨促进人力资源开发、利用，劳动者权利保护日益成为组织人力资源管理中重要的议题。人力资源保护包含两层含义：劳动保护和社会保护。

一、劳动保护

（一）劳动保护的含义

广义的劳动保护是指对劳动者各个方面的合法权益的保护，即通常所说的劳动者保护。

狭义的劳动保护是指为保障劳动者在劳动过程中获得适宜的劳动条件而采取的各种保护措施，是组织对劳动过程中的一些不安全和对劳动者心理或生理有损的状况所采取的一系列技术措施和组织措施的统称。本书所称劳动保护是指狭义的劳动保护。

（二）劳动保护的作用

随着工业化的深入，新的生产工艺方法及新的医疗卫生技术的应用，在劳动保护方面，总的趋势是工伤风险不是减少了，而是增多了。因而，现代组织在人力资源的劳动保护方面的投资日渐增多，开始普遍重视安全和健康问题。

（1）能够保证组织生产的顺利进行，增强获利能力。通过劳动保护等预防性措施，可以预防、减少突发性工伤和工残等损失，有利于组织经营活动的顺利进行；同时，劳动者只需在岗位上就能生产，而如果这些劳动者不能上岗而雇用新人，初到者的低效率必然会使组织增加招聘、培训支出等。

（2）加强组织的劳动保护管理，可以提高组织的劳动效率。组织通过改善劳动环境，创造良好的工作条件，能够使劳动者感受到组织的关心、满足安全需要。劳动者安心生产，能够提高劳动生产技术，同时减少劳动费用的上升，在具有完善劳动保护措施的组织中，预计将会损失的工作日仅为整个行业平均水平的 $1/3 \sim 1/5$。

（3）重视劳动保护的组织能够有效地吸引和留住优秀人才，同时减少组织及管理者在劳动者受到伤害时的法律责任。在发达国家中，与劳动者劳动保护相关的法律越来越健全，这些法律法规的执行，使那些忽视在劳动保护方面投资的雇主和管理者面临的惩罚越来越严重，付出的成本越来越高。对这些雇主和管理者来说，这样的外部约束成为一种"不得不"的压力。同时，保持良好安全与健康的记录的组织，在市场上能够获得比较好的订单，尤其是政府的订单，从而保持较强的竞争力。

二、社会保护

（一）社会保护的含义

社会保护是指社会以劳动者为保护对象，对劳动者的生活安全环境加以保护。社会保护包括三方面内容：制度保护、法律保护、环境保护。

（二）社会保护的作用

（1）社会保护是保护劳动者的生存权、生命权和健康权，就其本质而言，是保护劳动者的人的尊严。社会保护的目的在于保证劳动者的基本生活，提供避免遭遇风险和伤害的社会性的保护措施。

（2）社会保护能够为劳动者免除后顾之忧，增强对组织的信任依赖，激发其劳动热情，使其全身心地投入到工作之中，充分发挥出积极性、创造性，提高劳动生产率。

（3）社会保护能够有助于维持正常的生活秩序、工作秩序、社会秩序，避免劳动者与社会对抗，从而消除社会不安定因素，有利于社会的安定团结，为经济发展提供和谐、稳定的社会环境。

▌第二节　劳动保护

工业伤害作为工业社会的产物，在当今各国都是一个十分重要的问题，联合国所属的国际劳工局对劳动保护问题日益关注，各国频繁发生导致大量人身伤亡和财产损失的各种恶性事故，都充分说明了这个问题的严重性、迫切性、普遍性。世界银行在1995年发布的三项评价各国财富的指标中将人力资本即公众受教育的水平和健康水平等公众素质纳入其中，各就业组织也都逐渐意识到劳动保护对组织发展的重要性，开始大幅度增加教育培训经费，定期开展多层次、多种形式、多类型的职业劳动安全教育和劳动安全培训，积极为组织培养各级各类所需人才，提高员工素质，因此，劳动安全保护是构成人力资源保护的一项重要内容。

一、劳动保护的内容

劳动保护是为了维护劳动者的劳动状态，组织为劳动者提供在职业和卫生方面的安全的工作环境和工作条件，以安全生产和职业卫生为主要内容，包括各项保障劳动安全和卫生的措施、工作时间和休息时间、休假制度的规定、对劳动环境的保护、女职工和未成年工特殊保护制度等。

（一）劳动安全保护

劳动安全保护是保护劳动者的生命安全和身体健康，是对享受劳动权利的主体切身利益最直接的保护，包括防止工伤事故和职业病。

1. 劳动生产过程中存在的不安全因素

劳动生产过程中客观上存在着各种不安全的因素，可以大致分为不安全的条件因素、不安全的个体因素。

不安全的条件因素包括：

（1）劳动设备存在不安全因素（如设计、安装不合理或机器设备易损坏）。

（2）防护设施、防护方法存在不安全因素。

（3）劳动作业环境中存在不安全因素（如辐射场所、矿山、地下、高空作业等易发事故的环境）。

（4）劳动作业方法存在不安全因素。

（5）工作自身的特点存在着不安全因素（如警察、消防员工作）。

不安全的个体因素，指由人为失误造成事故是更为重要的因素，包括：

（1）生理因素，有生理缺陷（如视觉、听觉不佳），反应迟钝，应急能力差。

（2）技能因素，对机器设备不熟悉，操作不熟练。

（3）心理因素，企业劳动纪律松弛，未加强教育，使得劳动者缺乏安全生产意识，违反安全操作规程，生产不到位；劳动者由于种种社会因素导致的注意力不集中，心绪不佳。

2. 劳动者享有的职业卫生保护权利

根据《中华人民共和国职业病防治法》第 36 条的有关规定，用人单位应当保障劳动者行使职业卫生保护权利，不得因劳动者依法行使正当权利而解除与其签订的劳动合同。

3. 加强劳动安全保护的方法与措施

（1）加强安全技术管理。加强从业安全、加强有毒有害工种的职业保护，改进工作场所的安全，从工作环境适应员工的需要方面改善引发事故的劳动条件隐患。

（2）加强个体的安全管理。在组织中对所有劳动者，从高层管理人员到普通劳动者皆采取有效的安全管理方法。

（3）针对组织的安全管理，建立安全生产责任制度，落实"谁主管，谁负责"的原则，使企业的安全生产有人负责，并制定事故责任者的处罚方法。

（二）劳动时间的保护

工作时间和休息休假是我国劳动法的基本法律制度，作为我国劳动法律体系中的重要组成部分，是我国宪法关于公民休息的具体化。我国劳动法规定，用人单位不得任意延长劳动时间。

1. 劳动时间保护的必要性

（1）休息的实质主要是生理需要，为了使作业者不致疲劳，必须根据作业时的相对效率适当安排休息时间。"法国学者 E. A. 米勒指出：一般人可以连续劳动 480 分钟，中间不休息的最大能量消耗界限是 16.75KT/min。如果作业时的能量消耗超出这个界限作业者就必须动用机体的贮备能量，然后必须通过休息补充能量贮备。米勒假定标准能量为 100.47KT，若要避免疲劳积累，则工作时间加上休息时间的平均能量消耗不能超出 16.75KT/min，当能量为 66.98KT/min 时，贮备的能量在 2 分钟内耗尽，称 16.75 KT/min 的能量消耗为耐力水平。"[①]

（2）劳动时间是影响事故的另一个因素。在实际工作中，管理者应根据法定的工时制度和组织的生产任务、劳动生产率及其增长状况、员工的健康及闲暇时间的需要，具体安排适宜的工作时间，组织好员工按国家制度规定的节假日休息，杜绝不必要的加班加点现象。

2. 加强劳动时间保护的方法和措施

（1）加强对工作时间的管理。当劳动者被要求长时间地完成同一任务时，时常会产生厌倦感，时间一长，事故的可能性就会增加。组织对工作时间要有合理限制，劳动者在工作中有工间暂歇和工间休息时间。

（2）加强对休息日制度的管理。从 1985 年 5 月 1 日起，我国开始实行国际通行的每周 40 小时工作日，每天工作 8 小时。加班与事故发生有密切联系，组织应加强对劳动者依法享受的两个工作日之间的休息时间、公休日、法定节假日及年休假、病假等权利的保护，严格对加班的管理。标准工作日内安排劳动者延长工作时，需要支付不低于工资的 150%；休息日安排工作又不能安排补休的，需要支付不低于工资的 200%。延长工作时间必须是生产经营需要，必须与工会协商，必须与劳动者协商，得到劳动者的同意，不得强迫劳动和超时劳动。

（3）加强对节假日制度的管理。法定节假日是根据国家、民族的传统习俗而由法律规定的劳动者在特定时间休息的权利。根据国家规定，劳动者在任职期间，雇主在特定时间安排劳动者工作的，需支付不低于工资的 300% 的酬劳。

3. 国外劳动时间制度的新变化

现今，一些发达国家为适应工艺技术和经济环境变化的要求，试行一些新的工作时间。

（1）弹性工作时间制度。员工在干满工作时间的前提下，可以有一部分自行安排的时间并选定上下班时间。

（2）非全时工作制。两人共同担任一全时工作岗位，薪金按实际的工作时间长短计算。

（3）其他灵活的工时制度如可变工作制、班组工作制、一周两天工作制、周工时选择制等。

（三）劳动环境的保护

劳动环境保护是指在工作场所中，有组织、有计划地对有损于员工的健康的因素所

---

① 转引自何娟：《人力资源管理》，天津大学出版社，2000 年，第 305、306 页。

采取的一系列防止和排除的措施（物理、化学要素、场所要素）。

加强对企业劳动环境的保护，可以增进、维护劳动者的健康，预防疾病，从而保证员工的出勤率，使企业生产正常进行。创造一个安全、健康的工作环境，有助于提高劳动效率。一方面，增加工作的安全性，可以安定员工的情绪，使其对工作环境产生安定感；另一方面，这也能够调动员工的工作热情，对劳动者的心理和生理产生积极的作用，有助于劳动者的身心健康和愉快，提高工作效率，为企业创造更多的利润。

针对我国组织现状，劳动环境保护主要是针对工作场所的环境状况、气温状况、噪声环境、振动内环境、照明环境、空气质量方面采取一系列保护性措施。

二、劳动保护新趋势

在过去，与劳动有关的健康危害大多发生于工业生产操作过程中，但是近几年，由于劳动生产技术和生活方式的变化、劳动危害的类型呈现多样化。劳动保护的范围正在不断扩大，越来越引起人们的关注。国外发达国家对劳动保护的研究出现了新趋势。

（一）工作相关疾病

职业白领，正悄悄地被种种"工作相关疾病"所困扰。如今人们周围新冒出神经衰弱、视力下降、办公室综合征等新病种。

（1）与计算机打交道的人，在工作场所处理事务时普遍使用计算机，因为工作时必须长时间专注屏幕，计算机对员工健康产生了严重影响，表现在以下几方面：①视觉困难、肌肉酸痛。操作者常感到眼睛疲劳、疾痛、发痒发热，视力下降、容易得干眼症。头痛、睡眠障碍，及腰、背、肩等部位肌肉酸痛。②辐射危害。计算机的辐射危害已得到确定。

（2）工作压力。调查显示有3/4电脑操作者感到计算机会给他们带来噪声、超负荷工作的机械单调等困扰。长期伏案工作的人，因为保持长时间坐姿，容易引发脊椎病、肌肉酸痛、关节炎、肩周炎、肥胖症等症状。这些与工作相关的疾病，到底算不算职业病呢？据了解，如今各种"工作相关疾病"虽然已经严重威胁着脑力劳动人群，但是我国在2002年5月1日开始实施的《职业病防治法》内，除原有的99种职业病外，并没有增加新的病种，前述症状尚未被划入职业病范围。

（二）工作场所外的安全问题

发达国家在由于组织内部原因而发生的安全事故，如职业性化学中毒、尘肺、物理因素损伤等得到有效控制的同时，转向关注工作场所之外的非安全因素所造成的劳动者的安全问题，其中与工作相关的交通事故和谋杀案件越来越引人注目。据美国劳动统计局的统计，在1995年，交通事故已经占工作地致命事件的21％，在工作地发生的谋杀事件占工作地致命事件的16％。在工作地发生的谋杀事件中大多数与抢劫和抢劫企图相关，受害者主要是仓库人员、加油站服务员、金融业保安员和出租车司机。警察在岗殉职的案件也处于上升状态。

三、对劳动保护的管理

（一）组织的安全管理

现代组织大都以安全有效的管理为前提，在组织中对所有劳动者，从高层管理人员到普通劳动者皆采取有效的安全管理方法。

（1）针对组织的安全管理方法。加强组织对安全工作的重视，制定劳动安全纪律，在组织文化中形成"安全文化"；成立安全部门定期进行事故调查及安全检查；在组织会议和生产进度中优先考虑安全生产，重视安全管理。

（2）针对工程的安全管理方法。组织对劳动设备、劳动环境进行安全设计与改造，采取安全防护措施，增加劳动防护设备，从而使劳动环境符合安全生产标准。

（3）针对劳动者的安全管理方法。加强对劳动者的劳动安全宣传，使之增强安全意识；对劳动者进行定期或不定期的安全培训，使之掌握劳动安全技能；建立安全激励机制，鼓励劳动者进行安全生产。

（二）我国的劳动保护管理

在我国，当劳动者在组织中利益受到损失、权利受到侵害时，对劳动者的劳动保护还体现在以下三方面。

1. 工会

工会和职工代表大会在确保实现劳动者权益方面发挥着重要的作用。工会是代表劳动者的一种组织，处于劣势地位的单个劳动者无法与投资方在平等的基础上对工作条件、待遇等进行谈判，只有以集体形式组织起来，通过集体力量来保护劳动者的个人利益。工会通常采用集体罢工、集体谈判等方式提高劳动者的福利和地位，保护劳动者的利益。

我国目前工会的作用发挥得不够，一些企业尤其是外资企业、私营企业普遍缺乏工会组织。劳动者组织一个真正代表劳动者利益的工会与雇主集体谈判来保障劳工权益，是市场经济条件下劳动关系协调的主要方式，政府有关部门应协助分散在各行业的劳动者成立真正意义上的工会，让广大劳动者依靠自己的力量保障合法权益。

2. 职工代表大会

职工代表大会是中国组织的一大特色。职代会通过5项职权对劳动者的权益进行保护，分别是：

（1）定期听取和审议企业负责人的工作报告和有关的企业重要问题的报告，并做到决议。

（2）审议企业的重要规章制度。

（3）审议决定有关员工福利的重大事项。

（4）评议监督企业各级领导干部，并提出奖罚和任免的建议。

（5）选举或推荐企业行政领导干部。

3. 劳动合同

我国自20世纪50年代开始断断续续地试行集体劳动合同，自1986年开始在国营企业推行劳动合同暂行规定，推行全员劳动合同制，1995 年 1 月 1 日实施《劳动法》，在劳动基准法和劳动合同的基础上对劳动者的个人的劳动关系进行事先约定，并于 2008 年 1 月实施《劳动合同法》。

1）劳动合同的签订

劳动合同是劳动者和用人单位之间确立劳动关系、以书面形式明确双方权利和义务的协议。《劳动合同法》明确规定，劳动者与用人单位已建立劳动关系，但未同时订立书面劳动合同的，应当自用工之日起一个月内订立书面劳动合同。如果用人单位与劳动者在用工前订立劳动合同的，劳动关系自用工之日起建立。"用人单位自用工之日起超过一个月不满一年未与劳动者订立书面劳动合同的，应当向劳动者每月支付二倍的工资。"

无固定期限合同是指用人单位与劳动者约定无确定终止时间的劳动合同。

有下列情形之一，劳动者提出或者同意续订、订立劳动合同的，除劳动者提出订立固定期限劳动合同外，应当订立无固定期限劳动合同：

（1）劳动者在该用人单位连续工作满 10 年的。

（2）用人单位初次实行劳动合同制度或者国有企业改制重新订立劳动合同时，劳动者在该用人单位连续工作满 10 年且距法定退休年龄不足 10 年的。

（3）连续订立两次固定期限劳动合同，且劳动者没有本法第 39 条（在试用期间被证明不符合录用条件的；严重违反用人单位的规章制度的）和第 40 条第一项、第二项规定的情形（劳动者患病或者非因工负伤，在规定的医疗期满后不能从事原工作，也不能从事由用人单位另行安排的工作的；劳动者不能胜任工作，经过培训或者调整工作岗位，仍不能胜任工作），除非劳动者提出异议，否则用人单位都应当与之订立无固定期限劳动合同。

（4）用人单位自用工之日起满一年不与劳动者订立书面劳动合同的，视为用人单位与劳动者已订立无固定期限劳动合同。

劳动合同可以约定试用期，最长不得超过 6 个月。

（1）劳动合同期限 3 个月以上不满一年的，试用期不得超过 1 个月；劳动合同期限一年以上不满 3 年的，试用期不得超过 2 个月；3 年以上固定期限和无固定期限的劳动合同，试用期不得超过 6 个月。

（2）同一用人单位与同一劳动者只能约定一次试用期。

（3）以完成一定工作任务为期限的劳动合同或者劳动合同期限不满 3 个月的，不得约定试用期。

（4）试用期包含在劳动合同期限内。劳动合同仅约定试用期的，试用期不成立，该期限为劳动合同期限。

（5）试用期的工资不得低于本单位相同岗位最低档工资或者劳动合同约定工资的 80%，并不得低于用人单位所在地的最低工资标准。

（6）非全日制用工无试用期。

2）无效的劳动合同

无效的劳动合同指劳动者与用人单位订立的违反劳动法律、法规的协议。如采取欺诈、胁迫的手段或乘人之危使对方在违背其真实意思情况下订立的合同；用人单位免除自己责任、排除劳动者权利的合同；违反劳动法律、行政法规强制性规定的合同。劳动合同的无效，根据《劳动合同法》第26条第二款之规定，对劳动合同的无效或者部分无效有争议的，由劳动争议仲裁机构或者人民法院确认。根据全国各地劳动执法部门的专项调查，发现常见的无效劳动合同主要有以下七种类型：口头约定性合同、一边倒性合同、违法型合同、生死型合同、保证型合同、假冒型合同、抵押型合同。劳动合同是否无效应由劳动争议仲裁委员会和人民法院确认。

3）劳动合同的解除

根据劳动法规定，劳动合同的解除是指劳动合同订立后，尚未全部履行以前，由于某种原因导致劳动合同一方或双方当事人提前中断劳动关系的法律行为。劳动合同的解除分为法定解除和约定解除两种。在我国，随着市场经济的深化，劳动力供过于求，劳动力供给方处于弱势。劳动者迫于生计常常签订不公正的个人劳动合同。鉴于这种情况，应通过大力推行集体劳动合同，用集体劳动合同约束个人劳动合同来保障劳动者的合法权益。

▌第三节　社会保护

社会保护是人力资源保护的重要内容之一，它充分保证了劳动者的生活需要，调动了其生产积极性，对人力资源开发内在动力的推进具有深远影响。社会保护的内容包括制度保护、法律保护、环境保护。

一、制度保护

（一）不同的社会制度下，对劳动者的社会保护不同

资本主义制度下的社会保护虽起步早，但经营者代表资产阶级利益。为了获得利润的最大化，故无视对劳动者的社会保护，总是想方设法地降低工人的工资待遇、减少对劳动安全和劳动保护的投入。社会主义制度下，劳动者与经营者之间没有根本矛盾的对立，社会生产的目的是为了满足人民群众日益增长的物质文化需要。社会主义就其本质而言是一个劳动者的社会，劳动者是国家和社会生活中的主人，因而将劳动者的权益保障作为社会建构的出发点和落脚点，实现人的全面发展。故社会主义制度下的社会保护虽起步晚，但随着社会的发展，越来越显示出它的优越性。

（二）同一社会制度的不同阶段，对劳动者的社会保护程度不同

当前，西方发达国家推行社会福利政策，实施社会保护政策，在一定程度上提高了劳动者的物质生活水平，但资本主义制度下的社会保护是以保护资产阶级的根本利益为前提的，以达到缓和阶级矛盾和社会矛盾、维持资产阶级统治为目的。实行的社会保护政策，对改善劳动者的生活境遇的作用是十分有限的，劳动者的生活状况是由生存贫困转为相对贫困，劳动者仍处于被剥削、被压迫的地位。社会主义社会在其发展进程中，

把劳动者的权益保障放在中心地位，不断发展与完善对劳动者的社会保护，致力于建立、完善社会权益保障机制。我国正在进行社会主义市场经济建设，在劳动法律和劳动政策方面，国家开始着手调整和改善劳工政策，已经初步构建了劳工权利保护和劳工标准的基本框架。在建设过程中，"以国际劳工标准和体面劳动的内容要求为参照，完善我国的劳动法律体系，严格遵守和落实劳工保护的各项规定和要求"[①]。

二、法律保护

各国政府针对劳动者的各项权益，制定并颁布了很多法律法规。不同的法律、法规从不同角度来维护劳动者的各项权利。我国在此方面有以下法律法规。

(一) 劳动法

我国通过强制性的立法方式保障劳动者的权利。国家已制定《中华人民共和国劳动法》[②]、《劳动部关于贯彻执行〈中华人民共和国劳动法〉若干问题的意见》，建立了劳动制度，包括促进就业制度、劳动合同制度、工时工资制、劳动卫生制度、劳动争议处理等保护制度，对劳动者各项权利进行综合性的保护。劳动法明确规定了劳动者个人在市场经济条件下所享有的各项权利，劳动就业权是这些权利中的核心权利和前提权利。在我国存在着大量下岗和失业工人的情况下，保障劳动者的就业权，不仅关系到劳动者个人的生存状态，而且直接关系到社会的稳定安全。因此，解决劳动就业不能仅仅是各项改革的"配套措施"，而更应该是改革的重要内容和直接目标之一。

(二) 许多专门法律、法规对劳动者权利保护的具体内容作了规定

为了改善劳动条件，保护劳动者在劳动过程中的安全、健康，国际劳工组织、各国政府针对劳动者的各项权益，在职业安全和卫生的一般保护、特定危害、特定部门的安全卫生保护，制定并颁布了很多法律法规。我国在此方面颁布了许多专门法律、法规保护劳动者的权益，内容涉及劳动者各个方面的权益，具体表现在：

（1）旨在对劳动者的劳动安全进行保护的。《宪法》相关规定是中国对劳动安全卫生工作的最高原则规定。《宪法》第 4 条规定："劳动者依法享有职业卫生保护的权利。用人单位应当采取措施保障劳动者获得职业卫生保护。"此外，国家还专门颁布了《安全生产法》、《职业病防治法》、《女职工劳动保护规定》、《女职工禁忌劳动范围规定》、《未成年人保护法》、《未成年工特殊保护规定》。这些规定确认了劳动安全卫生保护是职工应享有的权利，企业应履行有关对职工提供劳动安全卫生保护方面的义务。

（2）旨在对劳动者的劳动环境进行保护的。国家为了对劳动场所的安全卫生进行管理，制定、颁布了《工厂安全卫生标准》、《工业企业设计卫生标准》、《工业企业噪声卫生标准》、《标准化实施条例》、《矿山安全条例》、《放射防护条例》、《锅炉压力容器安全监察暂行条例》、《蒸汽锅炉安全监察规程》、《安全标志》等安全监察规程及安全标准。

---

① 常凯：《经济全球化与劳动者权益保护》，《人民论坛》，2003 年第 5 期。
② 《中华人民共和国劳动法》于 1994 年 7 月 5 日由第八届全国人民代表大会常务委员会第八次会议通过。

（3）对职工的合法权益进行保护的。《工会法》将维护员工合法权益作为工会基本职责，详细规定了工会在企业中保护职工的合法权益的措施。《中华人民共和国公司法》第16条对工会、职工代表大会作了进一步规定："公司职工依法组织工会开展工会活动，维护职工的合法权益。公司应当为本公司工会提供必要的活动条件。国有独资公司和两个以上的国有企业或者两个以上的国有投资主体设立的有限责任公司，依照宪法和有关法律的规定，通过职工代表大会和其他形式，实行民主管理。"

（4）国家制定了许多相关法律法规保护劳动者的教育权利，如《中华人民共和国劳动法》第八章规定劳动者有接受职业技能培训的权利。《中华人民共和国公司法》第15条规定："公司采用多种形式，加强职工教育和岗位培训，提高员工素质。"以及专门颁布的《企业员工培训规定》等。

（5）与劳动者保护相关的法规，如《工厂安全卫生规程》、《建筑安装工程技术规程》、《矿山安全条例》、《放射防护条例》、《工厂安全卫生规程》、《标准化实施条例》；《工资支付暂行规定》、《企业最低工资规定》。

三、环境保护

环境，是人类生存、发展的物质基础，也是与人类健康密切相关的重要条件。人类生命始终处于一定的自然环境、社会环境及心理环境中，经常受物质和心理的双重因素影响。

环境保护包括两个方面的保护：外在因素的保护和内在机制的保护。

（一）外在因素的保护

外在因素的保护是指自然环境保护、社会环境保护。当环境遭到破坏时，会造成生态失衡及人体机能破坏，使劳动者健康受到影响，导致劳动者健康近期与远期的危害。同时，人力资源开发、管理，需要有好的社会环境，组织的核心竞争力的打造依赖于良好的社会环境。因此要努力提高全社会的环境意识，认清环境与健康的关系，防止环境污染。只有外部环境有序了，劳动者的合法权益才能得到保护。

（二）内在机制的保护

内在机制的保护是指心理环境的保护即心理保护。当劳动者在特定的社会环境条件下，承受了过多来自于工作的压力，心理会产生焦虑、沮丧等情绪，从而会导致个体在身体、器官功能状态与社会行为方面产生变化。劳动者由于高工作负荷、工作压力、解雇及员工间人际关系的不和谐等因素，在心理上产生抑郁，精神上常常背负承重的负担，造成精神疲劳或忧郁症的发生，甚至"过劳死"。

传统的人事管理认为，员工的心理与精神状态是不属于管理范围的，是医务人员的责任。但在新的人力资源管理模式中，对人的管理已经进化为一种对"心"的管理，要求组织预防和治疗心理疾病也成为员工的基本权利，因此，维护和提高员工健康是企业的基本职责之一。发达国家的组织普遍在其人力资源管理中重视心理健康问题，从招聘阶段就开始对员工进行测试与甄别，避免招聘有心理隐患的员工；在培训阶段也加强了对管理者和员工心理健康意识的培养；在工作设计上排除或缓解压力来源；在企业文化建设方面积极营造有利于员工身心健康的环境，防止心理问题的发生。

第四节　社会保障体系

一、社会保障概述

（一）社会保障的含义

社会保障概念是一个多学科的综合，涵盖了社会的、经济的、法律的和文化的意义，不同地区、不同国家、不同学者对于社会保障的概念的界定有各种不同的意见，仁者见仁，智者见智。本书的意见是社会保障制度是指国家依法建立起来的保障人民生活、维持社会稳定、实现社会公平和社会进步的制度，它通过国民收入分配和再分配，保障社会成员的基本生活权利，是由社会保险、社会救助、社会福利、社会优抚，以及各种具有互助互济功能的社会化保障机制构成的整体。

（二）社会保障的特征

1. 保障性

社会保障是国家和社会对全体社会成员或至少大多数人提供基本生活保障，为劳动者提供最低收入或给予，使劳动者在遭遇意外和风险时不至于衣食无着的保障，满足劳动者基本生活需要，提供安全的保证，使其无论遭遇何种社会意外事故都能维持其基本生活方式和生活水平。

2. 强制性

社会保障是由国家立法强制确立国家和社会成员的权利义务关系，各国都采用法律形式保证社会保障的实施。如社会保险，依照法律规定，不管投保者是否愿意，只要符合投保条件的劳动者和用人单位都必须参加保险，当事人没有任意选择和任意退出的权利，这是一种法定义务，必须按法律规定执行，当事人无权自由协商。社会保险项目的保障范围、保险水平、实施过程都是以相关的法规政策为依据的。我国《劳动法》第72条规定："用人单位和劳动者必须依法参加社会保险，缴纳社会保险费。"

3. 社会性

社会保障的社会性是指保障对象具有社会性，是保障全社会成员均等地享有获得社会保障的权利和机会，具有社会性保障的内容，体现在社会生活各个方面，如社会保障、社会福利、社会救济、家庭补贴、免费教育、就业服务等；社会保障运作具有社会性，由专业的社会保障机构管理（如社会保险通常由政府办置的生活保险经办机构组织实施，我国由直接隶属于行政部门的事业单位具体经办）。

4. 互助性

社会保障是国家对国民收入进行再分配的一种形式，由国家兴办，基金源于用人单位和劳动者个人及政府的财政支持，是权利义务相结合的保护，遵循社会成员共担风险原理，调节收入水平在全体社会成员之间实现和维持社会公正，体现了互助互济原则。

二、社会保障的主要模式①

（1）社会保险型模式。产生于 19 世纪 80 年代的德国，在 20 世纪 30 年代和第二次世界大战后期，社会保险制度被发展成为社会保险型社会保障制度。此模式的特征是以劳动者为核心；责任分担，保障对象有选择性而非全民，企业、个人和政府都是责任主体，资金筹集以现收现付为主，如美国、德国、日本。

（2）福利国家模式。贝弗里奇于 1942 年在《社会保险及相关服务》中首次提出"福利国家"一词，1948 年英国正式宣布建成福利国家。挪威、瑞典、芬兰、加拿大、澳大利亚等国也纷纷选择了此模式。此模式的特征是累进税制和高收入，社保支出由税收解决，全民普遍化高福利，政府负责"从摇篮到坟墓"的保障。

（3）强制储蓄型模式。20 世纪 50 年代，新加坡独创了公积金制度，此模式的特征是强调自我负责、建立个人账户，实行完全积累等。

此外，苏联曾创建了国家保险型模式，通过宪法将社会保障制度确立为国家制度，社会保障的支出由政府和企业承担，保障的对象为全体公民，工会参与社会保障事业的决策与管理，此模式在 20 世纪中期被其他社会主义国家，如东欧国家、中国仿效，随着苏联的解体和东欧国家的剧变被摒弃。

三、社会保障的内容

社会保障的内容大致包括社会保险、社会福利、社会救助、社会优待抚恤制度，其中社会保险是其主体内容。

（一）社会保险

社会保险是为保护劳动者及家庭在年老、患病、工伤、失业、生育等丧失劳动能力的情况下，获得国家和社会的补偿和帮助，保证劳动者的基本生活的一种社会保障制度。其内容包括养老保险、医疗保险、失业保险、工伤保险、生育保险。

1. 养老保险

养老保险是对劳动者或其他职员因年老退出社会劳动后能获得满足其基本生活需要的稳定的经济来源的保护。当前世界上实行养老保险制度的国家可分为三种类型：投保资助型（也叫传统型）养老保险、强制储蓄型养老保险（也叫公积金模式）、国家统筹型养老保险。

2. 医疗保险

医疗保险是对劳动者或其他职员在患病或因工伤害时提供的医疗保护，它包括基本医疗保险、补充医疗保险，是世界上立法最早的社会保险项目。按照不同的医疗保险筹资方式，世界各国有着多种不同的医疗保险模式，大体可以分为"国家卫生服务模式"、"社会医疗保险模式"、"储蓄医疗保险模式"和"商业医疗保险模式"四种类型。

---

① 郑功成：《社会保障概论》，复旦大学出版社，2007 年，第 149～155 页。

3. 失业保险

失业保险是对劳动者因失业而失去经济来源时满足其基本生活需要的保护。在1986 年 7 月，国务院颁布《国有企业职工待业保险暂行规定》，开始确立了我国失业保险制度，1999 年 1 月国务院颁布了《失业保险条例》，把失业保险覆盖的范围扩大到城镇所有企事业单位的职工，包括因破产导致失业的职工，并规定了失业保险费的缴纳办法，失业保险基金在直辖市和沿区的市实行全市统筹。

4. 工伤保险

工伤保险是对劳动者提供因职业伤病而造成经济损失的补偿性保护。我国自 1996年由劳动部颁布了《企业职工工伤保险试行办法》，要求所有企业职工都必须参加工伤保险，工伤保险由社会统筹，规定了工伤的范围及其认定、劳动鉴定和工伤评残、保险待遇、保险基金管理和使用。

5. 生育保险

生育保险是对妇女在怀孕、生产、哺乳期间获得基本生活需求的保护。我国自1995 年 1 月 1 日起执行《企业职工生育保险试行办法》，适用于城镇企业及其职工生育保险费用实行社会统筹，具体规定保险金由企业支付、女职工在生育期间各种费用支付办法、产假期间各种生育津贴发放及生育保险基金的管理使用。

（二）社会福利

社会福利是指国家和社会通过各种福利服务、福利津贴以及福利企业的方式，满足全社会成员或特定社会成员的生活服务需要并促使其生活质量不断得到改善的社会保障制度，包括老年人福利、残疾人福利、妇女儿童福利和其他福利。

（三）社会救助

社会救助是指国家和社会面向由贫困人口与不幸者组成的社会脆弱群体无偿提供款物接济和扶助，以维持其最低生活水平的社会保障制度，包括灾害救助、贫困救助、慈善及法律援助等其他针对社会脆弱群体的扶助措施。这通常是政府的应尽职责，是处于低于贫困线或最低生活保障线的国民的基本权利，资金来源于国家财政预算拨款或特别捐税辅助，标准低于社会保险。

（四）社会优抚

社会优抚是指国家和社会对军人、按规定获得革命伤残人员身份的人及其家属为主体的优抚对象实行物质照顾和精神鼓励的社会保障制度，包括社会优待和社会抚恤制度。

四、我国社会保障制度的发展进程

在古代，我国已有社会保障的思想意识与实践，新中国成立前，国民政府也在社会保障方面采取了一些措施，但社会保障制度的建立始于中华人民共和国成立后，大致经历了以下几个阶段。

（一）我国社会保障制度建立阶段（1949～1977 年）

从 1951 年颁布《劳动保险条例》到党的十一届三中全会召开，前后接近 30 年。计划经济条件下长期实行社会保障制度与计划经济体制相统一政策，主要特点是"低工资、多就业、高补贴、高福利"。这种建立在计划经济体制之上的"企业保险"制度，部分照搬苏联的模式，从养老到医疗，从坟墓到摇篮，均由企业包揽下来，部分带有供给制的性质。由于在计划经济时代我国经济几乎百分之百是国有经济成分（国营与集体），实则所有福利由国家包揽下来，基本没有失业，所以就不存在失业保险。在农村人民公社制度下，医疗保障实行的是集体合作医疗制度。

1. 创建阶段（1949～1957 年）

1949 年《中国人民政治协商会议共同纲领》提出建立社会保障制度，制定了许多关于社会保障法律法规及相关政策。《救济失业工人暂行办法》、《中华人民共和国劳动保险条例》，以单行法规的形式逐步建立了国家机关工作人员的社会保险制度，初步建立我国职工社会保险制度。此外，在社会救助、社会福利、社会优待抚恤方面也制定了一系列的法律法规，建立了相应的保障制度。

2. 调整、发展阶段（1957～1966 年）

调整主要是针对保险项目、待遇标准进行修订和完善，如针对企业职工劳保医疗和国家机关工作人员公费医疗实施过程中存在的严重浪费现象，国家于 1965 年、1966 年颁发通知，对医疗保险制度作了调整和整顿，使社会保障体制中一些不合理的方面得以改进。

3. 停滞阶段（1966～1977 年）

"文化大革命"期间，我国的社会保障工作陷入停滞和倒退，管理机构被撤销，许多保障项目名存实亡，社会保险制度被破坏，变成了"企业保险"。

（二）改革创新的探索阶段（1978～1985 年）

改革开放以后，针对当时社会保障制度存在的一些突出不合理的问题，从 1984 年开始，我国进行了初步的改革探索，采取扩大社会保障的范围、提高保障的标准和增加保险项目等具体措施。这些措施突破了"企业保险"的格局，社会保障体系开始走上正规化、法制化轨道。这为社会保障制度由计划经济条件下的国家负责、单位包办、封闭运行的制度安排，转向社会主义市场经济条件下的责任共担、社会统筹的制度安排奠立了基础。1985 年 9 月 23 日通过的《中共中央关于制定国民经济和社会发展第七个五年计划的建议》提出，社会保障机构要把社会保险、社会福利、社会救济工作统一管理起来，制定规划，综合协调。建立社会保障制度会涉及许多复杂问题，同时需要与经济体制改革的进程相配合。因此，在"七五"期间，只能首先建立起社会保障制度的雏形，然后再随着经济的发展逐步完善。

(三) 社会保障制度改革阶段 (1986 年至今)

1. 取得突破性进展时期 (1986～1993 年)

为了与我国企业劳动制度改革相配套，1986 年国务院发布改革劳动制度四项规定，决定国营企业新招工人一律实行劳动合同制，分别制定法律规范国有企业劳动合同制员工、三资企业员工和私营企业员工的养老保险制度。国务院在《国营企业实行劳动合同制暂行规定》中规定了劳动合同制工人退休养老保险办法，企业按照劳动合同制工人工资总额的 15％左右、劳动合同制工人按照不超过本人标准工资的 3％，缴纳退休养老保险基金。1991 年，国务院颁布决定，提出建立多层次养老保险体系，党的十四届三中全会通过规定实行城镇职工养老保险金由单位和个人共同负担，实行社会统筹和个人账户相结合，确立了我国养老保险改革的方向。

2. 20 世纪 90 年代中期到 90 年代末

20 世纪 90 年代以后，我国人口老龄化加速、离退休人员不断增加，企业改革中下岗人员增加，加之受到 60 年代以来生育高峰期的影响，每年新增劳动力待业人数也在增加，这"三个增加"形成了对社会保障的巨大压力。1993 年的十四届三中全会通过的《中共中央关于建立社会主义市场经济体制若干问题的决定》，把建立社会保障制度作为社会主义市场经济基本框架的五个组成部分之一，明确了我国社会保障体系的基本内容。1995 年 3 月，国务院下发的《关于深化企业职工养老保险制度改革的通知》，明确提出了改革方向是实行社会统筹与个人账户相结合的模式，还提出了社会统筹与个人账户相结合的两个具体实施办法，并允许各地结合本地实际选择试点。1997 年党的十五大明确提出："建立社会保障体系，实行社会统筹和个人账户相结合的养老、医疗保险制度，完善失业保险和社会救济制度，提供最基本的社会保障"，进一步提出了改革社会保险制度的基本指导思想，1997 年 7 月国务院发布《关于建立统一的企业职工基本养老保险制度的规定》，进一步明确了基本养老保险制度的统一模式。这是一种混合模式，它要求从传统的现收现付制向部分个人积累制过渡。至此，社会统筹与个人账户相结合正式成为具有中国特色的职工基本养老保险制度模式；1999 年 1 月，国务院颁布《失业保险条例》，从此我国失业保险制度进入了新的发展时期，并在医疗保险、生育保险、工伤保险、城市最低生活保障等方面颁布了一系列政策法规，如提出了建立社会统筹与个人账户相结合的多层次养老保险和医疗保险制度，以及政事分开、统一管理的社会保障管理体制。

3. 1998 年至今，是社会保障制度改革的深入发展时期

2000 年 12 月，国务院发布了《关于完善城镇社会保障体系的试点方案》，提出基本养老保险制度将改革社会统筹与个人账户，由过去的通道式管理转变为板块式的分账管理；2003 年《中共中央关于完善社会主义市场经济体制若干问题的决定》提出坚持社会统筹与个人账户相结合；2006 年实施的《国务院关于完善企业职工基本养老保险制度的决定》提出完善社会统筹与个人账户相结合的基本制度。十六届六中全会和十七大提出："逐步建立社会保险、社会救助、社会福利、慈善事业相衔接的覆盖城乡的社会保障体系。"以基本养老、基本医疗、最低生活保障制度为重点，加快建立覆盖城乡居民的社会保障体系。与此同时，颁布了社会救济、优抚、社会福利方面的各种政策法规，我国的社会保障制度改革由此不断走向深入。

五、建设有中国特色的社会保障体系

（一）我国社会保障制度现状

1951年2月26日，国务院正式颁布了《中华人民共和国劳动保险条例》，并对职工的养老、医疗、伤残、生育、死亡保险作了较全面规定，拉开了社会保障大幕。20世纪80年代，我国开始建立市场经济体制，传统的社会保障制度因丧失了计划经济与乡村集体经济的基础，成为改革的对象。90年代以来，我国在明确了社会保障体系是构筑社会主义市场经济框架五大体系之一的同时，摒弃了计划经济时代建立的实际由国家保障制、企业保障制和乡村集体保障制组成的国家保险模式，展开了以养老保险、医疗保险、失业保险等社会保险项目为核心内容的社会保障制度改革，并在社会救助、社会福利等方面采取了一系列的措施，使得社会保障制度改革取得迅猛进展。但是我国的社会保障制度仍存在一些问题，主要表现为以下方面。

1. 社会保障覆盖面窄，社会保障的社会化程度不高

我国社会保障缺乏普遍性，没有实现全社会的覆盖，未由劳动者扩及全体社会成员，如失业保险方面，没有覆盖全体失业下岗者。20世纪80年代，经济结构的重大变化造成农村居民被排除在社会保障网络之外，丧失了社会保障。由于强调国家、企业的责任，忽视个人在社会保险中的责任，社会保险无法发挥社会分担风险的功能，造成国家、企业负担过重。长期发展下去必将影响企业的竞争力，同时失业职工享受不到法定的社会保险待遇。

2. 社会保障制度不健全，在实际运行中无法起到促进企业生产、保护职工生活的目的

我国社会保障项目不全、待遇设计方面不太合理。工龄在各项保险待遇的计算中起了重要作用，劳动者享受的各项保险待遇，主要根据工龄长短计算，再比照工资的百分比计算。再如各项保险费用的计发，主要按职工的工资的一定比例发放，但职工的标准工资仅占全部工资的50%～60%，造成了职工社会保险待遇偏低的现象，失业保险金支付水平低，不能满足失业者的基本需求。

3. 社会保险资金管理体制不完善

社会保险资金基本收缴难，来源不稳定，保险金拖欠现象严重。一是征缴办法不规范，存在协议缴费、随意减免、差额缴拨等问题，难以确保社保资金及时、足额发放。二是征缴机构由于由社会保障经办机构负责筹集，缺乏有效的强制手段，致使欠费现象普遍。

（二）建立有中国特色的社会保障体系

当今西方各国深感社会保障制度的弊病，纷纷开始进行社会保障制度改革，改革社会保障制度已成为世界潮流，趋势都是适当减轻政府责任，调整社会保障结构，增强对

社会保障的调控，努力实现社会保障与整个经济发展稳定发展。我国政府针对社会保障体系存在的问题，开始对之进行改革，应主要解决好以下几个方面的问题。

1. 逐步扩大社会保障覆盖范围，建立起覆盖城乡所有劳动者的社会保障体系

社会保障对象范围应扩大，社会保障的性质是全民都能享受到的社会保障，是全体公民的基本权利，应逐渐在农村建立社会保障制度。回顾发达国家的社会保障制度的发展历史，最初保障的是工业工人，随后逐渐扩展到商业和第三产业的劳动者、公务员和农业工人、个体劳动者和小业主，甚至劳动者的配偶。同时，保障项目应扩大，完备社保体系内容，从各个方面保障社会成员的基本生活，提高其生活质量。通过国家立法，扩大社会保障范围，使之逐步扩大到城乡所有劳动者，到 21 世纪上半叶基本建立起覆盖城镇所有职工、费用负担和待遇标准合理、社会化管理程度高的社会保障体系，是我国社会保障制度的长期奋斗目标。

2. 扩大社会保障基金来源，使之社会化，实行多样化筹资模式

我国在社会保障制度的建设过程中，不能单纯按照已有的社会保障模式，而要尊重本国国情，努力探索适合本国的社会保障道路，努力建立有中国特色的社会保障体制。应建立政府、企业、个人共同分担社会保障责任机制，同时使社会保障在管理、实施乃至监督诸环节上走向社会化。目前国家正在改革社会保障制度，保险基金由国家、企业、个人合理负担，基金统一调剂使用和建立个人账户等方式，实行社会统筹。以部分积累制为主体，现收现付制和完成积累制并存，个人账户制、捐赠、发行彩票和可降低管理成本的志愿者服务等形式相结合的多渠道的社会保障基金筹集模式。

3. 目前，我国的社会保障体系只能以"低保障、广覆盖"为基本原则

第一，我国作为一个发展中国家和人口大国，人民的生活水平普遍较低，年龄结构老化，未来社会保障负担沉重，国家所能提供的发展社会保障事业的财力有限，在确定社会保障的内容、项目、标准时，一定要本着与经济发展相适应的原则，从国家、集体、个人所能负担的财力、物力出发，在扩大社会保障覆盖范围的同时，支付起点应相对低一些。

第二，现代社会保障制度具有刚性特征，要求注意保障水平，即保障项目只能增、不能减，待遇往往只能升高、不能降低。社会保障制度的刚性决定了社会保障是循序渐进过程，社会保障水平的高低绝不能凭主观随意性确定，只能从经济状况出发，按现实的可能性予以确定。

第三，我国社会保障制度的发展应与社会经济发展相适应，社会保障水平要适度。过分追求社会保障水平，必然会带来不堪重负的后果，要吸取国外社会保障的经验教训，避免重蹈覆辙。一些西方国家由于保障水平太高，政府的财政压力加大，以致出现严重的社会问题。因此，我国社会保障体系的建设要从经济发展水平及各方面的承受能力出发，确定合理的社会保障标准、费用负担标准和待遇标准，合理、适度的社会保障水平能保障公民基本生活需要，又能使国家、组织的负担适度，对社会稳定和经济发展有利。

本 章 小 结

　　人力资源保护是人力资源管理的重要外部环境。本章从人力资源保护的基本内容出发，介绍了劳动保护、社会保护的概念，对人力资源持续发展的促进作用；接着对劳动保护、社会保护的具体内容进行了具体的分析，并探讨了我国社会保障体系的历史及建设有中国特色的社会保障体系应着重解决的问题。

　　劳动保护是保护劳动者的生命安全和身体健康，是对享受劳动权利的主体切身利益最直接的保护。具体内容分为三部分：劳动安全保护、劳动时间保护、劳动环境保护；劳动保护管理包括组织安全管理。我国对劳动者的劳动保护具体实施是通过工会、职工代表大会和劳动合同来进行的，同时介绍了国外劳动保护的新趋势。

　　社会保护具体内容分为制度保护、法律保护、环境保护。社会保障体系是通过国民收入分配和再分配，由国家立法强制规定的保障社会成员的基本生活权利、提高生活水平、实现社会公平的进步的制度，其内容包括社会保险、社会福利、社会救助、社会优待抚恤制度。我国社会保障体系大致历经了创建、调整与发展、停滞与改革创新阶段，建设中国特色社会保障体系必须处理好几个问题。

➤ 本章思考题

　　1. 劳动保护所涉及的内容有哪些？

　　2. 劳动法的基本内容有哪些？

　　3. 简述我国社会保障体系的演变过程。

　　4. 我国建设社会保障体系应注意哪些问题？

➤ 本章参考文献

1. 加里·德斯勒：《人力资源管理》，第 6 版，中国人民大学出版社，1999 年

2. 〔美〕罗伯特·马希斯、约翰·杰克逊：《人力资源管理》，第 9 版，赵曙明译，电子工业出版社，2003 年

3. 何娟：《人力资源管理》，天津大学出版社，2002 年

4. 张德等：《人力资源管理》，中国发展出版社，2003 年

5. 孙健敏：《组织与人力资源管理》，华夏出版社，2002 年

6. 戚艳萍、程水香、金燕华：《现代人力资源管理》，浙江大学出版社，2002 年

7. 郑功成：《社会保障学》，商务印书馆，2000 年

8. 林嘉：《社会保障法的理念、实践与创新》，中国人民大学出版社，2002 年

9. 宋晓梧：《中国社会保障体制改革与发展报告》，中国人民大学出版社，2001 年

10. 余卫明：《社会保障法学》，中国方正出版社，2002 年

11. 郑功成：《社会保障概论》，复旦大学出版社，2007 年

第十三章

e 化人力资源管理的发展

引导案例

e-HR 的"总裁桌面"①

2008 年 12 月初的一天，在某通信行业领军企业总部的大楼里，新的一天刚刚开始。

人力资源总监张总打开电脑，习惯性地首先登陆了用友 e-HR "总裁桌面"系统。他赫然发现，系统提示公司的人工成本发放进度明显过快……

张总看到，"总裁桌面"系统的指标盘上显示，虽然目前仅是 12 月初，但公司的人工成本已接近全年预算总额，很有可能出现发放 12 月工资时超出年度总预算的情况。

张总不由得心头一紧，皱起了眉头，"金融危机带来的影响已开始冲击中国的多个行业，我们也在未雨绸缪，三个多月前就在要求各分公司注意控制人力成本、过紧日子，怎么还会出现这种情况?!"他决定进一步查找原因，马上打开了系统中的人工成本分布图。很快，一张五颜六色的中国行政区域地图便展现在他的面前。在这张图上，各省分公司的人工成本现状都用不同的预警颜色显示了出来，颜色越深表示人工成本总额超标的可能性越大。

他将鼠标放在 A 省的地理位置上轻轻一点击，系统便直接穿透进入了该公司的人工成本分析界面，其所有的人工成本分析图便立即跃至眼前。

通过 A 省的数据分析图，张总很清楚地看到了该省截至目前的人工成本构成情况、人工成本人员类别分布情况、本年度各人工成本类别累计发放情况、人工成本按月发放趋势等。

---

① 用友 eHR 事业部：《人工成本超标 eHR 总裁桌面支招》，http://www.ufida.com.cn/subject/2009jryy/04/article/ztwz_05.asp? s=2，2009 年 8 月 21 日。

　　从图中，张总发现，A公司11月的工资总额、福利费用、劳动保险费用等均出现明显的上扬，这和其他图中显示的人工成本逐月发放趋势一致。接着，借助"总裁桌面"系统，他又继续结合A公司的利润总额与人工成本总额进行了对比分析。结果显示，A公司的利润总额发展态势平稳，而人工成本总额却呈现持续上升的趋势，说明人均单产不升反降。他再点击"人员变化趋势"按钮，一张A公司"人员变化趋势图"立即呈现出来。从图中，张总看到，A公司这几个月的人员减少量呈下降趋势，新增人员数量却持续上升，人员"只进不出"态势明显。

　　为了进一步摸清问题的关键，张总又点击了"关键岗位人员变化情况图"。图中进一步展示了A公司在技术研发、销售、管理等职位序列上的关键岗位人员变动情况，其管理岗位人员的增幅明显大于其他职位序列的。

　　随后，他又查询了其他几个人工成本总额呈"红色预警"的分公司数据。

　　各家的情况极为类似，都是近期人员只进不出，管理人员增幅过大，导致人工成本攀升，而人均单产却均有不同程度的下降。

　　这时，张总明显感觉到了问题的严重性，必须尽快制订方案扭转这一状况，否则即使年底完成销售目标，恐怕也很难在人均利润率上有好的表现。

　　"幸好总裁桌面让我及时发现了问题！"他略一沉吟，拨通了总经理的电话……

讨论题：

　　1. 为什么传统人力资源管理模式很难规避风险？

　　2. 人力资源管理信息化为HR工作提供了哪些便利？

　　3. 人力资源管理信息化可以在哪些方面提高管理水平？

　　随着以计算机技术、通信技术、网络技术为代表的信息技术（IT）的飞速发展，组织信息化建设得到了进一步的深化和完善，以企业资源计划（ERP）、客户关系管理（CRM）、供应链管理（SCM）、人力资源管理系统（HRMS）为代表的组织管理信息化逐步展现。人力资源管理信息化模式的逐渐确立，尤其是e-HR这种全新模式的应用正改变着传统的管理方式，转变了人力资源管理的职能，符合其作为组织战略伙伴的角色定位，对提高组织人力资源管理决策水平，实现管理的规范化、系统化、科学化和人性化，最终提高组织的竞争力有着极其重要的积极意义。

▌第一节　e化的人力资源管理概述

一、e化的人力资源管理

　　e化的人力资源管理，指所有基于IT手段（包括计算机技术、通信技术、网络技术）对人力资源各个领域提供支持的管理。其中人力资源管理系统（human resource management system，HRMS），又称人力资源管理信息系统，是现今用的较为普遍的系统软件。而随着网络技术，尤其是互联网技术的发展应用和电子商务理念与实践的发展，出现了新的模式——e化的人力资源管理系统，即e-HR。它是基于互联网的综合性的人力资源管理系统，是一种包含"电子商务"、"互联网"、"人力资源业务流程优化（BPR）"、"以客户为导向"、"全面人力资源管理"等核心思想在内的新型人力资源管理模式，利用各种IT手段和技术，如互联网、呼叫中心、考勤机、多媒体、各种终端设备等。它必须包括一些核心的人力资源管理业务功能，如招聘、薪酬管理、培训（或者说在线学习）、绩效管理等。其使用者，除了一般的人力资源管理人员外，普通员工、直线经理及最高领导层都将与e-HR的基础平台发生相应权限的互动关系。总体来讲，e-HR是一种全新的人力资源管理模式，它代表了人力资源管理的未来发展方向。

e-HR的"e"体现在以下三个方面：①人力资源信息管理的e化，即基于互联网的人力资源管理流程化与自动化。"e"把有关人力资源的分散信息集中化并进行分析，优化人力资源管理的流程，实现人力资源管理全面自动化，与组织内部的其他系统进行匹配。②人力资源对外业务的e化，即实现人力资源管理的B2B（business to business）。组织的人力管理者能够有效利用外界的资源，并与之进行交易，如在线招聘网站、薪酬咨询公司、福利设计公司、劳动事务代理公司、培训公司等HR服务提供商，甚至还包括有关政府劳动人事部门。③对内服务的e化，即实现人力资源管理的B2C（business to consumer，这里的"consumer"是指"employee"，于是演变成"B2E"）。让员工和部门经理参与组织的人力资源管理，体现HR部门视员工为内部顾客的思想，建立员工自助服务平台，开辟全新的沟通渠道，充分达到互动和人文管理。

二、人力资源管理系统的作用

人力资源管理系统对于组织的发展有着多方面的作用，主要表现在以下方面。

（一）提高工作效率

1. 提高HR部门工作的效率

在人力资源管理的业务流程中涉及诸如员工考勤、薪酬计算、绩效考评等大量事务性工作，HRMS的应用可以大大降低这类工作占用人力资源管理人员时间的比例。尤其是e-HR的实施，使得组织所有员工参与人力资源管理，经理自助、员工自助的应用使人事数据的更新更加迅速，使得HR经理能抽出更多时间考虑对组织人力资源战略更有价值的问题。

单就简单的数据维护工作，人力资源经理超过50%的日常劳动就可以节省下来。在SAP的经典HR案例中，爱立信在1998年春天上线运行SAP R/3人力资源管理系统模块之前，针对内部人力经理的调查结果显示，HR经理们60%的精力被用在处理各种行政事务——管理档案、填写表格上，仅有30%的精力用来为员工和管理人员提供咨询服务，10%的精力用在为公司战略提供人力支持。具体如图13-1所示。

2. 提高信息利用的效率

（1）信息传递的及时性。e-HR通过互联网络使人力资源管理的触角成功地延伸到了每一位员工的身边，使人力资源的信息传递畅通及时有效。传统的人力资源管理是层次推进的，人力资源政策与信息要从总部一级级传递、贯彻到基层，速度比较慢，而且，信息容易变形和衰减，往往会导致贯彻中的走样变形或是难以实现。

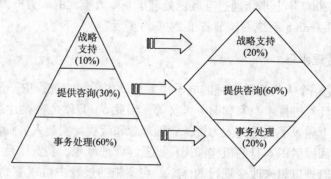

图 13-1　e 化后人力资源管理职

而 e-HR 的实施，使高层的有关信息和资料可以直接传递给基层员工，利于管理和政策的贯彻实施。

（2）信息管理的集中性。原来组织中有关人力资源方面的信息一般采用纸质材料或自编程序、FoxBase、Excel、Word 等工具来进行汇总，如计算员工的工资、员工的养老金信息、合同信息、个人信息等。这些信息分散在不同格式的文件中，致使信息的采集、整理和更新产生许多重复的工作，而要使所有的信息得到及时的更新从而保持相容的状态则几乎是不可能的，当要从不同的信息中查阅相关信息时，工作量是可想而知的。采用人力资源管理系统，就可以用集中的数据库将与人力资源管理相关的信息全面、有机地联系起来，有效减少了信息更新和查找中的重复劳动，保证了信息的相容性，从而大大提高了工作效率，还能使原来不可能提供的分析报告成为可能。

（3）信息检索的方便性。原来组织管理人员要统计数字时，往往依赖于人力资源部门的相关人员，由他们从不同的计算机文件、打印件或档案柜中查找相关的信息，再汇总后提交。这种依赖于人的过程往往会因为花费的时间较长或某个人不在办公室而不能及时完成。采用人力资源管理系统，就会将依赖于人的过程改为依赖于计算机系统的过程。组织管理人员只要获取了相应的权限，就可以随时进入系统，直接查阅相应的信息，如加班情况、接受的培训记录、考勤记录等；而且第一手的资料较为全面、详细，对于高层管理者来说，可以随时检索相关信息，发现不公平的现象，借助于其透明度规避组织管理中的潜在风险。

（二）降低组织运行成本

e-HR 可以通过减少 HR 工作的操作成本、减少行政性人力资源人员、减少通信费用等达到降低企业运作成本的目的。首先，e-HR 能实现办公无纸化，在办公用品等开支方面的减少是显而易见的。其次，e-HR 可以成功地通过系统和网络来完成一些原本需要大量人手来做的行政性工作，减少了行政性管理人员的费用开支。最后，对于一些网络及分支机构分布较广的组织，e-HR 通过网络实现人力资源管理，可以大大减少通信费用。统计数字表明，在美国，公司实施人力资源管理信息系统，平均每位员工投入的成本是 35 美元，但在第一年就可以收到可观的回报，员工的电话询问也减少了

75％。戴尔公司 2000 年上半年通过互联网处理了 300 万美元的人力资源管理操作业务，思科公司通过 e-learning 系统一年节省了 2400 万美元。

（三）提高管理水平

e-HR 不只是一个人力资源管理的电子化工具，在开发的过程中一般都包括了人力资源管理专家、计算机技术专家和财务人员等。因此，e-HR 是在设计过程中将先进的计算机技术基础上融入了先进的人力资源管理理念和流程。实施人力资源管理系统的过程本身也包含着回顾组织本身的机构和岗位设置、管理流程、薪资体系等，并根据软件中所蕴含的先进管理思想来改变现行的体系。在实施的过程中可以看到这样一种现象：管理水平相对完善的组织，实施工作往往会比管理水平相对较低的组织容易，而管理水平较低的组织在实施过程中也会迅速地暴露出本组织在人力资源管理中存在的问题。同时，实施过程也是一个反思先行制度、重组、改进和提高管理水平的契机。

1. 有利于改善管理流程

国内很多人力资源管理人员并非专业出身，没有系统地掌握人力资源管理的日常内容和业务流程。而 e-HR 则将管理技术和信息技术、现代人力资源管理思想和本地组织文化相结合，构建了基于标准化的人力资源业务流程的工作平台，一定程度上对不同管理人员的个人习惯进行了规划，提供了专业的信息化、职业化、个性化的管理流程，提高了管理质量。

2. 有利于量化管理数据

组织管理者经常需要诸如准确的员工人数、平均工资、培训费用、成本、利润等数据用于其管理决策，而这些数据时常出现变化，一套完整的 e-HR 可以及时进行数据更新、汇总和统计，并给出精确的数据。

3. 有利于体现公平原则

人力资源管理系统提供了一个公平环境，组织通过 e-HR 在一定程度上提供了公平的环境。在 e-HR 中，组织的制度要求都可以实现共享，可以让员工了解。并且，体现公平原则不仅在于选拔出合适的人才，而且它还给予员工一种暗示：个人在本组织的前途不在于是否善于在领导面前表现，而是在于个人的努力程度，从而达到激励员工的目的。体现公平性原则不应只是一句口号，它需要组织在制度上予以保证和必要的系统工具支持。人力资源管理系统就是一种非常有效的辅助工具。

4. 有利于提升决策水平

一套合理而完善的 e-HR 软件还可以提升决策水平。由于数据库完整地记录了组织所有员工的人事、考勤、考核、培训、薪资、福利等各方面信息，这些经过整合的、较为全面、准确、一致并且相容的信息可以让组织高层管理者对本组织人力资源的现状有一个比较全面和准确的认识，同时，系统可以快捷、方便地获得各种统计分析结果，为组织的战略目标的实现提供人力资源要素的决策支持。

（四）提供个性化服务，提高员工满意度

e-HR 中不仅融入了现代人力资源管理的理念，而且通过系统所提供的模块和功

能，提供了很多个性化的服务。

　　系统提供的劳动人事法律模块，不仅使组织的高层管理者、HR 部门的管理人员，也可以使员工了解组织的现状和国家的相关法律、法规，由此直接学到不少相关的知识。通过其查询浏览系统更有针对性地学习和了解相关知识，可以使组织或个人获得有关劳动关系方面的资讯，并被提醒适当时间处理相关事宜，如个人所得税、社会福利、加班工资计算、合同管理、使用管理等事宜。

　　e-HR 的提醒功能可以在员工个人重要的日子到来前，由系统自动跳出提示，提醒人力资源部门的同事在诸如员工生日时，给过生日的员工发一张贺卡，道一声"生日快乐"，在员工为本组织服务满 10 年时发一封感谢信等，这样的管理既严肃又充满人情味，可以使员工感觉到组织作为一个大家庭的温暖。

　　伴随着个性化服务的实施，人力资源部门会有很大的工作量，有些公司就因为工作量的问题而搁浅。e-HR 的员工自助服务功能可以作为人力资源部为员工提供个性化服务的有力工具，员工可以直接进入 e-HR 系统中，根据个人的特点和爱好来申请和选择自己的福利计划以及休假、培训报名及个人信息的更新等，从而有效地改进人力资源部门提供服务的质量，提高员工对组织的认同感，提高员工的满意度。

■第二节　人力资源管理系统的历史发展

一、人力资源管理信息化实践的发展历程

　　人力资源管理系统的起步和发展经历了四个阶段：

　　（1）第一代的人力资源管理系统产生于 20 世纪 60 年代末期。当时计算机技术已经进入实用阶段，一些组织开始运用计算机技术来解决手工计算和发放薪资时出现的费时费力又易出差错的矛盾。但由于技术条件和需求的限制，这时的系统仅仅是一种自动计算薪资的工具，既不包含非财务的信息，也不包含薪资的历史信息，几乎没有报表生成功能和薪资数据分析功能。

　　（2）第二代的人力资源管理系统出现于 20 世纪 70 年代末 80 年代初。随着计算机技术的飞速发展及应用的普及，基于 DOS 的单机版软件开始应用。它对非财务的人力资源信息和薪资的历史信息都给予了考虑，其报表生成和薪资数据分析功能也都有了较大的改善。但由于进行系统研发的计算机专业人员未能系统考虑人力资源的需求和理念，其非财务的人力资源信息也不够系统和全面。

　　（3）第三代人力资源管理系统出现于 20 世纪 80 年代末 90 年代初。随着信息技术的发展和组织对信息化要求的普遍提高，很多组织已经不再满足于单一的、孤立的人力资源信息化状态，尤其是对于具有广泛地域分布的集团化组织，人们开始关注网络技术，基于 Intranet 技术的网络版的人力资源管理系统应运而生。这时的人力资源管理系统还只是简单的信息处理工具，只能被称为人力资源信息系统，也就是 HRIS（HR information system），着重于对人力资源信息的采集、维护等功能，主要表现在系统中的模块大多是人事信息管理、考勤、薪资计算、福利管理等，还没有上升到对业务的全面

管理和提升。此时的系统面向组织 HR 部门的业务管理系统，用户对象主要为组织的人力资源管理者。

（4）第四代人力资源管理系统出现于 20 世纪 90 年代的后期。随着组织管理思想的逐步成熟，人们开始从如何提升人力资源管理价值入手，考虑如何改善组织内部的人力资源管理状况，进一步对这些数据进行挖掘，依靠各类模型和工具，提供优化的管理流程、智能的分析、战略的决策参考。此外随着计算机的进一步普及，数据库技术、网络技术，尤其是 Internet 技术的应用和发展，为这种管理思想的变革奠定了技术基础，由此逐渐形成了 e-HR 这种新的人力资源管理系统模式。此时的系统中增加了诸如招聘甄选、培训开发、绩效管理的模块。它所提供的强大功能，使人力资源管理全员化，将人力资源部门的管理人员从繁重的日程事务中摆脱，从而集中精力进行从组织的战略来进行人力资源的规划管理。

新的人力资源管理系统服务方式——人力资源 ASP（application service provider，应用程序服务提供商）服务出现了。从本质上来讲，它是 e-HR 的一种形式。它是通过互联网给组织提供租赁式人力资源应用软件来进行服务的。通过这些软件，组织只需支付少量成本就可以进行人力资源信息管理，并获得 ASP 专业人士的外部支援。ASP 方式，不需要额外设备投资，不需要维护人员，不要大笔的预算，员工可以尽情享用许多自助式的服务，可以随时随地进行管理，没有系统兼容性的问题，没有系统升级带来的烦恼。ASP 是一种集众多社会资源和知识为一体，为各类组织和机构服务的形态。我国 e-HR 的 ASP 服务已经开始。中华英才网、无忧工作网等国内领先的人才网站已经向自己的客户推出不同层次的会员制招聘管理系统的 ASP 服务；万古科技公司与 IBM 公司联合推出了中国第一款 ASP 方式的 HRMS "常青 ASP" 问世，是面向中小组织的完全基于 Internet 的人力资源解决方案，该系统是组织中员工自助和人力资源部门日常管理的工具。

二、人力资源管理信息化实践的发展现状

1. 国际人力资源管理信息化的现状

随着互联网技术的出现和网络应用的不断深化，组织内外部信息流变得更快捷、通畅，互联网络的应用使传统封闭的信息变得日益开放，使员工有了更为便捷的参与人力资源管理的可能，从而大幅提高了员工的满意度和人力资源管理的效率。有资料显示，美国的人力资源管理人员（包含薪酬、招聘、培训等）的比率由 1∶125 变到 1∶225（该比率代表每个人力资源管理人员能够有效管理员工的数量）；在亚太地区，人力资源管理人员比率由 1∶81 提高到 1∶130。所以，国际上特别是欧美的大中型企业，人力资源信息化的程度较高，软件设计也比较适合各类组织的需要，为组织的人力资源管理作出了重要的贡献。

2. 我国人力资源管理信息化的现状

目前我国人力资源信息化的发展还比较缓慢，主要集中在大多数大型企业或者国有企业中，并且这些信息化系统还未得到充分的应用，人力资源信息化的作用没有得到充分的发挥，同欧美国家相比，我国人力资源管理信息化仍处于初级阶段，有调查发现，中国企业与欧美企业在 e-HR 的发展比较中差距达 5～10 年。

三、国内人力资源管理信息化产品服务的现状

人力资源管理信息化的实现依托于产品服务的提供，目前国内提供人力资源管理信息化产品服务的分类如下。

(一) 人力资源管理整体解决方案

所谓人力资源管理整体解决方案，是用于组织人力资源管理的全功能的整体性软件系统，其包括各个主要功能模块，如人事信息管理、招聘管理、培训管理、绩效管理、薪酬管理、劳动关系管理等。

目前很多 e-HR 软件供应商所提供的就是该类软件系统，这类软件供应商可以初步划分为四类，分别是外资产品多元化公司、外资专业人力资源软件公司、内资产品多元化公司、内资专业人力资源软件公司[①]。

1. 外资产品多元化公司

(1) SAP 公司。SAP 公司成立于 1972 年，总部位于德国沃尔多夫市，是全球最大的企业管理和协同化商务解决方案供应商、全球第三大独立软件供应商，在中国推广的产品以 ERP 为主，人力资源管理信息化解决方案只是其中的一部分，其系统为 my SAPHR。

(2) Oracle 公司。Oracle 公司是全球第二大管理软件及服务供应商，是全球第二大独立软件供应商。Oracle 成立于 1977 年，总部位于美国加利福尼亚州，1989 年 Oracle 公司正式进入中国市场，成为第一家进入中国的世界软件巨头。2005 年 Oracle 公司兼并 PeopleSoft（当时是全球最大的人力资源管理系统提供商），同时其自身也有人力资源管理信息系统 HCM（人力资本管理系统）。

(3) Kronos 公司。Kronos 公司成立于 1977 年，总部位于美国马萨诸塞州，2007 年在中国设立办事处，是全球劳动力管理解决方案的著名提供商。其主要针对国内高端市场，提供成熟的商品化软件，同时，其 ERP 等产品的广泛应用，使人力资源管理系统也得到了国内一些高端用户的认可。

2. 外资专业人力资源软件公司

(1) 施特伟公司。施特伟公司在中国的公司成立于 1987 年，地点是香港。从 1989 年起，施特伟开发了人力资源管理及工资计算系统，成为施特伟的主要产品。其产品有 iHRplus 等。

(2) Geniustek 智科。Geniustek 智科公司是获得加拿大软件和服务提供商 Geniustek 在中国内地、香港地区业务授权的分支机构，分别在北京、上海、天津、深圳、郑州建立了分公司和办事处，提供专业的人力资源管理信息系统解决方案。

3. 内资产品多元化公司

(1) 用友公司。用友公司成立于 1988 年，以提供企业管理信息系统为主体业务。用友 e-HR 软件已经连续三年保持市场占有率第一。

---

① 洪玫：《人力资源信息化管理》，中国发展出版社，2006 年，第 35 页。

（2）金蝶公司。金蝶公司成立于 1993 年，以面向中国企业的管理信息系统为主体业务。其产品名为金蝶 k/3 HR。

（3）东软公司。东软公司成立于 1991 年，面向软件与服务、医疗系统、IT 教育与培训三个业务群组。其产品东软慧鼎（TalentBase）人力资源管理系统是东软和翰威特咨询公司强强联手，共同开发的面向中国大、中型企业人力资源管理信息化建设需求的产品。

4. 内资专业人力资源软件公司

（1）上海嘉扬。上海嘉扬信息系统有限公司 1995 年进入 HRM 领域，其产品名称为 Kayang Power HR2000。

（2）北京万古。万古科技成立于 1998 年，公司成立伊始便专注于企业人力资源管理信息化研究以及相关产品的研发。其产品名为 HRsoft2000。

（二）人力资源管理功能类专业系统

所谓人力资源管理功能类专业系统，指的是提供单一功能的人力资源管理服务功能的软件系统，是组织用以解决人力资源管理流程中的一个具体业务的软件系统，包括诸如在线招聘系统、人才测评系统、e-Learning 系统、劳动合同管理系统、考勤系统等。

（1）在线招聘系统。提供网上人才招聘的功能，实现的是招聘组织和应聘者的互动。从在线招聘系统的实现方式来分，一般有两种类型：一是组织在自己的网站上发布信息进行在线招聘，诸如采购一些公司开发的一些商用招聘软件装载在自己的公司网站上；二是组织购买招聘网站的在线招聘系统来实现在线招聘功能。目前一些大型的招聘类网站均提供该类在线招聘服务，如智联招聘、中华英才网、中国人才在线、51JOB 等。

（2）人才测评系统。提供对应聘者或其他人员素质评估的功能，一般是一种在线的心理测评类的软件。目前，人才测评软件的应用形式有两大类：一类是在线测评服务模式；另一类是组织自主实施。目前，提供该类服务的有中智之通、诺姆四达、北森等。从提供的测评内容来看，一般有基于量表的心理测验系统，如人格测验、兴趣测验、能力测验、情商测验等经典量表，还有基于职位类的，如管理人员测评量表、销售人员测评量表、客户服务人员测评量表等。前者更加全面，可以灵活组合，但对于 HR 要求较高；后者更加具有针对性，结果容易使用，但不够全面灵活。

■第三节　人力资源管理系统的组成和结构

一、人力资源管理系统的组成

组织完整的人力资源管理活动涵盖了人力资源规划、人才招聘、薪酬福利管理、绩效管理、员工培训与发展管理等各个方面。对应于人力资源管理活动全生命周期涉及的管理职能，人力资源管理系统也包含了众多的功能模块：人力资源规划（以组织规划与岗位管理为主，是整个人力资源管理系统的基础）、人员招聘、员工信息管理、考勤休假管理、薪酬管理、绩效管理、培训管理、网上自助服务等模块。用友 e-HR 功能结构如图 13-2 所示。

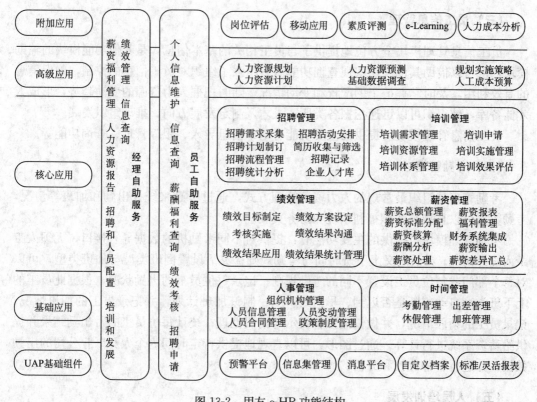

图 13-2　用友 e-HR 功能结构

(一) 人力资源规划

通过人力资源规划模块可以处理和分析各种信息，生成各种统计报告，以支持决策者制订人力资源管理战略发展计划。

它提供了人力资源的供需预测、人力资源计划等功能。所用的规划模型、计算工具大大简化了规划中的事务性工作，提高了实现速度和精度。

人力资源规划模块可提供的主要功能有：人力资源预测功能；人力资源计划功能；其他人员配置规划、培训规划、招聘规划、人员调整规划、薪酬规划、骨干人才培养规划、人才储备规划、人力资源预算规划等功能。

(二) 人员招聘管理

通过招聘管理模块，可以使整个招聘工作从职位空缺、员工需求申请、依据职位说明书、发布招聘计划、接收和处理简历、面试到产生录取信件等的过程更加方便和容易。网络招聘手续简单，加快了反馈、处理和录用的速度，提高了招聘的效率。

招聘管理模块可提供的主要功能有：招聘计划制订；招聘预算管理；招聘信息发布功能；应聘人员管理功能；面试、考核和决策功能；录用管理功能等。

（三）员工信息管理

员工信息管理模块全方位地提供了与员工相关的基本信息，是其他功能模块的辅助模块，也可以借助其他模块实现查询功能。它增强了组织对员工信息的控制，确保信息的有效利用，及时掌握员工的配置和变动情况，随时把握人力资源的变动趋势，形成人才储备库，使组织可以迅速挖掘各类所需人才，制定发展方向，推动组织发展。

员工信息管理模块可提供的主要功能有基本信息导入、跟踪管理、查询功能等。

（四）考勤管理

考勤管理是组织最常规的人力资源管理方式，通过考勤来统计出勤和加班等情况，考勤数据可以直接与薪酬福利系统和财务关联。

考勤管理模块可提供的主要功能有：提供对不同考勤机的数据导入接口，无须人工录入统计情况；灵活定义上下班时间与考勤规则；灵活设置倒班类型与加班类型；可以对每个部门或每位员工设置不同的考勤规则；记录每位员工的出勤状况，根据此员工的上下班类型自动判断是否迟到、早退或旷工；制订加班计划，并记录员工的加班情况；记录员工的请假情况，并做销假预警提示与销假处理；统计每位员工的月出勤结果并提供给薪资系统进行计算；通过图形，可以直观地提供特定时间内个人/部门/公司的出勤数据，并进行各种比较和分析。

（五）人员培训发展

培训开发是人力资源开发的重要途径，是员工和组织发展的重要手段。人员培训发展模块极大地提高了培训管理和职业开发的效率和效果；同时，由于人力资源知识的"保质期"已经从以往的 4 年降到现在的 18 个月，在线学习的应用提供的实时、全时的特点日益显著。

人员培训发展模块可提供的主要功能有：培训管理，包括需求分析、课程管理、组织管理等；在线学习，即 e-Learning；职业规划及接任计划等。

（六）薪酬福利

薪酬福利模块用于计算和管理组织薪酬福利的全过程，也是最早应用的人力资源管理电子化手段。其可以借助计算机的强大计算功能，实现薪酬福利的大量繁杂的计算任务，同时可以和财务系统关联。

薪酬福利模块可提供的主要功能有：根据组织的薪酬福利政策定义和管理多样化的薪酬需求；个人所得税的自动计算、社会保险等代扣代缴项目；与考勤模块链接，自动计算由于年假、事假、病假等带薪假期以及迟到、早退、旷工等形成的对薪酬福利的扣减。

（七）绩效管理

绩效管理模块作为一个战略系统，运用非常多的管理工具，如 KPI、OPM、

EVA、BSC 等，对组织、团队、岗位、个人等进行绩效管理战略和业务基本信息等的处理。

绩效管理模块可提供的主要功能有：绩效流程管理；绩效考评管理；绩效结果分析等。可按岗位设置不同的评估规则（可区分定性与定量），每一评估规则可适用于多个岗位，每个岗位每年可以多次考评。

（八）自助管理

自助管理模块是 e-HR 的特色模块，充分运用了 Internet/Intranet 技术，包括自助服务模块和在线沟通模块。

自助管理模块可提供的主要功能有以下方面。

1. 自助服务

自助服务包括经理自助服务和员工自助服务。

经理自助服务一般可包括总经理自助服务和直线经理自助服务。各级经理可不通过 HR 部门的帮助，自助式地在线获取企业人力资源的状态信息和决策辅助信息，在授权范围内在线查看所有下属员工的信息及与其相关的人力资源信息；同时，提供参与 HR 管理活动的工作平台，可在授权范围内在线更改员工考勤信息，向人力资源部提交招聘、培训计划，对员工的转正、培训、请假、休假、离职等流程进行审批，并能在线对员工进行绩效管理等。

员工自助服务：员工经过授权，可采用 Web 浏览器在任何地方进行实时访问人力资源信息或参与到人力资源管理流程中，无须安装客户端软件；方便地查看、录入和更新诸如地址、亲属、紧急联系人、税务和银行数据的信息，允许员工在线查看企业规章制度、组织结构、重要人员信息、内部招聘信息、个人当月薪资及薪资历史情况、个人福利累计情况、个人考勤休假情况等；员工可利用系统平台，与 HR 部门进行电子方式的信息传递，如提交个人培训需求、提交休假申请，管理出差事宜，进行个人绩效管理等。

2. 在线沟通模块

网络使得员工沟通更为直接、广泛、有效。通过沟通模块建立 BBS 论坛、聊天室、建议区、公告栏以及公司各管理部门的邮箱等，这样员工的想法有了表达的地方，公司领导可以随时了解基层员工的各种心声、了解员工对企业的各种建议等。这样，部门内、外员工的沟通次数与效率无疑提高不少。

除此以外，还有合同管理、休假管理、离职管理、政策制度管理、报表管理、系统管理等功能模块。

二、人力资源管理系统的结构层次

人力资源管理系统从功能结构上看可以分为三个层次系统。

（一）作业层

作业层，也称为事务层。它是对组织人力资源管理中日常规律性和重复性信息进行记录、处理的系统，并可以形成辅助更高层次管理决策的数据。它所涉及的描述过去活动的数据，具有重复性、描述性、可预测性和客观性等特点，一般来自于组织内部，是详细的、高结构化的准确信息。手动处理这些工作单调、乏味，并容易出错，而且效率低下，通过系统实现可以克服这些弱点，尤其员工通过互联网的自助方式应用可以直接进行相关信息的导入，大大减轻了人力资源部门的日常事务的工作量。

这一层的应用包括员工的个人信息、组织结构、职位设置、考勤休假、薪酬管理、管理制度、国家法规等方面，它是整个人力资源管理系统正常运作的基础和辅助决策的依据。

（二）战术层

战术层，也称为管理层。它是为管理者定期提供总结报告、异动报告、专题报告以及帮助其控制职责范围和实现组织目标分配的资源信息来支持管理决策的系统。随着直线管理者自助方式的应用，直线部门信息的传递速度大大提高了，与人力资源部门的沟通更加方便和高效。

这一层的应用包括工作分析和设计、招聘、培训、人员配置和接班人计划等。

（三）战略层

战略层，也称为决策层，是建立在人力资源作业层数据与战术层数据组成的人力资源数据库基础之上的，通过对数据的统计和分析，使组织高层从整体上把握人力资源情况，支持组织目标和方向定位的系统。

这一层包括了人力资源规划、高级人才甄选、绩效管理、组织发展等方面的战略性决策，如图 13-3 所示。

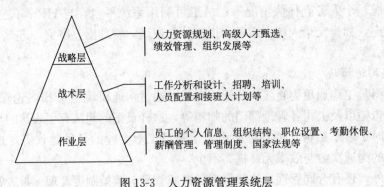

图 13-3　人力资源管理系统层

第四节　人力资源管理系统的实施与维护

人力资源管理系统的成功实施是一项系统工程，而不仅仅是技术的问题，这就需要一个完整的项目管理方案和流程，如图 13-4 所示。

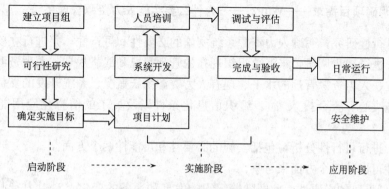

图 13-4　人力资源管理系统实施

一、项目启动阶段

在项目实施启动阶段的要进行项目初步调研工作，从而明确六个方面的问题，我们用 5W1H 来表示。

（一）建立项目团队——Who？——谁来负责人力资源管理系统的实施

当决定实施人力资源管理系统后，首先必须确定项目经理，并授权他在项目立项之后组建一个精悍的项目实施小组。有效的项目实施小组是成功实施人力资源管理系统的一个基本要素。

1. 确定项目经理

项目经理是一个项目的灵魂，对保证该项目按照既定的目标建设起着至关重要的作用。一个成功的 HRMS 实施项目经理应具备人力资源管理者的丰富经验、领导者的才能、沟通者的技巧、推动者的激情，表现在：第一，对人力资源管理有全面了解。第二，要有一定的财务知识，这不仅是定期向总部汇报的需要，而且应随时找出潜在的利润及潜在的风险，同时要想方设法将风险转变成利润。第三，应对按合同完成项目有信心，并在实际工作中做到言行一致，及时与项目中各专业人员等进行沟通、交流，协调好各方关系。

2. 组成项目小组

项目经理在成立项目小组时要确保小组成员具有代表性，能代表组织所有重要的、相关的部门，小组应包括组织的高层管理层（可以批准费用，参与合同谈判，支持项目组和提供高层协助）、重要管理人员、人力资源专业人员、计算机专业人员和系统用户等，也可引入一家第三方专业 HRMS 咨询商一起参与，它可以比较专业的提供个性化服务，确保小组成员实施项目的时间，明确每个小组成员的工作职责。项目实施小组将主要负责整个项目的组织协调、进度控制，评估人力资源信息系统使用者的需求，对系统进行调试和人员培训等。项目实施小组也将是组织运行和维护人力资源管理系统的主要骨干和技术支持。

（二）明确项目需求——Why？——为什么要实施人力资源管理系统

通过可行性研究，明确人力资源系统实施的必要性和可行性，并进行立项。

首先，进行初步调研，来汇总组织现在的管理状况和战略规划、人力资源管理在组织中的地位、人力资源管理的水平、现有人力资源系统概况、系统开发的支持力度（决策层的实施决心、资金投入等）、组织信息化条件以及员工的信息化应用能力等基本情况。

其次，进行可行性分析，包括实施的必要性和可能性两个方面。

必要性可以从三个方面来考察。

（1）"显见"的必要性。此即随着组织的发展和业务的变化，对人力资源数据的处理量和处理精度要求的提高，处理技术要求的改变，手工操作或原有系统功能无法满足要求，则显然需要通过新系统的实施来解决。

（2）"预见"的必要性。组织的不断发展和技术的进步，预见未来信息处理手段的必然更新，为不至于到时候被动更新，不如提前主动实施，防患于未然，这也可提高组织的竞争力。

（3）"隐见"的必要性。有些系统明显影响社会效益和经济效益，但这些影响不是能直接看得到、摸得着的，这种情况下也应放弃原先低效的甚至隐含很多浪费的操作流程或系统，实施新的人力资源管理系统。

可能性可以从三个方面来考察。

（1）经济的可能性。对实施新系统的投入产出进行分析，估算预期投入的资金可以实现一个什么档次的系统及系统能否顺利地按照规划实施并达到预期的目标。

（2）技术的可能性。从技术条件和技术力量分析新系统实施的可能性以及运行维护的能力。

（3）操作的可能性。新系统运行后在组织内部实现的可能性，即组织内部全体员工对新系统的接受和使用能力能否确保系统功能的实现。

当通过可行性研究认可具体实施条件后，便可以进行项目立项授权，开展下一阶段工作。

（三）确定项目内容——What？——要什么样的人力资源管理系统

这要求根据组织现有人力资源管理的特点和需求，结合预算，确定新系统包含的功能。

一方面，通过初步调查分析明确两方面的问题。第一，对整体系统的规划有一个明确的目标，指导最终系统实施的范围和应用的层面。这样组织就可以根据自身的规模和需求选择用什么类型的系统，是最基本的人事信息管理软件，还是行政型全面的人力资源系统，或是一套战略型的系统。第二，明确系统应用的重点和步骤。因为企业是处于不断发展中的，系统的应用也要跟上企业的变革，能一步到位最好，但通常会很难实现，所以，只有明确发展方向后才能根据 HR 业务的需要进行"全面规划，分步实施"。不能盲目地贪大求全，追求时髦，要尽可能做到量体裁衣。只有对自己进行准确定位，才能寻找到合适的解决方案。

另一方面，进行系统实施的资金预算。拟定预算首先要了解组织愿意在此项目上花多少费用，然后结合有经验的供应商的比较成熟与规范的报价体系来制定预算。HRMS 预算一般包括三个方面：软件系统费用、实施费用及相应的运行环境建设费用。

（四）选择项目时机——When？——什么时机实施人力资源管理系统和实施周期

这包括两方面的含义。一方面是实施新系统的时机。这里有几个重要的方面可以作为考察的依据：①高层领导对人力资源管理以及管理系统重视的时期。②外部媒体对人力资源管理系统广泛宣传的时期。③其他组织由于新系统运行获得显著效果的时期。④组织管理发生变革时期等。另一方面是项目实施的总体时间表，这样比较容易控制实施流程，可以降低实施无限期拖延带来的风险。

（五）落实项目范围——Where？——何处实施人力资源管理系统

根据组织自身行业、规模、发展阶段等因素，确定是全面实施还是渐进式分步实施；渐进式实施中哪个部门先实施，然后哪些部门跟进实施；先实施哪些功能模块，其他功能模块按什么样的顺序进行实施等。这样可以最大限度地降低实施风险。

（六）明确开发模式——How？——怎样实施人力资源管理系统

实施人力资源管理系统必须要明确开发模式。

可以根据本组织具体情况确定人力资源管理系统的开发模式。现在 HRMS 项目实施模式一般会用 IT 外包模式，即引入专业的 HRMS 供应商，也有自行开发，目前还出现了一种新的模式，称为 ASP 服务。

对于拥有 IT 部门的组织而言，很多时候会考虑自行开发。然而，HRMS 项目本身除了技术本身的因素外，还包含了很多 HR 管理的理念、流程，致使自行开发面临着诸多问题，所以，自行开发可能会导致一方面影响了 HR 部门的工作，另一方面实际投入的成本比外包还要高，而实施的系统生命周期又短，一般而言不宜单独采用。

人力资源管理 ASP 服务模式，为组织提供的是在线使用方式的人力资源管理系统，服务形式通过软件租用或租赁形式来实施。具体的操作过程是组织将人力资源管理活动的有关数据信息等传递给 ASP，由 ASP 通过软件处理后，传递给企业使用，由 ASP 负担软件和硬件的购买、安装、构造、维护。组织只需每月交付租金，即可通过 Internet 进行自己的人力资源管理。不足之处在于现有的 ASP 服务存在缺乏个性化、安全性问题、系统功能也不尽完整等问题。

二、项目实施阶段

（一）实施计划阶段

实施目标的确定给出了系统实施的方向，具体的系统实施需要有具体的计划指导，这包括以下几个步骤。

1. 项目详细调研

对组织进行人力资源管理及其他相关业务调查和需求访谈，据此制定系统定义备忘录，明确用户现状、需求和系统实施的详细范围。

2. 制定项目计划

在调研基础上制定项目总计划，并将其分解，形成若干个详细的项目计划。例如，时间计划：在确定详细项目范围、定义递交工作成果和明确预计的主要风险的基础上，根据系统实施的总体计划，编制详细的实施时间安排；人力资源计划：确定实施过程中的人员安排，对参与实施的关键人员，需要对其日常工作作出安排，以确保对实施项目的时间投入。

3. 编写系统需求建议书（RFP）

RFP 是为确保人力资源管理系统供应商理解项目需求并在此基础上提供项目建议书而编写的需求规范。其包含两大方面：一是业务需求方面，通过前期详细的调研来确定具体的组织概况和人力资源现状、项目建设目标、需求和功能、实施范围、支持员工人数、支持用户数量等；二是技术需求方面，需要指明与其他系统的整合方式、IT 的实施环境，并列出技术需求，诸如进行系统产品类型的确认和系统体系结构的确认，同时，要规划系统使用者的使用和访问权限问题，以及系统本身和信息的安全加密问题。这些是系统安全维护的重要方式。

人力资源管理系统一般有三种产品类型，包括产品化系统、平台化系统和客户化系统，如表 13-1 所示。

表 13-1   人力资源管理系统三种产品类型比较

项目	产品化系统	平台化系统	客户化系统
特点	相对的功能和业务流程都已经定义完成，一般无法改动	系统是半成品，是一套平台式应用系统，开放二次开发工具	系统完全可以按照需求来定制，量身定做，可以完全满足能实现的需求
优点	能够满足客户通用的、主要的人事需求，价格较便宜，实施周期短，维护费用便宜。这种系统的性价比较高	既能满足个性化需求，又提供系统升级空间，极大地延长了使用寿命，降低了维护费用，性价比很高	完全满足客户需求，使用寿命较长
缺点	无法满足客户个性化的需求，相对于发展很快的组织，使用寿命不长	客户需求和能力往往决定了产品性能的发挥水平。此外，初始界面不如产品系统漂亮	客户明确需求和项目实施人员的技术经验上稍有偏差就影响使用和稳定性，危险系数大
实施特点	无须特别要求，可以直接使用	是"系统＋服务"的系统，供应商和客户在一起利用这套系统平台来完成这套系统	客户能非常明确需求；供应商要有既熟悉 HR 业务，又熟悉系统开发，且具丰富开发经验的专家
适用对象	人事业务简单通用、变化小、成熟性的组织	发展中的、业务变化中的组织	规模很大、个性独特、其他系统无法实现的组织

人力资源管理系统体系结构就目前而言，采用了三种构架来实现：一种是基于局域网的"C/S"（客户机/服务器）架构；一种是基于互联网的"B/S"（浏览器/服务器）架构；一种是"C/S＋B/S"架构。e-HR 系统主要是后两种构架，"C/S＋B/S"架构

中，在主要的人力资源日常业务处理上，采用"C/S"架构，而对员工自助服务则使用B/S方式，还有一种则是完全的基于互联网络的"B/S"模式，如表13-2所示。

表 13-2　"B/S"架构与"C/S"架构比较

项目	"B/S"架构	"C/S"架构
实施周期	短	长
开发成本	低	高
实施成本	低	高
信息交流	交互性强	交互性弱
使用范围	广	窄
维护工作量	小	大
培训要求	低	高
操作	简单	复杂
客户端软件	无须安装	需要安装
系统拓展性和整合能力	强	弱
升级维护	方便	不方便
网络环境	广域网	局域网
安全性	较低	较高

4. 系统选型

系统选型，即对系统供应商及其产品的选择。一般的流程包括以下环节。

首先，对系统供应商进行初选。一般通过三种途径进行基本信息的调查：实施过相关人力资源系统的组织推荐、互联网搜索，以及借助第三方专业 HRMS 咨询商。前文所提到的 e-HR 系统供应商有着不同的特点和倾向，在进行初选时要明确自身的需求。这时要注意的是应根据系统规划作出合理预算，不宜在进行初选时涉及价格因素，以避免"过度招标"。

其次，对认为比较符合要求的供应商提供系统需求建议书，并要求他们按照统一的规格在一定期限内回复项目建议书。

再次，对相关供应商的项目建议书进行评估，并有针对性地安排供应商的系统演示，之后再对演示进行评估，并根据自身系统功能需求向供应商进行反馈，要求其调整方案。根据需要，这个评估演示可以反复几次，最后留下 3～4 家。期间，可以私下联系几家相关供应商的典型客户，多角度地了解该供应商及其系统开发和运行情况，作为选型的依据之一。这一阶段要注意的是在进行评估中，要依据原来的目标和功能需求作为依据，而不要被供应商演示中或介绍中的强大功能所左右。这里的评估标准有两个方面：一个是在 RFP 阶段的评估标准；另一个是供应商提供的演示实例。在此基础上可以对 RFP 进行必要的调整，对一些技术无法实现的功能予以取消，而有些在价格等因素许可下可以增加。

最后，依据系统实施的目标功能等需求，结合供应商调整后的方案，留下两家通过谈判，包括价格、培训、实施、后期技术支持、维护升级等，确定最终系统的供应商，并签约授权。

由于管理系统对安全性和稳定性的要求很高,这也决定了客户与开发商之间特殊的关系,他们之间不只是简单的买卖关系,而更多的是合作与交流,以实现最终的双赢。所以,在具体选择时需要综合考虑多个因素,如供应商的实力,其经营情况、市场声誉、开发实力、服务能力,系统的功能、技术特征和先进性,项目报价等。

(二) 系统开发阶段

在选型之后,就要与之结合进行系统的开发改造,以便实现组织所期望的系统功能和目标。

1. 需求分析与开发流程设计阶段

这个阶段往往会占据整个项目实施周期一半以上的时间,对组织来讲,这是一个难得的整理与完善人力资源管理运作体系的过程,有利于将以往离散的工作规范化、系统化。对供应商来讲,事先将客户的需求理顺,对整个项目的顺利实施也起着决定性的作用。因此,用户与供应商都应认真对待这一阶段的工作,在原有调研的基础上在组织内部进行深入的调查,结合技术实现的可能,分析业务需求,最终制订整个系统开发流程设计的计划。

2. 系统开发与客户化改造阶段

供应商将会根据开发流程设计计划进行系统开发和定制化改造。这期间,用户应与供应商之间保持频繁的沟通。供应商通过项目进度汇报的方式,以项目进度报告的形式定期向实施项目的所有人员通报进展情况、已经开展的工作和需要进一步解决的问题。用户通过阶段性评估,确认供应商在开发和改造过程中系统功能是否达到预期的目标、操作界面是否符合要求等,这样可以避免用户需求在定制化过程中走样。

3. 系统培训阶段

系统培训包括三个不同的层次:①观念上的培训。首先是要转变人们特别是中高层领导的思维方式和行为方式,要让他们重视人力资源管理系统,了解系统的功能和系统的运行方式,学会并习惯于通过系统来进行科学的管理,从而主动积极地反思现行的体系,探讨改进组织管理的方案。②管理上的培训。对组织人力资源管理人员进行系统应用和简单维护的培训。③操作上的培训。对组织中所有有机会接触系统的员工进行系统操作方法的培训。这种培训必须以授权访问系统权限的高低来加以区别。

(三) 系统调试阶段

(1) 系统安装。在需要的系统功能模块完成之后,在一定的硬件和网络条件下,进行系统安装调试。

(2) 数据导入。用户在供应商的帮助下进行系统初始化与数据转换工作,使组织基础数据与员工基础数据在尽可能短的时间内迁移到系统中来。

(3) 系统设置。根据管理需要,结合系统功能进行灵活设置,使系统能更好地配合组织的业务。系统设置的过程是管理咨询工作结果的体现,是管理规范化和资料规范化的体现。应该在系统厂商/管理咨询公司的帮助下,在外部专家的指导下,由组织内熟悉业务和计算机应用的骨干人员完成。

（4）系统试运行。新系统开始试验性运行时，要注意新系统的工作结果是否正确，运行是否可靠稳定，并在试运行过程中逐步完善系统功能。

（四）系统评估阶段

项目评估及更新阶段的核心是项目监控，利用项目管理工具和技术来衡量和更新项目任务。项目评估及更新贯穿于项目的整个实施阶段中。好的 HRMS 应该是一套高效率、多功能及易学易用的解决方案，可据以下一些特征评判其功能：

（1）完整性与集成性。它全面涵盖人力资源管理的所有业务功能，是用户日常工作的信息化管理平台，对员工数据的输入工作只需进行一次，其他模块即可共享，既可作为一个完整的系统使用，也可将模块拆分单独使用，在必要时还能扩展集成。

（2）易用性。采用导航器界面，友好简洁，直观体现 HR 管理者的主要工作内容，且能引导用户按照优化的 HR 管理流程进行操作，基本没有弹出式对话框，一个界面就能显示所有相关信息，并操作所有功能，信息集成度高。

（3）网络功能与自助服务。支持集团型组织用户，提供异地、多级、分层的数据管理功能，日常管理不受物理位置限制，可在任何联网计算机上经身份验证后进行操作，为非 HR 部门人员提供基于 Web 的组织内部网络应用，员工在允许权限内可在线查看组织及个人信息。

（4）开放性。提供功能强大的数据接口，轻松实现各种数据的导入、导出及与外部系统的无缝连接，可方便引入各类 Office 文档，并存储到数据库中，规范、安全，同时支持所有主流关系型数据库管理系统及各种类型的文档处理系统。

（5）灵活性。可根据用户需求进行客户化功能改造及更改界面数据项显示的强大查询功能，可灵活设置任意条件进行组合查询，支持中英文（或其他语种）实时动态切换。

（6）智能化。系统的自动邮件功能可直接批量通过 E-mail 发送信息给相关人员，极大地降低管理人员的行政事务工作强度，系统设置了提醒功能，以便用户定时操作，使得 HR 管理者变被动为主动，有效提高员工对 HR 部门工作的满意度。

（7）强大的报表/图形输出功能。提供强大的报表制作与管理工具，用户可直接设计各种所需报表，提供了灵活报表生成器，可快速完成各种条件报表的设计，快速形成 HR 工作报告。

（8）系统安全。对关键数据进行加密存储，即使系统管理员也无法直接读取数据，设定用户对系统不同模块的不同级别操作权限建立日志文件，跟踪记录用户对系统每一次操作的详细情况，建立数据定期备份机制，并提供数据灾难恢复功能。

（五）系统完成阶段

此时工作接近尾声，已取得了项目实施成果。这一阶段的工作有：

（1）项目总结。对项目实施过程和实施成果做出回顾和总结，总结在实施过程中的经验和教训，并编制总结报告。

（2）实施文档。对实施过程进行全面文档记录和管理，这里应该包含项目计划书、实施方案、实施报告、系统开发的相关资料、操作手册和使用说明书等。

（3）验收移交。结合项目最初对系统的期望和目标，对项目实施成果进行验收，并最终正式移交给组织。

三、项目应用阶段

（一）日常运行

一个人力资源管理系统的成功验收不应被看做是组织人力资源管理系统实施的结束，实际上这往往只是一个开始，进入正常使用阶段，随着组织管理人员对 HR 软件理解的逐步深入，组织的管理业务流程也可以随着应用的深化而持续优化。人力资源管理系统的全面运行，也会将在开发中使原来可能没有注意的一些隐性问题体现出来，这就需要联系供应商进行必要的更新和维护。

另外，新系统在运行后无疑会迫使一部分员工改变已经熟悉了的工作方法和习惯，也许使一部分人的利益受到影响，他们需要学习包括计算机知识在内的新知识、新方法、新程序。在系统的实施过程中，很多企业有关人员素质较低、工作责任心不强，加上某些管理人员的随意指挥，会造成系统的实施和运行事倍功半。所以，除加强培训外，有必要建立科学的项目管理程序，做到有章可循，减少和杜绝各种特例，才能为人力资源管理系统的实施和正常运行提供有效的保证。

（二）安全维护

人力资源管理系统所涉及的信息是组织中最重要的人力资源信息，涉及组织的整体利益和员工个人的切身利益。这些信息均处在网络中，因此系统中数据的安全保障问题也尤为重要。

系统数据安全的主要威胁有两种类型：数据缺失和数据失窃。一般而言，来自以下两个方面：

（1）管理方面，如权限设置不当造成的资料外泄、操作人员的误操作造成的数据丢失或报表出错影响决策等；

（2）技术方面，如系统程序本身的漏洞造成的不安全、系统或数据库所在的软硬件故障造成的信息毁灭、计算机黑客或商业对手窃取资料、计算机病毒等。通过权威调查发现，系统遭受威胁的可能性来自外面约占 20％，内部约占 80％，内部作案比外部作案发生的可能性要高。由此可见，关于数据安全不仅是技术层面的问题，更是管理的问题。

由此，在进行数据安全的控制方面，可以通过以下几种手段实现：

（1）管理方面，制定相关的安全管理制度以要求员工实施正确的操作规程和进行定期的数据备份，规划完善的权限管理以界定使用者的阅读和修改权利等。

（2）技术方面，如数据加密，在系统设计之初，包括用户录入以及网上数据都进行加密和压缩，对进入到数据库里面的信息、安全性要求高的数据，它会以代码方式保存，而这些代码，黑客即使拿到了也没有用；系统日志，记载系统登陆、浏览和修改信息；恢复中心，可以实现数据的恢复和备份功能,如进行"双机热备",即录入一个数据,在另一个或多个地方多个服务器上进行数据储备;其他还有防火墙、杀毒软件等控制手段。

在激烈的市场竞争条件下,越来越多的人力资源管理信息如果依然采用传统的方式进行处理,必然会加重组织的运作负担。e化的人力资源管理,借助于先进的IT技术,改变了人力资源管理的信息处理模式,提高了整体的管理水平,降低了管理成本,加速了管理信息的传递效率,为组织核心竞争力的形成奠定了坚实的基础。

e-HR的实施效果,决定了其实施目标的实现程度。采用项目管理的方式是提高实施成功率的基本保障。一个成功的e-HR,涉及组织内部和外部的各个方面,只有协调好这些关系,运用好相关资源,结合本组织的实际情况,借助先进的管理和技术,选择、实施和应用最合适的解决方案,才能收到最大的效果。

就我国现在的e-HR应用而言还处在起步阶段,但其发展前景广阔。实施和应用适合本组织的e化的人力资源管理系统必将推动人力资源管理水平的提高,最终促进组织的发展。

本 章 小 结

随着信息技术的不断发展,人力资源管理信息化的价值越来越明显地体现在组织发展中,包括战略决策、管理流程、核心竞争力等方面。e化已成为辅助人力资源管理实现战略转型的重要支持手段。然而,信息化是一把双刃剑,如何有效地理解和实施人力资源管理信息化对于管理目标的实现意义重大。本章通过介绍人力资源管理信息系统的定义、历史发展及其对组织的价值,从理念上梳理了对e化人力资源管理的认识,并介绍了人力资源管理系统的基本功能,在业务上梳理了相关职能的e化支持模式和内容,还介绍了人力资源管理系统实施中涉及的流程、思路和注意点,从信息化项目的启动阶段、项目的实施阶段和项目的应用维护阶段等进行分析,从而为顺利推进人力资源管理信息系统的建设和运行提供了基本的保障。

➤本章思考题

1. 信息技术给人力资源管理带来了哪些变化?

2. e化的人力资源管理的作用有哪些?

3. e-HR的自助管理对组织各级人员有何不同的功能?

4. 如何成功实施人力资源管理的e化?

➤本章参考文献

1. 〔美〕雷蒙德·A.诺伊等:《人力资源管理:赢得竞争优势》,第5版,中国人民大学出版社,2005年

2. 〔美〕罗伯特·斯库塞斯等:《管理信息系统》,东北财经大学出版社,2001年

3. 邬锦雯:《人力资源管理信息化》,清华大学出版社,2006年

4. 洪玫:《人力资源信息化管理》,中国发展出版社,2006年

5. 〔英〕戴维·查菲等:《用信息系统改进绩效》,中国人民大学出版社,2008年

第十四章

劳动关系和劳动争议

引导案例

公司解除与陈某的劳动合同合法吗？

陈某通过应聘，被某信息技术有限公司录用。双方订立的劳动合同约定，劳动合同的期限为五年，公司将在劳动合同每履行满一年的情况下，根据陈某的工作能力和工作表现，以及公司经营的需要，决定是否与陈某继续履行劳动合同。如果公司同意继续履行劳动合同的，无须再行订立；如果公司不同意继续履行劳动合同的，该劳动合同即告终止。

该劳动合同履行至第二个年度届满时，该公司通知陈某，称因陈某的工作能力不能适应公司的要求，决定不再继续履行劳动合同，并为陈某出具了终止劳动合同的证明。陈某不接受，遂向劳动争议仲裁委员会提出了仲裁申请。

陈某认为，双方订立的是五年期限的劳动合同，该劳动合同只履行了两年，期限尚未满，该公司无权终止合同，而应继续履行劳动合同。该公司认为，双方在劳动合同中虽然约定了五年的期限，但同时也约定该劳动合同每履行满一年，公司有权决定是否继续履行劳动合同；如公司无意继续履行的，该劳动合同终止。这表明，双方订立的实际上是一个预约五年期限、每满一年订立一次的一年期限的劳动合同，因此，公司单方解除与陈某的劳动合同当属合法。

讨论题：

1. 本案件属于哪种类型的劳动争议案件？

2. 公司解除与陈某的劳动合同是否合法？为什么？

3. 根据《劳动合同法》，本劳动争议该如何处理？

劳动关系是企业中一种重要的经济关系，反映的是用人单位和劳动者之间的一种利益关系，劳动力市场越发达，劳动关系问题越重要。在西方资本主义经济发展中，劳资关系的矛盾使对劳动关系的研究比较深入而全面，尤其是劳动关系的立法、政策和经验，以及调整劳动关系的基本制度和一般规律方面。而在我国计划经济时代，企业用人与劳动者就业均由国家计划调控，劳动关系被掩盖在生产资料全民所有的社会主义计划体制下。随着工业化、城镇化和经济结构调整进程的加快，用人单位制度改革的不断深化，其形式和劳动关系日趋多样化，劳动者合法权益受到侵害的现象也时有发生，影响了劳动关系的和谐稳定。劳动关系是重要而基本的社会关系，直接涉及广大劳动者的切身利益，劳动关系和谐是社会关系和谐的基础。因此，对劳动关系的概念、表现、冲突的成因、劳动争议的处理的了解和研究尤为必要。

■ 第一节 劳动关系概述

一、劳动关系的概念

劳动关系是指劳动者与用人单位（包括各类企业、个体工商户、事业单位等）在实现劳动过程中形成的社会经济关系的统称。从广义上讲，生活在城市和农村的任何劳动者与任何性质的用人单位之间因从事劳动而结成的社会关系都属于劳动关系的范畴。从狭义上讲，现实经济生活中的劳动关系是指依照国家劳动法律法规规范的劳动法律关系，即双方当事人是被一定的劳动法律规范所规定和确认的权利和义务联系在一起的，其权利的实现和义务的履行是由国家强制力来保障的。劳动法律关系的一方（劳动者）必须加入某一个用人单位，成为该单位的一员，并参加单位的生产劳动，遵守单位内部的劳动规则；而另一方（用人单位）则必须按照劳动者的劳动数量或质量给付其报酬，提供工作条件，并不断改进劳动者的物质文化生活。

劳动关系在不同的国家或体制下，有着不同的称谓，如劳资关系、劳工关系、劳雇关系、劳使关系、劳动者关系、产业关系等，这些概念含有明显的价值取向，不同的称谓是从不同角度对特定劳动关系的性质和特点的把握和表述。在我国，劳动关系作为一个更加通用的概念，最为宽泛，适应性最强。它基本上包括了上述概念的内涵，具有客观性和概括性的特点，也符合我国的使用习惯。

根据《中华人民共和国劳动法》的规定，目前，我国劳动关系的具体含义就是劳动者在运用劳动能力、实现劳动过程中与用人单位之间产生的经济社会关系。在社会现实中，劳动关系又不仅仅是一种经济利益关系，企业不但是员工实现其经济利益要求的场所，同时也是一种情感交流的地方，是劳动者实现自我价值的一种载体。因此，劳动关系并不是一种纯粹的经济利益关系，而是一种比其他任何一种经济关系都更多地渗透着社会、文化及政治关系的经济关系。

二、劳动关系的性质与特点

（一）劳动关系的性质

（1）劳动关系是一种劳动力与生产资料的结合关系。从劳动关系的主体上说，当事人一方固定为劳动力所有者和支出者，称为劳动者；另一方固定为生产资料所有者和劳动力使用者，称为用人单位。劳动关系的本质是强调劳动者将其所有的劳动力与用人单位的生产资料相结合。

（2）劳动关系是一种具有显著从属性的劳动组织关系。劳动关系一旦形成，劳动关系的一方（劳动者），要成为另一方（所在用人单位）的成员。所以，虽然双方的劳动关系是建立在平等自愿、协商一致的基础上的，但劳动关系建立后，双方在职责上则有了从属关系。

（3）劳动关系是人身关系。由于劳动力的存在和支出与劳动者的人身不可分离，劳动者向用人单位提供劳动力，实际上就是劳动者将其人身在一定限度内交给用人单位，因而劳动关系就其本质意义上来说是一种人身关系。

（二）劳动关系的特点

1. 个别性与集体性

就劳动关系主体而言，劳动关系可分为个别劳动关系与集体劳动关系。个别劳动关系，是个别劳动者与管理方之间的关系，其主要特点是个别劳动者在从属的地位上提供职业性的劳动，管理方则给付报酬。集体劳动关系，则是劳动者的团体如工会，为维持或提高劳动条件与管理方之间的互动关系。

2. 平等性与隶属性

以劳动换取报酬，处于从属地位，提供职业性劳动，是劳动者的主要义务，劳动者在劳动过程中有服从管理者指示的义务，从这一点来说，劳动关系具有隶属性的一面。但劳动者在签订劳动合同之前，就劳动条件与管理方协商时，并不存在从属关系，即使在劳动关系存续期间，就劳动条件的维持或提高与管理方协商时，也无服从的义务，这是劳动关系平等性的一面。

3. 对等性与非对等性

就劳动关系双方相互间应履行的义务，具有对等性与非对等性之别。所谓对等性义务，是指一方没有履行某一义务时，他方可以免除另一相对义务的履行。所谓非对等性义务，则是指一方即使没有履行某一相对义务，他方仍不能免除履行另一义务。如劳动者提供劳动与管理方支付劳动报酬之间具有对等性，但劳动者提供劳动与管理方的照顾义务，劳动者的忠实义务与用人单位的报酬给付，以及劳动者的忠实义务与用人单位的照顾义务之间则均无对等性。对等性义务属于双方利益的相互交换，而非对等性义务则属于伦理道德上的要求。

4. 经济性、法律性与社会性

劳动者通过提供劳动获取一定的报酬和福利，体现了劳动关系的经济性，在劳动关系中含有经济性要素，同时，劳动关系在法律上是通过劳动契约的形式表现的，劳动者在获取经济利益的同时，还要从工作中获得作为人所拥有的尊重、成就感、归属感和满足感，其经济要素和身份要素并存于同一法律关系之中，不过，在这些要素中，身份要素是劳动关系中的主要部分。

■第二节　劳动关系的影响因素

劳动关系的存在与发展，是其内在矛盾运动作用的结果，而这种矛盾运动又受到诸多外部因素的影响和制约。劳动关系的环境通常是指能够对劳动关系系统产生影响的各种因素。按照系统的观点，可以将劳动关系的环境划分为外部环境因素和内部环境因素。

一、影响劳动关系的外部环境因素

劳动关系的外部环境因素，是劳动关系组织的不可控制因素或者间接控制因素，是指在系统之外能够对劳动关系运行的过程和结果产生直接或间接影响的各种条件和因素，主要有经济环境、政治法律环境、社会文化环境、技术环境和企业竞争环境。

（一）经济环境

一个国家的经济，无论在总体上，还是对其各个部门，都是影响劳动关系的主要外部环境因素。所谓经济环境，一般包括宏观经济状况，如经济增长速度和失业率，也包括微观经济状况，如某一特定产品市场上用人单位所要面对的竞争程度。

经济环境能够改变劳动关系主体双方力量的对比。一方面，经济环境可能来自劳动力市场的变化，直接影响双方在劳动力市场上力量的消长；另一方面，经济环境也可能来自厂商所要面对的要素市场，要素市场的变化通过影响用人单位的生产函数和员工的消费函数来改变双方的成本收益，从而带来各种关系的力量的变化。同样，偶发的经济冲击，以及有规律的经济周期都影响就业组织内部的劳动关系调整机制。一般来说，经济处于繁荣阶段，劳动者的力量就会强些，管理方会作更多的让步；而经济处于低谷阶段，管理方让步的空间很小，劳动者的力量相对较弱，劳动者在谈判和冲突中处于不利的地位。

（二）政治法律环境

政治和法律环境是影响劳动关系系统的另一个重要的外部环境。政治和法律环境主要指总的政治形势以及立法和司法现状，包括政治制度、党派关系、法律法规以及国家产业关系政策等。

政治环境由参与决策等各派政治力量的主张（目标）和其他鼓动手段构成。政府通过各种社会和经济政策影响劳动关系运行的一般环境，包括关于就业的政策、教育和培训的政策、经济政策等。法律和制度环境是指雇佣关系双方行为的法律和其他力量的机制，这些机制规定了双方的权利义务，并具有相对的稳定性。市场经济国家在规范劳动关系、保护劳动者权益方面，制定了比较完善的法律体系，法律和制度是政府调整劳动关系的最基本形式。

（三）社会文化环境

劳动关系运行发展的另一个重要影响因素是社会文化环境因素，其可以分为微观、中观和宏观三个层次。微观社会文化环境是指劳动者具体工作场所中的社会文化环境，实际上也就是工作群体文化环境，对劳动者的价值观、态度和积极性等有很大影响。中观社会文化环境是指具体的劳动组织或企业文化环境，主要是组织文化。宏观社会文化环境是一个社会特有的社会制度、社会结构、社会习俗和社会规范，在本质上是一种社会秩序，它对劳动者的社会活动设置了制度与结构上的约束。

社会文化环境由各国、各地区甚至各工种的主流传统习惯、价值观、信仰等组成，它对劳动关系的影响主要表现在两个方面：第一，一定的劳动关系是在一定的观念、态度和价值判断等社会文化背景基础上形成的。第二，社会文化环境对劳动关系还会产生一些具体而深入的影响。这种影响是潜在的，不易察觉的，不具有强制性，但却无处不在，它通过社会舆论和媒介来产生影响，对于违反社会文化规则的个人和组织，虽然惩罚不像法律那样具有强制性，但其作用却不可低估。

(四) 技术环境

在劳动关系研究的领域中，技术环境一向被视为影响劳动关系发展的重要因素之一，随着时代的发展，现代高新技术的发展对人们工作的方式、工作场所、工作时间甚至工作内容都产生了更为深远的影响。随着信息技术的发展，越来越多的人不但可以在家办公，实行弹性更强的工作时间制度，而且更多地使用操作计算机的工作方式，工作内容也因为信息工业的兴起而出现了很多变化。因此，一方面，新的通信技术的引入，使员工工作自由度大大增加，工作压力大为减少，满意度提高，使劳动关系相对缓和；另一方面，员工不服从管理而给雇佣方造成的成本则大大上升。

(五) 企业竞争环境

不同的企业的竞争环境是不同的。有些行业竞争十分激烈，如餐饮业、服装业，有些行业存在不同程度的垄断，如海洋勘探、汽车制造。很显然，竞争环境激烈的企业，迫于竞争的压力，一方面希望尽可能地降低劳动力成本，另一方面又要使工资具有竞争力，以避免员工被同行挖走，因此，竞争环境激烈的企业，其内部的劳动关系波动较大，不太稳定。而垄断企业相对利润水平较高，员工收入较高，工作压力不大，满意度较高，企业经营状况也较稳定，因此企业内部劳动关系也相对稳定。

二、影响劳动关系的内部环境因素

劳动关系的内部环境因素，是劳动关系组织的可控制因素或者直接控制因素，是指在系统之内能够对劳动关系运行的过程和结果产生直接或间接影响的各种条件和因素，主要有企业产品性质、组织结构、企业成长阶段、企业文化和岗位特点。

(一) 企业产品性质

企业产品的性质不同，其内部的劳动关系的冲突和合作的程度也不尽相同。所谓企业产品性质是指企业产品生产的方式和工序，以及采用这些工序和方式所必需的技术和资本密集程度。一般来说，企业生产产品的技术或资本的密集程度越高，其所要求员工应掌握的知识和技能越高，这些员工的替代和培训就越不容易，同样，这些员工所在的岗位力量也越强，员工在和用人单位谈判时要求的待遇、工作环境、个人发展等的机会就越大。相反，如果企业生产产品的方式和工序是技术含量很低和劳动密集型的，其所要求员工掌握的知识和技能不高，这些员工的替代和培训也相对容易，这些员工的岗位力量也不会很强，用人单位在讨价还价中的力量要比员工强很多，其在劳动关系中的优势更大些，现实中常表现为劳动密集型行业的员工工资较低，工作环境相对较差，工作枯燥乏味，个人发展空间有限，行业流动率较高，工会化程度较高。

（二）组织结构

企业采用不同的组织结构也会有不同的劳动关系。机械式组织也称为官僚式组织，它是综合使用传统设计原则的自然产物，其特点是坚持统一指挥、窄的管理跨度、非人格化的结构、较多的规则条例、高度的劳动分工。它常常带来更高的生产率，但物极必反，在某一点上，员工的非积极性（表现为厌倦、疲劳、压力、低生产率、劣质品、常旷工和高离职流动率）会超过专业化的经济优势。有机式组织则与机械式组织形成鲜明对照，它是低复杂性、低正规化和分权化，特点是：松散、灵活、具有高度适应性；不具有高度标准化的规则条例和劳动分工；没有过多的直接监督，劳动关系结构上与前者具有差异性。

（三）企业成长阶段

每个企业都有一个从新建到成长壮大的过程。企业在刚建立时，对市场不了解，经营状况不稳定，不确定因素很多，对较长一个时期内，需要哪些劳动者、需要多少、能够提供怎样的物质待遇和劳动保障没有明确的认识。员工同样无法确定企业的前景如何，这种情况下用人单位和劳动者要建立长期的合作关系是不可能的。短期合作条件下，利益的对立容易凸显。相反，当一个企业的发展已经走上正规，业务结构、市场份额、客户对象、员工队伍都相当稳定时，劳动关系也就比较稳定和谐了。老员工对企业的管理运作比较了解，感情也较深，轻易不会跳槽；管理方对员工的辛勤、岗位要求有较深了解，对自己应该提供和能够提供怎样的劳动报酬和劳动条件也很有把握。而当企业进入衰退期时，业务萎缩或调整，此时的劳动关系会变得相对复杂，裁员、岗位调整、就业安置，都会涉及员工的根本利益，因此，劳资冲突会时有发生。

（四）企业文化

有些企业团队精神较强，遇到问题善于借用组织的力量（工会、妇联、职工代表大会），习惯于集体与用人单位方谈判，有利于问题的解决，但对用人单位方容易形成压力。有些企业的员工习惯于单干，由于个人势单力薄，员工在利益遭到侵犯时，只能忍气吞声，但不排斥秋后算账，当怨恨积累到一定到程度，会导致劳资问题的严重化。具有民主管理传统的企业，劳资双方的沟通较好，误会较少，对许多问题容易达成共识，有纠纷也能解决在萌芽阶段。相反，老板意识强的企业，老板习惯于发号施令，员工习惯于逆来顺受，劳资双方沟通了解较少，容易产生矛盾。

(五) 岗位特点

有些工作岗位，如机械操作工，通过一定的观察和研究，岗位工作量的大小、工作的难易程度、责任的大小、技术要求和风险的高低、绩效考核的标准很容易确定，因而劳资双方对劳动报酬的标准容易达成共识，不易产生纠纷。相反，有些岗位的工作，其工作难易程度、责任大小、绩效考核的标准很难确定，如管理人员，此时劳资双方对劳动报酬的水平很难达成共识，容易产生纠纷。

第三节 劳资冲突的内涵及原因分析

一、劳资冲突的内涵及类型

(一) 劳资冲突的内涵

所谓劳资冲突，是指劳资矛盾激化和公开化，劳动关系双方以某种特定的方式——集体争议和集体行动的方式，来表达自己的诉求和争取自己的权益的社会行为。劳动关系是一种人和人的关系，其实质是劳动和资本的结合。利润最大化是资本的直接追求，工资最大化则是劳动的直接追求，劳动关系的矛盾和冲突即由此而来。劳资双方各自作为一种独立的权利主体和社会行动主体，劳资关系的和谐和稳定的条件，是通过一种有效的劳资关系协调机制，使劳资双方的利益关系能够达到一种平衡。如果劳资关系的力量或利益对比失衡，便会出现劳资冲突，就其实质而言，劳资冲突是一种社会经济利益的冲突。

(二) 劳资冲突的类型

劳资冲突可以分为个别冲突与集体冲突，两者相比，影响社会安全的冲突主要是集体冲突。如果作为社会公正代表的政府在调节劳动关系时失去公正而明显代表资方，那么，劳动者与政府的冲突，在实质上成为劳资冲突的一种特殊表现形式。

劳资冲突的表现形式一般为集体行动。所谓集体行动又称为产业行动，是指劳资关系双方为在劳动关系中实现自己的主张和要求，依法采用罢工或闭厂等阻碍企业正常运营的对抗的行为。依据劳资对等的原则，集体行动权，在一般的法律意义上，是劳资双方共有的权利，但在劳动法中，通常是劳动者一方的权利。劳动者一方的集体争议行为包括罢工、集体怠工、占领工厂、设置纠察线等。但构成劳动者集体争议行为最基本的手段是罢工，以罢工为主要内容的劳资冲突，主要出现在企业或产业的范围内。

劳资冲突并不局限于以上内容，当引发劳资冲突的原因超出企业或产业的层面而涉及整个社会，劳资冲突便会扩大至一个地区甚至国家的范围，出现地区性或全国性的工潮。所谓工潮，是指一定的区域内并延续一定时日的连续不断的劳动者为实现一定的经济或其他社会要求而出现的集体行动，这种集体行动包括请愿、集会、游行、示威、怠工、罢工等。这种集体行动往往演变为社会抗议和社会行动，抗议的对象也往往由用人单位扩大至政府。当工潮超出企业或产业的层级而形成了地区性或全国性的局面时，则表明劳资冲突的性质开始发生转变，即由经济矛盾转化为社会矛盾，劳资冲突所涉及的已经不只是劳资之间的问题，而且涉及劳动者与政府和国家之间的问题。在这种情况下，如果不加以重点关注并予以妥善处理，便有可能引发社会动乱。

二、劳资冲突产生的原因

在市场经济条件下，资本居于社会经济关系中的主导和核心地位，而劳动居于从属和被动地位，所以，劳资冲突的产生，一般都是由劳动者一方的利益或权利被侵害或其合理要求未能实现而致。造成劳资冲突的直接原因，一般是劳动条件和劳动标准的争议，即由劳动者的劳动权益被侵害或劳动待遇过低或得不到改善而造成的。但在有些情况下，也会因国家劳动政策的不完善或失误而引发劳资冲突。

（一）分配制度的不公平

目前世界经济主要是市场经济，私营经济在多数国家经济中占有绝对优势地位。马克思指出，资本主义市场经济存在着资产阶级和无产阶级的分化。前者拥有并控制着生产工具，而后者则一无所有，只能靠出卖劳动力谋生。这种阶级地位的差别，决定了现代资本主义社会的主要特征是大多数劳动力市场的参与者都在为他人工作。劳动者为了保住工作，可能会认同工作安排，并尽力工作。但是，在其他条件不变的情况下，劳动者缺乏努力工作的客观理由，因为生产的资料、过程、结果、收益在法律上都不归他们所有，而是归其他人所有。这也就是用人单位和劳动者之间在劳动合同履行过程中出现这样那样的冲突和争议的深层次原因。

（二）客观的利益差异

市场经济是竞争经济，其更深层次的原则是企业必须实现利润最大化目标。这一目标有利于激励企业提高效率和不断创新，也就是说，效率提高和创新的实现是企业实现利润最大化的重要手段。然而追求利润最大化，并非只有效率和创新这两种手段，现实中，用人单位常常采用压低工资、减少福利、超负荷使用劳动力等方法来降低企业运营成本，并借以实现利润最大化。对利润的追求意味着用人单位和劳动者之间的利益存在着根本的冲突。在其他条件不变的情况下，用人单位的利益在于给付劳动者报酬的最小化，以及从劳动者那里获得收益的最大化。同时，在其他条件不变的情况下，劳动者的利益在于，工资福利的最大化，以及在保住工作的前提下尽量少工作。毋庸置疑，用人单位与劳动者之间的利益是直接冲突的，如果静止地看，他们之间存在零和博弈，冲突就在于利益的分配比重。

（三）雇佣关系的性质

管理方的权力在就业组织中是以一种等级分层的形式逐级递减的，原因在于管理方总是假设下级劳动者掌握知识的多寡和分析知识的能力也是逐级递减的，因此，员工没有必要掌握太多本企业的信息，也没有必要参与企业的决策。管理方的权力来源于所有者的产权，在没有法律特别规定的情况下，员工无权选举组织中直接的管理者或更高职位的人，而且，管理者也无须对下属负责。虽然劳动者拥有退出、罢工的力量，并能够同管理方协商有关管理规则，但由于劳动者难以真正行使参与管理的权利，所以劳动者关系力量的作用在很大程度上是负面的。在多数情况下，他们对抗管理权力的方法只有退出、罢工、投诉等形式。

（四）劳动合同的性质

如果用人单位和劳动者个人之间签有详细的劳动合同，在合同中又明确规定了劳动者应当完成的工作任务、工作的质量和数量、工作的责任和范围，以及相应的报酬，那么，前三种冲突的根源就会降到次要地位。只有在任何一方没有履行合同时，冲突才会出现，需要重新协商变更或订立合同。但实际上，由于工作内容要求很难界定明晰，工作产出有时难以测量，而且，劳资双方对劳动关系的理解也可能出现偏差，此外，企业总在不同程度上存在不确定性，企业发展战略、业务结构和规模等都要不时调整，相应地，员工的工作岗位、工作要求、工作条件和劳动报酬也要有所变化。然而，劳动合同不可能订得非常详细、周全、面面俱到，不产生任何歧义，而且可以考虑到任何变化因素的发生。这样，一旦双方的权利义务需要调整，就会发生冲突。

（五）心理契约的不履行

在大多数企业中，单个劳动者和用人单位之间存在着一种"心理契约"。这种契约是劳动者和用人单位双方出于各自的权利和义务而制订的一种非正式协议。它不仅包括工资和员工福利的支付，而且包括双方对劳动者和用人单位的工作绩效、用人单位提供的工作条件、工作保障、晋升机会、工作分配以及其他因素的预期。虽然这种契约并非以书面形式订立，因而没有法律效力，但是它仍然真实存在并很重要。如果一方认为另一方实质上违反了这个契约（心理学称之为认识的不一致），就会产生失望、挫折、忧伤甚至是愤怒、怨恨、辛酸、愤慨、义愤等，并进而引发各种各样的冲突，尤其是在强势管理方单方面导入新的管理规则，变更、破坏心理契约时，这种冲突就更为明显。目前许多用人单位已经认识到了心理契约的重要性，并对它的内容和实施给予了关注，努力使劳动者对工作的期望与自己作为用人单位对工作的期望相一致。

（六）力量对比的不平衡

劳资双方力量对比不平衡主要体现在两个方面：一是劳资双方的社会地位不同。广大基层劳动者文化层次较低，社会地位不高，是社会的弱势群体，对社会政策制定的影响力很小。二是劳资双方在企业中的地位不同。非公有制企业拥有生产资料所有权和企业经营管理权，虽然一些用人单位建立了党支部、工会、职工代表大会等组织，但对企业的经营管理影响甚小。此外，大部分非公有制企业实行家族制管理，许多重要岗位由企业主的亲友担任，一般劳动者在企业中处于弱势地位。

（七）法律意识浅薄及劳动立法和执法的不健全

现实中，劳资双方均存在法律意识浅薄的现象。一方面，有的用人单位忽视法律法规的规定，制定一些违反国家劳动法律、法规、政策的管理制度，并付诸实施；有的用人单位在订立劳动合同时条款显失公平，导致劳动争议的发生。另一方面，一些劳动者守法意识差，不认真履行合同，擅自离职违约"跳槽"。有的劳动者缺乏长期就业的准备，抱着临时就业和流动就业的思想，劳动纪律观念差，在其权益受侵犯时，不能有效地运用法律手段保护自己的合法权益，个别人甚至采取过激的行为，引发治安刑事案件。同时，随着劳动关系性质的变化和劳动争议案件的增多，劳动争议处理法制化，已经成为健全市场经济法制体系的要求。但在我国，劳动法制仍在逐步完善之中，劳动立法的法律体系不健全和某些部门或地方政策对法律的干扰，都直接影响着劳动法律执法的公正性和严肃性，从而进一步加剧劳资冲突。

■ 第四节 劳动争议及其解决

一、劳动争议概述

（一）劳动争议概述

劳资双方是矛盾的对立统一体，既要互相依赖，又有利益冲突，发生争议不可避免。劳动争议如果得不到很好的协商和解决，对企业来说，会影响管理和生产效率；对社会来说，则影响安全稳定。大规模的劳动争议会导致社会瘫痪，浪费大量的社会财富，极大地破坏生产力。因此，各国均很重视劳动争议处理制度。

劳动争议，又称劳动纠纷，是指以劳动关系双方当事人因实现劳动权利和履行劳动义务而发生的纠纷。在我国，具体指劳动者与用人单位之间，在劳动法调整范围内，因使用国家法律、法规和订立、履行、变更、终止和解除劳动合同以及其他与劳动关系直接相联系的问题而引起的纠纷。劳动争议的当事人是指劳动争议当事人双方（包括自然人、法人和具有经营权的用人单位），即劳动法律关系中权利的享有者和义务的承担者。

目前我国处理劳动争议案件适用的法律法规主要有《中华人民共和国劳动法》、《中华人民共和国劳动合同法》、《中华人民共和国就业促进法》、《中华人民共和国劳动争议调解仲裁法》以及与其相配套的规章和其他规范性文件等，处理劳动争议的机构为企业劳动争议调解委员会、地方劳动争议仲裁委员会和地方人民法院。

（二）劳动争议的种类

按照劳动争议的主体划分，劳动争议可分为个别劳动争议、集体劳动争议、团体劳动争议。个别劳动争议是指劳动者个人与其所在的用人单位发生的劳动争议。集体劳动争议是指劳动者在 3 人以上，并有共同理由的劳动争议。团体劳动争议是指以工会组织为一方，代表职工与企业事业单位因签订和执行集体合同而发生的争议。

按照劳动争议处理的性质，劳动争议可以划分为权利争议、利益争议。权利争议，是指对现行法律、法规、集体合同、劳动合同所规定的权利，在实施或解释上所发生的争议。利益争议，是指在集体协商时双方为订立、续订或变更集体合同条款而产生的争议。

按照争议的内容的不同，劳动争议可以划分为劳动关系争议、劳动条件争议。劳动关系争议涉及劳动关系的存在与消灭，表现为因劳动合同订立、变更、解除、终止与续订而发生的争议，也包括因事实劳动关系认定引起的争议。劳动条件争议，涉及法定劳动条件的履行，如按时足额支付工资，提供劳动安全卫生设施等。

按照当事人国籍的不同，劳动争议可以分为国内劳动争议与涉外劳动争议。国内劳动争议是指本国的用人单位与具有本国国籍的劳动者之间发生的劳动争议；涉外劳动争议是指当事人一方或双方（劳动者或用人单位）具有外国国籍或无国籍的劳动争议，其中包括我国在国（境）外设立的机构与我国派往该机构工作的人员之间发生的劳动争议、外商投资企业的用人单位与劳动者之间发生的劳动争议。

（三）劳动争议的特点

劳动争议是劳动者与用人单位之间的利益矛盾、利益争端或纠纷。与一般的民事纠纷或民事争议相比，它具有以下几方面的明显特点。

1. 有特定的争议内容

只有发生在劳动领域，涉及劳动关系的建立与存续以及关于劳动关系当事人的权利和义务的争议行为才是劳动争议。凡是在企业劳动权利和劳动义务范围之外的争议，都不属于企业劳动争议，如企业因财务问题、营销问题以及员工的股份分红问题而发生的争议就不属于企业劳动争议。

2. 有特定的争议当事人

劳动争议的当事人只能是劳动关系的双方主体，即一方是用人单位及其代表，另一方是劳动者及其代表。只要也只有劳动者及其代表与用人单位及其代表之间通过集体合同或劳动合同建立了劳动关系，他们才有可能成为劳动争议的双方当事人。只有发生在劳动关系双方主体之间的争议，才是劳动争议。

3. 有特定的争议手段

争议手段是指争议双方当事人坚持自己主张和要求的外在表达方式。劳动争议的手段不仅包括劳动者的怠工、联合抵制罢工等方式，也包括劳动关系双方主体经常使用的抱怨、旷工、工作周转、限制产量、工业意外事故以及工业破坏活动等方法。这些构成了企业劳动争议特定的手段。因为劳动争议的表现形式多样、涉及面广、影响范围大，因此其被作为重要的社会问题，由专门的法律和专业政策加以调整。

4. 有特定的争议处理程序

劳动争议类型不同，适用不同的争议处理程序。个别劳动争议处理程序一般包括协商、调解、仲裁和诉讼，按照这些程序妥善处理企业劳动争议。集体劳动争议则需要劳动者和用人单位双方的代表如工会、产业协会及劳动行政部门的代表一起对集体争议所涉及问题进行多方协商后解决。

（四）劳动争议的范围

劳动争议的范围，视国家不同而有所区别。根据《中华人民共和国企业劳动争议处理条例》第2条的规定，劳动争议主要包括：①因企业开除、除名、辞退职工和自动离职发生的争议；②因执行国家有关工资、保险、福利、培训、劳动保护的规定发生的争议；③因履行劳动合同发生的争议；④法律、法规规定应当依本法处理的其他劳动争议。根据《中华人民共和国劳动争议调解仲裁法》第2条的规定，劳动争议主要包括：①因确认劳动关系发生的争议；②因订立、履行、变更、解除和终止劳动合同发生的争议；③因除名、辞退和辞职、离职发生的争议；④因工作时间、休息休假、社会保险、福利、培训以及劳动保护发生的争议；⑤因劳动报酬、工伤医疗费、经济补偿或者赔偿金等发生的争议；⑥法律、法规规定的其他劳动争议。

（五）劳动争议处理的基本原则

劳动争议处理的原则是劳动争议处理机构在处理劳动争议时必须遵循的基本准则，贯穿于劳动争议处理的全过程，即劳动争议的调解程序、仲裁程序都要遵循。劳动争议的处理应该遵循以下原则。

1. 合法原则

合法原则是指劳动争议的处理机构在处理争议案件时，要以法律为准绳，并遵循有关法定程序。以法律为准绳，就是要求对劳动争议的处理要符合国家有关劳动法规的规定，严格依法裁决。遵循有关法定程序，就是要求对劳动争议的处理要严格按照程序法的有关规定办理，劳动争议处理的开始、进行和终结都要符合程序法的规定；同时，对双方当事人应该享受的请求解决争议、举证、辩解、陈述和要求回避等有关程序法的权利要给予平等的保护。

2. 公正平等原则

公正和平等原则是指在劳动争议案件的处理过程中，应当公正、平等地对待双方当事人，处理程序和处理结果不得偏向任何一方。劳动争议的任何一方当事人都不得有超越法律和有关规定的特权，主要包括两层含义：一是劳动争议当事人双方法律地位平等，具有平等的权利和义务，任何一方当事人不得有超越法律规定的特权；二是劳动争议处理机构应当公正执法，保障和便利双方当事人行使权利，对任何一方都不偏袒、不歧视，对被侵权或受害的任何一方都同样予以保护。

3. 着重调解原则

着重调解原则是指调解这种手段贯穿于劳动争议第三方参与处理的全过程。不仅企业调解委员会在处理劳动争议中的全部工作是调解工作，而且仲裁委员会和法院在处理劳动争议中也要先行调解，调解不成时，才会行使裁决或判决。同时，即使是仲裁委员会的裁决和法院的判决也要以调解的态度强制执行，否则其法律效力的发挥也会大打折扣。

4. 及时处理原则

及时处理原则是指劳动争议的处理机构在处理争议案件时，要在法律和有关规定要求的时间范围内对案件进行受理、审理和结案，无论是调解、仲裁还是诉讼，都不得违背时限方面的要求，如企业劳动争议调解委员在对案件调解不力时，要在规定的时限内结案，不要影响当事人申请仲裁的权利；劳动争议仲裁委员会在调解未果的情况下，要及时裁决，不得超过法定的处理时限；法院的处理也是这样，在调解未果的情况下，要及时判决。总之，及时处理原则就是要使双方当事人合法权益得到及时的保护。

（六）劳动争议处理的程序

根据我国劳动立法方面的有关规定，当发生劳动争议时，争议双方应协商解决；不愿协商或协商不成，当事人可以申请企业劳动争议调解委员会调解；调解不成或不愿调解，当事人可申请劳动争议仲裁机构仲裁；当事人一方或双方不服仲裁裁定，则申诉到人民法院，由人民法院依法审理并作出最终判决。当事人对人民法院一审判决不服，可以再提起上诉，二审判决是生效的判决，当事人必须执行。需要强调的是，劳动争议当事人未经仲裁程序不得直接向法院起诉，否则人民法院不予受理。

二、劳动争议调解

（一）劳动争议调解的概念及机构

调解是西方国家最为常用的解决劳动关系冲突和减少工人罢工次数的办法。实际上，调解也是市场经济国家处理劳动争议的基本办法或途径之一。

劳动争议调解，是指调解委员会对用人单位和劳动者之间发生的劳动争议，在查明事实、分清是非、明确责任的基础上，依照国家劳动法律、法规，以及依法制定的企业规章和劳动合同，通过民主协商的方式推动双方互谅互让、达成协议、消除纷争的一种活动。

（二）劳动争议调解的原则

1. 自愿原则

劳动争议调解委员会应当依照法律、法规，遵循双方当事人自愿原则进行调解。经调解达成协议的，制作调解协议书，双方当事人应当自觉履行；调解不成的，当事人在规定的期限内，可以向劳动争议仲裁委员会申请裁决。双方自愿原则体现在申请调解自愿、调解过程自愿和履行协议自愿三个方面。

2. 民主说服原则

企业劳动争议调解委员会是专门处理企业内部劳动争议的群众性组织，对劳动争议没有强制处理权，对调解达成的协议也没有法律强制力的保障。因此，在调解劳动纠纷时，主要依据法律、法规，运用民主讨论、说服教育的方法，摆事实，讲道理，做深入细致的思想工作，在双方认识一致的前提下，动员其自愿协商后达成协议。

（三）调解案件的受理范围

由企业劳动争议调解委员会调解的劳动争议，必须符合以下几个条件：第一，必须是劳动争议；第二，必须是本企业范围内的劳动争议；第三，必须是我国法律规定受案范围内的劳动争议；第四，必须是争议双方自愿调解的劳动争议。

（四）调解的程序和期限

在劳动争议发生后，当事人双方都可以自知道或应当知道其权利被侵害之日起的30日内，以口头或书面的形式向调解委员会提出申请，调解委员会在征询对方当事人的意见后，进行审查并作出受理或不予受理的决定。

根据《中华人民共和国劳动争议处理条例》，调解委员会调解劳动争议，应当自当事人申请调解之日起 30 日内结束；到期未结束的，视为调解不成。调解委员会调解劳动争议应当遵循当事人双方自愿原则，经调解达成协议的，制作调解协议书，双方当事人应当自觉履行；调解不成的，当事人应在劳动争议发生之日起 60 日内，可以向劳动争议仲裁委员会申请仲裁。

（五）调解的结果及处理

实施调解的结果有两种：一是调解达成协议，这时要依法制作调解协议书；二是调解不成或调解达不成协议，这时要做好记录，并制作调解处理意见书，提出对争议的有关处理意见，建议争议双方当事人依照有关法规的规定，向劳动仲裁委员会提出仲裁申请。

调解协议由调解协议书具体体现。只要达成协议，争议双方当事人要自觉执行调解协议；当然，双方当事人也有对调解协议反悔的权利。调解委员会对当事人的反悔只能说服、劝解，无权强制执行，但可以建议仲裁。只要一方当事人对协议反悔，或拒不执行协议，经调解委员会说服、劝解无效，就视为调解不成。

三、劳动争议仲裁

（一）劳动争议仲裁的概念及机构

劳动争议仲裁是劳动争议仲裁委员会对用人单位与劳动者之间发生的劳动争议，在查明事实、明确是非、分清责任的基础上，依法作出裁决的活动。在我国，仲裁是处理劳动争议的中间环节，也是劳动争议诉讼的前置程序。

劳动争议仲裁委员会由劳动行政部门代表、工会代表和企业方面代表组成。劳动争议仲裁委员会组成人员应当是单数。劳动争议由劳动合同履行地或者用人单位所在地的劳动争议仲裁委员会管辖。双方当事人分别向劳动合同履行地和用人单位所在地的劳动争议仲裁委员会申请仲裁的，由劳动合同履行地的劳动争议仲裁委员会管辖。劳动争议仲裁委员会下设办事机构，负责办理劳动争议仲裁委员会的日常工作。仲裁委员会可以聘任劳动行政主管部门或者政府其他有关部门的人员、工会工作者、专家学者和律师为专职的或者兼职的仲裁员。兼职仲裁员与专职仲裁员在执行仲裁事务时享有同等权利，兼职仲裁员进行仲裁活动时，所在单位应当给予支持。

（二）劳动争议仲裁的原则

劳动争议仲裁委员会仲裁劳动争议，除需遵守处理劳动争议的基本原则外，还需遵守如下一些特有原则：

（1）调解原则。这是指劳动争议仲裁委员会在裁决前，可以先行调解，经过调解不能达成协议，应及时仲裁。规定这一原则，是因为争议的产生往往是双方当事人对执行劳动法律、法规的认识和理解不一致，对争议事实存在分歧和误解等，通过宣传法制、说服教育、疏导协商，争议事项大都是可以解决好的。同时，调解还具有简便、灵活、易行、迅速的特点，以及缓和、改善双方矛盾的作用。

（2）及时、迅速原则。这一原则要求劳动争议仲裁委员会在处理劳动争议案件时，必须严格依照法律规定的期限结案，尽快地解决争议。贯彻这一原则，是由劳动争议的特点所决定的。劳动争议与企业的生产和职工的生活密切相关，久拖不决势必影响到社会的安定和生产、生活秩序的稳定。因此，劳动法明确提出"仲裁裁决一般应在收到仲裁申请的六十日内作出"的要求。

（3）回避原则。是指仲裁委员会成员或仲裁员在仲裁劳动争议案件时，认为具有法定回避情况不宜参加本案审理，或当事人认为仲裁员具有回避情节的，可能裁决不公，都可以申请更换他人，以保证仲裁公正顺利进行。是否采取回避措施由仲裁委员会决定。

（4）少数服从多数原则。仲裁委员会由三方代表单数组成，仲裁庭则由三名仲裁员组成，均为多数人组成，难免意见有分歧，而仲裁委员会成员、仲裁员均有平等的表决权，为保证裁决不因少数成员意见的不一而难以作出，故规定少数服从多数原则，简单多数即可作出裁决。

（5）一次裁决原则。这一原则是指劳动争议仲裁委员会对每一起劳动争议案件实行一次裁决即行终结的法律制度。当事人不服劳动争议仲裁委员会裁决的，不得再向上一级劳动争议仲裁委员会申请第二次仲裁，只能在收到仲裁决定书之日起 15 日内，向有管辖权的人民法院起诉。期满不起诉的，仲裁决定书即发生法律效力，当事人必须按仲裁决定履行。贯彻这一原则，有利于及时、迅速解决争议事项，保护当事人的合法权益。

（三）仲裁案件的受理范围

根据我国《劳动争议调解仲裁法》的规定，适用于劳动仲裁的劳动争议范围主要包括：①因确认劳动关系发生的争议；②因订立、履行、变更、解除和终止劳动合同发生的争议；③因除名、辞退和辞职、离职发生的争议；④因工作时间、休息休假、社会保险、福利、培训以及劳动保护发生的争议；⑤因劳动报酬、工伤医疗费、经济补偿或者赔偿金等发生的争议；⑥法律、法规规定的其他劳动争议。

（四）仲裁的程序、期限和效力

1. 案件受理

当事人向仲裁委员会提交申诉书，经审查，仲裁委员会自收到申诉书之日起 7 日内作出受理或者不予受理的决定。决定不予受理的，应自作出决定之日起 7 日内制作不予受理通知书，送达申诉人；决定立案的，应自作出决定之日起，7 日内向申诉人和被诉人发出书面通知，同时将申诉书副本送达被诉人，并要求其在 15 日内提交答辩书和证据。被诉人不提交答辩书的，不影响案件审理。劳动者一方在 30 人以上的集体劳动争议，仲裁委员应自收到申诉书之日起 3 日内作出受理或者不予受理的决定。仲裁委员会决定受理的，用通知书或布告形式通知当事人。

2. 组成仲裁庭

仲裁委员会决定受理的劳动争议案件，应自立案之日起 7 日内按《劳动争议仲裁委员会组织规则》组成仲裁庭。仲裁庭由一名首席仲裁员、两名仲裁员组成。对于简单案件，仲裁委员会可以指定一名仲裁员独任处理。仲裁委员会处理集体争议案件，应当组成特别仲裁庭，由三名以上仲裁员单数组成。

3. 调查取证

仲裁委员会有权要求当事人提供或补充证据。当事人因客观和其他因素不能取证的，当事人提供的证据互相矛盾、无法认定的，或针对双方当事人的申诉和答辩中存在的疑点，仲裁委员会依职权可找有关单位、知情人了解情况和搜集证据，遇有需要勘验或鉴定的问题，应交由法定部门勘验或鉴定；没有法定部门的，由仲裁委员会委托有关部门勘验或鉴定。

4. 仲裁调解

在查明争议事实的基础上，由仲裁庭或仲裁员主持，对劳动争议案件先行调解。经调解达成协议的制作仲裁调解书，由双方当事人签字，仲裁员署名，加盖仲裁委员会印章并送达当事人；调解未达成协议，或仲裁调解书送达前当事人反悔，以及当事人拒绝接收调解书的，仲裁庭应及时仲裁。

5. 仲裁裁决

仲裁庭开庭裁决，应当在开庭的 4 日前，将开庭时间、地点的书面通知送达当事人。开庭审理时，听取申诉人的申诉和被诉人的答辩，由仲裁庭进行当庭调查、主持辩论，征询双方当事人的最后意见，并再行调解。双方未达成协议或不愿接受调解的，经仲裁庭合议作出裁决，并制作仲裁裁决书送达双方当事人。当事人对仲裁裁决不服的，可在收到裁决书之日起 15 日内向人民法院起诉，期满不起诉的裁决书即发生法律效力。一方当事人不执行的，对方当事人可申请人民法院强制执行。仲裁委员会处理劳动争议案件，应当在收到仲裁申请后的 60 日内结束，案情复杂需要延期的，经批准可以延长 30 日。处理集体劳动争议，应当自组成仲裁庭之日起 15 日结束，案情复杂需要延期的，可延长 15 日。

劳动仲裁是世界各国解决劳动争议较普遍的方法，与调解相比，其最大的特点是更具权威性和法律效力。从我国劳动争议仲裁角度来看，仲裁活动具有一定的行政性质，也有一定的群众性质，不是纯粹的司法活动。根据司法最终解决的法制原则，劳动争议的最终解决只能依靠国家司法机关，这也是许多国家所普遍遵循的原则。因此，我国劳动争议处理程序还包括人民法院的审判。

四、劳动争议诉讼

（一）劳动争议诉讼的概念

劳动争议诉讼，指劳动争议当事人不服劳动争议仲裁委员会的裁决，在规定的期限内向人民法院起诉，人民法院依照民事诉讼程序，依法对劳动争议案件进行审理的活动。此外，劳动争议的诉讼，还包括当事人一方不履行仲裁委员会已发生法律效力的裁决书或调解书，另一方当事人申请人民法院强制执行的活动。它是处理劳动争议的最终程序，通过司法程序保证了劳动争议的最终彻底解决。

(二) 劳动争议诉讼的原则

人民法院审理劳动争议案件适用《中华人民共和国民事诉讼法》所规定的诉讼程序，遵循司法审判的原则、回避原则、着重调解的原则等。处理劳动争议要以劳动法律、法规和政策为依据。此外，根据劳动争议案件的特殊性，还应体现与有关单位密切配合的原则，如劳动行政机关、工会、劳动争议仲裁机关等，人民法院审理劳动争议案件时，应多向这些部门调查，密切与之配合。

(三) 劳动争议诉讼案件的范围

最高人民法院于 2001 年 4 月 30 日公布的《关于审理劳动争议案件适用法律若干问题的解释》规定了人民法院受理劳动争议的范围。劳动者与用人单位之间发生的下列纠纷，属于《劳动法》规定的劳动争议，当事人不服劳动争议仲裁委员会作出的裁决，依法向人民法院起诉的，人民法院应当受理：①劳动者与用人单位在履行劳动合同过程中发生的纠纷。②劳动者与用人单位之间没有订立书面劳动合同，但已经形成劳动关系后发生的纠纷。③劳动者退休后，与尚未参加社会保险统筹的原用人单位因追索养老金、医疗费、工伤保险待遇和其他社会保险费而发生的纠纷。④用人单位和劳动者因劳动关系是否已经解除或者终止，以及应否支付解除或终止劳动关系经济补偿金产生的争议。⑤劳动者与用人单位解除或者终止劳动关系后，请求用人单位返还其收取的劳动合同定金、保证金、抵押金、抵押物产生的争议，或者办理劳动者的人事档案、社会保险关系等移转手续产生的争议。⑥劳动者因工伤、职业病，请求用人单位依法承担给予工伤保险待遇的争议。

同时，该《解释》明确规定，下列纠纷不属于劳动争议：①劳动者请求社会保险经办机构发放社会保险金的纠纷。②劳动者与用人单位因住房制度改革产生的公有住房转让纠纷。③劳动者对劳动能力鉴定委员会的伤残等级鉴定结论或者对职业病诊断鉴定委员会对职业病诊断鉴定结论的异议纠纷。④家庭或者个人与家政服务人员之间的纠纷。⑤个体工匠与帮工、学徒之间的纠纷。⑥农村承包经营户与受雇人之间的纠纷。

(四) 诉讼的时效和举证责任倒置

劳动争议当事人对仲裁裁决不服的，可以自收到仲裁裁决书之日起 15 日内向人民法院提起诉讼。一方当事人在法定期限内不起诉又不履行仲裁裁决的，另一方当事人可以申请人民法院强制执行。

所谓举证责任倒置是指，在劳动争议案件中，某些事实由用人单位承担举证责任。这是与一般举证责任相对而言的一种举证责任方式，一般举证责任是指"谁主张，谁举证"，也即原告对自己提出的请求和事实，应当提供相应证据予以证明。根据最高法院《民事证据规定》第 6 条和《劳动争议解释》第 13 条的规定，因用人单位作出的开除、除名、辞退、解除劳动合同、减少劳动报酬、计算劳动者工作年限等决定而发生的劳动争议案件，用人单位负举证责任。用人单位相对于劳动者来说，因为其在该方面具有主动性，而劳动者又很难取得相关证据，所以，这六种类型的情况加重了用人单位的举证责任，一般由其进行举证。而对于劳动者辞职、自动离职或履行劳动合同而发生的争议类案，应适用"谁主张、谁举证"的民法基本原则。

（五）诉讼的程序

劳动争议的法律诉讼一般由这样几个阶段组成：

（1）起诉、受理阶段。起诉是指争议当事人向法院提出诉讼请求，要求法院行使审判权，依法保护自己的合法权益。诉讼请求要尽可能详细，要明确被告，要说明要求被告承担何种义务等；在诉讼请求明确的同时，还要尽可能多地提供争议发生的时间、地点、争议经过和有关事实根据以及相应的法律文书等。受理是指法院接收争议案件并同意审理。法院的受理与否是在对原告的起诉进行审查以后作出决定的。对决定受理的案件，法院要在规定的时间内通知原告和被告；对决定不受理的案件，法院也应在规定的时间内通知被告，并尽量说明理由。当然，对法院裁定为不受理的案件，原告可以上诉。

（2）调查取证阶段。法院的调查取证除了对原告提供的有关材料、证据或仲裁机构掌握的情况、证据等进行核实外，自己还要对争议的有关情况、事实进行重点的调查，包括查明争议的时间、地点、原因、后果、焦点问题以及双方的责任和态度等。法院的调查取证要尽可能对各种证据进行仔细、认真的收集和核实。

（3）进行调解阶段。法院在审理企业劳动争议案件时，也要先行调解。法院的调解也要在双方当事人自愿的基础上，法院不得强迫调解。法院调解成功的，要制作法院调解书。法院调解书要由审判人员、书记员签名，并加盖法院的印章；法院调解书在由双方当事人签收后，即具有法律效力，当事人必须执行。法院调解不成或法院调解书送达前当事人反悔的，法院应当进行及时判决。

（4）开庭审理阶段。开庭审理是在法院调解失败的情况下进行的，这一阶段主要进行这样一些活动：法庭调查、法庭辩论和法庭判决等。法庭调查主要是由争议当事人向法庭陈述争议事实，并向法庭提供有关证据；法庭辩论一般按照先原告后被告的顺序由双方当事人及其代理人对争议的焦点问题进行辩论；法庭判决是在辩论结束以后，由法庭依法作出判决。法庭判决要制作法庭判决书，法庭判决书在规定的时间内要送达当事人。

（5）判决执行阶段。法庭判决书送达当事人以后，当事人在规定时间内不向上一级法院上诉的，判决书即行生效，双方当事人必须执行。当事人不服一审判决的，有权向上一级法院上诉。

本 章 小 结

劳动关系，是指劳动者与用人单位（包括各类企业、个体工商户、事业单位等）在劳动过程中形成的社会经济关系的统称。劳动关系具有个别性与集体性、平等性与隶属性等。

劳动关系的环境，是指能够对劳动关系系统产生影响的各种因素。按照系统的观点，可以将劳动关系的环境划分为外部环境因素和内部环境因素。

劳资冲突，是指劳资矛盾激化和公开化，劳动关系双方以某种特定的方式——集体争议和集体行动的方式，来表达自己的诉求和争取自己的权益的社会行为。劳资冲突的产生一般是由劳动者一方的利益或权利被侵害或其合理要求未能实现而致。

劳动争议，又称劳动纠纷，是指劳动关系双方当事人因实现劳动权利和履行劳动义务而发生的纠纷。根据我国劳动立法的有关规定，当发生劳动争议时，争议双方应协商解决；不愿协商或协商不成，当事人可以申请企业劳动争议调解委员会调解；调解不成或不愿调解，当事人申请劳动争议仲裁机构仲裁；当事人一方或双方不服仲裁裁定，则申诉到人民法院，由人民法院依法审理并作出最终判决。

➢ 本章思考题

1. 什么是劳动关系？劳动关系具有哪些特性？
2. 劳动关系的影响因素有哪些？
3. 劳资冲突的内涵和类型是什么？冲突产生的原因主要有哪些？
4. 劳动争议的特点是什么？范围主要包括哪些？
5. 简述劳动争议处理的程序。

➢ 本章参考文献

1. 赵瑞红：《劳动关系》，科学出版社，2007 年
2. 程延园：《劳动关系》，中国人民大学出版社，2007 年
3. 杨体仁、李丽林：《市场经济国家劳动关：理论·制度·政策》，中国劳动社会保障出版社，2000 年
4. 常凯：《劳动关系学》，中国劳动社会保障出版社，2005 年
5. 范愉：《非诉讼纠纷解决机制》，中国人民大学出版社，2000 年
6. 彭光华、陆占奇：《立法调整劳动关系的九大趋势》，《劳动关系》，2008 年创刊号
7. 李娜：《劳资纠纷产生的原因及处理对策》，http://www.papershome.com/Law/，2009 年 9 月 6 日

第十五章

人力资源危机管理

引导案例

麦当劳的人力资源危机

2004 年 4 月 19 日，麦当劳的全球加盟商大会正要开幕，一万多名麦当劳员工、供应商和全球加盟商等待着坎塔卢波的出现，但在这紧要关头，麦当劳 CEO 坎塔卢波因心脏病突发而去世了。

麦当劳董事会迅速召开会议，在 6 个小时之后便作出了决定：查理·贝尔被指定为新任首席执行官。这个 43 岁的澳洲人从 15 岁时就加入了麦当劳，熟悉麦当劳的所有业务，是坎塔卢波亲自指定的麦当劳内部的接班人。在奥兰多大会上，查理·贝尔宣布了其前任的死讯，代替坎塔卢波向大会致词。麦当劳的成员和同盟在哀悼的同时表现出了相当的镇定，因为贝尔的接任本是意料中的事。贝尔在过去几年中的表现已显示出他出色的管理和运营能力。而贝尔的适时继任则让麦当劳轻松地化解了人力资源危机对企业的冲击。

坎塔卢波对公司内部管理的丰富知识和处理复杂问题的能力及魄力，使他成为麦当劳 48 年历史上的第五任优秀的 CEO。对于一个企业来说，领袖或主要骨干突然离去，这样的突变很可能造成致命的打击，一方面很难马上找到合适的接班人来承担离职者的工作，另一方面会给他所带领的团队造成很大的心理上的打击，会使企业人心涣散、工作效率下降、销售利润急剧下滑、重要客户流失，甚至破产倒闭。在这场危机中，麦当劳经受住了这场考验，麦当劳的董事会在这次危机处理中有着上佳的表现。在 16 个月以前，麦当劳出现第一次亏损时，董事会就果断地采取了行动，将坎塔卢波从退休中召回。而这一次，它又迅速果断地执行了由坎塔卢波本人在生前制定的接班人计划，及时化解了危及麦当劳发展的重大危机。

讨论题：

1. 人力资源突发事件的危害性有哪些？
2. 麦当劳的人力资源危机案例对我们有何启发？
3. 怎样做好企业领袖及骨干突然离职的危机预案？

第一节　人力资源危机管理概述

随着全球化的发展，社会竞争日益激烈，企业面临着空前的生存危机和巨大的挑战。企业危机管理越来越受到重视，成为现代企业管理的重要组成部分。人力资源危机管理是企业危机管理不可或缺的环节，也是提高企业效率、降低成本、促进企业持续发展的有效途径。人力资源危机可导致企业陷入严重的危机状态，使企业遭受打击，甚至可能危及企业的生存。据调查，在企业经常面临的危机中，人力资源危机被排在第一位。企业要重视人力资源危机管理，加强人力资源危机的监测和防范，确保企业的可持续发展。

一、人力资源危机管理的含义

危机是一种从古至今始终伴随着人类社会发展的现象，在社会的各个领域均可能发生。实际上，人类就是在同各种灾害、各种危机的斗争中不断前进的。《辞海》中关于危机的解释是"潜伏的祸机、生死成败的紧要关头"，指的是险境、灾难、时刻、转机，多有本源上的意义。随着社会的发展，人们对危机的认识也有所扩展。斯格认为，危机是一种能够带来高度不确定性和高度威胁的、特殊的、不可预测的、非常规的事件或一系列事件。罗森塔尔（Rosenthal）认为，危机就是对一个社会系统的基本价值和行为准则架构产生严重威胁，并在时间压力和不确定性极高的情况下，必须对其作出关键决策的事件。罗森塔尔强调了危机对整个社会系统的威胁，人们可以积极主动地对危机"作出关键决策"，具有危机管理上的意义。

企业人力资源危机是企业危机的一种表现，是企业外部环境、组织内部、人力资源本身等各个方面综合作用的结果。企业人力资源危机指由于企业外界环境和内部组织的变化，企业人力资源本身难以适应企业的战略目标要求，以及企业人力资源管理不善或失误使人力资源有效性降低，人力资源状态、人力资源与组织的发展关系出现恶化，进而影响企业生产经营的危机状态和危机事件。

危机管理是指对将要发生或已经发生的危机进行科学管理，以防范和化解危机，使组织或个人在危机中得以生存，并将危机所造成的损害限制在最低程度。罗伯特·希斯提出了危机管理的减少、预备、反应、恢复的"4R模型"，认为一旦发生危机，时间因素非常关键，减少损失是主要的任务，危机管理的任务就是尽可能控制事态，在危机事件中把损失控制在一定的范围内，在事态失控后要争取对其重新加以控制。①

---

① 〔澳〕罗伯特·希斯：《危机管理》，王成等译，中信出版社，2001年，第9页。

危机管理可分为企业危机管理和政府危机管理。企业危机管理指为预防、避免、控制和化解危机而采取的一系列维护企业正常运行和生产经营的措施，对可能或突然发生的危机进行时间、地点、方式、概率、性质、程度上的监控管理，最终达到使企业脱离逆境、避免或减少企业财产损失的目的。企业危机管理是建立在非权力强制基础上的，一般采用合作、沟通等方式进行危机处理。企业危机管理涉及的社会面相对要小，多为企业与部分社会公众之间的问题，对社会的影响范围相对有限。

企业人力资源危机管理是企业危机管理的重要组成部分。企业人力资源危机管理指企业根据组织环境和战略管理，通过对企业人力资源危机发生前的有效识别、预警、防范，危机中的应对、沟通、控制，以及危机后的妥善处理，及时防范和化解危机，发挥企业人力资源的最大潜能和效能，使企业获取持续发展的竞争优势的管理过程。

企业人力资源危机管理与企业人力资源风险管理在范围、性质上是不同的。企业人力资源的风险对企业来说一般是可以承受的风险，从风险转化到危机的过程是一个逐级递进的过程，重在防范风险的发生；企业人力资源危机，对企业来说是具有高度的不确定性、极大的危害性和难以承受的危机，重在危机的防范、控制和化解。

二、人力资源危机的特征

（一）突发性

在市场竞争日趋剧烈的今天，企业面临的危机越来越多。企业外部环境或内部因素突然出现变化，导致企业人力资源实践活动与目标发生偏离，产生了人力资源危机。人力资源危机往往是在预想之外或在管理失控的情况下发生的，具有突发性的特征。

（二）隐蔽性

人是企业最主要的生产力，但人的行为是最难预测的，人的行为具有主观能动性和客观价值的辨别性与比较性，以实现自身利益的最大化。人力资源危机与人的行为主体密切相关，具有隐蔽性的特征。

（三）普遍性

在现代企业面临的众多危机中，人力资源危机存在于每个企业的各个方面，已成为企业面临的最普遍的危机之一。当前，我国企业员工和中高层管理人员的非正常离职普遍存在，特别是优秀的高级管理人才频繁跳槽，严重影响企业的正常经营，损害企业的公共形象。

（四）综合性

当今世界复杂多变，引发危机的因素是多元的。人力资源危机是由组织的外部环境和内部环境的变化、企业管理者决策的失误、战略管理的落后、人力资源管理和人力资源本身的劣化等多方面、多因素共同作用的结果。

■ 第二节　人力资源危机的主要类型

人力资源危机的主要类型有员工安全健康危机、人力资源流失与短缺危机、人力资源过剩危机、学习力与员工忠诚度危机、领导与员工素质危机、人事制度与法律危机等。

一、员工安全健康危机

员工安全健康问题是人力资源的一大危机。员工健康水平和安全保障水平下降，会导致生产率下降甚至给企业造成重大损失。企业如果仅致力于追求利润，忽略员工人身安全健康，轻则影响企业正常的生产经营，影响交货时间，使企业遭受财务上的影响；重则要支付人员意外死亡的巨额补偿金。

企业工作环境污染，经常发生工作安全事故，员工的安全健康得不到切实的保障，会严重损害企业的社会声誉形象，甚至导致企业破产。重大生产安全事故在我国时有发生。据有关部门统计，我国的煤炭企业，每年有近 1 万人死于煤矿事故，平均每生产100 万吨煤就有 5.68 人死亡，死亡率是美国的 145 倍，是印度的 13 倍。在我国日益增多的劳动争议案件中，涉及职业安全卫生条件、职业病和工伤保险的已达 50%，在全国各地也已多次出现因上述问题激化而发生的集体请愿和上街游行事件，成为影响社会稳定的因素。

二、人力资源流失与短缺危机

人力资源正常的流动是必要的，但是，企业人力资源大量的流失和短缺无疑是一个严重问题。特别是中高级经营管理人才和技术人才的流失，不但会使企业付出重新招聘、培养相应人员的高昂成本，还可能造成企业商业机密外泄，直接削弱企业的竞争力，危及企业的生产经营。

（一）人力资源流失危机

人才是企业的命脉，中国的企业最缺的是人才。对于一个企业来说，特别是优秀的高级管理人才一旦突然辞职或另谋高就，对企业会是严重的打击。经企业训练与教育，并掌握公司重要的商业秘密及关系的关键技术人才和关键岗位员工的流失，或转聘到竞争者的公司中任职，会使企业失去技术优势，对企业短期及长期经营都会产生极大的影响。在国内外，因公司骨干员工的离职而使公司倒闭的事件也屡见不鲜。另外，企业的关键技术人才和关键管理岗位的员工突然辞职也会给他所带领的团队造成心理上的打击，还会影响到客户对企业的信任程度，进而引发企业其他危机。

（二）人力资源短缺危机

企业为了发展的需要，在确定了未来发展战略并对企业核心能力提出具体要求后，发现作为企业核心能力的人力资源不能满足企业经营战略的需要，就会出现人力资源短缺危机。企业人力资源短缺危机主要有两种表现形式：一是人力资源结构性短缺，主要指各类职业的核心人才缺乏。人力资源结构性短缺危机常发生在一些高新技术类、工程类等企业中，这也与人力资源规模受市场周期变化的影响及在人工成本的压力下淡季人员过剩而旺季核心人才严重短缺有关。二是人力资源素质性短缺。人力资源素质性短缺危机普遍存在于许多企业，主要表现在人力资源的素质的提高没有与企业发展的需要同步。人力资源结构性和素质性短缺危机，将使企业经营战略无法及时推进，使其战略目标无法按期实现，最终导致企业在激烈的市场竞争中总是处于劣势，最后陷入经营管理的困境。

三、人力资源过剩危机

人力资源过剩危机指人力资源存量或配置超过企业经营战略发展的需要，或在经济危机时，因订单减少和撤销而造成的企业人员过剩危机。人力资源过剩危机通常在企业效益不佳、需缩减业务规模和撤销分支机构而产生人员多余，由于企业的战略目标过高、人力资源战略失误所形成的队伍庞大，在企业并购活动中撤并重复机构时所造成的人员富余及由经济危机和金融风暴造成的人员剩余等情况下发生。

（一）企业经营绩效不佳

当企业经营绩效不佳、市场萎缩、业务规模受到挤压和内部机构及岗位编制缩减时，必然会产生人力资源过剩危机。在这种危机中，经常出现多数普通员工不愿被裁减、要裁减的人走不了的现象，企业出现人员过剩危机。

（二）人力资源战略失误

企业战略目标过高，在实际完成情况与目标差距较大时，会造成组织各级平台上人员冗余，人浮于事。有时也因高目标的人力资源配置造成人员多余，企业不得不大量裁员。这样既对员工不负责任，又影响了公司形象，导致许多优秀人才不敢再进入这种企业。

（三）企业并购活动

企业并购活动中的人力资源过剩危机是企业扩张时期经常遇到的一种危机。企业在并购重组过程中，为了提高管理效率，优化业务流程，必然对组织结构和一些部门及职位进行梳理和精简。企业大量的过剩人员需要裁员和安置，由此会产生一系列的问题和困难，不仅会对企业内部造成巨大的震动，也会带来重大的社会影响，处理不好将给企业经营和形象带来较大危机。

（四）经济危机与金融危机

在发生经济危机、金融危机时，世界经济增长受阻、经济波动频繁、通货膨胀，会使银行坏账丛生、企业资金不足、经营困难、产品大量积压，降低企业的稳定性，增加失业率和企业破产倒闭率，不利于社会的稳定。如美国次贷危机所引发的金融危机，使我国的经济增长率下降，尤其对我国出口业影响很大，引发了一定范围内的企业危机。

2009年，据我国台湾媒体报道，受金融危机的影响，台湾经济连续三季度负增长，失业率节节上升，营造、金融保险等六大行业约有184万人失业。

由经济危机与金融危机导致的人力资源过剩危机，会引发大量被裁减人员或下岗人员上街游行，到政府门前抗议、静坐，甚至出现过激行为，影响社会安定。因此，企业人力资源过剩危机是特别需要妥善处理的一种危机。如2009年7月，吉林通化钢铁股份有限公司数千名职工因不满重组而聚集上访，反对建龙集团并购通钢，致使建龙派驻通钢的总经理陈国君被职工殴打身亡。新的产权理论认为，员工作为企业的"利益相关方"，享有和股东同样的发言权，并有权参与企业管理。像企业兼并重组这样的大事，没有职工的实质性参与，既不合理也不合法，因之而产生的矛盾也已成为一个引人注目的社会问题。

四、学习力与员工忠诚度危机

(一) 学习力危机

企业学习力低下是企业产生危机的根源。在剧烈的市场竞争中，企业如果不能成为学习型的组织，不能使企业员工不断学习，不断提高职业技能、担负新的使命与角色，就不能快速提升企业的竞争力，难以应对时代的挑战，从而只能在市场系统的危机中逐渐衰退。因此，不断增强和提高企业的学习力是21世纪知识经济时代的必然要求。事实表明，当今社会发展最快的不是现有规模最大的企业，而是最善于学习的企业。世界一些发展了上百年的优秀大企业均很重视组织学习力的提升，并通过建立学习型的组织文化来防范危机，避免因企业的惯性行为及学习智障而产生的危机。

(二) 员工忠诚度危机

企业员工的忠诚度是指员工对所服务的企业尽心竭力的奉献程度。影响员工忠诚度的因素主要有企业外部因素、企业内部因素和员工自身因素三个方面。只有当员工对企业的各项制度感到满意时，他们才会表现出对企业的忠诚。企业员工的忠诚度是企业发展的资本，但也可能是企业崩溃的源头。如果将一个品德不好、对公司不忠诚的员工委以重任，随时有可能爆发危机而给企业造成重大打击，甚至会摧毁整个企业。例如，一名年仅28岁的巴林银行的营业员，在未经授权的情况下，赌输了日经指数期货，致使巴林银行于1995年2月宣告亏损14亿美元而破产。

五、领导与员工素质危机

(一) 员工的素质与岗位要求不匹配

改革开放以来，随着国外先进管理经验的引进和国内教育水平的提高，我国企业人员总体素质偏低的情况有了很大的改变，但是与国际一流企业相比仍有较大差距，仍有相当部分员工的基本素质与岗位要求不匹配。特别是在企业快速成长期，一些缺乏经验、技能水平不足的人员，被招聘到企业的重要岗位上，在职业精神、职业道德、职业知识技能和工作经验上明显滞后于企业的发展战略要求，这随时都可能给企业带来危机。因此，我国企业员工总体素质仍有待提高。

（二）高素质的经营管理人才缺失

我国企业大多重技术、轻管理，不少管理者认为经营管理人员不能直接创造经济效益，因而缺乏高素质的经营管理人才成为我国企业的一个通病。专业技术人才应当受到重视，但是高素质的经营管理人才对企业的经营发展也同样重要。由于我国不少企业不重视任用和培养高素质的经营管理人才，有能力的高素质经营管理人才被埋没或流失，企业高素质的经营管理人才严重缺失。

（三）企业高层行为腐败或丑闻危机

近年来，企业高层腐败行为和丑闻事件一直层出不穷，并成为企业最致命的人力资源危机之一。一些企业因主要领导人行为腐败或丑闻事件被曝光，一夜之间陷入危机，以至于到了破产的境地，这种例子屡见不鲜。如 2008 年三鹿集团股份有限公司的"非法添加三聚氰胺事件"，造成近 30 万名儿童确诊患病，社会影响特别恶劣。这种危机一旦爆发，即使企业有危机管理机制，因为触犯了国家法律，往往也难以规避破产的结局。

六、人事制度与法律危机

（一）人事制度危机

企业制度是企业内部员工的行动指南，它提供了各种范式，使得每一个人都处在它的有形或无形的约束下，从而规范个人的行为。无制度企业将无法运转，但错误的制度会给企业造成危机。企业人事制度（招聘制度、薪酬制度、考核制度、晋升制度等）设计得当、实施合理，能够激励员工全力为公司工作。如果这些制度设计不当，会打击员工的工作积极性，使员工士气低落，工作效率与工作质量低下。有的企业管理者错把员工视为经济工具，出现考核标准过高、过分苛求员工、使员工完成任务的压力过大的现象。这样一来，员工为了完成产量任务，往往会忽略重要的质检程序，给企业带来质量危机隐患。

（二）法律危机

随着法律对用工制度的规范，裁员引起的劳资纠纷成为企业管理者面临的一大难题。劳动合同的解除与终止牵涉到企业制度的建设、劳动合同的管理、商业秘密的保护、经济补偿与赔偿等诸多问题。如果这些问题处理不好，其负面影响就会加倍扩散，给企业带来灾难性的影响。

企业在《劳动合同法》的实施过程中或产品研发、专利申请等知识产权问题上，若不加以重视，或有意疏忽，就会给自身带来危机。在遭遇经济危机、金融危机的情况下，很多企业选择裁员节省开支以渡过难关，如何严格按照法律规定进行裁员减薪，以维护企业和职工的双重合法权益，成为很多企业、职工所关注的问题。企业必须根据新颁布的劳动合同法，处理好劳资关系，在遵循法定程序的情况下才可以裁员，否则就会产生一系列的劳资纠纷，使用人单位陷入由此而造成的劳动争议和法律诉讼危机中。

第三节　产生各种危机的原因分析

人力资源危机产生的原因主要有企业外部原因、企业内部原因和员工个人原因。

一、企业外部原因

人力资源危机产生的外部原因指独立于企业之外的，与企业的日常经营活动没有直接联系的不确定因素，是由自然灾害、政治经济、政策法规、社会发展等诸因素所导致的企业人力资源状况恶化，严重威胁和影响企业的正常生产经营的危机。

（一）自然灾害与安全事故

1. 自然灾害

灾害是对所有造成人类生命财产损失或资源破坏的自然和人为现象的总称。自然灾害指给人类社会内部组织带来破坏，或使人类社会赖以生存的物质基础功能失效的自然现象。自然现象的变动给人类生存环境造成不良影响，使人类生存环境恶化，是发生在生态系统中的自然过程，它可以导致社会经济系统失去稳定与平衡，使社会财产产生损失或导致社会在各种原生的和有机的资源方面出现严重的供需不平衡。

人类很难预测自然灾害何时发生，难以完全预先准备和避免自然灾害。无论是哪个地方的企业，都难免会遇到像洪水、台风、地震、海啸、传染疾病等这种突发性的意外灾害。从2008年到2009年，南方冰雪灾害、"5·12"汶川特大地震等自然灾害，使我国社会经济发展面临巨大的挑战。这些重大的危机事件，不仅会威胁到一些企业员工的人身安全，还会给他们造成巨大的心理冲击，甚至严重损害他们的身心健康。

2. 安全事故灾害

安全事故灾害指由人为因素引发的灾害或自然因素与人为因素交互作用引发的灾害，是在生产和生活实践中，由于责任过失造成的重大、特大人身伤亡或巨大经济损失，以及性质特别严重、产生重大影响的安全事故灾难。一个企业发生事故不仅影响到本企业的生产，还会给上、下游企业造成一定的影响。重大、特大事故有时会给企业带来灭顶之灾，有的企业会因此倒闭。劳动者获得安全与健康是社会文明、公正发展的基本标志之一，也是社会安定团结的前提之一。[①] 安全生产事关劳动者的基本人权和根本利益，生产事故对员工生命与健康的威胁长期得不到解决，会使企业员工感到不满，严重时还会影响企业正常的生产经营。

（二）社会安全与公共卫生事件

1. 社会安全事件

社会安全事件指不可预知的、突然发生的，违反国家法律法规、扰乱社会公共秩序的，对国家安全、公共安全、环境安全、国家和集体的财产安全、公民的人身与财产安

---

① 苏伟伦：《危机管理——现代企业实务管理手册》，中国纺织出版社，2001年，第1页。

全等产生严重威胁的公共危机事件，主要有恐怖袭击、战争危机、骚乱和突发的群体性事件等，也包括刑事案件、治安事件和危害面大的重大暴力犯罪。

随着社会转型、市场经济的建立和改革的逐步深化，各种社会矛盾尖锐突出，诱发社会安全事件的因素急剧增多。某些突发性的严重自然灾害在一定条件下还会引发社会安全事件。在地震、火山爆发、海啸等严重的自然灾害发生时，人们容易产生心理紊乱和恐慌，造成社会混乱。伴随着改革开放的深入和社会主义市场经济体制的建立，由人民内部矛盾凸显和境内外敌对势力的政治渗透、挑唆而引发的涉及民族、宗教问题和民族地区事务问题的突发性暴力事件，已经成为当前影响社会政治稳定的又一突出问题，如 2008 年 3 月西藏拉萨和 2009 年 7 月新疆乌鲁木齐发生的打砸抢烧严重暴力犯罪事件，造成了重大人员伤亡和财产损失。

2. 公共卫生事件

公共卫生事件指突然发生的，会对社会公众的健康造成或者可能造成严重损害的重大传染病疫、群体性不明原因疾病、重大食物和职业中毒以及其他严重影响公众健康的事件。公共卫生事件一方面强调了事件的突发性、不可预知性，另一方面强调了影响人类的健康事件。公共卫生事件按影响范围分，有影响面比较局限的（可能仅限于某一地区），有范围较广的（可能波及全球）；按性质分，有传染性疾病（传染源可能是人、动物、昆虫等）、食物中毒和职业损害病；按造成损害的后果分，有可能是致死性的，有可能导致残疾的，有可能造成潜在性损害等。

公共卫生危机就是人类的生存危机。如果人群中各种疾病流行失控，健康水平低下，就会直接危及人们的生存。公共卫生事件对人类的影响是巨大的，它往往比战争、暴动还要剧烈，会给世界人民造成难以消除的恐惧。在世界范围内，各种公共卫生事件时有发生，如印度的鼠疫、英国的疯牛病和中国的"非典"，而源于墨西哥的甲型 H1N1 流感，死亡率虽然很低，但如不加强防范，很可能成为世界流感大流行的源头，带来十分严重的后果。

（三）经济发展形势与经济危机

世界经济和国家经济形势是企业人力资源危机的主要外部环境因素。经济因素对企业的经营管理影响很大。在经济繁荣期，人民的收入水平增加，失业率降低，这时企业由于业务的需要，急需大量员工，要制定多样化的员工管理，满足多层次的需求，才能够留住员工；当经济不景气或遇到世界或地区的经济危机时，企业的业务量可能会大幅减少，企业将面临人员过剩的危机。

经济危机、金融危机一旦发生，就会迅速波及其他方面。譬如由美国的次贷危机引起的全球性的金融危机，使我国很多行业承受了巨大的压力，所导致的我国就业市场萎缩、人力资源过剩危机日益显露。金融危机冲击的不仅仅是金融业、出口贸易业，也影响和危及传统的行业，很多中小企业的生存都已经面临着严峻的挑战。

（四）行业人才竞争与国家的政策法规

企业之间的竞争归根到底是人才的竞争。行业的发展前景与竞争对手的人才竞争策略是影响企业人力资源状况的直接外部原因之一。一个行业的经济特性和竞争环境以及变化趋势决定了该行业未来的发展前景。对于那些无吸引力的行业，最好的公司也难以获得满意的利润；在有吸引力的行业中，弱小的公司也可以取得良好的经营业绩。企业的发展前景不乐观，对组织的招聘、薪酬体制等人力资源策略将产生较大程度的影响，可能使企业陷入核心人才大量流失的困境。同时，竞争对手采取较高的薪酬福利、较人性化的管理及职业发展前景等比本企业好的人才竞争策略，也会使本企业面临人才流失的巨大风险。

当前由不正当的人才流失而导致的企业机密的遗失，业务的失败等问题越来越多。这些不正当的人才竞争轻则给企业带来损害，重则往往可以把企业拖垮，仅靠企业本身的能力是难以防范的。政府有关的政策法规及行为在规范人员流动方面具有重要作用，目前有关的法律法规有《中华人民共和国合同法》、《中华人民共和国反不正当竞争法》、《关于禁止侵犯商业机密行为的若干规定》、《关于企业职工流动若干问题的通知》等。政府严格执行相关的法律法规，严厉处罚侵犯企业权力的行为，有利于人才市场的规范和健康发展。

（五）劳动力市场的短缺与工会组织的罢工

1. 劳动力市场的短缺

劳动力市场是企业员工的来源地。劳动力市场的变化会影响企业劳动力的变化，引发企业人力资源危机。当企业所处的劳动力需求市场供给小于需求时，企业则难以招聘到合适的员工，可能会引发员工短缺危机。

2. 工会组织的罢工

工会组织的罢工及举行的活动会直接影响到企业员工的行为。当工会组织的要求条件得不到满足的时候，他们将很可能组织和带领员工进行罢工抗议，从而使企业陷入人力资源供给暂时短缺的危机，甚至妨碍到企业的生产经营。这类由工会组织的罢工在法国和美国时有发生。如每年10月，法国就进入了罢工的高峰季节，为了争取更多福利，从地铁、火车到飞机，一些公共设施机构开始罢工，罢工的目的是要求增加工资、减少劳动时间。

二、企业内部原因

引发危机的企业内部原因指企业在经营过程中，由经营管理落后、领导能力匮乏、人力资源规划与开发不善、人才使用不当、人力资源内耗等原因造成的危机。

（一）经营管理落后和领导能力匮乏

1. 经营管理理念落后

经营管理理念和管理机制落后是企业人力资源危机的根源之一。有些企业缺乏正确的人才观念，重文凭轻能力、重资历轻业绩、重招聘轻使用、重绩效考核轻能力开发等，那么企业即使招揽到各类人才，也不能够真正使用好、开发好他们，最终难以发挥人才的潜能并留住人才。因此，人力资源危机的产生是企业经营管理理念落后、制度不完善、不合理，以及组织环境的不和谐等共同作用的结果。要树立德才兼备、有创造力、有贡献的人才观，不仅高工是人才，受过系统教育的硕士是人才，从基层摸爬滚打成长起来的技术工人也是人才。

2. 管理机制的缺陷

很多国有企业未能将人力资源管理上升到企业战略发展的高度，未能建立起有效的人力资源开发与利用的保障体制。虽然把"人事部"的牌子换成了"人力资源部"，但企业在思想上仍停留在传统的人事管理的层面上，只是把人力资源管理当做事务性的人事执行工作，人力资源部不能参与企业的决策意见，导致很多企业人力资源管理不能支持企业的发展战略，不能充分发挥人力资源管理的效用。企业人事制度不健全、绩效考核工作不力、工资激励制度缺乏力度，权责不对称、奖罚不公平合理、精神激励不够等均可导致人力资源危机。

3. 领导能力匮乏

现代社会瞬息万变，一些企业领导者缺乏决策能力、应变能力、创新能力、预测和沟通能力，以致不能及时有效地防范、处置和化解危机。企业领导者必须具备组织能力、计划能力、技术能力、控制能力、指挥能力和协调能力，能够及时了解员工对企业人力资源管理实践的感受，及时探寻引发人力资源危机的因素，发现员工状况恶化的危机信号，具有直接将危机阻断在源头的能力。

（二）人力资源规划与开发不善

1. 缺乏长远的人力资源战略规划

企业应根据外部环境和发展战略的变化制定相应的人力资源规划，考虑长远的发展目标和战略方向。如果企业缺乏长远的人力资源战略规划，对未来的组织任务和环境对组织的要求缺乏科学预测，对企业本身的人力资源现状和人力资源需求、人力资源的代谢和替换、组织结构的变化缺乏了解，就不能确切地掌握是否拥有足够的员工、是否合理使用了现有的员工、是否需要开发现有员工的技能等企业的人力资源状况，只是凭感觉进行人员需求和供给预测，就会使人力资源配置与企业的战略、文化、生产经营等方面脱节，导致危机的产生。

2. 对员工的培训未进行必要的投入

企业对员工进行培训是企业发展的重要的环节。企业要保持增长点，实现可持续发展，就要不断适应市场的变化需要，不断更新员工的知识和技能、提高员工的知识水平，而这离不开企业的培训。不少企业认为对员工培训会增加企业的成本，不愿对员工培训进行投入，有的企业即使有培训也只是敷衍了事，达不到要求。只有将员工个人的职业培训与企业人力资源规划结合起来，企业才能最有效地实现发展。

（三）人才使用不当

1. 人才的能力和其职位不匹配

人才的能力和其职位不匹配主要指高级人才低位使用和低级人才高位使用。其原因在于选拔和招聘人才时考核人员受主观因素左右、过于受到人际关系的影响、考核方法评价标准不合理、考核人员水平不高等。在企业急需用人却又难以招募到员工时，很可能降低招聘要求，使一些技能水平较低、管理能力明显不足的人员，充斥到企业的技术研究、产品开发、市场营销、财务管理、资讯管理等部门的重要职位上来。

2. 人才调配不当

人的才能各有所长，也各有所短。只有将人才放到最适合的职位上，才能充分挖掘和发挥其潜能。如果在配置人才时专业不对口、工作缺乏挑战性、工作内容枯燥单调，就会造成人才闲置，影响人才为企业作贡献。人才与职位或工作内容的最佳配合是动态的、变化的。当人才能力提升、工作环境与工作内容变化时，如果不能及时对人才进行调配，就会影响到人才才能的提升和发挥，以致不能留住人才，最终影响企业的竞争力。

（四）人力资源内耗

由于管理不当，管理层与员工之间、员工之间人际关系紧张，甚至矛盾激化，导致员工力量相互抵消、潜能受到抑制等人力资源内耗的状况，会大大降低人力资源整体效用。

1. 人际关系紧张

企业内部气氛紧张，领导者经常作不兑现的承诺，不与员工进行沟通。部门与部门之间沟通不畅，非正式组织瓦解，集体活动经常组织不起来，员工之间关系紧张，交往减少，小道消息盛行，人心涣散，情绪低落。员工积极性没有被很好地调动起来，消极怠工，甚至利用制度的空隙工作时间干私活、请事假去从事其他工作等。要倡导和建设和谐的企业文化，消除企业内部人与人之间的紧张气氛，形成员工共同认同的价值观，才能有效地调动员工的积极性和发挥员工的创造性。

2. 经营管理层与员工之间矛盾的激化

经营管理层对企业的资产进行管理，以确保投资回报最大化，而企业员工则通过为企业工作，取得相应的劳动报酬。如果经营管理层片面强调股东资方利益最大化，员工则片面关注自己当前的薪酬，再加上没有对双方利益冲突进行良好的沟通、协调，则很容易激化双方之间的矛盾，最终破坏企业正常的生产经营秩序，导致无法实施既定的企业战略。如果企业内劳动人员对资方极为不满，经常抱怨资方的苛刻及其他制度不完善或者资方有不正当行为，还会发生法院诉讼和罢工事件。

尽管经营管理层与员工二者所代表的利益有差异，但只要经营管理层充分考虑员工的切身利益，同时员工如果能从企业长远发展的角度出发，真正将企业的长远发展与自己的命运联系起来，就能促进企业的繁荣兴旺。相反，如果经营管理层与员工之间的矛盾得不到缓和，无论是股东、经营管理层还是员工的利益都将受到损失。

三、员工个人原因

现代人力资源管理的核心是"以人为本"，企业应当从人的自然属性出发，视员工为最宝贵的资源，尊重员工的人格和选择，关心他们的需求，帮助他们自我完善，力求组织各方面的最大化发展和员工自我价值的实现。

（一）个人合法利益

广义的利益不仅指有形的物质利益或经济利益，还包括各种如发展机会、生态质量、人文环境、社会认同、人身安全等有利于改进生活质量和有益于自身发展的非物质利益或非经济利益。每个企业都会追求自身利润最大化，每个人都会力求实现自身各方面的最大化发展，企业人力资源危机的根本原因就在于行为主体普遍自由地追求个人合法利益最大化。每个行为主体都有追求自身利益最大化的内在动力和行为倾向。当企业内外部环境变化时，员工个体就会通过行为和态度来表现他们的价值期望，企业也会选择相应的战略措施或管理模式来实现组织的资源优化配置。这一危变主要取决于员工自我价值、自由流动和自由发展的选择，取决于员工追求个人尽可能好的幸福生活以实现自身利益最大化的期待。

（二）薪酬待遇

较好的物质待遇、物质报酬是员工工作和生活的基本保障。在员工所重视的因素中，薪酬是一个重要的考虑因素。薪酬是一种满足员工内在需求的手段和要素，薪酬福利在某种程度上还体现出人才的市场价值，是对员工贡献的充分肯定。用薪酬福利来激励员工的工作积极性和主动性，可以从个体层面提高员工的工作绩效。员工需要获得一份与自己的贡献相匹配的合理公平的报酬，使自身能够充分分享到自己创造的财富。如果员工发现自己的收益与投入之比与对方大致相同，则会认为实现了公平的分配，心理上比较平衡。如果组织所给予的薪酬不能反映员工的贡献或者薪酬和福利等因素都得不到满足，使员工认为其待遇低于同行业其他技术、能力相同的员工，就会产生不公平感，他们的自尊心就会受损，就会产生消极情绪和不满意态度，表现出逆反心理。在其他公司给出更高待遇水平的情况下，就会出现员工离职、辞职的问题。

（三）工作环境

在很多情况下，企业的工作环境氛围会直接影响人才的去留。员工工作是否具有积极性，除了企业领导者和员工的共同努力工作之外，还取决于企业是否拥有一个团结、和谐的人际环境。特别是中高级人才，往往更注重工作中的情绪、是否受到重用、成就感等。所以，企业要营造重才、惜才、用才的环境，创造良好的人际氛围，使员工在工作中感受到认可、尊重和关怀，对组织产生归属感。

员工的工作往往不是独立完成的，需要得到上级的支持和同事之间的团队协作。在工作过程中当出现与上级和同事意见不一致，与他们产生冲突的时候，就需要通过沟通、协调来缓和员工与其他同事之间的关系。如果企业上下级关系及员工之间关系紧张，没有一个合作的良好的工作氛围，员工的满意度可能会降低。

员工期望自己的工作成果能够得到上级的肯定，希望得到同事的认同和尊重。因此，肯定员工对企业的贡献和成绩，尊重员工、关心员工的生活，是建立和谐的人际环境的重要环节。如果企业缺乏对员工的关怀，只是按照制度对核心员工进行机械的管理，他们就会感到自己的工作成绩得不到精神上的肯定，自己受人尊重的需要没有得到满足，自己是企业的"边缘人"，就会产生到其他环境和谐的企业中工作的心理期望。

（四）员工的发展空间

当前，中国企业的人力资源危机主要表现为普通员工的频繁跳槽和中高层管理人员的非正常离职，要解决这个问题，则需要企业的管理者从企业发展和员工发展的角度来考虑问题。良好的个人发展空间是员工择业最看重的一个因素。只有当员工能够清楚地看到自己在组织中有很好的发展前景时，当员工自身经济价值和社会价值都达到最大合理化之后，员工才能真正稳定下来，才会有更大的动力为企业尽心尽力地贡献自己的力量，才会更加忠诚于这个企业。因此，在企业发展的大前提下，重视员工个人的发展空间，给员工提供尽可能多的发展机会和平台，是企业需考虑的重要问题。

企业要吸引与留住优秀人才，将全体人员集结到一起为实现组织的集体目标共同努力，就要使每个员工能实现个人价值，感觉到他们对组织理想图景所作的贡献。与一般员工相比，核心员工有获得更强烈的工作成就感和实现自身价值的需要。他们不满足于完成一般性事务，更喜欢具有挑战性的工作，把攻克难关这一过程看做一种体现自我价值的方式。因此，企业要用远大的理想目标吸引人，充分了解员工的个人需求和职业发展意愿，关心员工的个体成长，为其提供适合的发展道路，给员工创造广阔的发展空间。

第四节　人力资源危机克服的方法

一、树立强烈的危机意识

人力资源危机往往都是人为的，应对人力资源危机首先要树立危机意识。企业管理层要端正态度，充分认识到人力资源危机的危害性。特别是企业的领导对待人力资源危机不能掉以轻心，从企业的领导层到每一个员工都要予以足够的重视。造成人力资源危机的许多因素其实早已潜伏在企业日常经营管理之中，即使是财力再雄厚、经营再完善的企业，人力资源危机也时刻都会发生。尤其是当企业取得了一定成绩或到了一定的发展阶段时，往往麻痹大意，对人力资源危机丧失警惕，以致演变成摧毁企业的人力资源大危机。

树立企业人力资源危机意识，关键在于教育。可将本企业或其他企业的人力资源危机事件和类似于人力资源危机的案例、人力资源危机发生的情况及应对方法和处理措施等，通过讲课、放录像、幻灯等各种形式，向管理人员和有关人员作全面介绍，使管理层和有关人员能够深切地认识到人力资源危机的特点与危害，从而大大提高企业上下的危机意识。通过人力资源危机情境模拟，培养管理人员和员工的危机意识和应对能力，提高他们的忧患意识、合作意识和奉献精神。只要树立强烈的人力资源危机意识，对人力资源危机的突发性、隐蔽性和普遍性有充分的认知，人力资源危机是可以防范的。

二、成立专门的危机管理小组

危机管理小组应该是企业的常设机构，而人力资源危机管理属于企业危机管理中的一个重要组成部分，人力资源危机管理小组应隶属于企业的危机管理小组。人力资源危机管理小组应由首席执行官等决策层人员牵头，由人力资源主管、律师、公关人员、财务人员、保安人员等组成。这些人员在企业除了干好本职工作外，还起着防范和预警企业人力资源危机的作用，平时做好人力资源危机防范工作，企业一旦出现人力资源危机，他们就能在高级管理人员的组织和协调下起到快速处理人力资源危机的作用。

当企业出现人力资源危机时，高层管理人员应具有快速直接调用相关专业人员的权力。制定人力资源危机管理计划的管理者，应针对各种可能发生的情况，预先寻找出控制人力资源危机的方法，并作好相应的计划。计划包括人力资源危机管理的目标、人力资源危机的类型、采用的对策、工作程序和方法、方案运作的条件、组织资源配置等内容。这样管理人员就可以在危机事发初始使自己及其团队准备就绪，迅速进入危机应对状态。

三、建立危机的识别与预警机制

建立危机的有效识别机制是人力资源危机管理成功的关键。任何危机事件都有前兆，企业对人力资源危机进行预防，就要有专门的管理部门来对人力资源危机的前兆进行监测、识别和评估。人力资源危机的识别应先建立识别指标和识别标准，然后对人力资源危机进行评价，诊断企业是否存在人力资源危机。如果企业存在人力资源危机，则人力资源危机警报将会发出警示。

企业有必要建立人力资源危机预警机制。危机预警机制的主要任务是进行危机调查，调查的目的在于将人、事、物、时、地等各种不同的要素进行相应的组合或者分解，以发现潜在的危机，找出真正的危机原因，并尽快予以防范和处置。在制订各项人事政策过程中，要结合企业状况设定的危机预警点，对危机进行预测并对各项危机进行识别，帮助企业作出危机预警和危机评估，通过危机的识别、预警和评估，加强危机的防范，避免危机的发生。

四、制订应对危机的预案和规划

对于可能发生的潜在的人力资源危机，应尽一切努力提前采取预防性措施。制订应急预案，是预控、预防阶段的一项重要工作，能够以最小的成本获得最大的收益。对于已经发生的人力资源危机事件，根据事先确定的应急预案，采取应急行动，防止危机事件进一步发展，最终实现危机的控制、化解和消除。同时，要建立起一套能够及时准确地反映危机情况、监测危机发展动态、反馈企业和社会公众的意向、由专人负责和责任到人的人力资源危机信息和报告系统。这样，就为企业和社会公众通过互联网表达意见开辟了一条有效的渠道，也有利于对危机信息的了解和反馈。

另外，要尽早制定人力资源危机应变规划，进而完成各项应变计划，拟定有效的危机处理方案。企业人力资源管理计划是为企业发展战略目标服务的，因此，明确企业发展的战略与目标，制定战略性人力资源规划，强调人力资源计划与组织战略的结合，对人力资源供给和需求进行科学分析，使组织能够采取一系列有效的人力资源部署和管理行为，有助于企业的战略目标、任务和规划的实现。

五、合理配置人力资源，建立健全激励机制

（一）以人为本，合理配置人力资源

人是生产力诸因素中最重要的因素，要做到合理配置人力资源、不盲目招聘高级人才，防止高级人才低配置的现象，就要分析企业人力资源现状，弄清工作岗位的性质，充分利用已有的人力资源，管理好人才，留住有用的人才，让现有人才发挥最大的效用。要了解企业人力资源管理的基础信息，预测未来的人员需求与供给，及一些因素的变化对人员需求产生的具体影响。通过分析所需人员的供给情况来确定在一定时期内企业所需人力资源的类型和数量，把握企业现有的人力资源及职务能力情况，充分考虑企业员工的现实能力和潜在能力。对于岗位职责明确的工作，可侧重于现实能力；对于岗位职责不明确的，则可更多地考虑其潜在的能力。

（二）建立健全激励机制，提高员工满意度

建立健全激励机制，有助于增进员工对企业的忠诚感，留住企业真正需要的人才。员工的许多不满意因素都是由制度不合理或不完善造成的。要充分调动员工的积极性，提高员工满意度，使工作效率最大化，就要建立健全企业的薪酬制度和激励机制。员工对薪酬差异程度的关心往往高于对薪酬水平的关注，因此，科学合理的薪酬制度和激励机制，有利于造就一支高效、稳定的员工队伍，实现企业可持续发展，防止企业发生人力资源危机。

企业在制定薪酬、报酬和与绩效相关的奖励政策时要遵循公平、公开、公正的原则，以提高员工的满意度。制定公正合理的薪酬体系，将薪酬体系的设置按层级透明化，用制度规范员工的行为，引导员工有序地工作；通过完善企业的各项规章制度，使员工在工作中遇到不公平对待时，能有章可循；建立与绩效相关的奖励政策，采取物质与精神相互补充的奖励办法，根据绩效考核的内容，设立不同的奖励项目；让员工不断找到努力的方向，增强其归属感、成就感和荣誉感。

六、提高管理者的危机应对能力

（一）快速反应与决策能力

企业管理者要从战略管理高度强化自己的应急管理能力和抗危机能力。面对来势凶猛、发展迅速的危机，企业危机管理者要有强烈的社会责任感和百折不挠的意志，能够积极主动，勇于承担责任，反应迅速，以最快的速度启动危机处置计划，最大限度地发挥自己的才能，施展自己的才干，力求在最短的时间内，将危机消灭在萌芽状态或控制在局部环节。企业领导者是应对危机的主要决策者，当危机发生时，由于危机事态不确定、时间紧迫，企业领导者必须迅速、果断地作出决策。因此，企业领导者只有学会系统思考，改变其思维惯性，转变思维分析方式，才能在组织遭遇危机时，作出正确的判断和科学的决策，将危机解决在始发状态。

（二）应变与创新能力

在同危机的斗争中，往往会遇到意想不到的困难，甚至要冒生命危险，企业管理者要有不畏艰险的敬业精神和不怕困难的坚强意志，要沉着冷静，直面危机，顶住各种压力，处变不惊，努力做好危机应对工作。危机中存在着大量不确定的信息，企业管理者要善于透过现象看本质，深入分析，正确判断，开拓创新，提出最为合适的解决方法。企业管理者在危机处置中如履薄冰，一招不慎，其后果不堪设想，所以作出任何一个决策和行动都要严谨细致，一丝不苟，要具有应变与创新能力。

（三）沟通与协调能力

现代生活的社会化程度越来越高，人们的社会意识越来越强，一个企业的危机不仅是企业自身的事情，也是与广大社会公众相关的事情。危机发生之后，企业能否及时作出反应，取得利益相关者的理解和信任至关重要。在危机处置中，沟通协调成为十分关键的环节，它包括与企业员工、媒体、相关企业组织等方方面面的沟通。当危机发生时，管理者应及时深入第一线，了解员工的情绪和与员工有关的各种情况，对自己的员工要比平时给予更多的关心和鼓励；不遮掩，直言真相，及时向员工通报危机情况和危机处理的进展情况。这将有助于稳定员工心态，鼓励员工士气，化危机为转机，把人力资源危机对企业的负面影响降到最低。

本 章 小 结

企业人力资源危机是企业危机的一种表现，是企业外部环境、组织内部、人力资源本身等各个方面综合作用的结果。人力资源危机可以导致企业陷入严重的危机状态，甚至可能危及企业的生存。企业人力资源危机管理是企业根据组织环境和战略管理，通过对企业人力资源危机的防范、控制和化解，使企业获得持续发展的竞争优势的管理过程。

人力资源危机有突发性、隐蔽性、普遍性、综合性的特点。人力资源危机的主要类型有员工安全健康危机、人力资源流失与短缺危机、人力资源过剩危机、学习力与员工忠诚度危机、领导与员工素质危机、人事制度与法律危机等。人力资源危机产生的主要原因有企业外部原因、企业内部原因和员工个人原因。可采取的应对措施包括：树立强烈的危机意识，使企业管理层和员工充分认识到人力资源危机的危害性；由首席执行官等决策层人员牵头，成立专门的危机管理小组；通过建立危机的识别与预警机制，避免危机的发生；针对各种可能发生的情况，制订应对危机的预案和规划；以人为本，合理配置人力资源，健全激励机制，提高员工满意度；提高管理者应对危机的快速反应与决策能力、应变与创新能力、沟通与协调能力。人力资源危机管理是企业管理的重要组成部分，重视、加强企业人力资源危机管理，及时监控、防范和化解人力资源危机，才能确保企业的可持续发展。

➤ 本章思考题

1. 什么是人力资源危机管理？

2. 人力资源危机的类型有哪些?

3. 造成人力资源危机的内部原因有哪些?

4. 企业怎样吸引和留住优秀人才?

5. 如何提高管理者的危机应对能力?

➤ 本章参考文献

1. 李健:《关于人力资源开发中的预测预警系统研究》,《天津理工学院学报》,2000 年第 3 期

2. 罗帆、佘廉等:《企业人力资源管理危机成因实证分析》,《中国人力资源开发》,2002 年第 5 期

3. 华硕、刘彦杰:《危变》,机械工业出版社,2003 年

4. 惠青山等:《人才流失危机的预警系统构建与风险管理》,《人才资源开发》,2005 年第 4 期

5. 刘家国等:《企业人力资源危机预警研究》,《郑州航空工业管理学院学报》,2006 年第 6 期

6. 霍治平、董亚辉:《中小企业人才流失原因及对策分析》,《中小企业科技》,2006 年第 9 期